Robert Jordan

Der Drache schlägt zurück

DAS RAD DER ZEIT 12

Aus dem Amerikanischen von
Uwe Luserke

Piper München Zürich

Von Robert Jordans »Das Rad der Zeit« liegen in der Serie Piper vor:

1. Roman: Drohende Schatten (8551)
4. Roman: Das Horn von Valere (8554)
6. Roman: Die Straße des Speers (8556)
7. Roman: Schattensaat (8557)
9. Roman: Der Sturm bricht los (8559)
10. Roman: Zwielicht (8560)
11. Roman: Scheinangriff (8561)
12. Roman: Der Drache schlägt zurück (8562)
14. Roman: Stadt des Verderbens (8564)
16. Roman: Die Hexenschlacht (8566)
18. Roman: Wolken über Ebou Dar (8568)
20. Roman: Die Schale der Winde (8570)
22. Roman: Neue Bündnisse (8572)
25. Roman: Die Herrschaft der Seanchaner (8575)
28. Roman: Die Weiße Burg (8578)
29. Roman: Der neue Frühling (8579)

Als Hardcover-Broschur bei Piper:

Das Rad der Zeit 1. Das Original. Die Suche nach dem Auge der Welt

Das Rad der Zeit 2. Das Original. Die Jagd beginnt

Deutsche Erstausgabe
Februar 2005
Erstmals erschienen:
Wilhelm Heyne Verlag GmbH & Co. KG, München 1996

Titel der amerikanischen Originalausgabe:
»The Fires of Heaven 3«, Tom Doherty Associates (TOR Books),
New York 1993

Umschlagkonzept: Büro Hamburg
Umschlaggestaltung: Nele Schütz Design, München
Umschlagabbildung: Attlia Boros via Agentur Schlück GmbH
Innenillustrationen: Johann Peterka
Karte: Erhard Ringer
Autorenfoto: Agentur Luserke, Friolzheim
Satz: Schaber Satz- und Datentechnik, Wels
Druck und Bindung: Clausen und Bosse, Leck
Printed in Germany ISBN 3-492-28562-7

www.piper.de

INHALT

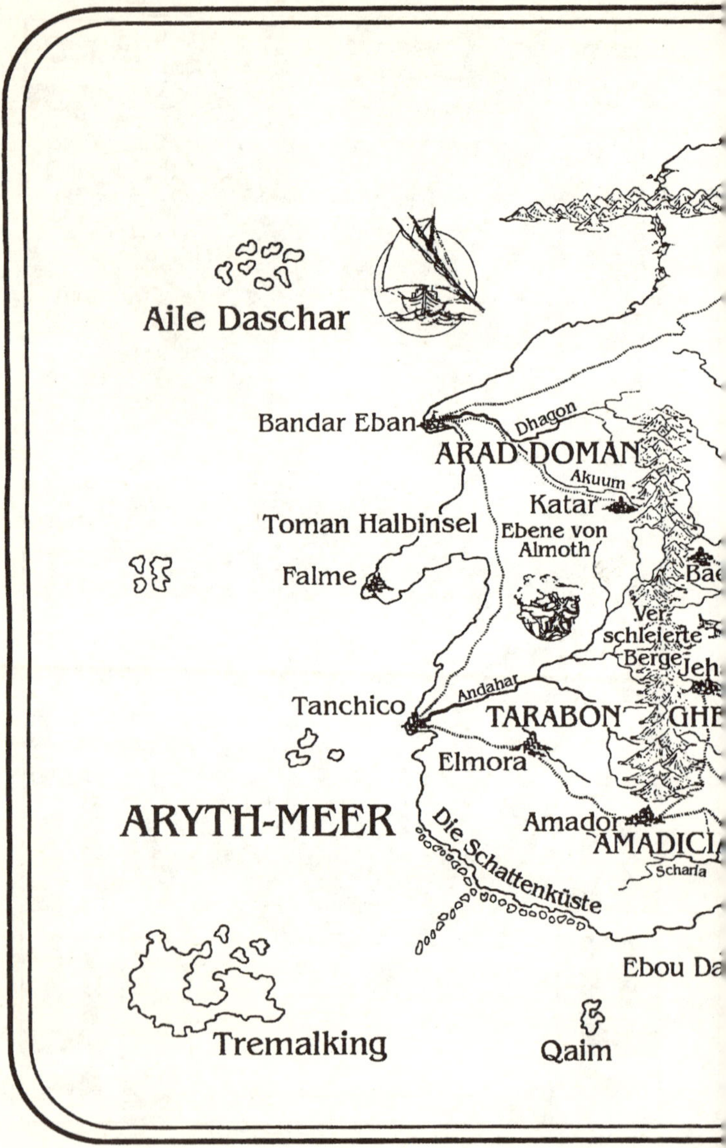

Aile Daschar
Bandar Eban
Dhagon
ARAD DOMAN
Akuum
Katar
Toman Halbinsel
Ebene von Almoth
Falme
Ver-schleierte Berge
Andahar
Tanchico
TARABON
Elmora
ARYTH-MEER
Die Schattenküste
Amador
AMADICI
Scharla
Ebou Da
Tremalking
Qaim

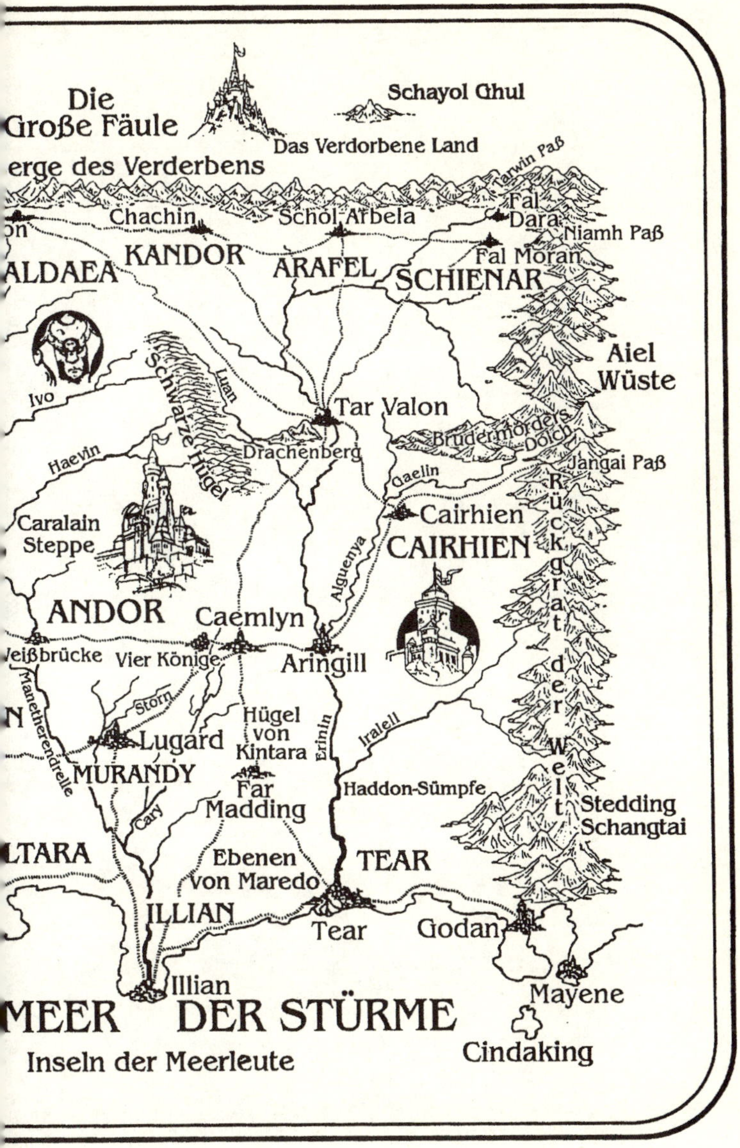

Die
Große Fäule
Schayol Ghul
Das Verdorbene Land
erge des Verderbens
Tarwin Paß
Chachin
Schol Arbela
Fal Dara
Niamh Paß
Fal Moran
ALDAEA
KANDOR
ARAFEL
SCHIENAR
Aiel
Wüste
Ivo
Luan
Schwarze Hügel
Tar Valon
Brudermörders Dolch
Haevin
Drachenberg
Jangai Paß
Gaelin
Caralain
Steppe
Cairhien
CAIRHIEN
Rückgrat der Welt
Alguenya
ANDOR
Caemlyn
Weißbrücke
Vier Könige
Aringill
Manetherendrelle
Storn
Hügel
von
Kintara
Erinin
Iralell
Lugard
MURANDY
Far
Madding
Haddon-Sümpfe
Cary
Stedding
Schangtai
LTARA
Ebenen
von Maredo
TEAR
ILLIAN
Tear
Godan
Illian
Mayene
MEER DER STÜRME
Cindaking
Inseln der Meerleute

KAPITEL 1

Kin Toveres Handwerk

Rand hatte die eine Hand am Heft seines Schwerts, und die andere hielt den Seanchan-Speer mit den grünen und weißen Troddeln. Im Augenblick ignorierte er die anderen, die bei ihm unter den spärlichen Bäumen auf dem Hügel standen, und musterte konzentriert die drei Lager, die sich im Schein der Vormittagssonne unter ihm ausbreiteten. Drei klar getrennte Lager, und das war auch der Haken an der Sache. Dort lagerten alle Soldaten aus Cairhien und Tear, die er zur Verfügung hatte. Jeder weitere Mann, der ein Schwert oder einen Speer benutzen konnte, war in der Stadt eingepfercht oder befand sich das Licht allein mochte wissen wo.

Die Aiel hatten zwischen dem Jangai-Paß und hier ganze Horden von Flüchtlingen zusammengetrieben, und einige waren sogar aus eigenem Antrieb zu ihm gekommen, weil sie von Gerüchten angelockt wurden, *diese* Aiel töteten wenigstens nicht gleich jeden, der ihnen unter die Augen kam; oder aber sie waren zu niedergeschlagen und ihnen war alles egal, solange sie nur eine Mahlzeit bekamen, bevor sie starben. Zu viele von ihnen glaubten, sowieso sterben zu müssen – durch die Aiel oder den Wiedergeborenen Drachen oder in der Letzten Schlacht, die ihrer Meinung nach nun wohl jeden Tag kommen konnte. Es war durchaus eine größere Anzahl, allerdings meistens Bauern, Handwerker und Ladenbesitzer. Einige davon konnten einen Bogen oder eine Steinschleuder benutzen, um ein Kaninchen zu erlegen, aber es war kein einziger

Soldat unter ihnen, und es fehlte auch an der Zeit, ihnen die Grundzüge beizubringen. Die Stadt Cairhien selbst lag wenig mehr als fünf Meilen entfernt im Westen, so daß sogar einige der berühmten ›unvollendeten Türme von Cairhien‹ über den Baumwipfeln zu sehen waren. Die Stadt zog sich über mehrere Hügel am Ufer des Alguenya hinweg und war vom Heer der Shaido Couladins und anderer, die sich ihm angeschlossen hatten, restlos umzingelt.

In einer planlosen Ansammlung von Zelten und Lagerfeuern in dem langgestreckten, aber nicht sehr tiefen Tal unterhalb von Rand lagerten etwa achthundert Tairener, voll gerüstete Männer. Beinahe die Hälfte von ihnen gehörte zu den Verteidigern des Steins. Sie trugen ihre glänzend polierten Brustharnische und geränderten Helme, und die Puffärmel an jedem Wams wiesen schwarze und goldene Streifen auf. Die anderen waren von etwa zehn Lords abgestellt worden, deren Flaggen und Wimpel im Mittelpunkt des Lagers einen Kreis um die Fahne des Hochlords Weiramon mit ihren silbernen Halbmonden und Sternen bildeten. An den Pfostenreihen zum Anpflocken der Pferde standen so viele Wachtposten, als erwarteten sie jederzeit einen Überfall.

Dreihundert Schritt entfernt davon wurden im zweiten Lager die Pferde genauso streng bewacht. Die Tiere waren von ganz unterschiedlicher Zucht. Nur wenige kamen den edlen Zuchtpferden aus Tear nahe, und wenn Rand sich nicht irrte, waren dort auch eine Reihe ehemaliger Ackergäule und Zugpferde angebunden. Es waren vielleicht hundert Mann mehr, die aus Cairhien kamen, als das Lager der Tairener umfaßte, doch hatten sie weniger Zelte, und die waren meist noch geflickt. Ihren Flaggen und *Cons* nach waren hier etwas mehr als siebzig Lords vertreten. Nur wenige Adlige Cairhiens besaßen noch Dienstmannen, und ihr Heer war bereits zu Beginn des Bürgerkriegs auseinandergelaufen.

Die letzte Ansammlung lag weitere fünfhundert Schritt entfernt im Tal, zumeist von Männern aus Cairhien besetzt, aber durch mehr als nur den Abstand von den anderen getrennt. Wohl war dieses Lager größer als die anderen beiden zusammen, aber man sah nur wenige Zelte oder Pferde. Keine Flaggen flatterten in diesem Lager, und nur die Offiziere trugen *Cons*, die kleinen Wimpel auf dem Rücken, die sie mit ihren bunten Farben für ihre Männer gut sichtbar machten. Sie hatten nichts mit irgendwelchen Adelshäusern zu tun. Die Infanterie mochte ja durchaus notwendig sein, aber nur sehr wenige Lords aus Tear oder Cairhien würden das jemals zugeben. Und ganz bestimmt wäre keiner damit einverstanden gewesen, ausgerechnet eine Infanterietruppe zu befehligen. Trotzdem war dieses Lager das am besten organisierte. Die Lagerfeuer waren in sauberen Reihen angeordnet, die langen Piken waren aufrecht in den Boden gesteckt worden, damit man sie sofort herausziehen konnte, und Gruppen von Bogen- oder Armbrustschützen waren die Reihen entlang verteilt. Lans Meinung nach hielt die Disziplin die Männer im Kampf am Leben, doch die Infanteriesoldaten waren eher bereit, daran zu glauben und danach zu handeln, als die Kavalleristen.

Angeblich arbeiteten die drei Gruppen zusammen und standen unter dem gleichen Befehl. Hochlord Weiramon hatte sie noch spät am Vortag aus dem Süden herangeführt. Aber die beiden Kavallerielager beobachteten sich gegenseitig mindestens genauso mißtrauisch wie die Aiel auf den Hügeln der Umgebung. Die Tairener zeigten dabei eine gewisse Verachtung, die von den Männern aus Cairhien damit beantwortet wurde, daß sie wiederum die dritte Gruppe ignorierten, die ihrerseits die beiden anderen mürrisch beobachtete. Rands Anhänger, seine Verbündeten und sie waren nur zu bereit, sich gegenseitig anzufeinden und nicht nur ihre gemeinsamen Feinde.

Rand tat weiterhin so, als inspiziere er die Lager, musterte aber statt dessen Weiramon, der ohne Helm und so kerzengerade aufgerichtet, als habe er einen Eisenstab im Rücken, in seiner Nähe stand. Zwei jüngere Männer, irgendwelche unbedeutenden Lords aus Tear, klebten ihm an den Fersen. Sie hatten sich die Bärte schneiden und ölen lassen und ahmten so Weiramon nach, nur daß dessen Bart graue Strähnen aufwies. Selbst ihre Brustharnische, die sie über Wämser mit grellbunten Streifen geschnallt hatten, waren beinahe so kunstvoll wie seiner mit Gold verziert. Distanziert und abseits von allen anderen auf der Hügelspitze, dennoch aber nahe bei Rand, hätten sie auch auf irgendein martialisches Zeremoniell an einem Königshof warten können. Allerdings rann ihnen der Schweiß über die Gesichter. Aber das beachteten sie ebenfalls nicht.

Auf dem Siegel des Hochlords fehlten nur wenige Sterne, um demjenigen Lanfears gleichzukommen, aber der Bursche mit der langen Nase war nicht etwa Lanfear in neuer Verkleidung. Das vorwiegend graue Haar hatte er wie seinen Bart geölt und gekämmt, wohl in dem vergeblichen Versuch, zu verbergen, wie dünn es bereits war. Er war mit Verstärkungen aus Tear nach Norden gezogen, als er hörte, daß Aiel die Stadt Cairhien selbst angriffen. Statt umzukehren oder auf der Stelle zu lagern und abzuwarten, zog er weiter nordwärts, so schnell die Pferde nur konnten, und auf dem Weg sammelte er noch alles an zusätzlichen Kräften, was er auflesen konnte.

Das war das Gute an Weiramon. Das Schlechte war, daß er tatsächlich geglaubt hatte, den Ring der Shaido um Cairhien mit den Männern sprengen zu können, die er mitgebracht hatte. Er glaubte es noch immer. Und er war alles andere als glücklich darüber, daß Rand ihn nicht drauflosschlagen lassen wollte und daß er auch noch von Aiel umgeben war. Für Weiramon war ein Aiel so gut wie der andere. Das galt übrigens auch für die anderen. Einer der jungen Lords hielt sich jedesmal betont ein parfümiertes Taschentuch an die Nase, wenn er einen Aiel anblickte. Rand fragte sich, wie lange der Bursche überleben werde. Und was er dann unternehmen mußte, wenn der Kerl tot war.

Weiramon bemerkte, daß Rand ihn ansah, und räusperte sich. »Mein Lord Drache«, begann er, und es klang, als belle er heiser, »ein guter Angriff wird sie wie die Wachteln aufscheuchen.« Er klatschte sich mit den Handschuhen auf die Handfläche. »Infanterie wird niemals einem richtigen Kavallerieangriff widerstehen. Ich werde die Männer aus Cairhien hineinschicken, um sie aufzuscheuchen, und dann folge ich mit meinen ...«

Rand unterbrach ihn. Konnte der Mann überhaupt nicht zählen? Sagte ihm die Anzahl der von hier aus sichtbaren Aiel nichts darüber, wie viele sich in der Umgebung der Stadt befanden? Es spielte keine Rolle. Rand hatte schon mehr gehört als ihm lieb war. »Ihr seid sicher in bezug auf die Nachrichten, die Ihr aus Tear gebracht habt?«

Weiramon blinzelte. »Nachrichten, mein Lord Drache? Was ...? Ach das! Seng meine Seele, da ist doch nichts dran. Piraten aus Illian versuchen ziemlich oft, die Küstenstädte zu überfallen.« Sie ›versuchten‹ es keineswegs nur, wenn man dem trauen konnte, was der Mann bei seiner Ankunft berichtet hatte.

»Und die Angriffe auf der Ebene von Maredo? Machen sie das auch oft?«

»Ach, seng meine Seele, das sind doch nur Briganten.« Es klang eher wie eine Tatsachenfeststellung und nicht wie ein Protest. »Vielleicht sind nicht alle Illianer, aber Soldaten sind sie sicher nicht. Bei dem völligen Durcheinander, das die Illianer ständig anrichten, weiß man nie, wer an welchem Tag gerade die Oberhand hat, ob König oder Versammlung oder der Rat der

Neun, aber wenn sie sich entschließen, in den Krieg zu ziehen, dann marschieren ihre Heere unter dem Zeichen der Goldenen Bienen gegen Tear. Dann schicken sie keine Banditen, die die Wagen der Kaufleute anzünden und Bauernhöfe an der Grenze überfallen. Darauf könnt Ihr euch verlassen!«

»Wenn Ihr meint«, erwiderte Rand so höflich, wie es ihm möglich war. Welche Macht die Versammlung oder der Rat der Neun oder Mattin Stepaneos den Balgar auch besitzen mochten, es war jedenfalls gerade soviel, wie Sammael ihnen überließ. Doch nur relativ wenige Menschen wußten überhaupt, daß sich die Verlorenen wieder in Freiheit befanden. Einige, die es wissen sollten, weigerten sich, daran zu glauben, oder ignorierten es einfach – als verschwänden die Verlorenen, wenn man bloß die Augen schloß – oder sie zogen es vor, zu glauben, wenn das geschehe, dann in einer vagen und möglichst fernen Zukunft. Es hatte gar keinen Zweck, Weiramon überzeugen zu wollen, gleich, welcher Gruppe er angehörte. Was der Mann glaubte oder nicht glaubte, änderte absolut nichts.

Der Hochlord blickte finster in das Tal zwischen den Hügeln hinab. Genauer gesagt, auf die beiden Lager der Männer aus Cairhien. »Niemand, der hier anständig regiert! Wie kann man da wissen, welches Pack sich so weit nach Süden verirrt hat?« Er verzog das Gesicht und klatschte noch lauter mit den Handschuhen auf seine Handfläche, bevor er sich umdrehte und wiederum Rand direkt ansprach: »Also, wir werden alle schnell genug zur Ordnung rufen, und das alles für Euch, mein Lord Drache. Wenn Ihr nur den Befehl erteilt, kann ich ...«

Rand schob sich an ihm vorbei und hörte nicht mehr hin. Weiramon folgte ihm trotzdem und verlangte nach wie vor einen Angriffsbefehl. Die beiden anderen liefen ihm wie Hündchen hinterher. Der Mann war doch ein blinder Narr.

Sie waren natürlich nicht allein. Die Hügelspitze war sogar recht belebt. Zum einen hatte Sulin sie mit hundert *Far Dareis Mai* umstellt, und auch die letzte von ihnen wirkte noch sprungbereiter als die Aiel normalerweise. Sie konnten jeden Moment die Schleier anlegen. Und es war nicht allein die Nähe der Shaido, die Sulin so nervös machte. Obwohl Rand das Mißtrauen der Männer unten in den Lagern nicht zur Kenntnis nahm, befanden sich Enaila und zwei weitere Töchter immer in der Nähe Weiramons und der beiden jungen Lords, und je weiter sie sich Rand näherten, desto kampfbereiter wirkten die Töchter.

Nicht weit entfernt stand Aviendha mit einem Dutzend oder mehr Weisen Frauen, die Schals um die Ellbogen gewickelt und alle außer ihr mit Armreifen und Halsketten geschmückt. Überraschenderweise war es eine knochige, weißhaarige Frau, noch älter sogar als Bair, die die Führung übernommen zu haben schien. Rand hätte eher Amys oder Bair erwartet, doch selbst diese beiden schwiegen, wenn Sorilea sprach. Melaine stand bei Bael, so in der Mitte zwischen den anderen Weisen Frauen und den übrigen Clanhäuptlingen. Sie zupfte immer wieder am Wams von Baels *Cadin'sor* herum, als könne er sich nicht selbst anziehen, und er wirkte wie ein geduldiger Mann, der sich eben immer wieder selbst an all die Gründe erinnerte, aus denen er geheiratet hatte. Es mochte eine persönliche Angelegenheit sein, aber Rand glaubte eher, daß die Weisen Frauen wieder einmal versuchten, die Clanhäuptlinge massiv zu beeinflussen. War dies der Fall, dann würde er die Einzelheiten bald genug zu hören bekommen.

Doch Rands Blick wurde immer wieder von Aviendha angezogen. Sie lächelte ihn kurz an, als sie es bemerkte, und wandte sich dann wieder Sorilea zu. Es war ein freundliches Lächeln, aber auch nicht mehr. Nun, das war immerhin etwas. Sie hatte seit dem, was zwischen ihnen vorgefallen war, nicht *einmal* mehr

Streit mit ihm angefangen, und wenn sie hin und wieder einen beißenden Kommentar gab, dann war der zumindest nicht schärfer als beispielsweise einer von Egwene. Bis auf eine Gelegenheit, als er das Thema Heirat wieder zur Sprache gebracht hatte. Darauf hatte sie mit derart beißendem Spott reagiert, daß er seither lieber nichts mehr davon erwähnte. Aber leider ging ihr Verhältnis eben nicht über dieses freundliche Benehmen hinaus. Lediglich mit dem Auskleiden vor dem Einschlafen abends war sie ein wenig großzügiger geworden. Und sie bestand nach wie vor darauf, nicht mehr als höchstens drei Schritt entfernt von ihm zu schlafen.

Die Töchter jedenfalls schienen sicher, daß erheblich weniger als drei Schritt zwischen ihren Decken lägen, und er erwartete, daß sich das herumsprechen würde; doch bisher war nichts dergleichen geschehen. Egwene würde wie ein umstürzender Baum über ihn herfallen, sollte sie so etwas auch nur vermuten. Es war ja gut und schön, wie sie über Elayne sprach, aber er verstand noch nicht einmal Aviendha, obwohl die sich direkt vor seiner Nase befand. Alles in allem war seine innere Anspannung größer denn je, wenn er Aviendha auch nur anblickte, doch sie schien ihm viel gelöster, als er sie je erlebt hatte. Wie auch immer, es entwickelte sich jedesmal das Gegenteil von dem, was er eigentlich erwartete. Bei ihr war alles auf den Kopf gestellt. Aber andererseits war Min die einzige Frau, bei der er *nicht* das Gefühl hatte, als stünde entweder er oder die ganze Welt ständig auf dem Kopf.

Seufzend ging er weiter und hörte immer noch nicht hin, was Weiramon sagte. Eines Tages würde er die Frauen bestimmt verstehen. Wenn er Zeit hatte, sich darauf zu konzentrieren. Allerdings befürchtete er, ein Leben würde vielleicht doch nicht dazu ausreichen.

Die Clanhäuptlinge hatten ebenfalls viele andere um sich versammelt: Septimenhäuptlinge und Vertreter der Kriegergemeinschaften. Rand erkannte einige von ihnen. Der düstere Heirn, Häuptling der Jindo Taardad, und Mangin, der ihm kameradschaftlich zunickte und den Tairenern eine verächtliche Grimasse zuwarf. Der speerschlanke Juranai, Führer der *Aethan Dor*, der Roten Schilde, der trotz einiger weißer Strähnen in seinem hellbraunen Haar auf diesem Zug dabei war, und Roidan mit seinen mächtigen Schultern und dem grauen Haar, der die *Sha'mad Conde* anführte, die Donnergänger. Diese vier hatten hin und wieder mit ihm die Aielkunst des waffenlosen Kampfes geübt, seit sie den Jangai-Paß hinter sich gelassen hatten.

»Wollt Ihr heute zur Jagd gehen?« fragte Mangin, als Rand vorbeikam, und der blickte ihn überrascht an.

»Zur Jagd?«

»Es gibt nicht viel zu jagen, aber wir könnten vielleicht Schafe mit Säcken einfangen.« Der ironische Blick Mangins in Richtung der Tairener ließ wenig Zweifel daran, welche Art von ›Schafen‹ er meinte, doch Weiramon und die anderen bemerkten nichts davon. Oder sie taten so, als bemerkten sie nichts. Der kleine Lord mit dem parfümierten Taschentuch schnüffelte wieder daran.

»Vielleicht ein andermal«, erwiderte Rand und schüttelte den Kopf. Er glaubte, mit jedem dieser vier Freundschaft schließen zu können, und besonders mit Mangin, dessen Sinn für Humor demjenigen Mats sehr nahe kam. Doch wenn er schon keine Zeit hatte, die Frauen besser kennenzulernen, hatte er erst recht keine Zeit, neue Freundschaften zu knüpfen. Was das betraf, hatte er selbst für die alten Freunde kaum Zeit. Dabei bereitete ihm gerade Mat Sorgen.

Auf dem höchsten Punkt des Hügels erhob sich ein schweres, aus dicken Baumstämmen erbautes Gerüst über die Baumwipfel. Die breite Plattform obenauf befand sich zwanzig Spannen oder mehr über dem Boden. Die Aiel verstanden nichts von der Arbeit mit

Holz, jedenfalls in diesem Ausmaß, aber unter den Flüchtlingen aus Cairhien hatten sich genügend befunden, die das wettmachten.

Moiraine wartete zusammen mit Lan und Egwene unten am Sockel neben der ersten schräg aufragenden Leiter. Egwene hatte viel Sonnenbräune abbekommen. Wären nicht ihre dunklen Augen gewesen, hätte man sie durchaus für eine Aielfrau halten können, wenn auch eine kleine. Er musterte schnell ihr Gesicht, konnte aber außer der Erschöpfung nichts Außergewöhnliches entdecken. Amys und die anderen ließen sie in ihrer Ausbildung einfach zu hart schuften. Doch würde sie es ihm nicht danken, griffe er nun deshalb ein.

»Hast du dich entschieden?« fragte Rand und blieb stehen. Mit einemmal schwieg auch Weiramon.

Egwene zögerte, doch Rand bemerkte, daß sie diesmal nicht erst Moiraine anblickte, bevor sie antwortete. »Ich werde tun, was in meiner Macht steht.«

Ihr Zögern störte ihn dennoch. Er hatte Moiraine nicht darum gebeten, denn sie konnte die Macht nicht als Waffe gegen die Shaido verwenden, es sei denn, sie bedrohten sie direkt oder er konnte sie davon überzeugen, daß die Shaido alle Schattenfreunde seien. Doch Egwene hatte die Drei Eide nicht abgelegt und er war sicher gewesen, sie werde die Notwendigkeit einsehen. Statt dessen war sie blaß geworden, als er ihr den Vorschlag machte, und dann hatte sie ihn drei Tage lang gemieden. Nun, wenigstens hatte sie zugestimmt. Was immer den Kampf gegen die Shaido verkürzen konnte, war in jedem Fall zu begrüßen.

Moiraines Gesichtsausdruck veränderte sich nicht, doch er hegte keinen Zweifel an dem, was sie wohl dachte. Diese glatten Aes-Sedai-Gesichtszüge, diese Aes-Sedai-Augen konnten eisige Mißbilligung ausdrücken, ohne sich im geringsten zu verändern.

Er schob das Ende des kurzen Speers unter seinen

Gürtel, stellte den Fuß auf die unterste Sprosse – und dann fragte Moiraine: »Warum tragt Ihr wieder ein Schwert?«

Diese Frage hatte er nun wirklich nicht erwartet. »Warum nicht?« fragte er zurück und kletterte nach oben. Keine gute Antwort, aber sie hatte ihn mit ihrer Frage etwas aus dem Gleichgewicht gebracht.

Die halbverheilte Wunde an seiner Seite zog schmerzhaft, als er emporstieg. Es war nicht schlimm, aber trotzdem schien es, als könne sie jeden Moment wieder aufbrechen. Er achtete nicht darauf. Er spürte die Wunde häufig, wenn er sich körperlich anstrengte.

Rhuarc und die anderen Clanhäuptlinge folgten ihm. Bael, der sich von Melaine abgewandt hatte, bildete den Abschluß, und Weiramon und seine beiden Speichellecker zogen es vor, unten zu bleiben. Der Hochlord *wußte*, was zu tun war, also benötigte und wollte er keine neuen Informationen. Rand spürte Moiraines Blick, und so sah er nach unten. Nein, nicht den Moiraines. Egwene beobachtete, wie er hinaufkletterte, und ihr Gesicht glich dem einer Aes Sedai so sehr, daß er fast keinen Unterschied mehr feststellen konnte. Moiraine und Lan hatten die Köpfe zusammengesteckt. Er hoffte, Egwene würde ihren Beschluß nicht wieder umwerfen.

Auf der breiten Plattform oben arbeiteten zwei kleine, schwitzende junge Männer in Hemdsärmeln daran, eine mit Messingringen zusammengehaltene Holzröhre – drei Schritt lang und dicker als ein Männerarm – auf ein drehbares Gestell zu heben, das man auf dem Geländer angebracht hatte. Nur ein paar Schritt entfernt war bereits am Vortag mit der Fertigstellung des Turms eine identische Röhre montiert worden. Ein dritter Mann in Hemdsärmeln wischte sich mit einem gestreiften Tuch über den kahlen Kopf, während er die beiden anderen anknurrte.

»Vorsichtig. *Vorsichtig* habe ich gesagt! Wenn ihr

mutterlosen Wiesel auch nur eine Linse aus der Fassung stoßt, werde ich euch die hirnlosen Köpfe einschlagen! Mach es richtig fest, Jol. Fester! Wenn es runterfällt, während der Lord Drache hindurchblickt, springt ihr beiden am besten gleich hinterher. Nicht nur seinetwegen. Wenn ihr mein Werk kaputt macht, werdet ihr euch anschließend wünschen, ihr hättet euch gleich damit die eigenen dummen Schädel eingeschlagen.«

Jol und der andere Bursche, Cail, setzten ihre Arbeit nicht sonderlich beeindruckt fort. Sie waren seit Jahren an Kin Toveres Benehmen gewöhnt. Rand war auf die Idee zu diesem ganz besonderen Turm gekommen, als er unter den Flüchtlingen einen Handwerker und seine beiden Lehrlinge angetroffen hatte, die Linsen und Brillen herstellten.

Zuerst bemerkte keiner der drei, daß sie nicht mehr allein waren. Die Clanhäuptlinge klommen auf leisen Sohlen nach oben, und Toveres Schimpfkanonade übertönte die Tritte von Rands Stiefeln. Rand selbst war überrascht, als hinter Bael Lans Kopf in der offenen Falltür auftauchte; Stiefel oder nicht, jedenfalls bewegte sich der Behüter genauso leise wie die Aiel. Und selbst Han überragte die Männer aus Cairhien noch um einen Kopf.

Schließlich bemerkten sie die Neuankömmlinge, und daraufhin fuhren die Lehrlinge mit weit aufgerissenen Augen zusammen, als hätten sie noch niemals Aiel erblickt. Dann verbeugten sie sich ungeschickt vor Rand und blieben mit krummem Buckel stehen. Der Linsenmacher war beim Anblick der Aiel ebenfalls zusammengezuckt, fing sich aber schnell wieder, verbeugte sich knapp und wischte sich dabei wieder über die Glatze.

»Sagte Euch ja, ich würde das zweite heute fertigstellen, mein Lord Drache.« Tovere brachte es fertig, gleichzeitig respektvoll und doch genauso knurrig wie vorher zu klingen. »Eine wunderbare Idee, dieser Turm. Ich wäre nie darauf gekommen, aber sobald Ihr mich fragtet, wie weit Ihr mit einer Brille sehen könntet... Gebt mit Zeit, und ich baue Euch eins, mit dem Ihr von hier aus Caemlyn sehen könnt. Wenn der Turm hoch genug ist«, fügte er noch kritisch hinzu. »Es gibt Grenzen.«

»Was Ihr bis jetzt vollbracht habt, ist mehr als genug, Meister Tovere.« Jedenfalls mehr, als Rand erwartet hatte. Er hatte bereits einen Blick durch das erste Fernrohr geworfen.

Jol und Cail standen immer noch gebückt da und hatten die Köpfe gesenkt. »Am besten bringt Ihr jetzt Eure Lehrlinge hinunter«, sagte Rand, »damit es hier nicht ganz so eng wird.«

Es war Platz für mindestens viermal so viele, doch Tovere stupste Cail augenblicklich mit einem dicken Zeigefinger an die Schulter. »Kommt mit, ihr nichtsnutzigen Stallburschen. Wir stehen dem Lord Drachen im Weg.«

Die Lehrlinge richteten sich kaum merklich auf, folgten ihm aber mit staunenden Seitenblicken auf Rand, der sie noch mehr zu beeindrucken schien als die Aiel, und verschwanden schließlich in der Luke. Cail war ein Jahr älter als Rand und Jol zwei. Beide waren in größeren Städten geboren worden, als er sie sich je hatte vorstellen können, ehe er die Zwei Flüsse verließ, Cairhien besuchte und den König wie auch die Amyrlin sah, wenn auch nur aus der Entfernung. Zur Zeit ihrer Geburt hatte er noch Schafe gehütet. Höchstwahrscheinlich wußten sie in mancher Hinsicht auch heute noch mehr von der Welt als er. Er schüttelte den Kopf und bückte sich, um durch das neue Fernrohr blicken zu können.

Cairhien sprang förmlich in sein Blickfeld. Der Wald, der jemandem von den Zwei Flüssen sowieso nicht besonders dicht vorkam, endete natürlich ein ganzes

Stück vor der Stadt. Die Stadtmauer war hoch, grau, und bildete ein perfektes Quadrat am Flußufer, ein auffälliger Gegensatz zu den fließenden Wellen der Hügel. Innerhalb der Stadt erhoben sich weitere Türme nach einem präzise ausgerichteten Muster genau an den Schnittpunkten eines Gitters. Manche waren zwanzigmal so hoch wie die Mauer oder noch höher, doch alle waren von Gerüsten umgeben. Man baute immer noch an den legendären ›unvollendeten‹ Türmen, nachdem sie im Aielkrieg ausgebrannt waren.

Als er die Stadt das letztemal gesehen hatte, war sie von einer zweiten Stadt umgeben gewesen, dem Vortor, einem verwirrenden Fuchsbau aus Holzhäusern, so farbig und lärmend, wie Cairhien selbst nüchtern wirkte. Nun sah man davon nur noch verbrannte Erde, Asche und verkohlte Balken und dahinter die Stadtmauer. Ihm war nicht klar, wie man verhindert hatte, daß das Feuer auf die Stadt Cairhien selbst übergriff.

Fahnen flatterten an jedem Turm der Stadt, zu fern, um sie klar ausmachen zu können, doch Kundschafter hatten sie ihm beschrieben. Zur Hälfte trugen sie die Halbmonde Tears, zur anderen Hälfte, was nicht überraschte, kopierten sie das Drachenbanner, das er über dem Stein von Tear zurückgelassen hatte. Keine einzige zeigte die Aufgehende Sonne Cairhiens.

Er verschob das Fernrohr nur ein klein wenig, doch die Stadt verschwand aus seinem Blickfeld. Auf dem entgegengesetzten Flußufer standen immer noch die rußgeschwärzten Ruinen der Kornhäuser. Einige der Flüchtlinge, mit denen sich Rand unterhalten hatte, behaupteten, gerade die Brandstiftung an den Kornhäusern habe zu Ausschreitungen und anschließend zum Tod König Galldrians geführt und damit letztendlich zum Bürgerkrieg. Andere meinten, die Ermordung Galldrians habe die Straßenkämpfe und das Brandschatzen hervorgerufen. Rand bezweifelte, daß er jemals die Wahrheit darüber erfahren würde, was nun eigentlich am Bürgerkrieg schuld gewesen war.

Eine Anzahl ausgebrannter Schiffsrümpfe lag an beiden Ufern des breiten Flusses, aber keiner davon nahe der Stadt. Die Aiel fühlten sich nicht wohl – Furcht konnte man es wohl nicht nennen –, wenn sie sich in der Nähe einer Wasserfläche befanden, die sie nicht durchwaten oder mit einem Schritt überqueren konnten. Doch Couladin hatte es fertiggebracht, sowohl oberhalb wie auch unterhalb von Cairhien Sperren aus schwimmenden, zusammengebundenen Baumstämmen über den Alguenya zu legen, und er hatte genügend Männer als Wachen abgestellt, damit niemand sie beseitigte. Den Rest hatten Brandpfeile erledigt. Nichts außer Ratten und Vögeln konnte nun ohne Couladins Genehmigung Cairhien betreten oder verlassen.

Auf den Hügeln in der Umgebung der Stadt waren wenige Anzeichen eines belagernden Heeres zu entdecken. Hier und da erhoben sich Geier schwerfällig in die Luft. Zweifellos genossen sie ein Festmahl aus den Überresten des einen oder anderen vergeblichen Ausbruchsversuchs, aber Shaido waren nicht in Sicht. Aiel ließen sich eben selten blicken, es sei denn, sie legten Wert darauf, gesehen zu werden.

Halt. Rand bewegte das Fernrohr ein wenig zurück, um einen baumlosen Hügel vielleicht eine Meile vor der Stadtmauer genauer zu betrachten. Eine größere Gruppe von Männern. Die Gesichter konnte er nicht erkennen und auch sonst nicht viel außer der Tatsache, daß sie alle den *Cadin'sor* trugen. Noch etwas. Einer dieser Männer hatte seine Arme nicht bedeckt. Couladin. Rand war sicher, sich das nur einzubilden, aber wenn Couladin sich bewegte, glaubte er das Glitzern metallischer Schuppen zu sehen, die die Unterarme des Mannes umspannten und so seine eigenen imitierten. Das war Asmodeans Werk, und es war lediglich ein Versuch gewesen, Rands Aufmerksamkeit abzulenken, während Asmodean an der Durchführung seiner eigenen Pläne gearbeitet hatte, doch wie wäre wohl alles verlaufen, hätte der Verlorene nicht zu dieser Maßnahme gegriffen? Ganz bestimmt stünde er dann jetzt nicht auf diesem Turm, beobachtete eine belagerte Stadt und wartete auf eine Schlacht.

Plötzlich schoß auf jenem fernen Hügel etwas kaum Wahrnehmbares durch die Luft, und zwei der Männer stürzten um sich schlagend zu Boden. Couladin und die anderen starrten genauso betäubt wie Rand auf die gefallenen Männer, die beide offensichtlich vom gleichen Speer durchbohrt worden waren. Rand drehte das Fernrohr ein wenig und suchte den Mann, der mit solcher Gewalt geworfen hatte. Er mußte wohl entweder sehr tapfer oder sehr töricht sein, daß er sich ihnen so weit genähert hatte. Rand mußte bald seinen Suchbereich erweitern, bis er schließlich jenseits jeder möglichen Reichweite eines menschlichen Arms suchte. Ihm kam der Gedanke, es könne sich um einen Ogier handeln, wenn das auch nicht sehr wahrscheinlich war, denn es brauchte schon einiges, um einen Ogier zur Gewaltanwendung zu verführen, aber dann erblickte er einen weiteren undeutlich aufblitzenden – Speer?

Überrascht richtete er sich halb auf und verschob aus Versehen das Fernrohr. Dann riß er es in die Ausgangsstellung zurück und betrachtete die Stadtmauer Cairhiens. Dieser Speer, oder was es auch immer sein mochte, war von dort gekommen. Da war er sicher. Wie – das war eine ganz andere Sache. Aus dieser Entfernung war er schon froh, wenigstens gelegentlich erkennen zu können, wie sich jemand auf der Mauer oder einem der Türme bewegte.

Rand hob den Kopf und sah, daß Rhuarc gerade von dem anderen Fernrohr zurücktrat und Han Platz machte. Das war der ganze Grund für den Bau des Turms und die Fernrohre gewesen. Kundschafter brachten wohl alles mit, was sie über die Aufstellung der Shaido um die Stadt herausfinden konnten, aber auf diese Weise waren die Häuptlinge selbst in der Lage, das Terrain zu beobachten, auf dem die Schlacht ausgefochten werden würde. Sie hatten bereits einen Plan zusammen ausgearbeitet, aber ein weiterer Blick auf die Umgebung der Stadt konnte nie schaden. Rand verstand nicht viel von Schlachtplänen, aber Lan hatte ihr Vorhaben für gut befunden. Jedenfalls was seinen ureigenen Verstand betraf, hatte er keine Ahnung davon, aber manchmal schlichen sich diese anderen Erinnerungen ein, und dann schien er mehr zu wissen, als ihm lieb war.

»Habt Ihr das gesehen? Diese … Speere?«

Rhuarc blickte genauso verblüfft drein wie Rand selbst, aber der Aiel nickte. »Der letzte traf einen anderen Shaido, der aber noch wegkriechen konnte. Schade, daß er nicht Couladin erwischt hat.« Er deutete auf das Fernrohr, und Rand machte ihm Platz, damit er noch einmal hindurchschauen konnte.

War es wirklich so schade darum? Couladins Tod würde die Bedrohung Cairhiens oder anderer nicht beenden. Jetzt, da sie sich auf dieser Seite der Drachenmauer befanden, würden die Shaido nicht brav zurückkehren, weil der Mann gestorben war, den sie für den wahren *Car'a'carn* gehalten hatten. Sein Tod würde sie wohl erschüttern, aber kaum so nachhaltig. Und nach allem, was Rand gesehen hatte, verdiente Couladin auch kein derart einfaches Ende. *Ich kann so hart sein, wie es sein muß,* dachte er und streichelte das Heft seines Schwertes. *In seinem Fall kann ich es.*

KAPITEL 2

Vor dem Pfeil

Die Innenseite eines Zeltdachs dürfte wohl der langweiligste Anblick der Welt sein, aber trotzdem legte sich Mat in Hemdsärmeln auf den Kissen mit roten Quasten zurück, die Melindhra erworben hatte, und musterte den graubraunen Stoff eingehend. Oder genauer, er blickte durch ihn hindurch. Einen Arm hatte er hinter dem Kopf, und in der freien Hand schwenkte er einen gehämmerten Silberpokal voll guten Weins aus dem Süden Cairhiens. Ein kleines Faß hatte ihn genausoviel gekostet wie zwei gute Pferde – oder soviel, wie zwei gute Pferde gekostet hätten, stünden nicht die Welt und alles darin kopf –, er aber betrachtete es als geringen Preis für etwas wirklich Gutes. Gelegentlich spritzten ein oder zwei Tropfen auf seine Hand, doch er bemerkte es nicht und trank auch überhaupt nicht.

So, wie er es sah, war die Lage mittlerweile für ihn mehr als nur ernst zu nennen. Ernst war sie gewesen, als er noch in der Wüste festsaß, ohne den Weg hinaus zu finden. Ernst war sie, als Schattenfreunde überall auftauchten, wo er sie am wenigsten erwartet hatte, wenn Trollocs in der Nacht angriffen und gelegentlich Myrddraal ihm das Blut mit ihrem augenlosen Blick in den Adern gefrieren ließen. Diese Art von Gefahr erschien schnell und war gewöhnlich vorüber, bevor man überhaupt eine Gelegenheit zum Nachdenken bekam. Es war auch sicher nichts, was er von sich aus suchte, aber wenn es sein mußte, konnte er damit leben, soweit er es überlebte. Aber jetzt wußte er bereits seit Tagen, wohin sie zogen und warum. Diesmal gab es nichts Überraschendes. Tage, um darüber nachzudenken.

Ich bin kein verdammter Held, dachte er grimmig, *und ich bin kein verdammter Soldat.* Wild entschlossen unterdrückte er eine Erinnerung daran, über Festungsmauern zu wandeln und seine letzten Reserven an einen Punkt zu schicken, an dem eine weitere Gruppe Trollocs mit Leitern die Mauer zu erklimmen versuchten. *Das war ich nicht, und verdammt sei der, dessen Erinnerungen ich herumschleppe! Ich bin …* Er wußte selbst nicht, was er war – ein unangenehmer Gedanke –, aber was er auch sein mochte, hatte immer mit Spielen zu tun, mit Tavernen, Frauen und Tanz. Dessen war er sicher. Außerdem brauchte er nur ein gutes Pferd, dann standen ihm alle Straßen der Welt offen; statt dessen saß er hier und wartete darauf, daß irgend jemand Pfeile auf ihn abschoß oder sich nach besten Kräften bemühte, ihm ein Schwert oder einen Speer in die Rippen zu rammen. Wäre es anders, müßte er sich als reinen Narren betrachten, und den wollte er auf keinen Fall spielen, nicht für Rand oder Moiraine oder sonst jemanden.

Als er sich aufsetzte, rutschte das silberne Medaillon in Form eines Fuchskopfes an seiner Lederschnur aus dem offenen Hemd. Er steckte es zurück und nahm dann doch endlich einen langen Zug aus dem Pokal. Das Medaillon sorgte dafür, daß er vor Moiraine und jeder anderen Aes Sedai sicher war, solange sie es ihm nicht abnahmen – was irgendwann die eine oder andere bestimmt versuchen würde –, aber nur sein eigener Verstand konnte ihn davor bewahren, von irgendeinem Idioten zusammen mit ein paar tausend anderer Idioten umgebracht zu werden. Oder von Rand, oder von der Tatsache, daß er ein *Ta'veren* war.

Ein Mann sollte doch in der Lage sein, Profit daraus zu schlagen, wenn sich die Ereignisse um ihn herum durch seinen Einfluß veränderten. Auf gewisse Weise hatte Rand es ausgenützt. Er selbst hatte an sich nie etwas davon bemerkt, außer beim Würfelspiel. Er würde sich vor einigen der Dinge bestimmt nicht drücken, die in den Legenden einem *Ta'veren* passierten. Reichtum und Ruhm fielen ihm buchstäblich in den Schoß. Männer, die ihn töten wollten, entschieden sich plötzlich, ihm statt dessen als Anführer zu folgen, und Frauen mit Eis im Blick schmolzen plötzlich vor ihm dahin.

Nicht, daß er sich wirklich über das beklagte, was er erreicht hatte. Und ganz bestimmt wollte er mit Rand nicht tauschen, denn der Preis, an diesem Spiel teilzunehmen, war ihm einfach zu hoch. Es lag eben nur daran, daß er mit allen Nachteilen behaftet war, die mit der Rolle eines *Ta'veren* einhergingen, aber keinen der Vorteile genoß.

»Es ist Zeit, zu gehen«, sagte er dem leeren Zelt, und dann schwieg er nachdenklich und nippte an dem Pokal. »Es ist an der Zeit, auf Pips zu steigen und davonzureiten. Vielleicht nach Caemlyn?« Keine schlechte Stadt, solange er den königlichen Palast mied. »Oder nach Lugard.« Er hatte Gerüchte über Lugard gehört. Das sollte ein feiner Aufenthaltsort für Männer wie ihn sein. »Es ist höchste Zeit, mich von Rand abzusetzen. Er hat ein verdammtes Aielheer und mehr Töchter des Speers, als er zählen kann, die sich um ihn kümmern. Er braucht mich nicht.«

Das letztere entsprach nicht ganz der Wahrheit. Auf eine seltsame Art und Weise war er an den Erfolg oder Mißerfolg Rands in Tarmon Gai'don gebunden, Perrin und er, genauer gesagt, also drei *Ta'veren*, die alle miteinander verstrickt waren. Die Geschichtsschreiber würden eines Tages vermutlich nur Rand erwähnen. Die Chance, daß er oder Perrin Eingang in deren Erzählungen finden würden, war ziemlich gering. Und dann war ja da noch das Horn von Valere. Darüber wollte und würde er nicht nachdenken. Nicht, bevor es nicht unabdingbar notwendig war. Vielleicht gab es auch noch einen Ausweg aus diesem speziellen Dilemma. Wie er es auch betrachtete, das Horn war jedenfalls im Moment kein Problem. Das hatte noch viel Zeit. Mit etwas Glück würde man ihm all diese Rechnungen erst eines sehr fernen Tages präsentieren. Nur würde er wahrscheinlich mehr Glück brauchen, als ihm gegeben war.

Der springende Punkt in diesem Augenblick war, daß er über eine Abreise hatte nachdenken können, ohne Gewissensbisse zu empfinden. Es war noch nicht lange her, daß er unfähig gewesen war, auch nur davon zu sprechen. Wenn er sich zu weit von Rand entfernte, fühlte er sich zu ihm zurückgezogen wie ein Fisch an einer unsichtbaren Angel. Dann wurde es ihm möglich, es wenigstens auszusprechen, doch die kleinste Kleinigkeit brachte ihn wieder davon ab und ließ ihn alle Pläne, sich heimlich davonzustehlen, verschieben. Sogar in Rhuidean, als er Rand erklärt hatte, er werde gehen, war er sicher gewesen, daß noch etwas dazwischenkommen würde. Das war auch auf gewisse Weise so gekommen; Mat war wohl aus der Wüste herausgelangt, aber nicht weiter von Rand entfernt als zuvor. Diesmal aber, so glaubte er, würde ihn nichts mehr davon abbringen.

»Es ist doch nicht so, daß ich ihn im Stich ließe«, knurrte er. »Wenn er verdammt noch mal jetzt noch nicht auf sich selbst aufpassen kann, dann wird er es nie lernen. Ich bin doch nicht sein verfluchtes Kindermädchen.«

Er leerte den Pokal, zwängte sich in seinen grünen Mantel, steckte seine Messer in die verborgenen Scheiden, legte sich einen dunkelgelben Seidenschal so um den Hals, daß die Narbe, wo man ihn aufgehängt hatte, verdeckt war, schnappte sich seinen Hut und ging gebückt aus dem niedrigen Zelt.

Die Hitze erschlug ihn fast nach der relativen Kühle im schattigen Zelt. Er war nicht sicher, wie sich die Jahreszeiten hier entwickelten, doch der Sommer zog sich für seinen Geschmack schon zu lange hin. Etwas, auf das er sich in der Wüste gefreut hatte, war der Einbruch des Herbstes in den Ländern jenseits der Drachenmauer. Ein wenig Kühle. Kein Glück gehabt. Wenigstens hielt die breite Hutkrempe die schlimmste Sonnenglut von seinen Augen ab. Diese hügeligen Wälder in Cairhien waren bedauernswert: mehr Lichtungen als Bäume, und die Hälfte färbte sich bei dieser Trockenheit bereits braun. Zu Hause im Westwald würde sich noch kein brauner Fleck zeigen. Überall standen die niedrigen Aielzelte, doch auf eine gewisse Entfernung wirkten sie wie ein Haufen abgestorbener Blätter oder eine kahle Bodenerhebung, und selbst da, wo man die Seitenwände hochgezogen hatte, waren sie nur schwer zu erkennen. Die Aiel, die geschäftig umherliefen, beachteten ihn nicht weiter.

Von einer hochgelegenen Stelle auf seinem Weg durch das Lager aus erhaschte er einen Blick auf Kaderes Wagen, die im Kreis aufgestellt worden waren. Die Fahrer lagen im Schatten unter ihren Gefährten, und der Händler war nirgends zu sehen. Kadere blieb immer häufiger in seinem Wohnwagen und steckte kaum noch die Nase heraus, außer wenn Moiraine kam, um die Ladung zu inspizieren. Die Aiel, die seine Wagen in kleinen Gruppen mit Speer und Schild, Bogen und Köcher bewehrt umstanden, bemühten sich gar nicht, etwas anderes als Wachtposten darstellen zu wollen. Moiraine schien zu glauben, Kadere oder einige seiner Männer würden versuchen, sich mit den aus Rhuidean stammenden Gegenständen heimlich davonzumachen. Mat fragte sich, ob Rand überhaupt bewußt sei, daß er ihr alles gab, was sie von ihm wollte. Eine Zeitlang hatte Mat geglaubt, Rand habe endlich die Oberhand gewonnen, aber da war er sich nun nicht mehr sicher, selbst als Moiraine beinahe noch vor Rand geknickst und ihm die Pfeife herbeigetragen hätte.

Rands Zelt stand natürlich allein für sich auf einer Hügelkuppe, und diese rote Flagge hing an ihrem Mast davor. Sie flatterte in der leichten Brise, und dabei breitete sie sich manchmal so weit aus, daß man die schwarz-weiße Scheibe erkennen konnte. Das Ding jagte Mat genauso eine Gänsehaut ein wie vorher das Drachenbanner. Wenn ein Mann es vermeiden wollte, in Angelegenheiten der Aes Sedai verwickelt zu werden, so wie jeder Mann, der nicht gerade ein Idiot war, war es eigentlich das Allerletzte, ausgerechnet mit diesem Sinnbild herumzuwedeln.

Die Abhänge dieses Hügels waren leer, doch um seinen Fuß zog sich ein Ring von Zelten der Töchter des Speers. Weitere standen zwischen den Bäumen an den Hängen der unmittelbaren Umgebung. Auch das war ganz normal, genau wie das Lager der Weisen Frauen innerhalb jenes der *Far Dareis Mai:* Dutzende niedriger Zelte in Rufweite von Rands Hügel, zwischen denen weißgekleidete *Gai'schain* geschäftig umhereilten.

Nur wenige der Weisen Frauen waren gerade zu sehen, doch das machten sie durch die kritischen Blicke wett, die sie ihm zuwarfen. Er hatte keine Ahnung, wie viele aus dieser Gruppe die Macht benützen konnten, aber wenn es um abwägende und abschätzende Blicke ging, standen sie den Aes Sedai in nichts nach. Er schritt schneller voran und bemühte sich, die Schultern nicht einzuziehen, obwohl er sich nicht gerade wohl fühlte. Er spürte ihre Blicke, als bohre sich ein Stock in seinen Rücken. Und auf dem Rückweg würde sich das ganze Spießrutenlaufen wiederholen. Nun, ein paar Worte mit Rand, und dann mußte er sich das zum letztenmal gefallen lassen.

Als er den Hut abnahm, sich duckte und in Rands Zelt trat, befand sich niemand darin außer Natael, der auf den Kissen saß, die vergoldete, drachenbeschnitzte Harfe ans Knie gelehnt hatte und einen goldenen Kelch in der Hand hielt.

Mat schnitt eine Grimasse und fluchte leise. Das hätte er eigentlich wissen müssen. Falls Rand anwesend wäre, hätte er einen Kreis von Töchtern rund um das Zelt passieren müssen. Höchstwahrscheinlich befand er sich oben auf dem neuerbauten Turm. Das war eine gute Idee gewesen. So konnte man das Terrain besser kennenlernen. Das war so etwas wie die zweite Grundregel, die gleich nach der ersten kam: ›Lerne Deinen Feind kennen.‹ Die beiden Regeln nahmen sich nicht viel.

Der Gedanke stieß ihm schon wieder säuerlich auf. Diese Regeln stammten aus den Erinnerungen anderer Männer. Die einzigen Regeln, an die er sich erinnern *wollte*, waren: ›Küsse nie ein Mädchen, dessen Brüder Narben von Messerschnitten aufweisen‹, und: ›Fange nie ein Würfelspiel an, ohne vorher den Hinterausgang erkundet zu haben‹. Es wäre ihm lieber gewesen, diese fremden Erinnerungen hingen noch immer wie Klumpen in seinem Gedächtnis, anstatt sich in seine Gedanken einzuschleichen, wenn er es am wenigsten erwartete.

»Schwierigkeiten mit einem sauren Magen?« fragte Natael träge. »Vielleicht hat eine der Weisen Frauen eine Wurzel, die das heilt. Oder Ihr könntet Moiraine fragen.«

Mat konnte den Mann nicht leiden; er schien immer einen Scherz auf Kosten anderer auf den Lippen zu haben. Und er sah stets aus, als kümmerten sich mindestens drei Diener um seine Kleidung. Ständig diese schneeweißen Spitzen an Kragen und Manschetten, und immer schien alles gerade frisch gewaschen und gebügelt worden zu sein. Der Kerl schien auch niemals zu schwitzen. Warum Rand ihn ständig um sich hatte, war ihm ein Rätsel. Er spielte auch kaum jemals eine fröhliche Melodie auf seiner Harfe. »Wird er bald zurück sein?«

Natael zuckte die Achseln. »Wann er sich eben dazu entschließt. Vielleicht bald, vielleicht auch später. Kein Mann schreibt dem Lord Drachen die Zeit vor. Und nur wenige Frauen.« Da war es wieder, dieses geheimnisvolle Lächeln. Diesmal etwas düster gefärbt.

»Ich werde warten.« Diesmal wollte er das tatsächlich. Er hatte sich schon zu oft dabei ertappt, wie er auf diese Weise seine Abreise ein weiteres Mal hinausschob.

Natael nippte an seinem Wein und musterte ihn über den Rand des Kelches hinweg.

Es war schon schlimm genug, wenn ihn Moiraine und die Weisen Frauen auf diese schweigende, forschende Art anblickten – manchmal machte es Egwene genauso; sie hatte sich sehr geändert, zur Hälfte Weise Frau und zur Hälfte Aes Sedai –, aber bei Rands Gaukler ließ ihn dieser Blick mit den Zähnen knirschen. Das Beste an einem Abschied wäre sicher, daß niemand ihn mehr ansehen würde, als könne er oder sie innerhalb einer Minute ablesen, was er dachte, oder als wisse derjenige bereits im ersten Moment, ob seine Unterwäsche sauber sei.

Zwei Landkarten lagen ausgebreitet in der Nähe der Feuergrube. Die eine, in allen Einzelheiten von einer zerfledderten Karte abgezeichnet, die sie in einer halb niedergebrannten Ortschaft gefunden hatten, zeigte das nördliche Cairhien von westlich des Alguenya bis halbwegs zum Rückgrat der Welt, während die andere – frisch gezeichnet und recht skizzenhaft – die Umgebung der Stadt darstellte. Auf beiden lagen eine Reihe von Pergamentfetzen, die durch kleine Steinchen festgehalten wurden. Wenn er hierbleiben und gleichzeitig Nataels forschenden Blicken entgehen wollte, mußte er sich wohl oder übel mit diesen Landkarten beschäftigen.

Mit der Spitze eines Stiefels verschob er ein paar Steinchen auf der Karte der Stadt und ihrer Umgebung, damit er lesen konnte, was auf den Pergamentfetzen geschrieben stand. Unwillkürlich fuhr er zusammen. Falls die Aiel-Kundschafter recht hatten, verfügte Couladin über beinahe einhundertundsechzigtausend Speere, Shaido und diejenigen, die sich wohl ihren Kriegergemeinschaften unter den Shaido angeschlossen hatten. Das war eine harte Nuß, die sie zu knacken hatten, und schwierig war die Lage außerdem. Auf dieser Seite des Rückgrats der Welt hatte es seit der Zeit Artur Falkenflügels kein so großes Heer mehr gegeben.

Die zweite Karte zeigte die anderen Clans, die die Drachenmauer überquert hatten. Alle befanden sich mittlerweile hier in Positionen, die damit zu tun hatten, wann sie den Jangai verlassen hatten und ausgeschwärmt waren, doch alle unangenehm nahe ihrer eigenen Stellung. Die Shiande, die Codarra, die Daryne und die Miagoma. Zusammengenommen verfügten sie über etwa genauso viele Speere wie Couladin. Wie es aussah, hatten sie nicht viele Clanmitglieder zurückgelassen. Die sieben Clans unter Rands Führung hatten bestimmt doppelt so viele Mitglieder und konnten sich problemlos mit Couladin oder den vier Clans messen. Entweder, oder. Aber nicht mit beiden gleichzeitig. Und doch konnte es geschehen, daß Rand gleichzeitig mit beiden Seiten zu tun bekam.

Was die Aiel als die ›Trostlosigkeit‹ bezeichneten, mußte wohl auch diese Clans betroffen haben. Noch immer warfen jeden Tag einige Männer ihre Waffen hin und verschwanden. Doch nur ein Narr hätte darauf gezählt, daß dies deren Anzahl stärker beeinträchtigte als die der Anhänger Rands. Und es bestand ja durchaus die Möglichkeit, daß einige von ihnen zu Couladin überliefen. Die Aiel sprachen nicht oft und nicht freimütig genug darüber und verbargen den Gedanken an diese unangenehme Möglichkeit hinter Gesprächen über die Kriegergemeinschaften, doch nach wie vor kamen manche Männer und Töchter zu dem Schluß, daß sie weder Rands Führung noch das, was er ihnen über ihre eigene Geschichte erzählt hatte, zu akzeptieren vermochten. Jeden Morgen fehlten wieder einige, und nicht alle ließen die Speere zurück.

»Eine nette Situation, nicht wahr?«

Mats Kopf fuhr hoch, als Lans Stimme erklang, aber der Behüter war allein in das Zelt eingetreten. »Nur etwas, um mir die Wartezeit zu vertreiben. Kommt Rand zurück?«

»Er wird bald bei uns sein.« Lan hatte die Daumen in seinen Schwertgürtel eingehakt, stand neben Mat und blickte auf die Karte hinab. Sein Gesichtsausdruck verriet genausoviel wie der einer Statue. »Der morgige Tag sollte die größte Schlacht seit der Zeit Artur Falkenflügels bringen.«

»Glaubt Ihr wirklich?« Wo war Rand? Womöglich immer noch auf diesem Turm. Vielleicht sollte er hingehen. Nein, das könnte damit enden, daß er ihm durch das ganze Lager hinterherrannte, immer einen Schritt zu spät. Irgendwann würde Rand schon zurückkehren. Er wollte mit ihm noch über etwas anderes als über Couladin sprechen. *Ich habe nichts mit diesem Kampf zu tun. Ich renne nicht vor etwas davon, was mich nicht im geringsten betrifft.* »Wie steht es mit denen?« Er deutete auf vier Fetzen, die die Miagoma und die anderen darstellen sollten. »Irgendeine Nachricht, ob sie vorhaben, sich Rand anzuschließen, oder wollen sie nur dahocken und zuschauen?«

»Wer weiß das schon? Rhuarc scheint genausowenig Ahnung davon zu haben wie ich, und falls die Weisen Frauen etwas wissen, sagen sie es nicht. Das einzige, was wir sicher wissen, ist die Tatsache, daß Couladin nirgendwohin weiterzieht.«

Wieder Couladin. Mat trat nervös von einem Fuß auf

den anderen und machte dann einen halben Schritt auf den Ausgang zu. Nein, er *würde* warten. So richtete er den Blick fest auf die Landkarten und tat so, als studiere er sie wieder genau. Vielleicht würde ihn Lan in Ruhe lassen. Er wollte doch nur Rand sagen, was er auf dem Herzen hatte, und dann gehen. Der Behüter schien sich aber unterhalten zu wollen. »Was denkt Ihr, Meister Gaukler? Sollen wir morgen Couladin mit allen Kräften angreifen, die wir zu Verfügung haben, und ihn so vernichten?«

»Das klingt in meinen Ohren genauso gut wie jeder andere Plan«, erwiderte Natael mürrisch. Er kippte den Inhalt des Kelchs auf einmal herunter, ließ ihn auf den Teppich fallen, nahm seine Harfe auf und begann, eine düstere Melodie zu zupfen, die auch auf eine Beerdigung gepaßt hätte. »Ich führe keine Heere, Behüter. Ich beherrsche niemanden außer mir selbst, und sogar das nicht immer.«

Mat knurrte, und Lan blickte ihn an, bevor er sich wieder dem Studium der Karte zuwandte. »Ihr haltet es nicht für einen guten Plan? Warum nicht?«

Er sagte das so nebensächlich, daß Mat antwortete, ohne weiter nachzudenken: »Zwei Gründe. Wenn Ihr Couladin umstellt und ihn zwischen Euch und der Stadt einschließt, könntet Ihr ihn vielleicht gegen die Stadtmauer drängen und vernichten.« Wie lange brauchte Rand denn noch? »Aber Ihr drängt ihn möglicherweise auch *über* die Stadtmauer ins Innere. Demzufolge, was ich gehört habe, wäre er schon zweimal beinahe durchgebrochen, und das ohne Tunnelbauer oder Belagerungsmaschinen, und die Stadt hält sich nur noch mit äußerster Mühe.« Einfach seinen Spruch aufsagen und gehen: das war das Richtige. »Wenn Ihr ihn mit aller Macht gegen die Stadt treibt, werdet Ihr euch plötzlich dabei ertappen, daß Ihr mitten in Cairhien kämpft. Das ist eine ziemlich tückische Angelegenheit, Straßenkämpfe in einer Stadt. Und außerdem wollt Ihr ja die Stadt retten und sie nicht vielmehr endgültig in Schutt und Asche legen.« Das ging alles so klar und deutlich aus den Pergamentfetzen auf der Karte und aus der Karte selbst hervor.

Er hockte sich, die Ellbogen auf die Knie gestützt, stirnrunzelnd nieder. Lan hockte sich neben ihn, aber er bemerkte es kaum. Ein verwürfeltes Problem. Und faszinierend dazu. »Am besten versucht Ihr, ihn wegzutreiben. Vor allem müßt Ihr von Süden aus zuschlagen.« Er deutete auf den Gaelin, der ein paar Meilen nördlich der Stadt in den Alguenya mündete. »Hier oben gibt es Brücken. Gebt den Shaido den Weg dorthin frei. Laßt ihnen immer einen Fluchtweg offen, es sei denn, Ihr wollt wirklich herausfinden, wie hart ein Mann kämpfen kann, wenn er keinen Ausweg mehr sieht und nichts mehr zu verlieren hat.« Sein Finger bewegte sich nach Osten zu. Zumeist fand man dort bewaldete Hügel, wie es schien. Wahrscheinlich nicht viel anders als hier, wo sie lagerten. »Wenn Ihr ihnen mit einer Abfangtruppe genau hier auf dieser Seite des Flusses den Weg blockiert, geht Ihr sicher, daß sie sich den Brücken zuwenden. Die Truppe muß nur stark genug sein und an der richtigen Stelle warten. Sobald sie einmal in Bewegung sind, hat Couladin kein großes Interesse daran, auch noch gegen jemanden von vorn zu kämpfen, während Ihr von hinten her angreift.« Ja. Beinahe die gleiche Lage wie bei Jenje. »Jedenfalls, wenn er nicht gerade ein kompletter Idiot ist. Sie schaffen vielleicht einen geordneten Rückzug bis zum Fluß, doch diese Brücken werden zu einem Engpaß. Ich kann mir nicht vorstellen, daß ausgerechnet Aiel hinüberschwimmen oder im Fluß nach Übergängen suchen werden. Drängt weiter mit aller Macht nach und treibt sie hinüber. Mit Glück könnt Ihr sie dann endgültig in die Flucht schlagen und zurück in die Berge treiben.« Das war auch ähnlich wie bei den Cuaindaigh-Furten, in der letzten Phase der Trolloc-Kriege, und es spielte sich sogar ungefähr im gleichen Maßstab ab. Und es war auch kein großer Unterschied zu den Tora Shan. Oder dem Sulmein-Paß, bevor Falkenflügel nicht mehr zu bremsen war. Die Namen zuckten ihm durch den Kopf und die Bilder blutiger Schlachtfelder, die mittlerweile selbst bei den Historikern in Vergessenheit geraten waren. Da er so vollständig in den Anblick der Karten versunken war, kamen ihm diese Erinnerungen wie die eigenen vor. »Zu schade, daß Ihr nicht mehr Kavallerie habt. Leichte Kavallerie ist am besten, wenn man einen Gegner vertreiben will. Beißt an den Flanken zu, haltet sie immer in Bewegung und laßt sie niemals stillstehen, um sich zum Kampf zu stellen. Na ja, Aiel sollten das fast genausogut können.«

»Und der andere Grund?« fragte Lan ruhig.

Nun war Mat völlig gefesselt. Er war sowieso ein echter Spielertyp, und eine Schlacht war ein Spiel, gegen das auch das schönste Würfelspiel in einer Taverne wie eine Beschäftigung für Kinder und zahnlose Greise erschien. Hier standen Menschenleben auf dem Spiel, die der eigenen Männer und die anderer. Setze den falschen Einsatz, wage eine törichte Wette, und Städte oder ganze Länder starben. Nataels düster-ernste Musik war die passende Begleitung. Gleichzeitig aber brachte ihm ein solches Spiel das Blut zum Wallen, so begeisterte es ihn.

Ohne den Blick von der Karte zu wenden, schnaubte er. »Den kennt Ihr genauso gut wie ich. Wenn nur einer dieser Clans beschließt, sich Couladin anzuschließen, dann greifen Sie Euch von hinten an, während Ihr noch alle Hände voll mit Couladin zu tun habt. Dann wird Couladin zum Amboß, und sie werden zum Hammer, während ihr die Nuß seid, die dazwischen liegt. Deshalb nehmt nur die Hälfte Eurer Truppen, um gegen Couladin zu kämpfen. Das macht Euch zu gleichstarken Gegnern, aber es wird Euch nicht viel anderes übrigbleiben.« Es gab im Krieg einfach keine Fairneß. Da griff man eben den Feind von hinten an, wenn er es am wenigsten erwartete und zu einem Zeitpunkt und an einem Ort, wo er am schwächsten war. »Ihr habt trotzdem noch einen taktischen Vorteil. Er muß sich Gedanken darüber machen, daß gleichzeitig aus der Stadt heraus ein Ausfall erfolgt. Die andere Hälfte Eurer Truppen teilt Ihr in drei Gruppen auf. Eine braucht Ihr, um Couladin zum Fluß zu drängen, und die anderen beiden stellt Ihr ein paar Meilen voneinander entfernt zwischen die Stadt und die vier Clans.«

»Sehr geschickt«, sagte Lan und nickte. Dieses anscheinend aus Fels gehauene Gesicht änderte seinen Ausdruck nicht, doch in seiner Stimme lag ein Hauch von Anerkennung, wenn auch fast nicht wahrzunehmen. »Es würde keinem Clan etwas bringen, einen der beiden Truppenteile anzugreifen, besonders deshalb nicht, weil ihm der andere inzwischen in den Rücken fallen könnte. Und aus dem gleichen Grund wird keiner in die Kämpfe in der unmittelbaren Umgebung der Stadt eingreifen. Natürlich könnte es sein, daß alle vier Clans angreifen. Nicht sehr wahrscheinlich, sonst hätten sie es wohl schon getan, aber falls das geschieht, ändert sich die Lage vollständig.«

Mat lachte laut auf. »Alles ändert sich ständig. Der beste Plan gilt nur so lange, bis der erste Pfeil den Bogen verläßt. Dieser ist so leicht zu durchschauen, daß auch ein Kind ihn durchführen könnte, nur wissen eben Indirian und die anderen nicht, was sie wollen. Sollten sie sich alle entschließen, zu Couladin überzulaufen, dann laßt die Würfel rollen und hofft, denn der Dunkle König hat seine Hände im Spiel. Ihr habt dann aber wenigstens so viele Männer außerhalb der Stadt bereitstehen, daß sie ihnen an Stärke beinahe gleichkommen. Genügend, um sie so lange hinzuhalten, wie Ihr benötigt. Sobald er wirklich ganz mit der Überquerung des Gaelin beschäftigt ist, gebt Ihr Couladins Verfolgung auf und werft statt dessen alles ihnen entgegen. Doch ich könnte wetten, daß sie abwarten und beobachten werden, und wenn Ihr Couladin besiegt habt, werden sie sich Euch anschließen. Ein Sieg beendet fast jede Unschlüssigkeit in den Hirnen der meisten Menschen.«

Die Musik war verklungen. Mat blickte zu Natael hinüber und stellte fest, daß der Mann erstarrt seine Harfe umkrampfte und ihn darüber hinweg mit starrem Blick fixierte. Der Mann starrte ihn an, als habe er ihn noch nie zuvor gesehen und wisse nicht, was er war. Die Augen des Gauklers schienen wie aus frisch geputztem Glas, und seine Knöchel hatten sich vor Anstrengung über dem vergoldeten Rahmen seiner Harfe weiß verfärbt.

Und damit wurde ihm schlagartig alles bewußt, was er gesagt hatte und die Erinnerungen, aus denen er geschöpft hatte. *Verdammt sollst du Narr sein! Kannst den Mund einfach nicht halten!* Warum mußte Lan auch die Unterhaltung in diese Richtung steuern? Warum konnte er nicht mit ihm über Pferde sprechen, oder das Wetter, oder einfach den Mund halten? Bisher hatte der Behüter noch nie den Eindruck erweckt, daß er sich unbedingt mit ihm unterhalten wolle. Gewöhnlich erschien diesem Mann gegenüber selbst ein Baum noch geschwätzig. Natürlich hätte er auch selbst darauf kommen können, sich auf den Zweck seines Hierseins zu besinnen und den Mund zu halten. Nun, wenigstens hatte er nicht wieder in der Alten Sprache gesprochen. *Blut und Asche, hoffentlich habe ich das wirklich nicht!*

So sprang Mat nun auf und wandte sich zum Zelteingang, durch den aber gerade in diesem Moment Rand eingetreten zu sein schien. Er hielt den eigenartigen verkürzten Speer mit den Troddeln in Händen und drehte ihn geistesabwesend hin und her. Sollte er schon länger dort gestanden haben? Es spielte keine

Rolle. Mat sprudelte alles in einem Atemzug heraus, was er sich zu sagen vorgenommen hatte. »Ich gehe weg, Rand. Beim ersten Tageslicht morgen bin ich im Sattel und weg. Ich würde noch in dieser Minute abreiten, wenn ich an einem halben Tag weit genug käme. Ich habe vor, so viele Meilen wie nur möglich zwischen mich und die Aiel – alle Aiel – zu bringen, wie Pips nur zurücklegen kann, bevor wir rasten müssen.« Es kam überhaupt nicht in Frage, einen Rastplatz zu suchen, wo ihn die Kundschafter irgendeiner Seite schnappen und zum Trocknen aufhängen könnten. Couladin hatte sicher welche ausgesandt, und selbst die eigenen hier erkannten ihn vielleicht erst, wenn er schon einen Speer in der Leber stecken hatte.

»Es tut mir sehr leid, wenn du gehst«, sagte Rand leise.

»Versuche nicht, mich davon abzubrin…« Mat riß die Augen auf. »Das ist alles? Es tut dir leid, wenn ich gehe?«

»Ich habe nie versucht, dich zum Bleiben zu zwingen, Mat. Perrin ging, als er dies mußte, und du kannst das auch.«

Mat öffnete den Mund und schloß ihn wieder. Rand hatte nie versucht, ihn zum Bleiben zu zwingen, das stimmte. Er hatte es einfach geschafft, ohne sich darum zu bemühen. Aber jetzt fühlte er überhaupt nichts von der Abhängigkeit eines *Ta'veren,* nicht einmal das vage Gefühl, einen Fehler zu begehen. Er war standhaft und hatte nur ein klares Ziel vor Augen.

»Wohin willst du ziehen?«

»Nach Süden.« Nicht, daß er eine große Auswahl gehabt hätte. Die anderen Richtungen würden ihn entweder zum Gaelin führen, und nördlich des Flusses gab es nichts, was ihn interessierte, oder den Aiel in die Arme, von denen ihn die einen ganz bestimmt töten würden und die anderen vielleicht, je nachdem, wie nahe sich Rand befand und was sie am letzten Abend gegessen hatten. Soweit er das beurteilen konnte, blieben ihm nicht allzu viele Chancen. »Anfangs jedenfalls. Dann wird schon irgendwo eine Taverne stehen, und es wird Frauen geben, die nicht gerade Speere schwenken.« Melindhra. Sie würde ein Problem darstellen. Er hatte das Gefühl, sie sei die Art von Frau, die nicht lockerließ, bis sie selbst genug hatte. Nun, er würde sich so oder so damit auseinandersetzen müssen. Vielleicht sollte er einfach losreiten, bevor sie etwas merkte. »Das hier ist nichts für mich, Rand. Ich verstehe nichts von Schlachten, und ich will auch gar nichts davon wissen.« Er vermied jeden Blick in Richtung Lan oder Natael. Wenn einer von beiden sich auch nur rührte, würde er ihm eine aufs Maul verpassen. Sogar dem Behüter. »Das verstehst du doch, oder?«

Rands Nicken konnte durchaus Verständnis bedeuten. Möglicherweise. »Wenn ich du wäre, würde ich vergessen, Egwene auf Wiedersehen zu sagen. Ich bin mir nicht mehr sicher, wieviel von dem, was ich ihr sage, letztendlich bei Moiraine oder den Weisen Frauen oder bei beiden landet.«

»Zu diesem Schluß bin ich auch vor einiger Zeit gekommen. Sie hat sich weiter von Emondsfeld entfernt als jeder andere von uns. Und sie bereut es weniger als wir.«

»Vielleicht«, sagte Rand traurig. »Das Licht leuchte dir, Mat«, fügte er hinzu und streckte die Hand aus, »und gebe dir gerade Straßen, gutes Wetter und angenehme Gesellschaft, bis wir uns wiedersehen.«

Falls es nach Mat ging, würde das eine Weile dauern. Das machte ihn selbst ein wenig traurig. Außerdem kam es ihm töricht vor, Trauer darüber zu empfinden. Ein Mann mußte schließlich selbst sehen, wo er blieb. Wenn nun alles besprochen und getan war, dann war's das wohl.

Rands Griff war so hart wie immer. All diese Schwertkämpferei und was sonst noch hatten den alten Schwielen des Bogenschützen neue hinzugefügt. Doch die harten Ränder des reiherförmigen Brandzeichens in seiner Handfläche konnte Mat trotzdem noch deutlich fühlen. Das sollte ihn nur daran erinnern, daß er die Male an den Unterarmen des Freundes und die noch eigenartigeren Dinge in seinem Kopf, die ihn die Macht lenken ließen, niemals vergaß. Wenn er schon vergaß, daß Rand die Macht benützen konnte, und daran hatte er nun tagelang nicht mehr gedacht – tagelang! –, dann war es mehr als nur höchste Zeit für ihn, zu gehen.

Sie wechselten noch ein paar verlegene Worte im Stehen. Lan schien sie zu ignorieren. Er hatte die Arme verschränkt und studierte schweigend die Landkarte, während Natael damit begonnen hatte, müßig an seiner Harfe herumzuzupfen. Mat hatte ein feines Gehör, und ihm kam die unbekannte Melodie ironisch vor. Er fragte sich, warum der Kerl ausgerechnet diese spielte. Noch ein paar Augenblicke; Rand tat einen zögernden Schritt und beendete damit das Gespräch, und dann war Mat draußen. Dort standen eine Menge Leute herum: gut hundert Töchter des Speers hatten die Hügelkuppe umstellt und gingen vor kampfbereiter Anspannung beinahe auf Zehenspitzen umher, alle sieben Clanhäuptlinge warteten geduldig und unbeweglich wie Felsblöcke, und drei tairenische Lords bemühten sich, so zu tun, als schwitzten sie nicht und als gäbe es keine Aiel.

Er hatte von der Ankunft der Lords gehört und war sogar hingegangen, um einen Blick auf ihr Lager – oder ihre Lager – zu werfen, doch es hatte sich niemand darunter befunden, den er kannte, und keiner hatte Lust auf die Würfel oder ein Kartenspielchen. Diese drei musterten ihn von oben bis unten, runzelten mißbilligend die Stirn und entschieden offensichtlich, er sei nicht besser als die Aiel, also in anderen Worten: nicht einmal wert, angeschaut zu werden.

Mat klatschte sich den Hut auf den Kopf, zog die Krempe tief über seine Augen herunter und musterte die Tairener seinerseits einen Augenblick lang kalt. Es machte ihm Spaß, zu bemerken, daß wenigstens die beiden jüngeren ihm noch einmal unangenehm berührt nachblickten, bevor er endgültig den Hügel hinabschritt. Der Graubart wirkte immer noch so ungeduldig, als wolle er am liebsten in Rands Zelt stürmen, aber es spielte alles keine Rolle. Er würde keinen von ihnen jemals wiedersehen.

Er hatte keine Ahnung, warum er sie nicht einfach ignoriert hatte. Nur war sein Schritt jetzt leichter und er fühlte sich beschwingt. Kein Wunder natürlich, da er morgen endlich gehen würde. Die Würfel schienen durch seinen Kopf zu wirbeln, und er konnte nicht voraussagen, wie viele Augen sie zeigen würden, wenn sie endlich still lägen. Seltsame Sache. Es mußte an Melindhra liegen, daß er sich Sorgen machte. Ja. Er würde auf jeden Fall früh aufbrechen, und zwar so leise und unauffällig wie eine Maus, die auf Zehenspitzen über Federn schleicht.

Pfeifend machte er sich zu seinem Zelt auf. Welche Melodie hatte er da eigentlich auf den Lippen? Ach, ja: ›Tanz mit dem Schwarzen Mann‹. Er hatte nicht die Absicht, mit dem Tod ein Tänzchen zu wagen, aber es klang so fröhlich, daß er trotzdem weiterpfiff, während er versuchte, den günstigsten Weg von Cairhien weg zu planen.

Rand stand noch da und blickte Mat nach, lange nachdem sich die Zeltklappe hinter ihm geschlossen hatte. »Ich habe nur den letzten Teil gehört«, sagte er schließlich. »War alles andere genauso?«

»Ja, beinahe«, antwortete Lan. »Er hatte nur ein paar Minuten Zeit, um die Karten zu betrachten, aber dann entwickelte er einen Schlachtplan ganz ähnlich dem Rhuarcs und der anderen. Er sah die Schwierigkeiten und Gefahren und fand heraus, wie man ihnen begegnen kann. Er weiß über Tunnelbauer und Belagerungsmaschinen Bescheid und wie man leichte Kavallerie benützt, um einen geschlagenen Gegner zu verjagen.«

Rand blickte ihn an. Der Behüter zeigte keine Überraschung und zuckte mit keiner Wimper. Natürlich war er derjenige gewesen, der behauptet hatte, Mat verstehe überraschend viel von militärischen Dingen. Und Lan würde keineswegs die Frage stellen, die so offensichtlich auf der Hand lag. Das war auch gut so. Rand hatte kein Recht dazu, ihm das wenige zu verraten, was er wußte.

Er hatte ja auch selbst ein paar Fragen auf der Zunge. Beispielsweise, was Tunnelbauer mit Schlachten zu tun haben sollten. Oder vielleicht betraf das auch nur Belagerungen. Wie auch die Antwort ausfallen mochte – es gab wohl kein Bergwerk, das näher als der Drachendolch gelegen hätte, und auch dort stand keineswegs fest, daß noch jemand nach Erz schürfte. Nun, diese Schlacht würde jedenfalls ohne sie stattfinden. Das wichtigste war, daß er nun wußte, daß Mat auf der anderen Seite dieses türförmigen *Ter'Angreal* mehr gewonnen hatte als nur die Angewohnheit, gelegentlich ohne nachzudenken in der Alten Sprache zu sprechen. Und da er das jetzt sicher wußte, würde sich Rand Mats Fähigkeiten zunutze machen.

Du mußt wirklich nicht noch härter werden, dachte er bitter. Er hatte gesehen, wie Mat zu seinem Zelt hinaufgegangen war, und hatte nicht gezögert, Lan hinunterzuschicken, um herauszufinden, was er mit ihm allein in einer ganz nebensächlichen Unterhaltung an die Oberfläche bringen könne. Es war in voller Absicht geschehen. Der Rest würde sich vielleicht bewahrheiten, vielleicht auch nicht, aber vieles würde unausweichlich geschehen. Er hoffte, Mat möge sich gut amüsieren, während er frei war. Er hoffte, auch Perrin möge seinen Aufenthalt an den Zwei Flüssen genießen, Faile seiner Mutter und den Schwestern vorstellen und sie vielleicht sogar heiraten. Er hoffte das, denn er wußte genau, daß er sie zurückholen und an sich binden würde, ein *Ta'veren,* der andere *Ta'veren* anlockte, und er war der stärkste von ihnen. Moiraine hatte es auch nicht eben als Zufall bezeichnet, daß gleich drei von ihnen im gleichen Dorf aufwuchsen, und alle darüber hinaus etwa im gleichen Alter. Das Rad webte Zufälle ins Muster hinein, aber es verwob nicht gleich drei dieser Sorte grundlos miteinander. Auf lange Sicht würde er seine Freunde zu sich zurückholen, gleich, wie weit sie sich inzwischen entfernt hatten und wann sie kamen, und er würde sie benutzen, soweit er nur konnte. Soweit er mußte. Weil es nicht anders ging. Denn was die Prophezeiungen des Drachen auch aussagten: er war sicher, daß seine einzige Chance, Tarmon Gai'don zu gewinnen, darin lag, daß sie alle drei, drei *Ta'veren,* die seit ihrer frühesten Kindheit miteinander verknüpft waren, zur Letzten Schlacht noch einmal gemeinsam verwebt würden. Nein, er mußte wirklich nicht erst hart werden. *Du bist schon so widerlich, daß selbst ein Seanchan sich übergeben würde!*

»Spielt den Todesmarsch«, befahl er mit härterer Stimme als beabsichtigt, und Natael blickte ihn einen Augenblick lang verständnislos an. Der Mann hatte alles mit angehört. Er hatte bestimmt Fragen, doch er würde keine Antworten erhalten. Wenn Rand Mats Geheimnisse schon Lan nicht enthüllen konnte, würde er sie erst recht nicht vor einem der Verlorenen ausbreiten, wie zahm dieser jetzt auch wirken mochte. Diesmal also sprach er absichtlich mit harter Stimme und deutete mit der Speerspitze auf den Mann: »Spielt das, es sei denn, Ihr kennt noch etwas Traurigeres. Spielt etwas, das *Eure* Seele zum Weinen bringt. Falls Ihr noch eine habt.«

Natael lächelte ihn gewinnend an und verbeugte sich im Sitzen, doch er wurde bleich um die Augen. Er begann dann auch tatsächlich mit dem Todesmarsch, doch er klang auf seiner Harfe einschneidender denn je, ein klagendes Heulen, das sicherlich jede Seele zum Weinen bringen konnte. Er starrte Rand unverwandt an, als hoffe er auf irgendeine Reaktion.

Rand wandte sich ab und streckte sich auf den Teppichen aus. Unter den Ellbogen hatte er sich ein rotgoldenes Kissen gelegt und er blickte auf die Landkarten herunter. »Lan, würdet Ihr die anderen jetzt hereinbitten?«

Der Behüter machte eine steife Verbeugung und schritt nach draußen. Er hatte das zum allererstenmal gemacht, doch Rand nahm es nur geistesabwesend wahr.

Die Schlacht würde morgen beginnen. Nur aus Höflichkeit taten Rhuarc und die anderen so, als helfe er ihnen beim Planen. Er war klug genug, sich darüber im klaren zu sein, was er alles nicht wußte, und trotz der vielen Gespräche mit Lan und Rhuarc war er noch nicht soweit. *Ich habe hundert Schlachten von diesem Ausmaß oder auch größere strategisch geplant und Befehle erteilt, die noch zehnmal mehr auslösten.* Das war nicht sein eigener Gedanke gewesen. Lews Therin kannte den Krieg – hatte den Krieg gekannt –, nicht aber Rand al'Thor, und der war er immer noch. Er hörte zu, stellte Fragen und nickte, als verstünde er, warum eine bestimmte Sache auf diese ganz bestimmte Art und Weise gemacht werden müsse. Manchmal verstand er es tatsächlich und wünschte sich, er verstünde nichts, weil er wußte, woher dieses Verstehen gekommen war. Sein einziger eigener Beitrag zur Planung war gewesen, daß er ihnen sagte, Couladin müsse besiegt werden, ohne die Stadt zu zerstören. Auf jeden Fall würde dieses neue Treffen lediglich dem sowieso schon Entschiedenen ein paar Einzelheiten hinzufügen. Mats Anwesenheit wäre nützlich gewesen bei all seinem neuen Wissen.

Nein. Er wollte nicht an seine Freunde denken und daran, was er ihnen antun würde, bevor alles vorüber war. Selbst wenn er die Schlacht einmal beiseite ließ, gab es noch genug, womit er sich beschäftigen mußte, Probleme, bei denen er etwas ausrichten konnte. Die Abwesenheit der Flagge Cairhiens über der Stadt Cairhien deutete auf ein wesentliches Problem hin, und die ständigen Scharmützel mit Andoranern auf ein anderes. Dann mußte er überlegen, was Sammael wohl vorhabe, und …

Die Häuptlinge schoben sich ohne bestimmte Reihenfolge herein. Diesmal kam Dhearic zuerst und Rhuarc mit Erim und Lan zusammen am Schluß. Bruan und Jheran setzten sich neben Rand. Sie waren überhaupt nicht an einer Rangordnung untereinander interessiert, und *Aan'allein* betrachteten sie beinahe als einen der ihren.

Weiramon trat als letzter ein, die kleinen Lords auf den Fersen und mit finsterer Miene und verkniffenem Mund. Für ihn spielte eine feste Rangordnung offensichtlich sehr wohl eine Rolle. Er knurrte etwas in seinen eingeölten Bart hinein, stolzierte um die Feuergrube herum und nahm einen Platz hinter Rand ein. Zumindest solange, bis die empörten Blicke der Häuptlinge in sein Bewußtsein drangen. Unter den Aiel durfte sich vielleicht ein naher Verwandter oder ein Mitglied der gleichen Kriegergemeinschaft auf den Platz hinter einem Mann setzen, damit keine Gefahr bestand, daß er ein Messer in den Rücken bekam. Trotzdem sah er Jheran und Dhearic zornig an, als erwarte er, daß einer von ihnen für ihn Platz mache.

Schließlich deutete Bael auf den Platz neben ihm, Rand und den Landkarten gegenüber, und nach kurzem Zögern begab sich Weiramon dorthin und setzte sich steif aufgerichtet mit übergeschlagenen Beinen. Er wirkte wie ein Mann, der eine unreife Pflaume geschluckt hat. Die jüngeren Tairener standen genauso steif hinter ihm, nur hatte der eine wenigstens den Anstand, verlegen dreinzublicken.

Rand nahm wohl Notiz von ihm, sagte aber kein Wort. Er stopfte dafür gelassen seine Pfeife und benützte ganz kurz *Saidin,* um sie anzuzünden. Er mußte etwas in bezug auf Weiramon unternehmen; der Mann verschärfte alte Probleme und schuf daneben auch noch neue. Rhuarc verzog keine Miene, doch die Gesichtsausdrücke der anderen Häuptlinge reichten von Hans angewiderter Grimasse bis zu Erims eindeutig kaltem Blick, in dem die Aufforderung lag, auf der Stelle mit ihm den Tanz der Speere zu tanzen. Vielleicht gab es eine Möglichkeit für Rand, Weiramon loszuwerden und gleichzeitig damit zu beginnen, an der Beseitigung einer seiner anderen Sorgen zu arbeiten.

Lan und die Häuptlinge folgten Rands Beispiel und fingen an, ihre Pfeifen zu stopfen.

»Ich sehe lediglich die Notwendigkeit für ein paar kleine Änderungen«, sagte Bael und paffte, um seinen Tabak richtig durchzuglühen. Wie gewöhnlich rief er damit einen finsteren Blick Hans hervor.

»Haben diese kleinen Änderungen mit den Goshien zu tun oder vielleicht mit einem anderen Clan?«

Rand verdrängte Weiramon aus seinem Verstand und beugte sich vor, um besser zu hören, was sie gemeinsam ausarbeiteten und was sich – hervorgerufen durch den Anblick des Geländes von oben her – ändern mußte. Von Zeit zu Zeit sah einer der Aiel zu Natael hinüber und zeigte durch seinen Blick oder ein kurzes Zusammenziehen von Augen oder Mund, daß ihm die traurige Musik des Gauklers auf die Nerven ging. Sogar die Tairener machten allmählich Trauermienen. Über Rand schwappten die Klänge jedoch hinweg, ohne ihn zu berühren. Tränen waren ein Luxus, den er sich nicht mehr leisten konnte, noch nicht einmal tief im Innern.

KAPITEL 3

An diesem Ort und diesem Tag

Am nächsten Morgen war Rand bereits lange vor Anbruch der Dämmerung auf den Beinen und angezogen. Tatsächlich hatte er überhaupt nicht schlafen können, und diesmal hatte es nicht an Aviendha gelegen, obwohl sie begonnen hatte, sich auszukleiden, bevor er die Lampen löschen konnte. Sie hatte darauf sofort mit Hilfe der Macht wieder eine entzündet und ihn gescholten, er könne vielleicht im Dunklen sehen, sie aber nicht. Er war zu sehr mit sich selbst beschäftigt gewesen, hatte ihr gar nicht erst geantwortet und auch kaum bemerkt, als sie sich um einiges später gut eine Stunde vor ihm erhob, anzog und hinausging. Er hatte sich noch nicht einmal gefragt, wohin sie gehe, und das wollte etwas heißen.

Die Gedankengänge, die ihn die Nacht über schlaflos in die Dunkelheit starren ließen, beschäftigten ihn auch jetzt noch. Heute würden Menschen sterben. Sehr viele Menschen, selbst dann, wenn alles nach Plan ablief. Nichts konnte daran noch etwas ändern, was immer er auch tat. Der Tag würde verlaufen, wie es das Muster vorschrieb. Und doch grübelte er immer wieder über all jene Entscheidungen nach, die er getroffen hatte, seit sie die Wüste erreichten. Hätte er etwas anders machen und diesen heutigen Tag, seine Ereignisse, diesen Ort hier meiden können? Vielleicht beim nächstenmal. Der mit Troddeln verzierte, abgeschnittene Speer lag auf seinem Schwertgürtel und der in der Scheide steckenden Klinge neben seinem

Deckenlager. Es würde ein nächstes Mal geben und danach wieder eins und immer wieder.

Es war noch dunkel, als die Häuptlinge auf ein paar letzte Worte kamen. Sie berichteten, daß sich ihre Männer in der vereinbarten Stellung befänden und zum Kampf bereit seien. Nicht, daß er etwas anderes erwartet hätte. Trotz ihrer üblichen steinernen Mienen brach ein wenig Gefühl durch. Es war eine eigenartige Mischung von Erregung, Überschwang und banger Nüchternheit.

Erim brachte tatsächlich ein schwaches Lächeln zuwege. »Ein guter Tag, der das Ende der Shaido bringt«, sagte er schließlich. Er schien auf Zehenspitzen zu gehen.

»So das Licht will«, sagte Bael, dessen Kopf das Zeltdach streifte, »werden wir unsere Speere noch vor Sonnenuntergang in Couladins Blut waschen.«

»Bringt Pech, über Dinge zu reden, die man sich wünscht«, knurrte Han. Bei ihm war der Überschwang wie immer am wenigsten zu spüren. »Das Schicksal wird entscheiden.«

Rand nickte. »Das Licht gebe, daß das Schicksal nicht entscheiden möge, zu viele unserer Männer und Frauen dahinzuraffen.« Es wäre ihm lieber gewesen, er hätte sich nur darum zu kümmern brauchen, daß möglichst wenige starben, denn der Lebensfaden eines Menschen sollte nicht so einfach abgeschnitten werden, doch es würden noch so viele Tage kommen ... Er brauchte jeden Speer, um auf dieser Seite der Drachenmauer Ordnung zu schaffen. Das war, wie in so vielen anderen Dingen, der Punkt, der ihn von Couladin trennte.

»Das Leben ist ein Traum«, sagte Rhuarc zu ihm, worauf Han und die anderen zustimmend nickten. Das Leben war nur ein Traum, und alle Träume gingen einmal zu Ende. Die Aiel eilten nicht gerade dem Tod entgegen, aber sie liefen auch nicht vor ihm davon.

Als sie schon im Gehen waren, blieb Bael noch einen Moment stehen. »Seid Ihr sicher, daß Ihr die Töchter des Speers wirklich so einsetzen wollt? Sulin hat deswegen mit den Weisen Frauen gesprochen.«

Deshalb also hatte Melaine Bael so bearbeitet. Und so gespannt, wie Rhuarc sich vorbeugte, um zu lauschen, hatte er von Amys auch einiges zu diesem Thema zu hören bekommen. »Jeder andere tut, was ihm aufgetragen wurde, ohne sich deshalb zu beschweren, Bael.« Das war wohl unfair, aber schließlich handelte es sich hier nicht um ein Spiel. »Wenn die Töchter eine Sonderbehandlung wünschen, kann Sulin zu mir kommen und muß nicht zu den Weisen Frauen rennen.«

Wären sie nicht Aiel gewesen, dann wären Rhuarc und Bael bestimmt kopfschüttelnd hinausgegangen. Rand vermutete, jeder von beiden würde von seiner Frau einiges zu hören bekommen, aber sie würden damit leben müssen. Wenn sich die *Far Dareis Mai* schon seiner Ehre annahmen, dann würden sie das diesmal dort tun, wo er wollte.

Zu Rands Überraschung tat Lan so, als wolle er ebenfalls schon gehen. Der Behüterumhang hing an seinem Rücken und ließ ihn vor den Augen verschwimmen, sobald er in Bewegung geriet. »Ist Moiraine bei Euch?« Rand hatte erwartet, daß Lan nicht von ihrer Seite wich.

»Sie sitzt besorgt in ihrem Zelt. Heute wird sie noch nicht einmal die am schlimmsten Verwundeten mit Hilfe der Macht heilen können.« So wollte sie an diesem Tage helfen: Sie konnte die Macht nicht als Waffe verwenden, aber sie konnte heilen. »Sie regt sich immer über Verschwendung auf.«

»Wir regen uns alle darüber auf«, fauchte Rand. Wahrscheinlich hatte sie sich auch geärgert, weil er Egwene von ihr wegholte. Wie er wußte, war Egwene allein keine sehr gute Heilerin, aber sie hätte Moiraine

unterstützen können. Nun, er brauchte sie eben, und sie mußte ihr Versprechen halten. »Sagt Moiraine, wenn sie Hilfe braucht, soll sie sich an einige der Weisen Frauen wenden, die mit der Macht umgehen können.« Doch nur wenige der Weisen Frauen hatte eine Ahnung von der Heilkunst. »Sie kann sich mit ihnen verknüpfen und so deren Kraft mit einsetzen.«

Er zögerte. Hatte Moiraine je davon gesprochen, sich mit ihm zu verknüpfen? »Ihr seid doch nicht hergekommen, um mir zu sagen, daß Moiraine grübelt«, sagte er gereizt. Es war manchmal schwierig für ihn, auseinanderzuhalten, was von ihr stammte, was von Asmodean und was von Lews Therin in seinem Verstand emporstieg.

»Ich kam, um Euch zu fragen, warum Ihr wieder ein Schwert tragt.«

»Das hat mich Moiraine schon gefragt. Hat sie Euch …«

Lans Gesichtsausdruck änderte sich nicht, aber er unterbrach Rand grob: »*Ich* will es wissen. Ihr könnt ein Schwert mit Hilfe der Macht erzeugen oder ohne eines töten, doch plötzlich tragt Ihr wieder Stahl an der Hüfte. Warum?«

Unbewußt strich Rand mit einer Hand über die lange Scheide an seiner Seite. »Es ist wohl kaum fair, die Macht auf diese Art zu verwenden. Besonders gegen jemanden, der die Macht selbst nicht benützen kann. Da könnte ich genauso gegen ein Kind kämpfen.«

Der Behüter stand eine Weile lang stumm da und musterte ihn. »Ihr habt vor, Couladin *selbst* zu töten«, sagte er schließlich mit ausdrucksloser Stimme. »Dieses Schwert gegen seine Speere.«

»Ich habe nicht vor, ihn zu suchen, aber wer weiß schon, was geschehen wird?« Rand zuckte nervös die Schultern. Nicht nach ihm suchen. Aber falls dieses Spiel mit dem Zufall ihm je einmal Vorteile bringen sollte, dann wünschte er sich, daß es ihn Auge in Auge mit Couladin bringen möge. »Außerdem halte ich es nicht für unmöglich, daß er mich sucht. Die Drohungen, die ich von ihm zu hören bekam, waren ziemlich persönlich, Lan.« Er hob eine Faust und schob seinen Arm weit genug aus dem roten Ärmel, daß der vordere Teil des goldmähnigen Drachen deutlich sichtbar wurde. »Couladin wird nicht ruhen, solange ich am Leben bin; solange wir beide diese Drachen tragen.«

Und um der Wahrheit die Ehre zu geben, würde auch er nicht ruhen, bis nur noch ein Mann am Leben war, der die Drachen trug. Es wäre nur recht, wenn er Asmodean gleich mit Couladin in einen Topf würfe. Asmodean hatte schließlich dem Shaido die Male angebracht. Doch nur Couladins ungezügelter Ehrgeiz hatte das überhaupt möglich gemacht. Sein Ehrgeiz und seine Weigerung, sich an Gesetz und Sitte der Aiel zu halten, hatten unvermeidlich zu diesem Tag und diesem Ort geführt. Außer der Trostlosigkeit und dem Bürgerkrieg unter den Aiel mußte man Couladin Taien vorwerfen und Selean und Dutzende in Schutt und Asche liegender Dörfer und Städte seither, von Hunderten niedergebrannter Bauernhöfe ganz zu schweigen. Unbeerdigte Männer und Frauen hatten die Geier gefüttert. Wenn er schon der Wiedergeborene Drache war und ein Recht darauf hatte, daß die Länder bis hin zu Cairhien seiner Führung gehorchten, dann schuldete er ihnen Gerechtigkeit.

»Dann laßt ihn enthaupten, wenn er gefangen ist«, sagte Lan grob. »Nehmt hundert Mann oder tausend, die keine andere Aufgabe haben, als ihn zu suchen und gefangenzunehmen. Aber seid kein solcher Narr, ihm einen Zweikampf zu liefern! Ihr könnt jetzt gut mit der Klinge umgehen – sehr gut sogar –, aber die Aielmänner werden mit Speer und Schild in der Hand geboren. Ein Speer in Eurem Herzen, und alles war umsonst.«

»Also sollte ich den Kampf meiden? Würdet Ihr das, wenn Moiraine Euch nicht in Anspruch nähme? Würde Rhuarc das tun oder Bael oder irgendeiner von ihnen?«

»Ich bin nicht der Wiedergeborene Drache. Das Schicksal der Welt ruht nicht auf meinen Schultern.« Doch die zuvor kurz spürbare Hitzigkeit war aus seiner Stimme gewichen. Ohne Moiraine hätte man ihn immer dort vorgefunden, wo die Schlacht am heißesten tobte. Wenn ihm jetzt überhaupt etwas anzumerken war, dann das Bedauern darüber, daß ihm dies nicht möglich war.

»Ich werde keine überflüssigen Risiken eingehen, Lan, aber ich kann nicht vor jedem davonlaufen.« Der Seanchanspeer würde heute im Zelt bleiben. Er wäre ihm nur im Weg, sollte er auf Couladin treffen. »Kommt. Wenn wir noch lange hier stehen, beenden die Aiel die Schlacht ohne uns.«

Als er sich duckte und hinaustrat, waren nur noch eine Handvoll Sterne zu sehen, und im Osten zeigte sich bereits die hell erleuchtete scharfe Kante des Horizonts. Aber das war nicht der Grund für sein und Lans plötzliches Stehenbleiben. Töchter des Speers hatten einen Kreis um das Zelt gebildet, Schulter an Schulter, die Gesichter nach innen gewandt. Der dichte Kreis zog sich die noch in Dunkelheit gehüllten Hänge hinab, Frauen im *Cadin'sor,* die sich so eng aneinanderdrängten, daß keine Maus hätte durchschlüpfen können. Jeade'en war nirgends zu sehen, obwohl er einem *Gai'schain* befohlen hatte, ihn gesattelt bereitzustellen.

Und nicht nur Töchter. Zwei Frauen in der vordersten Reihe trugen bauschige Röcke und helle Blusen. Um das Haar hatten sie zusammengefaltete Schals gebunden. Es war noch zu dunkel, um die Gesichter mit Sicherheit zu identifizieren, aber es war etwas an diesen beiden Gestalten – wie sie mit gefalteten Armen trotzig dastanden –, das ihn sicher sein ließ, es handle sich um Egwene und Aviendha.

Sulin trat vor, bevor er noch den Mund öffnen und fragen konnte, was das zu bedeuten habe. »Wir sind gekommen, um gemeinsam mit Egwene Sedai und Aviendha den *Car'a'carn* zum Turm zu geleiten.«

»Wer hat Euch das eingeredet?« wollte Rand wissen. Ein Blick auf Lan zeigte ihm, daß er es nicht gewesen war. Sogar im Dunkeln wirkte der Behüter überrascht. Nur einen kurzen Augenblick zuckte sein Kopf empor; länger hielt Überraschung bei Lan niemals an. »Egwene sollte sich bereits auf dem Weg zum Turm befinden, und die Töchter sollten sie dort beschützen. Was sie heute vollbringen soll, ist äußerst wichtig. Sie muß dabei geschützt werden.«

»Wir werden sie schützen.« Sulins Stimme klang vollkommen ausdruckslos. »Und den *Car'a'carn,* der seine Ehre den *Far Dareis Mai* anvertraute.« Ein zustimmendes Murmeln durchlief die Reihen der Töchter.

»Das ergibt doch wirklich einen Sinn, Rand«, sagte Egwene aus dem Dunklen. »Wenn eine die Macht benützt und damit die Schlacht verkürzt, dann werden drei noch mehr ausrichten und sie weiter verkürzen. Und du bist stärker als Aviendha und ich zusammen.« Es klang nicht so, als passe ihr das Gesagte sonderlich. Aviendha schwieg, doch ihre Haltung drückte Zustimmung aus.

»Das ist lächerlich«, grollte Rand. »Laßt mich durch und geht an Euren zugeteilten Platz.«

Sulin wich nicht. »*Far Dareis Mai* tragen die Ehre des *Car'a'carn*«, sagte sie ruhig und fest, und die anderen nahmen das Gesagte auf. Nicht lauter, aber so viele Frauenstimmen ergaben eine mächtige Woge: »*Far Dareis Mai* tragen die Ehre des *Car'a'carn. Far Dareis Mai* tragen die Ehre des *Car'a'carn.*«

»Ich sagte, laßt mich durch«, verlangte er im selben

Augenblick, als der Frauenchor verstummte. Als sei es eine Aufforderung gewesen, erneut zu beginnen, fingen sie wieder an: »*Far Dareis Mai* tragen die Ehre des *Car'a'carn. Far Dareis Mai* tragen die Ehre des *Car'a'carn.*« Sulin stand nur da und blickte ihn an.

Nach einem Moment beugte sich Lan herüber und murmelte trocken: »Eine Frau ist immer noch eine Frau, auch wenn sie einen Speer trägt. Habt Ihr jemals eine getroffen, die sich davon abbringen ließ, wenn sie etwas wirklich wollte? Gebt nach, oder wir werden den ganzen Tag hier stehen, während Ihr zankt und sie Euch im Chor belagern.« Der Behüter zögerte und fügte dann hinzu: »Außerdem haben sie schon recht.«

Egwene öffnete den Mund, als die Litanei wieder abebbte, doch Aviendha legte ihr eine Hand auf den Arm und flüsterte ihr ein paar Worte zu, und Egwene sagte nichts. Doch er wußte genau, was sie hatte sagen wollen. Sie hatte ihm sagen wollen, er sei ein törichter und sturer Wollkopf oder etwas Ähnliches.

Das Dumme war: er fühlte sich mittlerweile selbst wie ein solcher. Es war wirklich sinnvoll, wenn er sich persönlich zum Turm begab. Er hatte anderswo nichts verloren, denn die Führung der Schlacht lag nun in den Händen der Häuptlinge und des Schicksals, und er konnte ihnen mehr nutzen, wenn er die Macht lenkte, anstatt herumzureiten und zu hoffen, daß er Couladin begegnete. Wenn die Eigenschaften eines *Ta'veren* Couladin zu ihm führen konnten, dann würden sie ihn genauso zum Turm wie anderswohin locken. Nicht, daß er große Aussichten hätte, den Mann überhaupt zu sehen, nachdem er sämtlichen Töchtern befohlen hatte, den Turm zu bewachen.

Aber wie konnte er einen Rückzieher machen und trotzdem seine Würde bewahren, nachdem er in sämtliche Fettnäpfchen getreten war? »Ich habe beschlossen, daß ich vom Turm aus das meiste ausrichten kann«, sagte er und spürte, wie seine Wangen heiß brannten.

»Wie der *Car'a'carn* befiehlt«, antwortete Sulin ohne eine Andeutung von Spott, gerade so, als sei das von Anfang an seine Absicht gewesen. Lan nickte und schlüpfte davon. Die Töchter öffneten ihm eine schmale Gasse.

Die Lücke schloß sich jedoch gleich wieder hinter Lan, und als sich die Töchter rührten, hatte Rand keine Wahl, als in die gleiche Richtung zu gehen. Er hätte es nicht vermeiden können, und wäre sein Entschluß auch anders ausgefallen. Natürlich hätte er die Macht anwenden, mit Feuer um sich werfen oder sie durch Luft beiseite schleudern können, doch das wäre wirklich keine Art gewesen, mit Menschen umzugehen, die auf seiner Seite standen, ganz abgesehen davon, daß sie Frauen waren. Außerdem war er sich nicht sicher, ob er sie so zum Gehen hätte zwingen können. Wahrscheinlich hätte er sie zuerst umbringen müssen, und ob sie dann gewichen wären? Nun, außerdem war er eben zu der Erkenntnis gekommen, daß er ihnen allen auf dem Turm am meisten nützen konnte.

Egwene und Aviendha waren genauso still wie Sulin, als sie in Richtung Turm schritten, und dafür war er dankbar. Nartürlich war zumindest ein Teil ihres Schweigens darauf zurückzuführen, daß sie sich im Dunkeln äußerst vorsichtig den Weg hügelauf und hügelab suchen mußten, um sich nicht das Genick zu brechen. Aviendha knurrte von Zeit zu Zeit leise etwas, das er kaum verstand. Sie regte sich wohl über ihren Rock auf, der sie beim Gehen auf diesem Gelände hinderte. Doch keine machte sich über seinen offensichtlichen Rückzieher lustig. Das konnte allerdings durchaus noch später kommen. Frauen schienen es zu genießen, mit der spitzen Nadel zuzustechen, wenn man die Gefahr längst für abgeklungen hielt.

Der Himmel wandelte sich zu einem düsteren Grau,

und als der roh gezimmerte Turm über den Bäumen in Sicht kam, brach er schließlich von selbst das Schweigen. »Ich hätte nicht erwartet, Dich auch hier einsetzen zu können, Aviendha. Ich erinnere mich daran, daß du sagtest, die Weisen Frauen nähmen nicht an Kämpfen teil.« Er erinnerte sich ganz deutlich. Eine Weise Frau konnte sich leisten, ungerührt mitten durch eine tobende Schlacht zu schreiten oder in eine Festung oder einen Außenposten eines Clans zu gehen, mit dem ihr eigener eine Blutfehde austrug. Sie nahm auf keinen Fall am Kampf teil und schon gar nicht mit Hilfe der Macht, falls sie die benützen konnte. Bis er die Wüste erreichte, hatten die wenigsten Aiel gewußt, daß einige der Weisen Frauen die Macht zu lenken imstande waren, obwohl es Gerüchte über seltsame Fähigkeiten gegeben hatte, die manchmal dem nahe kamen, was sich die Aiel unter der Anwendung der Macht vorstellten.

»Ich bin noch keine Weise Frau«, erwiderte sie freundlich und rückte ihren Schal zurecht. »Wenn eine Aes Sedai wie Egwene helfen kann, dann kann ich das auch. Ich habe das erst heute morgen abgesprochen, während du noch schliefst, aber daran gedacht habe ich schon, seit du Egwene darum batest.«

Es war nun hell genug, um zu erkennen, wie Egwene errötete. Als sie bemerkte, daß er sie ansah, stolperte sie ohne sichtbaren Grund, und er mußte sie am Arm packen, damit sie nicht stürzte. Sie mied den Blick in seine Augen und riß sich los. Vielleicht würde er sich doch keine Gedanken über mögliche Sticheleien von ihrer Seite her machen müssen. Sie begannen, den spärlich bewaldeten Hang in Richtung des Turms zu erklimmen.

»Sie haben doch nicht etwa versucht, dich davon abzuhalten? Amys meine ich, oder Bair oder Melaine?« Ihm war klar: sie hatten das bestimmt nicht getan. Hätten sie es versucht, dann wäre sie jetzt nicht hier.

Aviendha schüttelte den Kopf und runzelte dann nachdenklich die Stirn. »Sie haben ziemlich lange mit Sorilea gesprochen und mir dann gesagt, ich solle tun, was ich glaubte, tun zu müssen. Für gewöhnlich befehlen sie mir, zu tun, was *sie* für richtig halten.« Sie blickte ihn von der Seite her an und fügte hinzu: »Ich hörte Melaine sagen, daß du in allem Veränderungen mit dir bringst.«

»Das stimmt«, sagte er und stellte seinen Fuß auf die unterste Sprosse der ersten Leiter. »Licht, hilf mir, aber es stimmt.«

Der Ausblick von der Plattform aus war selbst ohne die Hilfe eines Fernrohrs atemberaubend. Das Land breitete sich unter ihnen in unzähligen bewaldeten Hügeln aus. Die Bäume standen dicht genug, um die Aiel zu verbergen, die sich auf Cairhien zu in Bewegung gesetzt hatten. Die meisten befanden sich sowieso schon in ihren Ausgangspositionen. Die aufgehende Sonne tauchte die Stadt in einen goldenen Lichtschimmer. Ein kurzer Rundblick durch eines der Fernrohre zeigte ihm, daß die kahlen Hügel am Flußufer ruhig und anscheinend unbesetzt waren. Das würde sich schon bald ändern. Die Shaido befanden sich in der Nähe, wenn auch im Moment noch verborgen. Sie würden aber nicht verborgen bleiben, sobald er … Was würde er eigentlich einsetzen? Kein Baalsfeuer jedenfalls. Was er auch tat, mußte die Shaido kräftig aufscheuchen, bevor seine Aiel zum Angriff übergingen.

Egwene und Aviendha hatten sich am anderen Fernrohr abgelöst und sprachen dazwischen leise miteinander, doch nun ließen sie das Fernrohr unbeachtet und unterhielten sich nur noch. Schließlich nickten sie einander zu, gingen vor zum Geländer und standen da, die Hände auf dem rauhen Holz, wobei sie nach Cairhien hinübersahen. Eine Gänsehaut überlief ihn. Eine von ihnen benützte die Macht; vielleicht auch beide.

Es war der Wind, den er zuerst bemerkte. Er hatte

sich auf die Stadt zu gedreht. Es war keine leichte Brise, sondern ein kräftiger Wind, wie er ihn in diesem Land zum erstenmal erlebte. Und über Cairhien begannen sich Wolken zusammenzubrauen; die schwärzesten im Süden. Während er zusah, türmten sie sich immer höher und schwärzer. Nur dort über Cairhien und den Shaido. Überall sonst innerhalb seines Gesichtsfeldes war der Himmel klar und blau, und nur wenige weiße, hohe Wolkenfetzen zeigten sich. Und doch grollte nun der Donner lang und mächtig. Plötzlich zuckte ein Blitz nach unten, eine gezackte, silberne Furche, die in einen Hügel unterhalb der Stadt fetzte. Bevor noch das Krachen des ersten Blitzschlags den Turm erreichte, flammten zwei weitere auf. Wilde, grelle Leuchtspuren tanzten über den Himmel, und diese blendenden Lichtlanzen schlugen regelmäßig wie ein Herzschlag unten ein. Mit einemmal bäumte sich der Boden selbst dort auf, wo keine Blitze eingeschlagen waren. Der Erdboden schoß wie eine Fontäne fünfzig Fuß hoch, gleich darauf an einer anderen Stelle und immer wieder und wieder.

Rand hatte keine Ahnung, welche der Frauen gerade etwas verursachte, aber sie schienen in der Tat gewillt, die Shaido allein zu vertreiben. Entweder tat er jetzt selbst etwas, oder er stand nur da und glotzte. So griff er hinaus nach *Saidin.* Eisiges Feuer überzog die Außenhaut des Nichts, das alles umgab, was Rand al'Thor war. Ungerührt ignorierte er den öligen Schmutz der Verderbnis, der in ihn einsickerte, und jonglierte mit wild tobenden Machtströmen, die drohten, ihn zu verschlingen.

Auf diese Entfernung waren seinen Fähigkeiten allerdings Grenzen gesetzt. Genauer gesagt, es war in etwa die Grenze dessen, was er ohne Hilfe eines *Angreal* oder *Ter'Angreal* noch unternehmen konnte. Höchstwahrscheinlich lenkten die Frauen aus dem gleichen Grund immer nur einen Blitz oder eine

Explosion zur selben Zeit. Wenn *er* schon an seine Grenzen stieß, dann hatten sie die ihren bereits überschritten.

Eine Erinnerung glitt über die Leere. Nicht die seine; sie kam von Lews Therin. Ausnahmsweise war ihm das gleich. Einen Augenblick später lenkte er die Macht, und ein Feuerball hüllte eine Hügelspitze ein, die beinahe fünf Meilen entfernt war, eine sich aufbäumende, gleißend gelbe Flammenkugel. Als sie verblaßte, konnte er auch ohne Fernrohr erkennen, daß der Hügel nun niedriger war und obenauf schwarz, anscheinend geschmolzen. Wenn sie alle drei im Einsatz waren, könnte vielleicht eine Schlacht der Clans gegen Couladin überflüssig werden.

Ilyena, meine Liebste, vergib mir!

Das Nichts bebte, und einen Moment lang taumelte Rand am Abgrund der Vernichtung. Wogen der Einen Macht schlugen mit der Gischt der Furcht über ihm zusammen. Die Verderbnis schien sich um sein Herz zusammenzuziehen und zu verfestigen wie eine stinkende Mauer.

Er packte das Geländer, bis seine Knöchel schmerzten, und zwang sich wieder zur Ruhe, zwang die Leere, zu widerstehen. Danach weigerte er sich, der Stimme in seinem Kopf zu lauschen. Statt dessen konzentrierte er sich ganz auf das Lenken der Macht und versengte methodisch einen Hügel nach dem anderen.

Mat stand zwischen den Bäumen auf dem Kamm des Hügels verborgen und hielt Pips' Nase unter seinem Arm fest, damit der Wallach nicht wiehern konnte, während er tausend oder mehr Aiel beobachtete, wie sie über die Hügel von Süden her auf ihn zu marschierten. Die Sonne blinzelte gerade über den Horizont, so daß die dahinziehende Menschenmasse lange, wabernde Schatten warf. Die Wärme der Nacht wich bereits der Hitze des nahenden Tages. Sobald die

Sonne ein Stück hoch stand, würde die Luft wieder vor Hitze flimmern. Er begann schon jetzt zu schwitzen.

Die Aiel hatten ihn noch nicht bemerkt, aber er hegte keinen Zweifel, daß sie ihn bemerken würden, sollte er weiter hier warten. Es spielte kaum eine Rolle, daß es sich wahrscheinlich um Rands Männer handelte. Falls Couladin hier im Süden ebenfalls Truppen stationiert hatte, wartete eine Überraschung auf diejenigen, die dumm genug waren, sich mitten im Kampfgebiet aufzuhalten. Es war gleich, denn er hatte nicht vor, das Risiko einzugehen, sich von ihnen sehen zu lassen. Er war diesen Morgen schon einem Pfeil durchs Herz zu nahe gekommen, um noch einmal so unvorsichtig zu handeln. Geistesabwesend fühlte er nach dem sauberen Schnitt an der Schulter seiner Jacke. Ein guter Schütze, wenn er ein bewegliches Ziel traf, das er zwischen den Bäumen kaum richtig erkennen konnte. Er hätte ihn ja bewundert, wäre er nicht selbst das Ziel gewesen.

Er wandte den Blick nicht von den sich nähernden Aiel, während er sich vorsichtig mit Pips tiefer in das spärliche Dickicht zurückzog. Falls sie ihn entdeckten und ihren Schritt beschleunigten, wollte er das wissen. Die Leute behaupteten, Aiel könnten einen Berittenen in Grund und Boden rennen, und falls sie das versuchten, wollte er einen ordentlichen Vorsprung haben.

Er beschleunigte seinen Schritt erst dann, als die Bäume ihn vor ihren Blicken verbargen, und führte Pips auf den rückwärtigen Abhang, bevor er sich in den Sattel schwang und sich nach Westen wandte. Ein Mann konnte nicht vorsichtig genug sein, wenn er an diesem Tag und in diesem Gebiet am Leben bleiben wollte. Im Reiten knurrte er einiges in sich hinein. Die Hutkrempe hatte er weit heruntergezogen, um seinem Gesicht Schatten zu spenden, und den Speer mit dem schwarzen Schaft hatte er quer über den Sattelkopf gelegt. Nach Westen. Schon wieder.

Der Tag hatte so gut begonnen, ungefähr zwei Stunden vor dem ersten Tageslicht, als Melindhra weggegangen war, um sich mit den anderen Töchtern zu treffen. Sie hatte geglaubt, er schlafe noch, und ihm keinen Blick zugeworfen. Sie war hinausstolziert und hatte halblaut vor sich hin gesprochen, etwas von ›Rand al'Thor‹ und ›Ehre‹ und ›vor allem *Far Dareis Mai*‹. Es klang, als sei sie mit sich selbst uneins, aber offen gesagt war es ihm gleich, ob sie Rand nun räuchern oder ihn lieber im Eintopf mitkochen wollte. Sie war noch keine Minute aus dem Zelt, da packte er bereits seine Satteltaschen. Niemand hatte ihn weiter beachtet, als er Pips sattelte und heimlich wie ein Geist nach Süden davonritt. Ein guter Beginn. Nur hatte er nicht mit ganzen Kolonnen von Taardad und Tommanelle und jedem anderen verdammten Clan gerechnet, die in breiter Front nach Süden marschierten. Es tröstete ihn nicht, daß er Lan vorgequatscht hatte, sie genau dies tun zu lassen. Er wollte nach Süden, und diese Aiel hatten ihn gezwungen, in Richtung des Alguenya zu reiten. Dorthin, wo die Kämpfe stattfinden würden.

Eine Meile oder zwei weiter lenkte er Pips vorsichtig einen Hang empor und blieb tief zwischen den verstreuten Bäumen auf dem Kamm verborgen stehen. Dieser Hügel war höher als die meisten anderen, und er hatte von hier aus eine gute Aussicht. Diesmal waren keine Aiel zu sehen, aber die Kolonne, die sich auf der Sohle des gewundenen Tals zwischen den Hügeln dahinschlängelte, war beinahe genauso schlimm. Berittene Tairener führten sie hinter einer Gruppe bunter Flaggen verschiedener Lords an. Ein Stück dahinter folgte eine dicke, stachelbewehrte Schlange von Pikeuren in der Staubspur der Tairener, und wieder ein Stück danach kam die Kavallerie von Cairhien mit ihrem bunten Durcheinander von Flaggen und Wimpeln und Cons. Bei diesen Soldaten aus Cairhien herrschte überhaupt keine Ordnung. Alles ritt durcheinander, die Lords begaben sich mal nach vorn und dann wieder nach hinten, um sich zu unterhalten, aber wenigstens hatten sie nach beiden Seiten zu die Flanken gedeckt. Jedenfalls brauchte er sie nur vorbeizulassen, um dann freien Weg nach Süden zu haben. *Und ich werde nicht anhalten, bis ich die Hälfte des Wegs zum verdammten Erinin geschafft habe!*

Eine kaum wahrnehmbare Bewegung ein Stück vor der Kolonne unten fiel ihm ins Auge. Er hatte sie nur entdecken können, weil er sich so hoch oben befand. Sie war sicherlich keinem der Reiter drunten aufgefallen. Er kramte sein kleines Fernrohr aus der Satteltasche – Kin Tovere würfelte gern – und spähte in die Richtung, in der er die Bewegung gesehen hatte. Dann pfiff er leise durch die Zähne. Aiel, bestimmt genauso viele wie die Männer im Tal, und falls sie nicht zu Couladin gehörten, wollten sie vermutlich jemandem eine Überraschungsparty zum Namenstag geben, denn sie hatten sich auf den abgestorbenen Blättern unter den kahlen Büschen auf die Lauer gelegt.

Einen Augenblick lang trommelte er nervös mit den Fingern auf seine Hüfte. In kurzer Zeit würde es hier unten eine Menge Leichen geben. Und nicht viele davon wären Aiel. *Geht mich nichts an. Ich bin aus allem draußen und ziehe weg von hier nach Süden.* Er würde ein wenig warten und dann losreiten, wenn alle anderen zu beschäftigt waren, um ihn zu bemerken.

Dieser Bursche Weiramon – er hatte den Namen des Graubarts gestern erfahren – war ein verbohrter Narr. *Keine Vorhut draußen, keine Kundschafter, sonst wüßte er, was sich verdammt noch mal vor ihm zusammenbraut.* Was das betraf, konnten auch die Aiel bei diesem gewundenen Weg durch das Tal mit seinen vielen Biegungen die Kolonne nicht sehen: höchstens die dünne Staubspur, die sich hoch in die Luft erhob. Sie hatten auf jeden Fall Kundschafter gehabt, die ihnen die richtige Abfangstellung verrieten, denn bestimmt warteten sie dort nicht auf einen bloßen Zufall hin.

Gedankenverloren pfiff er ›Tanz mit dem Schwarzen Mann‹ vor sich hin, hob dann das Fernrohr wieder an ein Auge und musterte die Hügelkuppen. Ja. Der Befehlshaber der Aiel hatte ein paar Mann dort hinterlassen, wo sie ihre Leute warnen konnten, bevor die Kolonne das Terrain betrat, auf dem sie sterben sollte. Aber im Augenblick war es auch ihnen völlig unmöglich, schon etwas davon zu sehen. In ein paar Minuten würden die ersten Tairener in Sicht kommen, doch bis dahin …

Er erschrak selbst, als er sich dabei ertappte, wie er Pips zum Galopp den Hang hinunter antrieb. *Was beim Licht mache ich da?* Nun, er konnte nicht einfach so dastehen und sie alle in den Tod marschieren lassen wie die Gänse zur Schlachtbank. Er würde sie warnen. Das war alles. Ihnen sagen, was auf sie wartete, und dann wieder davonreiten.

Die Flankendeckung der Männer aus Cairhien sah ihn natürlich kommen, bevor er die Talsohle erreicht hatte. Sie hörten ja auch das Trommeln von Pips' Hufen. Zwei oder drei senkten die Lanzen.

Mat genoß es nicht gerade, wenn eineinhalb Fuß Stahl auf ihn zeigten, und gleich dreimal dasselbe gefiel ihm noch weniger; aber offensichtlich stellte ein einzelner Mann für sie keine Bedrohung dar, selbst wenn er wie ein Verrückter ritt. Sie ließen ihn passieren, und er zügelte Pips gerade so lange in der Nähe der Führungsgruppe mit ihren Lords, um ihnen zuzurufen: »Haltet hier! Jetzt! Befehl des Lord Drachen! Sonst wird er Euch den Kopf in den Bauch zaubern und Euch die eigenen Füße zum Frühstück vorsetzen!«

Seine Fersen gruben sich in Pips' Flanken und der Wallach galoppierte weiter. Er blickte nur kurz zurück, um zu sehen, ob sie seinem Befehl nachkamen. Und sie taten es, wenn auch unter einiger Verwirrung. Die

Hügel deckten sie immer noch gegen die Sicht der Aiel. Sobald sich die Staubwolke gelegt hatte, würden die Aiel nicht mehr wissen, wo sie sich befanden. So beugte er sich tief über den Hals des Wallachs, klatschte seinen Hut auf Pips' Flanke und galoppierte an der Infanterie entlang.

Wenn ich darauf warte, daß Weiramon die Befehle weitergibt, ist es zu spät. Das ist alles. Er würde sie einfach warnen und weiterreiten.

Die Infanterie marschierte in Kolonnen zu je etwa zweihundert Pikeuren mit einem berittenen Offizier an der Spitze und vielleicht jeweils fünfzig Bogen- oder Armbrustschützen hintenan. Die meisten blickten ihm neugierig nach, als er vorbeijagte. Pips' Hufe schleuderten Staub und Erdbrocken hoch, doch keiner von ihnen kam aus dem Schritt. Die Reittiere einiger Offiziere tänzelten nervös, als spürten sie, daß ihre Reiter sich ihm nähern und herausfinden wollten, was ihn zu solcher Eile antrieb, doch auch von ihnen verließ keiner seinen Platz. Gute Disziplin. Sie würden das auch brauchen.

Verteidiger des Steins bildeten den Abschluß der taiienischen Truppen, wie immer mit Brustharnisch und schwarz-golden gestreiften Puffärmeln, und mit Federn in verschiedenen Farben auf den geränderten Helmen, an denen man die Offiziere und Unteroffiziere erkannte. Die anderen waren ebenso gerüstet, trugen aber an den Ärmeln sichtbar die Farben verschiedener Lords. Die Lords selbst ritten mit seidenen Kurzmänteln, kunstvollen Harnischen und langen weißen Federn geschmückt an der Spitze. Hinter ihnen flatterten ihre Flaggen im auffrischenden Wind in Richtung der Stadt.

Mat riß Pips so schnell vor ihnen herum, daß der Wallach sich aufbäumte, und schrie: »Halt, im Namen des Lord Drachen!«

Das schien der schnellste Weg, sie zum Anhalten zu

bringen, doch einen Augenblick lang glaubte er, sie würden ihn glatt überreiten. Beinahe im letzten Moment hob ein junger Lord, den er vor Rands Zelt bereits einmal gesehen hatte, die Hand, und dann hielten sie alle in einem Durcheinander geschriener Befehle an, die nach hinten weitergegeben wurden. Weiramon war nicht zugegen. Keiner der Lords war mehr als zehn Jahre älter als Mat.

»Was hat das zu bedeuten?« fragte der Bursche, der die anderen zum Anhalten gebracht hatte. Dunkle Augen blickten arrogant über einen schmalen Nasenrücken; das Kinn hielt er so hoch, daß sein Spitzbart wie ein Dolch stoßbereit wirkte. Der Eindruck wurde nur ein wenig durch den Schweiß gestört, der ihm über das Gesicht rann. »Der Lord Drache selbst hat mir dieses Kommando übergeben. Wer seid Ihr, daß Ihr …?«

Er brach ab, als ihn ein anderer, den Mat kannte, am Ärmel zupfte und ihm eindringlich etwas zuflüsterte. Esteans Kartoffelgesicht wirkte unter seinem Helm hager und erhitzt zugleich. Mat hatte gehört, daß ihn die Aiel in bezug auf Informationen über die Stadt ziemlich in die Mangel genommen hatten. Aber in Tear hatte er immerhin mit Mat Karten gespielt. Er wußte jedenfalls genau, wer Mat war. Nur Esteans Brustharnisch wies Scharten in dem kunstvollen Goldzierrat auf. Keiner der anderen hatte mehr getan, als herumzureiten und hübsch auszusehen. Bisher.

Spitznases Kinn senkte sich beim Zuhören, und als Estean fertig war, sprach er in gemäßigtem Ton: »Nichts für ungut … äh … Lord Mat. Ich bin Melanril aus dem Hause Asegora. Wie kann ich dem Lord Drachen dienen?« Bei den letzten Worten wurde aus der Mäßigung ein regelrechtes unsicheres Zögern, und Estean unterbrach ihn dann auch noch ängstlich: »Warum sollten wir anhalten? Ich weiß, daß uns der Lord Drache Zurückhaltung auferlegte, Mat, aber seng meine Seele, es liegt keine Ehre darin, dazuhocken und lediglich den Aiel das Kämpfen zu überlassen. Warum sollen wir aufsatteln, um sie dann doch nur zu hetzen, wenn sie bereits geschlagen sind? Außerdem befindet sich mein Vater in der Stadt, und ...« Unter Mats Blick erstarben seine Worte.

Mat schüttelte den Kopf und fächelte sich mit dem Hut Luft zu. Diese Narren befanden sich nicht einmal dort, wo sie eigentlich sein sollten. Und es gab auch keine Möglichkeit, sie wenden und zurückmarschieren zu lassen. Selbst wenn Melanril dazu bereit wäre, und Mat war sich nach einem Blick zu ihm hin nicht sicher, ob das der Fall wäre, und das trotz des angeblichen Befehls des Lord Drachen, gab es keine Möglichkeit dazu. Wie er da im Sattel saß, war er für die Ausguckposten der Aiel deutlich zu erkennen. Sollte die Kolonne plötzlich wenden, würden sie sich entdeckt wissen und höchstwahrscheinlich sofort angreifen, während sich die Tairener und die Infanterie aus Cairhien noch hoffnungslos im Weg stünden. Das ergäbe ein reines Gemetzel, genauso, als rückten sie unwissend weiter vor. »Wo ist Weiramon?«

»Der Lord Drache schickte ihn nach Tear zurück«, erwiderte Melanril bedächtig. »Um sich die illianischen Piraten vorzuknöpfen und die Banditen auf der Ebene von Maredo. Er zögerte natürlich, zu gehen, trotz der großen Verantwortung, die ihm auferlegt worden war, aber... Verzeiht, Lord Mat, aber wenn Euch der Lord Drache sandte, wieso wißt Ihr dann nicht ...«

Mat unterbrach ihn. »Ich bin kein Lord. Und wenn Ihr das in Frage stellen wollt, was Rand die Leute wissen läßt und was nicht, dann fragt ihn selbst.« Das rückte den Burschen zurecht. Er würde den verdammten Lord Drachen überhaupt nichts mehr fragen. Weiramon war ein Narr, doch wenigstens alt genug, um einmal in einer Schlacht gekämpft zu haben. Außer

Estean, der wirkte wie ein Sack voll Zwiebeln, den man auf ein Pferd geschnallt hat, war alles, was diese Bande hier jemals erlebt hatte, eine Wirtshausschlägerei oder auch zwei. Und vielleicht ein paar Duelle. Das würde ihnen nun wirklich viel nützen. »Jetzt hört mir mal alle zu. Wenn Ihr durch jene Lücke vorn zwischen den nächsten beiden Hügeln reitet, werden Aiel über Euch hereinbrechen wie eine Lawine.«

Er hätte ihnen genauso erzählen können, daß sie auf einen Ball gehen müßten, wo alle Frauen bereits sehnsüchtig auf die kleinen Lords aus Tear warteten. Freudiges Grinsen breitete sich aus, und sie fingen an, ihre Pferde tänzeln zu lassen, klatschten sich gegenseitig auf die Schultern und gaben damit an, wie viele sie töten würden. Estean war die Ausnahme. Er seufzte nur und lockerte sein Schwert in der Scheide.

»Starrt ja nicht dort hinauf!« fauchte Mat. Diese Narren. Noch eine Minute, und sie würden zum Angriff blasen. »Blickt mich an. Mich!«

Seine Freundschaft zu Rand brachte sie zur Ruhe. Melanril und die anderen in ihren schönen, unberührten Harnischen runzelten ungeduldig die Stirn und verstanden nicht, weshalb er sie nicht damit anfangen lassen wollte, die Aielwilden zu töten. Wäre er nicht Rands Freund gewesen, hätten sie ihn und Pips möglicherweise glatt überrannt.

Er konnte sie ja lospreschen lassen. Sie würden allein angreifen, die Pikeure und die Kavallerie Cairhiens zurücklassen, obwohl die sich vielleicht anschlossen, sobald ihnen klar wurde, was geschah. Und alle würden sterben. Das Klügste wäre, sie einfach weitermachen zu lassen und selbst in die entgegengesetzte Richtung zu reiten. Das Gefährliche war nur, daß diese Idioten die Aiel möglicherweise wissen ließen, daß sie sie entdeckt hatten. Dann konnten sich die Aiel für eine ganz ausgefallene Taktik entscheiden, fielen vielleicht seitlich aus, umgingen sie im Bogen und griffen die weit verstreuten Narren von der Flanke her an. Falls das geschah, hatte er keine Garantie, daß er selbst sich in Sicherheit bringen könne.

»Was der Lord Drache von Euch will«, sagte er zu ihnen, »ist, daß Ihr weiter langsam vorwärtsreitet, genauso, als gebe es auf hundert Meilen Umkreis keinen Aiel. Sobald die Pikeure durch die Lücke marschiert sind, bilden sie ein Karree, ein hohles Viereck, und Ihr begebt Euch ganz schnell hinein.«

»Hinein!« protestierte Melanril empört. Ärgerliches Gemurmel war von den jungen Lords zu hören. Nur Estean blieb still und blickte nachdenklich drein. »Es liegt keine Ehre darin, sich hinter stinkenden …«

»Ihr werdet verdammt noch mal tun, was ich Euch sage!« brüllte Mat und riß Pips herum, damit er neben Melanrils Pferd zu stehen kam. »Sonst wird Rand Euch umbringen, falls das die verfluchten Aiel nicht besorgen, und was er übrig läßt, werde ich höchstpersönlich zu Wurst verarbeiten!« Das dauerte alles zu lang. Die Aiel würden sich mittlerweile fragen, was sie so lange zu besprechen hatten. »Mit ein wenig Glück seid Ihr bereit, bevor die Aiel zuschlagen können. Falls Ihr Pferdebögen habt, benützt sie. Ansonsten haltet Euch zurück. Ihr werdet Euren verdammten Angriff schon bekommen, und Ihr wißt auch, wann, doch wenn Ihr Euch zu früh rührt …!« Er fühlte beinahe körperlich, wie die Zeit immer knapper wurde.

Er stellte das Ende des Speerschafts wie eine Lanze auf seinen Steigbügel und ließ Pips die Kolonne entlanggaloppieren. Als er sich nach hinten umsah, konnte er erkennen, wie Melanril und die anderen sich unterhielten und ihm nachblickten. Wenigstens eilten sie nicht weiter ihrem Tod entgegen.

Der Befehlshaber der Pikeure erwies sich als ein blasser, schlanker Mann aus Cairhien, einen halben Kopf kleiner als er, dessen grauer Wallach mehr als reif für sein Gnadenbrot schien. Daerids Augen blickten allerdings hart drein, seine Nase war schon mehrmals gebrochen worden, und drei weiße Narben überschnitten sich in seinem Gesicht. Eine davon konnte noch nicht alt sein. Er nahm den glockenförmigen Helm ab, während er mit Mat sprach. Die Vorderseite seines Schädels war kahlgeschoren. Er war bestimmt kein Lord. Vielleicht war er Soldat gewesen, lange bevor der Bürgerkrieg ausbrach. Ja, seine Männer wüßten, wie man einen Igel bildet. Er hatte wohl noch nie Aiel gegenübergestanden, aber zumindest hatte er gegen Briganten und die Kavallerie Andors gekämpft. Er deutete an, er habe auch gegen andere Soldaten aus Cairhien gefochten, wahrscheinlich im Dienst eines der Häuser, die sich um den Thron stritten. Daerid wirkte weder übereifrig noch zaudernd; es klang wie bei einem Mann, der eine Aufgabe ganz professionell anging.

Die Kolonne marschierte wieder ab, als Mat Pips wenden ließ. Sie marschierten in gemäßigtem Schritttempo, und ein kurzer Blick nach hinten zeigte ihm, daß die tairenischen Reiter sich auch nicht schneller bewegten.

Er trieb Pips etwas rascher an, aber nicht viel. Es schien ihm, als könne er die Blicke der Aiel auf seinem Rücken spüren, spüren, wie sie sich fragten, was er wohl gesagt habe und wohin und warum er nun weiterritt. *Nur ein Kurier, der seine Nachricht überbracht hat und davonreitet. Nichts Beunruhigendes.* Jedenfalls hoffte er, die Aiel dächten genau das, aber seine Schultern entspannten sich nicht, bis er sicher war, daß sie ihn nicht mehr sehen konnten.

Die Truppe aus Cairhien wartete immer noch, wo er sie hatte stehen lassen. Auch ihre Flankendeckung befand sich noch draußen. Flaggen und Cons standen wie ein Dickicht dort, wo sich die Lords versammelt hatten. Mindestens jeder zehnte Mann aus Cairhien schien ein Lord zu sein. Die meisten trugen einfach gearbeitete Brustharnische, und wo etwas Vergoldung oder Silberzierrat zu sehen war, da war es eingedellt, als habe ein betrunkener Schmied den Harnisch bearbeitet. Neben einigen ihrer Reittiere hätte Daerids Pferd noch wie ein Streitroß gewirkt. Konnten sie überhaupt vollbringen, was notwendig war? Doch die ihm zugewandten Gesichter waren hart und die Blicke noch härter.

Jetzt konnte er sich ungehindert bewegen, vor den Aiel verborgen. Er könnte auch weiterreiten. Zumindest nachdem er diesen Burschen erklärt hatte, was von ihnen erwartet wurde. Er hatte die anderen vorwärts in die Falle der Aiel geschickt und konnte sie nun natürlich nicht so einfach im Stich lassen.

Talmanes aus dem Hause Delovinde, dessen Con drei gelbe Sterne auf blauem Grund zeigte und der einen schwarzen Fuchs im Banner führte, war noch kleiner als Daerid und höchstens drei Jahre älter als Mat, doch er führte diese Truppe aus Cairhien an, obwohl ältere Männer zugegen waren und Mat sogar einige graue Schöpfe sah. In seinen Augen lag genausowenig Ausdruck wie in denen Daerids, und irgendwie wirkte er wie eine zusammengerollte Peitsche. Sein Harnisch und Schwert wiesen keinerlei Zierrat auf. Sobald er Mat seinen Namen genannt hatte, lauschte er ruhig, als Mat seinen Plan beschrieb. Mat beugte sich etwas vor und ritzte mit der Schwertklinge an seinem Speer Linien in den Boden, um deutlicher zu machen, was er vorhatte.

Die anderen Lords aus Cairhien versammelten sich auf ihren Pferden um sie und sahen zu, aber keiner so konzentriert wie Talmanes. Talmanes betrachtete die Karte, die er in den Schmutz zeichnete, ganz genau und musterte auch ihn von den Stiefeln bis zum Hut und sogar den Speer. Als er fertig war, sagte der Bursche immer noch nichts, bis Mat ihn anfuhr: »Also? Mir ist es gleich, ob Ihr es so macht oder nicht, aber

Eure Freunde werden in kürzester Zeit knietief durch Aielmengen waten müssen.«

»Die Tairener sind nicht meine Freunde. Und Daerid ist ... nützlich. Aber bestimmt kein Freund.« Bei dieser Andeutung schmunzelten die zuschauenden Lords leicht. »Aber ich werde die eine Hälfte befehligen, wenn Ihr die andere führt.«

Talmanes zog einen stahlverstärkten Handschuh aus und streckte ihm die Hand hin. Doch Mat starrte diese Hand zunächst nur verblüfft an. Führen? Er? *Ich bin ein Spieler und kein Soldat. Ein Frauenheld.* Erinnerungen an lange vergangene Schlachten wirbelten durch seinen Kopf, aber er unterdrückte sie. Er mußte doch einfach nur weiterreiten. Doch dann würde Talmanes vielleicht Estean und Daerid und die anderen in der Bratpfanne zurücklassen. An dem Spieß gebraten, auf den Mat sie gesteckt hatte. Trotz dieser Gedankengänge überraschte er sich selbst damit, daß er die Hand des anderen erfaßte und sagte: »Seid nur zur richtigen Zeit an der richtigen Stelle.«

Statt einer Antwort begann Talmanes damit, kurz und knapp eine Reihe von Namen aufzurufen. Lords und die Söhne von Lords lenkten ihre Pferde zu Mat hin, jeder von einem Bannerträger und vielleicht einem Dutzend Gefolgsleute begleitet, bis etwa vierhundert Männer aus Cairhien bei ihm standen. Talmanes hatte auch hinterher nicht viel zu sagen; er führte einfach die anderen im Trab nach Westen. Sie zogen eine dünne Staubwolke hinter sich her.

»Bleibt auf jeden Fall zusammen«, sagte Mat zu seiner Hälfte. »Greift an, wenn ich es Euch sage, flieht, wenn ich es Euch sage, und macht keinen unnötigen Lärm.« Natürlich hörte er das Knarren der Sättel und das Hufgeklapper, als sie sich ihm anschlossen, aber wenigstens quatschten sie nicht und stellten keine Fragen.

Ein letzter kurzer Blick auf die andere Gruppe mit

ihrem Gewirr bunter Banner und Cons, und dann waren sie hinter einer Biegung des Tals verschwunden. Wie war er nur in all dies hineingeraten? Es hatte doch so einfach begonnen. Nur die Leute warnen und dann wieder weg. Jeder weitere Schritt danach kam ihm so klein vor, so unbedeutend, wenn auch notwendig. Und nun steckte er bis zur Hüfte im Schlamm und hatte keine andere Wahl, als weiterzumachen. Er hoffte, Talmanes werde auch wirklich auftauchen. Der Mann hatte noch nicht einmal gefragt, wer *er* sei.

Das Tal wand und teilte sich, als er sie nach Norden führte, doch er hatte einen guten Riecher, was Richtungen anbetraf. Beispielsweise war ihm völlig klar, wo der Süden und damit die Sicherheit lag, doch er ritt eben nicht in diese Richtung. Dunkle Wolken quollen über der Stadt auf, die ersten dieser Art, die er seit langer Zeit zu sehen bekam. Der Regen würde die Dürre beenden – gut für die Bauern, falls es hier noch welche gab – und den Staub am Boden binden, was für Reiter von Vorteil war, wenn sie ihre Ankunft nicht vorzeitig verraten wollten. Vielleicht würde der Regen die Aiel zum Aufgeben bringen und sie nach Hause zurückkehren lassen? Auch der Wind frischte nun erheblich auf und brachte erfreulicherweise ein wenig Kühle mit sich.

Kampfeslärm trieb über die Hügel zu ihnen herüber, Rufe, Schreie von Männern. Es hatte begonnen.

Mat wendete Pips, hob seinen Speer und schwenkte ihn nach rechts und links. Er war beinahe erschrocken, als seine Männer sich tatsächlich zu zwei langen Reihen formierten, eine rechts und eine links von ihm. Sie blickten bergauf. Die Geste war rein instinktiv gewesen und stammte aus einer ganz anderen Zeit, doch diese Männer waren eben kampferprobt. Er trieb Pips in langsamem Schritt zwischen den verstreuten Bäumen hindurch aufwärts, und sie kamen im gleichen Tempo mit. Nur ihr Zaumzeug klimperte gelegentlich.

Sein erster Gedanke, als er die Kammhöhe erreichte, drückte die Erleichterung darüber aus, daß Talmanes und seine Männer gerade auf dem gegenüberliegenden Hügel in Sicht kamen. Dann jedoch fluchte er.

Daerid hatte mit seinen Leuten den Igel gebildet, ein viereckiges Dickicht von Piken, vier Reihen tief, mit dazwischen verteilten Bogenschützen und einem freien Platz im Innern. Die langen Piken machten es den Shaido schwer, heranzukommen, so heftig sie auch anstürmten, und die Bogen- und Armbrustschützen schossen ihre Pfeile und Bolzen ebenso hitzig und schnell ab wie jene unter den Aiel. Männer fielen auf beiden Seiten, doch die Pikeure rückten einfach zusammen, wenn einer von ihnen fiel, und machten das Viereck etwas dichter. Natürlich machten auch die Shaido keineswegs den Eindruck, als wollten sie mit ihren Angriffen nachlassen.

Die Verteidiger des Steins befanden sich im Innenraum und waren abgesessen, und dazu kamen etwa die Hälfte der tairenischen Lords mit ihren Gefolgsmännern. Die Hälfte. Das war es, was ihn hatte fluchen lassen. Der Rest trieb sich zwischen den Aiel in Gruppen von fünf oder zehn Mann oder auch allein herum, stach mit den Lanzen zu oder hieb mit dem Schwert nach den Shaido. Der Anblick einiger Dutzend reiterloser Pferde machte deutlich, mit welchem Erfolg. Melanril war bis auf seinen Bannerträger allein und fuchtelte wild mit seinem Schwert. Zwei Aiel huschten heran und schnitten problemlos seinem Pferd die Sehnen durch. Es stürzte, und sein Kopf zuckte von einer Seite zur anderen. Mat war sicher, daß das Tier schrie, doch der Lärm verschluckte alles. Dann verschwand Melanril hinter mit dem *Cadin'sor* bekleideten Gestalten, die mit ihren Speeren zustießen. Der Bannerträger überlebte nur ein paar Augenblicke länger.

Die wären wir los, dachte Mat grimmig. Er stellte sich in die Steigbügel, hob seinen Speer mit der Schwertklinge als Spitze und deutete dann damit nach vorn, wobei er schrie: »*Los! Los caba'drin!*«

Er hätte gern diese Worte zurückgerufen, wäre es möglich gewesen, und das nicht nur, weil sie in der Alten Sprache erklungen waren. Drunten im Tal ging es zu wie in einem überkochenden Kessel. Doch obwohl wahrscheinlich keiner der Männer aus Cairhien das Kommando ›Reiter voran‹ in der Alten Sprache verstand, verstanden sie doch die Geste, spätestens, als er sich wieder in den Sattel setzte und Pips die Fersen spüren ließ. Nicht, daß er dazu die geringste Lust gehabt hätte, aber er hatte keine andere Wahl mehr. Er hatte diese Männer dort hinunter geschickt. Vielleicht wären einige entkommen, hätte er ihnen befohlen, davonzulaufen. Nein, es gab keine andere Wahl mehr.

Mit wehenden Flaggen und Cons donnerten die Männer ihm hangabwärts nach und schrien dabei wild. Mit den Schlachtrufen wollten sie zweifellos ihn imitieren, doch was er mittlerweile schrie, hieß lediglich: »Blut und blutige Asche!« Von der anderen Seite her galoppierte Talmanes mit seinen Leuten genauso schnell auf die Shaido zu.

Die Shaido waren sicher gewesen, alle Feuchtländer eingeschlossen zu haben, und so sahen sie die anderen überhaupt nicht kommen, bis sie von beiden Seiten her über sie hereinbrachen. Dann zuckten die ersten Blitze vom Himmel. Und danach ging es erst richtig zur Sache.

KAPITEL 4

Der geringere Kummer

Rands Hemd klebte an seinem Oberkörper, so schwitzte er vor Anstrengung, aber er behielt die Jacke an, um sich gegen den Wind zu schützen, der in heftigen Böen gegen Cairhien blies. Die Sonne würde mindestens noch eine Stunde brauchen, um den mittäglichen Zenit zu erreichen, doch er fühlte sich bereits jetzt, als sei er den ganzen Morgen über gerannt und zum Schluß mit einem Knüppel geprügelt worden. Ins Nichts gehüllt, war er sich seiner Erschöpfung nur ganz entfernt bewußt. Er nahm verschwommen den Muskelkater in Armen, Schultern und Rücken und das Pochen unter der noch immer nicht ganz verheilten Wunde an seiner Seite wahr. Daß er die Schmerzen überhaupt spürte, zeigte, wie stark sie wirklich waren. Von der Macht erfüllt konnte er auf dreihundert Schritt Entfernung an einem Baum noch jedes einzelne Blatt erkennen, doch alles, was ihn physisch beeinflußte, sollte eigentlich so sein, als geschehe es jemand anderem.

Er war schon lange dazu übergegangen, *Saidin* durch den *Angreal* in seiner Tasche aufzunehmen – die kleine Steinskulptur des fetten Mannes. Doch selbst damit begann ihm die Arbeit mit der Macht Mühe zu bereiten, da er über viele Meilen hinweg weben mußte. Nur die widerwärtigen Strähnen der Verderbnis, die alles durchsetzten, hielten ihn davon ab, mehr Macht an sich zu ziehen, zu versuchen, alles an Energie auf einmal in sich aufzunehmen. So süß war die Macht, Verderbnis hin oder her. Und so müde war er nach

Stunden der pausenlosen Arbeit. Gleichzeitig mußte er notgedrungen immer stärker gegen *Saidin* ankämpfen, mußte immer mehr Kraft gebrauchen, um nicht auf der Stelle zu einem Aschehaufen verbrannt zu werden, um nicht sein Gehirn ausbrennen zu lassen. Es wurde immer schwieriger, der Vernichtung durch *Saidin* zu entgehen, der Verlockung zu widerstehen, zu viel Energie in sich aufzunehmen, das zu beherrschen, was er tatsächlich aufnahm. Es ging stetig abwärts mit ihm, und es würde noch Stunden dauern, bevor die Schlacht entschieden war.

Er wischte sich den Schweiß aus den Augen und packte das grobe Geländer der Plattform etwas fester. Wenn er schon dem Aufgeben nahe war, wie ging es dann Egwene und Aviendha, die beide nicht so stark waren wie er? Die Aielfrau stand da, spähte nach Cairhien und zu den Sturmwolken hinüber und bückte sich gelegentlich, um durch das lange Fernrohr zu blicken. Egwene saß im Schneidersitz an eine senkrechte Strebe gelehnt, an der man nicht einmal die graue Rinde abgeschält hatte, und hatte die Augen geschlossen. Sie sahen beide genauso abgearbeitet aus, wie er sich selbst fühlte.

Bevor er irgend etwas für sie tun konnte – er hätte auch nicht gewußt, was, denn er verstand nichts vom Heilen –, öffnete Egwene jedoch die Augen und stand auf. Sie wechselte ein paar Worte mit Aviendha, die aber bei diesem Sturmgetöse sogar seinen von *Saidin* geschärften Sinnen entgingen. Dann setzte sich Aviendha an Egwenes Platz und ließ ihren Kopf zurück an die Strebe sinken. Aus den schwarzen Wolken über dem gesamten Umkreis der Stadt zuckten nach wie vor Blitze herab, aber jetzt waren es viel häufiger nur wild gezackte Lichtstreifen anstatt der zielgerichteten grellen Lanzen.

Also wechselten sie sich ab, damit sich jede dazwischen ausruhen konnte. Es wäre schön gewesen, jemanden zu haben, mit dem auch er sich hätte abwechseln können, aber er bereute es andererseits nicht, Asmodean befohlen zu haben, im Zelt zu bleiben. Er hätte ihm nicht genug vertraut, um ihn mit der Macht arbeiten zu lassen. Besonders jetzt nicht. Wer wußte schon, was er anstellte, sähe er Rand nun in so geschwächtem Zustand?

Rand taumelte ein wenig. Dann zog er das Fernrohr herum, um die Hügel außerhalb der Stadt zu beobachten. Dort war jetzt wieder Leben sichtbar geworden. Und Tod. Wohin er auch blickte, überall wurde gekämpft, Aiel gegen Aiel, tausend hier, fünftausend dort, so überrannten sie die baumlosen Hügel, viel zu eng ineinander verkeilt, als daß er hätte eingreifen können. Die Kolonne der Reiter und Pikeure konnte er nirgends entdecken.

Dreimal hatte er sie kurz erblickt, und einmal hatten sie gegen die etwa doppelte Anzahl von Aiel gekämpft. Er war sicher, daß sie sich noch immer dort draußen befanden. Er hatte kaum Hoffnung, daß Melanril sich entschieden hätte, zu diesem späten Zeitpunkt doch noch seine Befehle zu befolgen. Den Mann zum Befehlshaber auszuwählen, nur weil er den Anstand besessen hatte, sich ob Weiramons Benehmen verlegen zu zeigen, war ein Fehler gewesen, aber er hatte zu wenig Zeit zum Überlegen gehabt und mußte Weiramon unbedingt loswerden. Jetzt konnte er nichts mehr daran ändern. Vielleicht könnte man einem der Männer aus Cairhien den Befehl übergeben. Falls die Tairener auf seinen direkten Befehl hin ausnahmsweise einmal jemandem aus Cairhien gehorchten.

Eine wogende Menschenmenge direkt vor der hohen, grauen Stadtmauer fiel ihm auf. Die großen, eisenbeschlagenen Torflügel standen offen. Aiel kämpften davor gegen Reiter und Lanzenträger, während andere Leute sich bemühten, das Tor wieder zu schließen. Sie strengten sich mächtig an, doch der

Druck der vielen Körper ließ sie scheitern. Reiterlose Pferde und unbewegliche, gerüstete Gestalten auf dem Boden eine halbe Meile vom Tor entfernt zeigten, wo der Ausfall abgefangen worden war. Es regnete Pfeile von der Mauer und dazu kopfgroße Trümmerstücke. Gelegentlich schoß sogar der eine oder andere Speer herunter, und zwar mit solcher Wucht, daß er zwei oder drei Mann auf einmal aufspießen konnte, aber noch immer war er nicht in der Lage, zu erkennen, woher diese Speere kamen. Doch die Aiel stiegen über ihre Gefallenen hinweg und kamen dem Tor immer näher. Sie würden sich bestimmt bald den Weg hinein erkämpfen. Ein schneller Rundblick zeigte ihm zwei weitere Kolonnen von Aiel, die sich in Richtung des Tores bewegten, alles in allem vielleicht dreitausend Mann. Er zweifelte nicht daran, daß es sich um weitere Verstärkungen Couladins handelte.

Ihm wurde bewußt, daß er mit den Zähnen knirschte. Falls die Shaido nach Cairhien hinein durchbrachen, würde er sie niemals nach Norden vertreiben können. Er müßte sie dann in mühsamen, einzelnen Straßenkämpfen ausheben, und das würde noch viel mehr Leben kosten als bisher schon. Die Stadt selbst würde hinterher wie Eianrod in Schutt und Asche liegen, vielleicht sogar wie Taien. Die Soldaten aus Cairhien und die Aiel hatten sich vermischt wie die Ameisen in einer Schüssel Honig, doch er mußte etwas unternehmen.

Er holte tief Luft und verwob Stränge der Macht. Die beiden Frauen hatten die äußeren Bedingungen hergestellt, indem sie die Sturmwolken heraufbeschworen hatten, und er mußte ihr Gewebe gar nicht sehen, um es jetzt selbst benützen zu können. Hart umrissene, silberblaue Blitze zuckten herab in die Aieltruppen hinein, einmal, zweimal, so schnell ein Mann nur in die Hände klatschen konnte.

Rand riß den Kopf hoch und versuchte, die brennenden Linien, die immer noch in seiner Sicht tanzten, unter Tränen wegzuzwinkern. Als er wieder durch das lange Rohr blickte, lagen die Shaido wie abgemähte Getreidehalme auf der Fläche, die von seinen Blitzen getroffen worden war. Näher am Tor lagen auch andere Männer und Pferde in ihren letzten Zuckungen am Boden, und manche rührten sich schon nicht mehr, doch die Unverletzten schleppten die Verwundeten hinein, und das Tor begann sich gerade hinter den letzten von ihnen zu schließen.

Wie viele von ihnen werden nie mehr zurückkommen? Wie viele meiner eigenen Leute habe ich da getötet? Die kalte Logik sagte ihm, daß es gar keine Rolle spiele. Es hatte sein müssen und es war erledigt.

Und das war auch gut so. Entfernt nahm er war, wie seine Knie zitterten. Er würde Ruheperioden einlegen müssen, wenn er das den ganzen Tag über durchhalten wollte. Er konnte nicht mehr nach allen Richtungen gleichzeitig zuschlagen, sondern mußte sich auf bestimmte Ziele konzentrieren, wo seine Hilfe benötigt wurde, wo er am meisten ausr… Die Sturmwolken türmten sich nur über der Stadt und den Hügeln im Süden, und dennoch zuckte urplötzlich aus dem klaren, blauen Himmel über dem Turm ein Blitz hernieder, mitten zwischen die unten versammelten Töchter des Speers, wo er mit einem ohrenbetäubenden Knall einschlug.

Rand starrte betäubt hinunter, und das Haar stand ihm knisternd zu Berge. Er hatte diesen Blitz auch noch auf andere Weise wahrgenommen, hatte das Gewebe aus der Energie *Saidins* gefühlt, das ihn erzeugt hatte. *Also war die Versuchung für Asmodean selbst dort hinten im Zelt zu groß, um ihr zu widerstehen.*

Es blieb jedoch keine Zeit zum Überlegen. Wie schnelle, rhythmische Schläge auf eine riesenhafte Trommel folgte nun Blitz auf Blitz. Sie krachten in einer Reihe zwischen den Töchtern in den Boden, bis der letzte schließlich das Fundament des Turms traf und eine Explosion Splitter von der Größe von Armen und Beinen emporschleuderte.

Als sich der Turm langsam zur Seite neigte, warf sich Rand Egwene und Aviendha entgegen. Irgendwie brachte er es fertig, beide mit einem Arm zu umfassen und sich mit dem anderen an eine senkrechte Strebe zu klammern, die sich nun schräg über ihnen an der Seite der Plattform befand. Sie starrten ihn mit weit aufgerissenen Augen an, öffneten die Münder, aber es war genausowenig Zeit, etwas zu sagen, wie überhaupt nachzudenken. Das angeschlagene Balkengerüst des Turms kippte und krachte durch die Zweige der darunterstehenden Bäume. Einen Moment lang hoffte er, die Bäume würden den Sturz abfangen.

Mit einem berstenden Geräusch brach die Strebe, an die er sich geklammert hatte. Der Boden kippte ihm entgegen und schlug ihm wie ein Hammer gegen die Brust; raubte ihm den Atem. Einen Herzschlag später schlugen die beiden Frauen auf seinem Körper auf. Dunkelheit umfing ihn.

Er kam nur ganz langsam wieder zu sich. Zuerst konnte er hören.

»... haben uns wie ein Felsblock unter sich begraben und uns in der Dunkelheit den Hang abwärts gerollt.« Das war Aviendhas Stimme, leise, als spreche sie nur zu sich selbst. Auf seinem Gesicht bewegte sich irgend etwas. »Du hast uns alles genommen, was wir sind, was wir waren. Du mußt uns dafür etwas geben, was wir sein können. Wir brauchen dich.« Was sich da oben bewegte, wurde langsamer und berührte sein Gesicht noch sanfter. »Ich brauche dich. Nicht für mich selbst, das mußt du verstehen. Für Elayne. Was nun zwischen ihr und mir steht, geht nur sie und mich an, aber ich werde dich ihr übergeben. Ganz bestimmt. Wenn du stirbst, trage ich deinen Leichnam zu ihr. Wenn du stirbst ...!«

Er schlug die Augen auf, und einen Augenblick lang sahen sie sich direkt in die Augen, beinahe Nase an Nase. Ihr Haar war wirr, der Schal fehlte, und ihre Wange wurde von einer rötlichen Schwellung entstellt. Sie richtete sich ruckartig auf, faltete ein feuchtes, blutgetränktes Tuch neu zusammen und begann, seine Stirn, nun um einiges energischer als zuvor abzutupfen.

»Ich habe nicht die Absicht, zu sterben«, sagte er zu ihr, obwohl er sich dessen in Wirklichkeit keineswegs so sicher war. Das Nichts und *Saidin* waren natürlich verschwunden. Schon der Gedanke daran, sie auf diese plötzliche Art entrissen zu bekommen, ließ ihn schaudern. Es war reines Glück gewesen, daß ihn *Saidin* in jenem letzten Moment nicht völlig ausgebrannt und mit leerem Verstand zurückgelassen hatte. Der bloße Gedanke daran, wieder nach der Quelle zu greifen, ließ ihn ächzen. Ohne das Nichts als Puffer spürte er jeden Schmerz, jede Schramme und Abschürfung in ihrem ganzen Ausmaß. Er war so müde, daß er augenblicklich eingeschlafen wäre, hätte ihm nicht alles so weh getan. Und das war ja wohl auch gut so, denn er durfte jetzt nicht schlafen. Noch lange Zeit nicht.

Er steckte eine Hand unter seine Jacke und fühlte nach seiner Seite, worauf er sich vorsichtshalber erst das Blut am Hemd abwischte, bevor er die Hand wieder herauszog. Kein Wunder, daß ein Sturz wie dieser die halbverheilte, niemals heilende Wunde wieder hatte aufbrechen lassen. Er schien aber nicht zu schlimm zu bluten, doch falls die Töchter das bemerkten, oder Egwene oder auch Aviendha, mußte er sich wahrscheinlich erst mit ihnen herumstreiten, damit sie ihn nicht zu Moiraine schleppten, um von ihr geheilt zu werden. Dazu hatte er jedoch viel zu viel zu tun. Die Heilung mit Hilfe der Macht würde sich bei ihm auswirken wie ein Knüppel auf den Kopf. Außerdem hatte sie sicher viel schlimmere Verwundungen zu heilen.

Er schnitt eine Grimasse, unterdrückte ein weiteres Ächzen und erhob sich ohne allzuviel Hilfe von Aviendha. Und prompt vergaß er seine Verletzungen.

Sulin saß in der Nähe auf dem Boden, während Egwene eine blutende Schnittwunde auf ihrer Kopfhaut verband und dabei vor sich hinfluchte, weil sie nicht mit Hilfe der Macht heilen konnte. Doch die weißhaarige Tochter des Speers war keineswegs das einzige Opfer und bei weitem nicht das am schlimmsten betroffene. Überall waren in den *Cadin'sor* gekleidete Frauen dabei, ihre Toten mit Decken zu verhüllen und sich um diejenigen zu kümmern, die lediglich Brandwunden davongetragen hatten, falls man mit ›lediglich‹ die Verbrennungen durch einen einschlagenden Blitz bezeichnen konnte. Von Egwenes Fluchen abgesehen, lag Stille über dem Hügel. Sogar die verwundeten Frauen waren bis auf ihr heiseres Atmen still.

Der roh zusammengezimmerte Turm, jetzt nur noch ein nicht mehr erkennbarer Trümmerhaufen, hatte beim Umstürzen die Töchter nicht verschont, hatte Arme und Beine gebrochen und lange Rißwunden verursacht. Er beobachtete, wie man eine Decke über das Gesicht einer Tochter mit rotgoldenem Haar von beinahe dem gleichen Farbton wie dem Elaynes breitete. Ihr Kopf lag unnatürlich abgewinkelt, und die Augen starrten glasig nach oben. Jolien. Eine jener, die zuerst auf der Suche nach Ihm, Der Mit Der Morgendämmerung Kommt, die Drachenmauer überquert hatten. Sie war in seinem Dienst mit zum Stein von Tear gekommen. Und nun war sie tot. Für ihn gestorben. *Oh, wie gut hast du es fertiggebracht, die Töchter des Speers vor allem Unbill zu bewahren,* dachte er bitter. *Sehr gut hast du das gemacht.*

Er spürte die Blitze immer noch, oder besser gesagt, die Nachwehen ihres Gewebes. Beinahe wie das Flimmern vor seinen Augen vorher konnte er das in der Intensität nachlassende Gewebe noch wahrnehmen. Zu seiner Überraschung kam es aus dem Westen und nicht von den Zelten. Also nicht Asmodean.

»Sammael.« Nun war er sicher. Sammael hatte diesen Angriff im Jangai vorgeschickt, Sammael steckte hinter den Piraten und den Überfällen in Tear, und Sammael hatte dies hier zu verantworten. Er bleckte seine Zähne, als wolle er knurren, und seine Stimme klang wie ein heiseres Flüstern: »Sammael!« Ihm war nicht bewußt, daß er einen Schritt vorgetreten war, bis ihn Aviendha am Arm packte.

Einen Moment später hielt Egwene den anderen fest, und die beiden hängte sich an ihn, als wollten sie, daß er auf dieser Stelle Wurzeln schlüge. »Sei kein vollständiger Wollkopf«, sagte Egwene. Auf seinen bösen Blick hin fuhr sie dann doch zusammen, ließ aber nicht los. Sie hatte sich den braunen Schal wieder um den Kopf gebunden, doch ihr Haar war noch immer wirr. Mit den Fingern hatte sie es nicht richtig durchkämmen können. Auch waren Bluse und Rock mit Staub bedeckt. »Wer das auch angerichtet hat, hat doch mit Absicht so lange gewartet, bis du müde sein mußtest! Denn wenn er seinen Zweck verfehlt hat, dich zu töten, und du verfolgst ihn, hat er trotzdem leichtes Spiel mit dir. Du kannst dich ja kaum auf den Beinen halten!«

Aviendha war genausowenig bereit loszulassen und erwiderte seinen wütenden Blick mit einem ebensolchen. »Du wirst hier gebraucht, Rand al'Thor. Hier, *Car'a'carn*. Liegt mehr Ehre für dich darin, diesen Mann zu töten, oder den Menschen hier zu helfen, die du in dieses Land gebracht hast?«

Ein junger Aielmann rannte durch die Kette der Töchter herauf, die Schufa um die Schultern gehängt, Speer und Schild entspannt schwingend. Falls er es eigenartig fand, daß Rand von zwei Frauen festgehalten wurde, zeigte er es nicht. Er musterte die zerschmetterten Reste des Turms und die Toten und Verwundeten mit leichter Neugier, als frage er sich, wie das passiert sei und wo wohl die toten Gegner liegen mochten. Er steckte seine Speerspitzen vor Rand in den Boden und sagte: »Ich bin Seirin, aus der Schorara-Septime der Tomanelle.«

»Ich sehe Euch, Seirin«, erwiderte Rand genauso formell. Nicht ganz einfach, wenn einen zwei Frauen festhalten, als wolle man davonlaufen.

»Han von den Tomanelle schickt diese Botschaft an den *Car'a'carn:* Die Clans im Osten bewegen sich aufeinander zu. Alle vier. Han hat vor, sich mit Dhearic zusammenzuschließen, und er hat einen Boten zu Erim geschickt mit der Bitte, sich ihnen ebenfalls anzuschließen.«

Rand atmete bewußt gleichmäßig ein und hoffte, die Frauen würden glauben, er verziehe das Gesicht wegen dieser Neuigkeit. Doch seine Seite brannte, und er spürte, wie das Blut langsam sein Hemd durchnäßte. Also hatte er keine Truppen zur Verfügung, um Couladin nach Norden zu zwingen, wenn die Shaido flohen. Falls sie flohen, denn bisher hatte er kein Anzeichen dafür entdecken können. Warum schlossen sich die Miagoma und die anderen zusammen? Falls sie vorhatten, sich gegen ihn zu stellen, hätten sie ihn doch damit lediglich vorgewarnt. Doch falls sie sich wirklich gegen ihn stellten, waren sie Han und Dhearic und Erim gegenüber in der Überzahl, und falls die Shaido lange genug standhielten und die vier Clans den Durchbruch erzwangen… Über die bewaldeten Hügel hinweg konnte er erkennen, daß es über der Stadt zu regnen begonnen hatte, nun, da Egwene und Aviendha die Wolken nicht mehr mit ihrem Gewebe festhielten. Das würde beide Seiten behindern. Sollten die Frauen nicht doch in einem besseren Zustand sein, als sie den Anschein erweckten, waren sie vielleicht bei dieser Entfernung nicht mehr in der Lage, die Kontrolle über das Wetter zurückzugewinnen.

»Sagt Han, er solle tun, was er muß, um sie uns aus dem Rücken zu halten.«

So jung er auch war – und wenn er ihn genauer betrachtete, war er ungefähr im gleichen Alter wie er selbst –, zog Seirin nun doch überrascht eine Augenbraue hoch. Natürlich. Han würde sowieso nichts anderes tun, und Seirin war das auch klar. Er wartete nur lange genug, um sicher zu sein, daß Rand dem nichts hinzufügen wolle, und dann eilte er genauso schnell hügelab, wie er gekommen war. Zweifellos wollte er schnell genug zurückkehren, damit er nicht mehr vom Kampf versäumte als unbedingt notwendig. Was das betraf, mochte es durchaus dort draußen im Osten bereits begonnen haben.

»Ich brauche jemanden, der Jeade'en holt«, sagte Rand, sobald Seirin davongeeilt war. Sollte er versuchen, so weit zu laufen, würde er wirklich die Frauen benötigen, damit sie ihn auf den Beinen hielten. Die beiden sahen sich gar nicht ähnlich, aber sie schafften es, einen nahezu identischen Ausdruck von Mißtrauen zu zeigen. Diese Mienen mußten wohl zu den Dingen gehören, die einem Mädchen in frühester Jugend von der Mutter beigebracht wurden. »Ich will keineswegs Sammaels Spur folgen.« Noch nicht. »Ich muß jedoch näher an die Stadt herankommen.« Er nickte in Richtung des umgestürzten Turmes. Das war die einzige Geste, die er mit den beiden im Schlepptau noch vollbringen konnte. Meister Tovere war vielleicht in der Lage, die Linsen der Fernrohre zu bergen, aber es waren kaum drei Balken des Turms noch ganz. Er konnte also heute mit Sicherheit nichts mehr von dieser Position aus beobachten.

Egwene war offensichtlich unsicher, aber Aviendha zögerte kaum einen Moment lang, und dann befahl sie auch schon einer jungen Tochter des Speers, zu den *Gai'schain* zu gehen. Auch Egwenes eigene Stute sollte gebracht werden, womit er nicht gerechnet hatte.

Egwene begann, sich den Schmutz von der Kleidung zu klopfen und fluchte dabei leise, während Aviendha irgendwo einen Elfenbeinkamm und einen neuen Schal auftrieb. Trotz des Sturzes wirkten die beiden bereits viel ordentlicher und frischer als er. Natürlich stand auf ihren Gesichtern die Erschöpfung geschrieben, aber solange sie wenigstens die Macht in geringem Maße lenken konnten, waren sie nützlich.

Das ließ ihn stutzen. Dachte er jetzt schon bei jedem anderen nur noch daran, wie nützlich er oder sie sei? Er sollte dafür sorgen, daß sie sich in Sicherheit befanden, so wie oben auf dem Turm. Nicht, daß der Turm allzu sicher gewesen war, wie sich ja herausgestellt hatte, aber diesmal würde er seine Sache besser machen.

Sulin stand auf, als er sich näherte. Eine beige Bandage aus Algode bedeckte ihren Haarschopf. Nur ein weißer Pony schaute darunter hervor.

»Ich begebe mich näher zur Stadt hin«, sagte er zu ihr, »wo ich beobachten kann, was geschieht und vielleicht auch etwas dagegen unternehmen. Alle Verwundeten sollen hierbleiben und dazu genügend andere, um sie im Notfall zu beschützen. Stellt eine starke Wache her, Sulin; *ich* brauche lediglich eine Handvoll. Würden die Verwundeten auch noch dahingeschlachtet, wäre das eine schlechte Belohnung für die Ehre, die mir die Töchter erwiesen haben.« Das sollte den größeren Teil von ihnen aus dem Kampf heraushalten. Er selbst würde sich auch heraushalten müssen, um nicht noch mehr in die Kämpfe zu verwickeln, aber so wie er sich fühlte, hatte er damit keine Probleme. »Ich will, daß Ihr hier bleibt, und …«

»Ich gehöre nicht zu den Verwundeten«, sagte sie gekränkt, und er zögerte und nickte bedächtig.

»Also gut.« Er bezweifelte keineswegs, daß ihre Wunde schwerwiegend sei, doch genauso wenig Zweifel hegte er an ihrer Zähigkeit. Und falls sie blieb, konnte es sein, daß er jemanden wie Enaila als Befehlshaberin seiner Wache auf dem Hals hatte. Wie ein Bruder behandelt zu werden, ging ihm keinesfalls so auf die Nerven wie Enailas Art, in ihm so etwas wie einen Sohn zu sehen. Er hatte nicht die geringste Lust, sich das gefallen zu lassen. »Aber ich verlasse mich auf Euch. Ihr werdet dafür sorgen, daß wirklich keine Verwundeten mitkommen, Sulin. Ich muß immer in Bewegung sein. Ich kann mir keine Leute leisten, die mich aufhalten oder dann doch zurückgelassen werden müssen.«

Sie nickte so geschwind, daß er überzeugt war, sie werde jede Tochter zurücklassen, die auch nur einen Kratzer aufwies. Nur sie selbst würde natürlich mitkommen. Diesmal hatte er keinerlei Gewissensbisse, weil er jemanden benutzte. Die Töchter trugen ja den Speer freiwillig, aber sie hatten sich auch freiwillig entschlossen, ihm zu folgen. Vielleicht war ›folgen‹ nicht ganz der richtige Ausdruck, wenn er bedachte, wie sie ihn in mancher Hinsicht bevormundeten, aber für ihn änderte das nichts. Er würde und konnte keine Frau in den Tod schicken. Ende der Diskussion. Eigentlich hatte er erwartet, daß Sulin protestierte. Nun war er dankbar, daß ihm das erspart geblieben war. *Ich bin wohl doch etwas raffinierter, als ich selbst glaubte.*

Zwei weißgekleidete *Gai'schain* erschienen, die Jeade'en und Egwenes Pferd herbeiführten, und hinter ihnen folgten eine ganze Menge weiterer, die Arme voll von Binden und Tiegeln mit Tinkturen und über den Schultern ganze Schichten von Wasserschläuchen. Sie wurden von Sorilea und einem Dutzend der Weisen Frauen umhergescheucht, die er bereits kennengelernt hatte. Allerdings hatte er sich höchstens bei der Hälfte die Namen merken können.

Sorilea war eindeutig diejenige, die den Oberbefehl hatte, und sie dirigierte schnell die *Gai'schain* und die anderen Weisen Frauen, so daß sie zwischen den Töchtern umhergingen und die Wunden versorgten. Sie beäugte Rand, Egwene und Aviendha, runzelte nachdenklich die Stirn und spitzte die dünnen Lippen. Offensichtlich war sie der Meinung, alle drei wirkten so zerschlagen, daß man ihre Wunden besser auch versorgen sollte. Dieser Blick reichte, und Egwene kletterte sofort lächelnd in den Sattel der grauen Stute. Von oben herab nickte sie der Weisen Frau zu. Wären die Aiel mit dem Reiten vertraut gewesen, hätte Sorilea allerdings bemerkt, daß Egwenes ungeschickte Steifheit keineswegs gewöhnlich war. Und wie angeschlagen auch Aviendha war, merkte er daran, daß sie sich ohne den geringsten Widerspruch hinter Egwene auf das Pferd ziehen ließ. Auch sie lächelte Sorilea an.

Rand knirschte mit den Zähnen und zog sich mit einer geschmeidigen Bewegung in den eigenen Sattel. Der Protest seiner gequälten Muskeln wurde unter einer Lawine des Schmerzes von seiner alten Wunde her begraben, als hätte ihn gerade eben wieder ein Schwerthieb getroffen, doch obwohl er eine volle Minute benötigte, bevor er wieder durchatmen konnte, ließ er sich nichts weiter anmerken.

Egwene lenkte ihre Stute direkt neben Jeade'en und flüsterte ihm zu: »Wenn du ein Pferd nicht geschickter besteigen kannst als eben, Rand al'Thor, dann solltest du vielleicht eine Zeitlang überhaupt nicht mehr reiten.« Aviendha machte wieder einmal eine für die Aiel so typische nichtssagende Miene, doch ihr Blick ruhte besorgt auf seinem Gesicht.

»Ich habe dir auch beim Aufsteigen zugeschaut«, sagte er leise. »Vielleicht solltest du hierbleiben und Sorilea helfen, bis du dich wieder besser fühlst.« Das ließ sie schweigen. Sie verzog den Mund säuerlich. Aviendha lächelte Sorilea noch einmal an, denn die alte Weise Frau beobachtete sie immer noch.

Rand stieß seinem Apfelschimmel die Stiefel in die Seiten und ließ ihn hügelabwärts traben. Jeder Schritt rief eine Schmerzwelle von seiner Seite hervor, so daß er zwischen zusammengebissenen Zähnen atmen mußte, doch er hatte einen Weg zurückzulegen und konnte das nicht im Schritt tun. Außerdem ging ihm Sorileas Blick auf die Nerven.

Egwene war neben ihm, bevor er nur fünfzig Schritt weiter den von Gestrüpp überwucherten Hang hinunter war, und nach weiteren fünfzig Schritt waren auch Sulin und ein ganzer Strom von Töchtern des Speers an ihrer Seite. Ein paar liefen sogar als Vorhut voran. Mehr, als er gehofft hatte, doch das sollte keine Rolle spielen. Was er zu tun hatte, würde sie nicht zu nahe an die eigentlichen Kämpfe heranführen. Sie konnten bei ihm bleiben, ohne in Gefahr zu geraten.

Saidin zu ergreifen stellte eine Anforderung für sich dar und kostete Kraft, obwohl ihm der *Angreal* ja dabei half, und das bloße Gewicht der Macht schien ihn mehr als je zuvor niederzudrücken. Die Verderbnis war stärker und süßlicher als sonst. Wenigstens schirmte ihn das Nichts von seinen Schmerzen ab. Jedenfalls einigermaßen. Und falls Sammael erneut versuchte, sein Spielchen mit ihm zu treiben …

Er trieb Jeade'en schneller voran. Was Sammael auch vorhatte, er mußte doch zuerst seine eigenen Aufgaben erledigen.

Regen tropfte von der Hutkrempe Mats, und in Abständen mußte er sein Fernrohr senken und das Glas am Ende abwischen. Der Platzregen hatte während der letzten Stunde etwas nachgelassen, aber die wenigen Äste über seinem Kopf schützten ihn überhaupt nicht. Sein Mantel war schon lange durchnäßt, und Pips ließ die Ohren hängen. Das Pferd stand da, als habe es nicht vor, sich zu rühren, so oft Mat ihm auch die Fersen zu spüren gab. Er wußte nicht einmal sicher, welche Tageszeit es war. Irgendwann mitten am Nachmittag, glaubte er, aber die dunklen Wolken waren trotz des Dauerregens nicht dünner geworden, und außerdem verbargen sie die Sonne gerade hier, wo er sich befand. Andererseits hatte er das Gefühl, es sei schon drei oder vier Tage her, daß er heruntergeritten war, um die Tairener zu warnen. Ihm war immer noch nicht klar, warum er sich darauf eingelassen hatte.

Nach Süden zu hielt er Ausschau, aber vor allem suchte er nach einem Ausweg. Einem Ausweg für dreitausend Männer. Mindestens so viele hatten bis jetzt überlebt, und dabei hatten sie keine Ahnung, worauf er eigentlich hinauswollte. Sie glaubten, er suche nach einer weiteren Möglichkeit, mit ihnen in die Kämpfe einzugreifen, aber die drei bisherigen waren für ihn schon drei zuviel gewesen. Er glaubte, mittlerweile hätte er durchaus entkommen können, hätte er nur die Augen aufgehalten und seinen Verstand benützt. Dreitausend Männer allerdings zogen die Aufmerksamkeit auf sich, wann immer sie sich im geringsten rührten, und sie kamen nicht gerade schnell voran, da mehr als die Hälfte marschieren mußte. Deshalb befand er sich auf diesem vom Licht verlassenen Hügel, und die Tairener und die Männer aus Cairhien drängten sich in der langen, schmalen Senke zwischen diesem Hügel und dem nächsten. Wenn er nun einfach davonritt …

Er klemmte sich das Fernrohr wieder vor das Auge und blickte wütend nach Süden auf die spärlich bewaldeten Hügel. Hier und da sah er Dickichte, einige davon recht ausgedehnt, doch der größte Teil der Landschaft war selbst hier nur von Sträuchern oder Gras bewachsen. Er hatte sich nach Osten vorgearbeitet und dabei jede Senke, jede Bodenwelle ausgenützt, in der sich auch nur eine Maus verbergen konnte, um die Kolonne aus dem baumlosen Terrain heraus in eine Gegend zu bringen, in der es genügend Deckung gab. Weg von diesen verdammten Blitzeinschlägen und Feuerkugeln. Er konnte nicht entscheiden, was schlimmer war: die Blitze oder die Momente, wenn die Erde plötzlich ohne ersichtlichen Grund donnernd explodierte. All diese Mühe, nur um herauszufinden, daß auch die Schlacht sich mit ihnen verschoben hatte. Er schien nicht aus dem Zentrum dieser Kämpfe entkommen zu können.

Wo bleibt denn mein verfluchtes Glück jetzt, wo ich es wirklich brauche? Es war doch völlig hirnrissig, hierzubleiben. Nur, weil er es fertiggebracht hatte, die anderen so lange am Leben zu halten, bedeutete das noch nicht, daß es so weiterging. Früher oder später würden die Würfel die Augen des Dunklen Königs zeigen. *Sie sind doch verdammt noch mal die Soldaten hier. Ich sollte ihnen das überlassen und verschwinden.*

Und doch suchte er weiter das Terrain ab, die bewaldeten Gipfel und Kämme. Sie boten Couladins Aiel genauso Deckung wie ihm, doch hier und da konnte er sie ausmachen. Nicht alle waren gerade in die verschiedenen Einzelkämpfe verwickelt, doch jede einzelne Truppe war stärker als die seine, und jede befand sich zwischen ihm und dem sicheren Süden. Außerdem hatte er keine Möglichkeit, zu unterscheiden, um wen es sich gerade handelte, bis es vielleicht zu spät war. Die Aiel selbst schienen sich gegenseitig auf den ersten Blick zu erkennen, aber das half ihm keineswegs.

Eine Meile oder weiter entfernt liefen ein paar hundert in den *Cadin'sor* gekleidete Gestalten zu acht nebeneinander nach Osten. Sie überquerten gerade eine Erhebung, deren halbes Dutzend Lederblattbäume kaum den Ausdruck Hain verdienten. Bevor die führende Reihe auch nur den jenseitigen Abhang erreicht hatte, krachte ein Blitzschlag in ihre Mitte und schleuderte Männer und Erdbrocken hoch wie ein Stein das Wasser, wenn man ihn in einen Teich warf. Pips zitterte nicht einmal, als der Knall Mat erreichte. Der Wallach hatte sich an noch nähere Einschläge gewöhnt.

Einige der gestürzten Männer rappelten sich hoch, hinkten weiter und schlossen sich sofort wieder jenen an, die auf den Beinen geblieben waren und nur hastig nach den Gefallenen sahen. Nicht mehr als ein Dutzend wurden verwundet auf die Schultern der anderen geladen, und dann hetzten sie von der Anhöhe hinunter, zurück in die Richtung, aus der sie gekommen waren. Niemand blieb stehen, um den Krater genauer zu betrachten. Mat hatte beobachtet, wie sie ihre Lektion gelernt hatten. Wenn sie warteten, luden sie damit eine zweite silberne Lanze aus den Wolken ein. Es dauerte nur wenige Augenblicke, bis sie außer Sicht waren. Außer den Toten natürlich.

Er richtete das Fernrohr nach Osten. Ein paar Meilen in dieser Richtung lag das Glänzen des Sonnenscheins über der Landschaft.

Der Balkenturm hätte dort sichtbar sein sollen, wie er über die Baumwipfel hinausragte, aber er hatte ihn seit einer Weile nicht mehr entdecken können. Vielleicht suchte er an den falschen Stellen. Es war unwichtig. Der Blitz mußte Rands Werk gewesen sein, wie der ganze Rest ebenfalls. *Wenn ich in dieser Richtung weit genug käme …*

Dann wäre er genau wieder an dem Punkt, von dem er aufgebrochen war. Auch wenn es nicht der Sog des *Ta'veren* war, der ihn dorthin zurückbrachte, wäre es doch sehr schwer für ihn, noch einmal wegzukommen, wenn Moiraine davon erfuhr. Und mit Melindhra hätte er dann auch zu tun bekommen. Er hatte noch nie von einer Frau gehört, die es nicht übelnahm, wenn ein Mann versuchte, ihr davonzulaufen, ohne es sie wissen zu lassen.

Während er das Fernrohr langsam weiterschwenkte und den Turm suchte, ging mit einemmal ein spärlich mit Lederblattbäumen und Birken bestandener Abhang in Flammen auf. Im Nu verwandelte sich jeder einzelne Baum in eine Fackel.

Langsam senkte er das messingbeschlagene Rohr. Es war kaum notwendig, das Feuer zu beobachten, und der dichte graue Qualm erhob sich bereits wie eine dicke Säule zum Himmel. Er brauchte keine besonderen Anzeichen, um zu erkennen, daß die Macht benützt worden war, nicht, wenn es sowieso deutlich war wie hier. War Rand schließlich doch über die Grenze zum Wahnsinn gekippt? Oder hatte Aviendha endlich die Nase voll gehabt, daß man sie zwang, in seiner Nähe zu bleiben? Man sollte niemals eine Frau erzürnen, die mit der Macht umgehen konnte. Mat brachte es wohl nur selten fertig, dieser Regel Folge zu leisten, aber er bemühte sich.

Heb dir dein großes Mundwerk für jemand anderes auf als dich selber, dachte er sauer. Er versuchte nur, sich gedanklich um die dritte Möglichkeit herumzudrücken. Falls Rand schließlich doch nicht übergeschnappt war und auch weder Aviendha noch Egwene, noch eine der Weisen Frauen beschlossen hatte, ihn loszuwerden, dann hatte sich heute jemand anders in ihre Geschäfte eingemischt. Er konnte zwei und zwei zusammenzählen, ohne fünf herauszubekommen. *Sammael.* Nun, das war's ja wohl. Der Ausweg war keiner gewesen. *Blut und Asche! Was ist denn mit meinem ...?*

Hinter ihm knackte ein am Boden liegender Ast unter einem Fuß, und er reagierte, ohne nachzudenken. Durch Schenkeldruck riß er Pips auf der Hinterhand herum, während die Schwertklinge des Speers vom Sattelkopf herumfuhr.

Estean ließ beinahe seinen Helm fallen. Er riß die Augen auf, als die kurze Klinge um Haaresbreite vor seinem Kopf innehielt. Der Regen ließ sein nasses Haar an der Stirn kleben. Nalesean, der auch zu Fuß gekommen war, grinste halb überrascht, halb amüsiert, weil der junge Tairener so erschrocken war. Stämmig und mit einem kantigen Gesicht, war Nalesean der zweite nach Melanril, der die Kavallerie der Tairener anführte.

Auch Talmanes und Daerid waren dabei, wie gewöhnlich einen Schritt dahinter, und ebenfalls wie gewöhnlich blickten sie ausdruckslos unter ihren glockenförmigen Helmen hervor. Die vier hatten ihre Pferde weiter hinten zwischen den Bäumen zurückgelassen.

»Aiel kommen geradewegs auf uns zu, Mat«, sagte Nalesean, als Mat den mit einem Raben gekennzeichneten Speer hochnahm. »Das Licht soll meine Seele versengen, wenn da auch nur einer weniger als fünftausend kommt.« Er grinste über die eigenen Worte. »Ich glaube, die ahnen nicht, daß wir hier auf sie warten.«

Estean nickte einmal. »Sie halten sich an die Täler und Senken. Versteckt vor ...« Er blickte zu den Wolken empor und schauderte. Er war nicht der einzige, dem nicht wohl war bei dem Gedanken daran, was aus dem Himmel kommen mochte. Auch die drei anderen blickten nach oben. »Auf jeden Fall ist klar, daß sie dort durchkommen werden, wo sich Daerids Männer befinden.« Es lag tatsächlich eine Andeutung von Respekt in seinem Tonfall, als er die Pikeure erwähnte. Zähneknirschend, klar, und nicht sehr ausgeprägt, aber es war nicht leicht, noch auf jemanden herabzusehen, der einem mehrmals den Hals gerettet hatte. »Sie werden auf uns treffen, bevor sie unser gewahr werden.«

»Wunderbar«, hauchte Mat. »Das ist einfach verdammt wunderbar.«

Er meinte das natürlich sarkastisch, doch Nalesean und Estean merkten nichts davon. Sie wirkten begierig. Nur Daerids vernarbtes Gesicht zeigte ebensoviel Ausdruck wie ein Stein. Talmanes zog eine Augenbraue ein klein wenig in Mats Richtung hoch und schüttelte kaum merklich den Kopf. Diese beiden verstanden etwas vom Kämpfen.

Das erste Zusammentreffen mit den Shaido hatte beide im besten Fall gleich stark erlebt, und Mat wäre dieses Risiko nicht eingegangen, wäre er nicht dazu gezwungen gewesen. Daß all diese Blitze dann die Aiel erschreckt hatten und sie in wilder Flucht davonstürzten, hatte daran nichts geändert. Noch zweimal waren sie heute in Kämpfe verwickelt worden. Beide Male hatte Mat vor der Wahl gestanden, entweder zuerst loszuschlagen oder selbst angegriffen zu werden, und der Ausgang war beide Male nicht so positiv gewesen, wie die Tairener glaubten. Beim erstenmal war es unentschieden ausgegangen, aber nur, weil er es fertiggebracht hatte, sich von den Shaido zu lösen, als sie sich zurückgezogen hatten, um sich neu zu formieren. Wenigstens waren sie nicht wiedergekommen, während er die Seinen durch die engen Talwindungen führte. Er vermutete, sie seien anderweitig gebunden worden, oder vielleicht waren weitere Blitze oder Feuerkugeln oder das Licht wußte, was sonst, gekommen. Er wußte nur zu gut, was ihnen beim letztenmal gestattet hatte, mit einigermaßen heiler Haut zu entkommen. Eine weitere Aieltruppe war von hinten her in diejenige hineingelaufen, mit der sie gerade kämpften, genau im rechten Moment, damit die Pikeure nicht überrannt wurden. Die Shaido hatte sich zum Rückzug in Richtung Norden entschlossen, und die anderen, von denen er immer noch nicht wußte, wer sie waren, hatten einen Schwenk nach Westen vollführt, so daß er als einziger auf dem Feld verblieben war. Nalesean und Estean hatten es als klaren Sieg gewertet. Daerid und Talmanes hatten es besser gewußt.

»Wie lange noch?« fragte Mat.

Es war Talmanes, der ihm die Antwort gab: »Eine halbe Stunde. Vielleicht ein wenig länger, falls wir Glück haben.« Die Tairener blickten zweifelnd drein; ihnen schien immer noch nicht klar zu sein, wie schnell die Aiel vorwärtskamen.

Mat machte sich da keine Illusionen. Er hatte das Terrain in ihrer Umgebung bereits sorgfältig beobachtet, doch nun sah er sich noch einmal um und seufzte.

Von diesem Hügel aus hatte er einen sehr guten Überblick, und die einzige Baumgruppe innerhalb einer halben Meile im Umkreis, die diese Bezeichnung verdiente, war genau die, inmitten welcher er nun im Sattel saß. Ansonsten war nur Gestrüpp zu sehen, kaum mehr als hüfthoch, und dazwischen vereinzelte Lederblattbäume, Birken und gelegentlich sogar eine Eiche. Diese Aiel würden auf jeden Fall Kundschafter hier heraufschicken, um sich umzusehen, und es gab nicht die geringste Möglichkeit, wenigstens die Reiter ihrer Truppe außer Sicht zu bringen, bevor das geschah. Die Pikeure standen völlig ungedeckt da. Er wußte, was zu tun war – wieder einmal zuerst zuschlagen, bevor es der Gegner konnte –, aber gefallen mußte es ihm ja deshalb keineswegs.

Es reichte nur zu einem Rundblick, und bevor er anschließend den Mund aufbekam, sagte Daerid: »Meine Kundschafter haben berichtet, daß sich Couladin selbst bei dieser Truppe befindet. Zumindest hat ihr Anführer die Arme entblößt, und sie weisen Male auf, die denen gleichen, die der Lord Drache angeblich trägt.«

Mat knurrte. Couladin, und auf dem Weg nach Osten. Falls es keine Möglichkeit gab, ihm aus dem Weg zu gehen, würde der Kerl geradewegs über Rand stolpern. Vielleicht wollte er das auch. Mat wurde bewußt, daß er vor Wut kochte, und das hatte nichts damit zu tun, daß Couladin Rand töten wollte. Der Häuptling der Shaido, oder was der Mann auch sein mochte, erinnerte sich möglicherweise vage an Mat als jemanden, der aus Rands Umgebung kam, aber Couladin war der Grund dafür, daß er hier draußen mitten in einer Schlacht festsaß, sich bemühen mußte, zu überleben, und sich ständig fragte, wann das Ganze zu einer persönlichen Auseinandersetzung zwischen Rand und Sammael ausarten werde – die Art vom Zweikampf, bei dem jeder im Umkreis von zwei oder drei Meilen sterben mußte. *Falls ich vorher nicht schon einen Speer durch die Brust abbekomme.* Und er hatte nicht mehr Auswahlmöglichkeiten als eine Gans, die man mit dem Kopf nach unten neben der Tür aufhängt. Nichts davon wäre so gekommen, wenn Couladin nicht wäre.

Wie schade, daß niemand den Mann schon vor Jahren getötet hatte. Er lieferte einem doch wirklich genügend Gründe. Die Aiel zeigten nur selten offene Wutausbrüche, und wenn, dann eher kalt und eben doch beherrscht. Couladin andererseits explodierte förmlich zwei- oder dreimal am Tag vor Wut und verlor innerhalb eines Augenblicks vollkommen die Beherrschung. Ein Wunder, daß er noch am Leben war. Er hatte wohl das Glück des Dunklen Königs gepachtet.

»Nalesean«, sagte Mat zornig, »umgeht mit Euren Tairenern diese Burschen in weitem Bogen nördlich und greift sie dann von hinten an. Wir werden ihre ganze Aufmerksamkeit auf uns lenken, also reitet schnell und brecht über sie herein wie eine zusammenstürzende Scheune.« *Er hat also das Glück des Dunklen Königs, ja? Blut und Asche, ich hoffe, mein Glück wird auch wieder halten.* »Talmanes, Ihr macht dasselbe von Süden her. Bewegt Euch, Ihr beiden! Wir haben wenig Zeit, und die dürfen wir nicht verschwenden!«

Die beiden Tairener verbeugten sich hastig und eilten zu ihren Pferden, wobei sie die Helme schnell überstülpten. Talmanes Verbeugung entsprach eher den Höflichkeitsregeln. »Das Licht sei Eurem Schwert gnädig, Mat. Oder besser gesagt, Eurem Speer.« Dann war auch er weg.

Daerid blickte zu Mat auf, als die drei hügelabwärts verschwanden, und er wischte sich mit einem Finger das Regenwasser von den Augenbrauen. »Also bleibt Ihr diesmal bei den Pikeuren. Ihr dürft Euch aber nicht von Eurem Zorn auf Couladin übermannen lassen. Eine Schlacht ist nicht der richtige Ort, um ein Duell auszufechten.«

Mat hielt sich mit Mühe davon ab, Augen und Mund aufzureißen. Ein Duell? Er? Mit Couladin? Glaubte Daerid, deshalb wolle er bei der Infanterie bleiben? Er hatte das doch nur beschlossen, weil er hinter ihren Piken sicherer war. Das war der wahre Grund. Der ganze Grund. »Macht Euch keine Sorgen. Ich kann mich beherrschen.« Und er hatte Daerid für den vernünftigsten in diesem ganzen Haufen gehalten!

Der Mann aus Cairhien nickte bloß. »Das dachte ich mir. Ihr habt auch früher schon gesehen, wie man mit den Piken kämpft, und bestimmt auch ein paar Angriffe miterlebt. Talmanes wird wohl erst dann ein Lob aussprechen, wenn zwei Monde am Himmel stehen, aber ich habe gehört, wie er sagte, er werde Euch folgen, wo immer Ihr ihn auch hinführt. Eines Tages würde ich schon gern einmal Eure Lebensgeschichte hören, Andoraner. Aber Ihr seid jung – das soll nicht respektlos sein, aber es stimmt eben –, und junge Männer haben ein hitziges Temperament.«

»Dieser Regen wird es abkühlen, wenn sonst nichts helfen sollte.« *Blut und Asche!* Waren sie denn alle übergeschnappt? Talmanes sollte ihn gepriesen haben? Er fragte sich, was sie wohl sagen würden, fänden sie heraus, daß er lediglich ein Spieler war, der Bruchstücken von Erinnerungen Folge leistete, die von Männern stammten, die schon tausend oder mehr Jahre tot waren. Dann würden sie wahrscheinlich Lose ziehen, wer als erster die Chance haben sollte, ihn wie ein Schwein auf den Spieß zu stecken. Besonders die Lords; keiner mochte es, zum Narren gehalten zu werden, aber die Adligen noch weniger als alle anderen, vielleicht, weil sie das selbst so oft fertigbrachten. Wie auch immer, er wollte jedenfalls meilenweit entfernt sein, wenn sie diese Entdeckung machten. *Verdammter Couladin! Ich würde ihm zu gern mit diesem Speer das Maul stopfen!* Er gab Pips die Fersen zu spüren und ritt zum gegenüberliegenden Hang hinüber, unter dem die Infanterie wartete.

Auch Daerid kletterte in den Sattel und hielt sich neben ihm. Er nickte, als Mat ihm seinen Schlachtplan erklärte. Die Bogenschützen an die Abhänge, wo sie die Flanken decken konnten. Aber sie sollten sich hinlegen und bis zur letzten Minute im Gestrüpp verbergen. Ein Mann oben auf dem Hügel, um den anderen das Signal zu geben, sobald die Aiel in Sicht kamen, und dann sollten die Pikeure sofort losmarschieren, und zwar geradewegs auf den sich nähernden Feind zu. »In dem Moment, da *wir* die Shaido sehen können, ziehen wir uns so schnell wie möglich zurück, beinahe bis zu dem Einschnitt zwischen diesen beiden Hügeln, und dann drehen wir um und stellen uns ihnen.«

»Sie werden glauben, wir wollten erst fliehen, hätten dann begriffen, daß es nicht mehr geht, und würden uns nun wie ein Bär gegen die Meute wenden. Sie sehen, daß wir weniger als die Hälfte so stark sind wie sie und nur gezwungenermaßen kämpfen, also werden sie glauben, sie könnten uns einfach überrennen. Wenn wir sie nur so lange beschäftigen können, bis die Kavallerie von hinten über sie hereinbricht …« Der Mann aus Cairhien grinste tatsächlich einmal. »Das heißt, die Taktik der Aiel gegen sie selbst wenden.«

»Es wird verdammt notwendig sein, sie so lange zu beschäftigen.« Mats Tonfall war genauso trocken wie er selbst durchnäßt. »Um sicherzugehen, daß wir lange genug widerstehen, und um sicherzugehen, daß *sie* uns nicht umgehen und von den Flanken her angreifen, will ich, daß Eure Soldaten etwas schreien, sobald wir aufhören, uns zurückzuziehen: ›Schützt den Lord Drachen!‹« Diesmal lachte Daerid schallend los.

Das sollte die Shaido nun wirklich zum ungehemmten Angriff verführen, besonders, wenn Couladin selbst sie führte. Falls Couladin sie anführte, falls Couladin glaubte, Rand befinde sich wirklich bei den Pikeuren, falls die Truppe aushielt, bis die Kavallerie angriff … Ziemlich viele Unsicherheitsfaktoren. Mat hörte, wie in seinem Kopf die Würfel rollten. Das war der höchste Einsatz, den er bisher in seinem Leben gewagt hatte. Er fragte sich, wie lange es noch bis zum Anbruch der Nacht sei. Im Schutz der Dunkelheit könnte ein Mann einfach davonreiten und entkommen. Er verwünschte diese Würfel, die er nicht aus dem Kopf bekam und die einfach nicht fallen wollten, damit er wenigstens sähe, was sie zeigten. So schnitt er dem Regen eine finstere Grimasse und lenkte Pips den Hügel hinab.

Jeade'en blieb auf einer Anhöhe stehen, wo ein Dutzend Bäume wie ein aufgesetzter, spärlicher Schopf wirkten, und Rand krümmte sich ein wenig zusammen, weil er solche Schmerzen in der Seite hatte. Der Halbmond stand hoch am Himmel und warf einen bleichen Lichtschein über die Landschaft, doch selbst bei seiner durch *Saidin* verbesserten Sicht war alles, was weiter als hundert Schritt entfernt lag, nur formloser Schatten. Die Nacht verschluckte die umliegenden Hügel vollständig, und sogar Sulin, die sich in seiner Nähe aufhielt, und die übrigen Töchter um ihn herum waren nur schemenhaft wahrzunehmen. Andererseits schien er die Augen überhaupt nicht mehr richtig aufzubekommen. Er schien Sand darin zu haben und glaubte, daß ihn im Grunde nur der nagende Schmerz an der Seite überhaupt wachhielt. Er dachte nicht zu oft daran. Jeder Gedanke lag nun nicht mehr nur in weiter Ferne, er war auch unendlich langsam.

Hatte Sammael heute zweimal versucht, ihm den Lebensfaden abzuschneiden, oder gar dreimal? Oder noch öfter? Eigentlich sollte man sich doch daran erinnern, wie oft jemand versucht hatte, einen umzubringen. Nein, vielleicht nicht umzubringen. Zu ködern. *Bist du denn immer noch so eifersüchtig auf mich, Tel Janin? Wann hätte ich dich jemals erniedrigt oder dir nur einen Fingerbreit weniger gereicht, als dir zustand?* Schaudernd fuhr sich Rand mit den Fingern durchs Haar. Es war etwas Eigenartiges an diesem Gedankengang gewesen, doch er konnte nicht sagen, was. Sammael … Nein. Er würde mit ihm fertig werden, sobald … falls … Unwichtig. Später. Heute bedeutete Sammael nur eine Ablenkung von dem, was wirklich wichtig war. Vielleicht war er mittlerweile auch weg.

Ganz vage schien es ihm, es sei kein neuer Angriff erfolgt, seit … Seit wann? Er erinnerte sich daran, Sammaels letzten Schachzug mit etwas besonders Gemeinem beantwortet zu haben, konnte sich aber keine Einzelheiten mehr ins Bewußtsein rufen. Jedenfalls kein Baalsfeuer. *Darf ich nicht benützen. Bedroht das Gewebe des Musters. Nicht einmal für Ilyena? Ich würde die Welt versengen und meine Seele als Feuerholz verwenden, wenn ich sie noch einmal lachen hörte.*

Zerstreut. Seine Gedanken schweiften wieder von allem Wichtigen ab.

Vor wie langer Zeit die Sonne auch gesunken sein mochte, so hatte sie doch noch immer auf eine Schlacht herabgesehen. Die letzten rotgoldenen Strahlen hatten ihr Licht auf mordende und sterbende Menschen geworfen, bevor sie den immer länger werdenden Schatten wichen. Selbst jetzt trieben mit gelegentlichen Windstößen ferne Rufe und Schreie zu ihm herüber. Alles Couladins wegen, das war schon richtig, aber im tiefsten Grunde war er natürlich selbst schuld.

Einen Augenblick lang konnte er sich nicht einmal mehr an seinen eigenen Namen erinnern.

»Rand al'Thor«, sprach er laut vor sich hin und schauderte, obwohl sein Mantel schweißnaß war. Einen Moment lang war ihm dieser Name fremd vorgekommen. »Ich bin Rand al'Thor, und ich muß … ich muß sehen.«

Er hatte seit dem Morgen nichts mehr gegessen, aber die Verderbnis *Saidins* unterdrückte jedes Hungergefühl. Das Nichts bebte unaufhörlich, und er hing nur noch mit Zähnen und Klauen an der Wahren Quelle. Es war, als reite er auf einem verrückt gewordenen Stier, oder als schwimme er nackt in einem Strom aus Feuer, der über Stromschnellen toste, deren Klippen aus Eis bestanden. Und doch: Wenn er nicht gerade fast verschlungen oder hin- und hergerissen oder ertränkt wurde, schien es ihm, als läge in *Saidin* die einzige Kraftreserve, die ihm noch verblieben war. *Saidin* war immer noch da, feilte an seinen Kanten, versuchte, seinen Verstand auszuradieren oder zu zersetzen, und dennoch ließ es sich aber jederzeit benützen.

Nach einem ruckartigen Nicken lenkte er einen Strom der Macht, und etwas brannte hoch droben am Himmel. Irgend etwas. Eine Kugel aus waberndem blauen Feuer, die mit ihrem grellen Lichtschein die Schatten vertrieb.

Überall um ihn herum sprangen Hügel in seinen Blick. Die Bäume ragten in dieser harten Beleuchtung fast schwarz auf. Nichts rührte sich. Ein Windstoß fegte ein schwaches Geräusch mit zu ihm herüber. Vielleicht Jubel oder Gesang. Oder aber er bildete sich das nur ein, denn es war wirklich so schwach und erstarb mit dem Wind.

Plötzlich wurde er sich der Töchter des Speers bewußt, die ihn umstanden. Hunderte. Einige, so wie Sulin, blickten ihn an, aber viele hatten die Augen zugekniffen. Er brauchte einen Moment, um sich darüber klarzuwerden, daß sie sich die Nachtsicht nicht durch das grelle Licht verderben lassen wollten. Er runzelte die Stirn und suchte. Egwene und Aviendha befanden sich nicht mehr hier. Ein weiterer langer Augenblick verging, bis er daran dachte, das Gewebe aufzulösen und die Nacht wieder allein herrschen zu lassen. Seinen Augen erschien die Schwärze nun unglaublich tief.

»Wo sind sie?« Er ärgerte sich ein wenig darüber, wenn er aussprechen mußte, wen er meinte, doch ge-

nauso vage war er sich bewußt, daß es gar keinen Grund dafür gab.

»Sie begaben sich bei Einbruch der Dämmerung zu Moiraine Sedai und den Weisen Frauen, *Car'a'carn*«, erwiderte Sulin und trat näher an Jeade'en heran. Ihr kurzgeschnittenes weißes Haar schimmerte im Mondschein. Nein, mußte er sein Urteil revidieren, sie trug eine Bandage um den Kopf. Wie konnte er das nur vergessen? »Vor gut zwei Stunden also. Sie wissen, daß Fleisch eben doch kein Stein ist. Selbst die stärksten Beine müssen einmal ruhen.«

Rand runzelte die Stirn. Beine? Sie waren doch auf Egwenes Stute geritten. Die Frau redete Unsinn. »Ich muß sie finden.«

»Sie befinden sich bei Moiraine und den Weisen Frauen, *Car'a'carn*«, sagte sie betont langsam. Er glaubte zu sehen, daß sie mißbilligend dreinblicke, aber im Dunkel der Nacht war er nicht sicher.

»Nicht sie«, murmelte er. »Muß mein Volk finden. Sie sind immer noch dort draußen, Sulin.« Warum rührte sich der Hengst überhaupt nicht? »Könnt Ihr sie hören? Draußen in der Nacht. Sie kämpfen noch immer. Ich muß ihnen helfen.« Ach, natürlich, er mußte dem Apfelschimmel die Fersen in die Rippen drücken. Doch als er das tat, bewegte sich Jeade'en nur ein wenig zur Seite, und Sulin hielt seinen Zügel. Er erinnerte sich gar nicht daran, daß sie den Zügel gehalten hatte.

»Die Weisen Frauen müssen jetzt mit Euch sprechen, Rand al'Thor.« Ihr Tonfall hatte sich verändert, aber er war zu erschöpft, um feststellen zu können, in welcher Weise.

»Kann das nicht warten?« Er mußte den Läufer mit dieser Nachricht verpaßt haben. »Ich muß sie finden, Sulin.«

Enaila tauchte ganz plötzlich auf der anderen Seite des Pferdekopfes aus der Dunkelheit auf. »Ihr habt Euer Volk gefunden, Rand al'Thor.«

»Die Weisen Frauen warten auf Euch«, fügte Sulin hinzu. Sie und Enaila zogen Jeade'en herum, ohne seine Zustimmung abzuwarten. Aus irgendeinem Grund drängten sich die Töchter um ihn herum, als sie den langen, gewundenen Pfad den Abhang hinunter schritten. Der Mondschein beleuchtete ihre Gesichter, wenn sie zu ihm aufblickten. Sie waren so nahe, daß ihre Schultern manchmal die Flanken des Pferdes streiften.

»Was sie auch von mir wollen«, brummelte er, »sie sollten sich jedenfalls beeilen.« Es war überflüssig, daß sie den Apfelschimmel führten, aber es wäre zu anstrengend, jetzt darum viel Aufhebens zu machen. Er drehte sich um, wollte einen Blick zurückwerfen, doch dabei mußte er vor Schmerz ächzen, und der Gipfel des Hügels war bereits von der Nacht verschluckt worden. »Ich muß noch eine Menge tun. Ich muß... suchen... nach...« Couladin. Sammael. Die Männer, die für ihn kämpften und starben. »Muß sie finden.« Er war so müde, aber schlafen durfte er noch nicht.

Laternen, die von Stangen baumelten, beleuchteten das Lager der Weisen Frauen. In ihren Schein mischte sich das Flackern kleiner Feuer, über denen Wasserkessel hingen, die von weißgekleideten Männern und Frauen weggeholt und durch neue ersetzt wurden, sobald das Wasser zu kochen begann. Überall eilten *Gai'schain* umher, und auch Weise Frauen, um die Verletzungen der vielen Verwundeten zu versorgen, die das Lager überfüllten. Moiraine bewegte sich langsam von einem zum anderen in der langen Reihe jener, die nicht stehen konnten, doch sie hielt nur selten inne, um ihre Hände an die Wangen eines Aiel zu legen, der anschließend wild zuckte, als der Heilprozeß mit Hilfe der Macht zu wirken begann. Jedesmal, wenn sie sich aufrichtete, schwankte sie. Lan stand dicht hinter ihr, als wolle er sie aufrecht halten, oder als erwarte er jeden Moment, sie auffangen zu müssen. Sulin wechselte ein paar Worte mit Adelin und Enaila – zu leise, als daß Rand sie verstehen konnte –, und die jüngeren Frauen rannten los und sprachen mit der Aes Sedai.

Trotz der großen Anzahl der Verwundeten kümmerten sich nicht alle Weisen Frauen um sie. In einer Hütte an der einen Seite des Lagers saßen vielleicht zwanzig von ihnen im Kreis und lauschten einer, die im Mittelpunkt stand. Als sie sich hinsetzte, nahm eine andere ihren Platz ein. *Gai'schain* knieten außen um die Hütte herum auf dem Boden, doch keine der Weisen Frauen schien sich jetzt für den Wein oder irgend etwas anderes zu interessieren, so gespannt lauschten sie. Rand glaubte, in der augenblicklichen Sprecherin Amys zu erkennen.

Zu seiner Überraschung half auch Asmodean bei der Versorgung der Verwundeten. Der Wasserschlauch, den er sich über jede Schulter gehängt hatte, paßte allerdings gar nicht zu seiner dunklen Samtjacke mit Spitzenbesätzen. Als er sich von einem Mann aufrichtete, dessen nackter Oberkörper stark bandagiert war, entdeckte er Rand und zögerte. Einen Augenblick später reichte er die Wasserschläuche einem *Gai'schain* und wand sich zwischen den Töchtern hindurch zu Rand. Die Töchter ignorierten Asmodean, denn sie schienen entweder Adelin und Enaila zu beobachten, wie sie mit Moiraine sprachen, oder Rand anzustarren, und so machte er eine beleidigte Miene, als er vor dem letzten Ring der *Far Dareis Mai* um Jeade'en angelangt war. Sie traten nur sehr zögernd beiseite, und die Lücke zwischen ihnen ließ ihn schließlich nur bis an Rands Steigbügel heran.

»Ich war sicher, daß Ihr unversehrt wärt. Ganz sicher.« Seinem Tonfall nach log er. Als Rand nicht antwortete, zuckte Asmodean nervös die Achseln. »Moiraine bestand darauf, daß ich Wasser schleppe. Eine Frau mit einem zwingenden Wesen, die nicht einmal dem Barden des Lord Drachen gestattet …« Er ließ die

Worte verklingen und leckte sich hastig die Lippen. »Was ist geschehen?«

»Sammael«, sagte Rand, aber es war nicht als Antwort gedacht. Er sprach einfach die Gedanken aus, die gerade durch das Nichts in ihm trieben. »Ich erinnere mich daran, als man ihn zum erstenmal als den Zerstörer aller Hoffnung bezeichnete. Als er die Tore von Hevan verräterisch geöffnet hatte und den Schatten hinunter ins Rorn M'doi und ins Herz von Satelle trug. An diesem Tag schien wirklich alle Hoffnung zu sterben. Culan Cuhan weinte. Was ist los?« Asmodeans Gesicht hatte sich so weiß wie Sulins Haar verfärbt, doch er schüttelte nur stumm den Kopf. Rand spähte zu der Hütte hinüber. Er kannte diejenige nicht, die nun das Wort ergriffen hatte. »Warten sie dort auf mich? Dann sollte ich hinübergehen.«

»Sie werden Euch jetzt noch nicht willkommen heißen«, sagte Lan. Er war so plötzlich neben Asmodean erschienen, daß der zusammenfuhr. »So wenig wie jeden anderen Mann.« Auch Rand hatte den Behüter weder gehört noch herankommen sehen, doch er wandte ihm lediglich das Gesicht zu. Selbst das kostete ihn Anstrengung. Der Kopf schien jemand anderem zu gehören. »Sie verhandeln mit den Weisen Frauen der Miagoma, der Codarra, der Schiande und der Daryne.«

»Die Clans schließen sich mir an«, sagte Rand mit tonloser Stimme. Aber ihr Warten hatte dazu geführt, daß an diesem Tag allzu viel Blut geflossen war. In den Legenden geschah so etwas niemals.

»Wie es scheint. Doch die vier Häuptlinge werden sich nicht mit Euch treffen, bevor nicht die Weisen Frauen ihre Abmachungen getroffen haben«, fügte Lan trocken hinzu. »Kommt. Moiraine kann Euch mehr darüber sagen als ich.«

Rand schüttelte den Kopf. »Was geschehen ist, ist geschehen. Ich kann mir die Einzelheiten später anhören. Wenn Han sie uns nun nicht mehr aus dem Rücken halten muß, brauche ich ihn. Sulin, schickt einen Läufer. Han…«

»Das ist schon geschehen, Rand«, sagte der Behüter eindringlich. »Alles ist beendet. Südlich der Stadt sind nur noch wenige Shaido übrig. Tausende wurden gefangengenommen, und die meisten anderen sind dabei, den Gaelin zu überqueren. Man hätte Euch davon schon vor einer Stunde berichtet, nur wußte niemand, wo Ihr euch aufhieltet. Ihr seid ständig in Bewegung gewesen. Kommt und laßt euch von Moiraine alles berichten.«

»Alles beendet? Wir haben gewonnen?«

»Ihr habt gewonnen. Vollständig.«

Rand spähte zu den Männern hinüber, die verbunden wurden, zu den geduldig wartenden Schlangen, die erst verbunden werden mußten, und zu denen, die frisch versorgt wieder gingen. Und zu den Reihen von Männern, die dort lagen und sich kaum rührten. Moiraine schritt noch immer diese Reihen ab und blieb hier und da erschöpft stehen, um jemandem Heilung zu bringen. Natürlich befanden sich nur wenige der Verwundeten überhaupt hier. Sie waren bestimmt den ganzen Tag über gekommen, wenn sie eine Gelegenheit dazu fanden, und waren wieder gegangen, sofern sie konnten. Falls sie überhaupt konnten. Keiner der Gefallenen würde hier liegen. *Nur eine verlorene Schlacht ist noch trauriger als eine gewonnene.* Er schien sich schwach daran zu erinnern, diese Worte schon einmal gesagt zu haben, vor langer, langer Zeit. Vielleicht hatte er es auch nur gelesen.

Nein. Es lebten viel zu viele, für die er verantwortlich war, um sich jetzt der Toten wegen Gedanken zu machen. *Aber wie viele Gesichter werde ich erkennen, so wie das Joliens? Ich werde Ilyena niemals vergessen, und wenn die ganze Welt brennt!*

Er runzelte die Stirn und griff mit einer Hand nach seinem Kopf. Diese Gedanken waren aus verschiedenen Quellen unabhängig voneinander gekommen. Er war so müde, daß er kaum noch denken konnte. Doch er mußte. Er brauchte Gedanken, die nicht fast außerhalb seiner Reichweite an ihm vorbeiglitten. Er ließ die Quelle und das Nichts los und verkrampfte sich, als *Saidin* ihn beinahe in diesem Augenblick des Rückzugs überwältigte. Er hatte kaum Zeit, seinen Fehler zu begreifen. Ohne die Hilfe der Macht brachen Erschöpfung und Schmerz gnadenlos über ihn herein.

Er nahm wahr, wie sich die Gesichter ihm zuwandten, als er aus dem Sattel fiel, wie sich die Münder bewegten, wie ihn Hände ergriffen und seinen Fall aufhielten.

»Moiraine!« schrie Lan. Seine Stimme klang ganz hohl in Rands Ohren. »Er blutet stark!«

Sulin hielt seinen Kopf in ihren Armen. »Haltet durch, Rand al'Thor«, sagte sie eindringlich. »Haltet durch!«

Asmodean sagte nichts, doch seine Miene war düster, und Rand spürte, wie von dem Mann her ein dünnes Rinnsal von *Saidin* durch seinen Körper strömte. Dann kam die Dunkelheit über ihn.

KAPITEL 5

Nach dem Sturm

Mat saß auf einem kleinen Felsvorsprung am Fuße des Abhangs und verzog das Gesicht vor Schmerzen, als er die breite Krempe seines Huts herunterzog, teils der strahlenden Vormittagssonne wegen, und teils, weil er etwas Bestimmtes nicht sehen wollte. Doch die Schnitte und Schrammen und besonders die Pfeilwunde an seiner Schläfe, auf die der Hut drückte, erinnerten ihn an die Wirklichkeit. Eine Tinktur aus Daerids Satteltasche hatte die Blutungen gestillt, an dieser und anderen Stellen, doch alles tat natürlich noch weh und brannte höllisch. Und das würde aber noch schlimmer werden. Die Hitze des Tages begann sich gerade erst durchzusetzen, doch bereits jetzt perlte der Schweiß auf seiner Stirn, und Unterwäsche und Hemd wiesen feuchte Flecken auf. Ganz nebenher fragte er sich, ob in Cairhien jemals noch der Herbst anbräche. Wenigstens aber lenkte ihn der Schmerz von seiner Erschöpfung ab. Selbst nach einer schlaflosen Nacht hätte er hellwach in einem weichen Federbett gelegen. Ein paar Decken auf dem Boden hätten in diesem Fall wohl auch nichts gebracht. Nun, er legte sowieso keinen Wert darauf, jetzt in seinem Zelt zu liegen.

Eine prima Klemme, in der ich da stecke. Beinahe umgebracht, schwitze wie ein Schwein, kann keinen bequemen Fleck finden, um mich auszustrecken, und ich wage nicht, mich zu betrinken. Blut und blutige Asche! Er hörte auf, an einem Schnitt am Brustteil seines Mantels herumzunesteln. Zwei Fingerbreit daneben, und der Speer hätte sein Herz durchbohrt. Licht, der Mann war wirklich gut gewesen! Dann verdrängte er diese Erinnerungen. Nicht, daß ihm dies leicht gefallen wäre bei all den Dingen, die um ihn herum vorgingen.

Ausnahmsweise schienen die Tairener und die Männer aus Cairhien nichts dagegen zu haben, daß Aielzelte wie ein Wald auf allen Seiten standen. Sogar in ihrem Lager fanden sich einige Aiel, und, o Wunder, die Tairener hatten sich an den qualmenden Feuerstellen unter die Leute aus Cairhien gemischt! Allerdings aß niemand. Man hatte nicht einmal die Kessel über die Feuer gehängt. Trotzdem konnte er irgendwo verbranntes Fleisch riechen. Nein, die meisten hatten sich betrunken, so gut sie vermochten, mit Wein, Schnaps oder dem *Oosquai* der Aiel. Sie lachten und feierten. Unweit von seinem Sitzplatz tanzten ein Dutzend Verteidiger des Steins verschwitzt in Hemdsärmeln zum rhythmischen Klatschen von zehnmal so vielen Zuschauern. In einer Reihe, die Arme um die Schultern der Nebenmänner gelegt, vollführten sie so schnelle Tanzschritte, daß es ein Wunder schien, daß keiner von ihnen seinen Nebenmann trat oder zu Fall brachte. In der Nähe einer zehn Fuß hohen Stange, die man in den Boden gesteckt hatte und die Mats Blick krampfhaft mied, tanzten in einem weiteren Zuschauerkreis einige Aiel. Jedenfalls nahm Mat an, es handle sich um einen Tanz. Ein weiterer Aiel spielte für sie auf dem Dudelsack auf. Sie sprangen, so hoch sie konnten, schwangen dabei einen Fuß noch höher hinauf, landeten wieder auf genau diesem Fuß und sprangen sofort wieder hoch, schneller und schneller. Manchmal drehten sie sich im Sprung auch noch um die eigene Körperachse, oder sie vollführten Überschläge vorwärts oder rückwärts. Sieben oder acht Tairener und Männer aus Cairhien saßen daneben und rieben sich die schmerzenden Knochen, nachdem sie bei ähnlichen Versuchen gestürzt waren. Trotzdem lachten und jubelten sie wie die Verrückten und ließen einen Steinkrug mit irgendeinem Getränk herumgehen. An anderen Orten sangen und tanzten weitere Männer. Man konnte bei dem allgemeinen Lärm allerdings den Gesang kaum hören, falls er diese Bezeichnung überhaupt verdiente. Ohne sich zu rühren, konnte er zehn Flöten unterscheiden, ganz zu schweigen von mindestens doppelt so vielen Blechpfeifen. Ein magerer Bursche aus Cairhien in einer zerfledderten Jacke blies etwas, das wie eine Kreuzung von einer Flöte mit einem Horn aussah, mit ein paar noch eigenartigeren Zusatzteilen. Und dann gab es unzählige Trommeln – die meisten allerdings waren Töpfe, die mit Kochlöffeln geschlagen wurden.

Kurz gesagt, das Lager war ein Irrenhaus und ein Ball in einem. Er erkannte dieses Syndrom wieder, und zwar zur Hauptsache aus den Erinnerungen anderer Männer, die er noch als solche erkannte, wenn er sich Mühe gab. Man feierte, immer noch am Leben zu sein. Ein weiteres Mal waren sie dem Dunklen König auf der Nase herumgetanzt und hatten es überlebt, konnten die Geschichte erzählen. Ein weiterer Tanz auf des Messers Schneide beendet. Gestern fast tot, morgen vielleicht wirklich tot, aber heute am Leben, auf wunderbare Weise am Leben. Ihm war nicht nach Feiern zumute. Wozu lebte man denn, wenn man doch nicht aus seinem Käfig entkommen konnte?

Er schüttelte den Kopf, als Daerid, Estean und ein kräftig gebauter Aielmann mit rotem Haar, den er nicht kannte, vorbeitaumelten, wobei sie sich gegenseitig aufrecht hielten. Im allgemeinen Lärm kaum hörbar, versuchten Daerid und Estean, dem größeren Mann in der Mitte den Text von ›Tanz mit dem Schwarzen Mann‹ beizubringen.

Singen und tanzen und für unsren Sold
sind uns die schönsten Mädchen hold.
Wir ziehen weiter, wenn verbraucht das Gold,
und dann tanzen wir wieder mit dem Schwarzen Mann.

Der sonnenverbrannte Bursche zeigte verständlicherweise kein Interesse am Lernen. Das würde er höchstens, wenn sie ihm bewiesen, daß es sich um eine offizielle Schlachthymne handle. Doch er hörte wenigstens zu, und er war keineswegs der einzige. Als die drei schließlich in der sich drängenden Menge außer Sicht kamen, hatten sie immerhin schon einen Rattenschwanz von zwanzig anderen hinter sich, die zerbeulte Zinntassen und zerkratzte Lederbecher schwangen und alle aus vollem Hals die Melodie mitgrölten.

Ob Bier oder Wein in meinem Glas,
ob ich mit Mädchen teile das Naß,
mir macht etwas andres stets noch mehr Spaß:
der Tanz mit dem Schwarzen Mann!

Mat verwünschte sich selbst, weil er ihnen das Lied beigebracht hatte. Das hatte ihn einfach abgelenkt, während Daerid sich um seine Wunden kümmerte, damit er nicht verblutete. Diese Tinktur brannte genauso schlimm wie die Schnitte selbst, und Daerid würde keiner Näherin Konkurrenz machen bei seinen Künsten mit Nadel und Faden. Nur hatte sich das Lied von jenem ersten Dutzend aus wie ein Lauffeuer durch die Truppe verbreitet. Tairener und Männer aus Cairhien, Reiter und Pikeure, sie alle hatten es gesungen, als sie in der Morgendämmerung zurückkehrten.

Zurückkehrten. Genau in dieses Tal zwischen den Hügeln, aus dem sie aufgebrochen waren, unterhalb der Ruine des Balkenturms, und ohne jede Chance für ihn, zu entkommen. Er hatte ihnen angeboten, vorauszureiten, und Talmanes und Nalesean hatten sich beinahe darum geprügelt, wer von ihnen seine Eskorte stellen werde. Nicht jedermann hatte Freundschaften geschlossen. Alles, was er jetzt noch brauchte, war Moiraine, die ihre Nase in alles steckte, wissen wollte, wo er gewesen sei und warum, und ihm Vorträge über

Ta'veren und Pflichten hielt, über das Muster und Tarmon Gai'don, bis ihm der Kopf schwamm. Zweifellos befand sie sich jetzt bei Rand, doch irgendwann würde sie sich an ihn erinnern.

Er blickte nach oben zum Gipfel des Hügels und dem Gewirr zerschmetterter Balken zwischen den gesplitterten Bäumen. Dieser Bursche aus Cairhien, der die Fernrohre für Rand angefertigt hatte, war mit seinen Lehrlingen oben und stöberte in der Ruine herum. Die Aiel hatten sich überschlagen, alles zu erzählen, was geschehen war. Es war wirklich mehr als höchste Zeit, daß er von hier verschwand. Das Fuchskopfmedaillon schützte ihn vor den Frauen, die mit der Macht arbeiteten, aber er hatte von Rand genug erfahren, um zu wissen, daß der Gebrauch der Macht durch einen Mann etwas ganz anderes war. Er hatte nicht die Absicht, herauszufinden, ob das Ding ihn auch gegen Sammael und seine Leute schützte.

Er schnitt eine Grimasse, als ihn Pfeile des Schmerzes durchdrangen, und benützte den schwarzen Speerschaft, um sich hochzuwuchten. Um ihn herum ging die Feier weiter. Wenn er jetzt gemütlich zu den Haltepflöcken der Pferde spazierte… Er freute sich jedoch nicht gerade darauf, Pips satteln zu müssen.

»Der Held sollte nicht einfach dasitzen, ohne etwas zu trinken.«

Erschrocken fuhr er herum, ächzte, des scharfen Schmerzes wegen, den die Bewegung auslöste, und erblickte Melindhra. Sie trug einen großen Tonkrug in einer Hand, also einmal keinen Speer, und ihr Gesicht war nicht verschleiert, doch ihr Blick schien ihm abschätzend. »Jetzt hör mal zu, Melindhra. Ich kann alles erklären.«

»Was wäre denn zu erklären?« fragte sie und warf ihm den freien Arm um die Schultern. Trotz des plötzliches Rucks bemühte er sich, sich noch mehr aufzurichten. Er hatte sich noch immer nicht daran gewöhnt, zu einer Frau aufblicken zu müssen. »Ich wußte, du würdest deinen eigenen Ruhm suchen. Der *Car'a'carn* wirft einen langen Schatten, doch kein Mann möchte sein Leben im Schatten verbringen.«

Er schloß eiligst den Mund und brachte dann aber doch ein mühsames ›sicher‹ heraus. Sie würde also nicht versuchen, ihn umzubringen. »Genau das ist es.« In seiner Erleichterung nahm er ihr den Krug ab, doch sein tiefer Zug löste einen Hustenanfall aus. Das war der stärkste doppeltgebrannte Schnaps, den er je getrunken hatte.

Sie holte sich den Krug lange genug zurück, um selbst daran zu ziehen, seufzte dann dankbar und schob ihn wieder zu ihm herüber. »Er war ein Mann großer Ehre, Mat Cauthon. Es wäre besser gewesen, du hättest ihn gefangengenommen, doch auch dadurch, daß du ihn getötet hast, hast du viel *Ji* gewonnen. Es war gut, daß du den Kampf mit ihm gesucht hast.«

Unwillkürlich blickte Mat nun doch zu der Stange hin, obwohl er das vorher gemieden hatte, und er schauderte. Oben in zehn Fuß Höhe über den tanzenden Aiel baumelte Couladins Kopf an einer Lederschnur, die man in seinem flammend roten Haar festgebunden hatte. Das Ding schien zu grinsen. Es grinste ihn an.

Den Kampf mit Couladin *gesucht?* Er hatte sein Bestes gegeben, die Pikeure zwischen sich und *jedem* der Shaido zu halten. Doch dieser Pfeil hatte seine Schläfe gestreift, und bevor ihm das bewußt war, hatte er auch schon auf dem Boden gelegen. Er hatte versucht, inmitten der um ihn herum tobenden Schlacht wieder auf die Beine zu kommen, und dann mit dem durch Raben gekennzeichneten Speer um sich gehauen, um sich den Weg zurück zu Pips zu bahnen. Couladin war wie aus dem Nichts aufgetaucht, wohl zum Töten verschleiert, aber diese entblößten Arme mit ihren rotgolden glitzernden Drachen konnte man nicht verwechseln. Der Mann hatte sich mit seinen Speeren eine tödliche Gasse durch die Pikeure gebahnt und nach Rand geschrien, er solle sich ihm endlich stellen. Außerdem hatte er noch gerufen, *er* allein sei der wirkliche *Car'a'carn*. Vielleicht hatte er das mittlerweile selbst geglaubt. Mat wußte immer noch nicht, ob Couladin ihn erkannt hatte, aber das spielte auch keine Rolle mehr, da der Kerl sich entschlossen hatte, auf der Suche nach Rand ein Loch durch ihn zu bohren. Er wußte auch nicht, wer hinterher Couladins Kopf abgeschnitten hatte.

Ich war zu sehr damit beschäftigt, am Leben zu bleiben, um noch weiter zuzusehen, dachte er enttäuscht. Und zu hoffen, daß er an seinen Wunden nicht verbluten werde. Zu Hause an den Zwei Flüssen war er einer der besten im Kampf mit dem Bauernspieß, dem Kampfstock, gewesen, und ein Bauernspieß unterschied sich gar nicht so sehr von einem Speer, doch Couladin war anscheinend mit den Dingern in den Händen geboren worden. Natürlich hatte dieses Geschick den Mann am Ende auch nicht retten können. *Vielleicht hält mein Glück nach wie vor an. Licht, laß es mir bitte jetzt treu sein!*

Er überlegte gerade, wie er Melindhra los würde, um Pips satteln zu können, da stand Talmanes vor ihm und verbeugte sich höflich, die Hand auf dem Herzen, wie es in Cairhien üblich war. »Das Licht sei Euch gnädig, Mat.«

»Und Euch ebenfalls«, antwortete Mat geistesabwesend. Sie würde nicht einfach gehen, weil er sie darum bat. Allein die Bitte wäre, als ließe man den Fuchs in den Hühnerhof. Vielleicht sollte er ihr sagen, er wolle nur ein wenig ausreiten? Doch man sagte, die Aiel könnten schneller laufen als ein Pferd.

»Eine Abordnung aus der Stadt ist heute nacht angekommen. Es wird einen Triumphzug für den Lord Drache geben, um die Dankbarkeit Cairhiens auszudrücken.«

»Tatsächlich?« Sie mußte doch Pflichten irgendeiner Art zu erfüllen haben. Die Töchter sammelten sich immer um Rand. Vielleicht würde man sie dazu abkommandieren? Wenn er sie so anblickte, kam er zu dem Entschluß, sich besser nicht darauf zu verlassen. Ihr breites Lächeln war so … besitzergreifend.

»Die Abordnung wurde von Hochlord Meilan gesandt«, sagte Nalesean, der sich nun zu ihnen gesellte. Seine Verbeugung war genauso korrekt, mit ausgebreiteten Armen, wenn auch hastig. »Er hat dem Lord Drachen den Triumphzug angetragen.«

»Lord Dobraine, Lord Maringil und Lady Colavaere sind, zusammen mit anderen, ebenfalls zum Lord Drachen gegangen.«

Mat riß sich von seinen Überlegungen los und konzentrierte sich auf den Augenblick. Jeder dieser beiden bemühte sich, so zu tun, als existiere der andere gar nicht, beide blickten nur ihn an und warfen dem anderen nicht einmal einen schnellen Seitenblick zu, aber ihre Gesichter waren angespannt und die Knöchel ihrer Hände an den Schwertgriffen weiß von all der Anstrengung. Das wäre dann wohl die Krönung, wenn sie sich hier schlugen. Er würde vermutlich versuchen müssen, ihnen humpelnd auszuweichen, aber einer von ihnen würde ihn schon aus Versehen durchbohren. »Welche Rolle spielt es schon, wer eine Abordnung schickt, solange er nur seinen Triumphzug bekommt?«

»Es spielt eine Rolle, daß Ihr ihn bittet, uns den uns zustehenden Platz an der Spitze einzuräumen«, sagte Talmanes schnell. »Ihr habt Couladin besiegt und diesen Platz für uns verdient.« Nalesean schloß den Mund und machte eine finstere Miene. Offensichtlich hatte er vorgehabt, dasselbe zu sagen.

»Fragt Ihr beide ihn doch«, sagte Mat. »Das geht mich nichts an.« Melindhras Hand spannte sich um seinen Nacken, aber auch das war ihm gleich. Moiraine würde sich bestimmt nicht weit von Rand entfernt aufhalten. Er wollte seinen Hals nicht in eine zweite Schlinge stecken, während er immer noch versuchte, sich aus der ersten herauszuwinden.

Talmanes und Nalesean starrten ihn mit offenstehenden Mündern an, als sei er von Sinnen. »Ihr seid unser Befehlshaber«, protestierte Nalesean. »Unser General!«

»Mein Leibdiener wird Eure Stiefel polieren«, warf Talmanes mit einem leichten Lächeln ein, das er betont nicht dem Tairener mit dem kantigen Gesicht entgegenrichtete, »und Eure Kleidung ausbürsten und stopfen. Damit Ihr den besten Eindruck macht.«

Nalesean riß an seinem geölten Spitzbart, und sein Blick huschte hinüber zu dem anderen Mann, bevor er sich wieder beherrschen konnte. »Wenn ich Euch das anbieten darf – ich habe einen guten Rock, der Euch bestimmt paßt. Aus Goldsatin, mit Rot bestickt.« Nun war es an dem Mann aus Cairhien, finster dreinzublicken.

»General!« rief Mat und stützte sich mühsam auf den Speerschaft. »Ich bin kein verdammter…! Ich meine, ich will Euch doch nicht den Euch zustehenden Rang nehmen.« Sollten sie doch untereinander ausmachen, welchen von ihnen er damit gemeint hatte.

»Seng meine Seele«, sagte Nalesean, »es war Eure Kriegskunst, die uns gewinnen ließ und uns am Leben hielt. Von Eurem Glück ganz zu schweigen. Ich habe gehört, daß Ihr immer die richtige Karte umdreht, aber es ist mehr dran als das. Ich würde Euch folgen, und wenn ich den Lord Drachen nicht kennengelernt hätte!«

»Ihr seid unser Führer«, sagte Talmanes beinahe im gleichen Atemzug. Seine Stimme klang nüchterner, aber nicht weniger sicher. »Bis gestern bin ich Männern aus anderen Ländern gefolgt, weil es sein mußte. Euch werde ich folgen, weil ich es will. Vielleicht seid Ihr in Andor kein Lord, aber hier, hier, sage ich, seid Ihr einer, und ich schwöre Euch Gefolgschaft.«

Der Tairener und der Mann aus Cairhien blickten sich an, als seien sie überrascht, dasselbe Gefühl geäußert zu haben, und dann nickten sie sich zögernd und bedächtig zu. Wenn sie sich schon nicht leiden konnten – und das konnte ja wohl jeder sehen –, waren sie sich in diesem Punkt doch einig. Wenn sie das auch nicht viel näher brachte.

»Ich werde meinen Burschen schicken, um Euer Pferd für den Triumphzug herzurichten«, sagte Talmanes und runzelte kaum noch die Stirn, als Nalesean hinzufügte: »Meiner kann auch seinen Teil zu der Arbeit beitragen. Euer Reittier muß für uns Ehre einlegen. Und seng meine Seele – wir brauchen ein Banner! Euer Banner.« Daraufhin nickte auch der andere lebhaft.

Mat konnte sich nicht entscheiden, ob er hysterisch lachen oder sich hinsetzen und weinen sollte. Diese verfluchten Erinnerungen. Wenn die nicht gewesen wären, wäre er einfach weitergeritten. Wenn Rand nicht gewesen wäre, hätte er sie überhaupt nicht. Er konnte die einzelnen Schritte zurückverfolgen, die dazu geführt hatten. Jeder schien zu seiner Zeit notwendig und ein wichtiges Ziel zu sein. Und doch führte einer immer zwangsläufig zum nächsten. Am Beginn all dieser Schritte lag natürlich Rand. Und die verdammte Tatsache, daß sie *Ta'veren* waren. Er verstand einfach nicht, wieso etwas, was absolut notwendig und beinahe harmlos war, wenn man es für sich betrachtete, ihn doch immer tiefer in diesen Sumpf führte. Melindhra hatte angefangen, seinen Hals zu streicheln, anstatt ihn zu quetschen. Alles, was er jetzt noch brauchte …

Er blickte hoch zur Kuppe des Hügels, und da war sie tatsächlich: Moiraine, auf ihrer edlen weißen Stute, und Lan überragte sie auf seinem schwarzen Hengst, der an ihrer Seite stand. Der Behüter beugte sich zu ihr hinüber, als lausche er ihren Worten, und sie schienen sich kurz zu streiten. Er protestierte lebhaft, doch einen

Augenblick später ließ die Aes Sedai Aldieb wenden und ritt dem gegenüberliegenden Hang zu. Lan blieb mit Mandarb, wo er war, und blickte auf das Lager hinab. Beobachtete Mat.

Er schauderte. Couladins Kopf schien ihn tatsächlich anzugrinsen. Er hörte beinahe, wie der Mann sprach: *Du hast mich wohl getötet, aber deinen Fuß voll in die Falle gestellt. Ich bin tot, aber du wirst niemals mehr frei sein.*

»Alles so verdammt toll«, knurrte er und nahm einen langen Zug aus dem Schnapskrug, an dessen Wirkung er fast erstickte. Talmanes und Nalesean schienen ihn wieder wörtlich zu nehmen, und Melindhra lachte zustimmend.

Etwa fünfzig Tairener und Soldaten aus Cairhien hatten sich versammelt, um den beiden Lords zuzusehen, wie sie mit ihm sprachen. Sie betrachteten seinen Zug aus dem Krug als Signal, ihm ein Ständchen zu bringen, und sie begannen mit einer selbstgedichteten Strophe:

Wir rollen die Würfel, wenn das Glück sie berührt,
wir lieben die Frau, die uns gekürt,
doch wir folgen Mat, wenn er uns führt
zum Tanz mit dem Schwarzen Mann.

Mit einem keuchenden Lachen, das Mat nicht mehr unterdrücken konnte, setzte er sich auf den Felsvorsprung zurück und machte sich daran, den Krug zu leeren. Es mußte doch einen Ausweg aus dieser Lage geben. Es mußte einen geben!

Rand schlug gemächlich die Augen auf und blickte zum Dach seines Zeltes hoch. Er lag nackt unter einer einzigen Decke. Die Abwesenheit jedes Schmerzgefühls überraschte ihn, doch er fühlte sich noch schwächer als in seiner Erinnerung an die letzten Geschehnisse. Und er erinnerte sich deutlich. Er hatte

Dinge gesagt und andere gedacht ... Ihn fror plötzlich. *Ich kann ihm nicht die Kontrolle überlassen. Ich bin ich! Ich!* Er suchte unter seiner Decke und fand die gut verheilte runde Narbe an seiner Seite. Sie fühlte sich noch empfindlich an, war aber tatsächlich soweit verheilt.

»Moiraine Sedai hat dich geheilt«, sagte Aviendha, und er fuhr zusammen.

Er hatte sie nicht gesehen. Sie saß im Schneidersitz auf den Schichten von Läufern in der Nähe der Feuergrube und nippte an einem silbernen, mit Leoparden verzierten Becher. Asmodean lag ausgestreckt auf dem Bauch auf Fransenkissen, das Kinn auf die Arme gestützt. Keiner von beiden schien geschlafen zu haben. Unter ihren Augen waren dunkle Ringe zu sehen.

»Das wäre eigentlich nicht notwendig gewesen«, fuhr Aviendha mit kühler Stimme fort. Übermüdet oder nicht, ihre Frisur saß perfekt, und ihre frische Kleidung stand im scharfen Kontrast zu Asmodeans verknitterter Samtkleidung. Von Zeit zu Zeit spielte sie an dem in Form von Rosen und Dornen geschnitzten Elfenbeinarmband herum, das er ihr geschenkt hatte, als geschehe dies völlig unbewußt. Sie trug auch die silberne Schneeflockenhalskette. Sie hatte ihm immer noch nicht gesagt, wer ihr die geschenkt hatte, hatte sich aber anscheinend darüber amüsiert, als ihr klar wurde, daß er das wirklich wissen wollte. Jetzt wirkte sie aber bestimmt nicht amüsiert. »Moiraine Sedai war selbst dem Zusammenbruch nahe, weil sie so hart gearbeitet hatte, um Verwundete zu heilen. *Aan'allain* mußte sie danach in ihr Zelt tragen. Deinetwegen, Rand al'Thor. Denn dich zu heilen kostete sie das letzte bißchen Kraft.«

»Die Aes Sedai ist schon wieder auf den Beinen«, warf Asmodean ein und unterdrückte dabei ein Gähnen. Er ignorierte Aviendhas pikierten Blick. »Sie war seit Sonnenaufgang bereits zweimal hier, sagte aber, Ihr würdet Euch erholen. Ich glaube, letzte Nacht war sie da nicht so sicher. Ich auch nicht.« Er zog seine vergoldete Harfe heran und spielte daran herum. Dabei sprach er in ganz nebensächlichem Tonfall: »Ich tat natürlich für Euch, was ich konnte, denn mein Leben und mein Glück sind an Euch gebunden, aber meine Fähigkeiten schließen eben leider nicht die des Heilens ein.« Er zupfte ein paar Töne, um seine Worte zu unterstreichen. »Soviel ich weiß, kann sich ein Mann damit selbst umbringen oder ausbrennen, wenn er tut, was Ihr getan habt. Stärke im Gebrauch der Macht ist nutzlos, wenn der Körper erschöpft ist. *Saidin* kann leicht tödlich werden, wenn der Körper nicht mehr mitmacht. Das habe ich jedenfalls gehört.«

»Seid Ihr mit Euren Weisheiten jetzt fertig, Jasin Natael?« Aviendhas Tonfall war, soweit möglich, jetzt noch eisiger, und sie wartete nicht auf eine Antwort, sondern wandte den Blick – wie blaugrünes Eis – wieder Rand zu. Wie es schien, war *er* an der Unterbrechung schuld gewesen. »Ein Mann darf sich manchmal wie ein Narr benehmen, ohne deshalb zu verlieren, aber ein Häuptling muß mehr sein als nur ein Mann, und der Häuptling aller Häuptlinge noch viel mehr. Du hattest kein Recht dazu, dich beinahe selbst in den Tod zu treiben. Egwene und ich bemühten uns, dich dazu zu bewegen, mit uns zu kommen, als wir zu erschöpft waren, um weiterzumachen, doch du wolltest nicht auf uns hören. Vielleicht bist du um so vieles stärker als wir, wie Egwene behauptet, aber du bist immer noch ein Mann aus Fleisch und Blut. Du bist der *Car'a'carn* und nicht irgendein neuer *Seia Doon*, der unbedingt nach Ruhm und Ehre strebt. Du hast *Toh*, eine Pflicht, den Aiel gegenüber, Rand al'Thor, und als Toter kannst du sie nicht erfüllen. Du kannst nicht alles allein vollbringen.«

Einen Moment lang brachte er nichts anderes fertig, als sie mit offenem Mund anzugaffen. Er hatte kaum überhaupt etwas zuwege gebracht, hatte praktisch die

Schlacht den anderen überlassen, während er herumstolperte und versuchte, sich nützlich zu machen. Er war noch nicht einmal in der Lage gewesen, Sammael davon abzuhalten, zuzuschlagen, wo und wann er wollte. Und sie schimpfte, er habe zuviel getan.

»Ich werde versuchen, mich das nächste Mal daran zu erinnern«, sagte er schließlich. Selbst dann machte sie den Eindruck, sie wolle ihren Vortrag fortsetzen. »Was gibt es Neues von den Miagoma und den anderen drei Clans?« fragte er, zum einen, um sie abzulenken, aber auch, weil er es wissen wollte. Frauen hörten sonst grundsätzlich nicht auf, bevor sie einen Mann nicht vollständig am Boden hatten, außer eben, man lenkte sie irgendwie ab.

Es wirkte. Natürlich steckte sie voll von Neuigkeiten, die sie loswerden wollte. Im Belehren war sie genauso eifrig wie im Schimpfen. Asmodean zupfte eine leise Melodie auf seiner Harfe, und ausnahmsweise einmal etwas Angenehmes, sogar Idyllisches, das einen eigenartigen Hintergrund für ihre Worte bildete.

Die Miagoma, die Schiande, die Daryne und die Codarra hatten ihre Lager in Sichtweite voneinander ein paar Meilen östlich aufgeschlagen. Zwischen allen Lagern bewegte sich ein stetiger Strom von Männern und Töchtern des Speers, aber das betraf nur die Kriegergemeinschaften. Indirian und die anderen Häuptlinge rührten sich nicht. Es bestand kein Zweifel mehr daran, daß sie sich endlich Rand anschließen würden, doch nicht, bevor die Weisen Frauen mit ihren Gesprächen fertig waren.

»Sie verhandeln immer noch?« fragte Rand. »Was beim Licht müssen sie denn so lange beraten? Die *Häuptlinge* kommen, um sich mir anzuschließen, und nicht sie.«

Sie warf ihm einen strafenden Blick zu, der Moiraine Ehre gemacht hätte. »Die Worte der Weisen Frauen gehen nur die Weisen Frauen etwas an, Rand al'Thor.«

Zögernd fügte sie dann hinzu, als wolle sie ihm so entgegenkommen: »Egwene kann dir etwas davon berichten. Wenn es vorbei ist.« In ihrem Tonfall lag die Andeutung, daß auch Egwene möglicherweise schweigen werde.

Sie widerstand seinen Versuchen, mehr aus ihr herauszuholen, und schließlich ließ er es sein. Vielleicht würde er es dennoch herausfinden, weil es ihm keine Ruhe ließ, vielleicht auch nicht. Wie auch immer – aus ihr würde er kein Wort mehr herausbringen, als sie sagen wollte. Die Aes Sedai hatten den Weisen Frauen der Aiel nichts voraus, wenn es um das Wahren von Geheimnissen ging. Beide Gruppen liebten es, sich mit Rätseln interessant zu machen. Aviendha hatte diese spezielle Lektion glänzend gelernt.

Egwenes Gegenwart bei dem Treffen der Weisen Frauen war schon eine Überraschung, genau wie Moiraines Abwesenheit. Er hätte eher erwartet, sie mittendrin zu sehen, wie sie wieder die Fäden spann, um ihre eigenen Pläne zu fördern, doch diesmal war es umgekehrt gekommen. Die neuangekommenen Weisen Frauen hätten gern eine Aes Sedai aus dem Gefolge des *Car'a'carn* kennengelernt, aber obwohl Moiraine nach der schwierigen Heilung Rands wieder auf den Beinen war, behauptete sie, keine Zeit zu haben. Egwene war als Ersatz für sie aus dem Bett geholt worden.

Das brachte Aviendha zum Lachen. Sie war draußen gestanden, als Sorilea und Bair Egwene praktisch aus dem Zelt geschleift hatten. Sie bemühte sich noch, in ihre Kleider zu schlüpfen, während die beiden sie weiterbugsierten. »Ich rief ihr noch zu, diesmal müsse sie mit den Zähnen Löcher in den Boden graben, weil man sie bei einer neuen Missetat erwischt habe, und sie war so müde, daß sie mir glatt geglaubt hat. Sie fing an zu protestieren, sie werde das nicht machen, und zwar so vehement, daß Sorilea sie fragte, was sie denn angestellt habe, daß sie sich so verteidigen müsse. Du hättest Egwenes Miene sehen sollen!« Sie lachte so schallend, daß sie beinahe vornüber gefallen wäre.

Asmodean blickte sie mißtrauisch an, was nun Rand wieder nicht verstand, wenn er bedachte, was und wer Asmodean schließlich war. Rand wartete aber nur geduldig ab, bis sie sich wieder beruhigt hatte. Was den Humor der Aiel betraf, war das noch ziemlich schwach gewesen. Mehr die Art von Streich, wie er ihn von Mat erwartete und nicht von einer Frau, aber auch so recht zahm.

Als sie sich aufrichtete und die Tränen aus den Augen wischte, sagte er: »Was ist nun mit den Shaido? Oder befinden sich deren Weise Frauen auch auf dieser Versammlung?«

Immer noch in ihren Wein hineinkichernd, antwortete sie ihm, daß sie die Shaido-Gefahr als beendet ansah und kaum noch wert, beachtet zu werden. Man hatte Tausende gefangengenommen und brachte jetzt immer noch kleine Gruppen neuer Gefangener herein. Die Kämpfe waren bis auf ein paar kleine Scharmützel hier und da alle beendet. Aber je mehr er aus ihr herausbekam, desto weniger Gründe sah er, sie als endgültig besiegt zu betrachten. Da Han mit den vier Clans beschäftigt gewesen war, hatte der größere Teil von Couladins Soldaten ganz geordnet den Gaelin überschreiten können und dabei sogar noch die meisten Gefangenen mitgeschleppt, die sie vor Cairhien gemacht hatten. Und noch schlimmer: sie hatten die Steinbrücken hinter sich zerstört.

Das machte ihr nichts aus, wohl aber ihm. Zehntausende von Shaido nördlich des Flusses, und keine Möglichkeit, sie anzugreifen, bevor die Brücken nicht ersetzt waren, und sogar für einfache Holzbrücken würde man eine Weile brauchen. Das war Zeit, die er nicht hatte.

Ganz am Ende, als es schien, nun gäbe es bestimmt

nichts mehr über die Shaido zu berichten, sagte sie ihm dann etwas, das ihn die Shaido und die möglichen Schwierigkeiten vergessen ließ, die sie ihm bereiten könnten. Sie warf die Information so ein, als habe sie das schon beinahe vergessen gehabt.

»Mat hat Couladin getötet?« fragte er ungläubig, als sie fertig war. »Mat?«

»Habe ich dir das nicht gesagt?« Die Worte klangen scharf, aber auch nicht zu arg. Wie sie ihn so über den Rand ihres Weinbechers hinweg anblickte, war sie wohl eher gespannt auf die Wirkung ihrer Worte, und es war ihr nicht so wichtig, ob er sie anzweifelte.

Asmodean zupfte ein paar martialisch klingende Akkorde. Die Harfe schien Trommeln und Trompeten imitieren zu wollen. »Auf gewisse Weise bietet dieser junge Mann genauso viele Überraschungen wie Ihr. Ich freue mich wirklich darauf, eines Tages auch den dritten von Euch, diesen Perrin, kennenzulernen.«

Rand schüttelte den Kopf. Also war Mat der Anziehungskraft von *Ta'veren* zu *Ta'veren* doch nicht entkommen. Oder aber das Muster hatte ihn gefangen und die Tatsache, daß er ja selbst ein *Ta'veren* war. Wie auch immer, er vermutete jedenfalls, daß Mat sich im Augenblick bestimmt nicht wohl in seiner Haut fühle. Mat hatte noch nicht alles das gelernt, was er hatte lernen müssen. Versuche davonzulaufen, und das Muster reißt dich zurück, oftmals sogar ziemlich grob. Renne dagegen in die Richtung, in die dich das Rad verweben will, dann kannst du manchmal ein ganz klein wenig Kontrolle über das eigene Leben erlangen. Manchmal. Mit Glück vielleicht sogar in stärkerem Maße, als man erwartete; auf lange Sicht jedenfalls. Aber noch gab es für ihn Dringlicheres als Mat oder die Shaido.

Ein Blick zum Eingang zeigte ihm, daß die Sonne bereits am Himmel stand. Ansonsten konnte er aber lediglich zwei Töchter des Speers sehen, die davorhockten, die Speere über die Knie gelegt. Eine Nacht und ein Teil des Vormittags der Bewußtlosigkeit und des Schlafs, und Sammael hatte entweder nicht weiter nach ihm gesucht oder die Suche zunächst aufgegeben.

Er hütete sich, diesen Namen zu verwenden, nicht einmal in Gedanken, doch ein anderer kam ihm nun wieder in den Sinn: Tel Janin Aellinsar. Keine Chronik erwähnte diesen Namen, nicht einmal ein Fragment in der Bibliothek von Tar Valon. Moiraine hatte ihm alles berichtet, was die Aes Sedai von den Verlorenen wußten, und das war nur wenig mehr, als man sich in den Dörfern abends erzählte, um den Kindern Angst zu machen. Selbst Asmodean hatte ihn immer nur Sammael genannt, vielleicht aus einem anderen Grund. Lange vor dem Ende des Schattenkriegs noch hatten die Verlorenen jene Namen angenommen, die ihnen von den Menschen verliehen worden waren, vielleicht als Sinnbilder ihrer Wiedergeburt im Schatten. Asmodeans eigener echter Name – Joar Addam Nessosin – ließ den Mann zusammenzucken, und er behauptete, im Laufe der drei Jahrtausende die Namen der anderen vergessen zu haben.

Vielleicht gab es gar keinen stichhaltigen Grund, zu verschweigen, was ihm durch den Kopf ging. Möglicherweise war das nur ein Versuch seines Verstands, die Realität abzuleugnen. Aber der Mann Sammael war nun einmal vorhanden. Und als Sammael würde er in vollem Maße für jede getötete Tochter des Speers bezahlen müssen. Die Töchter, die Rand nicht hatte beschützen können.

Als er diesen Entschluß faßte, verzog er das Gesicht. Er hatte einen Anfang gemacht, indem er Weiramon zurück nach Tear sandte. So das Licht es wollte, jedenfalls, und nur er und Weiramon wußten darüber Bescheid. Aber er konnte nicht einfach lospreschen, um Sammael zu jagen, so sehr er das auch wünschte und sich selbst geschworen hatte. Noch nicht. Zuerst mußte er sich um einige Dinge hier in Cairhien kümmern.

Aviendha glaubte vielleicht, er verstünde *Ji'e'toh* immer noch nicht, und von ihrem Standpunkt aus mochte das sogar stimmen, aber er sah seine Pflichten, und in Cairhien hatte er eine zu erfüllen. Außerdem hatte er so die Möglichkeit, das Ganze auf Weiramon und dessen Aufgaben abzustimmen.

Er setzte sich auf, bemühte sich, nicht zu zeigen, welche Anstrengung ihn das kostete, bedeckte sich so gut wie möglich mit der Decke und fragte sich, wo seine Kleider steckten. Er konnte lediglich seine Stiefel entdecken, die drüben hinter Aviendha standen. Sie wußte es wahrscheinlich. Möglich, daß ihn *Gai'schain* entkleidet hatten, es konnte aber genauso auch sie gewesen sein. »Ich muß in die Stadt reiten. Natael, laßt bitte Jeade'en satteln und herbringen.«

»Vielleicht morgen«, sagte Aviendha mit fester Stimme und packte Asmodean am Ärmel, als der sich erheben wollte. »Moiraine Sedai sagte, du benötigst jetzt Ruhe, bis …«

»Heute noch, Aviendha. Jetzt. Ich weiß nicht, warum Meilan nicht anwesend ist, falls er noch lebt, aber ich werde es herausfinden. Natael, mein Pferd bitte!«

Sie machte eine sture Miene, doch Asmodean löste seinen Arm aus ihrem Griff, strich den verknitterten Samt glatt und sagte: »Meilan und andere waren bereits hier.«

»Er sollte das nicht erfahren …«, fing Aviendha zornig an, verzog aber dann nur den Mund und endete mit: »Er muß sich ausruhen.«

Also glaubten die Weisen Frauen, sie könnten ihm Informationen vorenthalten. Nicht mit ihm; er war nicht so schwach, wie sie glaubten. Er versuchte aufzustehen, wobei er die Decke vor seine Blöße hielt, und als seine Beine den Dienst versagten, kaschierte er es einfach damit, daß er die Stellung wechselte. Vielleicht war er doch so schwach, wie sie annahmen. Doch er hatte nicht vor, sich davon zurückhalten zu lassen.

»Ich kann mich ausruhen, wenn ich tot bin«, sagte er und verwünschte diese Äußerung im gleichen Moment, da sie zusammenzuckte, als habe er sie geschlagen. Nein, bei einem Schlag wäre sie nicht zusammengezuckt. Sein Überleben war für sie der Aiel wegen wichtig, und eine Bedrohung seines Lebens tat ihr mehr weh als eine Faust. »Berichtet mir von Meilan, Natael.«

Aviendha schwieg mürrisch, und wenn Blicke etwas bewirken könnten, wäre Asmodean jetzt bestimmt mit Stummheit geschlagen worden. Er selbst vielleicht auch.

Ein Bote Meilans war in der Nacht eingetroffen und hatte blumige Lobpreisungen und Versicherungen lebenslanger Loyalität mitgebracht. In der Morgendämmerung war dann Meilan selbst erschienen, zusammen mit sechs anderen Hochlords von Tear, die sich in der Stadt befunden hatten, und einer kleinen Truppe tairenischer Soldaten, die an ihren Schwertern herumfingerten oder die Lanzen fester ergriffen, als erwarteten sie, auch noch gegen diese Aiel kämpfen zu müssen, die schweigend dastanden und ihren Einritt beobachteten.

»Es war ziemlich eng«, sagte Asmodean. »Dieser Meilan ist keinen Widerspruch gewohnt, glaube ich, und die anderen wohl auch nicht. Besonders der mit dem Kartoffelgesicht – Torean? – und Simaan. Der hat genauso spitze Blicke, wie seine Nase aussieht. Ihr wißt, daß ich gefährliche Gesellschaft gewohnt bin, aber diese Männer sind auf ihre Art genauso gefährlich wie manch andere, die ich kennengelernt habe.«

Aviendha schnaubte vernehmlich. »Woran sie auch gewöhnt sein mögen, sie hatten doch keine andere Wahl. Sorilea und Amys und Bair und Melaine auf der einen Seite, und Sulin mit tausend *Far Dareis Mai* auf der anderen. Außerdem waren noch einige Steinhunde dabei«, gab sie zu, »und ein paar Wassersucher und

Rote Schilde. Wenn Ihr wahrhaftig so dem *Car'a'carn* dient, wie Ihr behauptet, Jasin Natael, dann solltet Ihr seine Ruhe genauso behüten wie jene.«

»Ich folge dem Wiedergeborenen Drachen, junge Frau. Den *Car'a'carn* überlasse ich Euch.«

»Erzählt weiter, Natael«, forderte Rand ihn ungeduldig auf, was nun ihm ein Schnauben einbrachte.

Sie hatte recht in der Hinsicht, daß die Tairener keine andere Wahl gehabt hatten. Allerdings hatten sie sich vermutlich der Töchter wegen, die möglicherweise an ihren Schleiern herumgespielt hatten, mehr Sorgen gemacht als der Weisen Frauen wegen. Auf jeden Fall war selbst Aracome, ein schlanker, ergrauter Mann, dessen Zorn nur selten an die Oberfläche kam, aber dafür lange anhielt, beinahe explodiert, als sie schließlich die Pferde wenden ließen, und Gueyam, kahl wie ein Stein und breit wie ein Schmied, war ganz blaß vor Wut gewesen. Asmodean war nicht sicher, was sie davon abgehalten hatte, die Schwerter zu ziehen – die Gewißheit, überwältigt zu werden, oder die Erkenntnis, daß Rand sie, hätten sie sich mit dem Schwert den Weg zu ihm gebahnt und frisches Blut seiner Verbündeten ihre Klingen geziert, wohl kaum willkommen geheißen hätte. »Meilan quollen fast die Augen aus dem Kopf«, beendete der Mann seinen Bericht. »Aber bevor sie wieder abritten, rief er uns noch zu, er sei Euch treu ergeben. Vielleicht glaubte er, Ihr könntet es hören. Die anderen taten es ihm schnell nach, doch Meilan fügte noch etwas hinzu, was die anderen doch erstaunt verstummen ließ. ›Ich mache Cairhien dem Lord Drachen zum Geschenk‹, sagte er. Dann verkündete er, er werde einen großen Triumphzug vorbereiten, wenn Ihr bereit seid, die Stadt zu betreten.«

»Es gibt eine alte Redensart an den Zwei Flüssen«, sagte Rand trocken. »›Je lauter ein Mann seine Ehrlichkeit beteuert, desto fester müßt Ihr eure Geldbörse halten.‹ Ein anderes besagt: ›Der Fuchs bietet der Ente oft an, er werde ihr einen Teich schenken.‹« Cairhien war sein, ohne daß Meilan es ihm schenken mußte.

Er hegte keinen Zweifel an der Loyalität des Mannes. Sie würde so lange andauern, wie Meilan glaubte, Rand könne ihn vernichten, sollte er ihn verraten. Falls er ihn dabei ertappte. Das war der Haken an der Sache. Diese sieben Hochlords in Cairhien waren die eifrigsten unter jenen gewesen, die ihn in Tear am liebsten getötet hätten. Deshalb hatte er sie hierher geschickt. Hätte er jeden Adligen Tears hinrichten lassen, der gegen ihn intrigierte, wäre möglicherweise niemand übriggeblieben. Zu jener Zeit hatte er es für die beste Lösung gehalten, sie tausend Meilen weit von Tear wegzuschicken, um sich dort mit Anarchie, Bürgerkrieg und einer Hungersnot herumzuschlagen. So konnte er ihre Intrigen wenigstens für eine Weile unterbinden und gleichzeitig noch etwas Gutes vollbringen, das absolut notwendig schien. Natürlich hatte er damals noch nichts von der Existenz Couladins geahnt und noch weniger, daß dieser Mann ihn geradewegs nach Cairhien führen würde.

Es wäre einfacher, wenn dies alles nur eine Legende oder ein Märchen wäre, dachte er. In den Legenden gab es immer nur eine gewisse Anzahl von Überraschungen, bis der Held alles wußte, was er wissen mußte. Er selbst dagegen schien immer nur ein Viertel von allem zu wissen.

Asmodean zögerte. Das Sprichwort von den Männern, die ihre Ehrlichkeit allzusehr beteuern, konnte man auch auf ihn anwenden, was ihm zweifelsohne klar war. Doch als Rand nichts weiter sagte, fügte er hinzu: »Ich glaube, er möchte König von Cairhien werden. Natürlich als Euer Untertan.«

»Und vorzugsweise, wenn ich mich fern von ihm aufhalte.« Meilan erwartete möglicherweise von Rand, er werde nach Tear und zu *Callandor* zurückkehren.

Meilan hatte ganz bestimmt keine Angst davor, zuviel Macht zu besitzen.

»Selbstverständlich.« Asmodean klang dabei noch sarkastischer als Rand zuvor. »Zwischen diesen beiden kam aber noch einmal Besuch.« Ein Dutzend Lords und Ladies aus Cairhien war ohne Gefolgsleute und in ihre Umhänge gehüllt angekommen. Sogar die Gesichter hatten sie trotz der Hitze unter den Kapuzen verborgen gehabt. Offenbar war ihnen bewußt, daß die Aiel die Bewohner Cairhiens verachteten, und genauso eindeutig erwiderten sie diese Einschätzung. Und doch hatten sie genausoviel Angst davor, Meilan könne merken, daß sie gekommen waren, wie davor, daß die Aiel zu dem Entschluß kommen könnten, sie zu töten. »Als sie mich sahen«, sagte Asmodean trocken, »schien die Hälfte von ihnen gewillt, mich umzubringen, weil sie Angst hatten, ich könne zu den Tairenern gehören. Ihr habt es den *Far Dareis Mai* zu verdanken, daß Ihr noch einen Barden besitzt.«

So wenige sie auch waren, war es doch noch schwieriger gewesen, diese Leute aus Cairhien zurückzuweisen, als danach Meilan. Sie schwitzten mit jeder Minute mehr, und ihre Gesichter wurden immer blasser, doch sie verlangten stur danach, zum Lord Drachen vorgelassen zu werden. Man konnte ihre Verzweiflung daran ablesen, daß sie – als alle Forderungen umsonst waren – offen um diese Gnade bettelten. Asmodean hielt wohl den Humor der Aiel für eigenartig oder grob, aber er selbst amüsierte sich über Adlige in feinen Seidengewändern und Reitkleidern, weil sie so taten, als sei er überhaupt nicht vorhanden, als sie niederknieten und die wollenen Rocksäume der Weisen Frauen bittend berührten.

»Sorilea drohte, sie werde sie ausziehen und den ganzen Weg zur Stadt zurück auspeitschen lassen.« Sein gedämpftes Lachen klang nun etwas ungläubig. »Sie haben darüber tatsächlich beraten. Wäre ihnen in diesem Fall erlaubt worden, Euch tatsächlich zu treffen, so glaube ich, einige hätten auch das noch in Kauf genommen.«

»Sorilea hätte es tun sollen«, warf Aviendha mit überraschender Zustimmung im Tonfall ein. »Die Eidbrecher besitzen keine Ehre. Zum Schluß hieß Melaine die Töchter sie wie Bündel auf ihre eigenen Pferde laden und die Tiere aus dem Lager treiben. Die Eidbrecher mußten sich festhalten, so gut sie konnten.«

Asmodean nickte. »Aber zuvor sprachen zwei von ihnen mit mir, sobald sie sicher waren, daß ich kein Tairener Spion sei. Lord Dobraine und Lady Colavaere. Sie verschleierten alles mit so vielen Andeutungen und Zusätzen, daß ich nicht ganz sicher sein kann, aber ich wäre nicht überrascht, wenn sie Euch den Sonnenthron anböten. Sie könnten selbst einigen … Leuten aus meinem Bekanntenkreis das Wort im Mund herumdrehen.«

Rand lachte hart auf. »Vielleicht werden sie das. Falls sie die gleichen Bedingungen bieten wie Meilan.« Er hatte Moiraines Rat nicht benötigt, um zu wissen, daß die Adligen Cairhiens das Spiel der Häuser noch im Schlaf spielten, und Asmodean mußte ihm auch keineswegs erst andeuten, sie würden es sogar mit den Verlorenen aufnehmen. Die Hochlords zur Linken und die Adligen Cairhiens zur Rechten. Eine Schlacht war beendet, und eine neue von ganz anderer Art, wenn auch nicht weniger gefährlich, begann. »Auf jeden Fall habe ich vor, einer Person den Sonnenthron anzuvertrauen, die einen Anspruch darauf hat.« Er ignorierte die berechnende Miene Asmodeans. Vielleicht hatte der Mann letzte Nacht versucht, ihm zu helfen, vielleicht auch nicht. Aber auf keinen Fall traute er ihm soweit, daß er ihm auch nur die Hälfte seiner Pläne anvertraute. So sehr Asmodeans Zukunft auch an die seine gefesselt sein mochte, entsprang dessen Loyalität doch nur der bloßen Notwendigkeit, und er war immer noch der gleiche Mann, der einst seine Seele freiwillig dem Schatten überlassen hatte. »Meilan will mir also einen großen Auftritt verschaffen, wenn ich bereit bin, ja? Um so besser, wenn ich mir ansehe, wie die Verhältnisse wirklich liegen, bevor er mich erwartet.« Ihm wurde bewußt, warum Aviendha so gut mitspielte und die Unterhaltung sogar im Gang hielt. Solange er schwatzend hier saß, machte er genau, was sie wollte. »Werdet Ihr nun mein Pferd holen, Natael, oder muß ich das selbst tun?«

Asmodeans Verbeugung war tief, formell und zumindest oberflächlich respektvoll. »Ich diene dem Lord Drachen.«

KAPITEL 6

Andere Schlachten, andere Waffen

Rand, der Asmodean mit gerunzelter Stirn nachblickte und sich fragte, wie weit er dem Mann trauen konnte, fuhr herum, als Aviendha ihren Becher zu Boden warf und Wein auf die Teppiche spritzte. Aiel verschwendeten doch sonst nichts Trinkbares, weder Wasser noch Wein.

Sie starrte den nassen Fleck an und schien genauso überrascht, doch nur einen Augenblick lang. Im nächsten Augenblick hatte sie die Fäuste in die Hüften gestemmt und funkelte ihn wütend an. »Also wird der *Car'a'carn* die Stadt betreten, obwohl er kaum aufrecht sitzen kann. Ich sagte, der *Car'a'carn* müsse mehr sein als andere Männer, aber ich wußte nicht, daß er sogar übermenschliche Kräfte besitzt.«

»Wo sind meine Kleider, Aviendha?«

»Du bist nur aus Fleisch und Blut!«

»Meine Kleidung!«

»Denk an dein *Toh,* Rand al'Thor. Wenn ich mich immer an *Ji'e'toh* halte, kannst du das auch.« Es erschien ihm eigenartig, daß sie das sagte. Die Sonne würde zur Mitternacht aufgehen, bevor sie auch nur die kleinste Kleinigkeit von *Ji'e'toh* vergaß.

»Wenn du so weitermachst«, sagte er lächelnd, »glaube ich am Ende noch, daß dir etwas an mir liegt.«

Er hatte das als Scherz gemeint, denn es gab nur zwei Methoden, mit ihr fertigzuwerden: entweder scherzen, oder sie einfach übergehen – streiten war dagegen ein fataler Fehler. Und der Scherz war recht sanft, wenn er bedachte, daß sie immerhin eine gemeinsame Nacht verbracht hatten, doch sie riß die Augen vor Empörung auf und zog an ihrem elfenbeinernen Armreif, als wolle sie ihn abreißen und ihm an den Kopf werfen. »Der *Car'a'carn* steht so hoch über anderen Männern, daß er keine Kleider braucht«, fauchte sie. »Wenn er zu gehen wünscht, dann soll er doch nur mit seiner Haut bekleidet gehen! Muß ich erst Sorilea und Bair holen? Oder vielleicht Enaila und Somara und Lamelle?«

Er versteifte sich. Von all den Töchtern, die ihn wie einen lange verlorenen Sohn behandelten, hatte sie die drei schlimmsten herausgesucht. Lamelle brachte ihm sogar Suppe. Die Frau konnte kein bißchen kochen, aber sie bestand darauf, ihm Suppe zu bereiten und zu servieren! »Bring nur her, wen du wünschst«, sagte er mit mühsam beherrschter, tonloser Stimme, »aber ich *bin* der *Car'a'carn,* und ich *werde* in die Stadt reiten.« Wenn er Glück hatte, fand er seine Kleidung, bevor sie zurückkam. Somara war beinahe so groß wie er und im Augenblick wahrscheinlich kräftiger. Die Eine Macht würde ihm da nicht helfen. Er hätte jetzt *Saidin* nicht ergreifen können, und wenn Sammael persönlich vor ihm auftauchte. Noch weniger könnte er jetzt daran festhalten.

Eine ganze Weile lang blickte sie ihm in die Augen, und dann hob sie plötzlich den weggeworfenen Leopardenbecher auf und füllte ihn aus einem Krug von gehämmertem Silber. »Wenn du deine Kleider finden und dich anziehen kannst, ohne hinzufallen«, sagte sie ruhig, »dann darfst du gehen. Aber ich werde dich begleiten, und sollte ich zu der Ansicht kommen, daß du zu schwach zum Weiterreiten bist, wirst du hierher zurückkehren, und wenn dich Somara auf ihren Armen tragen muß.«

Er sah entgeistert zu, als sie sich ausstreckte, auf einen Ellbogen stützte, sorgfältig ihren Rock zurechtzupfte und anfing, an ihrem Wein zu nippen. Falls er das Wort Ehe wieder erwähnte, würde sie ihm zweifellos wiederum den Kopf abreißen, doch manchmal benahm sie sich, als seien sie verheiratet. Zumindest die schlimmsten Auswirkungen einer Ehe demonstrierte sie ihm. Da war sie dann keinen Deut besser als Enaila oder Lamelle, wenn die sich am schlimmsten benahmen.

Er knurrte leise in sich hinein, raffte die Decke um sich zusammen und schlurfte an ihr und der Feuergrube vorbei zu seinen Stiefeln. Drinnen lagen zusammengerollt saubere Wollstrümpfe, aber sonst nichts. Er könnte ja *Gai'schain* kommen lassen. Dann würde sich die ganze Angelegenheit im Lager herumsprechen. Ganz zu schweigen von der Möglichkeit, daß die Töchter sich dann vielleicht doch einmischten. In diesem Fall stellte sich die Frage, ob sie ihn als den *Car'a'carn* betrachteten, dem sie gehorchen mußten, oder einfach als Rand al'Thor, der in ihrem Augen ein ganz anderer Mann war. Sein Blick fiel auf einen zusammengerollten Läufer ganz hinten im Zelt. Läufer wurden doch immer ausgerollt. Drinnen steckte sein Schwert, und der Gürtel mit der Drachenschnalle war um die Scheide gewickelt worden.

Aviendha summte vor sich hin, die Augen halb geschlossen, und beobachtete seine Suche. »Das *Ding* … brauchst du nicht mehr.« Sie legte soviel Abscheu in das Wort, daß niemand hätte glauben mögen, gerade sie habe ihm dieses Schwert geschenkt.

»Was meinst du damit?« Im Zelt standen nur ein paar kleine Kästen, entweder mit Perlmutt eingelegt oder mit Messing beschlagen, und nur in einem Fall mit Blattgold geschmückt. Die Aiel zogen es vor, Dinge des alltäglichen Lebens zu Bündeln zu verschnüren. In keinem der Kästen befanden sich seine Kleider. Als er den Deckel der mit Gold in Form von ihm unbekannten Vögeln und anderen Tieren geschmückten

Truhe anhob, erblickte er sorgfältig verschnürte Ledersäckchen und roch den Duft von Gewürzen.

»Couladin ist tot, Rand al'Thor.«

Überrascht hielt er inne und sah sie an. »Wovon sprichst du überhaupt?« Konnte Lan ihr von seinen Überlegungen erzählt haben? Sonst wußte das doch keiner. Aber warum?

»Niemand hat es mir gesagt, falls es das ist, was du gerade denkst. Ich kenne dich jetzt, Rand al'Thor. Ich lerne dich jeden Tag besser zu durchschauen.«

»Ich habe nichts dergleichen gedacht«, grollte er. »Es gibt nichts, was jemand erzählen könnte.« Gereizt schnappte er sich das in der Scheide steckende Schwert und nahm es ungeschickt unter den Arm, während er seine Suche fortsetzte. Aviendha fuhr fort, gemütlich ihren Wein zu schlürfen. Er hatte den Verdacht, sie verberge ein Lächeln hinter dem erhobenen Becher.

Eine schöne Lage. Die Hochlords von Tear kamen ins Schwitzen, wenn Rand al'Thor sie anblickte, und die Adligen Cairhiens boten ihm vielleicht sogar ihren Thron an. Das größte Aiel-Heer, das die Welt jemals erblickt hatte, hatte auf Befehl des *Car'a'carn,* des Häuptlings aller Häuptlinge, die Drachenmauer überschritten. Nationen bebten bei der Erwähnung des Wiedergeborenen Drachen. Nationen! Und falls er seine Kleider nicht fand, würde er hier sitzen müssen und auf die Erlaubnis warten, hinausgehen zu dürfen, und das von einem Haufen Frauen, die glaubten, alles besser zu wissen als er selbst!

Er entdeckte sie schließlich, als er bemerkte, daß die goldbestickte Manschette eines roten Ärmels unter Aviendhas Körper hervorlugte. Sie hatte die ganze Zeit über auf seinen Kleidern gesessen! Nun knurrte sie mit säuerlich verzogenem Gesicht, als er sie aufforderte, beiseite zu rutschen, aber sie kam seinem Wunsch nach. Endlich.

Wie gewöhnlich sah sie zu, wie er sich rasierte und

anzog, wobei sie sein Wasser kommentarlos und ungebeten mit Hilfe der Macht erhitzte, nachdem er sich zum drittenmal geschnitten und über das kalte Wasser geflucht hatte. Um bei der Wahrheit zu bleiben, machte ihn das diesmal vor allem deshalb so nervös, weil er fürchtete, sie könne bemerken, wie unsicher er noch auf den Beinen war. *Man kann sich ansonsten an alles gewöhnen, wenn es lange genug andauert,* dachte er trocken.

Sie mißverstand sein Kopfschütteln. »Elayne hat bestimmt nichts dagegen, wenn ich zusehe, Rand al'Thor.«

Er war gerade beim Zubinden seines Hemds, unterbrach die Bewegung und blickte sie an. »Glaubst du das wirklich?«

»Sicher. Du gehörst wohl ihr, aber deinen Anblick kann sie nicht für sich allein beanspruchen.«

Er lachte stumm und wandte sich wieder den Schnüren zu. Es tat gut, daran erinnert zu werden, daß hinter ihrem neuerdings so geheimnisvollen Getue Unwissen steckte, abgesehen von einigem anderen. Er konnte ein befriedigtes Grinsen nicht unterdrücken, als er sich fertig ankleidete, das Schwert gürtete und den abgeschnittenen Seanchanspeer mit den Troddeln in die Hand nahm. Dabei färbte sich das Lächeln allerdings etwas grimmig. Er hatte das Ding zur Erinnerung daran mitführen wollen, daß es die Seanchan immer noch auf dieser Welt gebe, doch nun diente es dazu, ihn grundsätzlich an alles zu erinnern, womit er gleichzeitig jonglieren mußte. Cairhien und die Tairener, Sammael und die anderen Verlorenen, die Shaido und ganze Länder, die noch gar nichts von ihm wußten, die er aber für sich gewinnen mußte, bevor Tarmon Gai'don begann. Mit Aviendha klarzukommen war dagegen noch das reine Honigschlecken.

Die Töchter sprangen auf, als er geduckt aus dem Zelt trat und zwar so schnell, daß man die Unsicherheit seiner Beine möglichst nicht bemerkte. Er war sich allerdings nicht sicher, mit welchem Erfolg. Aviendha hielt sich an seiner Seite, als sei sie nicht nur bereit, ihn aufzufangen, sollte er straucheln, sondern als erwarte sie dies ganz eindeutig. Seine Laune wurde auch nicht besser, als Sulin, die noch immer ihren Kopfverband trug, Aviendha fragend anblickte – nicht ihn; sie! – und auf ihr Nicken wartete, bis sie den Töchtern befahl, sich zum Abmarsch fertigzumachen.

Asmodean kam auf seinem Maulesel den Hang heraufgeritten, wobei er Jeade'en am Zügel hinter sich herführte. Irgendwie hatte er noch Zeit gefunden, sich frisch anzukleiden – ganz in dunkelgrüner Seide. Natürlich mit weißem Spitzenkragen und Spitzenmanschetten. Die vergoldete Harfe hing auf seinem Rücken, aber er hatte es wohl aufgegeben, den Gauklerumhang anzulegen, und außerdem schleppte er auch das rote Banner mit dem uralten Symbol der Aes Sedai nicht mehr mit sich herum. Dieses Amt hatte er an einen Flüchtling aus Cairhien namens Pevin abgetreten, einen verschlossenen Kerl in einem geflickten Bauernrock aus dunkelgrauer Wolle, der auf einem braunen Muli saß. Das Tier wirkte so alt, daß es eigentlich schon vor Jahren vom Karren weg auf die Weide hätte geschickt werden sollen. Eine lange, immer noch gerötete Narbe zog sich vom Unterkiefer bis zu seinem dünnen Haar über eine Wange entlang.

Pevin hatte durch die Hungersnot Frau und Schwester verloren, und durch den Bürgerkrieg seinen Bruder und einen Sohn. Er hatte keine Ahnung, aus welchem Adelshaus die Soldaten stammten, die sie getötet hatten, oder wen sie im Streit um den Sonnenthron unterstützten. Die Flucht in Richtung Andor hatte ihn das Leben eines zweiten Sohns gekostet, der andoranischen Soldaten zum Opfer gefallen war, und das eines zweiten Bruders, den Banditen umgebracht hatten. Die Rückkehr schließlich hatte das Leben des letzten Sohnes gekostet, der von einem Shaido-Speer durchbohrt worden war, während seine Tochter von den Shaido verschleppt wurde, als man ihn selbst für tot hielt und liegenließ. Der Mann sprach nur selten, doch soweit Rand feststellen konnte, war sein ganzer Glaube zerstört worden bis auf drei Leitsätze: Der Drache war wiedergeboren worden. Die Letzte Schlacht nahte. Und wenn er sich nahe bei Rand al'Thor aufhielt, würde er erleben, wie seine Familie gerächt wurde, bevor die Welt der Zerstörung anheim fiel. Die Welt würde bestimmt untergehen, aber das spielte keine Rolle. Nichts spielte eine Rolle, bis eben auf diese Rache. Er verbeugte sich schweigend vor Rand im Sattel, als die Stute die Anhöhe erreicht hatte. Seine Miene sagte nicht das Geringste aus, aber er hielt die Flagge gerade und fest in der Hand.

Rand stieg auf Jeade'en und zog Aviendha hinter sich hoch, ohne sie den Steigbügel benützen zu lassen, nur um ihr zu beweisen, daß er dazu in der Lage sei. Dann trat er dem Apfelschimmel in die Flanken, bevor sie noch richtig saß. Sie schlang beide Arme um seine Taille und grollte noch nicht einmal sehr laut oder lange vor sich hin. Er schnappte lediglich ein paar Kleinigkeiten auf, was sie im Augenblick von Rand al'Thor hielt und auch vom *Car'a'carn*. Sie ließ aber keineswegs los, wofür er dankbar war. Es war nicht nur angenehm, ihren Körper zu spüren, der sich an seinen Rücken preßte, sondern auch als Stütze war sie ihm willkommen. Als sie erst halb oben gewesen war, war er einen Moment lang keineswegs sicher gewesen, ob sie oben oder er unten landen würde. Er hoffte, daß sie es nicht bemerkt hatte. Er hoffte, daß sie ihn nicht nur deshalb jetzt so fest in den Armen hielt.

Das rote Banner mit der großen schwarz-weißen Scheibe flatterte hinter Pevin, als sie im Zickzack den Hügel hinab und durch die Täler mit ihren niedrigen Abhängen ritten. Wie gewöhnlich schenkten die Aiel ihrer Gruppe nur wenig Beachtung, obwohl ja das Banner deutlich seine Anwesenheit anzeigte, genau wie die sie umgebende Eskorte von mehreren hundert *Far Dareis Mai,* die zu Fuß leicht mit Jeade'en und den Maultieren schritthielten. Sie gingen zwischen den Zelten, die die Abhänge bedeckten, ihren Aufgaben nach und blickten höchstens einmal des Hufgeklappers wegen auf.

Es hatte ihn überrascht, von fast zwanzigtausend gefangenen Anhängern Couladins zu erfahren. Bevor er die Zwei Flüsse verließ, hatte er überhaupt nicht glauben können, daß sich je so viele Menschen am gleichen Ort aufhielten. Doch diese Gefangenen zu sehen hatte ihn viel stärker erschüttert. In Gruppen von vierzig oder fünfzig waren sie wie die Kohlköpfe auf dem Acker auf den Abhängen plaziert worden. Männer wie Frauen saßen nackt in der Sonne. Jede Gruppe wurde von einem *Gai'schain* bewacht, wenn überhaupt. Ansonsten kümmerte sich kaum jemand um sie. Höchstens, daß von Zeit zu Zeit eine in den *Cadin'sor* gekleidete Gestalt zu einer dieser Gruppen ging und einen Mann oder eine Frau mit einem Auftrag wegschickte. Wer da auch aufgerufen wurde, rannte los, und Rand beobachtete mehrere, die zurückkehrten und sich wieder an ihren Platz setzten. Die übrige Zeit saßen sie ruhig, fast gelangweilt da, als hätten sie nur keinen Grund, sich woanders zu befinden, und als wollten sie das auch gar nicht.

Vielleicht würden sie sich genauso gelassen weiße Gewänder überziehen. Und doch mußte er sich daran erinnern, wie die gleichen Leute schon einmal ihre eigenen Sitten und Gesetze übertreten hatten. Couladin hatte wohl mit diesen Verstößen begonnen oder sie befohlen, aber sie waren seiner Führung gefolgt und hatten ihm gehorcht.

Er blickte finster zu den Gefangenen hinüber – zwanzigtausend, und weitere würden dazukommen. Er würde sie ganz gewiß keinem *Gai'schain* anvertrauen. So brauchte er eine Weile, bis ihm etwas Eigenartiges an den anderen Aiel auffiel. Töchter des Speers und Aielmänner, die den Speer trugen, hatten nie eine Kopfbedeckung außer natürlich der Schufa und benützten auch niemals eine andere Farbe als solche, die in der Wüstenlandschaft zur Tarnung dienen konnten, doch nun sah er Männer mit einem schmalen roten Stirnband. Vielleicht jeder vierte oder fünfte hatte sich ein rotes Tuch um die Stirn gewickelt, auf das eine Scheibe gestickt war, die beiden zusammengesetzten Tränen, eine schwarz und eine weiß. Andere hatten sie sich auf die Stirn gemalt. Und was vielleicht das Eigenartigste war: auch *Gai'schain* trugen dieses neue Zeichen. Die meisten hatten wohl die Kapuzen übergezogen, aber jeder mit unbedecktem Kopf zeigte das gleiche Mal. Und die *Algai'd'siswai* im *Cadin'sor* sahen zu und unternahmen nichts. Den *Gai'schain* war unter keinen Umständen erlaubt, Gleiches zu tragen, wie diejenigen, denen es gestattet war, Waffen zu führen. Niemals.

»Ich habe keine Ahnung«, sagte Aviendha kurz angebunden zu seinem Rücken, als er sie fragte, was das zu bedeuten habe. Er bemühte sich, etwas gerader aufgerichtet im Sattel zu sitzen. Sie schien ihn tatsächlich etwas fester als notwendig gepackt zu haben. Einen Augenblick später fuhr sie fort, allerdings so leise, daß er genau aufpassen mußte, um alles zu verstehen. »Bair drohte mir Prügel an, wenn ich es noch einmal erwähnte, und Sorilea verpaßte mir eins mit dem Stock, aber ich glaube, das sind die, die behaupten, wir seien *Siswai'aman*.«

Rand öffnete den Mund, um nach der Bedeutung dieser Bezeichnung zu fragen, denn er kannte nur wenige Worte der Alten Sprache, doch da kam ihm wirklich eine stichhaltige Übersetzung in den Sinn. *Siswai'aman*. Wörtlich konnte das bedeuten: der Speer des Drachens.

»Manchmal«, schmunzelte Asmodean von unten herauf, »ist es schwer, den Unterschied zwischen Euch selbst und Euren Feinden zu erkennen. Sie wollen die Welt besitzen, aber wie es scheint, besitzt Ihr bereits ein Volk.«

Rand wandte ihm das Gesicht zu und starrte ihn solange an, bis seine Heiterkeit verflog und er sich mit einem verlegenen Achselzucken zu Pevin und dem Banner zurückfallen ließ. Das Dumme war tatsächlich, daß die Bezeichnung ein Besitzverhältnis einschloß – mehr als nur einschloß. Auch diese Erkenntnis stammte aus den Erinnerungen Lews Therins. Es schien nicht möglich, ein Volk zu besitzen, aber falls doch, wollte er das nicht. *Alles, was ich will, ist lediglich, sie zu benützen,* dachte er sarkastisch.

»Wie ich sehe, glaubst du das nicht«, sagte er über seine Schulter nach hinten. Keine der Töchter hatte ein solches Abzeichen angelegt.

Aviendha zögerte, bevor sie antwortete: »Ich weiß nicht, was ich glauben soll.« Sie sprach genauso leise wie vorher, und doch klang es nun irgendwie zornig und unsicher zugleich. »Es gibt vieles, woran man glauben kann, und die Weisen Frauen schweigen sich oft aus, als wüßten sie die Wahrheit selber nicht. Einige behaupten, wenn wir dir folgen, tun wir Buße für die Sünde unserer Vorfahren, die den … den Aes Sedai gegenüber versagten.«

Das Stocken ihrer Stimme überraschte ihn. Er hatte überhaupt nicht daran gedacht, daß sie genauso besorgt wie die anderen Aiel über die Dinge aus ihrer Vergangenheit nachgrübelte, die er ihnen enthüllt hatte. Beschämt war vielleicht eine bessere Bezeichnung als besorgt. Scham war ein wichtiger Teil von *Ji'e'toh.* Sie schämten sich dessen, was sie gewesen waren: Anhänger des Wegs des Blattes. Und zur gleichen Zeit schämten sie sich, daß sie ihren Eid, diesem Weg zu folgen, gebrochen hatten.

»Zu viele haben mittlerweile irgendeine Fassung eines Teils der Prophezeiungen des Drachen gehört«, fuhr sie etwas beherrschter fort. Er fand es ein wenig überheblich – als habe sie auch nur ein Wort dieser Prophezeiungen gekannt, bevor sie ihre Ausbildung zur Weisen Frau begann. »Aber alles wurde verdreht. Sie wissen, daß du uns vernichten wirst …« einen tiefen Atemzug lang versagte ihre Selbstbeherrschung –, »aber viele glauben, du würdest uns in endlosen Tänzen des Speers langsam aufreiben und töten; ein Opfer, um die Sünde zu sühnen. Andere glauben, die Trostlosigkeit an sich sei eine Prüfung, damit vor der Letzten Schlacht alle Untauglichen aussortiert würden und nur der harte Kern übrigbliebe. Ich habe sogar von einigen gehört, die behaupten, die Aiel seien jetzt nur noch dein Traum, und wenn du von diesem Leben erwachst, sind wir nicht mehr.«

Das waren vielleicht grimmige Glaubensbekenntnisse! Schlimm genug, daß er ihnen eine Vergangenheit enthüllt hatte, die sie als beschämend betrachteten. Es war ein Wunder, daß ihn nicht alle im Stich gelassen hatten. Oder wahnsinnig geworden waren. »Was glauben die Weisen Frauen?« fragte er genauso leise wie sie.

»Daß alles, was kommen muß, auch kommen wird. Wir werden retten, was zu retten ist, Rand al'Thor. Auf mehr hoffen wir gar nicht.«

Wir. Sie betrachtete sich bereits als eine der Weisen Frauen, genau wie Egwene und Elayne sich unter die Aes Sedai einreihten. »Na ja«, sagte er mit gekünstelter Heiterkeit, »ich denke, zumindest Sorilea glaubt, man müsse mir alles um die Ohren schlagen. Wahrscheinlich ist Bair der gleichen Meinung. Und ganz bestimmt Melaine.«

»Unter anderem«, murmelte sie. Zu seiner Enttäuschung schob sie sich nach hinten, weg von ihm, wenn sie auch noch seinen Rock gepackt hielt. »Sie glauben viele Dinge, bei denen ich mir wünschte, sie glaubten sie nicht.«

Unwillkürlich mußte er grinsen. Also glaubte sie nicht, man müsse ihm eins auf die Ohren geben. Das war doch eine angenehme Abwechslung; die erste, seit er erwacht war.

Hadnan Kaderes Wagen standen etwa eine Meile von seinem Zelt entfernt. Sie waren im Kreis in einer breiten Senke zwischen zwei Hügeln aufgestellt worden und wurden von Steinhunden bewacht. Der Schattenfreund mit der enormen Hakennase hatte sich in einen beigen Rock gezwängt. Er blickte auf, als Rand mit seinem Banner und der dahineilenden Eskorte an ihm vorbeizog, wobei er sich mit dem üblichen großen Taschentuch den Schweiß vom Gesicht wischte. Auch Moiraine befand sich dort und inspizierte gerade den Wagen, auf dem der türähnliche *Ter'Angreal* unter einer Segeltuchplane hinter dem Kutschbock festgemacht war. Sie sah sich noch nicht einmal um, bis Kadere sie ansprach. Seinen Gesten nach schlug er ihr offensichtlich vor, Rand zu begleiten. Er schien sogar begierig darauf zu sein, daß sie sich trollte. Kein Wunder. Er konnte sich durchaus dazu gratulieren, daß er als Schattenfreund so lange unerkannt geblieben war, doch in Gesellschaft einer Aes Sedai lief er auf die Dauer eben doch Gefahr, entdeckt zu werden.

Es war nun wirklich eine Überraschung für Rand, den Mann immer noch hier vorzufinden. Mindestens die Hälfte der Kutscher, die mit ihm in die Wüste gekommen waren, hatten sich seit der Überquerung der Drachenmauer heimlich abgesetzt und waren durch Flüchtlinge aus Cairhien ersetzt worden, die Rand persönlich ausgewählt hatte, um sicherzugehen, daß es sich nicht wieder um die gleiche Sorte wie Kadere handelte. Er erwartete eigentlich jeden Morgen, zu erfahren, daß der Kerl sich ebenfalls abgesetzt habe, besonders seit dem Zeitpunkt, da Isendre geflohen war. Die

Töchter hatten beinahe die gesamten Wagen auseinandergenommen, als sie nach der Frau suchten, während Kadere gleich drei Taschentücher durchschwitzte. Er würde es nicht bedauern, wenn Kadere es fertigbrachte, sich eines Nachts fortzustehlen. Die Aielwachen hatten den Auftrag, ihn durchzulassen, solange er nicht versuchte, Moiraines kostbare Fracht mitzunehmen. Es wurde jeden Tag deutlicher, daß diese Ladungen für sie einen Schatz darstellten, und Rand würde nicht zusehen, wie sie ihn verlor.

Er blickte sich nach hinten um, doch Asmodean sah stur geradeaus und ignorierte die Wagen vollständig. Er behauptete, keinen Kontakt mehr mit Kadere gehabt zu haben, seit Rand ihn gefangengenommen hatte, und Rand hielt es für recht wahrscheinlich. Ganz bestimmt hatte der Händler nie seine Wagen verlassen und sich auch nie außer Sicht der Aielwachen begeben, außer, wenn er sich in seinem eigenen Wohnwagen befand.

Den Wagen gegenüber ließ Rand, ohne weiter nachzudenken, Jeade'en anhalten. Sicher würde Moiraine ihn doch nach Cairhien begleiten wollen. Wohl hatte sie ihm den Kopf mit Wissen vollgestopft, aber es schien immer noch eine Einzelheit zu geben, die sie hinzufügen wollte, und diesmal konnte er in ganz besonderem Maße ihre Gegenwart und ihren Rat gebrauchen. Aber sie blickte ihn lediglich eine Weile nachdenklich an und wandte sich dann wieder den Wagen zu.

Mit gerunzelter Stirn trieb er den Apfelschimmel weiter. Er würde sich daran erinnern müssen, daß sie noch andere Schafe zu scheren hatte, von denen er nichts wußte. Er war zu vertrauensselig geworden. Am besten sollte er ihr gegenüber genauso mißtrauisch sein wie bei Asmodean.

Traue niemandem, dachte er düster. Einen Moment lang wußte er nicht, ob das sein Gedanke gewesen war oder der Lews Therins, doch dann entschied er, daß es keine Rolle spiele. Jeder hatte eigene Ziele und Wünsche. Am besten vertraute er niemandem vollständig außer sich selbst. Und doch fragte er sich, wenn schon ein anderer Mann immer wieder in seinen Verstand hineinredete, wie weit er sich dann selbst trauen konnte?

Geier verdunkelten den Himmel in der Umgebung Cairhiens. Eine Schicht schwarzer Federn über der anderen kreiste dort. Auf dem Boden hüpften sie zwischen ganzen Schwärmen summender Fliegen herum und krächzten heiser die schimmernden Raben an, die versuchten, ihnen die Rechte an den Leichen streitig zu machen. Wo Aiel über die baumlosen Hügel wanderten und die Leichen ihrer Gefallenen suchten, flogen sie schwerfällig auf und kreischten empört, und sobald die lebenden Menschen ein paar Schritte weitergegangen waren, landeten sie wieder auf ihrer reich gedeckten Tafel. Geier und Raben und Fliegen konnten doch nicht wirklich die Sonne trüber scheinen lassen, aber Rand kam es so vor.

Rand verdrehte es den Magen. Er bemühte sich, nicht hinzuschauen, und trieb Jeade'en zu einer schnelleren Gangart an, bis Aviendha sich wieder eng an ihn klammerte und die Töchter laufen mußten. Niemand protestierte, und er glaubte nicht, daß das nur daran liege, daß Aiel stundenlang so schnell laufen konnten. Sogar Asmodean wirkte blaß um die Augen. Pevins Gesichtsausdruck änderte sich nicht, obwohl das fröhlich über ihm flatternde Banner an diesem Ort wie blanker Hohn wirkte.

Was vor ihm lag, war auch nicht viel besser. Rand hatte das Vortor als eine Art lärmenden Bienenstock in Erinnerung, ein Durcheinander von lärm- und lebenerfüllten bunten Straßen und Gassen. Jetzt lag alles still da, und nur ein breiter Streifen Asche umgab die kantige graue Stadtmauer Cairhiens auf drei Seiten. Verkohlte Balken lagen ineinander verkeilt auf Steinfundamenten, und hier und da stand immer noch ein rußiger Schornstein, allerdings oft gefährlich zur Seite geneigt. Er sah einmal einen Stuhl, der fast unversehrt auf der Lehmstraße lag, dann wieder ein wohl hastig zusammengerafftes Bündel, das jemand auf der Flucht schließlich doch hatte fallen lassen, oder eine Stoffpuppe. Alles das betonte nur den Eindruck von Verwüstung.

Ein leichter Wind bewegte einige der Flaggen an den Türmen der Stadt und auf der Mauer. An einem Mast entdeckte er einen rotgoldenen Drachen auf weißem Grund, und an einem anderen wiederum sah er die weißen Halbmonde Tears auf rotem und goldenem Grund. Der Mittelteil des Jangai-Tores stand offen, drei hohe, rechteckige Öffnungen im grauen Stein, die von tairenischen Soldaten mit breitrandigen Helmen bewacht wurden. Einige waren beritten, doch die meisten zu Fuß. Die verschiedenfarbigen Streifen an ihren weiten Ärmeln zeigten, daß es sich um Gefolgsleute mehrerer Lords handeln mußte.

Was man auch in der Stadt über den Sieg in der Schlacht wissen mochte und darüber, daß verbündete Aiel sie gerettet hatten, so erregte die Ankunft eines halben Tausends *Far Dareis Mai* doch einiges Aufsehen. Hände griffen unsicher nach den Heften der Schwerter oder nach Speeren und langen Schilden, oder nach Lanzen. Einige Soldaten machten Anstalten, die Tore zu schließen, während sie noch ihren Offizier fragend anblickten. Der Mann mit seinen drei weißen Federn am Helm zögerte, stellte sich in den Steigbügeln auf und hob die Hand über seine Augen, um das rote Banner gegen die Sonne besser sehen zu können. Und natürlich vor allem Rand.

Mit einemmal setzte sich der Offizier ruckartig in den Sattel und rief etwas, das zwei der berittenen Tairener dazu veranlaßte, durch das Tor in die Stadt zu galoppieren. Gleich darauf winkte er die anderen Männer beiseite und schrie: »Macht Platz für den Lord Drachen Rand al'Thor! Das Licht erleuchte den Lord Drachen! Ruhm und Ehre dem Wiedergeborenen Drachen!«

Die Soldaten waren der Töchter des Speers wegen immer noch nervös, aber sie stellten sich doch schnell in zwei Reihen neben den Torflügeln auf und verbeugten sich tief, als Rand hindurchritt. Aviendha schnaubte vernehmlich an seinem Rücken und dann noch einmal, als er lachte. Sie verstand das nicht, und er hatte nicht die Absicht, sie aufzuklären. Was ihn so amüsierte, war die Tatsache, daß die Tairener und die Soldaten aus Cairhien wohl versuchten, ihn so hochnäsig und eingebildet wie nur möglich werden zu lassen, doch er konnte sich darauf verlassen, daß sie und die Töchter dafür sorgen würden, ihm diese Überheblichkeit ganz schnell wieder auszutreiben. Und Egwene. Und Moiraine. Und was das betraf, zeigten auch Elayne und Nynaeve die gleichen Fähigkeiten, falls er sie jemals wiedersah. Wenn er es recht bedachte, dann machten sich das recht viele von ihnen zur Lebensaufgabe. Die Stadt jenseits des Tores ließ sein Lachen verstummen.

Hier waren die Straßen gepflastert, einige breit genug, um ein Dutzend Wagen nebeneinander hindurchzulassen, und alle schnurgerade. Sie kreuzten sich stets im rechten Winkel. Die Hügel, die sich von außerhalb der Mauer hereinzogen, waren hier zu Terrassen gestaltet und von Mauern eingefaßt. Sie wirkten genauso künstlich und von Menschenhand erbaut wie die Steingebäude mit ihrer strengen Linienführung und den harten Kanten oder die großen Türme mit den unvollendeten Spitzen, die von Baugerüsten umgeben waren. Menschen drängten sich auf Straßen und Gassen, hohlwangig und mit glanzlosen Augen. Sie duckten sich unter provisorische Schutzdächer oder unter zerfledderte Decken, die man zu Zelten aufgespannt hatte. Oder sie drängten sich einfach auf den offenen Flächen zusammen. Sie trugen die dunkle Kleidung, wie sie von den Stadtbewohnern Cairhiens bevorzugt wurde, und die bunten Kleider der Leute aus dem Vortor und die grobgewebte Bekleidung der Bauern und Dorfbewohner. Sogar die Baugerüste waren besetzt, auf jeder Ebene bis hinauf zur obersten Plattform, wo die Leute der Höhe wegen ganz winzig aussahen. Nur die Straßenmitte hinter Rand und den Töchtern blieb gerade eben so lange menschenleer, wie die Leute brauchten, um die dichte Menge wieder zu schließen.

Es waren die Menschen, die seine Heiterkeit abrupt beendeten. So ausgelaugt und zerlumpt sie auch waren und zusammengedrängt wie die Schafe in einem viel zu kleinen Pferch, sie jubelten dennoch. Er hatte keine Ahnung, woher sie wußten, wer er sei. Höchstens, falls die Schreie des Offiziers vor dem Tor drinnen gehört worden waren... Doch wo immer die Töchter ihnen den Weg durch die Menge bahnten, brauste vor ihnen tosender Jubel auf. Der Donnerhall übertönte jedes einzelne Wort, und nur gelegentlich verstand er ein ›Lord Drache‹, wenn genügend Leute es im Chor riefen, aber die Bedeutung war klar. Männer und Frauen hielten ihre Kinder hoch, damit sie ihn vorbeireiten sehen konnten, Schals und Tücher wurden aus allen Fenstern geschwenkt, und viele Menschen versuchten, sich mit vorgestreckten Händen an den Töchtern vorbei an ihn heranzudrängen.

Sie schienen alle Furcht vor den Aiel zu vergessen, wenn sie die Möglichkeit sahen, wenigstens mit einem Finger Rands Stiefel zu berühren, und sie waren so zahlreich, und Hunderte drängten von hinten nach, daß einige sich tatsächlich durchwinden konnten. Eine ganze Menge berührte auch statt dessen Asmodean, der sicherlich wie ein Lord wirkte mit all den hervorquellenden Spitzen, und möglicherweise glaubten auch einige, der Lord Drache müsse ein älterer Mann sein als jener Jüngling im roten Rock, doch das machte nichts aus. Wer es auch immer fertigbrachte, eine Hand an irgend jemandes Stiefel oder Steigbügel zu legen, und sei es Pevins, dessen Miene zeigte pure Freude, und an den Mündern konnte man in all diesem Lärm ablesen, daß sie begeistert ›Lord Drache‹ riefen, obwohl die Töchter sie mit Hilfe ihrer Schilde zurückdrängten.

Bei all dem Lärm und Jubel, und da der Offizier am Tor ja auch Reiter vorangeschickt hatte, war es kein Wunder, daß bald Meilan selbst erschien, ein Dutzend niederer Lords aus Tear im Schlepptau und fünfzig Verteidiger des Steins vorweg, um ihm den Weg zu bahnen. Sie stießen die Leute grob mit den Enden ihrer Lanzen aus dem Weg. Grauhaarig, hart und hager, in einem feinen Seidenrock mit grünen Satinstreifen und Aufschlägen an den Ärmeln, so saß der Hochlord mit geradem Rücken und doch entspannt im Sattel, wie einer, den man auf ein Pferd gesetzt und reiten gelehrt hatte, kaum daß er laufen konnte. Er ignorierte den Schweiß auf seiner Stirn so gewiß wie die Möglichkeit, daß seine Eskorte jemanden niedertrampeln könnte. Beides waren nebensächliche Dinge, und der Schweiß war wahrscheinlich das größere Problem in seiner Sichtweise.

Edorion, der kleine Lord mit den roten Wangen, der in Eianrod gewesen war, befand sich in seiner Begleitung, doch war er nicht mehr so mollig wie zuvor, so daß sein Rock zu weit geworden war. Der einzige, den Rand noch erkannte, war ein breitschultriger Bursche in verschiedenen Grüntönen; wie er sich erinnerte, hatte Reimon damals im Stein von Tear gern mit Mat Karten gespielt. Die übrigen waren zumeist ältere Männer. Keiner legte mehr Rücksicht auf die Menge an den Tag als Meilan, als sie sich buchstäblich hindurchpflügten. In der ganzen Gruppe befand sich kein einziger aus Cairhien.

Die Töchter ließen auf Rands Nicken hin Meilan durch, schlossen ihre Reihen aber sofort wieder hinter ihm, um die anderen fernzuhalten. Der Hochlord bemerkte das zuerst überhaupt nicht. Als es ihm bewußt wurde, funkelten seine dunklen Augen zornig. Er war ziemlich oft zornig, dieser Meilan, seit Rand den Stein von Tear betreten hatte.

Der Lärm wurde mit der Ankunft der Tairener schwächer und legte sich schließlich bis auf ein dumpfes Gemurmel, als Meilan sich im Sattel steif vor Rand verbeugte. Sein Blick huschte kurz zu Aviendha hin, aber dann entschied er sich wohl, sie ebenfalls – genau wie die Töchter des Speers – zu ignorieren. »Das Licht erleuchte Euch, mein Lord Drache. Seid mir willkommen in Cairhien. Ich bitte um Verzeihung für das Benehmen der Bauern, aber ich hatte nicht gewußt, daß Ihr bereits jetzt die Stadt besuchen wolltet. Wäre ich informiert gewesen, hätte ich die Straßen räumen lassen. Ich wollte Euch einen großen Auftritt arrangieren, so, wie er dem Wiedergeborenen Drachen gebührt.«

»Den hatte ich doch gerade«, sagte Rand, und der andere Mann riß die Augen auf.

»Wie Ihr meint, mein Lord Drache.« Er fuhr einen Augenblick später fort mit seiner Begrüßung, und aus seinem Tonfall wurde deutlich, daß er Rand überhaupt nicht verstanden hatte: »Wenn Ihr mich zum Königspalast begleiten würdet? Ich habe dort eine kleine Begrüßung vorbereitet. Klein, fürchte ich, weil ich keine Vorwarnung gehabt habe, doch selbst damit möchte ich Euch zeigen, daß ...«

»Was Ihr vorbereitet habt, wird genügen«, unterbrach ihn Rand und erhielt dafür eine weitere Verbeugung und ein dünnes, unterwürfiges Lächeln zur Antwort. Der Kerl war die Unterwürfigkeit in Person, und in einer weiteren Stunde würde er reden wie jemand, dessen Verstand nicht ausreicht, um die Tatsachen vor seiner Nase zu begreifen, doch unter all dem lagen eine Verachtung und ein Haß, von denen er glaubte, Rand könne sie nicht erkennen, obwohl sie ihm aus dem Augen leuchteten. Verachtung, weil Rand kein Lord war, jedenfalls keiner von adliger Herkunft, wie Meilan sie anerkannte, und Haß, weil Meilan vor Rands Kommen die Macht über Leben und Tod in Tear innegehabt hatte und nur wenige als gleichgestellt und niemanden über sich hatte anerkennen müssen. Zu glauben, daß eines Tages die Prophezeiungen des Drachen erfüllt würden, war ja schön und gut, aber sie selbst erfüllt zu sehen und dabei in der eigenen Macht eingeschränkt zu werden war schwer zu ertragen.

Es gab eine kurze Verwirrung, bevor Rand Sulin dazu brachte, den anderen tairenischen Lords zu gestatten, sich mit ihren Pferden hinter Asmodean und Pevins Banner anzuschließen. Meilan wollte den Weg wieder durch die Verteidiger des Steins räumen lassen, doch Rand befahl kurz angebunden, daß sie hinter den Töchter zu folgen hätten. Die Soldaten gehorchten. Ihre Gesichter unter den breiten Helmrändern verzogen sich nicht, nur der Offizier mit den weißen Federn schüttelte den Kopf, worauf der Hochlord ihm ein beruhigendes Lächeln zuwarf. Das Lächeln verflog, als klar wurde, daß sich die Menge freundlich vor den Töchtern des Speers öffnete, um alle durchzulassen. Daß sie sich nicht mit Knüppeln den Weg durch die Menge erkämpfen mußten, schrieb Meilan dem Ruf der Aiel zu, gewalttätige Wilde zu sein, und als Rand auf seine Bemerkung hin nicht antwortete, runzelte er die Stirn. Eines bemerkte Rand sehr wohl: Nun, da die Tairener bei ihm waren, blieb der Jubel aus.

Der Königliche Palast von Cairhien nahm den höchsten Hügel der Stadt ein, genau im Mittelpunkt, eckig, düster und massiv. Bei all den verschiedenen Ebenen und Stockwerken des Palasts und den mit Stein eingefaßten Terrassen war es schwer, festzustellen, daß es hier überhaupt einen Hügel gab. Hohe Säulengänge und schmale, hohe Fenster, hoch über dem Boden, konnten die Strenge nicht mildern, genau wie die grauen Stufentürme, die ganz präzise in den Ecken konzentrischer Quadrate standen und nach innen zu immer höher wurden. Die Straße mündete in eine lange, breite Rampe, die hinaufführte zu mächtigen bronzenen Torflügeln. Dahinter befand sich ein riesiger, quadratischer Innenhof, der jetzt von tairenischen Soldaten umrahmt war, die mit schräg aufgestützten Speeren wie Statuen dastanden. Weitere standen auf den Steinbalkonen über dem Hof.

Unruhe machte sich beim Anblick der Töchter in den Reihen der Soldaten breit, aber sie flaute schnell ab, als Sprechchöre zu rufen begannen: »Ruhm und Ehre dem Wiedergeborenen Drachen! Ruhm und Ehre dem Lord Drachen und Tear! Ruhm und Ehre dem Lord Drachen und Hochlord Meilan!« Meilans Gesichtsausdruck nach hätte man glauben können, es sei alles ganz spontan geschehen.

Dunkel uniformierte Diener, die ersten Einwohner Cairhiens, die Rand im Palast entdecken konnte, eilten mit Schüsseln aus gehämmertem Gold und weißen Leinentüchern herbei, als er ein Bein über den hohen Sattelkopf schwang und vom Pferd glitt. Weitere kamen, um die Zügel zu übernehmen. Er wusch sich schnell Gesicht und Hände mit kühlem Wasser, damit Aviendha allein herunterklettern mußte. Hätte er versucht, ihr herunterzuhelfen, hätten sie anschließend möglicherweise beide auf den Pflastersteinen gelegen, so schwach fühlte er sich.

Unaufgefordert wählte Sulin zwanzig Töchter aus, die neben ihr selbst Rand hineinbegleiten sollten. Einerseits war er ganz froh, daß sie nicht jeden einzelnen Speer in seiner Nähe behalten wollte. Andererseits war er alles andere als glücklich darüber, daß ausgerechnet Enaila, Lamelle und Somara unter den zwanzig waren. Die besorgten Blicke, die sie ihm zuwar-

fen – besonders Lamelle, eine hagere Frau mit kräftigem Kinn und dunkelrotem Haar, fast zwanzig Jahre älter als er –, ließen ihn mit den Zähnen knirschen, während er sich bemühte, beruhigend zurückzulächeln. Irgendwie mußte Aviendha es fertiggebracht haben, hinter seinem Rücken mit Sulin und ihnen zu sprechen. *Ich kann mich vielleicht der Töchter nicht erwehren,* dachte er grimmig, als er einem der Diener ein Leinenhandtuch zurückgab, *aber seng mich, wenn eine ganz bestimmte Aielfrau nicht feststellen wird, daß ich der Car'a'carn bin!*

Die anderen Hochlords begrüßten ihn am Fuß der breiten, grauen Treppe, die vom Hof hochführte. Alle waren in bunte Seidenröcke gekleidet, zumeist mit Satinstreifen und silberbeschlagenen Stiefeln. Es war eindeutig, daß niemand von ihnen vorher von Meilans Ausritt zu seiner Begrüßung erfahren hatte. Torean mit dem Kartoffelgesicht, seltsam träge für einen solch kräftigen Mann, schnüffelte ängstlich an einem parfümierten Taschentuch. Gueyam, dessen eingeölter Bart seinen Glatzkopf noch kahler erscheinen ließ, ballte Fäuste vom Umfang kleiner Speckseiten und funkelte Meilan zornig an, während er sich bereits vor Rand verbeugte. Simaans spitze Nase schien vor Empörung zu beben; Maraconn, dessen blaue Augen in Tear eine Rarität waren, preßte seine sowieso schon dünnen Lippen aufeinander, bis sie fast nicht mehr zu sehen waren, und obwohl Hearnes schmales Gesicht zu einem Lächeln verzogen war, zupfte er sich unbewußt an einem Ohrläppchen, was er immer tat, wenn er wütend war. Nur der überschlanke Aracome zeigte äußerlich keinerlei Gefühlsregung, aber er beherrschte seinen Zorn fast immer solange, bis es Zeit war, ihn nach außen hin explodieren zu lassen.

Die Gelegenheit war zu gut, um sie auszulassen. Er dankte Moiraine innerlich für ihren Unterricht. Sie sagte immer, es sei leichter, einem Narren ein Bein zu stellen, als ihn zu Boden zu schlagen. So schüttelte Rand Toreans fette Hand ganz herzlich und klopfte Gueyam auf eine kräftige Schulter, erwiderte Hearns Lächeln mit einem, das so warm war, als gelte es einem guten Freund, und nickte Aracome schweigend, aber mit einem bedeutungsvollen Blick zu. Dafür ignorierte er Simaan und Maraconn nahezu vollständig, nachdem er ihnen jeweils einen Blick, so kalt und tief wie ein See im Winter, zugeworfen hatte.

Das war alles, was im Augenblick getan werden mußte. Natürlich beobachtete er ihre Mienen, wie sie Blicke wechselten und nachdenklich dreinblickten. Sie hatten das ganze Leben lang *Daes Dae'mar,* das Spiel der Häuser, gespielt, und sich in Cairhien aufzuhalten, wo jeder Adlige ganze Bände in eine hochgezogene Augenbraue oder ein Husten hineinlesen konnte, hatte ihre Empfindlichkeit nur gesteigert. Jeder einzelne wußte, daß Rand keinen Grund zu besonderer Freundlichkeit ihm gegenüber hatte, aber jeder mußte sich Gedanken darüber machen, ob die Begrüßung ihm gegenüber lediglich eine echte Verbindung zu einem der anderen vertuschen solle. Simaan und Maraconn schienen am meisten besorgt zu sein, und doch wurden sie von den anderen ganz besonders mißtrauisch beobachtet. Vielleicht war sein kühles Benehmen auch nur ein Täuschungsmanöver gewesen? Oder er wollte genau das alle glauben machen.

Was ihn betraf, so glaubte Rand, Moiraine und Thom Merrilin wären sicherlich stolz auf ihn. Auch wenn keiner dieser sieben im Augenblick aktiv gegen ihn intrigierte, obwohl darauf noch nicht einmal Mat wetten würde, konnten Männer in ihren Positionen viel tun, um seine Pläne zu stören, ohne selbst in Erscheinung zu treten, und das würden sie aus bloßer Gewohnheit tun, wenn sie sonst keinen Grund hatten. Oder besser, sie hätten es getan. Jetzt hatte er sie aus dem Gleichgewicht gebracht. Wenn er diesen

Zustand erhalten konnte, wären sie zu sehr damit beschäftigt, sich gegenseitig zu belauern, und zu besorgt darüber, selbst belauert zu werden, um ihm Schwierigkeiten zu bereiten. Vielleicht gehorchten sie sogar ausnahmsweise einmal, ohne tausend Gründe zu suchen, warum man das ganz anders anpacken müsse, als er wollte. Nun, möglicherweise war das zuviel verlangt.

Seine Selbstzufriedenheit verging ihm, als er Asmodean anzüglich grinsen sah. Und Aviendhas fragender Blick war noch schlimmer. Sie war im Stein von Tear gewesen, wußte, wer diese Männer waren und warum er sie hierhergeschickt hatte. *Ich tue, was ich muß,* dachte er angewidert, und dabei wünschte er sich, es hätte nicht wie eine Entschuldigung ihm selbst gegenüber geklungen.

»Hinein!« befahl er etwas schärfer als beabsichtigt, und die sieben Hochlords gehorchten, als erinnerten sie sich mit einemmal daran, wer und was er war.

Sie wollten sich um ihn drängen, als er die Treppe hinaufstieg, doch bis auf Meilan, der den Weg wies, ließen die Töchter einfach niemanden an ihn heran, und so mußten sich die Hochlords mit Asmodean und dem niederen Adel hinten anschließen. Aviendha hielt sich natürlich neben ihm, Sulin ging an seiner anderen Seite, Somara und Lamelle und Enaila gleich hinter ihm. Sie hätten die Hand ausstrecken und seinen Rücken berühren können, so nahe waren sie. Er warf Aviendha einen anklagenden Blick zu, worauf sie die Augenbrauen so unschuldig hochzog, daß er beinahe glaubte, sie habe doch nichts damit zu tun gehabt. Beinahe jedenfalls.

Die Gänge im Palast waren bis auf die dunkellivrierten Diener menschenleer. Sie verbeugten sich so tief, daß die Brust fast die Knie berührte, oder knicksten ebenfalls tief, wenn sie vorbeigingen, doch als er den Großen Sonnensaal betrat, merkte er, daß der Adel

Cairhiens doch nicht ganz vom eigenen Palast ausgesperrt worden war.

»Der Wiedergeborene Drache«, verkündete ein weißhaariger Mann, der gerade innerhalb des mächtigen, vergoldeten Tors mit der Aufgehenden Sonne stand. Sein roter Rock war mit sechszackigen blauen Sternen bestickt. Nach diesem Aufenthalt in Cairhien war ihm der Rock ein wenig zu weit. Doch er war ganz eindeutig als ein höhergestellter Diener aus dem Hause Meilans zu erkennen. »Heil dem Lord Drachen Rand al'Thor! Ruhm und Ehre dem Lord Drachen!«

Ein Aufschrei füllte den Saal bis zur hohen, gewölbten Decke, fünfzig Schritt über ihm: »Heil dem Lord Drachen Rand al'Thor! Ruhm und Ehre dem Lord Drachen! Das Licht erleuchte den Lord Drachen!« Das darauffolgende Schweigen schien ihm im Vergleich doppelt so still.

Zwischen den mächtigen Viereckssäulen aus dunkel-, ja beinahe schwarz-blau gestreiftem Marmor standen mehr Tairener, als Rand erwartet hatte. Ganze Reihen von Lords und Ladies dieses Landes warteten mit ihren besten Kleidern angetan auf ihn. Spitze Samthüte waren da zu sehen, Kurzmäntel mit gestreiften Puffärmeln, bunte Abendgewänder und Spitzenkrausen und kleine Kappen, die kunstvoll bestickt oder über und über mit Perlen oder kleinen Gemmen besetzt waren.

Hinter ihnen standen die Adligen aus Cairhien, dunkel gekleidet, abgesehen von bunten Streifen auf dem Brustteil der Abendkleider oder der knielangen Mäntel. Je mehr Streifen von der Farbe des Hauses, desto höher der Rang des Trägers, doch Männer und Frauen, die vom Hals bis zur Taille oder noch tiefer mit solchen Streifen geschmückt waren, standen hinter Tairenern, die eindeutig kleineren Häusern angehörten und lediglich gelbe Stickereien trugen anstatt Goldfäden und Wolle statt Seide. Nicht wenige der Adligen Cairhiens hatten sich die Haare über der Stirn rasiert und den Kopf gepudert. Alle jüngeren Männer hatten das getan.

Die Tairener schienen erwartungsvoll, wenn auch nervös, während die Gesichter der Männer und Frauen aus Cairhien wie aus Eis gemeißelt schienen. Man konnte nicht feststellen, wer gejubelt hatte und wer nicht, aber Rand vermutete, die meisten Rufe seien aus den vorderen Reihen erklungen. »Eine große Anzahl hier wünschte, Euch zu dienen«, murmelte Meilan vertraulich, als sie über den blaugekachelten Fußboden mit dem großen goldenen Mosaik der Aufgehenden Sonne schritten. Eine Welle lautloser Knickse und Verbeugungen folgte ihnen.

Rand knurrte nur. Sie wünschten, ihm zu dienen? Er brauchte Moiraine nicht, um zu wissen, daß diese niederen Adligen sich an Gütern bereichern wollten, die man Cairhien abnahm. Zweifellos hatten Meilan und die anderen sechs bereits angedeutet oder sogar versprochen, wer welche Ländereien erhalten werde.

Am hinteren Ende des Großen Saals stand der Sonnenthron mitten auf einem breiten Podest aus tiefblauem Marmor. Selbst hier zeigte sich die typische Zurückhaltung, wie sie in Cairhien üblich war, zumindest, was den Prunk sonstiger Throne betraf. Der große Sessel mit den schweren Armlehnen glitzerte vor Blattgold und goldener Seide, wirkte aber trotzdem schlicht durch seine einfache, senkrechte Linienführung. Nur die Aufgehende Sonne Cairhiens mit ihren wellenförmigen Strahlen glänzte auffällig ganz oben an der Rücklehne, wo sie sich über dem Kopf desjenigen erhob, der auf diesem Thron saß.

Rand erkannte, lange bevor er die neun Stufen zu dem Podest erreichte, daß sie ihn eben dorthin setzen wollten. Aviendha schritt neben ihm die Stufen hinauf, und Asmodean, als sein Barde, wurde ebenfalls hinaufgelassen, doch Sulin postierte die Töchter des

Speers so um den Sockel, daß sie mit ihren Speeren Meilan und den übrigen Hochlords wie selbstverständlich den Weg hinauf versperrten. Auf diesen tairenischen Gesichtern zeigte sich pure Enttäuschung. Im Saal war es so ruhig, daß Rand seine eigenen Atemzüge hören konnte.

»Der Thron gebührt jemand anderem«, sagte er schließlich in das Schweigen hinein. »Außerdem habe ich zu lange im Sattel gesessen, um nun auf einem so harten Stuhl Platz zu nehmen. Bringt mir einen bequemen Sessel.«

Einen Moment lang hielten die Zuschauer im Saal vor Schreck den Atem an. Dann begann alles, leise durcheinanderzureden. Meilans Miene wirkte mit einemmal so vollkommen berechnend, auch wenn er den Eindruck schnell wieder zu verwischen suchte, daß Rand beinahe laut gelacht hätte. Höchstwahrscheinlich hatte Asmodean recht, was diesen Mann betraf. Asmodean selbst musterte Rand so nachdenklich, daß klar war, welche Fragen hinter seiner Stirn bohrten.

Es dauerte ein paar Minuten, bis der Mann im sternverzierten Rock schnaufend heraufrannte, gefolgt von zwei dunkel-livrierten Dienern, die einen hohen Lehnstuhl mit Seidenpolstern trugen. Unter vielen besorgten Blicken in Rands Richtung zeigte er ihnen, wo sie den Stuhl hinstellen sollten. Die dicken Stuhlbeine und die Lehne empor zogen sich vergoldeter Zierrat, doch vor dem Sonnenthron wirkte er geradezu unbedeutend.

Während die drei Diener sich noch unter vielen tiefen Verbeugungen und Kratzfüßen entfernten, schob Rand die meisten Kissen zur Seite und ließ sich dankbar nieder, den Seanchan-Speer über die Knie gelegt. Er gab sich allerdings Mühe, nicht wohlig zu seufzen. Aviendha beobachtete ihn viel zu genau, als daß er das hätte riskieren können, und Somara blickte auffällig von ihm zu Aviendha hinüber und dann wieder zu ihm, was seinen Verdacht erhärtete.

Doch welche Probleme er auch mit Aviendha und den *Far Dareis Mai* haben mochte – die meisten Anwesenden warteten mit gemischten Gefühlen, teils erwartungsvoll, teils voller Befürchtung, auf das, was er sagen würde. *Zumindest werden sie hüpfen, wenn ich ›Frosch‹ sage,* dachte er sarkastisch. Es würde ihnen wohl nicht passen, aber gehorchen würden sie.

Er hatte mit Moiraines Hilfe das alles geplant, was hier zu tun war. Auf einige ihrer Vorschläge war er bereits selbst gekommen gewesen, weil er wußte, daß es so richtig sei. Es wäre angenehmer gewesen, sie jetzt hier neben sich zu haben, damit sie ihm im Zweifelsfall etwas ins Ohr flüstern konnte, anstatt ansehen zu müssen, wie Somara auf ein Signal Aviendhas lauerte, aber Warten hatte keinen Zweck. Sicher befand sich jeder Adlige aus Tear und Cairhien, der sich in der Stadt aufhielt, mittlerweile hier im Saal.

»Warum stehen die Vertreter Cairhiens hinten an?« fragte er laut, und in die Menge der Adligen kam Bewegung. Vor allem tauschten sie verwirrte Blicke. »Die Tairener kamen, um zu helfen, doch das ist kein Grund für die Vertreter Cairhiens, sich so schüchtern hinten anzustellen. Alle sollen sich jetzt dem Rang nach neu formieren. Alle!«

Es war schwer festzustellen, ob nun die Tairener oder die aus Cairhien überraschter waren. Meilan sah aus, als wolle er die eigene Zunge verschlingen, und die anderen sechs standen ihm nicht viel nach. Selbst der in seinen Reaktionen so gemächliche Aracome wurde blaß. Es gab viel Stiefelgetrappel und das Geräusch aneinander vorbeischabender Röcke, es gab viele eisige Blicke auf beiden Seiten, doch sie leisteten seinem Befehl Folge. So standen bald in der vordersten Reihe nur noch Männer und Frauen mit Streifen auf der Brust, und in der zweiten befanden sich nur ein paar Tairener. Am Fuße des Podestes hatten sich noch einmal so viele Lords und Ladies aus Cairhien, zumeist grauhaarig und ausnahmslos mit Streifen vom Kopf bis zu den Knien ausgezeichnet, zu Meilan und seinen Leuten gesellt, obwohl vielleicht ›gesellt‹ der falsche Ausdruck war. Sie standen in zwei Gruppen dort, durch einen mindestens drei Schritt breiten Streifen getrennt, und sie blickten so betont aneinander vorbei, daß sie genausogut die Fäuste schwingen und sich gegenseitig hätten anschreien können. Aller Blicke ruhten auf Rand, die der Tairener von Zorn erfüllt, und die der Adligen aus Cairhien immer noch eisig. Das Eis schmolz nur bei einigen andeutungsweise, aber ansonsten sahen sie ihn voller Berechnung im Blick an.

»Mir sind die Flaggen über Cairhien aufgefallen«, sagte er, sobald wieder Ruhe eingekehrt war. »Es ist gut, daß so viele Halbmonde von Tear dort wehen. Ohne das Korn Tears würde in Cairhien niemand mehr leben, der eine Flagge hissen kann, und ohne die Schwerter Tears würden die Menschen, die heute in dieser Stadt überlebt haben, Adlige wie Gemeine, den Shaido gehorchen müssen. Tear hat diese Ehrung verdient.« Das ging den Tairenern natürlich hinunter wie Honig. Sie richteten sich hoch auf, nickten energisch und lächelten noch energischer. Nur die Hochlords schienen verwirrt, weil seine Worte, verglichen mit denen zuvor, so widersprüchlich schienen. Und die Adligen aus Cairhien, die neben dem Podest standen, warfen sich zweifelnde Blicke zu. »Aber ich brauche nicht so viele Drachenbanner, was mich betrifft. Laßt ein Drachenbanner hängen, und zwar am höchsten Turm der Stadt, damit es alle sehen, die sich der Stadt nähern, aber den Rest nehmt herunter und ersetzt ihn durch die Flaggen Cairhiens. Dies ist Cairhien, und die Aufgehende Sonne muß und wird stolz über der Stadt schweben. Auch Cairhien hat seine Ehre und seinen Stolz, und dem werden wir Rechnung tragen.«

Der Saal explodierte so unvermittelt in einem Jubelsturm, daß die Töchter ihre Speere hoben. Der Jubel hallte von den Wänden wider. Blitzartig verständigte sich Sulin durch die Handzeichensprache der Töchter mit den anderen, und bereits halb erhobene Schleier wurden wieder gesenkt. Diese Adligen Cairhiens schrien und jubelten genauso laut, wie es die Menschen auf den Straßen getan hatten. Sie tanzten und warfen die Arme vor Freude empor, als befänden sie sich im Vortor und feierten ein Fest. Inmitten dieses Durcheinanders war es nun an den Tairenern, schweigend finstere Blicke zu tauschen. Sie wirkten aber nicht direkt zornig. Selbst Meilan schien einfach verunsichert, als er wie Torean und die anderen erstaunt das Benehmen der Lords und Ladies von so hohem Rang beobachteten, die einen Augenblick zuvor noch so kalt und würdevoll gewirkt hatten und nun tanzten und dem Lord Drachen zujubelten.

Rand wußte nicht, was die einzelnen in seine Worte hineinlasen. Natürlich hatte er von ihnen erwartet, daß sie mehr hörten, als er sagte, besonders die Leute aus Cairhien, und vielleicht würde der eine oder andere sogar hören, was er wirklich sagte, doch nichts hatte ihn auf dieses Schauspiel vorbereitet. Die übliche Reserviertheit der Menschen dieses Landes war schon eigenartig, wie er sehr wohl wußte, und wandelte sich manchmal in eine unerwartete Aufdringlichkeit. Moiraine war im Hinblick auf dieses Verhalten sehr zurückhaltend gewesen, obwohl sie ja darauf bestand, ihm wirklich alles beizubringen; und so hatte sie sich auf die Bemerkung beschränkt, wenn diese Reserviertheit einmal überwunden sei, dann in überraschend hohem Maße. Und überraschend war dies hier in der Tat.

Als sich der Jubel endlich legte, begannen sie, ihm einer nach dem anderen Gefolgschaftstreue zu schwören. Meilan war der erste, der niederkniete und mit angespannter Miene beim Licht und bei seiner Hoffnung auf Erlösung und Wiedergeburt schwor, treu zu dienen und zu gehorchen. Das war eine alte Eidesformel, und Rand hoffte, sie möge einige dazu bringen, sich tatsächlich an den Eid zu halten. Sobald Meilan die Spitze des abgeschnittenen Seanchan-Speers geküßt hatte und sich bemühte, seine saure Miene zu verbergen, indem er sich den Bart strich, wurde er von Lady Colavaere abgelöst. Sie war eine mehr als nur gut aussehende Frau von mittleren Jahren, deren waagrechte Farbstreifen sich vom Spitzenkragen bis zu den Knien fortsetzten, und dunkle Elfenbeinspitzen fielen von den Ärmeln über ihre Hände, die sie Rand entgegenstreckte. Sie sprach die Eidesformel mit klarer, fester Stimme und in diesem musikalischen Tonfall, den er von Moiraine so gut kannte. Auch der Blick aus ihren dunklen Augen hatte etwas ähnlich Abwägendes wie der Moiraines, besonders, als sie Aviendha musterte, während sie knicksend an ihren Platz vor den Stufen zurückschritt. Torean war der nächste. Er schwitzte beim Schwur. Lord Dobraine folgte auf Torean, und seine tiefliegenden Augen blickten Rand forschend an. Er war einer der wenigen älteren Männer, der die Vorderseite seines langen, größtenteils grauen Haarschopfes abrasiert hatte. Auf ihn folgte Aracome und …

Rand wurde ungeduldig, als die Prozession immer weiter ging und einer nach dem anderen zu ihm heraufkam und niederkniete, einer aus Cairhien, einer aus Tear, einer aus Cairhien und immer so weiter, wie er es befohlen hatte. Das sei aber alles notwendig, hatte Moiraine gesagt, und eine Stimme in seinem Kopf, die er als die Lews Therins erkannte, stimmte ihr zu, doch für ihn war es Teil einer lästigen Verzögerung. Er mußte unbedingt ihre Loyalität besitzen, und wenn auch nur an der Oberfläche, um damit beginnen zu können, Cairhien für ihn abzusichern, und zumindest dieser Anfang mußte gemacht werden, bevor er gegen Sammael vorgehen konnte. *Und das wird ganz bestimmt geschehen! Ich habe einfach noch viel zu viel zu tun, um zuzulassen, daß er aus den Büschen heraus ständig auf meine Beine einsticht! Er wird feststellen, was es heißt, den Drachen zu wecken!*

Er verstand nicht, wieso diese Menschen, die da vor ihn traten, zu schwitzen begannen und sich nervös die Lippen leckten, als sie niederknieten und ihren Treueeid stammelten. Aber er konnte eben auch nicht sehen, welch kaltes Licht aus seinen eigenen Augen leuchtete.

KAPITEL 7

Um den Preis eines Schiffes

Nynaeve war mit Waschen fertig und trocknete sich ab. Sie legte großen Wert darauf, sich jeden Morgen gründlich zu waschen. Zögernd zog sie sich dann ein frisches seidenes Unterhemd über. Seide war nicht so kühl wie Leinen, und obwohl die Sonne gerade erst über den Horizont gestiegen war, ließ die Hitze im Wohnwagen auf einen weiteren glühendheißen Tag schließen. Außerdem war das Ding so tief ausgeschnitten, daß sie fürchtete, es werde beim ersten falschen Atemzug hinabrutschen und ihr an den Beinen hängen. Aber es war wenigstens nicht feucht vom Schweiß der Nacht wie das andere, das sie gerade in den Wäschekorb gelegt hatte.

Ihr Schlaf war ständig durch Angstträume gestört worden, Träume von Moghedien, die sie hellwach hochschrecken ließen, die aber immer noch nicht so schlimm waren wie einige, von denen sie nicht erwachte, Träume von Birgitte, die ihre Pfeile auf sie abschoß und sie diesmal *nicht* verfehlte, Träume, in denen die Anhänger des Propheten die Menagerie plünderten und zerstörten, andere, in denen sie für immer in Samara festsaß, weil niemals mehr ein Schiff anlegen würde, und schließlich solche, in dem sie wohl Salidar erreichten, aber dort Elaida als Herrscherin vorfanden. Oder auch wieder Moghedien. Aus dem letzteren war sie weinend aufgewacht.

All das bereitete ihr natürlich Sorge, und das war ja nur zu verständlich. Drei Nächte lang lagerten sie nun schon hier, und kein einziges Schiff war aufgetaucht. Drei hitzeerfüllte Tage, an denen sie mit verbundenen Augen vor diesem verfluchten Stück Holzwand als Zielscheibe gedient hatte. Das reichte wohl, um jeden verrückt zu machen, ganz zu schweigen von ihrer Angst, daß Moghedien ihnen in der Zwischenzeit immer näher kommen könnte. Andererseits mußte diese Frau, nur weil sie wußte, daß sie sich bei einer Menagerie aufhielten, sie ja nicht gleich in Samara suchen. Es gab noch genügend andere Wanderschausteller auf der Welt als die hier versammelten. Darüber nachzudenken, warum sie sich keine Sorgen machen müsse, fiel ihr eben leichter, als sich einfach keine zu machen.

Aber warum mache ich mir solche Sorgen um Egwene? Sie stippte ein aufgeschnittenes Ästchen in einen kleinen Tiegel mit Salz und Soda auf dem Waschtisch und begann, sich mit energischen Bewegungen die Zähne zu schrubben. Egwene war in nahezu jedem Traum aufgetaucht und jammerte ihr etwas vor, doch ihr war einfach nicht klar, wie sie da hineinpaßte.

In Wahrheit waren Angst und Schlafmangel nur ein Teil der Gründe, warum sie heute morgen so schlechter Laune war. Die anderen waren wohl Kleinigkeiten, trotzdem aber sehr real. Ein Steinchen im Schuh war wirklich eine Kleinigkeit, wenn man es damit verglich, daß man seinen Kopf verlieren sollte, aber das Steinchen war nun einmal vorhanden, während man den Henker vielleicht niemals zu sehen bekam …

Es war unmöglich, ihr eigenes Spiegelbild zu meiden, und so sah sie zwangsläufig wieder ihr Haar, das lose die Schultern umspielte, anstatt wie bei einer anständigen Frau zu einem Zopf geflochten zu sein. Und so oft sie es auch ausbürstete – dieses glänzende, auffällige Rot blieb trotzdem genauso abscheulich. Und sie wußte nur zu gut, daß hinter ihr auf dem Bett ein blaues Kleid ausgelegt war. So blau, daß selbst eine

Kesselflickerfrau die Augen aufgerissen hätte, und genauso tief ausgeschnitten wie das rote Kleid, das sie ursprünglich getragen hatte und das jetzt am Haken hing. Deshalb hatte sie auch dieses eng anliegende, gewagte Seidenhemd an. *Ein* solches Kleid reichte nicht, jedenfalls nicht nach Valan Lucas Ansicht. Clarine war dabei, ein weiteres in einem giftigen Gelbton zu nähen, und die beiden hatten bereits über ein gestreiftes gesprochen. Nynaeve wollte von Streifen überhaupt nichts wissen.

Der Mann könnte mich wenigstens die Farben auswählen lassen, dachte sie und fuhr sich heftig mit dem gespaltenen Ästchen über die Zähne. Oder Clarine. Aber nein, er hatte seine eigenen Vorstellungen, und er fragte niemals nach denen anderer. Nicht Valan Luca. Seine farbliche Auswahl ließ sie manchmal sogar den tiefen Ausschnitt vergessen. *Ich sollte es ihm an den Kopf werfen!* Und doch wußte sie, sie würde das nicht tun. Birgitte stellte sich in diesen Kleidern zur Schau, ohne auch nur im geringsten zu erröten. Die Frau glich wirklich in *nichts* den Legenden, die man sich über sie erzählte. Nicht, daß sie dieses blödsinnige Kleid widerspruchslos tragen würde, nur weil Birgitte das tat. Sie wollte der Frau doch keine Konkurrenz machen! Es war eben nur, daß ... »Wenn du etwas machen mußt«, grollte sie um das Ästchen in ihrem Mund herum, »dann gewöhnst du dich am besten gleich daran.«

»Was hast du gesagt?« fragte Elayne. »Wenn du etwas sagen willst, dann nimm doch bitte dieses Ding aus deinem Mund. Die Geräusche sind wirklich ekelhaft.«

Nynaeve wischte sich das Kinn ab und warf einen wütenden Blick nach hinten. Elayne saß mit hochgezogenen Beinen auf ihrem eigenen schmalen Bett und flocht sich einen Zopf aus ihrem schwarzgefärbten Haar. Sie hatte bereits diese weiße Hose an, ganz mit Pailletten bestickt, und eine schneeweiße Seidenbluse mit Rüschen am Hals, die viel zu durchsichtig war. Ihre mit Münzen bestickte weiße Jacke lag neben ihr. Weiß. Auch sie hatte zwei Garnituren Kleidung für ihre Auftritte, und eine dritte wurde gerade angefertigt – alle in Weiß, wenn auch nicht gerade schlicht zu nennen. »Wenn du dich schon so anziehst, Elayne, dann setz dich wenigstens nicht so hin. Es ist unanständig.«

Die andere blickte mürrisch vor sich hin, doch sie stellte die Füße in den weichen Pantoffeln wunschgemäß auf den Boden. Und sie hob das Kinn auf ihre typische, hochnäsige Art. »Ich glaube, ich werde heute morgen einen Spaziergang in die Stadt machen«, sagte sie kühl, wobei sie immer noch an ihrem Zopf flocht. »In diesem Wagen bekomme ich Platzangst.«

Nynaeve spülte sich den Mund aus und spuckte in die Waschschüssel. Laut. Der Wohnwagen kam ihr wirklich jeden Tag enger vor. Vielleicht mußten sie sich wirklich soweit wie möglich vor anderen verbergen, doch das wurde langsam lächerlich. Sicher – es war ihre Idee gewesen, aber die hatte sie längst bereut. Drei Tage mit Elayne hier eingesperrt, außer bei den Vorführungen! Es kam ihr vor wie drei Wochen. Oder drei Monate. Ihr war zuvor noch nie aufgefallen, welch beißende Bemerkungen Elayne immer auf Lager hatte. Jetzt mußte einfach ein Schiff ankommen. Gleich, welche Art von Schiff. Sie würde auch die letzte sorgfältig im Ofen versteckte Münze oder das letzte Schmuckstück dafür hergeben, wenn heute noch ein Schiff anlegte, um sie mitzunehmen. »Na ja, das würde auch überhaupt keine Aufmerksamkeit erregen, oder? Vielleicht würde dir die Bewegung gut tun. Oder liegt es an diesen engen Hosen, daß sie sich so über deinen Hüften spannen?«

Blaue Augen blitzten zornig, doch Elaynes Kinn blieb oben und ihr Tonfall kalt: »Ich habe letzte Nacht von Egwene geträumt, und mitten in ihrem Bericht über Rand und Cairhien – denn *ich* mache mir Sorgen über diese Geschehnisse, auch wenn du das nicht nötig hast –, also mittendrin hat sie gesagt, daß du dich allmählich benimmst wie ein kreischendes altes Weib. Nicht, daß ich mich dieser Meinung anschlösse. Ich würde sagen: wie eine Fischhändlerin.«

»Jetzt hör mir mal zu, du übelgelaunte kleine Schlampe! Wenn du jetzt nicht …« Mit immer noch bitterbösem Blick klappte Nynaeve den Mund zu und atmete dann langsam durch. Mit Mühe zwang sie sich, ruhig zu sprechen: »Du hast von Egwene geträumt?« Elayne nickte knapp. »Und sie erzählte von Rand und Cairhien?« Die Jüngere rollte betont frustriert mit den Augen und fuhr fort, an ihrem Zopf zu flechten. Nynaeve zwang erst einmal ihre Hand, das Büschel glänzend roter Haare loszulassen und bemühte sich, an etwas anderes zu denken, als dieser Tochter-Erbin des verdammten Andor ein wenig Höflichkeit einzubleuen. Wenn sie nicht bald ein Schiff fanden … »Falls du noch über irgend etwas anderes nachdenken kannst, außer, wie du deine Beine noch besser zur Schau stellst als sowieso schon, dann wird es dich vielleicht interessieren, daß sie auch in meinen Träumen war. Sie sagte, Rand habe gestern bei Cairhien einen großen Sieg errungen.«

»Ich entblöße vielleicht meine Beine«, fauchte Elayne, und auf ihren Wangen erblühten große, rote Flecke, »aber wenigstens lasse ich meine … Du hast auch von ihr geträumt?«

Sie brauchten nicht lange, um zu vergleichen, was sie gesehen hatten. Allerdings machte Elayne weiter mit ihren spitzen Bemerkungen. Nynaeve mochte wohl einen Grund gehabt haben, über Egwene herzuziehen, während Elayne ja vielleicht davon geträumt hatte, in ihrem paillettenbestickten Kostüm vor Rand zu paradieren, oder vielleicht mit noch weniger am Leib. Das war nichts als die Wahrheit. Nun, trotzdem wurde wenigstens eines schnell klar, daß nämlich

Egwene ihnen beiden im Traum dasselbe gesagt hatte, und das ließ wenig Raum für Irrtümer.

»Sie sagte immer wieder, sie sei wirklich da«, murmelte Nynaeve, »aber ich glaubte, das sei nur ein Teil des Traums.« Egwene hatte ihnen oft genug gesagt, es sei möglich, im Traum wirklich mit jemandem zu sprechen, aber sie hatte nie eingestanden, daß sie dazu fähig sei. »Wieso hätte ich das glauben sollen? Ich meine, weil sie behauptete, sie hätte endlich begriffen, woher irgendein Speer stammt, den er neuerdings immer mit sich herumträgt. Es sei ein Seanchan-Speer. Das ist doch lächerlich!«

»Sicher.« Elayne zog eine Augenbraue hoch, was Nynaeve ziemlich irritierte. »Genauso lächerlich, wie Cerandin und ihre *S'redit* hier vorzufinden. Es *muß* doch noch weitere Seanchan-Flüchtlinge geben, Nynaeve, und Speere wie jener sind wohl noch das Geringste unter den Dingen, die sie zurückgelassen haben.«

Warum konnte diese Frau eigentlich nichts sagen, ohne an ihr und ihrer Meinung herumzumäkeln? »Na, ich habe wohl bemerkt, wie sehr *du* das glaubtest.«

Elayne warf den fertiggeflochtenen Zopf nach hinten über die Schulter, und dann gleich noch einmal schwungvoll und überheblich, um noch eins draufzusetzen. »Ich hoffe sehr, daß es Rand gut geht.« Nynaeve schnaubte. Egwene hatte gemeint, er würde mehrere Tage Ruhe benötigen, bis er wieder auf den Beinen sei, aber immerhin war er mit Hilfe der Macht geheilt worden. Die andere Frau fuhr fort: »Niemand hat ihm je beibringen können, daß er sich nicht überanstrengen darf. Weiß er denn nicht, daß ihn die Macht töten kann, wenn er zuviel davon an sich zieht oder webt, wenn er übermüdet ist? Das ist bei ihm genau das gleiche wie bei uns.«

Also wollte sie schnell das Thema wechseln, ja? »Vielleicht weiß er es nicht«, sagte Nynaeve in süßlichem Tonfall, »weil es keine Weiße Burg für Männer gibt?« Das brachte sie auf einen anderen Gedanken. »Glaubst du, daß es wirklich Sammael war?«

Elayne hatte gerade eine scharfe Erwiderung auf der Zunge, funkelte sie deshalb von der Seite her an und seufzte anschließend gereizt: »Das spielt für uns doch wohl kaum eine Rolle, oder? Wir sollten uns statt dessen überlegen, ob und wann wir den Ring wieder benützen. Um mehr zu tun, als lediglich Egwene dort zu treffen. Es gibt so viel, was wir noch in Erfahrung bringen müssen. Je mehr ich lerne, desto klarer wird mir, was ich alles noch nicht weiß.«

»Nein.« Nynaeve erwartete nicht wirklich, daß die andere Frau auf der Stelle den ringförmigen *Ter'Angreal* herausnehmen werde, aber sie trat unbewußt einen Schritt näher an den kleinen Backsteinofen. »Keine weiteren Ausflüge nach *Tel'aran'rhiod* für uns beide, außer, um sie dort zu treffen.«

Elayne fuhr einfach fort, scheinbar ohne ihren Einspruch zu bemerken. Nynaeve hätte genausogut ein Selbstgespräch führen können. »Es ist ja nicht so, daß wir unbedingt die Macht benützen müßten. Und wenn nicht, verraten wir uns auch nicht.« Sie sah Nynaeve nicht an, aber in ihrer Stimme lag etwas Beißendes. Sie bestand immer darauf, daß sie durchaus die Macht benützen durften, wenn sie nur vorsichtig wären. Und Nynaeve vermutete, daß sie es hinter ihrem Rücken sowieso tat. »Ich wette, wenn eine von uns heute nacht das Herz des Steins beträte, würde sie Egwene vorfinden. Stell dir mal vor, wenn *wir* in *ihren* Träumen mit ihr sprechen könnten, bräuchten wir uns keine Sorgen mehr machen, daß wir in *Tel'aran'rhiod* auf Moghedien stoßen.«

»Glaubst du etwa, das sei leicht zu erlernen?« fragte Nynaeve trocken. »Wenn das stimmt, warum hat sie es uns dann nicht schon lange beigebracht? Warum hat sie es selbst zuvor noch nie getan?« Und doch war ihr Herz nicht dabei. Sie war diejenige, die sich immer

Moghediens wegen sorgte. Elayne wußte wohl, daß die Frau gefährlich war, aber es war genauso, wie zu wissen, daß eine Gilftschlange gefährlich ist. Elayne wußte es, doch Nynaeve war bereits gebissen worden. Und die Fähigkeit, sich ohne den Umweg über die Welt der Träume zu verständigen, wäre äußerst wertvoll, ganz abgesehen davon, daß sie auf diese Weise Moghedien mieden.

Auf jeden Fall schenkte Elayne ihr immer noch keinerlei Aufmerksamkeit. »Ich frage mich, wieso sie unbedingt darauf bestand, daß wir es niemandem sagen. Das ergibt doch keinen Sinn.« Einen Moment lang nagte sie mit den Zähnen an ihrer Unterlippe. »Es gibt noch einen Grund, warum wir sobald wie möglich mit ihr sprechen sollten. Bisher habe ich mir nichts weiter dabei gedacht, aber beim letztenmal, als wir miteinander sprachen, ist sie mitten im Satz verschwunden. Jetzt erinnere ich mich auch daran, daß sie vorher plötzlich überrascht wirkte, so, als habe sie Angst bekommen.«

Nynaeve atmete tief durch und preßte beide Hände auf ihren Magen in einem vergeblichen Versuch, das plötzliche Flattern darin zu unterdrücken. Trotzdem brachte sie es fertig, mit beherrschter Stimme zu sprechen: »Moghedien?«

»Licht, du denkst immer gleich an so schöne Dinge! Nein. Falls Moghedien sich in unsere Träume einschleichen könnte, wüßten wir das mittlerweile.« Elayne schauderte leicht; sie hatte ja doch ein wenig Ahnung, wie gefährlich Moghedien war. »Auf jeden Fall sah sie nicht danach aus. Sie hatte Angst, aber doch nicht so viel.«

»Dann ist sie vielleicht gar nicht in Gefahr. Möglich, daß ...« Nynaeve zwang sich, die Hände wegzunehmen und preßte zornig die Lippen aufeinander. Nur war sie sich nicht klar darüber, wem ihr Zorn eigentlich galt.

Den Ring wegzustecken, ihn zu verbergen bis auf ihre verabredeten Treffen mit Egwene, war durchaus eine gute Idee gewesen. War. Jeder weitere Vorstoß in die Welt der Träume konnte sie auf Moghedien stoßen lassen, und sich von ihr fernzuhalten war mehr als nur einfach eine gute Idee. Es war ihr klar, daß Moghedien ihr überlegen war. Der Gedanke war ihr unerträglich, und er tauchte recht häufig auf, doch er entsprach schlicht der Wahrheit.

Und doch bestand nun die Möglichkeit, daß Egwene Hilfe benötigte. Nur eine geringe Möglichkeit, aber immerhin. Nur weil sie Moghedien vernünftigerweise aus dem Weg ging, durfte sie diese Möglichkeit doch nicht unterschätzen. Und außerdem konnte es sein, daß es auch Rand mit einem der Verlorenen zu tun hatte, und zwar aus ganz persönlichen Gründen, so wie es ihr und Elayne mit Moghedien ging. Was Egwene berichtet hatte, sowohl aus den Bergen wie auch von Cairhien, roch richtig nach einer Herausforderung. So, als wolle hier ein Mann einen anderen provozieren. Nicht, daß sie irgendeine Möglichkeit hatte, etwas dagegen zu unternehmen. Aber bei Egwene …

Manchmal schien es Nynaeve, als habe sie den ursprünglichen Grund vergessen, warum sie überhaupt die Zwei Flüsse verlassen hatte. Um junge Menschen aus ihrem Dorf zu beschützen, die sich in den Netzen der Aes Sedai verfangen hatten. Nicht soviel jünger als sie selbst, höchstens ein paar Jahre, aber wenn man bereits Seherin des eigenen Dorfes war, schien der Unterschied größer. Klar, daß mittlerweile die Versammlung der Frauen in Emondsfeld eine neue Seherin gewählt hatte, aber es war trotzdem immer noch *ihr* Dorf und sie waren *ihre* Schutzbefohlenen. Und tief in ihrem Innersten war sie nach wie vor ihre Seherin. Doch auf irgendeine Art war aus dem ursprünglichen Schutz für Rand, Egwene, Mat und Perrin eine Frage des Überlebens geworden, und selbst dieses Ziel hatte sich mit der Zeit zu anderen Zielen hin verschoben, ohne daß sie sagen konnte, wann und wo das geschehen sei. Aus dem Wunsch heraus, Moiraine zu Fall zu bringen, hatte sie die Weiße Burg betreten, aber daraus war der brennende Wunsch geworden, Menschen mit Hilfe ihrer Fähigkeiten zu heilen. Wie sich die Aes Sedai ständig in das Leben anderer einmischten, hatte sie einst mit Haß erfüllt, und trotzdem fühlte sie gleichzeitig, daß sie selbst eine werden wollte. Vielleicht wollte sie nicht so wie die anderen werden, aber es war die einzige Möglichkeit, zu lernen, was sie unbedingt lernen wollte. Alles war mittlerweile so verwickelt wie eines der Gewebe der Aes Sedai, sie selbst eingeschlossen, und sie wußte nicht, wie sie aus diesem Spinnennetz entkommen sollte.

Ich bin noch immer, die ich vorher war. Ich werde ihnen helfen, so gut ich kann. »Heute abend«, sagte sie laut und entschlossen, »werde ich den Ring benutzen.« Sie setzte sich auf das Bett und zog ihre Strümpfe an. Diese feste Wolle war bei der Hitze nicht gerade angenehm zu tragen, doch wenigstens war dann ein Teil von ihr anständig angezogen. Feste Strümpfe und feste Schuhe. Birgitte trug Brokatpantoffeln und Strümpfe aus hauchdünner Seide, die angenehm kühl aussahen. Schnell und energisch verdrängte sie diesen Gedanken. »Nur, um festzustellen, ob sich Egwene wirklich im Stein aufhält. Wenn nicht, komme ich zurück, und wir benützen den Ring erst zum nächsten verabredeten Treffen wieder.«

Elayne sah sie unverwandt und ohne zu blinzeln an. Das machte sie in steigendem Maß nervös und ließ sie an den Strümpfen herumzupfen. Diese Frau sagte kein Wort, doch ihr ausdrucksloser Blick schien die Möglichkeit anzudeuten, daß Nynaeve log. Jedenfalls empfand Nynaeve ihn so. Der Gedanke, der ihr ganz am Rande durch den Kopf geschossen war, daß sie nämlich einfach dafür sorgen könnte, den Ring im Schlaf gar nicht ihre Haut berühren zu lassen, half auch nicht gerade. Es gab natürlich keinen stichhaltigen Grund, anzunehmen, daß Egwene heute abend im Stein von Tear auf sie wartete. Sie hatte überhaupt nicht ernsthaft an ein solches Ausweichmanöver gedacht, und der bloße Gedanke war ihr völlig unbewußt gekommen, doch nun war er einmal da, und sie hatte Schwierigkeiten, Elayne in die Augen zu sehen. Vielleicht hatte sie wirklich Angst davor, Moghedien zu treffen? Das wäre ja nur vernünftig, wenn sie es auch nicht gern zugab.

Ich werde tun, was sein muß. Sie unterdrückte gewaltsam dieses Flattern im Bauch. Als sie das Hemd herunterzog, hatte sie es plötzlich eilig, das blaue Kleid anzulegen und in die Hitze hinauszukommen, nur, um Elaynes Blick zu entgehen.

Elayne war gerade damit fertig, ihr zu helfen, die Reihen kleiner Knöpfe am Rücken zuzuknöpfen, und sie meckerte, *ihr* habe auch keiner geholfen, als habe sie beim Anziehen der Hose Hilfe benötigt, da ging die Wagentür auf und krachte gegen die Wand, gefolgt von einer Woge schwülheißer Luft. Überrascht fuhr Nynaeve zusammen und hielt sich die Hände schützend über den Busen, bevor sie sich beherrschen konnte. Als statt Valan Luca dann Birgitte hereinkletterte, tat sie so, als habe sie nur das Kleid zurechtziehen wollen.

Die hochgewachsene Frau strich die gleichermaßen schimmernde blaue Seide an ihrer Hüfte glatt, dann zog sie den dicken schwarzen Zopf über eine nackte Schulter nach vorn und grinste dabei selbstgefällig. »Wenn du die Aufmerksamkeit auf dich lenken willst, dann gib dich nicht damit ab, etwas verstecken zu wollen. Es ist zu offensichtlich. Atme einfach tief durch.« Sie führte es vor und lachte über Nynaeves schockierte Miene.

Nynaeve gab sich alle Mühe, sich zu beherrschen.

Dabei wußte sie nicht einmal, warum eigentlich. Sie konnte sich kaum noch vorstellen, daß sie Schuldgefühle gezeigt hatte wegen des Geschehenen. Gaidal Cain war vielleicht froh, diese Frau los zu sein. Und Birgitte konnte ihr Haar tragen, wie sie wollte. Nicht, daß dies irgendwie eine Rolle spielte. »Ich kannte an den Zwei Flüssen jemanden wie dich, *Maerion*. Calle redete alle Leibwächter der Händler mit Vornamen an, und sie hatte gewiß keine Geheimnisse vor ihnen.«

Birgittes Lächeln verzerrte sich etwas. »Auch ich kannte einst eine Frau wie dich. Mathena blickte auch hochnäsig auf die Männer herunter und ließ sogar einen armen Kerl hinrichten, weil er zufällig auf sie stieß, als sie nackt badete. Sie war noch nicht einmal geküßt worden, bis Zheres ihr einen Kuß stahl. Man hätte glauben können, damit habe sie erst entdeckt, daß es Männer gab. Sie berauschte sich derart an ihren eigenen Gefühlen, daß Zheres sich auf einen Berg zurückzog, um ihr zu entgehen. Paß auf den ersten Mann auf, der dich küßt. Früher oder später kommt bestimmt einer.«

Mit geballten Fäusten trat Nynaeve einen Schritt auf sie zu. Jedenfalls versuchte sie das. Irgendwie befand sich plötzlich Elayne zwischen den beiden und hielt sie mit erhobenen Händen zurück.

»Ihr hört sofort damit auf!« sagte sie und sah beiden abwechselnd mit ihrer typischen Hochnäsigkeit in die Augen. »Lini hat immer gesagt: ›Das Warten verwandelt Männer in Bären, die man in eine Scheune geschlossen hat, und Frauen in Katzen, die in einem Sack stecken‹, aber ihr beiden hört jetzt augenblicklich damit auf, euch gegenseitig zu beharken! Ich werde das nicht länger zulassen!«

Zu Nynaeves Überraschung errötete Birgitte tatsächlich und knurrte eine mürrische Entschuldigung. Natürlich war sie an Elayne gerichtet, aber die Entschuldigung an sich war in der Tat überraschend. Birgitte hatte sich entschlossen, immer in Elaynes Nähe zu bleiben, da keine Notwendigkeit bestand, sich zu verbergen, aber nach drei Tagen setzte ihr die Hitze offensichtlich genauso zu wie Elayne. Nynaeve wiederum warf der Tochter-Erbin ihren eisigsten Blick zu. Sie selbst hatte sich schließlich um Ausgleich bemüht, während sie miteinander warteten, aber Elayne sollte wirklich gar besser schweigen.

»Also?« sagte Elayne immer noch in diesem eisigen Tonfall, »hattest du irgendeinen Grund, wie ein Stier hier hereinzustürmen, oder hast du einfach vergessen, wie man anklopft?«

Nynaeve öffnete den Mund, um ihr etwas über Katzen zu sagen – nur eine sanfter Anstoß –, aber Birgitte kam ihr zuvor. Sie sprach noch etwas aggressiver: »Thom und Juilin sind aus der Stadt zurück.«

»Zurück!?« rief Nynaeve, und Birgitte blickte sie an, bevor sie sich wieder Elayne zuwandte.

»Du hattest sie nicht weggeschickt?«

»Habe ich nicht«, sagte Elayne grimmig.

Sie war bereits mit Birgitte im Schlepptau aus der Tür, bevor Nynaeve ein Wort herausbrachte. So blieb ihr nichts anderes übrig, als ihnen knurrend zu folgen. Elayne sollte sich bloß nicht plötzlich einbilden, sie sei diejenige, die hier die Befehle erteilte. Nynaeve hatte ihr immer noch nicht verziehen, daß sie den Männern soviel erzählt hatte.

Die schwüle Hitze wurde draußen noch schlimmer, denn die Sonne stand bereits über dem Rand der Segeltuchumzäunung um die Menagerie. Der Schweiß trat ihr auf die Stirn, bevor sie auch nur den Fuß der kleinen Treppe erreicht hatte, aber ausnahmsweise einmal verzog sie keine Miene.

Die beiden Männer saßen auf dreibeinigen Hockern neben dem Lagerfeuer. Ihr Haar war wirr, und die Mäntel sahen aus, als hätten sie sich im Staub gewälzt. Thom drückte ein zusammengerolltes Tuch an seinen

Haarschopf, und darunter rann Blut hervor. Getrocknetes Blut verunstaltete seine Wange und hatte auch ein Ende seines Schnurrbarts verfärbt. Neben Juilins Auge war eine bläulich angelaufene Schwellung von der Größe eines Hühnereis zu sehen, und die Hand, in der er seinen daumendicken Stock aus hellem, gegliedertem Holz hielt, war mit einer durchbluteten Bandage notdürftig umwickelt. Auf diesem lächerlichen kegelförmigen roten Hut, den er schief auf dem Hinterkopf trug, schien jemand herumgetrampelt zu haben.

Den Geräuschen innerhalb der Umzäunung nach zu schließen, waren die Pferdeknechte bereits dabei, die Käfige zu reinigen, und zweifellos befand sich Cerandin schon bei ihren *S'redit,* zu denen sich keiner der Männer hintraute, doch ansonsten rührte sich noch nicht viel im Wohnwagenlager. Petra rauchte seine langstielige Pfeife, während er Clarine dabei half, das Frühstück vorzubereiten. Zwei der Chavanas untersuchten gemeinsam mit Muelin, der Schlangenfrau, irgendeinen Apparat, während die beiden anderen mit zwei der sechs Akrobatinnen flirteten, die Luca Sillia Ceranos Truppe abspenstig gemacht hatte. Sie behaupteten, Schwestern zu sein und Murasaka zu heißen, dabei sahen sie noch unterschiedlicher aus, was ihre Gesichter und ihren Teint betraf, als die Chavanas. Eine der beiden, die – angetan mit bunten seidenen Morgenmänteln – bei Brugh und Taeric saßen, hatte blaue Augen und weißblondes Haar, die Haut der anderen dagegen war beinahe so dunkel wie ihre Augen. Alle anderen hatten sich bereits für die erste Morgenvorstellung hergerichtet; die Männer mit nacktem Oberkörper und bunten Hosen, Muelin in durchscheinendem Rot und einer engen, dazu passenden Weste, und Clarine hochgeschlossen und mit grünen, aufgenähten Ziermünzen.

Thom und Juilin zogen wohl einige Blicke auf sich,

doch glücklicherweise hielt es niemand für notwendig, herüberzukommen und sich nach ihrem Wohlergehen zu erkundigen. Vielleicht, weil sie wie geprügelte Hunde dasaßen, die Schultern gesenkt und den Blick auf den Boden unter ihren Stiefeln gerichtet. Zweifellos war ihnen klar, daß ihnen eine Kopfwäsche bevorstand, und zwar eine, die sich wirklich ›gewaschen‹ hatte. Nynaeve jedenfalls hatte mit Sicherheit derartiges vor.

Elayne aber schnappte bei dem Anblick der beiden nach Luft, rannte hin und kniete schnell neben Thom nieder. All ihr Zorn, der sich noch Sekunden zuvor zu entladen drohte, war mit einemmal verflogen. »Was ist passiert? O Thom, dein armer Kopf. Das muß ja so weh tun. Dem sind meine Fähigkeiten nicht gewachsen. Nynaeve wird dich mit hineinnehmen und sich darum kümmern. Thom, du bist einfach zu alt, um dich auf solche Abenteuer einzulassen.«

Empört stieß er sie mit einiger Mühe von sich, während er seine Kompresse festhielt. »Laßt das bitte, Kind. Ich habe schlimmere Verletzungen gehabt, nur weil ich aus dem Bett gefallen bin. Werdet Ihr jetzt gleich Ruhe geben?«

Nynaeve dachte gar nicht daran, die beiden mit Hilfe der Macht zu heilen, obwohl sie zornig genug war, um sie anwenden zu können. Sie stellte sich vor Juilin hin, die Fäuste auf die Hüften gestützt und ihre strengste Mach-ja-keinen-Unsinn-und-gib-mir-augenblicklich-eine-Antwort-Miene aufgesetzt. »Was soll denn das heißen, Euch wegzuschleichen, ohne mir Bescheid zu sagen?« Auf diese Art konnte sie gleich auch Elayne klarmachen, daß *sie* hier nichts zu sagen hatte. »Wenn Euch einer die Kehle durchgeschnitten hätte, anstatt Euch lediglich ein blaues Auge zu verpassen, hätten wir nie erfahren, was mit Euch passiert ist. Ihr hattet gar keinen Grund, loszumarschieren. Überhaupt keinen! Es ist schon dafür gesorgt worden, daß man ein Schiff für uns sucht.«

Juilin blickte zu ihr auf und schob seinen Hut nach vorn, bis er fast auf seiner Stirn saß. »Dafür wurde also gesorgt, ja? Habt Ihr drei deshalb angefangen, herumzuschleichen wie die …?« Er brach ab, als Thom laut stöhnte und schwankte.

Sobald der alte Gaukler die ihn besorgt umschmeichelnde Elayne damit beruhigt hatte, daß er behauptete, es sei nur ein kurzer Krampf gewesen und er fühle sich wohl genug, um auf einem Ball zu tanzen – und Juilin einen bedeutungsvollen Blick zugeworfen hatte, von dem er anscheinend hoffte, die Frauen hätten ihn nicht bemerkt –, wandte sich Nynaeve mit einem gefahrdrohenden Blick wieder dem dunkelhäutigen Tairener zu; wie, bitte, waren sie denn seiner Meinung nach herumgeschlichen?

»Und wie gut es war, daß wir gegangen sind«, sagte er statt dessen nervös zu ihr. »Samara ist wie ein Schwarm Barrakudas, der um einen Brocken blutigen Fleisches rauft. Auf jeder Straße treiben sich Banden herum, die Schattenfreunde suchen oder jeden Beliebigen am liebsten zerreißen würden, der nicht bereit ist, den Propheten als die Wahre Stimme des Wiedergeborenen Drachen anzuerkennen.«

»Es hat vor ungefähr drei Stunden in der Nähe des Flusses begonnen«, warf Thom ein und gab mit einem Aufseufzen nach, so daß Elayne nun endlich sein Gesicht mit einem feuchten Tuch abtupfen konnte. Er schien ihre leisen Worte trotzdem zu ignorieren, was gar nicht so einfach war, denn Nynaeve konnte ganz deutlich verstehen, wie sie »närrischer alter Mann« wiederholte und unter anderem sagte: »… braucht jemanden, der auf ihn aufpaßt, bevor er sich umbringen läßt«, und das in einem Tonfall, in dem sich Frust und Wohlwollen mischten. »Wie es begann, weiß ich nicht. Ich hörte, wie man Aes Sedai die Schuld gab, Weißmänteln, Trollocs, jedem außer den Seanchan, und wenn sie den Namen wüßten, würden sie denen auch noch die Schuld in die Schuhe schieben.« Er ächzte, als Elayne ein wenig zu stark zudrückte. »Während der letzten Stunde waren wir zu sehr damit beschäftigt, ihnen zu entkommen, um noch viel in Erfahrung zu bringen.«

»Es sind Brände ausgebrochen«, sagte Birgitte. Petra und seine Frau bemerkten ihren ausgestreckten Zeigefinger, standen auf und blickten besorgt hinüber. Zwei dunkle Rauchwolken waren in Richtung der Stadt über die Segeltucheinzäunung hinweg sichtbar geworden.

Juilin erhob sich und blickte Nynaeve hart und entschlossen in die Augen. »Es ist Zeit aufzubrechen. Vielleicht werden wir dadurch zu sehr auffallen, so daß uns Moghedien entdeckt, doch ich bezweifle das. In alle überhaupt möglichen Richtungen fliehen Menschen. In zwei Stunden werden es nicht mehr zwei Brände sein, sondern fünfzig, und es wird uns nicht viel nützen, ihrer Aufmerksamkeit entgehen zu wollen, nur um vom Mob in Stücke gerissen zu werden. Sobald sie in der Stadt alles zerschlagen haben, was nur möglich ist, werden sie sich den Menagerien zuwenden.«

»Benützt diesen Namen nicht«, sagte Nynaeve in scharfem Ton, wobei sie Elayne einen bösen Blick zuwarf, den die Jüngere aber nicht bemerkte. Männer zuviel wissen zu lassen war immer ein Fehler. Das Problem war nur, daß er recht hatte, aber das durfte man einem Mann gegenüber erst recht nicht zugeben. »Ich werde mir Eure Anregung überlegen, Juilin. Ich würde äußerst ungern ohne jeden Grund davonlaufen und hinterher vielleicht erfahren, daß gleich nach unserer Flucht hier ein Schiff angelegt hat.« Er sah sie an, als sei sie übergeschnappt, und Thom schüttelte den Kopf, obwohl Elayne ihn noch immer festhielt und abtupfte. Doch dann hellte sich Nynaeves Miene auf, als sie eine Gestalt entdeckte, die zwischen den Wohnwagen auf sie zu schritt. »Vielleicht ist wirklich schon eines da!«

Unos bemalte Augenklappe und sein vernarbtes Gesicht, seine Skalplocke und das Schwert auf dem Rücken riefen ein Nicken von Seiten Petras und der verschiedenen Chavanas hervor, während Muelin offensichtlich schauderte. Er hatte sie jeden Abend persönlich aufgesucht, aber nie etwas zu berichten gehabt. Seine Gegenwart zu dieser Tageszeit mußte bedeuten, daß etwas vorgefallen war.

Wie gewöhnlich grinste er Birgitte an, sobald er sie erblickte, und er rollte sein verbliebenes Auge in einem bedeutungsvollen Blick in Richtung ihres entblößten Busens. Wie gewöhnlich grinste sie zurück und musterte ihn gemächlich von Kopf bis Fuß. Ausnahmsweise jedoch war es Nynaeve gleich, wie anstößig sie sich benahmen. »Ist ein Schiff angekommen?«

Unos Grinsen verflog. »Es ist ein verd… ein Schiff da«, sagte er grimmig, »aber ich weiß nicht, ob ich Euch alle auf einmal hinbringen kann.«

»Wir wissen über die Ausschreitungen Bescheid. Sicher können uns doch fünfzehn Schienarer durchgeleiten.«

»Ihr wißt also über die Kämpfe Bescheid«, knurrte er und musterte Thom und Juilin. »Wißt Ihr verd… also, wißt Ihr auch, daß Masemas Leute sich Straßenkämpfe mit Weißmänteln liefern? Wißt Ihr, daß er verflucht noch mal seinen Leuten befohlen hat, Amadicia mit Feuer und Schwert zu erobern? Tausende haben bereits den verfl… den Fluß auf seinen Befehl überschritten.«

»Sei dem, wie es ist«, sagte Nynaeve energisch, »jedenfalls erwarte ich von Euch, daß Ihr euer Wort haltet. Ihr habt versprochen, *mir* zu gehorchen, falls Ihr euch noch daran erinnert.« Sie betonte das Wort nur ein wenig und warf dabei Elayne einen bedeutungsvollen Blick zu.

Die gab vor, ihn nicht zu bemerken, und stand auf, den blutverschmierten Lappen in der Hand. Sie richtete ihre Aufmerksamkeit auf Uno. »Man hat mir immer gesagt, die Schienarer gehörten zu den tapfersten Soldaten auf der Welt.« Die rasiermesserscharfe Stimme klang plötzlich nach Samt und Seide. »Ich habe als Kind viele Geschichten über die Tapferkeit und den Mut der Schienarer gehört.« Sie legte Thom eine Hand auf die Schulter, doch ihr Blick ruhte weiterhin auf Uno. »Ich erinnere mich immer noch gern daran. Ich hoffe, mich auch später noch mit ebensoviel Freude daran erinnern zu können.«

Birgitte trat näher und begann, Unos Nacken zu massieren, während sie ihm in das Auge sah. Dieses leuchtend rote aufgemalte Auge auf der Klappe schien ihr überhaupt nichts auszumachen. »Dreitausend Jahre die Grenze zur Fäule bewacht«, sagte sie sanft. Sanft! Es war zwei Tage her, daß sie in diesem Ton mit Nynaeve gesprochen hatte! »Dreitausend Jahre lang, und kein einziger Schritt zurück, der nicht mit zehnmal so vielen gefallenen Trollocs bezahlt worden wäre. Das hier ist vielleicht nicht Enkara oder die Soralle-Stufe, aber ich weiß, was Ihr ausrichten werdet.«

»Was habt Ihr denn gemacht?« grollte er. »Habt Ihr all die verdammten Geschichtsbücher der verdammten Grenzlande gelesen?« Dann zuckte er aber doch sofort zusammen und blickte zu Nynaeve hinüber. Es war notwendig gewesen, ihn darauf aufmerksam zu machen, daß er sich in ihrer Gegenwart einer ganz und gar sauberen Sprache bediente. Das paßte ihm zwar nicht, aber es gab keinen anderen Weg, ihn vor einem Rückschlag zu bewahren – und Birgitte sollte sie deshalb nicht so tadelnd ansehen. »Könnt *Ihr* sie nicht überzeugen?« sprach er Thom und Juilin an. »Es ist verd …, es ist närrisch, so etwas versuchen zu wollen.«

Juilin warf die Hände hoch und Thom lachte schallend. »Habt Ihr je eine Frau kennengelernt, die auf Vernunftgründe hört, wenn sie nicht will?« erwiderte der Gaukler. Er stöhnte leicht, als Elayne seine Kompresse wegzog und damit begann, den Riß in seiner Kopfhaut etwas heftiger abzutupfen, als es eigentlich notwendig war.

Uno schüttelte den Kopf. »Also, wenn ich zu einer Dummheit verleitet werden soll, dann lasse ich mich eben überreden. Aber merkt Euch folgendes: Masemas Leute fanden das Schiff – *Wasserschlange* oder so ähnlich heißt es wohl – keine Stunde nach dem Anlegen, doch dann wurde es von Weißmänteln besetzt. Und das hat diese ganze kleine Auseinandersetzung in Gang gebracht. Und noch schlimmer – Masema mag ja das Schiff bereits vergessen haben, aber er hat es auch nicht für notwendig gehalten, seine Leute davon zu informieren. Ich bin bei ihm gewesen, und er wollte nichts von Schiffen hören. Alles, wovon er sprechen kann, ist, daß man die Weißmäntel hängen müsse und Amadicia müsse das Knie vor dem Lord Drache beugen, und wenn er das ganze Land anzünden müsse. In der Nähe des Flusses wurde gekämpft, und das könnte noch andauern. Euch durch diese Auseinandersetzungen hinzubringen wird schwierig genug, aber wenn am Hafen noch immer gekämpft wird, kann ich für nichts garantieren. Und wie ich Euch auf ein Schiff bringen soll, das sich in den Händen von Weißmänteln befindet – da habe ich nicht die geringste Ahnung …« Er atmete langgezogen aus und rieb sich mit dem Rücken einer vernarbten Hand den Schweiß von der Stirn. Seinem Gesicht war deutlich die Mühe anzusehen, die ihm eine so lange Rede ohne jedes Fluchen bereitet hatte.

Nynaeve hätte möglicherweise ihren Kommentar dazu auf der Zunge gehabt, wäre sie nicht zu verblüfft gewesen, um ein Wort herauszubringen. Das mußte ein Zufall sein! *Licht, ich habe wohl gesagt, ich würde alles für ein Schiff tun, aber das habe ich nicht damit gemeint. Nicht das!* Sie wußte nicht, warum Elayne und Birgitte sie so ausdruckslos, aber intensiv anblickten. Sie waren über alles informiert gewesen, und keine von beiden hatte diese Möglichkeit auch nur erwähnt. Die drei Männer tauschten besorgte Blicke. Offensichtlich war ihnen klar, daß etwas vorging, und doch hatten sie keine Ahnung, was wirklich los war – dem Licht sei Dank! Viel besser, wenn sie nicht alles wußten. Es konnte einfach nur ein Zufall sein.

Auf gewisse Weise war sie froh, ihre Aufmerksamkeit nun auf einen anderen Mann konzentrieren zu können, der zwischen den Wohnwagen hindurch auf sie zukam, denn das gab ihr eine Gelegenheit, den Blicken Elaynes und Birgittes auszuweichen. Andererseits ließ der Anblick Galads ihr Herz sinken und weckte Beklemmungen.

Er war in einfaches Braun gekleidet und trug eine Samtkappe statt des weißen Umhangs und des glänzenden Harnisches. Nur das Schwert hing nach wie vor an seiner Seite. Er hatte sie bisher noch nicht im Lager besucht, und sein Gesicht erregte auch hier Aufsehen. Muelin trat unbewußt einen Schritt auf ihn zu, und die beiden schlanken Akrobatinnen beugten sich mit offenen Mündern vor. Die Chavanas waren offensichtlich vergessen und machten dementsprechend saure Mienen. Sogar Clarine strich ihr Kleid glatt, während sie ihn beobachtete, bis Petra die Pfeife aus dem Mund nahm und irgend etwas sagte. Dann ging sie hinüber zu ihm. Er lachte und legte sein Gesicht an ihren voluminösen Busen. Doch ihr Blick folgte über den Kopf ihres Gatten hinweg immer noch Galad.

Nynaeve war nicht in der Stimmung, sich von einem hübschen Gesicht ablenken zu lassen. Ihr Atmen beschleunigte sich diesmal kaum. »Ihr wart das, nicht wahr?« fuhr sie ihn an, bevor er sie noch erreicht hatte. »Ihr habt das Schiff besetzt, ja? Warum?«

»Die *Wasserschlange?*« Er blickte sie ungläubig an. »Aber Ihr habt mich doch gebeten, Euch die Passage auf dem ersten Schiff zu ermöglichen!«

»Ich habe Euch aber nicht gebeten, einen Aufruhr zu verursachen!«

»Einen Aufruhr?« warf Elayne ein. »Einen Bürgerkrieg. Eine Invasion. Und alles begann dieses Schiffes wegen.«

Galad blieb gelassen. »Ich habe Nynaeve mein Wort gegeben, Schwester. Meine oberste Pflicht ist, Dich sicher auf den Weg nach Caemlyn zu bringen. Und Nynaeve natürlich. Die Kinder des Lichts hätten ohnehin früher oder später gegen diesen Propheten antreten müssen.«

»Hättet Ihr uns nicht einfach mitteilen können, daß dieses Schiff eingelaufen ist?« fragte Nynaeve resignierend. Männer und ihr Wort. Manchmal war das ja bewundernswert, aber sie hätte darauf hören sollen, als Elayne sagte, er werde grundsätzlich das tun, was er für richtig hielt, gleich, wen er damit traf.

»Ich weiß nicht, wofür der Prophet dieses Schiff wollte, aber ich bezweifle, daß er es brauchte, um Euch flußabwärts zu befördern.« Nynaeve zuckte zusammen. »Außerdem habe ich den Kapitän für Eure Passage bezahlt, während er noch seine Ladung löschte. Eine Stunde später kam einer der beiden Männer, die ich zurückgelassen hatte, um sicherzugehen, daß er nicht ohne Euch ablegte, zu mir und berichtete, der andere Mann sei tot und der Prophet habe das Schiff besetzen lassen. Ich verstehe gar nicht, wieso Ihr euch so aufregt. Ihr wolltet ein Schiff haben, brauchtet ein Schiff, und ich habe Euch eines besorgt.« Mit gerunzelter Stirn wandte er sich an Thom und Juilin. »Was ist mit ihnen los? Warum sehen sie sich so eigenartig an?«

»Frauen«, sagte Juilin einfach, und dafür klatschte ihm Birgitte mit der Hand auf den Hinterkopf. Er starrte sie zornig an.

»Diese Bremsen stechen ganz bösartig.« Sie grinste, und sein Blick wurde unsicher, während er seinen Hut zurechtrückte.

»Wir können hier noch den ganzen Tag herumsitzen und uns über das Für und Wider streiten«, sagte Thom trocken, »oder uns an Bord dieses Schiffes begeben. Die Passage wurde bezahlt, und den Preis dafür kann man ohnehin nicht mehr ändern.«

Nynaeve zuckte erneut zusammen. Wie er das auch gemeint haben mochte, sie wußte jedenfalls nur zu genau, wie *sie* es verstand.

»Es mag Schwierigkeiten geben, wenn wir zum Fluß hinübergehen«, sagte Galad. »Ich habe diese Kleidung angelegt, weil die Kinder des Lichts im Augenblick in Samara nicht sehr beliebt sind, aber der Mob stürzt sich möglicherweise auf jeden.« Er betrachtete Thom mit seinem weißen Haar und dem langen, weißen Schnurrbart zweifelnd und Juilin mit wenig mehr Zutrauen. Selbst in diesem Zustand seiner Kleidung wirkte der Tairener hart genug, Pfosten in den Boden zu schlagen. Dann wandte er sich Uno zu. »Wo ist Euer Freund? Ein weiteres Schwert könnte nützlich sein, bis wir meine Männer erreicht haben.«

Unos Lächeln wirkte schurkisch. Zwischen den beiden knisterte es noch genauso wie bei ihrem ersten Zusammentreffen. »Er ist in der Gegend. Und vielleicht noch ein oder zwei andere. Ich bringe sie schon heil zum Schiff, egal, ob Eure Weißmäntel es solange halten können oder nicht.«

Elayne öffnete den Mund, doch Nynaeve kam ihr schnell zuvor. »Das reicht jetzt, Ihr beiden!« Elayne hätte lediglich versucht, sie wieder auf ihre honigsüße Art zu besänftigen. Das hätte vielleicht sogar gewirkt, aber sie mußte jetzt auf irgend etwas oder irgend jemanden einprügeln und sich abreagieren. »Wir müssen jetzt schnell handeln.« Sie hätte sich ja vorher überlegen können, was geschehen würde, wenn sie zwei Verrückte auf das gleiche Ziel ansetzte und beide es gleichzeitig erreichten. »Uno, zieht den Rest Eurer Männer zusammen, so schnell es nur möglich ist.« Er versuchte, ihr zu berichten, daß sie bereits jenseits der Menagerie auf sie warteten, doch sie hörte nicht darauf und fuhr einfach fort. Sie waren wirklich verrückt, alle beide! Überhaupt waren alle Männer verrückt! »Galad, Ihr …«

»Alles auf und die Wagen bereitmachen!« Lucas Ruf unterbrach ihren Redeschwall. Er humpelte zwischen den Wagen hindurch. Die eine Seite seines Gesichts war geschwollen und blutunterlaufen. Der rote Umhang war beschmutzt und eingerissen. Wie es schien, waren Thom und Juilin nicht die einzigen gewesen, die einen Stadtausflug unternommen hatten. »Brugh, lauf und sage den Pferdeknechten, sie sollen anspannen! Wir müssen die Umzäunung zurücklassen.« Bei diesen Worten verzog er bedauernd das Gesicht. »Ich will in weniger als einer Stunde unterwegs sein! Andaya, Kuan, holt Eure Schwestern raus! Weckt alle, die noch schlafen, und falls sie sich gerade waschen, sagt ihnen, sie sollen sich sofort anziehen oder nackend mitkommen! Beeilt Euch, außer Ihr wollt Euch dem Propheten anschließen und nach Amadicia mitmarschieren! Chin Akima hat bereits seinen Kopf verloren, genau wie die Hälfte seiner Truppe, und man hat Sillia Cerano und ein Dutzend ihrer Leute ausgepeitscht, weil sie sich zu langsam bewegten. Macht gefälligst!« Als er fertig war, rannte schon jeder außer der Gruppe um Nynaeves Wagen aufgeregt im Lager umher.

Luca humpelte etwas langsamer, als er sich ihnen näherte, wobei er Galad mißtrauisch beäugte. Und ebenso Uno, obwohl er den Einäugigen schon zweimal zuvor gesehen hatte. »Nana, ich möchte mit Euch sprechen«, sagte er dann leise. »Unter vier Augen.«

»Wir werden nicht mit Euch kommen, Meister Luca«, sagte sie zu ihm.

»Unter vier Augen«, wiederholte er, packte sie am Arm und zog sie weg.

Sie blickte zurück, um den anderen zu sagen, sie

sollten nicht eingreifen, doch sie merkte schnell, daß dies nicht notwendig war. Elayne und Birgitte eilten bereits auf die Segeltuchumzäunung zu, die sich um die Menagerie zog, und abgesehen von ein paar Seitenblicken auf sie und Luca waren die vier Männer in ihre Unterhaltung vertieft. Sie schnaubte laut. Schöne Männer, die gestatteten, daß eine Frau so herumgeschubst wurde, und nicht eingriffen.

Sie riß ihren Arm los und schritt neben Luca her. Ihr Seidenrock raschelte leise, als wolle er ihre schlechte Laune unterstreichen. »Ich schätze, Ihr wollt Euer Geld haben, nun, da wir Euch verlassen. Also gut, das sollt Ihr bekommen. Einhundert Goldmark. Allerdings bin ich der Meinung, Ihr solltet etwas nachlassen, weil wir Euch ja den Wohnwagen und die Pferde hinterlassen. Und für unsere Arbeit. Wir haben bestimmt mit dafür gesorgt, daß Ihr mehr Zuschauer hattet. Morelin und Juilin mit ihrem Seilakt, ich als lebendige Zielscheibe, Thom …«

»Glaubt Ihr etwa, ich sei hinter dem Gold her, Frau?« fuhr er sie an. »Wenn ich das wollte, hätte ich es an dem Tag verlangt, als wir den Fluß überquerten! Habe ich es verlangt? Habt Ihr euch jemals überlegt, warum ich es nicht verlangte?«

Unwillkürlich trat sie einen Schritt zurück und verschränkte mit strengem Blick die Arme unter dem Busen. Augenblicklich allerdings verwünschte sie diese Geste, denn nun wurde das, was sie so großzügig entblößte, noch mehr betont. Doch stur, wie sie war, ließ sie die Arme dort, wo sie sich nun einmal befanden, denn sie würde nicht zulassen, daß er glaubte, sie sei verwirrt – vor allem deshalb, weil sie es wirklich war. Überraschenderweise sah er gar nicht hin, sondern blickte ihr nur weiter in die Augen. Vielleicht war er krank? Er hatte sonst nie eine Gelegenheit ausgelassen, ihren Busen zu bewundern, und wenn Valan Luca plötzlich weder an Gold noch an ihrem Busen interessiert war ... »Wenn es nicht um das Gold geht, warum wollt Ihr dann mit mir sprechen?«

»Den ganzen Weg über von der Stadt zurück hierher habe ich daran denken müssen«, sagte er bedächtig, als er ihr folgte, »daß Ihr nun wohl endgültig gehen werdet.« Es gelang ihr, nicht noch einen Schritt zurückzutreten, obwohl er nun dicht vor ihr stand und ihr eindringlich in die Augen sah. Wenigstens galt sein Blick immer noch ihren Augen und nicht ... »Ich weiß nicht, wovor Ihr weglauft, Nana. Manchmal möchte ich beinahe Eure Geschichte glauben. Morelin wenigstens hat die Manieren einer Adligen. Aber Ihr wart niemals die Zofe einer Lady. Während der letzten paar Tage habe ich ständig darauf gewartet, daß Ihr beiden Euch auf dem Boden herumwälzt und versucht, Euch gegenseitig die Haare auszureißen. Und Maerion vielleicht auch noch obenauf.« Er mußte etwas in ihrem Gesichtsausdruck entdeckt haben, denn er räusperte sich und fuhr schnell fort: »Der springende Punkt ist doch, daß ich jederzeit jemand anderen finden kann, der sich als Zielscheibe für Maerion zur Verfügung stellt. Ihr schreit wohl so herrlich, daß jeder glauben könnte, Ihr hättet wirklich Angst, aber ...« Wieder räusperte er sich, diesmal noch etwas hastiger, und zog sich ein wenig zurück. »Was ich versuche, Euch zu sagen, ist: Ich möchte gern, daß Ihr bleibt. Es liegt eine weite Welt vor uns, tausend Städte warten auf eine Truppe wie die meine, und was auch hinter Euch her ist, findet Euch bei mir nie. Ein paar der Leute Akimas und diejenigen aus Sillias Truppe, die nicht über den Fluß verschleppt wurden, schließen sich mir an. Valan Lucas Truppe wird die größte und beste, die die Welt jemals gesehen hat.«

»Bleiben? Warum sollte ich wohl bleiben? Ich habe Euch von Anfang an gesagt, wir wollten lediglich nach Ghealdan kommen, und daran hat sich nichts geändert.«

»Warum? Natürlich, um meine Kinder zu tragen.« Er nahm eine ihrer Hände in seine beiden. »Nana, Eure Augen verschlingen meine Seele, Eure Lippen setzen mein Herz in Flammen, Eure Schultern lassen meinen Pulsschlag rasen, Euer …«

Schnell unterbrach sie ihn: »Ihr wollt mich heiraten?« fragte sie ungläubig.

»Heiraten?« Er riß die Augen auf. »Also … äh … ja. Selbstverständlich.« Seine Stimme wurde wieder kräftiger und er drückte ihre Finger auf seine Lippen. »Wir werden in der ersten Stadt heiraten, wo ich das arrangieren kann. Ich habe noch nie einer anderen Frau einen Heiratsantrag gemacht.«

»Das glaube ich gern«, sagte sie mit schwacher Stimme. Es kostete sie einige Mühe, ihre Hand aus seinem Griff zu befreien. »Es ist mir natürlich eine Ehre, Meister Luca, aber …«

»Valan, Nana. Nur Valan.«

»Aber ich muß Eure Bitte ablehnen. Ich bin mit einem anderen verlobt.« Auf gewisse Weise stimmte das sogar. Lan Mandragoran mochte seinen Siegelring vielleicht nur als Geschenk gemeint haben, aber sie sah das anders. »Und ich verlasse Euch.«

»Ich sollte Euch einfach zusammenschnüren und mit forttragen.« Der Schmutz und die Risse störten den Gesamteindruck ein wenig, als er beim Aufrichten sein Cape mit großer Geste spreizte. »Mit der Zeit würdet Ihr diesen Burschen vergessen.«

»Versucht es, und ich werde Uno dazu veranlassen, daß Ihr euch wünscht, lieber wie eine Wurst aufgeschnitten zu werden.« Das nahm dem Kerl jedoch kaum den Wind aus den Segeln. Sie stieß ihm einen Finger hart zwischen die Rippen. »Ihr kennt mich nicht, Valan Luca. Ihr wißt überhaupt nichts von mir. Meine Feinde, die Ihr so ganz nebenbei abtut, würden Euch dazu bringen, selbst Eure Haut abzuziehen und in bloßen Knochen zu tanzen, und Ihr wärt noch dankbar, wenn sie Euch nicht mehr antäten. Also. Ich gehe jetzt, und ich habe keine Zeit, mir Euer Geschwätz noch länger anzuhören. Nein, sagt jetzt nichts mehr! Mein Entschluß steht fest, und Ihr ändert nichts daran. Also könnt Ihr genausogut mit dem Gejammere aufhören.«

Luca seufzte jämmerlich. »Ihr seid die einzige Frau für mich, Nana. Laßt andere Männer auf langweilige Schwätzerinnen mit ihren scheuen Seufzern fliegen. Bei Euch weiß ein Mann, daß er durchs Feuer schreiten und mit bloßen Händen eine Löwin zähmen muß, sobald er sich Euch nähert. Jeder Tag ein Abenteuer, und jede Nacht…« Sein Lächeln brachte ihm beinahe einen Nasenstüber ein. »Ich werde Euch wiederfinden, Nana. Und dann erwählt Ihr mich. Das weiß ich tief in meinem Innersten.« Er schlug sich mit dramatischer Geste auf die Brust und ließ sein Cape erneut noch etwas auffälliger wirbeln. »Und auch Ihr wißt das, meine liebste Nana. In Eurem tiefsten Herzen wißt Ihr es.«

Nynaeve wußte nicht, ob sie den Kopf schütteln oder mit offenem Mund gaffen solle. Die Männer waren wirklich verrückt. *Alle* Männer.

Er bestand darauf, sie zum Wagen zurückzubegleiten, wobei er ihren Arm nahm, als befänden sie sich auf einem Ball.

Elayne ertappte sich dabei, daß sie in sich hineinfluchte, passend zu dem Durcheinander der Pferdeknechte, die zu ihren Gespannen eilten, und dem Geschrei der Menschen, dem Wiehern der Pferde, dem Brummen der Bären und dem Fauchen der Leoparden. Nynaeve sollte nur noch einmal eine Bemerkung fallen lassen, daß sie schamlos ihre Beine herzeige! Sie hatte gesehen, wie sich dieses Weib spreizte, als Valan Luca auftauchte. Und schwer geatmet hatte sie auch. Genauso übrigens auch bei Galad. Es war ja nicht so, daß sie besonders *gern* Hosen trug. Sicher, sie waren bequem und kühler als Röcke. Ihr war sehr wohl klar, wieso Min am liebsten Männerkleidung trug. Beinahe jedenfalls. Natürlich mußte sie das dumme Gefühl erst einmal überwinden, ihre Jacke sei in Wirklichkeit ein Kleid, das kaum ihre Hüften bedeckte. Soweit war sie immerhin schon gekommen. Nicht, daß sie das Nynaeve wissen lassen wollte. Nicht bei deren spitzer Zunge. Ihr hätte doch klar sein müssen, daß Galad der Preis vollkommen gleichgültig war, wenn er nur sein Versprechen hielt. Sie hatte ihr doch oft genug gesagt, wie Galad sich verhielt. Und dann auch noch den Propheten einzuspannen! Nynaeve handelte, ohne darüber nachzudenken, was sie anrichten konnte.

»Hast du etwas gesagt?« fragte Birgitte. Sie hatte ihren Rock gerafft und über ihren Arm gelegt, um mithalten zu können, und entblößte so völlig schamlos ihre Beine – von den blauen Brokatpantoffeln bis ein gutes Stück *über* die Knie. Diese durchsichtigen Seidenstrümpfe verbargen lange nicht soviel wie die Hose.

Elayne blieb auf der Stelle stehen. »Was hältst du von meiner Bekleidung?«

»Man kann sich darin gut bewegen«, sagte die andere Frau unverbindlich. Elayne nickte. »Natürlich ist es gut, daß dein Hintern nicht so fett ist, so eng, wie diese …«

Elayne schritt wild aus und zupfte an ihrer Jacke herum. Sie wurde aber nicht länger davon.

Nynaeves spitze Zunge war auch nicht schlimmer als die Birgittes. Sie hätte von ihr eigentlich einen Gehorsamseid verlangen sollen, oder wenigstens, daß sie immer den nötigen Respekt zeige. Daran würde sie denken müssen, sobald es an der Zeit war, sich Rand zuschwören zu lassen. Als Birgitte sie mit saurer Miene einholte, als sei *sie* es, deren Geduld bis zum Zerreißen strapaziert wurde, sprach keine von beiden ein weiteres Wort.

In ihr grünes, mit aufgenähten Münzen geschmück-

tes Kleid gehüllt, benützte die hellblonde Seanchanfrau den Stachelstock, um den riesigen *S'redit*-Bullen zu lenken, der den schweren Wagen mit dem Löwenkäfig vor sich herschob. Ein Pferdeknecht mit schäbiger Lederweste hielt die Deichsel des Wagens und steuerte ihn hinüber zu einem Fleck, an dem die Pferde bequem angespannt werden konnten. Der Löwe schlich in seinem Käfig auf und ab, schlug gelegentlich mit seinem Schweif und fauchte einige Male heiser.

»Cerandin«, sagte Elayne, »ich muß mit Euch sprechen.«

»Einen Augenblick, Morelin.« Ihre Aufmerksamkeit galt ganz dem mit gewaltigen Stoßzähnen bewehrten grauen Tier, und ihre schleppende Aussprache machte sie für die anderen kaum verständlich. »Jetzt gleich, Cerandin. Wir haben nur noch wenig Zeit.«

Doch die Frau ließ den *S'redit* nicht anhalten und umdrehen, bis der Pferdeknecht ihr zurief, der Wagen stehe jetzt richtig. Dann sagte sie ungeduldig: »Was wollt Ihr, Morelin? Ich habe noch viel zu tun. Außerdem würde ich mich gern umziehen; dieses Kleid ist nicht für eine Reise geeignet.« Das Tier stand geduldig wartend hinter ihr.

Elayne verzog leicht den Mund. »Wir reisen ab, Cerandin.«

»Ja, ich weiß. Der Aufruhr. Solche Dinge sollte man nicht zulassen. Falls dieser Prophet glaubt, er könne uns etwas antun, wird er erleben, was Mer und Sanit fertigbringen.« Sie wandte sich um und kratzte Mers runzlige Schulter mit ihrem Dornenstab.

Daraufhin berührte er ihre Schulter mit seiner langen Nase. Einen ›Rüssel‹ nannte Cerandin das. »Manche benützen lieber *Lopar* oder *Grolm* in der Schlacht, aber wenn man *S'redit* richtig einsetzt…«

»Seid ruhig und hört zu«, sagte Elayne energisch. Es kostete Mühe, die Würde zu wahren, wenn ihr die Seanchanfrau so ablenkend antwortete und Birgitte mit verschränkten Armen danebenstand. Sie war sicher, Birgitte lauere nur auf die nächste Gelegenheit, eine beißende Bemerkung loszuwerden. »Ich meine nicht die Truppe. Ich meine mich selbst und Nana und Euch. Wir begeben uns noch heute morgen auf ein Schiff. In ein paar Stunden werden wir uns für immer außerhalb des Machtbereichs des Propheten befinden.«

Cerandin schüttelte bedächtig den Kopf. »Nur wenige Flußschiffe könnten *S'redit* befördern, Morelin. Und selbst, wenn Ihr eines habt, das geeignet ist: Was würden wir danach tun? Ich glaube nicht, daß ich auf eigene Faust soviel verdienen könnte wie bei Meister Luca, nicht einmal, wenn Ihr auf dem Seil tanzt und Maerion ihre Pfeile abschießt. Und ich denke, Thom würde wohl jonglieren. Nein. Nein, es ist besser, wir bleiben alle bei der Truppe.«

»Die *S'redit* müssen wir zurücklassen«, gab Elayne zu. »Doch ich bin sicher, daß Meister Luca gut für sie sorgen wird. Wir werden nicht auftreten, Cerandin. Das ist nicht mehr notwendig. Wo ich hingehe, gibt es Frauen, die gern erfahren würden...« Sie war sich des Pferdeknechts bewußt, eines schlaksigen Burschen mit einer unglaublich dicken Nase, der nahe genug stand, um zu lauschen. »... wo Ihr herkommt. Viel mehr noch, als Ihr uns bereits berichtet habt.« Nein, er lauschte nicht. Er starrte abwechselnd lüstern Birgittes Busen und *ihre* Beine an. Sie blickte ihn streng an, bis sein freches Grinsen verflog und er wieder zu seinen Pflichten eilte.

Cerandin schüttelte wieder den Kopf. »Ich soll Mer und Sanit und Nerin zurücklassen, wo sie von Männern versorgt werden, die sich davor fürchten, sich ihnen überhaupt zu nähern? Nein, Morelin. Wir bleiben bei Meister Luca. Ihr auch. Es ist viel besser so. Denkt Ihr noch daran, wie kaputt Ihr wart an dem Tag Eurer Ankunft? Ihr wollt doch nicht, daß es wieder so wird!«

Elayne holte tief Luft und trat näher an sie heran. Niemand außer Birgitte war nahe genug, um zu lauschen, doch sie wollte kein überflüssiges Risiko eingehen. »Cerandin, mein wirklicher Name ist Elayne aus dem Hause Trakand, Tochter-Erbin von Andor. Eines Tages werde ich Königin von Andor sein.«

Soweit sie sich an das Verhalten dieser Frau am ersten Tag erinnerte, und noch mehr, weil sie ihnen so viel über die Seanchan berichtet hatte, sollte das ausgereicht haben, um jeden Widerstand zu ersticken. Statt dessen blickte ihr Cerandin fest in die Augen. »Ihr habt behauptet, eine Lady zu sein, als Ihr ankamt, aber ...« Sie schürzte die Lippen und musterte Elaynes Hosen. »Ihr seid eine sehr gute Seiltänzerin, Morelin. Mit einiger Übung könnt Ihr eines Tages gut genug sein, um Eure Kunst vor der Kaiserin zu zeigen. Jeder hat seinen Platz und jeder gehört auch an seinen Platz.«

Einen Augenblick lang bewegte sich Elaynes Mund, ohne daß sie ein Wort herausbrachte. Cerandin glaubte ihr nicht! »Ich habe genug Zeit verschwendet, Cerandin.«

Sie faßte nach dem Arm der Frau, um sie mitzuschleifen, falls es notwendig war, doch Cerandin fing ihre Hand ab, drehte, und nach einem Schmerzensschrei fand sich Elayne mit aufgerissenen Augen auf Zehenspitzen wieder und fragte sich, ob zuerst ihr Handgelenk brechen oder ihr der Arm aus der Schulter gerissen würde. Birgitte stand einfach da, die Arme unter dem Busen verschränkt, und besaß tatsächlich die Frechheit, eine Augenbraue fragend zu heben!

Elayne knirschte mit den Zähnen. Sie würde nicht um Hilfe bitten. »Laßt mich los, Cerandin!« befahl sie und wünschte sich, es klänge nicht so atemlos. »Ich sagte, Ihr sollt mich loslassen!«

Cerandin ließ sie einen Augenblick später tatsächlich los und trat mißtrauisch zurück. »Ihr seid eine Freundin, Morelin, und werdet es immer bleiben. Eines

Tages könntet Ihr vielleicht sogar eine Lady sein. Ihr habt die richtigen Manieren, und falls Ihr die Aufmerksamkeit eines Lords erregt, nimmt er Euch möglicherweise als eine seiner *Asa* an. *Asa* werden gelegentlich zu Ehefrauen. Geht mit dem Licht, Morelin. Ich muß mit meiner Arbeit fertig werden.« Sie hielt Mer den Stachelstock hin, und er ringelte seinen Rüssel darum. Das große Tier ließ sich von ihr gemächlich wegführen.

»Cerandin!« sagte Elayne in scharfem Ton. »Cerandin!« Die hellblonde Frau blickte nicht einmal zurück. Elayne funkelte Birgitte an. »Du warst mir eine große Hilfe«, grollte sie. Dann stolzierte sie davon, bevor die andere antworten konnte.

Birgitte holte sie ein und trat an ihre Seite. »Dem nach, was ich hörte und was ich sah, hast du dir große Mühe gegeben und viel Zeit darauf verwandt, der Frau beizubringen, daß sie Rückgrat hat. Hast du erwartet, daß ich dir helfe, ihr das wieder zu nehmen?«

»Das habe ich doch überhaupt nicht beabsichtigt«, knurrte Elayne. »Ich wollte doch für sie sorgen. Sie ist weit weg von zu Hause, eine Fremde, wohin sie sich auch wendet, und es gibt einige, die sie nicht gerade freundlich behandeln würden, wüßten sie, woher sie kommt.«

»Sie scheint mir sehr wohl in der Lage, selbst für sich zu sorgen«, sagte Birgitte trocken. »Aber vielleicht hast du der Frau auch das beigebracht? Vielleicht war sie hilflos, bevor du sie fandest?« Elaynes wütender Blick glitt von ihr ab wie Eis von warmem Stahl.

»Du bist bloß dagestanden und hast zugeschaut. Dabei solltest du doch meine ...« sie sah sich schnell um. Es war nur ein kurzer Blick, aber mehrere der Pferdeknechte wandten hastig die Gesichter ab. »... meine Behüterin sein. Ich erwarte von dir, daß du mich beschützt, wenn ich die Macht nicht benützen kann.«

Auch Birgitte blickte sich um, doch unglücklicherweise befand sich niemand nahe genug, um sie vom Sprechen abzuhalten. »Ich werde dich verteidigen, wenn du dich in Gefahr befindest, aber wenn die Gefahr nur darin besteht, daß dich jemand übers Knie legt, weil du dich wie ein ungezogenes Kind benommen hast, muß ich entscheiden, ob es nicht besser ist, wenn du eine Lektion erhältst, die dir vielleicht zu einer anderen Zeit Schlimmeres erspart. Ihr zu sagen, daß du einen Thron erben wirst! Also wirklich! Wenn du Aes Sedai werden willst, solltest du besser damit anfangen, zu üben, wie man sich um die Wahrheit herumdrückt, und nicht, wie man plump lügt.«

Elayne riß Augen und Mund auf. Erst, als sie über die eigenen Füße stolperte, brachte sie endlich heraus: »Aber es stimmt doch!«

»Wenn du es sagst«, sagte Birgitte und blickte betont auf die pailettenbestickte Hosen hinab.

Elayne konnte nicht mehr an sich halten. Nynaeve benützte ihre scharfe Zunge zum Sticheln, Cerandin war stur wie zwei Maulesel auf einmal, und nun das. Sie warf den Kopf in den Nacken und stieß einen spitzen Schrei aus, in dem all ihre Frustration lag.

Als der Schrei verklang, schien es, als hätten sich alle Tiere schlagartig beruhigt. Die Pferdeknechte standen herum und sahen sie an. Kühl ignorierte sie die Männer. Jetzt ging ihr nichts mehr nahe. Sie war nun eisig ruhig und hatte sich wieder vollkommen im Griff.

»War das ein Hilfeschrei?« fragte Birgitte und hielt den Kopf schief. »Oder hast du Hunger? Ich denke, ich könnte eine Amme auftreiben, um dich zu stillen …«

Elayne stolzierte davon. Ihr Fauchen hätte jedem Leoparden zur Ehre gereicht.

KAPITEL 8

Abschiede

Sobald sie wieder im Wohnwagen war, zog sich Nynaeve ein anderes, ein anständiges Kleid an, wenn auch etwas murrend, weil sie eine Reihe Knöpfe auf dem Rücken wieder aufmachen und eine andere dann aufs neue ohne jede Hilfe zuknöpfen mußte. Das einfache graue Wollkleid, aus feinster Wolle und von gutem Schnitt, konnte nicht als besonders modisch gelten, aber es würde nirgendwo auffallen. Leider war es auch entschieden wärmer. Trotzdem war es ein gutes Gefühl, wieder züchtig gekleidet zu sein. Obwohl – irgendwie fühlte sie sich eigenartig, als trage sie zuviel Kleidung an sich. Das mußte an der Hitze liegen.

Schnell kniete sie vor dem kleinen gemauerten Ofen mit seinem winzigen Schornstein nieder und öffnete die Eisenklappe, um ihre Wertgegenstände herauszuholen.

Bald lag der verdrehte Steinring in ihrer Gürteltasche neben Lans schwerem Siegelring und ihrem eigenen Großen Schlangenring. Der kleine, vergoldete Kasten, in dem die Juwelen lagen, die ihnen Amathera gegeben hatte, kam in die Ledertasche, zusammen mit den Beuteln voll Kräuter, die sie von Ronde Macura in Mardecin mitgenommen hatte, und dem kleinen Tiegel und dem Stößel, mit denen man sie zerstieß. Sie befühlte die Kräuterbeutel, nur um sich besser daran erinnern zu können, was jeder enthielt – von Allheilkraut bis zu der schrecklich schmeckenden Spaltzungenwurzel. Die Kreditbriefe kamen mit hinein und dazu drei der sechs Geldbeutel, keiner davon noch so fett wie vorher. Sie hatte ja schließlich die Reisekosten der Menagerie nach Ghealdan bezahlt. Luca hatte möglicherweise wirklich kein Interesse mehr an seinen hundert Goldmark, aber die Spesen hatte er immer ohne alle Gewissensbisse kassiert. Einer der Briefe, die die Trägerin autorisierte, im Namen der Amyrlin zu handeln, was immer sie auch tat, wanderte zu den Ringen in die Gürteltasche. Kaum mehr als vage Gerüchte über irgendwelche Auseinandersetzungen in Tar Valon waren bis Samara durchgedrungen, und so könnte dieses Dokument trotz Siuan Sanches Unterschrift vielleicht noch einmal nützlich sein. Das dunkle Holzkästchen ließ sie stehen, genau wie die drei übrigen Geldbeutel und den groben Jutesack mit dem *A'dam,* den sie ganz bestimmt nicht anrühren wollte, und auch den silbernen Pfeil, den Elayne in der Nacht ihrer katastrophalen Auseinandersetzung mit Moghedien gefunden hatte, ließ sie daneben liegen.

Einen Augenblick lang sah sie den Pfeil finster an und dachte über das Problem mit Moghedien nach. Es war einfach am besten, alles zu unternehmen, um ein Zusammentreffen mit ihr zu vermeiden. Bestimmt! *Ich habe sie einmal bezwungen!* Und beim zweitenmal war sie wie eine Speckseite in der Küche aufgehängt worden. Wäre Birgitte nicht gewesen … *Sie hat es aus eigenem Antrieb gemacht.* Das hatte die Frau ja selbst behauptet und es stimmte auch. *Ich könnte sie wieder bezwingen. Ich bin mir sicher. Aber sollte ich es nicht schaffen …* Falls sie versagte …

Sie versuchte lediglich, den Waschlederbeutel ganz hinten zu meiden, und das war ihr auch bewußt, doch der Gedanke an den Beutelinhalt war kaum weniger grauenvoll, als daran zu denken, was geschähe, sollte *sie* Moghedien erneut unterliegen. So holte sie schließlich tief Luft, faßte vorsichtig hinein und nahm den Beutel an der Kordel hoch. In diesem Moment wurde ihr klar, daß sie nicht recht gehabt hatte. Das Böse schien über ihre Hand zu schwappen, stärker als je zuvor, als bemühe sich der Dunkle König wirklich und persönlich, das Cuendillar-Siegel drinnen zu brechen. Es war entschieden besser, sich den ganzen Tag über vorzustellen, was geschähe, sollte sie Moghendien tatsächlich unterliegen. Zwischen Gedanken und Realität lag doch ein gewaltiger Unterschied. Es mußte wohl Einbildung sein, denn in Tanchico hatte sie das nicht spüren können, aber trotzdem wünschte sie, Elayne würde das Ding an ihrer Stelle tragen. Oder sie könnte es einfach hierlassen.

Sei nicht so närrisch! befahl sie sich selbst ganz energisch. *Es verschließt das Gefängnis des Dunklen Königs. Mit dir geht einfach deine Phantasie durch.* Und doch ließ sie den Beutel auf das rote Kleid, das Luca für sie hatte anfertigen lassen, fallen wie eine halb verweste Ratte, und dann wickelte sie das Ding gut ein und verschnürte voller Hast das Bündel. Dieses Seidenbündel kam anschließend mitten in ein größeres Bündel Kleider hinein, die sie mitnehmen wollte, und das Ganze hüllte sie letztendlich noch in ihren guten, grauen Reisemantel. Ein paar Fingerbreit Abstand schirmten sie von diesem Gefühl schwärzesten Grauens ab, doch sie empfand das eindeutige Bedürfnis, ihre Hand zu waschen. Wenn sie nur nicht so genau wüßte, daß es sich dort drinnen befand. Es war wirklich idiotisch. Elayne würde sie auslachen und Birgitte vermutlich auch. Und zu Recht.

Tatsächlich ergaben die Kleidungsstücke, die sie mitnehmen wollte, zwei Pakete, und sie bedauerte jedes, das sie zurücklassen mußte. Sogar das tief ausgeschnittene blaue Seidenkleid. Nicht, daß sie so etwas jemals wieder tragen wollte, und sie hatte gewiß nicht vor, das rote Kleid auch nur zu berühren, bevor sie es in Salidar einer Aes Sedai übergab, aber sie konnte es nicht lassen, die Kosten all dieser Dinge – Pferde, Wagen und Kleider – im Kopf zu addieren, die sie seit dem

Verlassen Tanchicos hatten tragen müssen. Und natürlich die Kutsche und die Fässer mit Textilfarben. Selbst Elayne hätte davon Bauchschmerzen bekommen, aber die dachte wohl an so etwas einfach nicht. Diese junge Frau glaubte wahrscheinlich, es wären immer neue Münzen vorhanden, wenn sie nur in ihren Geldbeutel griff.

Sie war noch dabei, das zweite Bündel zu packen, als Elayne wiederkam und schweigend ein blaues Seidenkleid anzog. Schweigend, außer ein paar Flüchen, wenn sie sich die Arme nach hinten verrenken mußte, um die Knöpfe zu schließen. Nynaeve hätte ja geholfen, wenn sie darum gebeten worden wäre, aber da Elayne nicht daran dachte, musterte sie lediglich den Körper der anderen Frau beim Umziehen, ob sie irgendwelche Schrammen aufwies. Sie glaubte, Elayne nur wenige Minuten vor ihrer Rückkehr aufschreien gehört zu haben, und falls sie und Birgitte sich tatsächlich geschlagen hatten… Sie war nicht unbedingt froh darüber, keine Schrammen vorzufinden. Auf einem Flußschiff würde es im Grunde genauso eng zugehen wie in diesem Wohnwagen, und es würde noch schlimmer werden, wenn sich die beiden Frauen gegenseitig an die Kehle gingen. Und so hätte es vielleicht geholfen, wenn beide bereits hier etwas von ihrer scheußlichen Laune abreagiert hätten.

Elayne sagte kein Wort, während sie ihre eigenen Habseligkeiten zusammenpackte. Sie antwortete nicht einmal, als Nynaeve ganz freundlich fragte, wohin sie denn zuvor wie angeschossen gerast sei. Die Frage brachte Nynaeve lediglich ein gehobenes Kinn und einen eisigen Blick ein, als glaube dieses Kind, es säße bereits auf dem Thron ihrer Mutter.

Elaynes Schweigen konnte manchmal mehr sagen als viele Worte. Als sie nur noch drei Geldbeutel vorfand, hielt sie kurz inne, bevor sie sie in die Hand nahm, und in dieser Zeit sank die Temperatur im

Wohnwagen spürbar. Dabei stellten die drei genau ihren Anteil dar. Nynaeve hatte ihre Nörgelei darüber satt, wie sie das Geld ausgab oder nicht. Sollte sie doch selbst sehen, wie die Münzen abnahmen. Vielleicht sah sie dann endlich ein, daß sie möglicherweise einige Zeit mittellos auskommen mußten. Als Elayne allerdings entdeckte, daß auch der Ring weg war und lediglich der dunkle Kasten noch dastand …

Elayne hob den Kasten an und öffnete den Deckel. Sie schürzte die Lippen, als sie den Inhalt betrachtete, nämlich die beiden anderen *Ter'Angreal,* die sie den ganzen Weg von Tear her mitgenommen hatten. Eine kleine Eisenscheibe, auf deren Seiten jeweils eine enge Spirale eingraviert war, und eine schmale Spange, etwa zehn Fingerbreit lang, anscheinend aus Bernstein, doch härter als Stahl, in deren Innerem auf irgendeine Art die kleine Figur einer schlafenden Frau eingelassen worden war. Jedes von beiden konnte man benützen, um *Tel'aran'rhiod* zu betreten, doch es war nicht so leicht und bequem wie mit Hilfe des Rings. Man mußte ein Gewebe aus dem Element Geist knüpfen, der einzigen der Fünf Mächte, die im Schlaf benützt werden konnte. Nynaeve war es nur recht und billig vorgekommen, wenn sie die beiden Elayne überließ, da sie selbst ja den Ring in Verwahrung genommen hatte. Elayne knallte den Kasten beinahe zu, blickte sie völlig ausdruckslos an und steckte ihn dann neben den silbernen Pfeil in eines ihrer Bündel. Ihr Schweigen war entsetzlich laut.

Auch Elayne packte zwei Bündel, doch ihre waren größer. Sie ließ nichts zurück außer den paillettenbestickten Jacken und Hosen. Nynaeve hielt sich zurück; am liebsten hätte sie gefragt, ob Elayne diese übersehen habe. Das konnte ja durchaus passieren, wenn man so schmollte. Aber *sie* wußte ja schließlich, wie man Harmonie erzeugt, also ließ sie es bleiben. Sie beschränkte sich auf ein Schnauben, als Elayne betont den *A'dam* mit in eines ihrer Bündel steckte, doch der Blick, den sie dafür zurückbekam, sagte ihr, daß jeder ihrer möglichen Einwände wohl verstanden worden war. Als sie schließlich den Wohnwagen verließen, hätte man das Schweigen in Stücke hauen und zum Kühlen von Wein benutzen können.

Draußen standen die Männer schon bereit. Und sie waren ziemlich knurrig und warfen ihr und Elayne ungeduldige Blicke zu. Das war ja wohl kaum fair. Galad und Uno hatten nichts vorbereiten müssen. Thoms Flöte und Harfe hingen in ihren Lederbehältern auf seinem Rücken neben einem kleinen Bündel, und Juilin, dessen schartiger Schwertfänger an seinem Gürtel hing, während er sich auf seinen mannshohen Kampfstock stützte, hatte sich ebenfalls nur ein noch kleineres Bündel – sauber verschnürt – umgehängt. Männer waren ja immer bereit, die gleichen Kleider so lange zu tragen, bis sie ihnen am Leib zerfielen.

Natürlich stand auch Birgitte bereit, den Bogen in der Hand, den Köcher an der Seite und ein in den Umhang gehülltes Bündel, das nicht viel kleiner war als eines von Elayne, vor den Füßen. Nynaeve hielt es bei Birgitte durchaus für möglich, daß sie Lucas Kleider eingepackt hatte, aber was sie mittlerweile angezogen hatte, ließ sie doch stutzen. Ihr weiter Hosenrock hätte beinahe der sein können, den sie in *Tel'aran'rhiod* angehabt hatte, nur war er eher golden als gelb, und die Hosenbeine waren an den Knöcheln nicht zugebunden. Die blaue Jacke war vom gleichen Schnitt, wie sie sie in der Welt der Träume getragen hatte.

Das Rätsel, wo sie die Kleider herbekommen hatte, löste sich von selbst, als Clarine herbeieilte und hervorsprudelte, sie habe viel zu lange gebraucht, na, und jedenfalls hatte sie zwei weitere Hosenröcke und eine Jacke dabei, die schnell zusammengelegt in Birgittes Bündel wanderten. Sie blieb noch etwas und beteuerte, wie leid es ihr täte, daß sie die Truppe verließen, und sie war auch keineswegs die einzige, die sich trotz der Hetze, der Packerei und Anspannerei ein paar Augenblicke Zeit nahm, um sich zu verabschieden. Aludra kam und wünschte ihnen eine sichere Reise, wohin sie sie auch führen mochte, und das in ihrem kräftigen Taraboner Dialekt. Und sie brachte ihnen zwei weitere Schächtelchen mit ihren Feuerstöckchen. Nynaeve steckte sie seufzend in ihre Umhängetasche. Sie hatte die anderen absichtlich zurückgelassen, und Elayne hatte sie schließlich hinter einen Sack Bohnen auf ein Regalbrett geschoben, als sie glaubte, Nynaeve sehe nicht her. Petra bot ihnen an, zu ihrem Schutz bis zum Fluß mitzukommen. Er gab vor, den besorgten Blick seiner Frau nicht zu bemerken. Dasselbe boten ihnen die Chavanas an und Kin und Bari, die Jongleure, aber als Nynaeve ihnen versicherte, das sei nicht nötig, konnten sie im Gegensatz zu Petra, der besorgt die Stirn runzelte, ihre Erleichterung kaum verbergen. Sie mußte schnell antworten, den Galad und die anderen Männer machten den Eindruck, als hätten sie nichts dagegen, die Angebote zu akzeptieren. Überraschenderweise erschien sogar Latelle kurz, sagte ihnen ein paar bedauernde Worte, lächelte, und ihre Augen sagten, sie werde ihnen sogar die Bündel tragen, wenn sie nur recht schnell verschwänden. Nynaeve war überrascht, daß Cerandin nicht auftauchte, aber andererseits war sie auch recht froh darüber. Vielleicht kam ja Elayne mit der Frau ganz wunderbar zurecht, aber seit dem Zwischenfall, als sie von ihr angegriffen worden war, fühlte sich Nynaeve ganz und gar nicht wohl in ihrer Haut, wenn diese Frau sich in ihrer Nähe befand, und vielleicht besonders deshalb, weil Cerandin sich äußerlich nicht das Geringste anmerken ließ.

Luca selbst kam als letzter und drückte Nynaeve eine Handvoll armseliger, durch die lange Dürre zwergenwüchsiger Wildblumen in die Hand. Das Licht allein mochte wissen, wo er die gepflückt hatte. Dazu schwor er ihr unsterbliche Liebe, pries ihre Schönheit in blumigen Worten und gelobte dramatisch, sie wiederzufinden, und wenn er durch die ganze Welt ziehen müsse. Sie war sich nicht im klaren darüber, was von alledem ihre Wangen heißer erglühen ließ, doch ihr eisiger Blick ließ das Grinsen blitzschnell wieder von Juilins Gesicht verschwinden und genauso das Erstaunen in Unos Miene. Was Thom und Galad davon hielten, war unklar, denn sie waren weise genug, ihre Gesichter nicht einmal andeutungsweise zu verziehen. Sie brachte es nicht über sich, Elayne und Birgitte anzusehen.

Das Schlimmste daran war: Sie mußte dastehen und zuhören, während die welken Blumen ihre Köpfchen auf ihre Hand fallen ließen und ihr Gesicht immer heftiger errötete. Hätte sie versucht, ihn mit heißen Ohren wegzuschicken, dann hätte ihn das vermutlich nur zu um so größeren Anstrengungen inspiriert und damit den anderen noch mehr Wasser auf die Mühlen geliefert. Sie hätte fast erleichtert aufgeatmet, als dieser idiotische Mann sich endlich unter vielen Verbeugungen und mit gekünstelt gespreiztem Cape zurückzog.

Sie behielt die Blumen in der Hand und setzte sich an die Spitze der Gruppe, damit sie deren Gesichter nicht sehen mußte. Zornig schubste sie die Bündel zurecht, wenn sie verrutschten. Kaum befanden sie sich außer Sichtweite der Wohnwagen, die vor der Segeltucheinzäunung standen, warf sie die welken Blumen derart vehement zu Boden, daß Ragan und der Rest der grob gekleideten Schienarer, die auf halbem Weg von der Menagerie zur Straße auf dem Gras der Wiese hockten, erstaunte Blicke tauschten. Jeder von ihnen trug ein Deckenbündel auf dem Rücken, natürlich nur ein kleines, gleich neben dem Schwert, doch sie hatten sich so viele Wasserbehälter umgehängt, daß sie damit tagelang auskommen konnten. Jeder dritte Mann hatte sich außerdem irgendwo einen Kessel oder Kochtopf angehängt. Gut. Wenn sie schon etwas kochen mußten, sollten sie es doch tun! Sie wartete nicht darauf, daß sie zu einem Entschluß kamen, ob man sich ihr nähern dürfe, sondern stolzierte allein auf die Lehmstraße hinaus.

Valan Luca war natürlich der Grund für ihre Wut. Daß er sie so demütigen mußte! Sie hätte ihm am liebsten jetzt noch eins über den Schädel verpaßt. Zum Dunklen König mit ihm! Aber auch Lan Mandragoran war Ziel ihres Zorns. Lan hatte ihr noch nie Blumen geschenkt. Nicht, daß es eine Rolle gespielt hätte. Er hatte seine Liebe in sehr viel tieferen und gefühlvolleren Worten ausgedrückt, als es Valan Luca je fertigbringen würde. Sie hatte das, was sie Luca gesagt hatte, durchaus wörtlich gemeint. Und wenn Lan sagte, er würde sie wegschleppen, dann brächte keine Drohung ihn davon ab. Selbst mit Hilfe der Macht könnte sie ihn dann nur noch davon abbringen, wenn sie schneller war als er mit seinen Küssen, die ihr Hirn und ihre Beine so weich werden ließen, daß sie weder denken noch weglaufen konnte. Trotzdem wären Blumen nett gewesen. Auf jeden Fall netter als ewige Erklärungen, warum ihre Liebe nicht sein konnte und durfte. Männer und Ihr Ehrenwort! Männer und ihre *Ehre!* Mit dem Tod verheiratet sei er, ja? Er und sein persönlicher Krieg gegen den Schatten! Er würde leben, und er würde sie heiraten, und falls er in irgendeinem Punkt anderer Meinung war, würde sie ihm den Kopf schon zurechtrücken. Da war eben nur dieses kleine Problem mit seiner Bindung an Moiraine. Ach, sie hätte am liebsten laut losgeheult!

Sie war schon hundert Schritt weit auf der Lehmstraße gelaufen, bis die anderen sie endlich einholten. Elayne warf ihr einen Seitenblick zu und schnaubte lautstark, während sie mit den beiden großen, immer wieder verrutschenden Bündeln auf ihrem Rücken kämpfte. Sie mußte ja auch wieder alles mitnehmen!

Birgitte schritt neben ihr und tat so, als führe sie Selbstgespräche, doch sie knurrte durchaus hörbar etwas von Frauen, die wegrannten wie die Carpanmädchen, die von einer Klippe springen wollten. Nynaeve ignorierte beide gleichermaßen.

Die Männer verteilten sich um sie herum – Galad vorn, flankiert von Thom und Juilin, und die Schienarer in zwei Reihen zu ihrer Rechten und Linken. Mißtrauische Augen suchten jeden verwelkten Strauch und jede kleine Mulde zu beiden Seiten nach möglichen Gefahren ab. Nynaeve kam sich schon ein bißchen töricht vor, wie sie da mitten zwischen ihnen einherstolzierte. Man hätte denken können, sie erwarteten jeden Moment, daß sich ein ganzes Heer vom Boden erhob, und man hätte sie und die beiden anderen Frauen für ganz und gar hilflos halten können, besonders, als die Schienarer, die schweigend Unos Führung folgten, auch noch die Schwerter zogen. Warum eigentlich, wo doch kein einziges menschliches Wesen zu sehen war; selbst die Hüttendörfer vor der Stadt schienen verlassen. Galads Klinge blieb in der Scheide, aber Juilin hielt seinen daumendicken Stab kampfbereit in der Hand, anstatt ihn als Spazierstock zu benützen. In Thoms Händen tauchten plötzlich Messer auf und verschwanden wieder, als sei er sich dessen gar nicht bewußt. Sogar Birgitte legte einen Pfeil auf. Nynaeve schüttelte den Kopf. Die Schläger mußten schon sehr tapfer sein, die sich in Reichweite der Waffen dieser Gruppe begaben.

Dann erreichten sie Samara, und sie begann sich zu wünschen, sie hätte das Angebot Petras und der Chavanas akzeptiert und jeden zu ihrem Schutz mitgenommen, der sich anbot.

Das Tor stand offen und war unbewacht, und über die graue Stadtmauer quollen sechs schwarze Rauchsäulen in den Himmel. Die Straßen dahinter waren ruhig. Glasscherben aus eingeschlagenen Fenstern knirschten unter ihren Stiefeln, doch das war das einzige Geräusch, abgesehen von einem entfernten Summen, das klang, als flögen ungeheure Schwärme von Wespen durch die Stadt. Auf den Pflastersteinen lagen zersplitterte Möbel und vereinzelte Kleidungsstücke, Töpfe und Geschirr, Gegenstände, die man aus Läden und Wohnungen geworfen hatte. Es war nicht festzustellen, ob Plünderer oder Flüchtlinge dieses Durcheinander angerichtet hatten.

Nicht nur Hab und Gut war zerstört worden. Bei einem Haus hing die Leiche eines Mannes in einem grünen Seidenrock halb aus einem Fenster, schlaff und bewegungslos, während man an den Dachbalken der Werkstatt eines Blechschmieds einen zerlumpten Burschen am Hals aufgehängt hatte. Einige Male erhaschte sie in Seitenstraßen oder schmalen Gassen einen Blick auf etwas, das wie weggeworfene Kleiderbündel aussah. Doch ihr war klar, daß es keine waren.

An einem Haus hing die eingeschlagene Tür schief an einem einzigen Scharnier, und dahinter züngelten kleine Flammen an einer Holztreppe empor. Gerade eben begann Rauch herauszuquellen. Die Straßen war jetzt wohl menschenleer, doch wer das auch angerichtet hatte, war noch nicht lange fort. Nynaeve drehte unablässig den Kopf hin und her in dem Bemühen, nach allen Seiten gleichzeitig Ausschau zu halten, und außerdem hatte sie ihr Messer fest in die Hand genommen.

Manchmal schwoll das zornige Summen an, ein wortloser, kehliger Aufschrei der Wut, der kaum eine Straße entfernt schien, und manchmal flaute er zu einem dumpfen Murmeln ab. Doch als das Verhängnis kam, kam es ganz plötzlich und lautlos. Wie ein Rudel hungriger Wölfe kam die kompakte Masse von Männern um die nächste Ecke, füllte die Straße von einer Seite zur anderen, lautlos bis auf das Stampfen der Stiefel. Der Anblick Nynaeves und der anderen wirkte auf sie wie eine Fackel, die man auf den Heuboden wirft. Es gab kein Zögern; wie ein Mann stürzten sie los, heulten wild auf, schwangen Mistgabeln und Schwerter, Äxte und Knüppel, alles, was man als Waffe benützen konnte.

In Nynaeve kochte noch genug Zorn, daß sie in der Lage war, nach *Saidar* zu greifen, und das tat sie denn auch, ohne weiter nachzudenken und noch bevor sie das Glühen um Elayne herum wahrnahm. Es gab ein Dutzend Möglichkeiten, allein und ohne Hilfe diesen Mob zurückzuhalten, und ein Dutzend mehr, ihn zu vernichten, wenn sie das wollte. Wäre da nicht die Bedrohung durch Moghedien gewesen. Sie war sich nicht sicher, ob Elayne durch die gleiche Überlegung zurückgehalten wurde. Ihr war lediglich bewußt, daß sie mit gleicher Leidenschaft an ihrem Zorn und an der Wahren Quelle festhielt, und mehr als die heranstürmende Menge war es Moghedien, die ihr das schwer machte. Sie hielt an der Macht fest, und doch wagte sie nicht, sie zu benützen. Nicht, solange es noch die kleinste Möglichkeit gab, sich anders zur Wehr zu setzen. Sie wünschte beinahe, sie könnte die Stränge kappen, die Elayne jetzt bestimmt verwob. Es mußte eine andere Möglichkeit geben!

Ein Mann, ein hochgewachsener Kerl in einem zerlumpten roten Rock, der, seinen grün-goldenen Stickereien nach zu urteilen, einst jemand anderem gehört hatte, rannte mit seinen langen Beinen den anderen voran und schwang wild ein Beil. Birgittes Pfeil traf ihn genau in ein Auge. Er stürzte, lag bewegungslos am Boden, und die anderen trampelten mit verzerrten Gesichtern und unartikulierten Schreien über ihn hinweg. Nichts würde sie aufhalten. Aufheulend vor Zorn und Angst, riß Nynaeve ihr Messer vom Gürtel und bereitete sich gleichzeitig darauf vor, eben doch die Macht einsetzen zu müssen.

Wie eine Woge, die an Felsen zerschellt, so rannte

sich der Angriff am Stahl der Schienarer fest. Die Männer mit ihren Skalplocken wirkten immerhin noch weniger zerlumpt als die, gegen die sie zu kämpfen hatten. Sie arbeiteten methodisch mit ihren Zweihandschwertern wie Handwerker bei ihrer Arbeit, und der Ansturm kam nicht über ihre dünne Reihe hinaus. Männer fielen unter Schreien nach dem Propheten, aber immer weitere kletterten über ihre Leichen hinweg. Juilin, dieser Narr, hielt seinen Platz in dieser Reihe, den oben flachen, kegelförmigen Hut auf dem dunklen Kopf. Sein nur daumendicker Stock wirbelte kaum sichtbar durch die Luft, wehrte Hiebe ab, brach Arme und knallte auf Schädel herab. Thom befand sich hinter der Reihe und huschte mit deutlich ausgeprägtem Hinken, aber trotzdem schnell, von einem Ort zum anderen, um sich den wenigen zu stellen, die es geschafft hatten, sich durchzuwinden. Er hatte wohl nur in jeder Hand einen Dolch, doch selbst Schwertträger starben von eben diesen Händen. Das ledrige Gesicht des Gauklers trug einen grimmigen Ausdruck. Als ein massiger Kerl in der Lederweste eines Hufschmieds mit seiner Mistgabel beinahe Elayne erreicht hätte, knurrte Thom ebenso wild auf wie viele in der angreifenden Masse und trennte dem Mann fast den Kopf ab, als er ihm die Kehle aufschlitzte. Inmitten dieses Durcheinanders wechselte Birgitte seelenruhig immer wieder die Stellung, und jeder ihrer Pfeile fand sein Ziel in irgendeinem Auge.

Und wenn sie auch den Mob aufhielten, war es doch Galad, der den Angriff endgültig zurückschlug. Er stand ihrem Ansturm gegenüber, als warte er auf einem Ball auf den nächsten Tanz, die Arme verschränkt und unbeeindruckt. Er hielt es noch nicht einmal für notwendig, die Klinge zu ziehen, bis sie ihn fast schon erreicht hatten. Dann tanzte er, und all seine Eleganz der Bewegung wandelte sich in tödliche Geschmeidigkeit. Er stellte sich ihnen nicht; vielmehr schnitt er sich einen

Weg direkt ins Herz des Mobs, eine Gasse, so breit wie die Reichweite seines Schwerts. Manchmal umringten ihn gleich fünf oder sechs Männer mit Schwertern und Tischbeinen als Knüppel, aber das dauerte nicht lange – nur so lange, wie sie brauchten, um zu sterben. Am Ende konnte weder ihr Zorn noch ihr Blutdurst ihn in die Knie zwingen. Vor ihm rannten sie zuerst davon, ließen die Waffen fallen, und als auch die anderen sich der Flucht anschlossen, teilte sich der Strom an ihm wie an einem Felsen. Nachdem sie auf dem gleichen Weg verschwunden waren, den sie bei ihrem Überfall genommen hatten, stand er allein zwanzig Schritt von den anderen entfernt zwischen den Toten und Sterbenden, mit ihrem Stöhnen als Begleitmusik.

Nynaeve schauderte, als er sich bückte und seine Klinge an der Jacke eines Toten abwischte. Selbst dabei wirkte er noch elegant. Selbst dabei war er noch schön. Sie glaubte, sich übergeben zu müssen.

Sie hatte keine Ahnung, wie lange das alles gedauert hatte. Einige der Schienarer stützten sich schwer atmend auf ihre Schwerter. Und sie betrachteten Galad mit gehörigem Respekt. Thom hatte sich vorgebeugt, eine Hand auf ein Knie gestützt, und mit der anderen versuchte er, sich Elayne vom Leibe zu halten. Er versicherte ihr dabei, er müsse nur wieder zu Atem kommen. Es mochte Minuten gedauert haben oder eine Stunde – sie wußte es nicht.

Ausnahmsweise einmal löste ein Blick auf die Verwundeten, die hier und da auf dem Pflaster lagen und von denen einige wegzukriechen versuchten, nicht das Verlangen aus, sie mit Hilfe der Macht zu heilen. Sie empfand überhaupt kein Mitleid. Unweit von ihr hatte jemand eine Mistgabel fallengelassen. Der abgeschlagene Kopf eines Mannes war auf eine Zinke gespießt und der einer Frau auf eine andere. Sie spürte dabei lediglich ein Würgen und die Erleichterung darüber, daß es nicht ihr Kopf war. Und kalt war ihr.

»Danke«, sagte sie laut in die Runde. »Vielen Dank.« Die Worte kamen ein wenig schwerfällig heraus, denn sie gab nicht gern zu, daß sie selbst etwas nicht genauso gut hätte erledigen können, aber es lag doch Eindringlichkeit darin. Dann nickte Birgitte zustimmend und Nynaeve mußte mit sich kämpfen. Doch diese Frau hatte genausoviel vollbracht wie die anderen. Erheblich mehr also als sie selbst. So steckte sie das Messer wieder in die Gürtelschlaufe. »Du … hast sehr gut geschossen.«

Mit einem trockenen Grinsen, als wisse sie genau, wie schwer Nynaeve diese Worte gefallen waren, machte sich Birgitte daran, ihre verschossenen Pfeile wieder einzusammeln. Nynaeve schauderte und vermied es, ihr dabei zuzusehen.

Die meisten Schienarer waren verwundet, und auch Thom und Juilin hatten Blut lassen müssen, doch benahmen sie sich wie rechte Männer. Jeder behauptete, seine Wunden seien weiter unbedeutend. Wundersamerweise war Galad völlig unberührt geblieben. Aber vielleicht war das doch nicht so wunderlich, wenn man bedachte, mit welcher Kunst er seine Klinge geführt hatte. Selbst Uno sagte, sie müßten sofort weitergehen, obwohl ihm ein Arm steif herabhing und er einen Schnitt über seine Wange empfangen hatte, der zu einer fast spiegelgleichen Narbe wie die auf der anderen Seite werden würde, falls man ihn nicht schnell heilte.

Tatsächlich aber zögerte sie keineswegs, sofort weiterzugehen, obwohl sie sich sagte, sie solle eigentlich nach den Verletzungen sehen. Elayne legte ihren Arm stützend um Thom; der aber weigerte sich, sich auf sie zu stützen. Dann begann er einfach, eine Ballade im Hochgesang zu rezitieren, und zwar so blumig ausgeschmückt, daß es schwerfiel, die Geschichte von Kirukan darin zu erkennen, der schönen Soldatenkönigin aus den Trolloc-Kriegen.

»Sie hatte, vorsichtig ausgedrückt, eine Laune wie ein Keiler, der im Dorngestrüpp festsitzt«, sagte Birgitte leise vor sich hin. »So schlimm wie niemand sonst in ihrer Nähe.«

Nynaeve knirschte mit den Zähnen. Sie würde sich hüten, dieser Frau noch einmal ein Lob zu spenden, was sie auch in Zukunft anstellen mochte. Und wenn sie es recht bedachte, konnte jeder Mann von den Zwei Flüssen auf diese Entfernung genauso gut schießen. Ach was, jeder Junge!

Ein Grollen folgte ihnen, dumpfes Gebrüll aus anderen Straßenzügen in einiger Entfernung, und hin und wieder hatte sie das Gefühl, von ungesehenen Augen aus leeren, glaslosen Fensterhöhlen heraus beobachtet zu werden. Doch die Nachricht von ihrem Kampf mußte sich herumgesprochen haben, oder die Beobachter hatten selbst zugesehen, denn sie erblickten keine Menschenseele, bis plötzlich vor ihnen zwei Dutzend Weißmäntel in die Straße einbogen, die Hälfte mit gespannten Bögen, die anderen mit blanken Klingen. Die Schienarer hatten innerhalb eines Herzschlags ihre Schwerter gezogen.

Ein paar kurze Sätze, die Galad mit einem Burschen mit mürrischem Gesicht unter dem kegelförmigen Helm tauschte, sorgten dafür, daß sie durchgelassen wurden, obwohl der Mann die Schienarer zweifelnd musterte, ebenso wie Thom und Juilin und auch Birgitte. Es reichte jedenfalls, um Nynaeve aufzuregen. Es mochte noch hingehen, daß Elayne mit erhobenem Kinn weitermarschierte und die Weißmäntel ignorierte, als seien sie Diener, aber Nynaeve paßte es ganz und gar nicht, einfach übersehen zu werden.

Der Fluß war nicht mehr weit entfernt. Hinter ein paar kleinen, gemauerten Lagerhäusern mit Schieferdächern zogen sich die drei gemauerten Anlegeplätze der Stadt kaum bis zum Wasser des halb ausgetrockneten Flusses über den vertrockneten Schlamm hin. Am

Ende einer der Mauern schaukelte ein plumpes Schiff mit zwei Masten, das sehr tief lag. Nynaeve hoffte, es werde keine Mühe machen, separate Kajüten zu bekommen. Und sie hoffte, es möge nicht zu schlimm schwanken.

Eine kleine Menschenansammlung duckte sich zwanzig Schritt vom Kai entfernt unter den wachsamen Blicken von vier Wächtern mit weißen Umhängen. Es waren beinahe ein Dutzend Männer, vorwiegend alt und alle zerlumpt und mit Schrammen oder Schwellungen, und etwa doppelt so viele Frauen, die meisten mit zwei oder drei Kindern an der Hand oder auf dem Arm, ein paar sogar mit Säuglingen. Zwei weitere Weißmäntel standen direkt vor dem Zugang zum Kai. Die Kinder verbargen ihre Gesichter in den Röcken der Mütter, doch die Erwachsenen blickten sehnsuchtsvoll zu dem Schiff hinüber. Der Anblick brach Nynaeve fast das Herz. Sie erinnerte sich an die gleichen Blicke, nur in viel größerer Zahl, in Tanchico. Menschen, die verzweifelt auf einen Weg in die Sicherheit hofften. Sie war nicht in der Lage gewesen, etwas für sie zu tun.

Bevor sie auch nur irgend etwas für diejenigen hier tun konnte, packte Galad sie und Elayne jeweils am Arm, zog sie den Kai entlang und über eine schwankende Planke hinunter auf das Schiff. Sechs weitere Männer mit strengen Gesichtern, weißen Umhängen und glänzend polierten Harnischen standen an Deck und blickten auf eine Ansammlung barfüßiger Männer, meist mit bloßem Oberkörper, die am Bug nahe der Reling kauerten. Es war schwer zu entscheiden, ob der Kapitän am Fuß der Planke die Weißmäntel mürrischer anblickte oder die bunt gemischte Gruppe, die nun sein Schiff betrat.

Agni Neres war ein großer, knochiger Mann in einem dunklen Rock. Seine Ohren standen ab, und sein schmales Gesicht trug einen eigensinnigen Ausdruck.

Er beachtete den Schweiß gar nicht, der ihm über das Gesicht rann. »Ihr habt mir die Passage für zwei Frauen bezahlt. Wollt Ihr etwa, daß ich das andere Frauenzimmer und die Männer umsonst mitnehme?« Birgittes Blick verhieß Gefahr, aber er schien es nicht zu bemerken.

»Ihr sollt Euer Geld bekommen, mein guter Kapitän«, sagte Elayne kühl zu ihm.

»Solange es sich in vernünftigen Grenzen hält«, fügte Nynaeve schnell hinzu und beachtete Elaynes scharfen Blick nicht.

Neres' Lippen wurden womöglich noch schmaler, obwohl das kaum wahrscheinlich erschien, und er wandte sich wieder an Galad: »Also, wenn Ihr dann Eure Männer von meinem Schiff abziehen würdet, kann ich die Segel setzen lassen. Es gefällt mir nun weniger als je zuvor, mich im hellen Tageslicht hier zu befinden.«

»Sobald Ihr eure *anderen* Passagiere an Bord genommen habt«, sagte Nynaeve und nickte in Richtung der Menschen, die am Ufer kauerten.

Neres blickte sich nach Galad um, doch der unterhielt sich ein Stück weiter mit den anderen Weißmänteln. Dann sah er sich die Leute am Ufer an und sprach in die Luft über Nynaeves Kopf hinein: »Jeden, der zahlen kann. Nicht viele von denen da drüben sehen aus, als könnten sie. Und ich könnte auch nicht alle mitnehmen, selbst wenn sie bezahlten.«

Sie stellte sich auf die Zehenspitzen, damit er ihr Lächeln auf keinen Fall übersah. Sein Kinn versank daraufhin in seinem Kragen. »Jeden einzelnen von ihnen, *Kapitän*. Ansonsten schneide ich Euch selbst die Ohren ab.«

Der Mann öffnete zornig den Mund, doch dann riß er plötzlich die Augen auf und starrte an ihr vorbei. »In Ordnung«, sagte er hastig. »Aber merkt Euch, ich erwarte irgendeine Art von Bezahlung. Ich gebe nur am Namenstag Almosen, und der ist schon lange her.«

Sie ließ ihre Fersen wieder auf das Deck sinken und blickte sich mißtrauisch um. Thom, Juilin und Uno standen dort und beobachteten sie und Neres ausdruckslos. So ausdruckslos sie nur konnten, wenn man Unos Gesichtszüge bedachte und das Blut auf ihren Gesichtern sah. Viel zu ausdruckslos.

Nach einem betonten Schnauben sagte sie: »Ich will sie alle an Bord sehen, bevor irgend jemand auch nur ein Tau berührt«, und wandte sich ab, um Galad zu suchen. Sie fand, er habe nun doch einen Dank verdient. Er hatte geglaubt, das Richtige zu tun. Das war das Schwierige gerade bei den besten Männern. Sie glaubten immer, das Richtige zu tun. Nun, was diese drei eben auch angestellt haben mochten, sie hatten ihr jedenfalls einen längeren Streit erspart.

Sie fand Galad bei Elayne. Auf diesem schönen Männergesicht stand blanke Niedergeschlagenheit. Seine Miene erhellte sich aber bei ihrem Anblick. »Nynaeve, ich habe für Eure Fahrt bis hinunter nach Boannda bezahlt. Das liegt nur auf halbem Weg nach Altara, dort, wo der Boern in den Eldar mündet, aber ich konnte mir einfach nicht mehr leisten. Kapitän Neres hat mir jede Kupfermünze aus der Tasche geluchst, und ich mußte mir sogar noch etwas borgen. Der Kerl verlangt zehnfach überhöhte Preise. Ich fürchte, Ihr werdet Euch von dort aus selbst den Weg nach Caemlyn suchen müssen. Es tut mir wirklich so leid.«

»Du hast bereits genug getan«, warf Elayne ein, während ihr Blick zu den Rauchwolken über Samara hinüberschweifte.

»Ich habe mein Versprechen gegeben«, sagte er müde resignierend. Offensichtlich hatte es schon vor Nynaeves Ankunft einen entsprechenden Wortwechsel gegeben.

Nynaeve brachte es über sich, ihm zu danken, was er freundlich zurückwies, und das mit einem Blick, als verstehe auch sie ihn nicht. Und sie war mehr als bereit, das zuzugeben. Er hatte einen Krieg begonnen, um ein Versprechen einzulösen – Elayne hatte in diesem Falle recht; wenn nicht schon jetzt, dann würde sich bald ein Krieg daraus entwickeln – und obwohl doch seine Männer Neres' Schiff besetzt hielten, verlangte er keinen günstigeren Preis von dem Kapitän. Es war Neres' Schiff, und Neres konnte für die Fahrt verlangen, was er wollte. Solange er nur Elayne und Nynaeve mitnahm. Es war so: Galad beachtete niemals den Preis, den er oder jemand anderer dafür bezahlen mußte, wenn man nur das Richtige tat.

An der Planke blieb er noch einmal stehen und blickte die Stadt an, als sehe er in die Zukunft. »Haltet Euch fern von Rand al'Thor«, sagte er mit unheilschwangerer Stimme. »Er bringt die Zerstörung. Er *wird* die Welt noch einmal zerstören, bevor er mit ihr fertig ist. Haltet Euch fern von ihm.« Und dann schritt er auch schon über den Kai und rief nach seiner Rüstung.

Nynaeve ertappte sich dabei, wie sie einen erstaunten Blick mit Elayne tauschte, obwohl sie schnell verlegen beiseite sah. Es fiel schwer, einen Augenblick wie diesen mit jemandem zu teilen, von der man wußte, wie scharf ihre Zunge sein konnte. Zumindest deshalb war ihr nicht wohl in ihrer Haut. Sie konnte sich nicht vorstellen, wieso Elayne einen verwirrten Eindruck machte, es sei denn, sie käme doch langsam zur Besinnung. Sicherlich hatte Galad nicht die geringste Ahnung, daß sie überhaupt nicht beabsichtigten, nach Caemlyn zu reisen. Männer verfügten nicht über eine solche Auffassungsgabe. Sie und Elayne sahen sich von nun an eine ganze Weile nicht mehr an.

KAPITEL 9

Nach Boannda

Es machte wenig Schwierigkeiten, die bunt zusammengewürfelte Gruppe von Männern, Frauen und Kindern an Bord zu schaffen. Nicht ein einziges Mal mußte Nynaeve Kapitän Neres erneut klar machen, daß er Platz für *jeden* zu finden hatte; und was immer er glaubte, für ihre Passage an Geld verlangen zu können, so wußte sie doch ganz genau, was sie ihm für die Fahrt nach Boannda zahlen würde. Natürlich mochte es ein wenig geholfen haben, daß sie Uno leise befohlen hatte, seine Schienarer sollten irgendwie an ihren Schwertern herumspielen. Fünfzehn grob gekleidete Männer mit harten Gesichtern, alle mit kahlgeschorenen Köpfen bis auf die Skalplocken, ganz zu schweigen von den Blutflecken, ölten und schliffen ihre Klingen, lachten laut, als einer erzählte, wie ein anderer beinahe wie ein Lamm aufgespießt worden wäre… nun, die Wirkung war höchst befriedigend. Sie zählte ihm die Münzen in die Hand hinein, und wenn es zu weh tat, mußte sie nur an den Hafen von Tanchico denken, und schon fiel es ihr leichter, weiterzuzählen. Neres hatte in einer Hinsicht recht: Diese Menschen wirkten nicht, als hätten sie noch viel Geld, und sie würden noch jede Kupfermünze bitter notwendig brauchen. Elayne hatte kein Recht dazu, in diesem giftig süßlichen Tonfall zu fragen, ob man ihr vielleicht gerade einen Zahn gezogen habe.

Die Schiffsbesatzung eilte davon, als Neres seine Befehle schrie, und machte die Leinen los, während noch die letzten Flüchtlinge an Bord schlurften, die wenigen

Habseligkeiten in den Armen, jedenfalls diejenigen, die außer den Lumpen am Leib überhaupt noch etwas besaßen. Tatsächlich schien das plumpe Schiff allmählich so übervölkert, daß Nynaeve sich zu fragen begann, ob Neres nicht recht gehabt hatte. Und doch stand soviel Hoffnung auf ihre Gesichter geschrieben, sobald sie mit beiden Füßen an Deck standen, daß sie bereute, auch nur daran gedacht zu haben, sie wieder zurückzuschicken. Und als sie erfuhren, daß sie für die Fahrt bezahlt hatte, drängten sie sich um sie, versuchten, ihre Hände zu küssen oder ihren Rocksaum, riefen ihr Dank und Segenswünsche zu, und bei einigen, Männern wie Frauen, strömten Tränen über die Wangen. Sie wäre am liebsten in den Schiffsplanken unter ihren Füßen versunken.

Das Deck war von Geschäftigkeit erfüllt, als man die Ruder hinausschob und die Segel setzte. Samara begann hinter ihnen zu verschwinden, bevor sie diese Dankesorgie hinter sich gebracht hatte. Hätten Elayne und Birgitte auch nur ein Wort darüber fallen lassen, hätte sie beide zur Strafe glatt zweimal ums Schiff gejagt.

Fünf Tage verbrachten sie auf der *Wasserschlange,* fünf Tage langsamer Fahrt den Eldar mit seinen vielen Windungen hinunter. Die Tage waren glühend heiß und die Nächte nicht viel kühler. Einiges besserte sich während dieser Zeit, doch die Fahrt hatte keinen guten Beginn.

Das erste wirkliche Problem auf der Reise war Neres' Kajüte im Heck, die einzige Behausung an Bord, wenn man vom Deck absah. Nicht, daß Neres gezögert hätte, dort auszuziehen. Die Eile, mit der er sich Hosen und Jacken und Hemden über die Schultern warf und ein weiteres dickes Kleiderbündel auf die Arme nahm – dazu nahm er dann noch die Rasierschüssel in die eine und das Rasiermesser in die andere Hand – veranlaßte Nynaeve, Thom, Juilin und Uno einen scharfen Blick zuzuwerfen. Es war ja durchaus angebracht, wenn *sie* die Männer benützte, sobald sie es für richtig hielt, aber keineswegs, wenn sie hinter ihrem Rücken auf sie aufpaßten. Ihre Mienen waren jedoch so offen und ehrlich, und ihre Augen blickten so unschuldig drein... Selbst Elayne fühlte sich genötigt, wieder ein altes Sprichwort Linis auszugraben, das der Gelegenheit entsprach: »Ein offener Sack verbirgt nichts, und hinter einer offenen Tür kann sich auch nur wenig verstecken, doch ein offener Mann hat garantiert etwas zu verbergen.«

Aber was auch Männer an Problemen mit sich brachten, im Moment jedenfalls stellte die Kajüte selbst das Problem dar. Sogar mit weit aufgerissenen Fenstern, die freilich winzig waren, roch es darin muffig, und in dieses düstere Quartier fiel auch dann nur wenig Licht. Man hätte das auch als Gefängniszelle bezeichnen können. Diese Kajüte also war klein, kleiner noch als der Wohnwagen, und der größte Teil des Raums wurde von einem schweren Tisch und einem Stuhl mit hoher Lehne eingenommen, die am Boden festgeschraubt waren, und von der Treppenleiter, die hoch zum Deck führte. Ein in die Wand eingebauter Waschtisch mit einem schmierigen Krug, einer gesprungenen Schüssel und einem schmalen, verstaubten Spiegel engte den Raum noch mehr ein und komplettierte gleichzeitig die Einrichtung, abgesehen von ein paar leeren Bücherbrettern und Haken, um die Kleider aufzuhängen. Die Deckenbalken hingen selbst für sie zu niedrig über ihren Köpfen. Und es gab nur ein einziges Bett, wohl breiter als das, was sie zuletzt benützt hatten, aber wohl kaum breit genug für zwei. So groß, wie er nun einmal war, mußte es für Neres aussehen, als wohne er in einer Schachtel. Der Mann hatte wirklich kein bißchen Platz verschwendet, an dem man Fracht verstauen konnte.

»Er hat nachts in Samara angelegt«, knurrte Elayne,

ließ ihre Bündel herabgleiten, stemmte die Hände in die Hüften und sah sich entmutigt um, »und er wollte auch wieder während der Nacht auslaufen. Ich hörte, wie er einem seiner Männer sagte, er wolle die ganze Nacht lang durchsegeln, gleich, was die … die *Weiber* auch vorhätten. Offensichtlich paßt es ihm nicht gerade, bei Tageslicht den Fluß hinabzufahren.«

Wenn sie an die Ellbogen und die kalten Füße der anderen dachte, fragte sich Nynaeve, ob sie nicht besser daran täte, an Deck bei den Flüchtlingen zu schlafen. »Wovon redest du eigentlich?«

»Der Mann ist ein Schmuggler, Nynaeve.«

»Mit *diesem* Schiff?« Nynaeve ließ ihre eigenen Bündel fallen, legte die Ledertasche auf den Tisch und setzte sich auf die Bettkante. Nein, sie würde nicht an Deck schlafen. Die Kabine war wohl muffig, aber man konnte sie ja lüften, und wenn es auch im Bett eng zuging, hatte es doch eine gute, dicke Federmatratze. Das Schiff schwankte wirklich beunruhigend; also sollte sie es sich wenigstens so bequem machen wie eben möglich. Elayne konnte sie nicht verjagen. »Das ist doch eher ein *Faß!* Wir müssen schon Glück haben, wenn wir in zwei Wochen bis Boannda kommen! Das Licht allein mag wissen, wie lange wir bis Salidar brauchen.« Keine von ihnen hatte eine Ahnung, wie weit entfernt Salidar lag, und die Zeit war noch nicht gekommen, mit Kapitän Neres darüber zu sprechen.

»Alles paßt doch. Sogar der Name: *Wasserschlange.* Welcher ehrliche Händler würde seinem Schiff einen solchen Namen geben?«

»Na und? Wenn er einer ist? Es wäre nicht das erste Mal, daß wir die Dienste eines Schmugglers in Anspruch nehmen.«

Elayne hob gereizt die Hände. Sie glaubte immer, es sei wichtig, den Gesetzen zu gehorchen, so dumm sie auch manchmal waren. Sie hatte mehr mit Galad gemein, als sie zugeben wollte. Also hatte Neres sie als

›Weiber‹ bezeichnet, ja? Die zweite Schwierigkeit lag darin, genug Platz für die anderen zu finden. Die *Wasserschlange* war wohl breit, aber doch kein sehr großes Schiff, und wenn man die Besatzung mitzählte, befanden sich gut hundert Menschen an Bord. Ein gewisser Anteil am vorhandenen Platz mußte den Besatzungsmitgliedern vorbehalten bleiben, um an den Rudern zu arbeiten oder an der Takelage, und das ließ nicht viel für die Passagiere übrig. Es war auch nicht gerade hilfreich, daß sich die Flüchtlinge soweit wie möglich von den Schienarern fernhielten. Sie hatten wohl die Nase voll von bewaffneten Männern. So gab es kaum genug Platz, daß sich alle setzen konnten, geschweige denn sich hinzulegen.

Nynaeve sprach Neres deswegen ohne Umschweife an. »Diese Leute brauchen mehr Platz. Besonders die Frauen und Kinder. Da Ihr über keine weiteren Kabinen verfügt, müssen sie eben Euren Frachtraum benützen.«

Neres' Gesicht lief dunkelrot an. Er starrte stur geradeaus auf einen Fleck ungefähr einen Schritt links von ihr und grollte: »Mein Frachtraum ist mit einer wertvollen Ladung gefüllt. Einer sehr wertvollen Ladung.«

»Ich frage mich, ob hier am Eldar auch Zollbeamte auftauchen«, sagte Elayne so nebenher und beobachtete aufmerksam das von Bäumen gesäumte gegenüberliegende Ufer. Hier war der Fluß nur wenige hundert Schritt breit. Aber am Rand zogen sich breite Streifen aus eingetrocknetem schwarzen Schlamm und aus gelbem Lehm dahin. »Ghealdan auf einer Seite und Amadicia auf der anderen. Es könnte ihnen vielleicht eigenartig vorkommen, daß Euer Frachtraum mit Gütern aus dem Süden vollgestopft ist und Ihr trotzdem nach Süden fahrt. Sicher, Ihr habt bestimmt alle notwendigen Dokumente, um zu beweisen, daß und wo Ihr Zoll bezahlt habt. Und Ihr könnt Ihnen ja auch erklären, daß Ihr in Samara Eure Ladung der Unruhen wegen nicht löschen konntet. Ich habe gehört, die Steuereinnehmer seien eigentlich ganz verständnisvolle Menschen.«

Trotz seiner heruntergezogenen Mundwinkel blickte er immer noch keine von beiden Frauen an.

Deshalb konnte er auch sehr gut beobachten, wie Thom mit seinen leeren Händen wie mit Fächern wedelte, eine schwungvolle Bewegung vollführte und wie plötzlich zwei Messer zwischen seinen gespreizten Fingern hindurchwanderten, bevor eines davon wieder verschwand.

»Man muß immer wieder üben«, sagte Thom und kratzte sich mit der anderen Klinge am Schnurrbart. »Ich will mir meine... Fingerfertigkeit bewahren.« Der Schnitt in seinem weißen Haarschopf, das frische Blut auf seinem Gesicht und dazu der blutverschmierte Riß in einer Schulter seines Rocks – und seine Kleidung wies durchaus noch mehr Schnitte auf –, ließen ihn in jeder Gesellschaft als Schurken erscheinen. Nur Uno übertraf ihn noch. In dem Lächeln, bei dem der Schienarer die Zähne fletschte, lag überhaupt keine Heiterkeit, und das ließ die lange Narbe in seinem Gesicht und den frischen, roten, noch offenen Schnitt auf der anderen Gesichtshälfte zu einer brutalen Grimasse werden. Das böse starrende rote Auge auf seiner Augenklappe wirkte im Vergleich geradezu mild.

Neres schloß die Augen und atmete tief und langgezogen durch.

Die Luken wurden geöffnet, und Kisten und Fässer klatschten ins Wasser, manche schwer, die meisten jedoch leicht und nach Gewürzen duftend. Neres zuckte jedesmal zusammen, wenn wieder etwas im Fluß landete. Seine Miene hellte sich auf – soweit das überhaupt möglich war –, als Nynaeve befahl, daß Rollen von Seide und Teppiche sowie Ballen feiner Wolle unten verbleiben sollten. Bis ihm klar wurde, daß sie lediglich auf diese Art Betten ersetzen wollte. Wenn vorher seine Miene schon sauer war, dann genügte sein Gesichtsausdruck jetzt, um Milch noch im nächsten Raum zum Gerinnen zu bringen. Die ganze Zeit über sagte er kein Wort. Als einige Frauen mit Eimern an langen Leinen Wasser heraufzuholen begannen, um ihre Kinder an Deck zu waschen, schritt er zum Heck, die Hände hinter dem Rücken verkrampft gefaltet, und beobachtete, wie die über Bord gegangenen Fässer langsam hinter ihnen zurückblieben.

Auf gewisse Weise lag es an Neres' Haltung Frauen gegenüber, daß Elaynes Mundwerk die Spitze genommen wurde und auch Birgitte sich besser beherrschte. So sah es jedenfalls Nynaeve; sie selbst hatte sich selbstverständlich wie gewöhnlich diszipliniert und höflich den anderen gegenüber verhalten. Neres konnte Frauen nicht leiden. Die Matrosen sprachen auffallend schnell, wenn sie mit einer der Frauen reden mußten, und dabei huschten ihre Blicke immer wieder zum Kapitän hinüber, bis sie endlich wieder erlöst an ihre Arbeit zurückkehren konnten. Hatte einer der Burschen anscheinend einen Augenblick lang nichts zu tun, dann schickte Neres ihn regelmäßig im Laufschritt an irgendeine neue Arbeit – und das unter ständigem Brüllen –, falls er auch nur zwei Worte mit irgend jemandem in einem Rock gewechselt hatte. Die hastigen Bemerkungen und leise ausgesprochenen Warnungen an ihre Kameraden bewiesen Neres' Haltung Frauen gegenüber ganz eindeutig.

Frauen kosteten einen Mann nur Geld, sie kratzten und bissen wie Katzen und machten ständig Schwierigkeiten. Jedes einzelne Problem, mit dem ein Mann zu tun bekam, fiel letzten Endes doch auf eine Frau zurück, so oder so. Neres erwartete offensichtlich, daß die Hälfte von ihnen vor dem ersten Sonnenaufgang noch an Deck herumraufen und sich gegenseitig die Augen auskratzen würden. Sie würden bestimmt alle mit seinen Matrosen flirten und Unfrieden stiften, sofern sie nicht gleich Schlägereien provozierten. Vielleicht wäre er glücklich gewesen, hätte er sämtliche Frauen für alle Zeiten von seinem Schiff verbannen können. Sein Glück hätte sich wohl ins Unendliche gesteigert, wenn er sie sogar aus seinem Leben hätte verbannen können.

Auf einen solchen Menschenschlag war Nynaeve noch nie gestoßen. Oh, sie hatte gehört, wie Männer sich über Frauen und Geld beklagten, als ob Männer nicht mit Geld nur so um sich würfen, weil sie genau wie Elayne einfach kein Verhältnis dazu hatten, und sie hatte sogar gehört, wie sie die verschiedensten Probleme auf Frauen zurückführten, obwohl sie selbst das Ganze verursacht hatten. Aber sie konnte sich nicht erinnern, *jemals* einen Mann kennengelernt zu haben, der Frauen tatsächlich *nicht leiden* konnte! Sie war überrascht, zu erfahren, daß Neres in Ebou Dar eine Frau und eine ganze Kinderschar hatte, aber keineswegs überraschte es sie, daß er sich immer nur lange genug zu Hause aufhielt, um neue Ladung zu nehmen. Er wollte noch nicht einmal mit einer Frau *sprechen!* Es war wirklich verblüffend. Manchmal ertappte sich Nynaeve dabei, wie sie ihn heimlich von der Seite her anblickte, so, wie sie es bei irgendeinem unglaublichen und fremdartigen Tier getan hätte. Er war viel eigenartiger als selbst die *S'redit* oder jedes andere Tier aus Lucas Menagerie.

Natürlich war nicht daran zu denken, daß Elayne oder Birgitte wieder einmal ihr Gift verspritzten, wenn er hätte zuhören können. Wenn Thom und die anderen die Augen rollten oder bedeutungsvolle Blicke tauschten, war das schon schlimm genug; aber sie gaben sich wenigstens Mühe, das heimlich zu tun. Eine offene Befriedigung auf Neres' Zügen zu sehen, wenn er seine lächerlichen Erwartungen tatsächlich erfüllt sah – und so hätte er das gewiß aufgefaßt –, wäre unerträglich gewesen. Das ließ ihnen keine andere Wahl, als zu schlucken und den Mund zu halten.

Nynaeve ihrerseits hätte sich gern einmal näher mit Thom, Uno und Juilin unterhalten, aber natürlich nicht unter Neres' Augen. Sie vergaßen sich allmählich wieder und dachten nicht mehr daran, daß sie zu tun hatten, was ihnen aufgetragen wurde. Es spielte keine Rolle, ob sie damit das Richtige taten – sie hatten einfach zu dienen! Und aus irgendeinem Grund hatten sie angefangen, Neres ständig mit düsterem Lächeln Geschichten über eingeschlagene Schädel und aufgeschlitzte Kehlen aufzutischen. Doch der einzige Ort, an dem sie vor Neres sicher sein konnte, war die Kajüte. Sie waren zwar nicht besonders groß, obwohl natürlich Thom ziemlich hochgewachsen und Uno relativ stämmig war, aber mit allen zugleich dort drinnen wäre es in der winzigen Kajüte reichlich eng geworden. Und das hätte ihrer Schimpfkanonade, wie sie sie im Sinn hatte, einiges von ihrer Wirkung genommen. Gib einem Mann die Gelegenheit, sich so richtig drohend über einer Frau aufzubauen, dann hat er schon die halbe Schlacht gewonnen. Also verzog sie ihr Gesicht zu einem freundlichen Lächeln, ignorierte Thoms und Juilins verblüffte Mienen und die ungläubigen Blicke Unos und Ragans und genoß die äußerlich blendende Laune, die die beiden anderen Frauen nun notgedrungen zeigen mußten.

Sie brachte sogar fertig, weiterzulächeln, als ihr klar wurde, warum die Segel so prall gefüllt waren, warum die Ufer mit ihren vielen Biegungen so schnell unter der Nachmittagssonne vorbeiglitten. Neres hatte die Ruder einziehen und an der Reling verstauen lassen. Er wirkte fast schon glücklich. Fast jedenfalls. Am Ufer Amadicias zog sich ein niedriger Steilhang aus Lehm entlang, während auf der Seite Ghealdans ein breiter Schilfstreifen den Fluß vom Wald trennte. Allerdings war auch viel brauner, trockener Schlamm zu sehen, der sonst von Wasser bedeckt war. Samara lag erst ein paar Stunden flußaufwärts entfernt.

»Du hast die Macht benützt«, beschuldigte sie Elayne durch zusammengebissene Zähne. Sie wischte sich mit dem Handrücken den Schweiß von der Stirn und widerstand dem Drang, die Tropfen mit einer Handbewegung auf das sich langsam unter ihr hebende und senkende Deck zu schleudern. Die anderen Passagiere hatten ihr, Elayne und Birgitte, die ihnen gegenüber stand, ein wenig Platz gelassen, doch trotzdem sprach sie ganz leise und in so freundlichem Tonfall, wie sie es nur fertigbrachte. Ihr Magen schien sich gerade mit einem Herzschlag Verzögerung dem Auf und Ab des Schiffes anzupassen, was sich auf ihre Laune nicht unbedingt erhebend auswirkte. »Dieser Wind ist dein Werk.« Sie hoffte, in ihrer Tasche noch genug roten Fenchel vorrätig zu haben.

Wenn man nach Elaynes schweißfeucht strahlendem Ausdruck und dem freundlichen Blick ging, hätten aus ihrem Mund Milch und Honig strömen müssen. »Du benimmst dich wie ein verängstigtes Kaninchen. Reiß dich gefälligst zusammen. Samara liegt meilenweit hinter uns. Niemand kann aus dieser Entfernung noch etwas spüren, was uns verraten würde. Sie müßte sich schon bei uns auf dem Schiff befinden, um Bescheid zu wissen. Und ich habe mich beeilt.«

Nynaeve fürchtete schon, ihr Gesicht würde wie eine Gipsmaske zerspringen, wenn sie noch länger lächelte, doch aus dem Augenwinkel konnte sie Neres beobachten, der seine Passagiere musterte und den Kopf dabei schüttelte. Sie war so verärgert, daß sie beinahe den fast verblichenen Rest des Glühens der Macht um die andere erkennen konnte. Wenn man das Wetter beeinflußte, war das fast so, als ließe man einen Stein den Abhang hinabrollen. Er rollte von allein in die eingeschlagene Richtung weiter. Und wenn er den vorgesehenen Weg verließ, was früher oder später kommen mußte, konnte man ihn einfach zurücklenken. Moghedien könnte vielleicht von Samara aus ein Gewebe dieser Art gespürt haben, aber bestimmt nicht klar genug, um zu wissen, wo das geschehen war. Sie selbst konnte es mit Moghedien aufnehmen, was die rohe Kraft betraf, und wenn ihre Kraft für etwas Bestimmtes nicht ausreichte, dann konnte sie durchaus annehmen, daß auch die Verlorene dies nicht vollbringen würde. Und sie wollte ja auch so schnell wie möglich vorwärtskommen. Jeder Tag mehr als notwendig, den sie eingesperrt mit den beiden anderen Frauen verbringen mußte, erschien ihr genauso reizvoll, als teile sie die Kabine mit Neres. Also freute sie sich keineswegs auf jeden neuen Tag, den sie auf dem Wasser zubrachte. Wie konnte ein Schiff überhaupt vorwärtskommen, wo doch der Fluß so träge schien?

Das Lächeln ließ langsam ihre Lippen schmerzen. »Du hättest mich fragen sollen, Elayne. Du gehst immer irgendwohin und stellst Dinge an, ohne mich zu fragen und ohne nachzudenken. Es wird Zeit für dich, dir selbst klarzumachen, daß deine alte Kinderschwester nicht mehr gelaufen kommt, wenn du blindlings in ein Loch fällst, und dir die Tränen abtrocknet.« Bei den letzten Worten wurden Elaynes Augen so groß wie Teetassen und ihre im Lächeln gefletschten Zähne schienen, als wollten sie jeden Augenblick nach ihr schnappen.

Birgitte legte jeder von ihnen eine Hand auf den Arm, beugte sich ein wenig vor und strahlte, als habe die ganze Glückseligkeit der Welt sie im Griff. »Wenn ihr beiden nicht damit aufhört, werde ich euch in den Fluß werfen, um euch etwas abzukühlen. Ihr beide seht aus wie die Bardamen aus Shago, wenn sie den ganzen Winter nichts anderes gehabt haben als immer nur die gleichen Männer!«

Mit verschwitzten, zu freundlichen Masken erstarrten Gesichtern stolzierten daraufhin die drei Frauen in verschiedene Richtungen davon, so weit voneinander entfernt, wie es das Schiff zuließ. Gegen Sonnenuntergang hörte Nynaeve, wie Ragan bemerkte, sie und die anderen seien anscheinend sehr erleichtert, von Samara weggekommen zu sein, so, wie sie sich anlachten, und die anderen Männer schienen das ebenfalls zu glauben. Nur die anderen an Bord befindlichen Frauen beobachteten sie mit viel zu steinernen Mienen. *Sie* erkannten die Gefahr, wenn sie sie vor sich sahen.

Doch langsam, ganz langsam bröckelte die feindselig versteinerte Stimmung ab. Nynaeve wußte nicht einmal genau zu sagen, wie es geschah. Vielleicht sickerte doch etwas von der heiteren Stimmung auf Elaynes und Birgittes Mienen in sie hinein. Vielleicht wurde ihnen auch mehr und mehr bewußt, wie lächerlich es war, zu versuchen, mit einem Lächeln auf den Lippen Gemeinheiten auszutauschen. Was auch immer dies bewirkte, sie konnten sich jedenfalls nicht über das Ergebnis beklagen. Langsam, Tag für Tag, stimmten die Worte und der Tonfall mit den aufgesetzten Mienen immer besser überein. Hier und da blickte die eine oder andere sogar etwas verlegen drein, weil sie sich offenbar schämte, sich so dumm benommen zu haben. Natürlich sagte niemand auch nur ein Wort der Entschuldigung, wofür Nynaeve durchaus Verständnis hatte. Hätte *sie* sich so idiotisch und gemein verhalten wie die anderen, dann würde sie sie auch nicht mit der Nase daraufstoßen wollen.

Die Kinder spielten ebenfalls eine Rolle, Elayne und Birgitte wieder ins Gleichgewicht zu bringen, aber es begann in Wirklichkeit damit, daß sich Nynaeve an diesem ersten Morgen auf dem Fluß um die Verletzungen der Männer kümmerte. Sie nahm ihre Tasche mit den Kräutern mit hinaus, machte Breiumschläge und Tinkturen und verband Schnittwunden. Diese Wunden regten sie so auf, daß sie fähig war, sie mit Hilfe der Macht zu heilen, so wie Krankheit und Verletzungen sie immer erregten, und so heilte sie, wenn auch mit äußerster Vorsicht, einige der schlimmsten. Sicher, plötzlich verschwundene Verletzungen machten die Menschen mißtrauisch und ließen sie tratschen, und das Licht mochte wissen, was Neres tun würde, wenn er glaubte, eine Aes Sedai an Bord zu haben. Höchstwahrscheinlich würde er nachts heimlich einen Mann an der Küste Amadicias absetzen und versuchen, sie von dort aus gefangensetzen zu lassen. Was das betraf, könnte eine solche Neuigkeit sogar einige der Flüchtlinge dazu bringen, heimlich über Bord zu gehen.

Bei Uno beispielsweise begann sie damit, seine stark angeschwollene Schulter mit ein wenig scharfem Mardwurzelöl einzureiben, tupfte ein bißchen Allheil-Tinktur auf den frischen Schnitt an seiner Wange – nur wenig, weil sie nichts verschwenden wollte – und umwickelte seinen Kopf so fest mit einer Binde, daß er kaum noch den Unterkiefer bewegen konnte, und dann benützte sie die Macht. Als er keuchte und um sich schlagen wollte, sagte sie knapp: »Benehmt Euch nicht wie ein Kleinkind. Man sollte glauben, ein bißchen Schmerz wie dieser könne einen starken Mann nicht umhauen. Ihr werdet die Bandage ganz und gar in Ruhe lassen. Wenn Ihr sie innerhalb der nächsten drei Tage auch nur berührt, werde ich Euch mit etwas ruhigstellen, das Ihr nicht so schnell vergeßt.«

Er nickte vorsichtig und sah sie so unsicher an, daß ihr klar war: er hatte keine Ahnung, was sie mit ihm gemacht hatte. Und falls es ihm klar wurde, wenn er die Bandage endlich wieder abnahm, würde sich mit etwas Glück niemand mehr genau daran erinnern, wie schlimm der Schnitt gewesen war, nun, und er sollte Verstand genug haben, um den Mund zu halten.

Sobald sie einmal damit begonnen hatte, war es nur natürlich, daß sie sich auch um den Rest der Passagiere kümmerte. Nur wenige Flüchtlinge wiesen keine Schwellungen und Schrammen auf, und einige der

Kinder zeigten deutliche Anzeichen fieberhafter Erkrankungen oder hatten offensichtlich Würmer. Die Kinder konnte sie mit Hilfe der Macht heilen, ohne sich Sorgen machen zu müssen. Kinder stellten sich immer ziemlich an, wenn sie eine Medizin schlucken mußten, die nicht gerade nach Honig schmeckte, und wenn sie ihren Müttern berichteten, sie hätten so ein eigenartiges Gefühl dabei gehabt, war das nun wirklich nichts Außergewöhnliches. Kinder bildeten sich immer die seltsamsten Sachen ein.

Sie hatte sich allerdings in der Gegenwart von Kindern nie richtig wohl gefühlt. Sicher wollte sie Kinder von Lan haben. Ein Teil von ihr jedenfalls. Aber Kinder brachten auch alles grundlos durcheinander. Sie schienen die Angewohnheit zu haben, immer genau das Gegenteil von dem zu tun, was man ihnen gesagt hatte, sobald man ihnen den Rücken zuwandte, nur um zu sehen, wie man darauf reagierte. Und doch ertappte sie sich dabei, wie sie einem Jungen, der ihr kaum bis zur Hüfte reichte, über das dunkle Haar strich, weil er sie wie eine kleine Eule von unten her mit seinen strahlend blauen Augen anblickte. Sie sahen Lans Augen so ähnlich.

Elayne und Birgitte kamen, um ihr zu helfen, wenn auch anfangs nur, um die Ordnung zu wahren. Doch auf irgendeine Art kamen auch sie und die Kinder sich gegenseitig immer näher. Es war schon eigenartig, aber Birgitte wirkte keineswegs lächerlich, als sie auf jedem Knie einen Jungen von drei oder vier Jahren schaukelte und von einem Ring weiterer Kinder umgeben war, denen sie ein lustiges und völlig unsinniges Lied von tanzenden Tieren vorsang. Und Elayne ließ eines nach dem anderen in einen kleinen Sack mit süßen, roten Bonbons greifen. Das Licht mochte wissen, woher und warum sie die hatte. Sie blickte nicht einmal schuldbewußt drein, als Nynaeve sie dabei ertappte, wie sie heimlich eines in den eigenen Mund wandern ließ. Sie grinste nur, zog einem kleinen Mädchen sanft dessen Daumen aus dem Mund und ersetzte ihn durch ein Bonbon. Die Kinder lachten, als erinnerten sie sich erst jetzt wieder daran, wie man das machte. Sie drückten sich an Nynaeve oder Elayne oder Birgitte, wie sie es vorher bei den eigenen Müttern getan hatten. Es war äußerst schwierig, unter diesen Umständen zornig zu bleiben oder schlechte Laune zu zeigen. Sie konnte sich deshalb auch zu nicht mehr als einem schwachen Schnauben aufraffen, als Elayne in der Abgeschlossenheit ihrer Kabine am zweiten Tag damit begann, den *A'dam* wieder zu untersuchen. Sie schien mehr denn je zuvor überzeugt, daß Armreif, Halsband und Leine eine seltsame Form der geistigen Verknüpfung zustande brachten. Nynaeve setzte sich sogar ein- oder zweimal mit ihr zusammen und half; schon der Anblick dieses abscheulichen Dinges reichte, um sie zornig genug zu machen, daß sie *Saidar* ergreifen und der anderen folgen konnte.

Natürlich kamen die einzelnen Geschichten der Flüchtlinge zur Sprache. Auseinandergerissene Familien, die anderen verirrt oder tot. Bauernhöfe und Läden und Werkstätten zerstört, als sich die Wellen der Zerstörung ausbreiteten und den Handel unterbanden. Die Menschen konnten nichts kaufen, wenn sie nichts verkaufen konnten. Der Prophet war schließlich nur der letzte Ziegelstein auf dem Karren gewesen, der die Achse endgültig brechen ließ. Nynaeve sagte kein Wort, als sie beobachtete, wie Elayne einem alten Burschen mit dünnem, grauem Haar eine Goldmark in die Hand drückte, woraufhin der die Faust an die faltige Stirn legte und versuchte, ihre Hand zu küssen. Sie würde erfahren, wie schnell sich Gold verflüchtigte. Außerdem hatte Nynaeve selbst ein paar Münzen verschenkt. Nun, vielleicht sogar mehr als nur ein paar.

Alle Männer bis auf zwei waren ergraut oder wiesen bereits Glatzen auf, hatten wettergegerbte Gesichter und von der Arbeit schwielige Hände. Jüngere Männer waren zum Militär gepreßt worden, soweit der Prophet sie nicht geschnappt hatte. Wer sich sowohl dem einen wie auch dem anderen verweigerte, war aufgehängt worden. Die beiden jungen Männer – eigentlich waren sie nicht viel mehr als Jungen, und Nynaeve bezweifelte, daß sie sich bereits regelmäßig rasierten – wirkten gehetzt, und sie zuckten zusammen, wenn einer der Schienarer sie anblickte. Manchmal sprachen die alten Männer davon, neu anzufangen, ein Stück Land zu finden, das sie bebauen konnten, oder ihr Handwerk wieder aufzunehmen, aber ihrem Tonfall konnte man entnehmen, daß sie sich über ihren eigenen Zustand hinwegtäuschen wollten und lediglich nach außen hin Mut zeigten. Die meisten hatten auch leise und bedrückt von ihren Familien erzählt; die Frau, die im Getümmel von ihnen getrennt worden war, die verlorenen Söhne und Töchter, die Enkel, die sie nie wiedersehen würden. Es klang alles so verloren und hoffnungslos. In der zweiten Nacht verschwand ein Bursche mit großen Henkelohren einfach. Dabei hatte er von allen noch am hoffnungsvollsten gewirkt. Doch er war weg, als die Sonne aufging. Vielleicht war er ja ans Ufer geschwommen. Nynaeve hoffte es jedenfalls.

Und doch waren es die Frauen, die ihr Herz gewannen. Sie hatten keine besseren Aussichten als die Männer, die gleichen Ungewißheiten, aber die meisten trugen noch schwerere Lasten. Keine hatte ihren Mann bei sich oder wußte auch nur, ob sie überhaupt noch einen Mann hatte, aber die Verantwortung, die sie zu erdrücken schien, ließ sie auch weitermachen. Keine Frau mit Rückgrat würde aufgeben, solange sie noch Kinder hatte. Und sogar die anderen wollten sich irgendeine Art von Zukunft aufbauen. Jede von ihnen klammerte sich an mehr Hoffnung, als die Männer vorspielten. Drei Fälle rührten sie besonders.

Nicola war ungefähr genauso alt und groß wie sie selbst, eine schlanke, dunkelhaarige Weberin mit großen Augen, die vorgehabt hatte, bald zu heiraten. Bis ihr Hyran es sich in den Kopf setzte, daß ihn die Pflicht in die Reihen des Propheten rief und er so dem Wiedergeborenen Drachen dienen wolle. Er würde sie heiraten, wenn er mit seiner Pflicht im reinen war. Pflichten waren für Hyran sehr bedeutsam gewesen. Er wäre ein guter und pflichtbewußter Ehemann und Vater geworden, sagte Nicola. Nur hatte ihm alles, was er im Kopf mit sich trug, nicht geholfen, als ihm jemand denselben mit der Axt spaltete. Nicola hatte keine Ahnung, wer oder warum, nur, daß sie sich soweit wie überhaupt möglich von dem Propheten entfernen wollte. Irgendwo mußte es einen Ort geben, wo man nicht tötete, wo sie sich nicht immerzu davor fürchten mußte, was hinter der nächsten Ecke liegen mochte.

Marigan, ein paar Jahre älter, war einst mollig gewesen, doch ihr zerlumptes braunes Kleid hing jetzt schlaff an ihr herunter, und ihr grobes Gesicht sah aus, als befinde sie sich jenseits der bloßen Erschöpfung. Ihre beiden Söhne, Jaril und Seve, sechs und sieben Jahre alt, blickten schweigend und mit viel zu großen Augen in die Welt. Sie klammerten sich aneinander und schienen sich vor allem und jedem zu fürchten, selbst vor ihrer eigenen Mutter. Marigan hatte in Samara als Heilerin gearbeitet und mit Kräutern gehandelt, wenn sie auch im Hinblick auf beides seltsame Haltungen an den Tag legte. Das war allerdings kein Wunder, denn eine Frau, die Krankheiten heilte, obwohl Amadicia und damit die Weißmäntel sich gleich auf der anderen Seite des Flusses befanden, mußte sich ziemlich unauffällig verhalten und sich auch von Anfang an die meisten Kenntnisse selbst aneignen. Alles, was sie je erreichen wollte, war, die Menschen von Krankheiten zu heilen, und sie behauptete, gut gewesen zu sein, obwohl sie ihren eigenen Mann nicht hatte retten können. Die fünf Jahre nach seinem Tod waren schwer gewesen, und die Ankunft des Propheten hatte ihr auch nicht gerade geholfen. Eine wütende Volksmenge, die nach Aes Sedai suchte, hatte sie gezwungen, sich zu verbergen, nachdem sie einen Mann vom Fieber kuriert hatte und das Gerücht entstanden war, sie habe ihn vom Tod wieder auferweckt. Das zeigte, wie wenig die meisten Menschen von den Aes Sedai wußten. Vom Tod konnten auch sie niemanden heilen. Doch selbst Marigan schien das zu glauben. Genau wie Nicola hatte sie keine Ahnung, wohin sie sich wenden sollte. Sie hoffte lediglich, irgendwo ein Dorf zu finden, wo sie wieder in Frieden ihre Kräuter feilbieten konnte.

Areina war die jüngste der drei; ihre blauen Augen blickten fest und sicher aus einem rot und gelblich angeschwollenen Gesicht und sie stammte überhaupt nicht aus Ghealdan. Wenn man das an nichts anderem merkte, dann zumindest an ihrer Kleidung: einem kurzen, dunklen Mantel und einer bauschigen Hose, ähnlich der Birgittes. Das waren auch schon alle ihre Habseligkeiten. Sie sagte nicht genau, wo sie herkam, doch sie erzählte ganz offen, was sie schließlich auf die *Wasserschlange* gebracht hatte. Jedenfalls einiges davon; Nynaeve mußte gelegentlich nachfragen. Areina war nach Illian gezogen, um ihren jüngeren Bruder heimzuholen, bevor er den Eid als Jäger des Horns ablegen konnte. Da sich aber Tausende in der Stadt aufhielten, konnte sie ihn nicht aufspüren. Irgendwie war es dann dazu gekommen, daß sie selbst den Eid ablegte und in die Welt hinauszog, obwohl sie nicht einmal richtig glauben konnte, daß dieses Horn von Valere tatsächlich existierte. Sie hatte wohl so halb gehofft, irgendwo den jungen Gwil zu finden und nach Hause zu bringen. Seither war ihr Leben… schwierig… gewesen. Areina scheute sich nicht etwa davor, alles auszusprechen, doch sie bemühte sich so sehr, alle Dinge zu beschönigen... Man hatte sie aus mehreren Dörfern verjagt, sie einmal ausgeraubt und mehrmals verprügelt. Doch trotzdem hatte sie nicht die Absicht, aufzugeben oder eine sichere Zuflucht zu suchen oder gar ein friedliches Dorf. Immer noch lag die Welt vor ihren Füßen, und Areina beabsichtigte, mit dieser Welt fertigzuwerden. Nicht, daß sie es so darstellte, aber Nynaeve war klar, daß die Frau es so meinte.

Nynaeve war sich sehr wohl darüber im klaren, warum diese drei sie so besonders rührten. Jede ihrer Geschichten hätte auch einen Strang ihres eigenen Lebens darstellen können. Was sie allerdings nicht ganz verstand, war die Tatsache, daß sie Areina am liebsten gewonnen hatte. Ihrer Meinung nach – und sie konnte ja wohl zwei und zwei zusammenzählen –, waren die meisten Probleme Areinas auf ihr loses Mundwerk zurückzuführen, weil sie den Menschen einfach ins Gesicht sagte, was sie dachte. Es konnte wohl kein Zufall sein, wenn man sie aus einem Dorf so schnell vertrieben hatte, daß sie sogar ihr Pferd zurücklassen mußte, weil sie dem Bürgermeister an den Kopf geworfen hatte, er sei ein Dummkopf mit einem Gesicht wie Brotteig, und dann hatte sie auch noch einigen Frauen aus dem Dorf erklärt, vertrocknete Küchenbesen wie sie hätten kein Recht dazu, sie zu fragen, wieso sie ganz allein unterwegs sei. Jedenfalls gab sie zu, so etwas in der Art gesagt zu haben. Nynaeve dachte sich, ein paar Tage mit ihr zusammen, damit sie ihr ein Beispiel gab, könnten bei dieser Frau wahre Wunder wirken. Und sie mußte auf jeden Fall auch für die beiden anderen etwas tun. Den Wunsch nach Sicherheit und Frieden konnte sie nur zu gut verstehen.

Es kam am Morgen des zweiten Tages, als die Launen noch angeknackst und die Zungen spitz waren – jedenfalls die einiger bestimmter Leute! –, zu einem außergewöhnlichen Wortwechsel. Nynaeve machte eine ganz friedliche Bemerkung, Elayne befände sich nicht im Palast ihrer Mutter, also solle sie nicht glauben, *sie* werde sich jede Nacht im Schlaf an die Wand drücken lassen. Daraufhin hob Elayne in typischer Weise hochnäsig das Kinn, doch bevor sie den Mund aufbekam, sprudelte Birgitte heraus: »Du bist wirklich die Tochter-Erbin von Andor?« Dabei sah sie sich kaum um, ob vielleicht jemand nahe genug sei, ihnen zu lauschen.

»Das bin ich.« Elayne klang würdevoller als in der letzten Zeit, aber es lag auch eine Andeutung von – konnte das Befriedigung sein? – darin.

Birgittes Gesicht war vollkommen ausdruckslos, als sie sich abwandte und zum Bug schritt, wo sie sich auf ein zusammengerolltes Seil setzte und auf den Fluß vor sich hinabstarrte. Elayne runzelte die Stirn, blickte ihr nach und ging schließlich zu ihr hin, um sich neben sie zu setzen. Dort saßen sie und unterhielten sich eine Weile leise. Nynaeve hätte sich nicht zu ihnen gesetzt, selbst wenn sie sie darum *gebeten* hätten! Worüber sie auch gesprochen haben mochten, jedenfalls wirkte Elayne etwas unzufrieden, als habe sie ein anderes Ergebnis erwartet, doch danach gab es kaum noch ein böses Wort zwischen den beiden.

Birgitte nahm später am selben Tag ihren richtigen Namen wieder an, wenn auch in einem letzten Ausbruch schlechter Laune. Da Moghedien in sicherer Entfernung hinter ihnen lag, hatten sie und Elayne sich die Farbe mit Stupfkrautsaft aus dem Haar gewaschen. Als Neres die eine mit rotgoldenen Locken bis auf die Schultern erblickte und die andere mit goldblondem Haar, das zu einem kunstvollen Zopf geflochten war, und die dann auch noch Bogen und Köcher herumtrug, knurrte er beißend etwas von »Birgitte, wie sie aus ihren verdammten Legenden heraustritt«. Es war sein Pech, daß sie seine Worte hörte. Das *sei wirklich* ihr Name, erklärte sie ihm in scharfem Ton, und wenn er ihm nicht passe, werde sie seine Ohren an jeden von ihm gewünschten Mast nageln. Und zwar mit verbundenen Augen. Er stolzierte mit hochrotem Gesicht davon und schrie seine Leute an, sie sollten ein paar Leinen festzurren, die man wohl kaum noch mehr spannen konnte, ohne sie zu zerreißen.

Zu dieser Zeit war es Nynaeve vollkommen gleich, ob Birgitte ihre Drohung tatsächlich wahr machte. Wohl hatte der Stupfkrautsaft noch einen leicht rötlichen Schimmer in ihrem Haar zurückgelassen, aber es kam ihrer natürlichen Haarfarbe doch so nahe, daß sie am liebsten vor Freude geweint hätte. Und wenn nicht gerade jeder an Bord plötzlich entzündetes Zahnfleisch und Zahnschmerzen bekam, hatte sie noch genügend von diesem Saft, um sich das Haar mehrere Male auszuwaschen. Und genügend roten Fenchel, damit es ihrem Magen nicht zu schlecht erging. Sie konnte nicht anders, als vor Erleichterung zufrieden aufzuseufzen, sobald ihr Haar getrocknet und wieder zu einem ordentlichen Zopf geflochten war. Da Elayne nun gute Winde herangewebt hatte und Neres Tag und Nacht durchfuhr, glitten die Dörfer und Bauernhöfe mit ihren strohgedeckten Dächern rasch zu beiden Seiten an ihnen vorbei. Am Tag winkten ihnen die Menschen an den Ufern so manches Mal zu, und bei Nacht sahen sie die hell erleuchteten Fenster. Von dem Aufruhr weiter flußaufwärts war hier nichts zu spüren. So plump dieses auf den falschesten aller Namen getaufte Schiff auch war, es kam jedenfalls mit der Strömung schnell vorwärts.

Neres schien hin- und hergerissen zwischen seiner Freude an den guten Winden und seinen Sorgen, weil sie auch bei Tageslicht weiterfuhren. Mehr als einmal blickte er sehnsuchtsvoll zu einem toten Flußarm, einer kleinen Bucht oder der durch Bäume vor der Sicht geschützten Mündung eines Baches hinüber, wo er die *Wasserschlange* gut verborgen hätte festmachen und warten können. Gelegentlich ließ Nynaeve eine Bemerkung fallen, so daß er sie hören konnte – wie froh er doch sein mußte, da er nun bald die Leute aus Samara los sei –, und dazu warf sie noch den einen oder anderen Kommentar darüber ein, wie gut diese oder jene Frau nun aussehe, da sie ein wenig ausgeruht habe, und wie energiegeladen ihre Kinder spielten. Das reichte, um jeden Gedanken an einen Zwischenhalt aus seinem Kopf zu verscheuchen. Es wäre möglicherweise leichter gewesen, ihm mit den Schienarern oder Thom und Juilin zu drohen, aber diese Kerle hatten mittlerweile sowieso schon viel zu geschwollene Köpfe. Und außerdem hatte sie nicht die Absicht, sich mit einem Mann herumzustreiten, der sie weder anblickte noch direkt mit ihr sprach.

Als der dritte Tag grau heraufdämmerte, mußten die Besatzungsmitglieder wieder an die Ruder gehen und, das Schiff schleppte sich schwerfällig an einen der Kais von Boannda. Das war eine beachtlich große Stadt, größer als Samara auf jeden Fall, und sie lag auf einer Landspitze, wo der Boern mit schneller Strömung von Jehannah herunterkam und in den viel trägeren Eldar mündete. Innerhalb der hohen, grauen Stadtmauer standen sogar drei Türme und ein blendend weißes Gebäude mit einem roten Ziegeldach, das man durchaus als Palast bezeichnen konnte, wenn auch nur als einen kleinen. Als die *Wasserschlange* an dem schweren Pfahlwerk am Ende des Kais vertäut wurde, der sich eher durch eingetrockneten Schlamm als durch das Wasser zog, fragte sich Nynaeve laut, warum Neres den ganzen Weg nach Samara hinaufgefahren war, wenn er seine Fracht genausogut auch hier hätte löschen und verkaufen können.

Elayne nickte in Richtung eines stämmigen Mannes auf dem Kai, der auf der Brust eine Kette mit irgendeinem Siegel daran trug. Es standen noch ein paar andere von dieser Sorte dort, alle mit blauem Rock und dieser Kette, die genau beobachteten, wie zwei weitere plumpe Schiffe an anderen Kais ihre Ladung löschten. »Ich würde sagen, das sind die Zollbeamten Königin Alliandres.« Neres trommelte mit den Fingern nervös auf die Reling und vermied es genauso eindringlich, diese Männer anzublicken, wie sie die anderen Schiffe musterten. »Vielleicht hatte er sich mit denen in Samara irgendwie arrangiert. Ich glaube nicht, daß er mit denen hier sprechen möchte.«

Die Männer und Frauen aus Samara schritten zögernd über die Planke, die als Steg diente. Von den Zollbeamten wurden sie ignoriert. Es wurde kein Zoll auf Menschen erhoben. Für diese Flüchtlinge begann nun wieder die Zeit völliger Ungewißheit. Ein vollständiger Neubeginn für ihre Leben lag nun vor ihnen, und sie hatten nichts außer dem, was sie am Leib trugen und was Elayne und Nynaeve ihnen zugesteckt hatten. Bevor sie auch nur den Kai zur Hälfte hinter sich hatten, wobei sie sich ängstlich aneinanderdrückten, begannen einige der Frauen bereits, genauso entmutigt dreinzublicken wie die Männer. Andere begannen sogar zu weinen. Auf Elaynes Gesicht stand ein innerer Konflikt geschrieben. Sie wollte am liebsten immer für jeden sorgen. Nynaeve hoffte, Elayne möge nicht bemerken, daß sie einigen Frauen in letzter Sekunde ein paar weitere Silbermünzen zugesteckt hatte.

Nicht alle verließen das Schiff. Areina blieb, und Nicola und Marigan, die ihre Söhne fest in den Armen hielt. Die beiden blickten ängstlich und schweigend den anderen Kindern nach, die in Richtung der Stadt verschwanden. Nynaeve hatte von den beiden Burschen seit Samara kein einziges Wort gehört.

»Ich will mit Euch kommen«, sagte Nicola zu Nynaeve und rang dabei unbewußt die Hände. »Ich fühle mich in Eurer Nähe sicher.«

Marigan nickte energisch. Areina sagte nichts, aber sie trat näher zu den beiden anderen Frauen heran und machte sich zum Teil ihrer Gruppe, wobei sie Nynaeve trotzig anblickte, als wolle sie sie herausfordern, sie wegzuschicken.

Thom schüttelte leicht den Kopf, und Juilin verzog das Gesicht, doch Nynaeve sah zu Elayne und Birgitte hinüber. Elayne zögerte keinen Augenblick. Sie nickte, und die andere tat es ihr kaum eine Sekunde später nach. Nynaeve raffte ihren Rock und marschierte geradewegs auf Neres zu, der am Heck stand.

»Ich denke, jetzt bekomme ich mein Schiff wieder zurück«, sagte er ins Leere, irgendwo zwischen dem Schiff und der Kaimauer. »Es wurde auch höchste Zeit. Das war die schlimmste Fahrt, die ich jemals unternommen habe.«

Nynaeve lächelte breit. Ausnahmsweise einmal sah er sie an, bevor er fertig mit ihr war. Nun, er sah sie wenigstens beinahe an.

Neres hatte natürlich keine andere Wahl. Er konnte sich wohl schwerlich an die Behörden in Boannda wenden. Und wenn ihm auch der von ihr gebotene Fahrpreis nicht gerade paßte, so mußte er schließlich doch flußabwärts fahren. Also machte die *Wasserschlange* die Leinen los und fuhr ab nach Ebou Dar, wobei er unterwegs noch einmal anlegen sollte, doch den Ort würde er erst erfahren, wenn Boannda hinter ihnen lag.

»Salidar!« grollte er und stierte über Nynaeves Kopf hinweg. »Salidar wurde schon nach dem Weißmantelkrieg aufgegeben. Eine Frau muß schon reichlich närrisch sein, wenn sie in Salidar an Land gehen will.«

Obwohl sie nach außen hin lächelte, war Nynaeve zornig genug, um die Wahre Quelle berühren zu können. Neres brüllte und klatschte sich gleichzeitig mit der flachen Hand auf Nacken und Hüfte. »Die Bremsen stechen wirklich schlimm zu dieser Jahreszeit«, sagte sie mitleidig. Birgitte lachte schallend los, während sie über Deck dahingingen.

Nynaeve stand am Bug und saugte die Luft tief in sich ein, während Elayne mit Hilfe eines dünnen Strangs der Macht den Wind wieder auffrischen ließ. Die *Wasserschlange* schob sich schwankend in die starke Strömung hinein, die der Boern mit sich brachte. Sie aß fast nur noch roten Fenchel bei den Mahlzeiten, aber es war ihr mittlerweile gleich, ob er ihr noch vor Salidar ausging oder nicht. Ihre Reise war fast beendet. Und alles, was sie durchgemacht hatte, war den Preis wert gewesen, wenn sie damit ihr Ziel erreichte. Natürlich hatte sie nicht immer so gedacht, und dafür waren Elaynes und Birgittes scharfe Zungen nicht der einzige Grund gewesen.

In der ersten Nacht hatte Nynaeve den verdrehten Steinring benützt. Sie hatte in ihrem dünnen Hemd auf dem Bett des Kapitäns gelegen, die ständig gähnende Elayne hatte sich auf den Stuhl gesetzt, und Birgitte lehnte an der Tür, wobei ihr Kopf die Deckenbalken berührte. Eine einzelne, verrostete, auf einigen Metallringen ruhende Lampe warf ein trübes Licht, gab aber überraschenderweise einen würzigen Duft von sich, während das Öl langsam verbrannte. Vielleicht hatte Neres der muffige Modergeruch auch nicht gepaßt. Sie machte wohl ein wenig viel Aufhebens, als sie den Ring zwischen ihre Brüste hinabgleiten ließ und ganz sicher gehen wollte, daß die anderen auch sahen, wie er ihre Haut berührte, aber sie war eben noch immer mißtrauisch, nachdem sich die anderen bis zu diesem Zeitpunkt bestenfalls ein paar Stunden lang einigermaßen vernünftig benommen hatten.

Das Herz des Steins war genauso wie immer. Von überall und nirgends kam ein diffuser, bleicher Lichtschein, das glitzernde Kristallschwert *Callandor* steckte im Fußboden unter der großen Kuppel, und Reihen riesiger, glänzender roter Steinsäulen zogen sich bis weit in die Schatten hinein. Und dazu das Gefühl, beobachtet zu werden, wie es so typisch für *Tel'aran'rhiod* war. Nynaeve mußte sich mit Mühe daran hindern, zu fliehen oder verzweifelt hinter den Säulen nach einem Beobachter zu suchen. So zwang sie sich, an einem Fleck neben *Callandor* stehenzubleiben und langsam bis tausend zu zählen. Bei jedem vollen Hunderter legte sie eine Pause ein und rief Egwenes Namen.

Das war auch schon alles, was ihr übrigblieb. Die Beherrschung, auf die sie so stolz gewesen war, schwand zusehends. Ihre Kleidung verschwamm ob ihrer Angst, Angst um sich selbst, um Egwene, Rand und Lan, und Moghediens wegen. Von einer Minute zur nächsten wurde aus dem festen Zwei-Flüsse-Wollkleid ein dicker Umhang mit einer tiefen Kapuze, aus diesem wieder ein Kettenhemd der Weißmäntel und daraus das rote Seidenkleid, aber diesmal durchsichtig!, dann wieder ein noch dichterer Umhang und ... Sie glaubte zu spüren, daß sich auch ihr Gesicht veränderte. Einmal blickte sie auf ihre Hände hinab, und deren Haut war dunkler als die Juilins. Wenn Moghedien sie vielleicht doch nicht erkannte ...

»Egwene!« Der letzte heisere Ruf verhallte zwischen den Säulen, und Nynaeve zwang sich, ein letztes Mal schaudernd auf hundert zu zählen. Der große Saal blieb bis auf sie selbst leer. Sie wünschte beinahe, etwas mehr Bedauern zu empfinden und nicht nur erleichterte Eile, aber sie trat aus dem Traum heraus ... und lag da, den Steinring an seiner Lederschnur in den Fingern, starrte die dicken Balken über dem Bett an und lauschte dem tausendfachen Knirschen und Quietschen und Knarren, all den Geräuschen des Schiffs, das durch die Dunkelheit flußabwärts schaukelte.

»War sie da?« wollte Elayne wissen. »Du warst nicht lange weg, aber ...«

»Ich bin es leid, immer Angst zu haben«, sagte Nynaeve, ohne den Blick von den Balken zu wenden. »Ich bis es s-so leid, ein F-feigling zu sein!« Bei diesen

Worten brach sie in Tränen aus, die sie weder aufhalten noch verbergen konnte, gleich, wie sehr sie auch ihre Augen rieb.

Elayne war augenblicklich bei ihr, hielt sie in den Armen und streichelte ihr über das Haar. Einen Moment später preßte ihr Birgitte ein in kühlem Wasser getränktes Tuch in den Nacken. Sie weinte sich bei ihnen aus, während sie ihr versicherten, sie sei kein Feigling.

»Wenn ich glaubte, Moghedien sei hinter mir her«, sagte Birgitte schließlich, »würde ich davonlaufen. Und wenn es keinen anderen Ort gäbe, mich zu verbergen, als einen Dachsbau, dann würde ich mich eben da hineinzwängen und zusammenrollen und schwitzen, bis sie wieder weg wäre. Ich würde mich ja auch nicht vor einen von Cerandins *S'redit* stellen, wenn er angreift. Und beides hat nichts mit Feigheit zu tun. Du mußt selbst den Zeitpunkt und den Ort des Kampfes bestimmen und sie dann auf eine Weise angreifen, die sie am wenigsten erwartet. Ich werde mich an ihr rächen, wenn mir dazu eine Möglichkeit gegeben wird, aber nur dann. Alles andere wäre idiotisch.«

Das war eigentlich nicht das, was Nynaeve gern hören wollte, aber ihre Tränen und der Trost der beiden rissen eine weitere Lücke in die Dornenhecke, die zwischen ihnen emporgewachsen war.

»Ich werde dir beweisen, daß du kein Feigling bist.« Elayne griff nach dem dunklen Holzkasten auf dem Regal, auf das sie ihn gestellt hatte, und nahm die Eisenscheibe mit der spiralförmigen Gravur heraus. »Wir gehen noch einmal zusammen hin.«

Das hatte Nynaeve noch weniger hören wollen. Doch es gab keine Möglichkeit, dem zu entgehen, nachdem sie ihr eingeredet hatten, sie sei kein Feigling. Also gingen sie zurück.

Erst zum Stein von Tear, wo sie *Callandor* anblickten. Das war immer noch besser, als sich ständig nach hinten umzusehen und zu fragen, ob Moghedien dort auftauchte. Dann weiter zum Königlichen Palast in Caemlyn, wo Elayne die Führung übernahm, und schließlich nach Emondsfeld, diesmal unter Anleitung Nynaeves. Nynaeve hatte durchaus schon Schlösser und Paläste gesehen – mit ihren riesigen Sälen und weitgeschwungenen, bemalten Stuckdecken, den Marmorböden, dem Goldzierrat und den feingewebten Teppichen und kunstvollen Wandbehängen, aber in diesem hier war immerhin Elayne aufgewachsen. Dieses Wissen im Kopf und die Bilder vor Augen halfen ihr, Elayne ein wenig besser zu verstehen. Sicher erwartete die Frau, daß die Welt vor ihr in den Staub sank, denn man hatte ihr das so beigebracht und das eben an einem Ort, der dies verständlich erscheinen ließ und wo nun wirklich jeder vor ihr kuschte.

Elayne, oder genauer gesagt, das des *Ter'Angreals* wegen blasse Abbild Elaynes, war eigenartig still, während sie sich dort aufhielten. Andererseits war auch Nynaeve still, als sie sich in Emondsfeld befanden. Zum einen war das Dorf größer als in ihrer Erinnerung. Es standen schon mehr strohgedeckte Häuser dort als früher, und weitere hölzerne Baugerüste ließen auf rege Geschäftigkeit schließen. Irgend jemand baute gleich außerhalb des Dorfes ein sehr großes Haus mit drei weitgeschwungenen Stockwerken, und auf dem Anger hatte man einen fünf Schritt hohen Steinsockel aufgestellt, in den rundherum Namen eingehauen waren. Eine Menge davon kannte sie. Die meisten stammten von den Zwei Flüssen. Auf jeder Seite dieses – Gedenksteins? – stand ein Flaggenmast. An einem hing eine Flagge mit einem roten Wolfskopf, am anderen eine mit einem roten Adler. Alles wirkte wohlhabend und glücklich, soweit sie das in Abwesenheit der Menschen beurteilen konnte, aber es ergab keinen Sinn. Was beim Licht hatten diese Flaggen zu bedeuten? Und wer würde denn hier ein solches Haus erbauen?

Sie huschten hinüber zur Weißen Burg und in Elaidas Büro. Nichts hatte sich dort geändert, abgesehen davon, daß jetzt nur noch ein halbes Dutzend Hocker im Halbkreis vor Elaidas Schreibtisch standen. Und das Triptychon mit Gemälden um Bonwhin war verschwunden. Das Bild von Rand war immer noch da. Ein Riß im Leinen, genau auf Rands Gesicht, als habe jemand etwas danach geworfen, war nur flüchtig ausgebessert worden.

Sie überflogen die Papiere in dem lackierten Kästchen mit den goldenen Falken und auch diejenigen auf dem Tisch der Behüterin im Vorzimmer. Dokumente und Briefe veränderten sich, während sie alles durchsahen, aber sie erfuhren doch einiges an Neuem. Elaida wußte, daß Rand die Drachenmauer in Richtung Cairhien überquert hatte, aber es gab keinen Hinweis darauf, welche Maßnahmen sie daraufhin treffen wollte. Ein zorniger Brief, in dem sie alle Aes Sedai aufforderte, unverzüglich zur Burg zurückzukehren, soweit sie keine anderslautenden Befehle von ihr hätten. Elaida schien überhaupt auf sehr vieles zornig zu sein, etwa darauf, daß so wenige Schwestern nach ihrem Amnestieangebot zurückgekehrt waren, daß die meisten ihrer Augen-und-Ohren in Tarabon nach wie vor schwiegen, daß Pedron Niall noch immer seine Weißmäntel nach Amadicia zurückrief, obwohl sie nicht wußte, aus welchem Grund, und daß Davram Bashere nach wie vor unauffindbar war, obwohl er doch ein ganzes Heer bei sich hatte. Jedes Schriftstück von ihrer Hand war oberhalb des Siegels von Wut erfüllt. Nichts davon schien von besonderem Nutzen oder Interesse, abgesehen vielleicht von der Nachricht in bezug auf die Weißmäntel. Nicht, daß ihnen von dieser Seite her Gefahr drohte, solange sie sich auf der *Wasserschlange* befanden.

Als sie in ihre Körper auf dem Schiff zurückkehrten, schwieg Elayne, während sie sich von dem Stuhl erhob und die Scheibe in den Kasten zurücklegte. Ohne weiter nachzudenken, stand auch Nynaeve auf und half ihr aus dem Kleid. Birgitte ging nach oben, als sie zusammen ins Bett kletterten. Sie habe vor, gleich oben neben dem Kabinenaufgang zu schlafen, sagte sie.

Elayne benützte die Macht, um die Lampe zu löschen. Nachdem sie eine Weile im Dunklen gelegen hatten, sagte sie: »Der Palast erschien mir so… leer, Nynaeve. Es war ein solches Gefühl von Leere…«

Nynaeve hatte keine Ahnung, wie etwas in *Tel'aran'rhiod* anders wirken könne. »Es lag an dem *Ter'Angreal*, den du benützt hast. Du hast beinahe durchscheinend auf mich gewirkt.«

»Also, ich habe davon nichts bemerkt.« Elaynes Antwort klang allerdings ein wenig schroff, und so legten sie sich endgültig zum Schlafen zurecht.

Nynaeve hatte sich noch sehr lebhaft an die Ellbogen der anderen Frau erinnert, aber sie konnten ihr die gute Laune nicht rauben, genausowenig wie Elaynes gemurmelte Klage, sie habe wirklich kalte Füße. Sie hatte es vollbracht. Vielleicht war es etwas anderes, nur zu vergessen, daß man sich eigentlich fürchtete, anstatt sich wirklich zu fürchten, aber immerhin war sie in die Welt der Träume zurückgegangen. Vielleicht würde sie eines Tages wieder den Mut finden, ihre Angst zu überwinden.

Einmal begonnen, war es leichter, weiterzumachen, als aufzuhören. Jede Nacht nun betraten sie gemeinsam *Tel'aran'rhiod* und besuchten jedesmal die Burg, um zu erfahren, was immer nur möglich war. Es gab nicht viel; höchstens den Befehl, eine Abgesandte nach Salidar zu schicken, um die Aes Sedai dort zur Rückkehr in die Burg aufzufordern. Allerdings war diese Einladung – soweit Nynaeve sie noch lesen konnte, bevor sie sich zu einem Bericht veränderte, wie man künftige Novizinnen auf die richtigen politischen Anschauungen überprüft hatte, was immer das bedeuten mochte –, war also diese Einladung schon mehr eine Aufforderung, diese Aes Sedai sollten sich augenblicklich Elaida unterwerfen und dankbar sein, daß man ihnen das überhaupt gestattete. Trotzdem war das immerhin die Bestätigung, daß sie kein Phantom jagten. Das Schwierige an all den anderen fragmentarischen Papieren war, daß sie einfach nicht genug wußten, um sich den Rest zusammenreimen zu können. Wer war eigentlich dieser Davram Bashere, und warum wollte ihn Elaida unbedingt finden? Warum hatte Elaida das strikte Verbot ausgegeben, den Namen Mazrim Taims, des falschen Drachen, zu erwähnen? Es wurden sogar strenge Strafen dafür angedroht. Warum hatten Königin Tenobia von Saldaea und König Easar von Schienar ihr Briefe geschrieben, in denen sie sich höflich, aber energisch dagegen verwahrten, daß sich die Weiße Burg in ihre Angelegenheiten einmische? Das alles brachte Elayne dazu, wieder einen von Linis Sprüchen zu murmeln: »›Um zwei zu kennen, mußt du erst einmal einen kennen.‹« Nynaeve konnte ihr nur zustimmen.

Von den Ausflügen in Elaidas Arbeitszimmer abgesehen, arbeiteten sie vor allem daran, sich selbst und ihre Umgebung in der Welt der Träume besser beherrschen zu lernen. Nynaeve wollte sich nicht noch einmal so erwischen lassen wie von Egwene und den Weisen Frauen. Sie bemühte sich, nicht an Moghedien zu denken. Viel besser, sich auf die Weisen Frauen zu konzentrieren.

Sie waren nicht in der Lage, herauszufinden, was Egwene in Samara unternommen hatte, um in ihren Träumen zu erscheinen. Sie zu rufen führte zu nichts, außer dem zunehmenden Gefühl, beobachtet zu werden, und Egwene tauchte auch nicht wieder auf diese Weise auf. Es war auch unglaublich frustrierend, wenn man versuchte, jemanden in *Tel'aran'rhiod* festzuhalten, selbst dann, als Elayne auf die Lösung gestoßen war, nämlich den anderen einfach als Teil des Traums zu betrachten. Elayne schaffte das schließlich auch, wozu ihr Nynaeve süßsäuerlich gratulierte, aber Nynaeve brauchte noch tagelang dazu. Elayne hätte genausogut wirklich aus diesem feinen Dunst bestehen können, wie Nynaeve sie sah; so konnte sie sich lächelnd verflüchtigen, wann immer sie wollte. Als Nynaeve es endlich schaffte, Elayne dort festzuhalten, strengte sie das an, als müsse sie einen Felsklotz aufheben.

Phantastische Blumen oder andere Formen zu erschaffen, indem man sie sich einfach vorstellte, machte viel mehr Spaß. Die dazu notwendige Anstrengung schien davon abhängig zu sein, wie groß das Ding war und ob es wirklich hätte existieren können. Bäume, die nur so von eigenartig geformten Blüten in Rot und Gold und Purpur strotzten, waren schwerer zu erschaffen als beispielsweise ein Standspiegel, in dem man betrachten konnte, was man mit der eigenen Kleidung angefangen oder was die andere daran verändert hatte. Ein schimmernder Kristallpalast, der sich plötzlich aus dem Boden erhob, war noch schwieriger, und wenn er sich auch fest anfühlte, so veränderte er sich trotzdem jedesmal, wenn das Bild schwankte, das man von ihm im Kopf hatte, und er verschwand, wenn sich die Vorstellung im Geist verflüchtigte. Sie einigten sich bedrückt darauf, die Finger von Tieren zu lassen, nachdem ein seltsames Wesen, beinahe wie ein Pferd mit einem Horn auf der Nase, sie beide einen Hügel hinauftrieb, bevor sie es verschwinden lassen konnten. Das hätte beinahe einen neuen Krach zwischen ihnen ausgelöst, da jede behauptete, die andere habe das Wesen erschaffen; doch dann hatte sich Elayne so weit erholt, daß sie zu kichern anfing, weil sie sich vorstellte, wie dumm sie beide vermutlich ausgesehen hatten, wie sie da mit gerafften Röcken den Hang hinaufgerannt waren und dem Ding hinter ihnen zugeschrien hatten, es solle endlich verschwinden. Nicht einmal Elaynes sture Weigerung, zuzugeben, daß sie die Schuldige gewesen war, vermochte Nynaeves Gekicher zu beenden.

Elayne wechselte zwischen der Eisenscheibe und der offensichtlich aus Bernstein bestehenden Fibel mit dem Bildnis der schlafenden Frau darin, aber eigentlich benützte sie die beiden *Ter'Angreal* nur ungern. So hart sie auch mit ihnen arbeitete, fühlte sie sich doch nie so ganz in *Tel'aran'rhiod* wie mit dem Ring. Und man mußte mit beiden wirklich *arbeiten,* denn es war nicht möglich, den Strang aus dem Element Geist abzubinden; man wäre vielmehr augenblicklich wieder aus der Welt der Träume hinausgeworfen worden. Es schien fast unmöglich, gleichzeitig auch noch andere Stränge zu weben, aber Elayne wußte nicht, warum dies so war. Ohnehin schien sie mehr daran interessiert, wie man die beiden hergestellt hatte, und sie war alles andere als froh darüber, daß sie ihre Geheimnisse nicht so leicht preisgaben wie der *A'dam*. Nicht zu wissen, warum etwas so war, ließ ihr noch immer keine Ruhe.

Einmal probierte Nynaeve auch einen der beiden aus, zufällig in jener Nacht, in der sie Egwene treffen sollten, gleich nachdem sie Boannda wieder verlassen hatten. Sie wäre nicht zornig genug gewesen, hätte es da nicht etwas gegeben, was sie immer wieder in höchstem Maße verärgerte: Männer.

Es hatte mit Neres angefangen. Der stampfte auf dem Deck herum, als die Sonne sank, und knurrte etwas in sich hinein, daß man seine Fracht gestohlen habe. Natürlich ignorierte sie ihn. Dann sagte Thom, der sein Bett am Fuß des hinteren Masts bereitete, leise: »Er hat nicht unrecht.«

Es war offensichtlich, daß er sie in dem verblassenden Leuchten der untergehenden Sonne nicht gesehen hatte, genau wie Juilin, der neben ihm kauerte. »Er ist wohl Schmuggler, aber für diese Waren hatte er bezahlt. Nynaeve hatte kein Recht, sie einfach mit Beschlag zu belegen.«

»Die verdammten Rechte einer Frau sind, was sie verdammt noch mal will.« Uno lachte. »Das sagen jedenfalls die Frauen in Schienar.«

In dem Augenblick entdeckten sie Nynaeve und verstummten, wie immer zu spät. Uno rieb sich die Wange; die ohne Narbe. Er hatte an diesem Tag seine Bandage abgenommen, und ihm war nun klar, was geschehen sein mußte. Ihr war, als blicke er verlegen drein. Das war bei den schnell wandernden Schatten schwer zu sagen, aber die beiden anderen zeigten überhaupt keinen Ausdruck.

Natürlich tat sie ihnen nichts, sondern stolzierte nur mit festem Griff an ihrem Zopf davon. Sie schaffte es sogar, genauso indigniert die Leiter hinabzuklettern. Elayne hatte bereits die Eisenscheibe in der Hand. Der dunkle Holzkasten stand offen auf dem Tisch. So nahm Nynaeve einfach die gelblich-braune Anstecknadel mit der schlafenden Frau darin. Sie fühlte sich glatt und weich an, gar nicht wie etwas, das sogar Metall ritzen konnte. Bei dem Zorn, der in ihr loderte, war *Saidar* wie ein warmes Glühen, das hinter ihr gerade außerhalb ihres Gesichtsfeldes glomm. »Vielleicht kann ich etwas darüber herausfinden, warum dich dieses Ding höchstens ein paar Kleinigkeiten weben läßt, aber nichts Gescheites.«

Und so fand sie sich im Herz des Steins wieder und webte einen Strang aus Geist in die Fibel, die hier in *Tel'aran'rhiod* in ihrer Gürteltasche verstaut war. Wie sie das sehr häufig in der Welt der Träume tat, trug Elayne ein Abendkleid, wie es auch an den Hof ihrer Mutter gepaßt hätte: grüne Seide, um den Ausschnitt herum mit Gold bestickt, und dazu ein Kollier und aus Goldgliedern zusammengefügte und mit Mondsteinen verzierte Armreifen. Doch diesmal entdeckte Nynaeve zu ihrer Verblüffung, daß auch sie etwas ganz Ähnliches trug, wenn auch ihr Haar zum Zopf geflochten und von seiner natürlichen Farbe war, anstatt lose die Schultern zu umspielen. Ihr Kleid war hellblau und mit Silber bestickt, nicht ganz so tief ausgeschnitten wie Lucas Kleider, aber doch tiefer, als daß sie hätte glauben mögen, daß dies ihre Wahl war. Wenn schon. Ihr gefiel das Schimmern des großen Edelsteins, der an einer silbernen Kette zwischen ihren Brüsten hing. Egwene würde es schwerfallen, jemanden einzuschüchtern, der so angezogen war. Allerdings war das bestimmt nicht der Grund gewesen, weshalb sie sich so gekleidet hatte, nicht einmal unbewußt.

Nun wurde ihr auch sofort klar, was Elayne damit gemeint hatte, sie habe nichts bemerkt. In ihren eigenen Augen erschien sie selbst nicht anders als die andere, die den verdrehten Steinring irgendwie in ihre Halskette verflochten trug, doch Elayne sagte, diesmal wirke sie… nebelhaft. Genauso nebelhaft spürte sie auch *Saidar,* bis auf den Strang aus Geist, den sie gewoben hatte, als sie noch wach war. Alles andere aber war durchscheinend, und selbst die niemals klar sichtbare Wärme der Wahren Quelle erschien ihr gedämpft. Ihr Zorn war gerade noch heftig genug, um nach der Macht greifen zu können. Der Ärger über die Männer verflog wohl langsam angesichts dieses Rätsels, aber das Rätsel selbst war wiederum Ärgernis genug. Dabei spielte es gar keine Rolle, daß sie sich dagegen wappnete, Egwene wieder zu begegnen. Es gab überhaupt keinen Grund, sich dagegen zu wappnen, und es gab noch weniger Grund dafür, daß sie den schwachen Geschmack von gekochtem Katzenfarn und zerstoßenen Mavinsblättern auf der Zunge spürte! Doch selbst eine einzelne kleine Flamme in der Luft vor sich zu erzeugen, wie es jede Novizin gleich als erstes lernte, schien nun genauso schwierig, wie Lan mit einem Ringergriff auf die Schultern zu legen. Als sie die Flamme vor sich hatte, wirkte sie ausgesprochen schwächlich und begann sofort zu verblassen, nachdem sie den Strang abgebunden hatte. Nach wenigen Sekunden war die Flamme verschwunden.

»Beide hier?« fragte Amys erstaunt. Sie und Egwene waren einfach da, auf der anderen Seite *Callandors,* beide in Aielröcke und -blusen und die üblichen Schals gekleidet. Wenigstens hatte Egwene diesmal nicht so viele Halsketten und Armreife übergestreift. »Warum erscheint Ihr mir so eigenartig durchscheinend, Nynaeve? Habt Ihr gelernt, in wachem Zustand herzukommen?«

Nynaeve erschrak ein wenig. Sie haßte es, wenn sich Leute so an sie heranschlichen und plötzlich auftauchten. »Egwene, wie bist du...«, fing sie an, wobei sie nervös ihren Rock glattstrich, doch im selben Atemzug sagte Elayne: »Egwene, wir verstehen einfach nicht, wie du...«

Egwene unterbrach sie: »Rand und die Aiel haben bei Cairhien einen großen Sieg errungen!« Und dann brach eine wahre Flut aus ihr heraus, alles, was sie ihnen in ihren Träumen berichtet hatte, von Sammael bis zu dem Seanchan-Kurzspeer. Ihre Worte überschlugen sich fast, und sie sprach dabei auch noch mit einer solchen Eindringlichkeit, als hörten sie alles zum erstenmal von ihr.

Nynaeve wechselte einen verwirrten Blick mit Elayne. Sie hatte ihnen das doch schon berichtet, oder? Das konnten sie sich wohl kaum eingebildet haben. Außerdem bestätigte sie es ja mit jedem Wort. Selbst Amys, deren langes, weißes Haar die beinahe Aes-Sedai-artige Alterslosigkeit ihres Gesichts noch unterstrich, blickte ob dieses Redestroms verblüfft drein.

»*Mat* hat Couladin getötet?« rief Nynaeve erstaunt, als Egwene darauf zu sprechen kam. Das wiederum hatte sie in ihren Träumen mit Sicherheit noch nicht erfahren. Das klang überhaupt nicht nach Mat. Soldaten führen? *Mat?*

Als Egwene endlich schwieg, zupfte sie an ihrem Schal und atmete ein wenig heftiger als üblich. Sie hatte ja auch kaum Luft geholt beim Erzählen. Elayne fragte mit zitternder Stimme: »Geht es ihm… gut?« Es klang, als zweifle sie allmählich an ihren eigenen Erinnerungen.

»So gut man das erwarten kann«, sagte Amys. »Er treibt sich selbst ziemlich hart voran und hört auf niemanden. Außer auf Moiraine.« Bei Amys klang das alles andere als erfreut.

»Aviendha ist fast die ganze Zeit über bei ihm«, sagte Egwene. »Sie behütet ihn gut für dich.«

Das allerdings bezweifelte Nynaeve. Sie wußte nicht viel von den Aiel, aber sie vermutete, wenn Amys schon ›hart‹ sagte, würde ein normaler Mensch das wohl als ›mörderisch‹ bezeichnen.

Offensichtlich war Elayne der gleichen Meinung. »Warum läßt sie ihn dann so weitermachen? Was tut er eigentlich?«

Durchaus eine Menge, wie sich herausstellte, und ganz eindeutig zuviel. Zwei Stunden am Tag übte er mit Lan oder jedem anderen, den er auftreiben konnte, den Schwertkampf. Das ließ Amys die Lippen säuerlich verziehen. Zwei weitere Stunden, in denen er sich im waffenlosen Kampf nach Aielart übte. Egwene mochte das eigenartig finden, doch Nynaeve wußte nur zu gut, wie hilflos man war, wenn man die Macht gerade nicht benützen konnte. Trotzdem – eigentlich sollte Rand gar nicht in eine solche Lage kommen. Er war doch mittlerweile so etwas wie ein König oder noch mehr, wurde von *Far Dareis Mai* bewacht und kommandierte Lords und Ladies herum. Tatsächlich nahm er sich soviel Zeit, sie herumzukommandieren und ihnen hinterherzulaufen, um sicherzugehen, daß sie seine Befehle auch befolgten, daß ihm nicht einmal die Zeit zum Essen blieb – es sei denn, die Töchter des Speers brachten ihm etwas zu essen hinterher, wo immer er sich gerade befinden mochte. Das schien Egwene beinahe genauso zu verdrießen wie Elayne, doch aus irgendeinem Grund blickte Amys dabei amüsiert drein. Als sie allerdings sah, daß Nynaeve ihren Blick bemerkt hatte, nahm ihre Miene sofort wieder den bei Aiel üblichen Ausdruck steinerner Ruhe an. Eine weitere Stunde pro Tag widmete er einer seltsamen Schule, die er begründet hatte, in die er nicht nur Gelehrte berufen hatte, sondern auch Handwerker, von irgendeinem Burschen, der Fernrohre oder so etwas anfertigte, bis zu einer Frau, die eine riesige Armbrust mit Flaschenzügen konstruiert hatte, mit der man einen Speer eine Meile weit schleudern konnte. Er hatte niemandem gesagt, welchen Zweck er mit dieser Schule verfolge – außer vielleicht Moiraine –, doch die einzige Antwort, die Egwene auf ihr Nachfragen von der Aes Sedai erhalten hatte, war, der Drang, etwas Bleibendes zurückzulassen, sei wohl in jedem Menschen vorhanden. Moiraine schien es gleich zu sein, was Rand tat.

»Was von den Shaido noch übrig ist, zieht sich nach Norden zurück«, sagte Amys grimmig, »und jeden Tag kommen über die Drachenmauer weitere nach und schließen sich ihnen an, doch Rand al'Thor scheint sie vergessen zu haben. Er schickt die Speere nach Süden in Richtung Tear. Die Hälfte ist bereits weg. Rhuarc sagt, er habe noch nicht einmal den Häuptlingen den Grund mitgeteilt, und ich glaube nicht, daß Rhuarc mich anlügen würde. Moiraine ist Rand al'Thor näher als jeder andere, von Aviendha abgesehen, aber sie weigert sich, ihn danach zu fragen.« Sie schüttelte den Kopf und knurrte noch: »Aber zu ihrer Verteidigung muß ich sagen, daß noch nicht einmal Aviendha etwas herausbekommen hat.«

»Die beste Methode, ein Geheimnis zu wahren, ist, es niemandem zu sagen«, sagte Elayne zu ihr, was ihr einen strafenden Blick einbrachte. Amys stand Bair nicht viel nach, wenn es um Blicke ging, die einen nervös machten, bis man verlegen von einem Fuß auf den anderen trat.

»Wir werden es ganz sicher auch hier nicht herausfinden«, sagte Nynaeve und richtete den Blick auf Egwene. Die schien ihr nervös. Wenn es je einen günstigen Zeitpunkt gegeben hatte, das Gleichgewicht zwischen ihnen wiederherzustellen, dann war er jetzt gekommen. »Was ich wissen will ...«

»Du hast ganz recht«, wurde sie wieder von Egwene unterbrochen. »Wir befinden uns nicht in Sheriams Arbeitszimmer, wo wir herumsitzen und klatschen können. Was habt ihr uns zu berichten? Seid ihr noch bei Meister Lucas Menagerie?«

Nynaeve stockte der Atem, und die Frage, die sie hatte stellen wollen, war plötzlich wie weggeblasen. Es gab soviel zu erzählen. Und soviel, was sie nicht erzählen konnten. Sie behauptete, Lanfear gefolgt und so in dieses Treffen der Verlorenen geraten zu sein. Bei der Gelegenheit habe sie Moghedien beim Spionieren beobachtet. Nicht, daß sie vermeiden wollte, zu berichten, wie Moghedien mit ihr umgesprungen war, also jedenfalls, also ... Aber Birgitte hatte sie noch nicht von ihrem Versprechen, zu schweigen, entbunden! Natürlich hieß das, überhaupt nichts von Birgitte zu erwähnen und daß sie sich bei ihnen befand. Das war ein dummes Gefühl, da Egwene ja zumindest soviel wußte, daß Birgitte ihnen behilflich war, und trotzdem mußte sie nun so tun, als wisse Egwene gar nichts; aber Nynaeve umschiffte schließlich auch dieses Hindernis unter leichtem Stottern, so daß Egwene bereits die Augenbrauen hob. Sie dankte dem Licht dafür, daß Elayne ihr dabei behilflich war, die Ereignisse in Samara ausschließlich Galad und Masema zuzuschreiben und ihre Rolle zu verschweigen. Es war ja auch wirklich die Schuld dieser beiden. Wenn jeder einfach einen Boten geschickt hätte, um ihr von dem Schiff zu berichten, wäre alles andere nicht geschehen.

Als sie mit der Erwähnung Salidars endete, sagte Amys leise: »Seid Ihr sicher, daß sie den *Car'a'carn* unterstützen werden?«

»Sie müssen die Prophezeiungen des Drachen genausogut kennen wie Elaida«, sagte Elayne. »Die beste Methode, sie zu bekämpfen, ist, sich Rand anzuschließen und der Welt klarzumachen, daß sie vorhaben, ihn bis Tarmon Gai'don hin zu unterstützen und hinter ihm zu stehen.« Nicht das kleinste Beben ihrer Stimme verriet, daß sie keineswegs von einem völlig Fremden sprach. »Sonst wären sie lediglich Rebellen, die sich auf keinen legitimen Grund berufen können. Sie benötigen ihn mindestens genauso sehr wie er sie.«

Amys nickte, sah aber nicht so aus, als stimme sie mit ihrer Schlußfolgerung überein.

»Ich glaube, ich kann mich an Masema erinnern«, sagte Egwene. »Eingefallene Augen und einen bitteren Zug um den Mund?« Nynaeve nickte. »Ich kann ihn mir kaum als einen Propheten vorstellen, wohl aber, daß er Unruhen oder gar einen Krieg heraufbeschwört. Ich bin sicher, Galad hat nur getan, was er für das Beste hielt.« Egwenes Wangen liefen leicht rötlich an. Sogar die bloße Erinnerung an Galads Gesicht brachte solche Wirkungen hervor. »Rand wird das von Masema wissen wollen. Und von Salidar. Wenn ich es fertigbringe, daß er auf einem Fleck stehenbleibt und mir zuhört.«

»Ich will wissen, wie es kommt, daß Ihr beide hier anwesend seid«, sagte Amys. Sie hörte sich ihre Erklärung an und drehte die Anstecknadel ein paarmal in der Hand herum, nachdem Nynaeve sie herausgekramt hatte. Nynaeve bekam eine Gänsehaut, als der *Ter'Angreal* von einer anderen berührt wurde, während sie ihn gerade benützte. »Ich glaube, Ihr seid zu einem geringeren Ausmaß hier als Elayne«, stellte die Weise Frau schließlich fest. »Wenn eine Traumgängerin im Schlaf die Welt der Träume betritt, bleibt nur ein ganz winziger Teil ihrer Persönlichkeit in ihrem Körper zurück, gerade genug, um ihn am Leben zu erhalten. Versenkt sie sich nur in einen ganz leichten Schlaf, so daß sie sowohl hier sein wie auch mit denen in ihrer Umgebung in der wachenden Welt kommunizieren kann, wirkt sie wie Ihr jetzt auf jemanden, der sich ganz und gar hier befindet. Vielleicht ist es das gleiche. Ich bin mir nicht sicher, ob mir die Gewißheit gefällt, daß jede Frau mit der Fähigkeit, die Macht zu gebrauchen, nach *Tel'aran'rhiod* kommen kann, selbst in diesem Zustand.« Sie gab Nynaeve den *Ter'Angreal* zurück.

Nynaeve seufzte erleichtert auf und steckte die Nadel schnell weg. Ihr Magen flatterte noch immer etwas.

»Wenn Ihr jetzt alles berichtet habt...« Amys schwieg, während Nynaeve und Elayne hastig beteuerten, es sei alles gewesen. Die blauen Augen dieser Frau blickten unwahrscheinlich durchdringend drein. »Dann müssen wir gehen. Ich bin bereit, zuzugeben, daß diese Treffen mehr wert sind, als ich ursprünglich annahm, aber ich muß heute nacht noch sehr viel erledigen.« Sie sah zu Egwene hinüber, und dann verschwanden sie gleichzeitig.

Nynaeve und Elayne zögerten nicht. Die großen Sandsteinsäulen in ihrer Umgebung wandelten sich innerhalb eines Wimpernschlags zu einem kleinen Zimmer mit dunkler Holztäfelung, nur wenigen Möbelstücken, einem einfachen, aber solide wirkenden Raum. Nynaeves Zorn war am Verfliegen gewesen, und mit ihm hatte ihre Kontrolle über *Saidar* zu wanken begonnen, doch dieses Arbeitszimmer der Herrin aller Novizinnen ließ beides wieder erstarken. Stur und widerspenstig, ja? Sie hoffte, Sheriam befände sich in Salidar. Es wäre ihr ein Vergnügen, ihr als Gleichgestellte gegenüberzutreten. Trotzdem wäre es ihr lieber gewesen, sich woanders aufzuhalten. Elayne spähte in den Spiegel mit seinem abblätternden Goldrahmen und ordnete ganz nonchalant ihr Haar mit beiden Händen. Und das, obwohl sie doch hier die Hände gar nicht hätte benützen müssen. Auch ihr gefiel es nicht besonders in diesem Zimmer. Warum hatte Egwene angedeutet, sie sollten hier zusammentreffen? Elaidas Arbeitszimmer mochte ja auch nicht gerade der bequemste aller Orte sein, aber immer noch besser als dieser Raum.

Einen Augenblick später war plötzlich auch Egwene da, stand auf der anderen Seite des breiten Tisches, der Blick eisig und die Hände in die Hüften gestemmt, als sei sie die rechtmäßige Bewohnerin dieses Zimmers.

Bevor Nynaeve den Mund aufbekam, sagte Egwene: »Seid ihr zwei hirnlosen Klatschweiber nun ganz verrückt geworden? Wenn ich euch bitte, etwas für euch zu behalten, erzählt ihr es dann immer sofort der ersten Person, die ihr trefft? Ist euch noch niemals die Idee gekommen, daß ihr nicht gleich jedem alles erzählen müßt? Ich glaubte einmal, ihr beide könntet Geheimnisse auch für euch behalten!« Nynaeves Wangen wurden heiß, aber so tiefrot wie die Elaynes konnten sie bestimmt nicht sein. Egwene war aber noch nicht fertig. »Wie ich das angestellt habe, kann ich euch nicht beibringen. Dazu müßtet ihr Traumgängerinnen sein. Ich weiß dafür nicht, wie ihr mit Hilfe des Rings die Träume einer Person berühren könnt. Und ich bezweifle, daß ihr es mit Hilfe dieses anderen Dings erreicht. Versucht, euch auf das zu konzentrieren, was ihr zu tun habt. Salidar ist möglicherweise ganz anders, als ihr erwartet. So, ich habe heute nacht auch noch einiges zu tun. *Versucht* wenigstens, euren Verstand zu gebrauchen!« Und dann war sie so plötzlich verschwunden, daß die letzten Worte schon aus der leeren Luft zu kommen schienen.

Die pure Scham und Verlegenheit nagten an Nynaeves Zorn. Sie hatte ja wirklich beinahe alles ausgeplaudert, obwohl Egwene sie gebeten hatte, nichts zu sagen. Und was Birgitte betraf: Wie konnte man ein Geheimnis wahren, wenn die andere Bescheid wußte? Die Verlegenheit gewann die Oberhand, und *Saidar* rann ihr davon wie Sand zwischen den Fingern.

Nynaeve erwachte ruckartig. Den braungoldenen *Ter'Angreal* hielt sie fest in der Hand. Die Lampe auf ihren Metallringen warf ein stark gedämpftes Licht in die Kajüte. Elayne lag an sie gedrückt da und schlief noch immer. Der Ring war an seiner Kordel in die Mulde unter ihrem Adamsapfel gerutscht.

Vor sich hin murmelnd, kletterte Nynaeve über sie hinweg, um die Fibel zu verstauen, und goß anschließend ein wenig Wasser in die Waschschüssel, damit sie sich Gesicht und Hals waschen konnte. Das Wasser war wohl lauwarm, kam ihr aber trotzdem herrlich kühl vor. In der trüben Beleuchtung schielte sie zum Spiegel hoch und glaubte, noch immer Spuren der Röte auf ihren Wangen zu erkennen. Nichts war's gewesen mit der Wiederherstellung des Gleichgewichts der Kräfte. Wenn sie sich doch nur irgendwo anders getroffen hätten. Wenn sie nur nicht gequatscht hätte wie ein hirnloser Backfisch. Es wäre besser verlaufen, hätte sie den Steinring benutzt, statt den anderen Frauen wie ein Schemen gegenüberzustehen. Das war alles nur Thoms und Juilins Schuld. Und Unos. Hätten sie nicht ihren Zorn hervorgerufen ... Nein, Neres war schuld. Er ... Sie nahm die Kanne in beide Hände und spülte sich den Mund aus. Natürlich nur, um den typischen Schlafgeschmack loszuwerden und nicht etwa einen Geschmack nach gekochtem Katzenfarn und zerstoßenem Mavinsblatt.

Als sie sich vom Waschtisch abwandte, setzte sich Elayne gerade auf und streifte die Kordel mit dem Steinring über den Kopf. »Ich sah, wie dir *Saidar* entglitt, also ging ich schnell noch in Elaidas Büro, aber ich hielt es für besser, nicht lange zu verweilen, falls du dir Sorgen machtest. Ich habe auch nichts weiter in Erfahrung gebracht, außer, daß Shemerin festgenommen und zur Aufgenommenen degradiert werden soll.« Sie stand auf und legte den Ring in das Kästchen.

»Das können sie tun? Eine Aes Sedai degradieren?«

»Ich weiß nicht. Ich glaube, Elaida macht einfach, was sie will. Egwene sollte diese Aielkleidung nicht tragen. Das steht ihr überhaupt nicht.«

Nynaeve stieß die Luft aus, die sie angehalten hatte. Offensichtlich wollte Elayne alles meiden, was Egwene angesprochen hatte. Nynaeve beließ es nur zu gern dabei. »Nein, sie stehen ihr auf keinen Fall.« Sie kletterte auf das Bett und legte sich auf die Seite zur Wand hin.

»Ich hatte noch nicht einmal eine Möglichkeit, Rand eine Botschaft zukommen zu lassen.« Elayne stieg auch auf das Bett, und die Lampe ging augenblicklich aus. Die kleinen Fenster ließen nur dünne Strahlen des Mondscheins ein. »Und eine für Aviendha. Wenn sie schon für mich auf ihn achtgibt, sollte sie sich wirklich ein wenig besser um ihn kümmern.«

»Er ist doch kein Pferd, Elayne. Du bist nicht seine Besitzerin.«

»Das habe ich auch nie behauptet. Wie wirst du dich fühlen, wenn Lan sich mit irgendeiner Frau aus Cairhien einläßt?«

»Sei nicht so dumm. Schlaf lieber.« Nynaeve vergrub ihr Gesicht energisch in das kleine Kopfkissen. Vielleicht hätte sie Lan eine Nachricht schicken sollen. All diese adligen Damen, ob aus Tear oder aus Cairhien. Sie schmierten einem Mann Honig ums Maul, statt ihm die Wahrheit zu sagen. Er sollte ja nicht vergessen, zu wem er gehörte!

Unterhalb von Boannda zogen sich zu beiden Seiten dichte Wälder bis ans Flußufer, ein unberührtes Gewirr von Bäumen, Ranken und Gestrüpp. Dörfer und Gehöfte verschwanden ganz. Der Eldar hätte genausogut durch unberührte Wildnis tausend Meilen fern aller menschlichen Besiedelung fließen können. Fünf Tagesreisen von Samara entfernt ankerte die *Wasserschlange* am frühen Nachmittag mitten in einer Biegung des Flusses, während das einzige vorhandene Beiboot die letzten verbliebenen Passagiere auf rissigem, eingetrocknetem Lehm vor niedrigen, bewaldeten Hügeln absetzte. Selbst an den wenigen hohen Weiden und tief verwurzelten Eichen zeigten sich einige braun verbrannte Blätter.

»Es war ganz und gar nicht notwendig, dem Mann die Halskette zu geben«, sagte Nynaeve am Ufer, während sie zuschaute, wie sich das Ruderboot wieder näherte. Es war fast schon überfüllt mit vier Ruderern, Juilin und den letzten fünf Schienarern. Sie hoffte, nicht zu leichtgläubig gewesen zu sein. Neres hatte ihr seine Karte von diesem Teil des Flusses gezeigt und auf die Markierung für Salidar etwa zwei Meilen vom Fluß entfernt gezeigt. Sonst deutete aber nichts darauf hin, daß sich jemals in der Nähe ein Dorf befunden hatte. Die düstere Wand des Waldes wies keinerlei Lücke auf. »Was ich ihm zahlte, war durchaus genug.«

»Aber nicht, um seine Fracht zu bezahlen«, erwiderte Elayne. »Nur, weil er ein Schmuggler ist, haben wir nicht das Recht, sie ihm abzunehmen.« Nynaeve fragte sich, ob die andere mit Juilin gesprochen habe. Wahrscheinlich aber nicht. Es lag wohl wieder an diesem Gesetz. »Außerdem sehen gelbe Opale besonders in einer solchen Fassung zu protzig aus. Und es war es wert, einfach nur, um sein Gesicht zu sehen.« Elayne kicherte mit einemmal. »Diesmal hat er mich tatsächlich angesehen!« Nynaeve bemühte sich, ernst zu bleiben, konnte aber ein Kichern ebenfalls nicht ganz unterdrücken.

Thom war oben in der Nähe der Bäume und versuchte, die beiden Jungen Marigans zum Lachen zu bringen, indem er mit bunten Bällen jonglierte, die er aus seinen Ärmeln hervorgeholt hatte. Jaril und Seve sahen ihm schweigend zu, zuckten kaum mit einer Wimper und hielten sich aneinander fest. Nynaeve war nicht sehr überrascht gewesen, als Marigan und Nicola sie gebeten hatten, sie begleiten zu dürfen. Nicola sah jetzt wohl Thom ebenfalls zu und lachte entzückt, doch sie hätte jeden Moment an Nynaeves Seite verbracht, hätte die diesem Wunsch stattgegeben. Allerdings war sie überrascht gewesen, daß auch Areina mitkommen wollte. Sie saß allein ein Stück entfernt auf einem umgestürzten Baumstamm und beobachtete Birgitte, die ihren Bogen bespannte. Allen drei Frauen stand ein gehöriger Schreck bevor, wenn sie merkten, was in Salidar los war. Wenigstens würde Nicola dort ein Zuhause finden, und vielleicht bekam Marigan eine Möglichkeit, ihre Kräuter loszuwerden, falls nicht zu viele Gelbe da waren.

»Nynaeve, hast du darüber nachgedacht, wie … wir wohl dort empfangen werden?«

Nynaeve sah Elayne erstaunt an. Sie hatten fast die halbe Welt durchquert, und zweimal die Schwarzen Ajah besiegt. Sicher, in Tear hatten sie Hilfe bekommen, aber Tanchico war allein ihr Werk gewesen. Sie brachten Neuigkeiten von Elaida und der Burg mit, bei denen sie jede Wette angenommen hätte, daß niemand in Salidar sie kannte. Und das Wichtigste war, daß sie diesen Schwestern helfen konnten, mit Rand Verbindung aufzunehmen. »Elayne, ich behaupte ja nicht, daß sie uns wie Helden empfangen werden, aber ich wäre nicht überrascht, wenn sie uns mit Küssen überhäuften, bevor noch die Sonne sinkt.« Rand allein wäre das schon wert.

Zwei der barfüßigen Matrosen sprangen aus dem Boot und hielten es gegen die Strömung fest. Julin und die Schienarer pflatschten ans Ufer, während die Matrosen wieder hineinkletterten. Auf der *Wasserschlange* holte man bereits den Anker ein.

»Bahnt uns einen Weg, Uno«, sagte Nynaeve. »Ich will schließlich vor Einbruch der Dunkelheit dort sein.« So, wie der Wald aussah mit all diesen Ranken und dem dichten Unterholz, mochte es durchaus so lange dauern. Falls Neres sie nicht doch hereingelegt hatte. Das bereitete ihr mehr Sorgen als alles andere.

KAPITEL 10

Lehren und lernen

Etwa vier Stunden später rührte der Schweiß, der Nynaeve über das Gesicht rann, keineswegs mehr von der zu dieser Jahreszeit außergewöhnlichen Hitze her, und sie fragte sich, ob es nicht doch besser gewesen wäre, wenn Neres sie hereingelegt oder sich geweigert hätte, sie weiter als bis Boannda zu befördern. Der Sonnenschein dieses Spätnachmittags fiel schräg durch Fenster herein, die zumeist Sprünge aufwiesen. Nervös, verärgert und unruhig hielt sie die Hände in ihren Rock verkrampft und bemühte sich, jeden Blick hinüber zu den sechs Aes Sedai an einem der stabilen Tische in der Nähe der Wand zu vermeiden. Ihre Münder bewegten sich lautlos, als sie hinter einer Abschirmung aus *Saidar* miteinander diskutierten. Elayne hielt das Kinn hoch, hatte die Hände gelassen gefaltet, doch die würdevolle Erscheinung wurde durch die offensichtliche Anspannung um Augen und Mundpartie herum gemindert. Nynaeve war nicht sicher, ob sie überhaupt wissen wollte, was diese Aes Sedai besprachen; ein Tiefschlag nach dem anderen hatte ihre hochgeschraubten Erwartungen zerstört. Sie war wie betäubt. Noch ein weiterer Schock, und sie würde vermutlich losschreien, ob nun aus Wut oder purer Hysterie.

Beinahe alles außer ihrer Kleidung war auf dem Tisch ausgelegt, von Birgittes silbernem Pfeil, der vor der stämmigen Morvrin lag, über die drei *Ter'Angreal* vor Sheriam bis zu den vergoldeten Kästchen, die gleich unter Myrelles dunklen Augen ruhten. Keine einzige dieser Frauen wirkte erfreut. Carlinyas Gesicht schien wie aus Eis gehauen, selbst die mütterliche Anaiya hatte eine ernste Maske aufgesetzt, und in Beonins immer erstaunt wirkendem Blick aus den weit geöffneten Augen lag entschieden ein Hauch von Ärger. Ärger und noch etwas mehr. Manchmal streckte Beonin die Hand nach dem weißen Tuch aus, das sie über das Cuendillar-Siegel gebreitet hatten, doch sie hielt jedesmal inne und zog die Hand wieder zurück.

Nynaeve riß sich von dem Tuch los. Sie wußte genau, an welchem Punkt alles angefangen hatte, schiefzugehen. Die Behüter, die sie im Wald umstellt hatten, waren höflich, wenn auch kühl gewesen, jedenfalls, nachdem sie Uno und die Schienarer dazu gebracht hatte, ihre Schwerter wegzustecken. Und Mins herzliche Begrüßung unter Lachen und Umarmungen hatte ihnen das Herz erwärmt. Doch die Aes Sedai und andere auf den Straßen waren so in ihre eigenen Aufgaben versunken gewesen, daß sie der von den Behütern hereinbegleiteten Gruppe keine Aufmerksamkeit schenkten. Salidar war ziemlich überfüllt und an beinahe jedem freien Fleck übten Bewaffnete sich im Kampf. Die erste Person außer den Behütern und Min, die ihnen überhaupt etwas Aufmerksamkeit gewidmet hatte, war die hagere Braune Schwester gewesen, zu der man sie führte, hier in dem einstigen Schankraum eines Gasthauses. Sie und Elayne hatten die von ihnen vereinbarte Geschichte also Phaedrine Sedai erzählt, oder zumindest versucht, sie ihr zu erzählen. Nach fünf Minuten ließ die Braune sie einfach stehen, nachdem sie ihnen noch befohlen hatte, sich nicht zu rühren und auf keinen Fall ein Wort zu sprechen, auch nicht zueinander. Zehn weitere Minuten lang blickten sie einander verwirrt an, während um sie herum zwischen den Tischen, an denen Aes Sedai über Papieren brüteten und kurz angebunden Aufträge ausgaben, reger Betrieb von Aufgenommenen und weißgekleideten Novizinnen, Behütern, Dienern und Soldaten herrschte, und dann hatte man sie so überstürzt vor Sheriam und die anderen gezerrt, daß es Nynaeve vorkam, als hätten ihre Füße kaum mehr als zweimal den Boden berührt. Und danach hatte das Verhör begonnen. So ging man wohl eher mit Sträflingen um als mit heimkehrenden Heldinnen. Nynaeve tupfte ihr Gesicht ab, doch sobald sie das Taschentuch in ihren Ärmel zurückgesteckt hatte, verkrampften sich ihre Hände wieder in den Rock.

Sie und Elayne waren nicht die einzigen, die auf dem bunten Seidenteppich standen. Siuan, in einem einfachen blauen Wollkleid, hätte sich ihrer Haltung nach freiwillig hier befinden können, hätte Nynaeve es nicht besser gewußt. So kühl und absolut beherrscht stand sie da. Sie schien gedankenverloren und sorglos in die Welt zu blicken. Leane dagegen beobachtete wenigstens die Aes Sedai, erschien aber genauso selbstbewußt. Sie wirkte sogar um einiges selbstbewußter, als Nynaeve sie in Erinnerung hatte. Und auch biegsamer, eleganter sah diese Frau mit der kupferfarbenen Haut aus, auf irgendeine Art lebendiger. Vielleicht lag es an ihrem schamlosen Kleid. Dieses blaßgrüne Seidenkleid war genauso hochgeschlossen wie das blaue Siuans, aber nicht nur, daß es sich jeder Kurve ihres Körpers anschmiegte, nein, der Stoff konnte nur noch mit äußerstem Wohlwollen überhaupt als ›durchscheinend‹ bezeichnet werden. Doch es waren ihre Gesichter, die Nynaeve am meisten verblüfften. Sie hatte ja überhaupt nicht erwartet, eine von ihnen lebendig vorzufinden, und ganz gewiß noch weniger, daß sie so jung aussehen würden – nicht mehr als höchstens ein paar Jahre älter als sie selbst. Sie warfen sich gegenseitig noch nicht einmal einen Blick zu. Tatsächlich glaubte sie sogar, eine gewisse Kälte zwischen den beiden wahrzunehmen.

Und es gab noch etwas, das sich an ihnen verändert

hatte, obwohl Nynaeve das eben erst wahrzunehmen begann. Wenn auch alle, Min eingeschlossen, dieses Thema so gut wie möglich umgangen hatten, machte doch auch niemand ein echtes Geheimnis daraus, daß die beiden der Dämpfung unterzogen worden waren. Nynaeve spürte etwas von dieser Leere. Vielleicht lag es daran, daß sie sich in einem Raum befand, in dem alle anderen Frauen fähig waren, die Macht zu lenken, oder es lag an ihrem Wissen um die vollzogene Dämpfung, doch zum erstenmal war sie sich wirklich im Innersten dieser Fähigkeiten bei Elayne und den anderen bewußt. Und der Abwesenheit dieser Fähigkeiten bei Siuan und Leane. Man hatte ihnen etwas abgenommen, abgeschnitten. Es war wie eine Wunde. Vielleicht die schlimmste Wunde, die eine Frau empfangen konnte.

Die Neugier überkam sie. Welche Art von Wunde mochte das sein? Was genau hatte man ihnen abgeschnitten? Sie könnte die Warterei etwas verkürzen und gleichzeitig den Ärger ein wenig abbauen, der ihre Nervosität zu überlagern begann... So griff sie nach *Saidar*.

»Hat Euch irgend jemand die Erlaubnis erteilt, hier die Macht zu gebrauchen, Aufgenommene?« fragte Sheriam, und Nynaeve fuhr zusammen und ließ schleunigst die Wahre Quelle wieder los.

Die Aes Sedai mit den grünen Augen führte die anderen zurück zu ihrem buntgemischten Sortiment an Stühlen, die so ausgerichtet auf dem Teppich standen, daß sich die vier stehenden Frauen im Mittelpunkt eines Halbkreises befanden. Ein paar nahmen Gegenstände vom Tisch mit. Sie setzten sich hin und blickten Nynaeve an. Ihre kurz aufgeflammten Gefühle waren wieder der typischen Gelassenheit der Aes Sedai gewichen. Von keinem dieser alterslosen Gesichter war auch nur eine Spur der herrschenden Hitze abzulesen; kein einziger Schweißtropfen, nicht einmal Feuchtigkeit war darauf zu sehen. Schließlich sagte Anaiya mit sanft tadelndem Unterton: »Ihr wart sehr lange schon von uns entfernt, Kind. Was Ihr in der Zwischenzeit auch gelernt habt – Ihr habt wohl auch einiges dabei vergessen.«

Errötend knickste Nynaeve. »Vergebt mir, Aes Sedai. Ich wollte meinen Rang nicht überschreiten.« Sie hoffte, sie würden glauben, es sei die Scham, die ihre Wangen glühen ließ. Sie war ja tatsächlich auch lange Zeit weg gewesen. Vor nur einem Tag hatte *sie* die Befehle erteilt, und die Leute sprangen, wenn sie es ihnen sagte. Jetzt war sie es, von der man das erwartete. Das tat weh.

»Ihr habt uns eine interessante… Geschichte erzählt.« Carlinya glaubte offensichtlich nur sehr wenig davon. Die Weiße Schwester drehte Birgittes silbernen Pfeil in den Händen. »Und Ihr habt einige eigenartige Besitztümer an Euch gebracht.«

»Die Panarchin Amathera hat uns viele Geschenke mitgegeben, Aes Sedai«, sagte Elayne. »Sie hat anscheinend geglaubt, wir hätten ihr den Thron gerettet.« Obwohl sie mit völlig ruhiger Stimme sprach, bewegte sie sich auf äußerst dünnem Eis. Nynaeve war nicht die einzige, die sich über ihre – mehr oder weniger – Gefangenschaft ärgerte. Carlinyas glatte Gesichtszüge spannten sich.

»Ihr bringt beunruhigende Nachrichten«, sagte Sheriam. »Und einige beunruhigende… Gegenstände.« Ihre leicht schräg stehenden Augen blickten zum Tisch hinüber, zu dem silbrigen *A'dam,* und dann wanderte ihr Blick zu Elayne und Nynaeve zurück. Seit sie erfahren hatten, was das war und wozu es benützt wurde, behandelten die Aes Sedai das Ding wie eine lebende Giftschlange. Jedenfalls die meisten.

»Falls das Ding vollbringt, was diese Kinder davon behaupten«, sagte Morvrin geistesabwesend, »müssen wir es untersuchen. Und wenn Elayne wirklich der

Meinung ist, sie könne einen *Ter'Angreal* herstellen ...« Die Braune Schwester schüttelte den Kopf. Der größte Teil ihrer Aufmerksamkeit galt dem flachen Steinring mit Flecken und Streifen in Rot und Blau und Braun, den sie in einer Hand hielt. Die anderen beiden *Ter'Angreal* lagen auf ihrem breiten Schoß. »Ihr sagt, Verin Sedai habe Euch das gegeben? Wieso wurde uns das nicht früher gesagt?« Die Frage galt nicht Nynaeve oder Elayne, sondern Siuan.

Siuan runzelte die Stirn, wirkte aber keineswegs so bissig, wie Nynaeve sie in Erinnerung hatte. Es lag sogar eine Andeutung von Unterwürfigkeit in ihrer Haltung, als sei ihr bewußt, daß sie mit Höhergestellten sprach, und das ging auch aus ihrem Tonfall hervor. Das war nun eine weitere Veränderung, die Nynaeve kaum glauben mochte. »Verin hat mir das nie gesagt. Ich würde ihr sehr gern ein paar Fragen stellen.«

»Und *ich* habe ein paar Fragen *diesbezüglich*.« Myrelles olivfarbenes Gesicht lief dunkel an, als sie ein wohlbekanntes Dokument entfaltete – warum hatten sie das nur aufgehoben? – und laut vorlas: »Was die Trägerin tut, geschieht auf meinen Befehl und kraft meiner Autorität. Gehorcht und schweigt auf meinen Befehl. Siuan Sanche, Behüterin der Siegel, Flamme von Tar Valon, der Amyrlin-Sitz.« Sie zerknüllte das Dokument mitsamt dem Siegel in einer Hand. »Wohl kaum etwas, das man Aufgenommenen in die Hand drückt.«

»Zu jener Zeit wußte ich nicht, wem ich überhaupt vertrauen könne«, sagte Siuan verbindlich. Die sechs Aes Sedai blickten sie an. »Es lag damals durchaus in meiner Machtbefugnis.« Die sechs Aes Sedai zuckten mit keiner Wimper. Ihre Stimme klang niedergeschlagen und verständnisheischend: »Ihr könnt mich nicht für das zur Verantwortung ziehen, was ich zu einer Zeit tun mußte, als ich das Recht dazu hatte. Wenn das Boot sinkt, verstopft man das Leck mit allem, was man zur Hand hat.«

»Und warum habt Ihr uns nichts davon gesagt?« fragte Sheriam ruhig, doch mit einer Andeutung von Stahl in der Stimme. Als Herrin über die Novizinnen hatte sie auch niemals die Stimme erhoben, aber manchmal wünschte man sich, sie würde schreien. »Drei Aufgenommene – Aufgenommene! – aus der Burg schicken, um dreizehn voll ausgebildete Schwarze Schwestern zu suchen! Benützt Ihr Kleinkinder, um das Leck in Eurem Boot zu stopfen, Siuan?«

»Wir sind ja wohl kaum Kleinkinder«, warf Nynaeve hitzig ein. »Mehrere dieser dreizehn sind tot, und wir haben zweimal ihre Pläne zunichte gemacht. In Tear haben wir …«

Carlinya schnitt ihr das Wort wie mit einem eisigen Messer ab: »Ihr habt uns bereits alles über Tear berichtet, Kind. Und über Tanchico. Und wie ihr Moghedien besiegt habt.« Sie verzog den Mund hämisch. Sie hatte Nynaeve bereits gesagt, sie sei eine Närrin, sich auch nur auf eine Meile einer der Verlorenen zu nähern, und sie habe Glück gehabt, mit dem Leben davonzukommen. Carlinya wußte gar nicht, wie recht sie hatte, denn schließlich hatten sie ihnen nicht alles berichtet, und deshalb zog sich Nynaeves Magen doch etwas zusammen. »Ihr seid Kinder und habt Glück, wenn wir uns entschließen, Euch nicht übers Knie zu legen. Jetzt gebt Ruhe, bis man Euch zu reden gestattet.« Nynaeve lief tiefrot an, hoffte, sie sähen es als bloße Verlegenheit an, und schwieg.

Sheriam hatte den Blick nicht von Siuan gewandt. »Also? Warum habt Ihr nichts davon berichtet, daß Ihr drei Kinder auf die Jagd nach Löwen gesandt habt?«

Siuan holte tief Luft, faltete dann aber die Hände und neigte demütig den Kopf. »Es schien mir nicht wesentlich, Aes Sedai, in Anbetracht so vieler wichtiger Dinge. Ich habe nichts für mich behalten, wenn es auch nur den leisesten Grund gab, davon zu berichten. Ich habe jede Einzelheit berichtet, die ich über die Schwarzen Ajah wußte. Ich habe seit einiger Zeit nicht mehr gewußt, wo sich diese beiden aufhielten und was sie vorhatten. Das Wichtige ist doch nur, daß sie jetzt hier sind und diese drei *Ter'Angreal* dabeihaben. Es muß Euch doch klar sein, was es bedeutet, Zutritt zu Elaidas Arbeitszimmer und zu ihren Papieren zu haben, wenn auch vielleicht nur bruchstückhaft. Ihr hättet sonst niemals erfahren, daß sie weiß, wo Ihr euch aufhaltet, bevor es zu spät wäre.«

»Das ist uns klar«, sagte Anaiya und sah Morvrin an, die immer noch mit finsterem Blick den Ring betrachtete. »Lediglich die angewandten Mittel, um dies zu erreichen, überraschen uns doch etwas.«

»*Tel'aran'rhiod*«, hauchte Myrelle. »Also, das war nur noch eine Angelegenheit, über die man unter Gelehrten in der Burg diskutierte, beinahe schon eine Legende. Und Traumgängerinnen unter den Aiel. Wer hätte sich vorgestellt, daß die Weisen Frauen der Aiel die Macht lenken können, geschweige denn dies?«

Nynaeve wäre es lieber gewesen, sie hätten das geheimhalten können, so, wie sie ja auch Birgittes wahre Identität und ein paar andere Dinge geheimgehalten hatten, aber es war schwierig, nichts entschlüpfen zu lassen, wenn man von Frauen verhört wurde, deren Blicke allein schon Löcher in Steine bohren konnten, wenn sie das wünschten. Nun, sie konnten sich wohl glücklich schätzen, wenigstens einiges für sich behalten zu haben. Sobald sie einmal *Tel'aran'rhiod* erwähnt hatten und ihre Fähigkeit, es zu betreten, hätte eher eine Maus die Katze auf den Baum treiben können, bevor *sie* mit Fragen aufhörten.

Leane trat einen halben Schritt vor und blickte betont an Siuan vorbei. »Das Wichtigste ist, daß Ihr mit Hilfe dieser *Ter'Angreal* mit Egwene sprechen könnt und durch sie mit Moiraine. Mit ihrer Hilfe solltet Ihr nicht nur in der Lage sein, Rand al'Thor im Auge zu behalten, Ihr solltet ihn sogar noch in Cairhien beeinflussen können.«

»Wohin er sich von der Aiel-Wüste aus wandte«, sagte Siuan, »wie ich es vorausgesagt hatte.« Falls ihr Blick und ihre Worte den Aes Sedai galten, war ihr beißender Tonfall ganz eindeutig Leane gewidmet, die nur kurz knurrte: »Das hat ja auch geholfen. Zwei Aes Sedai in die Wüste geschickt, um Enten zu jagen.«

O ja, ganz entschieden hatte sich das Verhältnis der beiden zueinander abgekühlt.

»Genug, Kinder«, sagte Anaiya, so, als wären sie wirklich noch Kinder und sie eine an die üblichen Streitigkeiten gewöhnte Mutter. Sie blickte die anderen Aes Sedai bedeutungsvoll an. »Es ist eine sehr gute Sache, daß wir in der Lage sein werden, mit Egwene zu sprechen.«

»Falls diese so funktionieren, wie es behauptet wird«, sagte Morvrin. Sie ließ den Ring auf ihrer Handfläche auf- und abhüpfen und tastete gleichzeitig nach den anderen *Ter'Angreal* auf ihrem Schoß. Diese Frau würde ohne Beweis nicht einmal glauben, daß der Himmel blau sei.

Sheriam nickte. »Ja. Das wird Eure erste Aufgabe sein, Elayne, Nynaeve. Ihr werdet eine Gelegenheit bekommen, Aes Sedai in ihrem Gebrauch zu unterweisen.«

Nynaeve knickste und fletschte die Zähne. Sie konnten es ja als Lächeln betrachten, wenn es ihnen gefiel. Sie unterweisen? Ja, und hinterher würden sie den Ring oder die anderen niemals mehr zurückbekommen. Elaynes Knicks fiel noch dürftiger aus, und ihr Gesicht war wie eine kühle Maske. Ihr Blick wanderte beinahe sehnsuchtsvoll zu diesem idiotischen *A'dam* hinüber.

»Die Kreditbriefe sind nützlich«, sagte Carlinya. Bei aller für die Weißen Ajah typischen Kühle und Logik zeigte sich doch an der Art, wie sie knapp und abgehackt sprach, eine gewisse Nervosität. »Gareth Bryne verlangt mehr Gold, als wir besitzen, aber damit könnten wir fast alles auftreiben, um ihn zufriedenzustellen.«

»Ja«, pflichtete Sheriam ihr bei. »Und wir müssen auch das meiste an Bargeld zurückbehalten. Es gibt zu viele hungrige Mäuler zu stopfen und von Tag zu Tag – hier wie anderswo – mehr Menschen zu bekleiden.«

Elayne nickte gnädig und tat so, als wollten sie das Geld auf keinen Fall zurückhaben, was immer Sheriam auch sagte. Nynaeve wartete ab, was noch kommen würde. Gold und Kreditbriefe und sogar die *Ter'Angreal* waren nur ein Teil des Ganzen.

»Was alles andere angeht«, fuhr Sheriam fort, »sind wir uns einig, daß Ihr die Burg auf Befehl verlassen habt, wenn es auch falsch war, und dafür kann man Euch nicht zur Rechenschaft ziehen. Jetzt, da Ihr euch wieder bei uns und in Sicherheit befindet, werdet Ihr eure Studien wieder aufnehmen.«

Nynaeve atmete ganz langsam aus, nachdem sie die Luft angehalten hatte. Sie hatte nichts anderes erwartet, seit ihr Verhör begonnen hatte. Nicht, daß es ihr paßte, aber ausnahmsweise einmal würde niemand in der Lage sein, ihr vorzuwerfen, sie könne sich nicht beherrschen. Nicht jetzt, wo ihr das aller Wahrscheinlichkeit nach nicht helfen könnte.

Elayne allerdings platzte mit einem scharfen: »Aber …!« heraus, was Sheriam jedoch sofort mit gleicher Schärfe unterband.

»Ihr werdet Eure Studien wieder aufnehmen. Ihr seid wohl beide sehr stark, aber eben noch keine Aes Sedai.« Diese grünen Augen hielten sie fest, bis sie sicher war, voll und ganz verstanden worden zu sein, und dann sprach sie mit milderer Stimme weiter. Milder, doch fest und energisch. »Ihr seid zu uns zurückgekehrt, und auch wenn Salidar nicht die Weiße Burg ist, sollt Ihr es dennoch als solche betrachten. Ihr habt uns in der letzten Stunde sehr viel berichtet, und es ist klar, daß Ihr noch um ein Beträchtliches mehr zu berichten habt.« Nynaeve stockte der Atem, doch Sheriams Blick wanderte zu dem *A'dam* zurück. »Wie schade, daß Ihr diese Seanchanfrau nicht mitgebracht habt. Das hättet Ihr wirklich tun sollen.« Aus irgendeinem Grund lief Elayne puterrot an und wirkte ärgerlich zugleich. Was sie selbst betraf, war Nynaeve nur deshalb erleichtert, weil die Frau lediglich von der Seanchan gesprochen hatte. »Aber man kann Aufgenommenen nicht vorwerfen, daß sie noch nicht wie Aes Sedai denken«, fuhr Sheriam fort. »Siuan und Leane werden ebenfalls viele Fragen an Euch haben. Ihr werdet mit ihnen zusammenarbeiten und alles nach bestem Wissen beantworten. Ich denke, ich muß Euch nicht daran erinnern, daß Ihr ihren augenblicklichen Zustand nicht ausnützt. Einige Aufgenommene und sogar ein paar Novizinnen wollten sie für die Ereignisse verantwortlich machen und sogar eigenhändig bestrafen.« Aus dem milden Tonfall wurde blanker Stahl. »Diese jungen Frauen tun sich jetzt selbst sehr, sehr leid. Muß ich noch mehr hinzufügen?«

Nynaeve hatte es keineswegs eiliger als Elayne, ihr zu versichern, daß sie nichts hinzufügen müsse, und das hieß, sie überschlugen sich beinahe, um ihre Beteuerungen schnell herauszubekommen. Nynaeve hatte erst gar nicht daran gedacht, Schuldzuweisungen vorzunehmen, denn ihrer Meinung nach lag die Schuld für alles sowieso bei allen Aes Sedai, aber sie wollte auch nicht, daß Sheriam böse auf sie war. Als ihr das selbst klar wurde, stieß ihr die Wirklichkeit sauer auf: Die Tage ihrer Freiheit waren wohl endgültig vorüber.

»Gut, nun mögt Ihr die Juwelen an Euch nehmen, die Euch die Panarchin schenkte, und den Pfeil – wenn Zeit dafür ist, müßt Ihr mir erzählen, warum sie Euch ein solches Geschenk machte – und gehen. Eine der anderen Aufgenommenen wird Euch Schlafplätze suchen. Es wird vermutlich schwieriger werden, Eurem Rang entsprechende Kleidung aufzutreiben, doch man wird Kleider für Euch finden. Ich erwarte, daß Ihr eure … Abenteuer … nun hinter Euch zurücklaßt und Euch wieder problemlos einfügt.« Klar, wenn auch unausgesprochen, blieb die Drohung, daß sie Probleme bekommen würden, sollten sie sich nicht wieder einfügen. Sheriam nickte zufrieden, als sie sah, daß beide begriffen hatten.

Beonin hatte kein Wort gesagt, seit die *Saidar*-Abschirmung aufgelöst worden war, doch als nun Nynaeve und Elayne zum Abschied knicksten, erhob sich die Graue Schwester und schritt zu dem Tisch hinüber, auf dem ihre Sachen ausgebreitet lagen. »Und wie steht es damit?« wollte sie im schwerfälligen Taraboner Dialekt wissen. Sie riß das Tuch weg, mit dem sie das Siegel zum Gefängnis des Dunklen Königs bedeckt hatten. Zur Abwechslung blickten ihre blaugrauen Augen einmal eher zornig als überrascht drein. »Wird es keine weiteren Fragen mehr dazu geben? Habt Ihr alle vor, dies zu ignorieren?« Da lag die schwarz und weiß unterteilte Scheibe vor ihnen, neben dem Waschlederbeutel, in ein Dutzend oder mehr Stücke zerbrochen und wie ein Puzzle zusammengefügt, so gut das eben möglich war.

»Es war noch ganz, als wir es in die Tasche steckten.« Nynaeve schwieg einen Moment, weil ihr Mund plötzlich wie ausgetrocknet war. So sehr sie auch vorher jeden Blick zu dem Tuch hin vermieden hatte, so sehr klebte ihr Blick nun an dem Siegel fest. Leane hatte hämisch gegrinst, als sie das rote Kleid sah, mit dem sie das Siegel umwickelt gehabt hatte, und sie hatte gesagt … Nein, nicht noch einmal davor weglaufen, nicht einmal in Gedanken! »Warum hätten wir besonders darauf achtgeben sollen? Es ist aus *Cuendillar!*«

»Wir haben es nicht mehr angesehen oder berührt«, sagte Elayne atemlos, »als unbedingt sein mußte. Es hat ein schmutziges, böses Gefühl ausgestrahlt.« Jetzt nicht mehr. Carlinya hatte jeder von ihr ein Bruchstück in die Hand gedrückt und zu wissen verlangt, von welchem schlimmen Gefühl sie da sprächen.

Sie hatten das alles bereits zuvor gesagt, mehr als einmal, und jetzt beachtete niemand mehr ihre Worte.

Sheriam erhob sich und stellte sich neben die Graue mit dem honigfarbenen Haar. »Wir ignorieren nichts, Beonin. Es nützt aber nichts, wenn wir diesen Mädchen noch mehr Fragen stellen. Sie haben uns alles gesagt, was sie wissen.«

»Weitere Fragen sind immer gut«, sagte Morvrin, aber sie hatte wenigstens aufgehört, mit dem *Ter'Angreal* herumzuspielen, und starrte nun genauso angestrengt wie die anderen das zerbrochene Siegel an. Es mochte ja aus *Cuendillar* bestehen – sowohl sie wie Beonin hatten es untersucht und waren sich einig darüber –, und doch hatte sie eines der Bruchstücke mit eigenen Händen weiter zerbrochen.

»Wie viele der sieben halten noch?« fragte Myrelle leise, als führe sie ein Selbstgespräch. »Wie lange noch, bis der Dunkle König ausbricht und die Letzte Schlacht beginnt?« Jede Aes Sedai beteiligte sich im Grunde an allen Aufgaben, je nach ihren Talenten und Neigungen, und doch hatte auch jede Ajah ihre ganz eigene Existenzberechtigung. Grüne, die sich selbst als Kampf-Ajah bezeichneten, sahen ihren Lebenszweck darin, sich für die Letzte Schlacht bereitzuhalten und dort den neuen Schattenlords gegenüberzutreten. In Myrelles Stimme lag fast etwas wie Vorfreude.

»Drei«, sagte Anaiya mit brüchiger Stimme. »Drei halten noch. Falls wir alles wissen. Laßt uns beten, daß uns alles bekannt ist. Laßt uns beten, daß drei ausreichen.«

»Laßt uns beten, daß diese drei stärker sind als das

hier«, knurrte Morvrin. »*Cuendillar* kann man doch nicht so einfach zerbrechen. Nicht, wenn es noch *Cuendillar* ist. Das geht doch nicht.«

»Wir sprechen über alles zu seiner Zeit«, sagte Sheriam. »Nachdem wir einige vorrangige Dinge erledigt haben, die für uns lösbare Aufgaben darstellen.« Sie nahm Beonin das Tuch ab und bedeckte das zerbrochene Siegel wieder. »Siuan, Leane, wir sind zu einer Entscheidung gekommen, was ...« Sie hielt inne, als sie sich umdrehte und Elayne und Nynaeve bemerkte. »Hat man Euch nicht gesagt, Ihr solltet gehen?« Trotz aller äußeren Ruhe machte sich der Aufruhr in ihrem Innern bemerkbar. Sie hatte glatt ihre Anwesenheit vergessen.

Nynaeve war nur zu schnell dabei, noch einmal zu knicksen und mit einem hastigen »Mit Eurer Erlaubnis, Aes Sedai« zur Tür zu eilen. Unbeweglich beobachteten die Aes Sedai und Siuan und Leane, wie sie und Elayne hinaustraten. Nynaeve fühlte ihre Blicke, als schöben sie sie hinaus. Elayne war kein bißchen langsamer, obwohl sie dem *A'dam* schnell noch einen Blick zuwarf.

Sobald Nynaeve die Tür geschlossen hatte und sich erleichtert an deren rohe, ungestrichene Bretter lehnte, den vergoldeten Kasten an die Brust gedrückt, konnte sie zum erstenmal, wie es ihr schien, wieder tief und ungehemmt durchatmen, seit sie den alten Steinbau der Schenke betreten hatten. Sie wollte nicht über das zerbrochene Siegel nachdenken. Noch ein zerbrochenes Siegel. Nein, kein weiterer Gedanke daran! Diese Frauen konnten mit ihren Blicken Schafe scheren. Beinahe freute sie sich auf das erste Zusammentreffen dieser Aes Sedai mit den Weisen Frauen, jedenfalls, wenn sie nicht gerade zwischen beiden Gruppen stand. Es war ihr schon mehr als schwer gefallen, als sie zur Burg kam, sich zu beugen und zu tun, was man ihr befahl. Nach den langen Monaten, während derer sie die

Befehle erteilt hatte, nun, meist nach Beratung mit Elayne, wußte sie nicht, wie sie es verkraften würde, wieder vor den anderen auf dem Bauch zu kriechen.

Der Schankraum mit seiner schlecht ausgebesserten Gipsdecke und den beinahe zusammenbrechenden kalten Kaminen war der gleiche Bienenstock wie zuvor, als man sie hereingeführt hatte. Jetzt schenkte ihnen niemand mehr besondere Beachtung und sie ihnen ebensowenig. Eine kleine Gruppe erwartete sie und Elayne.

Thom und Juilin, die auf einer grob gezimmerten Bank an einer Wand saßen, von der der Putz abblätterte, hatten die Köpfe mit Uno zusammengesteckt, der vor ihnen am Boden hockte. Das lange Heft seines Schwertes ragte über seine Schulter empor. Areina und Nicola, die beide erstaunt ihre Umgebung anstarrten und sich vergebens bemühten, das zu verbergen, saßen mit Marigan zusammen auf einer weiteren Bank. Marigan wiederum beobachtete Birgittes Versuche, Jaril und Seve zu unterhalten. Sie jonglierte ungeschickt mit drei bunten Holzbällen, die sie wohl von Thom bekommen hatte. Min kniete hinter den Jungen und kitzelte sie, flüsterte ihnen auch etwas ins Ohr, aber sie klammerten sich dennoch aneinander und blickten schweigend mit diesen viel zu großen Augen in die Welt.

Nur zwei andere im ganzen Raum eilten nicht geschäftig umher. Zwei von Myrelles drei Behütern lehnten wie zufällig ein paar Schritte hinter den Bänken, aber noch vor dem Hinterausgang zum Küchenflur an der Wand und unterhielten sich: Croi Makin, ein blonder junger Kerl aus Andor mit einem feingeschnittenen Profil, und Avar Hachami mit einer Adlernase und einem kantigen Kinn, dessen angegrauter Schnurrbart aussah wie zwei nach unten gekrümmte Büffelhörner. Niemand konnte behaupten, Hachami sehe irgendwie gut aus, aber der Blick aus seinen dunklen Augen ließ die meisten erst einmal schlucken. Natürlich sahen sie keineswegs Uno oder Thom oder sonst jemanden direkt an. Es war ja nur reiner Zufall, daß sie nichts zu tun und dafür gerade diesen Fleck ausgewählt hatten.

Birgitte ließ einen der Bälle fallen, als sie Nynaeve und Elayne sah. »Was habt ihr ihnen gesagt?« fragte sie leise und sah den silbernen Pfeil in Elaynes Hand kaum an. Der Köcher hing an ihrem Gürtel, doch ihren Bogen hatte sie an die Wand gelehnt.

Nynaeve trat näher zu ihr heran und mied sorgfältig jeden Blick in Richtung Makin und Hachami. Genauso vorsichtig senkte sie die Stimme und vermied jede besondere Betonung. »Wir sagten ihnen alles, wonach sie uns fragten.«

Elayne berührte Birgitte am Arm. »Sie wissen, daß du eine gute Freundin bist, die uns geholfen hat. Du bist hier willkommen und kannst bleiben, genau wie Areina, Nicola und Marigan.«

Erst als etwas von der Anspannung aus Birgitte wich, erkannte Nynaeve, wie nervös die Frau mit den blauen Augen gewesen war. Sie hob schnell den heruntergefallenen gelben Ball auf und warf mit einer geschmeidigen Bewegung alle drei zu Thom zurück, der sie nacheinander mit einer Hand aus der Luft schnappte und sie mit einer einzigen kurzen Bewegung verschwinden ließ. Auf ihrer Miene zeigte sich der Anflug eines erleichterten Grinsens.

»Ich kann euch gar nicht sagen, wie froh ich bin, euch beide hier zu sehen«, sagte Min mindestens zum vierten oder fünften Mal. Ihr Haar war länger als früher, wenn es auch noch wie eine dunkle Kappe um ihren Kopf lag, und auf irgendeine andere Art wirkte sie ebenfalls verändert, ohne daß Nynaeve hätte sagen können, wie. Überraschenderweise waren die Aufschläge ihrer Jacke offensichtlich ganz neu mit Blumen bestickt; früher hatte sie immer nur einfache Kleidung ohne jeden Zierrat getragen. »Hier sind freundliche

Gesichter sehr rar.« Ihr Blick huschte einen ganz kurzen Augenblick lang zu den Behütern hinüber. »Wir müssen uns irgendwo hinsetzen und ausführlich miteinander sprechen. Ich kann es nicht erwarten, zu hören, was ihr alles erlebt habt, seit ihr aus Tar Valon abgereist seid.« Und zu berichten, was sie erlebt hatte, wenn sich Nynaeve nicht gewaltig irrte.

»Ich würde auch sehr gern mit dir sprechen«, sagte Elayne in sehr ernstem Tonfall. Min blickte sie forschend an, seufzte dann und nickte, wenn auch nicht so begierig wie noch einen Augenblick zuvor.

Thom, Juilin und Uno traten nun hinter Birgitte und Min. Ihre Mienen waren die von Männern, die Dinge zu sagen hatten, die eine Frau nicht gerne hören würde. Bevor sie allerdings den Mund aufmachen konnten, schob sich eine Frau mit lockigem Haar im Kleid einer Aufgenommenen zwischen Juilin und Uno durch, funkelte sie zornig an und pflanzte sich vor Nynaeve auf.

Faolains Kleid mit den sieben Farbstreifen am Saum für die verschiedenen Ajah war nicht ganz so sauber, wie es sein sollte, und ihr dunkelhäutiges Gesicht trug einen finsteren Ausdruck. »Ich bin überrascht, Euch hier anzutreffen, Wilde. Ich glaubte, Ihr wärt in Euer Dorf zurückgerannt und unsere feine Tochter-Erbin zu ihrer Mutter.«

»Geht Ihr immer noch Eurem Hobby nach, Milch zu säuern, Faolain?« fragte Elayne süßlich.

Nynaeve bemühte sich, ihre freundliche Miene zu bewahren. Es gelang ihr auch beinahe. Zweimal war Faolain damals in der Burg beauftragt worden, ihr Unterricht zu erteilen. Ihrer eigenen Meinung nach, um ihr ihren Platz zuzuweisen. Wenn sowohl Lehrerin wie auch Schülerin Aufgenommene waren, besaß die Lehrerin für die Dauer des Unterrichts oder der Lektion den Status einer Aes Sedai, und das nützte Faolain weidlich aus. Die Frau mit dem Lockenkopf war acht

Jahre lang Novizin gewesen und nun bereits seit fünf Jahren Aufgenommene. Es paßte ihr natürlich überhaupt nicht, daß Nynaeve gar nicht erst Novizin werden mußte oder daß Elayne das weiße Kleid der Novizinnen nur weniger als ein Jahr getragen hatte. Zwei Lektionen durch Faolain hatten zweimal den Weg in Sheriams Arbeitszimmer für Nynaeve bedeutet, weil sie widerspenstig gewesen sei, launisch ... Die Liste war so lang wie ihr Arm. Sie sprach betont leichthin: »Wie ich hörte, sind Siuan und Leane von irgend jemandem schlecht behandelt worden. Ich denke, Sheriam will in dieser Angelegenheit ein für allemal ein Exempel statuieren.« Sie blickte der anderen fest in die Augen, und die weiteten sich vor Schreck.

»Ich habe nichts getan, seit Sheriam ...« Faolains Mund klappte zu, und sie lief hochrot an. Min verbarg ihren Mund hinter einer vorgehaltenen Hand, und Faolain riß den Kopf herum. Sie musterte die anderen Frauen, von Birgitte bis Marigan. Dann bedeutete sie mit herrischer Geste Nicola und Areina, mitzukommen. »Ihr zwei werdet genügen, denke ich. Kommt mit mir. Sofort. Keine Trödelei.« Sie erhoben sich langsam. Areina blickte sie mißtrauisch an, und Nicola nestelte an ihrem Kleid herum.

Elayne trat zwischen sie und Faolain und kam damit Nynaeve zuvor. Ihr Kinn hielt sie hoch und ihr wahrhaft majestätischer Blick wirkte wie blaues Eis. »Was wollt Ihr von ihnen?«

»Ich gehorche Sheriam Sedais Befehl«, antwortete Faolain. »Ich bin ja der Meinung, sie sind zu alt für eine Überprüfung, aber ich folge meinem Befehl. Auch die Werber Lord Brynes werden von einer Schwester begleitet, die sogar noch Frauen im Alter Nynaeves auf das Talent überprüft.« Ihr plötzliches Lächeln hätte das einer Viper sein können. »Soll ich Sheriam Sedai davon unterrichten, daß Ihr das mißbilligt, Elayne? Soll ich ihr sagen, daß Ihr eure *Gefolgsleute* nicht überprüfen laßt?« Während sie sprach, senkte sich Elaynes Kinn ein wenig, aber sie konnte jetzt natürlich keinen Rückzieher machen. Sie benötigte eine Ablenkung.

Nynaeve berührte Faolain an der Schulter. »Haben sie viele gefunden?«

Unwillkürlich drehte die Frau den Kopf ein wenig, und als sie sich zurückwandte, beruhigte Elayne gerade Areina und Nicola und erklärte ihnen, man werde ihnen nichts tun und sie zu nichts zwingen. Soweit wäre Nynaeve gar nicht gegangen. Wenn die Aes Sedai eine Frau fanden, die wie Elayne oder Egwene mit diesem Funken geboren worden war und die irgendwann einmal, absichtlich oder nicht, die Macht benützen würde, dann packten sie sie und steckten sie in die Ausbildung, ob sie selbst das wollte oder nicht. Etwas nachlässiger schienen sie mit Frauen umzugehen, die man wohl ausbilden konnte, die aber ohne eine gründliche Schulung von selbst *Saidar* niemals erreichen konnten; und ebenso mit Wilden, die jene Eins-zu-vier-Chance überlebt und sich selbst das meiste beigebracht hatten, gewöhnlich ohne daß ihnen überhaupt bewußt war, was sie taten, und die oftmals auf irgendeine Weise blockiert waren, so wie Nynaeve. Angeblich konnten diese wählen, ob sie kommen oder bleiben wollten. Nynaeve hatte sich für die Burg entschieden, aber sie vermutete, man hätte sie sonst auch gegen ihren Willen hingebracht, und wenn man sie an Händen und Füßen hätte fesseln müssen. Die Aes Sedai ließen Frauen, die eine auch noch so geringe Möglichkeit zeigten, eine von ihnen zu werden, nicht mehr Chancen als einem Lamm an einem Festtag.

»Drei«, sagte Faolain nach kurzem Nachdenken. »All diese Mühe, und sie haben nur drei gefunden. Eine davon war eine Wilde.« Sie konnte Wilde wirklich nicht leiden. »Ich weiß nicht, warum sie sich so anstrengen, neue Novizinnen zu bekommen. Die Novizinnen hier bei uns können ja ohnehin nicht erhoben werden, bis wir die Burg zurückgewinnen. Das ist alles Siuan Sanches Schuld, ihre und die Leanes.« Ein Muskel in ihrer Wange zuckte, als ihr bewußt wurde, daß diese Bemerkung als feindselig der früheren Amyrlin und der ehemaligen Behüterin gegenüber aufgefaßt werden konnte, und so packte sie schnell Areina und Nicola an den Armen. »Kommt mit. Ich folge den Befehlen, und wenn Ihr überprüft werden sollt, dann werdet ihr es eben, ob man damit Zeit verschwendet oder nicht.«

»Eine böse Frau«, murmelte Min und schielte hinter Faolain her, als sie die beiden durch den Schankraum zerrte. »Man sollte denken, falls es noch Gerechtigkeit gibt, hätte sie eine äußerst ungemütliche Zukunft vor sich.«

Nynaeve hätte Min gern gefragt, welche Vision sie bei dieser Aufgenommenen mit dem Lockenkopf gehabt hatte – sie wollte ihr am liebsten hundert Fragen stellen –, aber nun pflanzten sich Thom und die anderen beiden Männer entschlossen vor ihr und Elayne auf, Juilin und Uno auf einer Seite, Thom auf der anderen, damit sie nach allen Richtungen blicken konnten. Birgitte führte inzwischen Jaril und Seve zu ihrer Mutter und hielt diese so von ihrer Gruppe fern. Min wußte offensichtlich auch, was die Männer vorhatten, so bedauernd schaute sie sie an. Sie schien etwas sagen zu wollen, aber am Ende zuckte sie lediglich die Achseln und schloß sich Birgitte an.

Thoms Gesichtsausdruck nach hätte er über das Wetter sprechen können oder fragen, was es zum Abendessen gebe. Völlig nebensächliche Dinge. »Dieser Ort steckt voll von gefährlichen Narren und Träumern. Sie glauben, Elaida absetzen zu können. Deshalb befindet sich Gareth Bryne hier. Er soll ein Heer für sie aufstellen.«

Juilins Grinsen war unwahrscheinlich breit. »Keine Narren. Verrückte – Frauen wie Männer. Es ist mir völlig gleich, selbst wenn Elaida schon geherrscht hätte, als Logain geboren wurde. Sie spinnen, wenn sie glauben, von hier aus eine Amyrlin vom Thron stürzen zu können, die sicher in der Weißen Burg sitzt. Wir könnten vielleicht in einem Monat in Cairhien sein.«

»Ragan und die anderen haben sich bereits Pferde ausgesucht, die sie … borgen … könnten.« Auch Uno grinste, was ganz im Widerspruch zu dem böse blickenden roten Auge auf seiner Augenklappe stand. »Die Wachen wurden so aufgestellt, daß sie nach Leuten Ausschau halten, die herkommen, aber nicht nach solchen, die weggehen. Wir könnten sie im Wald abhängen. Es wird bald dunkel. Sie finden uns nie.« Als die Frauen noch nach Verlassen des Schiffes am Flußufer ihre Großen Schlangenringe übergestreift hatten, hatte das eine bemerkenswerte Auswirkung auf seine Ausdrucksweise gehabt. Allerdings schien er das ›wiedergutmachen‹ zu wollen, wenn er glaubte, sich außerhalb ihrer Hörweite zu befinden.

Nynaeve sah Elayne an, die den Kopf leicht schüttelte. Elayne würde alles dafür geben, Aes Sedai zu werden. Und sie selbst? Die Chance, die Aes Sedai dazu zu bringen, Rand zu unterstützen, war wohl sehr gering, falls sie sich wirklich endgültig entschlossen hatten, ihn unter ihre Kontrolle zu bringen. Überhaupt keine Chance, wenn sie es realistisch beurteilte. Und doch … Und doch gab es da die Kunst, mit Hilfe der Macht zu heilen. In Cairhien konnte sie das nicht erlernen, aber hier … Keine zehn Schritt von ihr entfernt hakte Therva Maresis, eine schlanke Gelbe mit langer Nase, methodisch mit ihrer Feder Punkte auf einer Liste ab, die auf Pergament geschrieben war. Ein kahlköpfiger Behüter mit schwarzem Vollbart unterhielt sich im Stehen in der Nähe der Tür mit Nisao Dachen. Er überragte sie um mehr als Haupteslänge, obwohl er keineswegs größer als der Durchschnitt war. Dagdara Finchey, so stämmig wie der kräftigste Mann im Raum und größer als die meisten, sprach vor einem der feuerlosen Kamine zu einer Gruppe Novizinnen. Mit knappen Befehlen schickte sie eine nach der anderen mit Aufträgen los. Nisao und Dagdara gehörten auch zu den Gelben Ajah. Man erzählte sich, Dagdara, deren angegrautes Haar sie zu einer der ältesten Aes Sedai machte, verstünde mehr vom Heilen als zwei andere zusammengenommen. Wenn Nynaeve sich zu Rand begab, konnte sie nicht erwarten, viel Nützliches tun zu können. Sie würde ihn wahrscheinlich bestenfalls dabei beobachten können, wie er dem Wahnsinn verfiel. Wenn sie dagegen weitere Fortschritte im Heilen machte, könnte sie vielleicht ein Mittel finden, ihm diesen Weg zu ersparen. Es gab für ihren Geschmack viel zu viel, was die Aes Sedai einfach als hoffnungslos und unheilbar bezeichneten und deshalb auch gar nicht zu heilen versuchten.

All das ging ihr durch den Kopf, während sie Elayne anblickte und sich wieder den Männern zuwandte. »Wir werden hierbleiben. Uno, wenn Ihr und die anderen zu Rand gehen wollt, dann seid Ihr frei, was mich betrifft. Ich fürchte, ich habe kein Geld mehr, um Euch zu unterstützen.« Das Gold, das die Aes Sedai an sich genommen hatten, wurde gebraucht, so, wie sie es gesagt hatten, aber sie konnte nicht anders, als schmerzerfüllt das Gesicht zu verziehen, wenn sie an die wenigen übriggebliebenen Silbermünzen in ihrer Börse dachte. Diese Männer waren ihr – und natürlich Elayne – aus den falschen Motiven heraus gefolgt, aber das machte ihre Verantwortung für sie nicht weniger schwerwiegend. Ihre Loyalität gehörte Rand. Sie hatten keinen Grund, sich an einem Kampf um die Weiße Burg zu beteiligen. Nach einem Blick auf das vergoldete Kästchen fügte sie zögernd hinzu: »Aber ich habe noch ein paar Dinge, die Ihr unterwegs verkaufen könntet.«

»Ihr müßt auch gehen, Thom«, sagte Elayne. »Und

Ihr, Juilin. Es hat doch keinen Zweck, hierzubleiben. Wir brauchen Euch hier nicht, aber Rand wird Euch benötigen.« Sie versuchte, Thom ihr Schmuckkästchen in die Hände zu drücken, aber er wies es zurück.

Die drei Männer tauschten daraufhin Blicke, so irritierend, wie das für sie typisch war, und Uno ging sogar soweit, sein eines Auge zu rollen. Nynaeve glaubte zu verstehen, wie Juilin leise etwas knurrte wie, er habe ja gleich gesagt, sie würden sich auf stur stellen.

»Vielleicht in ein paar Tagen«, sagte Thom.

»Ein paar Tage«, pflichtete ihm Juilin bei.

Uno nickte. »Ich könnte ein wenig Ruhe gebrauchen, wenn ich anschließend den halben Weg nach Cairhien vor den Behütern davonlaufen muß.«

Nynaeve blickte sie so streng wie möglich an und zupfte absichtlich an ihrem Zopf. Elayne hatte das Kinn erhoben wie eh und je, und mit dem Blick aus ihren blauen Augen hätte man Eis zerkleinern können. Thom und die anderen mußten diese Anzeichen mittlerweile wohl erkennen. Man würde ihren Unsinn einfach nicht durchgehen lassen. »Falls Ihr glaubt, daß Ihr immer noch Rand al'Thors Befehl Folge leistet, uns zu beschützen...«, setzte Elayne in unterkühltem Tonfall an, während Nynaeve gleichzeitig zu poltern begann: »Ihr habt versprochen, zu tun, was man Euch sagt, und ich werde dafür sorgen...«

»Das hat damit nichts zu tun«, unterbrach Thom die beiden. Mit einem knorrigen Finger strich er Elayne eine Haarsträhne aus dem Gesicht. »Überhaupt nichts. Kann ein humpelnder alter Mann etwa nicht ein wenig Ruhe verlangen?«

»Um die Wahrheit zu sagen«, fügte Juilin hinzu, »bleibe ich lediglich hier, weil Thom mir noch Geld schuldet. Beim Würfeln gewonnen.«

»Erwartet Ihr von uns, daß wir ausgerechnet Behütern zwanzig Pferde auf einmal stehlen, ohne mit der

Wimper zu zucken?« grollte Uno. Er schien vergessen zu haben, daß er genau dies vorher angeboten hatte.

Elayne starrte sie entgeistert an und fand keine Worte. Nynaeve hatte plötzlich ebenfalls Schwierigkeiten mit ihrer sprachlichen Ausdrucksfähigkeit. Wie tief waren sie gesunken. Nicht einmal einer der drei, der wenigstens nervös von einem Fuß auf den anderen getreten wäre. Das Dumme war, daß sie selbst hin- und hergerissen war. Sie war entschlossen gewesen, sie wegzuschicken. Auf jeden Fall, und das nicht nur, damit sie nicht sehen konnten, wie *sie* laufend knicksen und bei den Aes Sedai kriechen mußte. Doch da in Salidar fast nichts so war, wie sie erwartet hatte, mußte sie auch innerlich zugeben, zaudernd, aber immerhin, daß es… beruhigend… wäre, zu wissen, sie und Elayne hätten nicht nur Birgitte, auf die sie sich verlassen konnten. Dieses Angebot, zu fliehen – denn so sollte man ruhig das Kind beim Namen nennen –, würde sie natürlich unter gar keinen Umständen annehmen. Ihre Gegenwart wäre eben nur… beruhigend. Allerdings durfte sie sich das vor den Männern nicht anmerken lassen. Das mußte nicht sein, denn sie würden gehen, ob sie das wollten oder nicht. Rand konnten sie höchstwahrscheinlich nützlich sein, während sie hier nur im Weg stünden. Außer…

Die ungestrichene Tür öffnete sich, und Siuan schritt heraus, gefolgt von Leane. Sie blickten sich kalt und abweisend an. Dann schnaubte Leane und ging überraschend geschmeidig und elegant um Croi und Avar herum in den Flur, der zur Küche führte. Nynaeve runzelte ein wenig die Stirn. Mitten in dieser Eiseskälte war es einen Moment gewesen, einen ganz kurzen Augenblick lang, so daß sie es fast übersehen hätte, obwohl es direkt vor ihrer Nase war, als ob…

Siuan wandte sich ihr zu und erstarrte dann plötzlich. Ihre Miene wurde vollkommen ausdruckslos. Jemand hatte sich ihrer kleinen Versammlung angeschlossen.

Gareth Bryne, der seinen verbeulten Harnisch über den einfachen, lederbraunen Rock geschnallt und die stahlverstärkten Kampfhandschuhe in den Schwertgürtel gesteckt hatte, strahlte Autorität aus. Mit seinem größtenteils grauen Haar und dem derben Gesicht machte er den Eindruck eines Mannes, der alles gesehen und alles überstanden hatte; eines Mannes, der fähig war, alles zu überdauern.

Elayne lächelte und nickte wohlwollend. Das war nicht mehr der verblüffte Blick von ihrer Ankunft in Salidar, als sie ihn am anderen Ende der Straße entdeckt und erkannt hatte. »Ich kann nicht sagen, daß es mir eine reine Freude sei, Euch zu begrüßen, Lord Gareth. Ich habe von Streitigkeiten zwischen meiner Mutter und Euch gehört, aber ich bin sicher, daß sich das ändern läßt. Ihr wißt ja, daß Mutter gelegentlich etwas voreilig ist. Sie wird es sich überlegen und Euch bitten, den Euch zustehenden Platz in Caemlyn wieder einzunehmen, da könnt Ihr sicher sein.«

»Was geschehen ist, ist geschehen, Elayne.« Er ignorierte ihr Erstaunen. Nynaeve bezweifelte, daß irgend jemand, der Elaynes Rang kannte, sie jemals so kurz abgefertigt hatte. Er wandte sich statt dessen Uno zu. »Habt Ihr euch überlegt, was ich sagte? Schienarer sind die beste schwere Kavallerie auf der Welt, und ich habe Burschen hier, die genau passen würden, wenn man sie nur richtig ausbildete.«

Uno runzelte die Stirn. Der Blick aus seinem Auge wanderte zu Elayne und Nynaeve hinüber. Dann nickte er bedächtig. »Ich habe nichts Besseres zu tun. Ich werde mit den anderen sprechen.«

Bryne klopfte ihm auf die Schulter. »Das genügt mir schon. Und wie steht es mit Euch, Thom Merrilin?« Thom hatte sich bei der Ankunft des Mannes zur Seite hin weggedreht, den Schnurrbart nervös gestrichen und zu Boden geblickt, als wolle er möglichst nicht auffallen. Jetzt blickte er hoch und Bryne geradewegs in die Augen. »Ich kannte einst einen Burschen mit einem sehr ähnlichen Namen wie Ihr«, sagte Bryne. »Was ein bestimmtes Spiel betrifft, war er äußerst geschickt.«

»Ich kannte einst einen Burschen, der Euch sehr ähnlich sah«, erwiderte Thom. »Er bemühte sich redlich, mich in Ketten zu legen. Ich glaube, er hätte mir den Kopf abgeschlagen, hätte er mich jemals in die Hände bekommen.«

»Das muß aber lange Zeit her sein, oder? Männer tun manchmal seltsame Dinge, wenn es um Frauen geht.« Bryne sah Siuan an und schüttelte den Kopf. »Kommt Ihr mit auf ein Brettspiel, Meister Merrilin? Ich wünsche mir manchmal einen Mann herbei, der das wirklich gut spielt, so, wie man es in höheren Kreisen zu spielen pflegt.«

Thoms buschige, weiße Augenbrauen zogen sich eng zusammen, fast wie die Unos, aber er wandte den Blick nicht von Bryne. »Ich wage vielleicht ein oder zwei Spielchen«, sagte er schließlich, »wenn ich den Einsatz kenne. Solange Euch klar ist, daß ich nicht vorhabe, für den Rest meines Lebens mit Euch zu spielen. Ich mag nicht mehr gern zu lange am gleichen Ort verweilen. Manchmal jucken mir die Füße.«

»Solange sie Euch nicht gerade mitten in einem entscheidenden Spiel jucken«, stellte Bryne trocken fest. »Kommt mit mir, Ihr beiden. Und erwartet nicht zuviel Schlaf in nächster Zeit. In dieser Gegend muß alles vorgestern erledigt werden, außer den Dingen, die schon letzte Woche erledigt werden sollten.« Er schwieg einen Augenblick und sah Siuan an. »Meine Hemden waren heute keineswegs sauber genug.« Damit führte er Thom und Uno davon. Siuan blickte ihm hinterher und dann mit finsterer Miene auf Min. Die verzog das Gesicht und eilte in die gleiche Richtung wie Leane zuvor.

Nynaeve verstand überhaupt nicht, was da zwischen Bryne und den Frauen vorging. Und die Frechheit dieser Männer regte sie auf: Sie glaubten anscheinend, einfach über ihren Kopf hinweg oder vor ihrer Nase über Dinge sprechen zu können, die sie nicht verstand. Jedenfalls zum großen Teil!

»Gut, daß er keinen Diebfänger brauchen kann«, sagte Juilin. Er schielte aus dem Augenwinkel nach Siuan und schien sich in ihrer Gegenwart offensichtlich nicht wohl zu fühlen. Er war noch nicht über den Schreck hinweg, als er ihren Namen erfahren hatte. Nynaeve war nicht sicher, ob er wirklich begriffen hatte, daß sie einer Dämpfung unterzogen worden und keine Amyrlin mehr war. Bei *ihr* trat er auf jeden Fall nervös von einem Fuß auf den anderen. »Dann kann ich mich wenigstens gemütlich hinsetzen und mich unterhalten. Ich habe eine Menge Leute gesehen, die bestimmt bei einem Krug Bier auftauen.«

»Er hat mich praktisch überhaupt nicht beachtet!« sagte Elayne in ungläubigem Staunen. »Es ist mir gleich, was für Streitigkeiten er mit meiner Mutter hat, aber er hat kein Recht… Nun, um Lord Gareth Bryne werde ich mich später kümmern. Ich muß mich mit Min unterhalten, Nynaeve.«

Nynaeve wollte ihr folgen, als Elayne zum Korridor vor der Küche eilte, denn Min würde ihnen ein paar klare Antworten geben, aber Siuan packte sie mit eisernem Griff am Arm und hielt sie fest.

Die Siuan Sanche, die vor diesen Aes Sedai demütig das Haupt gebeugt hatte, war nicht mehr. Hier trug niemand die Stola. Sie erhob nicht einmal die Stimme; das hatte sie nicht nötig. Sie fixierte Juilin mit einem Blick, der ihn fast aus der Haut fahren ließ. »Paßt gut auf, welche Fragen Ihr stellt, Diebfänger, sonst schächtet Ihr euch vielleicht selbst, um auf dem Markt feilgeboten zu werden.« Der Blick aus den kalten blauen Augen erfaßte Birgitte und Marigan. Marigan verzog den Mund, als spüre sie einen schlechten Geschmack, und sogar Birgitte wirkte nervös. »Ihr zwei sucht eine Aufgenommene namens Theodrin und fragt sie nach Schlafplätzen für heute nacht. Diese Kinder sehen aus, als sollten sie längst im Bett liegen. Also, was ist? Bewegt Euch gefälligst!« Bevor die beiden noch einen Schritt getan hatten – und Birgitte war dabei genauso schnell, wenn nicht noch schneller als Marigan –, fuhr sie Nynaeve an: »Und Ihr, ich habe Fragen an Euch! Man hat Euch gesagt, Ihr solltet mir zur Verfügung stehen, und ich schlage vor, Ihr haltet Euch daran, falls Ihr wißt, was gut für Euch ist!«

Es war, als sei sie in einen Wirbelwind geraten. Bevor Nynaeve wußte, wie ihr geschah, scheuchte Siuan sie eine wacklige Treppe mit einem zusammengenagelten Geländer aus ungestrichenen Latten hoch und einen Gang mit unebenem Fußboden entlang in eine winzige Kammer mit zwei engen Stockbetten, die an der Wand befestigt waren. Siuan nahm den einzigen Hocker und bedeutete ihr, sie solle sich auf das untere Bett setzen. Nynaeve entschloß sich allerdings, stehenzubleiben, wenn auch nur, um zu beweisen, daß sie sich nicht herumstoßen ließ. Sonst wies die Kammer nur wenige Einrichtungsgegenstände auf. Auf einem Waschtisch, bei dem man einen Ziegelstein unter ein Bein gelegt hatte, damit er nicht kippte, standen ein angeschlagener Wasserkrug und eine Schüssel. Ein paar Kleider hingen an Haken, und in einer Ecke lag etwas wie eine zusammengerollte Bettunterlage. Sie war ja schon innerhalb eines Tages tief gesunken, aber Siuan war noch viel tiefer gesunken, als sie es sich jemals vorgestellt hatte. Sie glaubte nicht, von dieser Frau zu viele Schwierigkeiten erwarten zu dürfen. Obwohl Siuans Augen immer noch die selben waren.

Siuan schnaubte. »Wie es Euch gefällt, Mädchen. Der Ring. Man muß dazu die Macht nicht einsetzen?«

»Nein. Ihr habt doch gehört, wie ich Sheriam sagte ...«

»Jeder kann ihn benützen? Auch eine Frau, die mit der Macht nicht umgehen kann? Auch ein Mann?«

»Möglicherweise auch ein Mann.« *Ter'Angreal,* die keinen Gebrauch der Macht verlangten, funktionierten gewöhnlich sowohl bei Frauen wie auch bei Männern. »Eine Frau auf jeden Fall.«

»Dann werdet Ihr mir beibringen, wie man ihn benützt.«

Nynaeve hob eine Augenbraue. Das konnte vielleicht ein Druckmittel sein, um zu bekommen, was sie wollte. Falls nicht, hatte sie noch eines zur Verfügung. Vielleicht. »Wissen sie denn davon, was Ihr vorhabt? Sie haben doch nur davon gesprochen, ich solle *ihnen* zeigen, wie er funktioniert. Von Euch war nie die Rede.«

»Sie wissen es nicht.« Siuan machte keineswegs einen angeschlagenen Eindruck. Sie lächelte sogar, wenn auch nicht gerade freundlich. »Und sie werden es nicht erfahren. Sonst erfahren sie nämlich auch, daß Elayne und Ihr euch als vollwertige Schwestern ausgegeben habt, seit Ihr Tar Valon verlassen habt. Moiraine mag das ja bei Egwene durchgehen lassen. Falls sie es allerdings nicht auch versucht hat, will ich keine Seilschlinge mehr von einem Schifferknoten unterscheiden können. Aber Sheriam und Carlinya und ...? Bevor sie mit Eurer Bestrafung fertig sind, werdet Ihr quieken wie ein Ferkel! Lange vorher schon.«

»Das ist lächerlich.« Nynaeve wurde bewußt, daß sie auf der Bettkante saß. Sie erinnerte sich überhaupt nicht daran, daß sie sich hingesetzt hatte. Thom und Juilin würden den Mund halten. Sonst wußte niemand davon. Sie mußte unbedingt mit Elayne sprechen. »Wir haben nichts dergleichen behauptet.«

»Lügt mich nicht an, Mädchen. Falls ich eine Bestätigung brauchte, hat Euer Blick mir die geliefert. Euer Magen flattert ganz ordentlich, oder?«

Allerdings war der ins Flattern gekommen. »Natürlich nicht. Wenn ich Euch etwas beibringe, dann nur, weil ich es will.« Sie würde sich von dieser Frau nicht herumstoßen lassen. Der letzte Rest von Mitleid war wie weggeblasen. »*Falls* ich es tue, will ich etwas dafür haben. Ich will Euch und Leane untersuchen. Ich will wissen, ob man die Folgen einer Dämpfung rückgängig machen kann.«

»Kann man nicht«, behauptete Siuan entschieden. »Jetzt …«

»Man sollte eigentlich alles heilen können bis auf den Tod.«

»›Sollte‹ heißt nicht ›kann‹, Mädchen. Man hat Leane und mir versprochen, daß man uns in Ruhe läßt. Sprecht mit Faolain oder mit Emara, wenn Ihr wissen wollt, was mit einer geschieht, die uns belästigt. Sie waren nicht die ersten und nicht die schlimmsten, aber sie haben am längsten geweint.«

Ihr anderes Druckmittel. Sie wäre beinahe in Panik geraten und hätte es vergessen. Falls es überhaupt existierte. Ein Blick nur. »Was würde Sheriam sagen, wenn sie wüßte, daß Ihr und Leane keineswegs so böse aufeinander seid, daß Ihr euch gegenseitig die Haare ausreißen möchtet?« Siuan blickte sie nur an. »Sie glauben, Ihr wärt nun gezähmt, ja? Je schneller Ihr auf eine losgeht, die nicht zurückschlagen kann, desto eher werden sie es als Beweis dafür ansehen, wenn ihr schon springt, kaum, daß eine Aes Sedai hustet. Reichte es, ein bißchen die Duckmäuser zu spielen, um sie vergessen zu machen, daß Ihr beiden viele Jahre lang Hand in Hand gearbeitet habt? Oder habt Ihr sie davon überzeugen können, daß die Dämpfung alles an Euch verändert habe und nicht bloß Euer Gesicht? Wenn sie herausfinden, daß Ihr hinter ihrem Rücken intrigiert und sie manipuliert, dann werdet Ihr lauter quieken als irgendein Ferkel.« Die andere zuckte mit keiner Wimper. Siuan würde die Beherrschung bestimmt nicht verlieren und irgend etwas entschlüpfen lassen; etwas zugeben. Und doch hatte etwas in diesem kurzen Blick gelegen, den Nynaeve beobachtet hatte, da war sie sicher. »Ich will Euch – und Leane – untersuchen, wann immer ich möchte. Und Logain.« Vielleicht konnte sie auch in seinem Fall einiges feststellen. Männer waren anders, und so wäre es, als betrachte sie ein Problem aus anderem Blickwinkel. Nicht, daß sie ihn heilen würde, und fände sie auch einen Weg dazu. Rands Gebrauch der Macht war notwendig. Sie hatte nicht vor, noch einen Mann auf die Welt loszulassen, der mit der Macht umgehen konnte. »Wenn nicht, könnt Ihr den Ring und *Tel'aran'rhiod* vergessen.« Was wollte Siuan eigentlich damit erreichen? Wahrscheinlich wollte sie nur wieder ein Gefühl genießen, beinahe wie eine Aes Sedai zu sein. Energisch unterdrückte Nynaeve das gerade wieder aufgetauchte Mitleid. »Und wenn Ihr weiterhin behauptet, wir hätten uns als Aes Sedai ausgegeben, werde ich keine andere Wahl haben und ihnen von Euch und Leane berichten. Man mag ja Elayne und mir solange die Hölle heiß machen, bis die Wahrheit ans Licht kommt, aber sie wird, und diese Wahrheit wird zur Folge haben, daß Ihr länger weint als Faolain und Emara zusammen.«

Das Schweigen dehnte sich. Wie brachte es die andere fertig, so kühl zu wirken? Nynaeve hatte immer geglaubt, es habe mit den typischen Eigenschaften einer Aes Sedai zu tun. Ihre Lippen fühlten sich trocken an, aber das war auch das einzige Trockene an ihr. Wenn sie sich geirrt hatte, wenn Siuan bereit war, die Herausforderung anzunehmen, dann wußte sie, wer am Ende weinen würde.

Schließlich murrte Siuan: »Ich hoffe, Moiraine hat Egwene nicht auch so aufmüpfig werden lassen.« Nynaeve verstand nichts, aber sie hatte auch kaum Zeit zum Überlegen. Im nächsten Augenblick beugte sich die andere Frau mit ausgestreckter Hand vor. »Ihr hütet meine Geheimnisse und ich die Euren. Unterrichtet mich im Gebrauch des Rings, und dafür könnt Ihr nach Herzenslust die Ergebnisse einer Dämpfung untersuchen.«

Nynaeve konnte gerade noch ein erleichtertes Seufzen unterdrücken, als sie die angebotene Hand drückte. Sie hatte es geschafft. Zum erstenmal in einer Zeitspanne, die ihr wie eine Ewigkeit vorkam, hatte jemand versucht, sie einzuschüchtern, und war damit gescheitert. Sie fühlte sich beinahe schon stark genug, um Moghedien gegenüberzutreten. Beinahe.

Elayne holte Min gerade noch am Hinterausgang der Schenke ein und schritt neben ihr her. Min hatte sich etwas, das aussah wie zwei oder drei weiße Männerhemden, unter einen Arm geklemmt. Die Sonne stand genau über den Baumwipfeln, und in ihrem langsam in Dämmerung übergehenden Schein wirkte der Erdboden im Stallhof, als habe man ihn vor nicht allzu langer Zeit mit der Harke gewendet. Genau in der Mitte stand ein mächtiger Baumstumpf; wahrscheinlich der einer Eiche. Der Steinbau des Stalles mit seinem Strohdach wies keine Torflügel auf, und so konnte man die Männer gut beobachten, die zwischen den besetzten Boxen arbeiteten. Zu ihrer Überraschung stand Leane am Rand des Schattens neben dem Stall und unterhielt sich mit einem hochgewachsenen Mann. Er war grob gekleidet und wirkte wie ein Schmied oder auch wie ein Wirtshausschläger. Das Überraschende war, wie nahe sich Leane bei ihm befand, als sie den Kopf im Nacken hielt und zu ihm aufblickte. Und dann tätschelte sie doch tatsächlich seine Wange, bevor sie sich abwandte und zur Schenke zurückeilte. Der große Mann sah ihr noch einen Moment lang hinterher und verschmolz dann mit dem Schatten.

»Frage mich bitte nicht, was sie vorhat«, sagte Min.

»Seltsame Leute kommen und besuchen Siuan und sie, und einige der Männer... Nun, du hast es ja selbst gesehen.«

Elayne war es eigentlich gleichgültig, was Leane machte. Doch nun, da sie mit Min allein war, wußte sie nicht, wie sie das Thema ansprechen sollte, an dem sie interessiert war. »Was machst du so?«

»Wäsche waschen«, knurrte Min und nahm gereizt ihre Hemden auf den anderen Arm. »Ich kann dir gar nicht sagen, wie gut es tut, Siuan zur Abwechslung mal als die Maus zu sehen. Sie weiß nicht, ob der Adler sie fressen oder zum Haustier machen wird, aber sie hat die gleiche Entscheidungsfreiheit, die sie anderen immer läßt. Gar keine nämlich!«

Elayne beschleunigte ihren Schritt, um mitzuhalten, als sie über den Hof gingen. Was das auch sollte, jedenfalls gab es ihr keine Möglichkeit, auf ihr Thema zu sprechen zu kommen. »Hast du geahnt, was Thom vorschlagen würde? Wir bleiben jedenfalls.«

»Das habe ich ihnen vorhergesagt. Dazu brauchte ich keine Vision.« Min verlangsamte ihren Schritt. Sie befanden sich zwischen dem Stall und einer bröckligen Mauer in einer schmalen Gasse von niedergetrampeltem Gestrüpp und Unkraut. »Ich habe einfach nicht glauben können, daß ihr euch die Chance entgehen laßt, weiterzustudieren. Du warst doch immer so ehrgeizig. Auch Nynaeve, aber sie gibt es nicht zu. Ich wünschte, ich hätte unrecht. Ich würde mit euch kommen. Zumindest...« Sie knurrte wütend irgend etwas vor sich hin. »Die drei, die ihr mitgebracht habt, bedeuten Schwierigkeiten, und das *ist* eine Vision.«

Da war er. Der Ansatzpunkt, den sie benötigte. Doch anstatt zu fragen, was sie auf der Zunge hatte, sagte sie: »Du meinst damit Marigan und Nicola und Areina? Wie könnten sie denn Schwierigkeiten bedeuten?« Nur ein Idiot mißachtete Mins Visionen.

»Ich weiß auch nicht genau. Ich habe lediglich aus

dem Augenwinkel so etwas wie eine Aura entdeckt. Nie, wenn ich sie direkt anblickte, wo ich etwas hätte erkennen können. Es gibt nicht viele, die die gesamte Zeit über eine Aura tragen, weißt du. Schwierigkeiten. Vielleicht klatschen sie zuviel. Habt ihr etwas unternommen, wovon die Aes Sedai nichts erfahren sollten?«

»Bestimmt nicht«, sagte Elayne knapp. Min sah sie von der Seite her an, und sie fügte hinzu: »Na ja, jedenfalls nichts, wozu wir nicht gezwungen gewesen wären. Und davon können sie eigentlich unmöglich etwas wissen.« Das brachte das Gespräch auch nicht dorthin, wo sie es haben wollte. So holte sie tief Luft und wagte den Sprung ins kalte Wasser. »Min, du hattest doch eine Vision in bezug auf Rand und mich, ja?« Sie ging zwei Schritte weiter, bevor ihr bewußt wurde, daß die andere stehengeblieben war.

»Ja.« Es klang sehr vorsichtig.

»Du hast gesehen, daß wir uns verlieben würden.«

»Nicht genau. Ich sah, daß du dich in ihn verlieben würdest. Ich weiß nicht, was er für dich empfindet, nur, daß er auf irgendeine Weise an dich gebunden ist.«

Elaynes Mundpartie spannte sich. Das war ungefähr, was sie erwartet hatte, aber nicht unbedingt hören wollte. *Über ›ich wünschte‹ und ›ich möchte‹ kann man stolpern, aber ›es ist‹ gibt einen glatten Pfad.* Das hatte Lini gesagt. Man mußte sich an das halten, was wirklich war, und nicht, was man gerne hätte. »Und du hast gesehen, daß da noch jemand war. Jemand, mit der ich … ihn teilen … müßte.«

»Zwei«, sagte Min heiser. »Zwei andere. Und … und ich bin eine davon.«

Elayne hatte den Mund bereits zur nächsten Frage geöffnet, doch nun schnappte sie nach Luft. »Du?« brachte sie schließlich mühsam heraus.

Min fauchte: »Ja, ich! Glaubst du etwa, ich könnte

mich nicht verlieben? Ich wollte ja nicht, aber es ist eben passiert und damit hat sich's.« Sie stolzierte an Elayne vorbei die Gasse hinunter. Diesmal brauchte Elayne länger, um sie einzuholen.

Das erklärte natürlich einiges. Warum Min immer so nervös das Thema umgangen hatte. Die Stickerei auf ihren Aufschlägen. Und wenn sie sich nicht täuschte, trug Min auch etwas Rouge auf den Wangen. *Was empfinde ich nun eigentlich dabei?* fragte sie sich. Sie kam nicht ganz klar damit. »Wer ist die dritte?« fragte sie leise.

»Keine Ahnung«, murmelte Min. »Ich weiß nur, daß sie ziemlich launisch sein muß. Aber es ist nicht Nynaeve, dem Licht sei Dank.« Sie lachte schwach. »Ich glaube, das hätte ich nicht überlebt.« Noch einmal warf sie Elayne einen vorsichtig forschenden Seitenblick zu. »Was wird das für uns beide bedeuten? Ich mag dich. Ich hatte niemals eine Schwester, aber manchmal habe ich das Gefühl, daß du ... Ich will deine Freundin sein, Elayne, und ich werde dich weiterhin mögen, gleich, was passiert, aber ich kann auch nicht einfach aufhören, ihn zu lieben.«

»Mir gefällt der Gedanke nicht besonders, einen Mann teilen zu müssen«, sagte Elayne verkrampft. Das war wohl *die* Untertreibung ihres Lebens.

»Mir auch nicht. Nur ... Elayne, ich schäme mich ja, es zugeben zu müssen, aber ich werde ihn nehmen, ganz gleich, wie ich ihn bekommen kann. Nicht, daß eine von uns überhaupt eine Wahl hätte. Licht, er hat mein ganzes Leben durcheinandergebracht. Wenn ich bloß an ihn denke, dreht sich mir schon der Kopf.« Es klang, als könne sich Min nicht entscheiden, ob sie lachen oder weinen solle.

Elayne atmete langgezogen aus. Es war nicht Mins Schuld. War es besser, daß es Min war und nicht beispielsweise Berelain oder eine andere, die sie nicht leiden konnte? »*Ta'veren*«, sagte sie. »Er formt die Welt um sich herum. Wir sind Splitter in einem Wasserstrudel. Aber ich glaube mich erinnern zu können, daß du und ich und Egwene schworen, wir würden niemals einen Mann zwischen uns und unsere Freundschaft treten lassen. Irgendwie werden wir schon damit fertig, Min. Und wenn wir herausfinden, wer die dritte ist … Na ja, auch damit werden wir fertig. Irgendwie.« *Eine dritte!* Konnte das Berelain sein? *Ach, Blut und Asche!*

»Irgendwie«, sagte Min niedergeschlagen. »Inzwischen sitzen wir beide hier in einer Falle. Ich weiß, daß es eine andere gibt, ich weiß, daß ich nichts dagegen unternehmen kann, aber es war schon schwierig genug, mich an den Gedanken zu gewöhnen, daß du und … Die Frauen in Cairhien sind keineswegs alle wie Moiraine. Ich habe einst in Baerlon eine Adlige aus Cairhien kennengelernt. Verglichen mit ihr wirkte Moiraine bestenfalls wie Leane, aber manchmal sagte sie Sachen, machte Andeutungen … Und ihre Auren! Ich glaube nicht, daß man irgendeinen Mann in der ganzen Stadt mit ihr hätte allein lassen dürfen, außer er war häßlich, lahm, oder noch besser, tot.«

Elayne schnaubte, aber sie brachte es fertig, im leichten Plauderton zu sprechen: »Mach dir darüber keine Sorgen. Wir haben eine weitere Schwester, du und ich, eine, die du noch nicht kennengelernt hast. Aviendha paßt genau auf Rand auf, und er kann keine zehn Schritte tun, ohne von einer Wache aus Töchtern des Speers begleitet zu werden.« Eine Frau aus Cairhien? Berelain hatte sie wenigstens schon kennengelernt und wußte einiges von ihr. Nein. Sie würde sich nicht wie ein hirnloser Backfisch den Kopf zerbrechen. Eine erwachsene Frau stellte sich der Welt, wie sie wirklich war, und machte das Beste daraus. Wer konnte es nur sein?

Sie waren auf einen offenen Hof hinausgetreten, auf dem einige erkaltete Aschehaufen verteilt waren. Mächtige Kessel, häufig leicht eingedellt, wo man den

Rost abgeschmirgelt hatte, standen an der Außenmauer, die an mehreren Stellen eingestürzt war, wohl durch den Druck der Bäume, die in den Lücken wuchsen. Trotz der tiefer werdenden Schatten im Hof standen immer noch zwei Kessel auf ihren Feuern, während drei Novizinnen mit schweißnassen Haaren und hochgebundenen weißen Rücken hart an Waschbrettern arbeiten mußten, die in breiten Fässern mit Seifenbrühe steckten.

Nach einem Blick auf die Hemden auf Mins Arm griff Elayne nach *Saidar*. »Laß mich bei denen helfen.« Es war verboten, die Macht zu irgendwelchen ihnen zugeteilten Arbeiten zu benützen, denn man war der Meinung, körperliche Arbeit schule den Charakter, aber das hier zählte nicht dazu. Wenn sie die Hemden im Wasser schnell genug herumwirbeln ließ, gab es doch keinen Grund, nasse Hände zu bekommen. »Erzähle mir alles. Sind Siuan und Leane wirklich so verändert, wie es scheint? Wie bist du hierhergekommen? Ist Logain wirklich auch hier? Und warum wäschst du die Sachen eines Mannes? Alles!«

Min lachte. Offensichtlich war sie froh, das Thema wechseln zu können. »›Alles‹ würde eine ganze Woche brauchen. Aber ich werde mir Mühe geben. Zuerst habe ich Siuan und Leane geholfen, aus dem Kerker zu entkommen, in den Elaida sie gesteckt hatte, und dann …«

Elayne gab sich gebührend erstaunt und wob derweil Stränge aus Luft, um die Kessel mit kochendem Wasser von den Feuern zu heben. Sie bemerkte die ungläubigen Blicke der Novizinnen kaum. Sie war mittlerweile an ihre eigene Kraft gewöhnt, und es kam ihr nur selten in den Sinn, daß sie gedankenlos Dinge vollbrachte, die viele vollwertige Aes Sedai nie leisten konnten. Wer war die dritte Frau? Aviendha sollte auf jeden Fall sehr gut auf ihn achtgeben!

KAPITEL 11

Botschaften

Ein dünner blauer Rauchfaden erhob sich aus Rands schmuckloser, kurzstieliger Pfeife, die er zwischen die Zähne geklemmt hatte. Mit einer Hand stützte er sich auf die Steinumfassung des Balkons, und so blickte er versonnen in den Garten hinunter. Die scharf umrissenen Schatten wurden bereits länger, und die Sonne sank wie ein roter Ball vor einem wolkenlosen Himmel. Zehn Tage in Cairhien, und dies schien ihm der erste Augenblick der Ruhe, außer, wenn er schlief. Selande stand dicht bei ihm. Ihr bleiches Gesicht hatte sie zu ihm erhoben. Sie wollte den Garten nicht sehen, sondern nur ihn. Ihr Haar war wohl nicht so kunstvoll aufgetürmt wie bei Frauen höheren Ranges, ließ sie aber doch einen halben Fuß größer erscheinen. Er bemühte sich, sie nicht zu beachten, aber es war schwierig, eine Frau zu ignorieren, die ständig ihren festen Busen an seinen Arm drückte. Die Beratung war ihm einfach zu lang geworden, und er hatte eine kleine Pause einlegen wollen. Ihm war allerdings klar geworden, daß er damit einen Fehler begangen hatte, als ihm Selande hinaus gefolgt war.

»Ich kenne ein geschütztes Plätzchen«, sagte sie leise, »wo man dieser Hitze entkommen kann. Einen vor Blicken verborgenen Teich, an dem uns nichts stören würde.« Durch die rechteckige Türöffnung hinter ihnen drangen die Klänge von Asmodeans Harfe. Er spielte etwas Leichtes, das kühl klang.

Rand paffte ein wenig stärker. Die Hitze. Sie war nichts, verglich man sie mit der in der Wüste, doch…

Der Herbst sollte längst gekommen sein, und dennoch war es ein Nachmittag wie im Hochsommer. In einem regenlosen Sommer. Männer in Hemdsärmeln gossen unten im Garten die Pflanzen mit großen Gießkannen. Sie erledigten das erst spät am Nachmittag, damit nicht gleich alles verdunstete, aber trotzdem sah man zuviel Braun, zu viele abgestorbene oder absterbende Pflanzen. Dieses Wetter konnte nicht mehr natürlich sein. Die sengende Sonne verspottete ihn. Moiraine und Asmodean waren der gleichen Meinung, aber sie wußten genausowenig wie er, was dagegen zu unternehmen wäre. Sammael. In bezug auf Sammael konnte er etwas unternehmen.

»Kühles Wasser«, murmelte Selande, »und Ihr mit mir allein.« Sie preßte sich enger an ihn, obwohl er das kaum noch für möglich gehalten hätte.

Er fragte sich, wann wohl die nächste Herausforderung kommen würde. Aber was Sammael auch anstellte, er würde nicht wütend drauflospreschen. Sobald er seine gezielten Vorbereitungen in Tear abgeschlossen hatte, würde er den Blitz loslassen. Einmal richtig zuschlagen, um Sammael ein Ende zu bereiten und gleichzeitig Illian für sich zu gewinnen. Mit Illian, Tear und Cairhien in der Tasche und dazu einem Aielheer, das mächtig genug war, um jedes Land innerhalb von Wochen zu überrennen, könnte er …

»Würdet Ihr nicht auch gern schwimmen? Ich schwimme nicht sehr gut, aber sicherlich würdet Ihr es mir beibringen.«

Rand seufzte. Einen Augenblick lang wünschte er sich, Aviendha wäre hier. Nein. Das Letzte, was er wollte, war eine über und über verkratzte Selande, die mit halb zerfetzter Kleidung schreiend davonrannte.

Er beschattete seine Augen, blickte auf sie hinab und sagte ruhig, ohne die Pfeife aus dem Mund zu nehmen: »Ich kann die Macht benützen.« Sie blinzelte und zog sich etwas zurück, ohne einen Muskel zu bewe-

gen. Sie verstanden niemals, wieso er damit anfing. Für sie war es etwas, das man überging oder wenn möglich ganz ignorierte. »Man sagt, ich werde dem Wahnsinn verfallen. Ich bin aber noch nicht verrückt. Noch nicht.« Er lachte leise tief aus dem Brustkorb heraus, brach dann aber mit einemmal ab und machte eine nichtssagende Miene. »Euch das Schwimmen beibringen? Ich kann Euch mit Hilfe der Macht einfach oben an der Wasseroberfläche halten. *Saidin* ist aber befleckt, hat einen Makel, wißt Ihr? Die Berührung des Dunklen Königs. Allerdings werdet Ihr das nicht spüren. Es würde Euch umgeben, und trotzdem würdet Ihr nichts davon merken.« Er lachte erneut. Die Andeutung eines Keuchens lag mit darin. Sie hatte die dunklen Augen so weit wie nur möglich aufgerissen, und ihr Lächeln wirkte angeekelt und erstarrt. »Später einmal. Ich will allein sein und nachdenken …« Er bückte sich, als wolle er sie küssen, und sie knickste so plötzlich mit einem erschreckten Quieken, daß er beinahe geglaubt hätte, ihre Beine versagten.

Sie bewegte sich rückwärts, wobei sie bei jedem zweiten Schritt einen Knicks machte, und plapperte etwas von der Ehre, ihm dienen zu dürfen, von ihrem sehnlichsten Wunsch, ihm zu dienen, alles mit einer Stimme am Rande der Hysterie, bis sie an die Türeinfassung stieß. Noch einmal beugte sie die Knie ein wenig, und dann huschte sie nach drinnen.

Er verzog das Gesicht und drehte sich wieder zur Brüstung um. Verängstigte Frauen. Doch hätte er sie lediglich gebeten, ihn allein zu lassen, dann hätte sie Ausreden gefunden und seinen Wunsch oder Befehl nur als vorübergehenden Rückschlag empfunden. Und selbst wenn er ihr befohlen hätte, ihm ganz aus den Augen zu gehen … Vielleicht würde es sich diesmal herumsprechen. Er mußte sich einfach etwas besser beherrschen. In letzter Zeit regte er sich viel zu schnell auf. Das lag an der Dürre, gegen die er nichts unternehmen konnte, und an den übrigen Problemen, die wie Unkraut aus dem Boden sprossen, wo immer er hinblickte. Wenigstens noch ein paar Augenblicke mit seiner Pfeife allein verbringen. Wer wollte schon ein Land regieren, wenn er eine viel einfachere Arbeit haben konnte, wie beispielsweise Wasser in einem Sieb den Berg hochzutragen?

Über den Garten hinweg, zwischen zwei der typischen Stufentürme des Königlichen Palastes hindurch, hatte er eine gute Aussicht auf die Stadt Cairhien. Tiefe Schatten und greller Sonnenschein kämpften dort um die Vorherrschaft. Die Stadt schien die Hügel eher mit Gewalt bezwungen zu haben, anstatt sie einfach zu überfluten. Über einem dieser Türme hing seine rote Flagge mit dem uralten Zeichen der Aes Sedai schlaff an ihrem Mast, und über dem anderen die lange Stoffbahn der Kopie des Drachenbanners. Dasselbe sah man an einem Dutzend Orten in der Stadt, einschließlich des höchsten der mächtigen, unvollendeten Türme, der sich geradeaus vor ihm befand. Da hatte er mit Brüllen genauso wenig erreicht wie mit Befehlen. Weder die Tairener noch die Einwohner Cairhiens hatten ihm letzten Endes geglaubt, er wolle wirklich nur eine davon hängen lassen, und den Aiel waren Flaggen so oder so gleichgültig.

Selbst jetzt, tief drinnen im Palast, hörte er noch die Geräusche einer Stadt, die zum Bersten überfüllt war. Flüchtlinge aus jedem Teil des Landes befanden sich hier, die sich mehr vor einer Rückkehr in die Heimat fürchteten als vor dem Wiedergeborenen Drachen in ihrer Mitte. Händler strömten herein und boten feil, was immer die Menschen sich leisten konnten, kauften, was immer sie sich nicht mehr leisten konnten. Lords und ihre bewaffneten Gefolgsleute kamen, um sich ihm oder irgendeinem Adligen Führer anzuschließen. Jäger des Horns kamen, die glaubten, es müsse in seiner Nähe zu finden sein; ein Dutzend Leute aus Vortor, vielleicht auch hundert, waren nur zu gern bereit, ihnen das Horn zu verkaufen. Steinmetzen der Ogier aus dem Stedding Tsofu kamen, um zu sehen, ob ein Bedarf für ihre legendären Fähigkeiten bestand. Abenteurer fanden sich ein, die möglicherweise noch vor Wochenfrist Banditen gewesen waren, um herauszufinden, was es hier zu ernten gebe. Sogar hundert oder mehr Weißmäntel waren aufgetaucht, aber sie galoppierten davon, sobald ihnen klar wurde, daß die Belagerung zu Ende war. Hatte das Zusammenziehen der Truppen der Weißmäntel durch Pedron Niall mit ihm zu tun? Egwene lieferte ihm andeutungsweise einiges an Informationen, doch wo immer sie sich auch befand, sie sah die Dinge vom Standpunkt der Weißen Burg aus. Dieser Standpunkt der Aes Sedai war aber gewiß nicht seiner.

Wenigstens begannen nun die Wagenzüge mit Getreide einigermaßen regelmäßig aus Tear einzutreffen. Hungrige Menschen könnten Aufruhr stiften. Er hätte sich ja gern damit zufriedengegeben, daß sie nun weniger Hunger litten, aber die Folgen reichten weiter. Es gab weniger Banditen. Und der Bürgerkrieg war nicht wieder neu ausgebrochen. Noch nicht. Weitere gute Neuigkeiten also. Und er mußte erst sicherstellen, daß es so blieb, bevor er die Stadt verlassen konnte. Hundert verschiedene Dinge mußten erledigt werden, und dann erst konnte er Sammael zur Strecke bringen. Von den Häuptlingen, die in Rhuidean mit ihm aufgebrochen waren und denen er wirklich vertrauen konnte, waren nur Rhuarc und Bael geblieben. Wenn er den vier später hinzugestoßenen Clans nicht soweit trauen konnte, sie nach Tear mitzunehmen, konnte er sie dann so einfach in Cairhien zurücklassen? Indirian und die anderen hatten ihn als *Car'a'carn* anerkannt, aber sie kannten ihn ebensowenig wie er sie. Die heute morgen eingetroffene Botschaft mochte zu einem Problem werden. Berelain, die Erste von Mayene, befand sich nur ein paar hundert Meilen südlich der Stadt und war auf dem Weg, sich ihm mit einem kleinen Heer anzuschließen. Er hatte keine Ahnung, wie sie das mitten durch Tear gebracht hatte. Seltsamerweise hatte sie in ihrem Brief gefragt, ob sich Perrin bei ihm befinde. Zweifelsohne fürchtete sie, Rand könne ihr kleines Land übersehen, wenn sie ihn nicht daran erinnerte. Es könnte ja fast ein Vergnügen sein, ihre Auseinandersetzungen mit den Mächtigen Cairhiens zu verfolgen. Sie war die letzte einer langen Ahnenreihe von Ersten, die es geschafft hatten, zu vermeiden, daß ihr kleines Land von Tear im Zuge des Spiels der Häuser geschluckt wurde. Wenn er sie vielleicht hier als Oberkommandierende einsetzte …? Wenn die Zeit kam, würde er Meilan und die anderen Tairener sowieso mitnehmen. Falls sie jemals kam.

Das war auch nicht besser als das, was drinnen auf ihn wartete. Er klopfte die Asche aus seiner Pfeife und trat die letzten Funken mit dem Stiefel aus. Überflüssig, auch noch ein Feuer im Garten zu riskieren. Der würde brennen wie eine Fackel. Die Dürre. Das unnatürliche Wetter. Ihm wurde bewußt, daß er innerlich knurrte wie ein wütender Wolf. Aber zuerst mußte er das tun, was er sicher bewältigen konnte. Es kostete ihn Mühe, wieder eine verbindliche Miene aufzusetzen, als er hineinschritt.

Asmodean, gekleidet wie ein Lord und mit einem wahren Wasserfall von Spitzen an seinem Kragen, saß auf einem Hocker in einer Ecke und zupfte eine beruhigende Melodie. Er lehnte an der dunklen, schmucklosen Wandtäfelung, als sei er völlig entspannt und habe lediglich nichts Besseres zu tun. Die anderen hatten sich auch gesetzt, sprangen aber bei Rands Eintreten auf. Nach einer herrischen Geste seinerseits sanken sie auf ihre Sitze zurück. Meilan, Torean und Aracome saßen auf reich geschnitzten und vergoldeten Sesseln an einem Ende des dunkelrot und golden gewebten

Teppichs. Jeder hatte einen jungen tairenischen Lord hinter sich stehen und lieferten so das Spiegelbild der Seite Cairhiens ihnen gegenüber. Auch Dobraine und Maringil hatten jeder einen jungen Lord im Rücken, und alle hatten die vorderen Teile der Köpfe kahlgeschoren und gepudert wie Dobraine. Selande stand mit bleichem Gesicht neben Colavaeres Schulter und zitterte, als Rand sie anblickte.

So zwang er sein Gesicht zur Ausdruckslosigkeit und schritt über den Teppich zu seinem eigenen Sessel. Der allein war Grund genug, sich so zu beherrschen. Er war ein Geschenk von Colavaere und den beiden anderen und in einem Stil gehalten, den sie für tairenisch hielten. Und er mußte ja die Üppigkeit des tairenischen Stils mögen, denn er regierte Tear und hatte sie hierhergeschickt. Er stand auf geschnitzten Drachen. Sie glitzerten rot und golden, mit Emaille und reichlich Vergoldung und dazu großen Bernsteinbrocken, um ihre goldenen Augen darzustellen. Zwei weitere bildeten die Armlehnen und noch andere stützen die Rückenlehne. Unzählige Handwerker mußten seit seiner Ankunft Tag und Nacht gearbeitet haben, um das Ding anzufertigen. Er fühlte sich wie ein Narr, wenn er darauf saß. Asmodeans Musik hatte sich verändert; jetzt klang sie grandios wie ein Triumphmarsch.

Und doch lag ein zusätzliches Mißtrauen im Blick dieser dunklen Augen aus Cairhien, die ihn beobachteten, und dieses Mißtrauen spiegelte sich in den Blicken der Tairener. Es war schon vorhanden gewesen, bevor er hinausgegangen war. Vielleicht hatten sie bei dem Versuch, seine Gunst zu erwerben, einen Fehler begangen und hatten das erst jetzt bemerkt. Sie bemühten sich ja alle, zu ignorieren, wer er war, und statt dessen so zu tun, als sei er irgendein junger Lord, der ihr Land erobert hatte und mit dem man verhandeln, ja, den man manipulieren konnte. Doch dieser Sessel – dieser

Thron – führte ihnen vor Augen, wer und was er wirklich war.

»Entsprechen die Truppenbewegungen meinem Zeitplan, Lord Dobraine?« Die Harfe verklang, sobald er den Mund öffnete. Asmodean war offensichtlich darauf bedacht, seine Ansprüche zu unterstreichen. Der Mann mit der gegerbten Haut lächelte grimmig. »Das tun sie, mein Lord Drache.« Nicht mehr als das. Rand machte sich keine Illusionen, daß Dobraine ihm auf irgendeine Weise mehr gewogen sei als die anderen oder daß er wenigstens nicht versuchen werde, seine Vorteile aus der Lage zu ziehen, aber immerhin schien Dobraine bereit, sich an den Eid zu halten, den er abgelegt hatte. Die bunten Schrägstreifen auf der Brust seines Kurzmantels waren abgewetzt, weil er meistens einen Brustharnisch darübergeschnallt trug.

Maringil beugte sich auf seinem Sessel vor. Er war gertenschlank und hochgewachsen für einen, der aus Cairhien stammte, und sein weißes Haar hing ihm fast bis auf die Schultern. Sein Kopf war nicht geschoren, und sein Mantel, dessen Farbstreifen beinahe bis zu den Knien reichten, wirkte wie neu. »Wir benötigen diese Männer hier, mein Lord Drache.« Seine Raubvogelaugen blinzelten im Widerschein des vergoldeten Throns, doch dann konzentrierte sich sein Blick wieder auf Rand. »Viele Banditen machen nach wie vor das Land unsicher.« Er drehte sich ein wenig zur Seite, damit er die Tairener nicht ansehen mußte. Meilan und die beiden anderen lächelten leicht.

»Ich habe Aiel abkommandiert, Banditen zu jagen«, sagte Rand. Sie hatten wirklich den Befehl erhalten, unterwegs alle in ihrer Nähe befindlichen Banditen und Briganten aufzugreifen. Aber sie sollten deshalb keine Umwege machen. Selbst die Aiel konnten das nicht, wenn sie schnell vorwärtskommen sollten. »Wie man mir berichtete, haben vor drei Tagen Steinhunde in der Nähe von Morelle fast zweihundert von ihnen getötet.« Das war in der Nähe der südlichsten Grenzlinie, die Cairhien in den letzten Jahren hatte beanspruchen können, auf halbem Weg zum Iralell-Fluß. Es war nicht notwendig, diese Leute hier wissen zu lassen, daß sich diese Aiel mittlerweile vielleicht schon in der Nähe des Flusses befanden. Sie konnten große Entfernungen schneller als zu Pferde zurücklegen.

Maringil blieb hartnäckig, wobei er nervös die Stirn runzelte: »Es gibt noch einen Grund. Die Hälfte unseres Landes westlich des Alguenya befindet sich in den Händen Andors.« Er zögerte. Sie wußten alle, daß Rand in Andor aufgewachsen war. Ein Dutzend Gerüchte machten ihn zum Sohn aus diesem oder jenem andoranischen Adelshaus, einige sogar zu Morgases Sohn, der entweder ausgestoßen worden war, weil er die Macht lenken konnte, oder der geflohen war, bevor man ihn einer Dämpfung unterziehen konnte. Der schlanke Mann fuhr fort, als gehe er auf Zehenspitzen und mit verbundenen Augen zwischen spitzen Dolchen hindurch. »Morgase scheint im Moment noch nicht weiter vorzurücken, aber das, was sie bereits in Händen hat, muß ihr wieder abgenommen werden. Ihre Herolde haben sogar schon ihr Recht auf den...« Er schwieg plötzlich. Niemand unter ihnen wußte, wem Rand den Sonnenthron zugedacht hatte. Vielleicht Morgase?

Der Blick aus Colavaeres dunklen Augen wirkte wieder abschätzend und berechnend. Sie hatte heute wenig gesagt. Das würde sie auch nicht, bis sie erfahren hatte, warum Selande so blaß war.

Mit einemmal war Rand all dessen so müde – diese feilschenden Adligen, diese ganzen Manöver im Spiel der Häuser, *Daes Dae'mar*. »Die Ansprüche Andors auf Cairhien werde ich dann abhandeln, wenn ich soweit bin. Diese Soldaten gehen jedenfalls nach Tear. Ihr werdet dem guten Beispiel Lord Meilans in bezug auf Gehorsam folgen, und ich will nichts mehr davon hören.«

Damit wandte er sich den Tairenern zu. »Ihr liefert uns doch ein gutes Beispiel, Lord Meilan, nicht wahr? Und Ihr, Aracome? Wenn ich morgen ausreite, werde ich hoffentlich keine tausend Verteidiger des Steins in einem Lager zehn Meilen südlich von hier vorfinden, die bereits vor zwei Tagen zurück nach Tear in Marsch gesetzt werden sollten, oder? Oder zweitausend bewaffnete Gefolgsleute aus tairenischen Häusern?«

Dieses Lächeln bei den dreien verflog mit jedem Wort mehr. Meilan wurde ganz still. Seine dunklen Augen glitzerten. Aracomes schmales Gesicht wurde bleich; ob vor Zorn oder vor Angst, war nicht festzustellen. Torean tupfte sich das feiste Gesicht mit einem Seidentuch ab, das er aus einem Ärmel gezogen hatte. Rand herrschte in Tear und beabsichtigte keineswegs, diesen Anspruch aufzugeben; das führte ihnen *Callandor* drinnen im Herzen des Steins vor Augen. Deshalb hatten sie auch nicht protestiert, als er Soldaten aus Cairhien nach Tear entsandt hatte. Sie dagegen wollten hier, weit weg von dem Ort, an dem er regierte, neue Güter, vielleicht sogar Königreiche, für sich gewinnen.

»Das werdet Ihr nicht, mein Lord Drache«, sagte Meilan schließlich. »Morgen werde ich mit Euch reiten, damit Ihr es selbst sehen könnt.«

Rand zweifelte nicht daran. Sobald der Mann dafür sorgen konnte, würde er einen Reiter nach Süden schicken, und morgen schon würden diese Soldaten sich ein gutes Stück auf dem Weg nach Tear befinden. Das reichte durchaus. Für den Moment. »Dann wäre ich soweit fertig. Ihr mögt nun gehen.«

Ein paar fuhren überrascht zusammen, verbargen diese Überraschung jedoch so schnell, daß er sie sich eingebildet haben konnte, und dann erhoben sie sich unter Verbeugungen und Knicksen. Selande und die jungen Lords schritten rückwärts davon. Sie hatten mehr erwartet. Eine Audienz beim Wiedergeborenen Drachen dauerte für gewöhnlich lang, und sie sahen sie wohl als eine Art Martyrium an. Immer zwang er sie auf den Weg, den er für sie bestimmt hatte, ob er nun erklärte, kein Tairener könne Land in Cairhien beanspruchen, wenn er nicht in ein Adelshaus dieses Landes einheiratete, oder ob er sich weigerte, die Menschen vom Vortor aus der Stadt weisen zu lassen, oder ob er Gesetze erließ, die plötzlich auch für den Adel gelten sollten, obwohl sie zuvor stets nur für die Gemeinen gegolten hatten.

Sein Blick folgte Selande einen Moment lang. Sie war nicht die erste gewesen, die innerhalb der letzten zehn Tage Ähnliches versucht hatte. Nicht einmal die Zehnte oder die Zwanzigste. Er war schon in Versuchung geraten, jedenfalls zu Beginn. Wenn er eine Schlanke zurückwies, folgte prompt eine Mollige, und eine Hochgewachsene, für die Verhältnisse Cairhiens jedenfalls, löste eine Kleine ab und eine Dunkelhaarige die Blonde davor. Sie suchten unablässig nach Frauen, die ihm zusagen mochten. Die Töchter des Speers wiesen jene ab, die versuchten, sich nachts in seine Räume einzuschleichen, energisch, aber doch sanfter als Aviendha im Falle der einen, die sie selbst erwischt hatte. Aviendha nahm offensichtlich den Eigentumsanspruch Elaynes auf ihn beinahe tödlich ernst. Und doch schien ihr für die Aiel typischer Sinn für Humor es sehr befriedigend zu finden, ihn zu quälen. Er hatte jedenfalls die Zufriedenheit auf ihrer Miene bemerkt, als er stöhnte und sein Gesicht verbarg, weil sie begann, sich vor ihm zur Nacht auszukleiden. Eigentlich hätte ihn ja ihr tödlicher Ernst abgestoßen, hätte er nicht schnell gemerkt, was hinter diesem Zustrom hübscher junger Frauen steckte.

»Lady Colavaere.«

Sie blieb stehen, als er ihren Namen aussprach. Ihre Augen blickten kühl und beherrscht unter dem kunstvollen Turm dunkler Locken hervor. Selande hatte keine andere Wahl, als bei ihr zu bleiben, obwohl sie sich ganz offensichtlich vor dem Zurückbleiben genauso scheute wie die anderen vor dem Gehen. Meilan und Maringil verbeugten sich noch einmal und gingen. Dabei grübelten sie so angestrengt darüber nach, warum Colavaere zum Bleiben aufgefordert worden war, daß ihnen gar nicht bewußt wurde, wie sie sich Seite an Seite bewegten. Ihre Augen paßten perfekt zueinander: dunkel und raubvogelartig.

Die Tür mit der dunklen Holztäfelung schloß sich. »Selande ist eine hübsche junge Frau«, sagte Rand. »Doch manch einer bevorzugt die Gesellschaft einer reiferen und… erfahreneren Frau. Ihr werdet heute abend allein mit mir speisen, wenn die Abendglocken das zweite Mal läuten. Ich freue mich auf das Vergnügen Eurer Gesellschaft.« Er winkte sie fort, bevor sie auch nur etwas entgegnen konnte. Ihr Gesichtsausdruck änderte sich nicht, nur ihr Knicks war ein wenig unsicher. Selande blickte vollkommen verblüfft drein. Und unendlich erleichtert.

Sobald sich die Tür hinter den beiden Frauen geschlossen hatte, begann Rand, schallend zu lachen. Es war ein hartes, sardonisches Lachen. Er war des Spiels der Häuser müde, also spielte er es, ohne weiter nachdenken zu müssen. Er fand sich selbst widerlich, weil er eine Frau so erschreckt hatte, also jagte er zum Ausgleich einer anderen einen gehörigen Schreck ein. Das war wohl Grund genug für sein Gelächter. Colavaere stand hinter jener Reihe junger Frauen, die sich ihm an den Hals geworfen hatten. Fände sie eine passende Bettgenossin für den Lord Drachen, eine junge Frau, die sie als Marionette benützen konnte, dann hatte Colavaere auch Rand fest an der Leine. Und doch war es eine andere Frau, die sie dem Lord Drache ins Bett schicken und vielleicht sogar mit ihm verheiraten wollte, nicht etwa sich selbst. Nun würde sie die ganze Zeit über bis zum zweiten Abendläuten schwitzen. Sie mußte sich ja wohl darüber im klaren sein, daß sie hübsch war, wenn auch nicht ausgesprochen schön, und wenn er all die jungen Frauen zurückwies, die sie ihm schickte, wollte er vielleicht eine, die fünfzehn Jahre älter war und entsprechende Erfahrung aufwies. Und sie würde es nicht wagen, den Mann zurückzuweisen, der Cairhien in der Hand hielt, das war ihr selbst klar. Bis heute abend sollte sie weich gekocht sein und diese ganze Idiotie abbrechen. Aviendha würde höchstwahrscheinlich jeder Frau die Kehle durchschneiden, die sie in seinem Bett vorfand. Außerdem hatte er einfach keine Zeit für all diese schreckhaften Täubchen, die glaubten, sich für Cairhien und Colavaere opfern zu müssen. Er hatte zu viele Probleme, mit denen er fertigwerden mußte, und zu wenig Zeit dafür.

Licht, und was ist, falls Colavaere entscheidet, daß es das Opfer wert sei? Das konnte durchaus geschehen. Sie war kaltblütig genug. *Dann muß ich dafür sorgen, daß ihr das Blut vor Angst in den Adern gefriert.* Das wäre nicht so schwierig. Er spürte *Saidin* ständig gerade außerhalb seines Gesichtsfeldes. Er spürte auch die Verderbnis, den Makel darin. Manchmal glaubte er beinahe, was er spüre, sei der Makel in ihm selbst, die Spuren, die *Saidin* in ihm hinterlassen hatte.

Er ertappte sich dabei, wie er Asmodean zornig anblickte. Der Mann schien ihn mit ausdrucksloser Miene zu mustern. Er begann wieder mit seiner Musik. Wie Wasser über Steine plätschert, so beruhigend wirkten die Klänge. Also hatte er wohl etwas zur Beruhigung nötig, ja?

Die Tür wurde ohne ein Anklopfen geöffnet, und Moiraine, Egwene und Aviendha traten zusammen ein. Die Aielkleidung der beiden jungen Frauen rahmte die in Hellblau gekleidete Aes Sedai ein. Bei jedem anderen, sogar bei Rhuarc oder einem der anderen Häuptlinge, die sich noch in der Nähe der Stadt aufhielten, oder auch bei einer weiteren Delegation von Weisen Frauen, wäre zuerst eine Tochter des Speers hereingekommen, um von ihrer Ankunft zu berichten. Diese drei ließen die Töchter zu ihm durch, selbst wenn er gerade ein Bad nahm. Egwene blickte zu ›Natael‹ hinüber und verzog das Gesicht. Die Melodie wurde daraufhin langsamer, einen Augenblick lang recht kompliziert – vielleicht ein Tanz? – und wandelte sich dann zu etwas wie einem leichten Wind, der in den Bäumen seufzt. Der Mann lächelte seine Harfe ein wenig schief an.

»Ich bin überrascht, dich zu sehen, Egwene«, sagte Rand. Er schwang ein Bein über die Sessellehne und machte es sich bequem. »Wie lange ist das her – sechs Tage, während deren du mich gemieden hast? Hast du mir weitere gute Neuigkeiten mitgebracht? Hat Masema in meinem Namen Amador eingenommen? Oder haben sich diese Aes Sedai, von denen du meintest, sie unterstützten mich, als Schwarze Schwestern herausgestellt? Wie dir vielleicht auffallen wird, frage ich nicht nach ihren Namen oder ihrem Aufenthaltsort. Ich will noch nicht einmal wissen, wie du das erfahren hast. Ich bitte dich nicht, Geheimnisse der Aes Sedai preiszugeben, oder der Weisen Frauen oder wessen auch immer. Gib mir nur die Brosamen, die du willens bist fallen zu lassen, und überlasse mir die Überlegungen, ob das, was du mir nicht zu berichten gewillt bist, mich während der Nacht hinterrücks erdolchen wird.«

Sie sah ihn gelassen an. »Du weißt alles, was du wissen mußt. Und ich werde dir nicht sagen, was du nicht zu erfahren brauchst.« Das hatte sie auch schon vor sechs Tagen gesagt. Sie war genauso sehr eine Aes Sedai wie Moiraine, wenn sie auch Aielkleidung trug und die andere hellblaue Seide.

Bei Aviendha war dagegen von Gelassenheit nichts zu bemerken. Sie trat vor und stand Schulter an Schulter mit Egwene. Ihre grünen Augen blitzten, und ihr

Rücken war so steif, als sei er aus Eisen. Er war beinahe überrascht, daß Moiraine sich nicht auch noch danebenstellte, damit sie ihn zu dritt anfunkeln konnten. Ihr Gehorsamseid ließ ihr überraschend viel Freiraum, wie es schien, und seit seinem Streit mit Egwene waren sich die drei wohl um einiges nähergekommen. Nicht, daß es ein besonders schlimmer Streit gewesen wäre. Man konnte sich einfach nicht gut mit einer Frau herumstreiten, die ihn nur kühl anblickte, die Stimme niemals erhob, und die, wenn sie sich einmal zu antworten geweigert hatte, nicht einmal mehr seine Fragen wahrzunehmen schien.

»Was wollt Ihr?« fragte er.

»Die sind innerhalb der letzten Stunde für Euch angekommen«, sagte Moiraine und hielt ihm zwei zusammengefaltete Briefe hin. Ihre glockenreine Stimme paßte zu Asmodeans Harfenklängen.

Rand erhob sich und nahm sie mißtrauisch entgegen. »Wenn sie für mich bestimmt sind, wie kommen sie dann in Eure Hände?« Einer war an ›Rand al'Thor‹ adressiert. Sein Name war mit gleichmäßigen, etwas eckigen Buchstaben geschrieben. Der andere ging an ›Den Lord Wiedergeborenen Drachen‹. Die Schrift war flüssiger, aber nicht weniger präzise. Die Siegel waren intakt. Ein zweiter Blick ließ ihn jedoch blinzeln. Die beiden Siegel schienen aus dem gleichen roten Wachs gegossen; eines trug als Prägung die Flamme von Tar Valon, und auf dem anderen überdeckte eine Burg die Umrisse der Insel von Tar Valon, die er sofort darin erkannte.

»Vielleicht des Ortes wegen, von dem sie abgesandt wurden, und der Schreiberin wegen.« Das war auch keine Erklärung, aber mehr würde er nur zu hören bekommen, wenn er es ausdrücklich verlangte. Und selbst dann würde er ständig weiter nachfragen müssen. Sie hielt sich an ihren Eid, doch auf ihre eigene Art und Weise. »Es befinden sich keine vergifteten Nadeln in den Siegeln. Und es sind auch keine mit der Macht gewobene Fallen zu spüren.«

Er hielt kurz inne, den Daumen auf dem Siegel mit der Flamme von Tar Valon. An beide Möglichkeiten hatte er überhaupt nicht gedacht. Dann brach er das Siegel. Neben der Unterschrift war eine weitere Flamme in rotes Wachs geprägt worden. Der Name: Elaida do Avriny a'Roihan stand hastig hingekritzelt über ihren Titeln. Der Rest war mit diesen eckigen Schriftzügen bedeckt.

> Es sei unbestritten, daß Ihr derjenige seid, dessen Kommen prophezeit wurde, und doch wollen viele Euch Eurer weiteren Fähigkeiten wegen vernichten. Um des Überlebens der Welt willen kann das nicht zugelassen werden. Zwei Nationen haben ihr Knie vor Euch gebeugt, und genauso die unzivilisierten Aiel, aber die Macht der Throne ist wie Staub gegenüber der Einen Macht. Die Weiße Burg wird Euch beherbergen und beschützen vor jenen, die sich weigern, einzusehen, was sein muß. Die Weiße Burg wird dafür sorgen, daß Ihr überlebt, um in Tarmon Gai'don zu kämpfen. Niemand sonst ist dazu in der Lage. Eine Eskorte aus Aes Sedai wird zu Euch kommen und Euch mit allen Ehren und allem Euch gebührenden Respekt nach Tar Valon geleiten. Dafür verbürge ich mich.

»Sie fragt nicht einmal, ob ich kommen will«, sagte er trocken. Er erinnerte sich noch gut an Elaida, obwohl er sie nur einmal getroffen hatte. Eine so harte Frau, daß Moiraine dagegen wie ein neugeborenes Kätzchen wirkte. Die ›Ehre und der Respekt‹, die ihm zustanden. Er hätte wetten können, daß diese Eskorte von Aes Sedai aus genau dreizehn Frauen bestand.

Er gab Elaidas Brief Moiraine zurück und öffnete den anderen. Der Text war in der gleichen Schrift geschrieben wie die Adresse.

Mit respektvollen Grüßen bitte ich demütigst darum, mich dem großen Lord Wiedergeborenen Drachen kenntlich machen und offenbaren zu dürfen, den das Licht als Retter der Welt gesegnet hat.

Die ganze Welt muß in Ehrfurcht vor Euch stehen, der Ihr Cairhien an einem Tag erobert habt wie zuvor Tear. Und doch bitte ich Euch, seid vorsichtig, denn Euer Glanz wird Eifersucht selbst bei jenen hervorrufen, die nicht dem Schatten verbunden sind. Sogar hier in der Weißen Burg gibt es Blinde, die Euren wahren Glanz, der uns allen leuchten wird, nicht sehen können. Und doch sollt Ihr wissen, daß einige Euer Kommen sehnlichst erwarten und ihre Erfüllung darin finden werden, Eurem Ruhm zu dienen. Wir gehören nicht zu denen, die etwas von Eurem Glanz für sich selbst stehlen wollen, sondern zu denen, die niederknien und in Eurem Licht baden wollen. Ihr werdet die Welt retten, so sagen es die Prophezeiungen, und die Welt wird Euer sein.

Ich schäme mich, Euch zu bitten, niemandem diese Zeilen zu zeigen und sie zu vernichten, sobald Ihr sie gelesen habt. Ohne Euren Schutz stehe ich unter jenen, die Eure Macht untergraben möchten, und ich kann nicht wissen, wer in Eurer Umgebung ebenso treu wäre wie ich. Man sagte mir, daß sich Moiraine Damodred bei Euch befinden könne. Sie mag Euch ja untertänigst dienen und Eure Worte als Gesetz betrachten, so wie ich, doch ich kann das nicht beurteilen, denn ich kenne sie als eine Frau mit vielen Geheimnissen, die gern Intrigen spinnt, wie das in Cairhien an der Tagesordnung ist. Aber solltet Ihr sie auch als Euer Geschöpf betrachten, so wie mich, bitte ich Euch dennoch, diese Mitteilung selbst vor ihr geheimzuhalten.

Mein Leben liegt in Euren Händen, mein Lord Wiedergeborener Drache, und ich bin Eure Dienerin.

Alviarin Freidhen

Er blinzelte und las ihn noch einmal durch. Dann gab er Moiraine den Brief. Sie überflog hastig den Inhalt und reichte ihn an Egwene weiter, die mit Aviendha die Köpfe über dem Brief zusammensteckte. Vielleicht wußte Moiraine bereits über den Inhalt Bescheid?

»Es war gut, daß Ihr den Eid abgelegt habt«, sagte er. »So, wie Ihr euch früher verhalten habt und mir alles vorenthieltet, wäre ich jetzt sicher bereit gewesen, Euch zu verdächtigen. Es ist sehr gut, daß Ihr jetzt offener seid.« Sie reagierte nicht. »Was haltet Ihr davon?«

»Sie muß davon gehört haben, daß dir alles ziemlich zu Kopf gestiegen ist«, sagte Egwene leise. Er glaubte nicht, daß er die Worte wirklich hatte hören sollen. Dann schüttelte sie den Kopf und sagte lauter: »Das klingt überhaupt nicht nach Alviarin.«

»Es ist ihre Handschrift«, sagte Moiraine. »Was haltet Ihr selbst davon, Rand?«

»Ich denke, die Burg ist gespalten, ob das Elaida klar ist oder nicht. Ich glaube doch, eine Aes Sedai kann genausowenig eine Lüge niederschreiben wie aussprechen, oder?« Er wartete gar nicht erst auf ihr Nicken. »Hätte Alviarin nicht ganz so gekünstelt geschrieben, könnte man glauben, sie arbeiteten zusammen, um mich hinzulocken. Aber ich kann mir nicht vorstellen, daß Elaida auch nur an so etwas denken würde, geschweige denn eine Behüterin der Chronik damit beauftragen, das zu schreiben!«

»Du wirst dieser Aufforderung keine Folge leisten«, sagte Aviendha. Sie zerknüllte Elaidas Brief. Es war keine Frage gewesen.

»Ich bin doch kein Narr.«

»Manchmal nicht«, sagte sie mürrisch und machte alles noch schlimmer, als sie eine Augenbraue fragend in Richtung Egwene hob, die daraufhin einen Augenblick überlegte und schließlich die Achseln zuckte.

»Was lest Ihr noch heraus?« fragte Moiraine.

»Ich lese von Spionen der Weißen Burg«, antwortete

er trocken. »Sie wissen, daß ich die Stadt halte.« Zumindest die ersten zwei oder drei Tage nach Ende der Schlacht hätten die Shaido noch nicht einmal eine Taube in Richtung Norden durchgelassen. Und sogar ein Reiter, der wußte, wo er Pferde wechseln konnte, was zwischen Cairhien und Tar Valon keineswegs sicher war, hätte die Burg nicht so schnell erreichen können, daß diese Briefe als Reaktion darauf heute angekommen wären.

Moiraine lächelte. »Ihr lernt schnell. Ihr werdet weit kommen.« Einen Augenblick lang wirkte sie beinahe stolz auf ihn. »Was werdet Ihr nun unternehmen?«

»Nichts, außer dafür zu sorgen, daß sich Elaidas ›Eskorte‹ mir nie auf mehr als eine Meile nähert.« Dreizehn der schwächsten Aes Sedai konnten ihn überwältigen, wenn sie sich verknüpften, und er glaubte nicht daran, daß Elaida ihre schwächsten schicken werde. »Das, und ich werde mir merken, daß die Burg einen Tag, nachdem ich etwas tue, bereits darüber Bescheid weiß. Sonst nichts, solange ich nicht mehr weiß. Könnte Alviarin zu deinen geheimnisvollen Freundinnen gehören, Egwene?«

Sie zögerte, und er fragte sich mit einemmal, ob sie Moiraine überhaupt mehr erzählt habe als ihm. Hütete sie die Geheimnisse der Aes Sedai oder die der Weisen Frauen? Schließlich sagte sie einfach: »Ich weiß es nicht.«

Es klopfte an der Tür und Somara schob ihren flachsblonden Kopf herein. »Matrim Cauthon ist gekommen, *Car'a'carn*. Er sagt, Ihr hättet nach ihm geschickt.«

Vor vier Stunden, gleich nachdem er erfahren hatte, daß sich Mat wieder in der Stadt befand. Welche Ausrede würde er diesmal wieder benützen? Es war an der Zeit, mit den Ausreden Schluß zu machen. »Danke«, sagte er zu der Frau. Die Weisen Frauen machten Mat fast genauso nervös wie die Aes Sedai. Die drei anwesenden würden ihn aus dem Gleichgewicht bringen. Er verschwendete keinen Gedanken mehr daran, daß er sie benutzte. Er würde auch Mat benutzen. »Schickt ihn herein, Somara.«

Mat schlenderte grinsend in den Raum, als sei es irgendein beliebiger Schankraum. Sein grüner Rock stand offen, und sein Hemd war am Kragen halb aufgebunden. Der silberne Fuchskopf baumelte auf seiner verschwitzten Brust, aber um den Hals trug er trotz der Hitze den dunklen Seidenschal, um die Strangulierungsnarbe zu verbergen. »Tut mir leid, wenn ich so spät komme. Da waren so ein paar Leutchen aus Cairhien, die glaubten, sie könnten Karten spielen. Kann er nichts Lebhafteres spielen?« fragte er noch mit einer Kopfbewegung in Asmodeans Richtung.

»Wie ich höre«, sagte Rand, »will sich jeder junge Mann, der auch nur ein Schwert tragen kann, der Bande der Roten Hand anschließen. Talmanes und Nalesean müssen sie in Scharen abweisen. Und Daerid hat die Anzahl seiner Infanteristen verdoppelt.«

Mat unterbrach seine Bewegung, mit der er sich gerade auf den Sessel hatte setzen wollen, den Aracome benützt hatte. »Das stimmt. Eine ganze Menge netter junger ... Burschen, die gern Helden sein möchten.«

»Die Bande der Roten Hand«, murmelte Moiraine. »*Shen an Calhar.* Das war allerdings eine legendäre Gruppe von Helden, obwohl ihre Mitglieder oftmals wechselten, denn der Krieg, in dem sie kämpften, dauerte mehr als dreihundert Jahre. Man sagt, sie seien die letzten gewesen, die den Trollocs noch widerstanden, und sie hätten Aemon selbst beschützt, als Manetheren starb. Der Legende nach sprang eine Quelle aus dem Boden, dort, wo die letzten von ihnen fielen, und bewahrte so ihr Andenken, aber ich glaube eher, daß die Quelle schon vorher da war.«

»Davon weiß ich nichts.« Mat berührte das Medaillon mit dem Fuchskopf, und seine Stimme wurde kräftiger. »Irgendein Narr hat den Namen aufgeschnappt, und seither benützen sie ihn alle.«

Moiraine warf dem Medaillon einen beiläufigen Blick zu. Der kleine blaue Edelstein, der auf ihrer Stirn hing, schien das Licht aufzufangen und zu glühen, wenn auch die Winkel nicht stimmen konnten, in denen das Licht gebrochen wurde. »Wie es scheint, seid Ihr sehr tapfer, Mat.« Sie sagte das ohne jede Betonung, und in der darauffolgenden Stille verhärtete sich sein Gesicht. »Es war sehr mutig«, fuhr sie schließlich fort, »die *Shen an Calhar* über den Alguenya nach Süden gegen die Andoraner zu führen. Sogar noch mutiger, denn den Gerüchten nach seid Ihr allein vorausgeritten, den Weg zu erkunden, und Talmanes und Nalesean mußten einen harten Ritt liefern, um Euch einzuholen.« Egwene schnaubte laut im Hintergrund. »Nicht unbedingt klug gehandelt für einen jungen Lord, der seine Männer anführt.«

Mat schürzte die Lippen. »Ich bin kein Lord. Ich habe denn doch zuviel Selbstachtung dafür.«

»Aber sehr mutig«, sagte Moiraine versonnen, als habe er nichts gesagt. »Die Proviantwagen der Andoraner verbrannt, ihre Vorposten vernichtet. Und drei Schlachten. Drei Schlachten und drei Siege. Und mit geringen Verlusten, was die eigenen Männer angeht, obwohl der Gegner in der Überzahl war.« Als sie nach einem Riß im Schulterstück seines Rocks tastete, sank er im Sessel zurück, soweit er nur konnte. »Werdet Ihr ins dichteste Schlachtengewühl hineingezogen oder lockt Ihr die Schlachten an? Ich bin fast schon überrascht, daß Ihr zurückgekommen seid. Geht man den Berichten nach, hättet Ihr die Andoraner glatt über den Erinin zurücktreiben können, wärt Ihr dort geblieben.«

»Haltet Ihr das für lustig?« fauchte Mat. »Wenn Ihr etwas sagen wollt, dann heraus damit. Ihr könnt die Katze spielen, solange Ihr wollt, aber ich bin keine Maus.« Einen Moment lang huschte sein Blick zu

Egwene und Aviendha hinüber, die mit verschränkten Armen zusahen, und wieder tastete er nach dem silbernen Fuchskopf. Er fragte sich wohl gerade, wenn es schon den Strang der Macht *einer* Frau von ihm abgehalten hatte, würde es dann auch dreien widerstehen?

Rand sah nur zu. Er beobachtete, wie sein Freund weichgeklopft wurde, damit er mit ihm tun konnte, was er zu tun vorhatte. *Gibt es für mich noch etwas anderes als die Notwendigkeit?* Ein kurzer Gedanke nur, aufblitzend und gleich wieder verschwunden. Er würde tun, was sein mußte.

Die Stimme der Aes Sedai überzog sich mit Rauhreif, als sie beinahe wie ein Echo Rands Gedanken aussprach: »Wir tun alle, was wir tun müssen, wie es das Muster vorschreibt. Für einige bedeutet das weniger Freiheit als für andere. Es spielt keine Rolle, ob wir uns dafür entscheiden oder ob wir einfach dafür ausgewählt werden. Was sein muß, muß sein.«

Mat blickte keineswegs drein, als sei er weichgeklopft. Mißtrauisch, ja, und ganz sicher zornig, aber keineswegs weich. Er glich einem Kater, der von drei Hunden in eine Ecke getrieben worden war. Ein Kater, der sein Leben teuer verkaufen würde. Er schien ganz vergessen zu haben, daß sich außer ihm selbst und den Frauen noch jemand im Raum befand. »Ihr schubst einen Mann immer so lange herum, bis Ihr ihn habt, wo Ihr ihn haben wollt, ja? Versetzt ihm einen Tritt, wenn er sich nicht am Nasenring führen läßt. Blut und blutige Asche! Schau mich nicht so böse an, Egwene. Ich spreche, wie es mir paßt. Seng mich! Alles, was jetzt noch fehlt, ist Nynaeve, die sich den Zopf aus der Kopfhaut reißt, und Elayne mit ihrem hochnäsigen Blick. Was bin ich froh, daß sie nicht hier ist und alles mit anhört, was ich zu berichten habe, aber hättet Ihr auch noch Nynaeve dabei, würde ich mich trotzdem nicht …«

»Was gibt es zu berichten?« fragte Rand scharf. »Etwas, das Elayne nicht hören sollte?«

Mat blickte zu Moiraine auf. »Wollt Ihr damit sagen, es gäbe noch etwas, das Ihr nicht herausgefunden habt?«

»Was ist geschehen, Mat«, fragte Rand ungeduldig.

»Morgase ist tot.«

Egwene schnappte nach Luft, hob beide Hände vor den Mund und riß die Augen auf. Moiraine flüsterte etwas, das wie ein Gebet klang. Asmodeans Finger an der Harfe verloren den Takt jedoch nicht.

Rand hatte das Gefühl, jemand habe ihm den Magen aus dem Leib gerissen. *Elayne, vergib mir.* Und ein schwaches Echo, mit einer Änderung. *Ilyena, vergib mir.* »Bist du sicher?«

»So sicher man eben sein kann, wenn man die Leiche nicht gesehen hat. Wie es scheint, wurde Gaebril zum König von Andor ausgerufen. Und auch von Cairhien übrigens! Angeblich hat Morgase dafür gesorgt. So etwas wie, ›die Zeit verlangt nach einem starken Mann‹ oder so ähnlich. Als könne jemand noch stärker sein als Morgase selbst. Nur, daß diese Andoraner im Süden Gerüchte vernommen haben, sie sei bereits wochenlang nicht mehr gesehen worden. Mehr als nur Gerüchte. Und nun sage mir, worauf das hinausläuft. Andor hatte noch nie einen König, und nun hat es einen, und die Königin ist verschwunden. Gaebril ist derjenige, der Elayne töten lassen wollte. Ich habe versucht, es ihr zu sagen, aber du weißt ja, daß sie immer alles besser weiß als ein Bauer aus der tiefsten Provinz. Ich glaube nicht, daß er auch nur im Geringsten davor zurückschrecken würde, einer Königin die Kehle durchzuschneiden.«

Rand wurde bewußt, daß er auf einem der Sessel Mat gegenüber saß, obgleich er sich nicht daran erinnerte, sich dorthin gesetzt zu haben. Aviendha legte ihm eine Hand auf die Schulter. In ihren Augen lag Mitgefühl. »Es geht mir gut«, sagte er kurz angebunden. »Du brauchst Somara nicht hereinschicken.« Sie errötete, doch er bemerkte es kaum.

Elayne würde ihm niemals vergeben. Er hatte davon gewußt, daß Rahvin – Gaebril – Morgase gefangenhielt, aber er hatte das ignoriert, weil der Verlorene vermutlich von ihm erwartete, er werde ihr helfen. Er war seinen eigenen Weg gegangen, hatte getan, was sie nicht erwarteten. Und es hatte darin geendet, daß er Couladin jagen mußte, anstatt seinen eigenen Pläne nachzugehen. Er hatte Bescheid gewußt und seine Aufmerksamkeit auf Sammael konzentriert. Weil ihn der Mann herausforderte. Morgase konnte warten, bis er Sammaels Falle zerschmettert hatte und mit ihr Sammael selbst. Und deshalb war Morgase tot. Elaynes Mutter war tot. Elayne würde ihn bis an ihr Totenbett verfluchen.

»Ich sage dir eines«, fuhr Mat fort. »Es befinden sich eine Menge Gefolgsleute der Königin dort unten. Sie sind sich keineswegs sicher, ob sie für einen König kämpfen sollen. Suche du Elayne. Die Hälfte von ihnen wird sich dir anschließen, wenn du Elayne auf den ...«

»Halt den Mund!« schrie Rand ihn an. Er bebte derart vor Zorn, daß Egwene zurücktrat und selbst Moiraine ihn mißtrauisch anblickte. Aviendhas Griff an seiner Schulter wurde fester, doch er schüttelte beim Aufstehen ihre Hand ab. Morgase tot, weil *er* nichts unternommen hatte. Seine eigene Hand hatte diesen Dolch geführt, zusammen mit der Rahvins. Elayne. »Sie wird gerächt werden. Rahvin, Mat. Nicht Gaebril. Rahvin. Ich werde ihn an den Haaren zum Henker schleifen, und wenn ich nichts anderes mehr in meinem Leben fertigbringe!«

»Oh, Blut und blutige Asche!« stöhnte Mat.

»Das ist doch Wahnsinn.« Egwene zuckte zusammen, als ihr bewußt wurde, was sie gesagt hatte, aber sie beherrschte sich und sprach mit fester, ruhiger Stimme: »Du hast noch alle Hände voll mit Cairhien zu tun, ganz zu schweigen von den Shaido im Norden und was immer du auch in Tear vorhast. Willst du noch einen Krieg beginnen, obwohl du bereits zwei am Hals hast und obendrein noch ein zerstörtes Land?«

»Keinen Krieg. Nur ich. Ich kann in einer Stunde in Caemlyn sein. Ein Überfall – richtig, Mat? – ein Überfall, aber kein Krieg. Ich werde Rahvin das Herz aus dem Leib reißen.« Jedes Wort klang wie ein Hammerschlag. Er hatte das Gefühl, Säure statt Blut in den Adern zu haben. »Ich wünschte fast, ich hätte Elaidas dreizehn Schwestern dabei und könnte ihn mit ihrer Hilfe lähmen und vor Gericht bringen. Wegen Mordes verurteilen und hängen. Das wäre Gerechtigkeit. Aber so muß er eben sterben, gleich, auf welche Art ich das fertigbringe.«

»Morgen«, sagte Moiraine leise.

Rand funkelte sie an. Doch sie hatte ja recht. Morgen war besser. Eine Nacht, damit sein Zorn abkühlte. Er mußte kaltblütig sein, wenn er Rahvin gegenüberstand. Im Augenblick hätte er am liebsten nach *Saidin* gegriffen und wild um sich geschlagen, zerstört. Asmodeans Musik hatte sich wieder verändert. Er spielte ein Lied, das die Straßenmusikanten in der Stadt während des Bürgerkriegs gespielt hatten. Manchmal konnte man es auch jetzt noch hören, wenn gerade ein Adliger aus Cairhien vorbeikam. ›Der Narr, der glaubte, König zu sein.‹ »Raus, Natael! Raus!«

Asmodean erhob sich geschmeidig, verneigte sich, doch sein Gesicht war schneeweiß, und er ging so schnell durch den Raum, als fürchte er, was die nächsten Sekunden bringen mochten. Er stichelte ja immer, aber möglicherweise war er diesmal zu weit gegangen. Als er die Tür öffnete, sagte Rand: »Ich will Euch heute abend noch sehen. Lebend oder tot.«

Diesmal wirkte Asmodeans Verbeugung nicht ganz so elegant. »Wie mein Lord Drache befiehlt«, sagte er heiser und schloß die Tür hastig von draußen.

Die drei Frauen blickten Rand ausdruckslos und ohne Wimpernzucken an.

»Ihr anderen geht jetzt auch.« Mat sprang beinahe in Richtung Tür. »Du nicht. Mit dir habe ich noch einiges zu besprechen.«

Mat blieb abrupt stehen, seufzte laut und spielte mit seinem Medaillon herum. Er war der einzige, der sich gerührt hatte.

»Du hast keine dreizehn Aes Sedai«, sagte Aviendha, »aber zwei hast du wenigstens. Und dann noch mich. Ich weiß vielleicht nicht soviel wie Moiraine Sedai, aber ich bin genauso stark wie Egwene, und dieser Tanz ist mir keineswegs fremd.« Sie meinte natürlich den Tanz der Speere, wie die Aiel einen Kampf bezeichneten.

»Rahvin gehört mir«, sagte er ganz ruhig zu ihr. Vielleicht konnte ihm Elayne wenigstens ein bißchen verzeihen, wenn er ihre Mutter rächte. Wahrscheinlich nicht, aber dann konnte er sich möglicherweise selbst verzeihen. Ein wenig. Er zwang seine Hände zur Ruhe, wollte keine Fäuste ballen.

»Wirst du am Boden einen Strich ziehen, den er überschreiten muß?« fragte Egwene. »Oder ihn herausfordern, damit er dich angreift? Hast du schon daran gedacht, daß Rahvin vielleicht nicht allein ist, wenn er sich jetzt schon König von Andor nennt? Dein Erscheinen wird sicher sehr wirkungsvoll sein, wenn einer seiner Leibwächter dir einen Pfeil durchs Herz schießt.«

Er erinnerte sich daran, wie er sich sehnlichst gewünscht hatte, sie möge ihn nicht immer anschreien, doch damals war eben alles um vieles einfacher gewesen. »Hast du geglaubt, ich wolle allein hingehen?« Das hatte er vorgehabt. Er hatte überhaupt noch nicht daran gedacht, jemanden mitzunehmen, der seinen Rücken deckte. Jetzt erst machte sich ein kleines Flüstern in seinem Kopf bemerkbar: *Er kommt am liebsten von hinten oder von der Flanke her.* Er konnte kaum noch klar denken. Sein Zorn schien ein Eigenleben entwickelt zu haben und ständig das Feuer zu schüren, das ihn am Kochen hielt. »Aber euch nicht. Das ist ein gefährliches Unternehmen. Moiraine kann mitkommen, wenn sie möchte.«

Egwene und Aviendha mußten sich gar nicht erst anblicken, um gemeinsam vorzutreten, bis sie so nahe vor ihm standen, daß sogar Aviendha den Kopf in den Nacken legen mußte, damit sie ihm in die Augen sehen konnte.

»Moiraine kann mitkommen, wenn sie möchte«, wiederholte Egwene.

Wenn ihre Stimme dabei wie hartes, glattes Eis klang, war die Aviendhas hitzig wie schmelzendes Gestein: »Aber für uns ist es zu gefährlich.«

»Hast du dich plötzlich in meinen Vater verwandelt? Heißt du jetzt Bran al'Vere?«

»Wenn du drei Speere hast, legst du dann zwei zur Seite, nur, weil sie erst später angefertigt wurden als der dritte?«

»Ich will euer Leben nicht riskieren«, sagte er verlegen.

Egwene hob die Augenbrauen. »Ach?« Das war alles.

»Ich bin keine deiner *Gai'schain*.« Aviendha fletschte die Zähne. »Du wirst niemals bestimmen, welche Risiken ich auf mich nehme, Rand al'Thor. Niemals. Merk dir das von nun an.«

Er könnte ... Was? Sie in *Saidin* wickeln und hier festsetzen? Er war immer noch nicht in der Lage, sie abzuschirmen. Also könnten sie ihn umgekehrt ebenso einwickeln. Ein schönes Durcheinander, und das nur, weil die beiden so stur waren.

»Ihr habt vielleicht an Leibwächter gedacht«, warf Moiraine ein, »aber wie steht es, wenn sich Semirhage oder Graendal bei Rahvin befinden? Oder Lanfear? Die beiden hier könnten mit einer von ihnen fertigwerden, aber könntet Ihr Rahvin und die andere allein besiegen?«

Da hatte noch ein Unterton in ihrer Stimme gelegen, als sie Lanfears Namen aussprach. Fürchtete sie, falls sich Lanfear dort befand, daß er sich schließlich doch der Verlorenen anschließen werde? Was würde er unternehmen, falls er sie wirklich dort antraf? Was konnte er überhaupt ausrichten? »Sie können mitkommen«, gab er nach und knirschte dabei fast mit den Zähnen. »Werdet Ihr jetzt gehen?«

»Wie Ihr befehlt«, sagte Moiraine, doch sie hatten es nicht besonders eilig damit. Aviendha und Egwene rückten mit übertriebener Sorgfalt ihre Schals zurecht, bevor sie zur Tür gingen. Lords und Ladies sprangen, wenn er etwas wünschte, aber *sie* würden das niemals tun.

»Ihr habt nicht versucht, es mir auszureden«, sagte er plötzlich.

Er hatte die Worte an Moiraine gerichtet, doch Egwene antwortete zuerst. Allerdings sprach sie zu Aviendha und lächelte sie dabei an. »Einen Mann von etwas abbringen zu wollen, was er unbedingt vorhat, ist so, als nehme man einem Kind sein Bonbon weg. Manchmal ist es notwendig, aber gelegentlich ist es auch nicht der Mühe wert.« Aviendha nickte.

»Das Rad webt, wie das Rad es wünscht«, bekam er von Moiraine zur Antwort. Sie stand in der Tür und wirkte noch mehr wie eine Aes Sedai, als er sie jemals erlebt hatte: alterslos, die dunklen Augen bereit, ihn zu verschlingen, zierlich und schlank und doch so würdevoll, daß ihr selbst dann ein ganzer Saal voll Königinnen gehorchen würde, wenn sie keinen Funken der Macht beherrschte. Wieder brach sich der Lichtschein in dem blauen Edelstein auf ihrer Stirn. »Ihr werdet Erfolg haben, Rand.«

Er sah die Tür noch an, lange, nachdem sie sich hinter ihnen geschlossen hatte. Das Schaben von Stiefelsohlen erinnerte ihn an Mats Gegenwart. Mat bemühte sich, sich ganz heimlich in Richtung der Tür zu schieben, so langsam, daß er die Bewegung kaum wahrgenommen hatte.

»Ich muß mit dir sprechen, Mat.«

Mat verzog das Gesicht. Er berührte seinen Fuchskopf wie einen Talisman und fuhr zu Rand herum. »Wenn du glaubst, ich opfere meinen Kopf, nur weil diese närrischen Frauen das vorhaben, kannst du es vergessen. Ich bin kein verdammter Held, und ich will gar keiner sein. Morgase war eine hübsche Frau, und sie hat mir sogar gefallen, soweit man das von einer Königin sagen kann, aber Rahvin ist Rahvin, verflucht noch mal, und ich …«

»Halt den Mund und hör zu. Versuch nicht länger, davonzulaufen.«

»Ach, seng mich, wenn ich das tue! Das ist nicht *mein* Spiel, und ich werde nicht …«

»Ich habe dir doch gesagt, du sollst den Mund halten!« Rand drückte mit steifem Finger den Fuchskopf an Mats Brust. »Ich weiß, woher du das hast. Ich war dabei, erinnerst du dich noch daran? Ich habe das Seil durchschnitten, an dem du hingst. Ich weiß auch nicht, was dir dort in den Kopf untergeschoben wurde, aber was auch immer, ich benötige es jedenfalls. Die Clanhäuptlinge verstehen etwas von Kriegführung, aber irgendwie verstehst du auch etwas davon und vermutlich einiges mehr. Und das ist wichtig für mich! Also wirst du folgendes unternehmen, und zwar zusammen mit der Bande der Roten Hand …«

»Seid morgen vorsichtig«, sagte Moiraine.

Egwene blieb an der Tür zu ihrem Zimmer stehen. »Natürlich werden wir vorsichtig sein.« Ihr Magen überschlug sich fast, doch sie beherrschte eisern ihre Stimme. »Wir wissen, wie gefährlich es wird, einer der Verlorenen gegenüberzustehen.« Aviendhas Gesichtsausdruck nach konnte es ein Gespräch über ihr Abendessen sein. Aber andererseits hatte sie niemals vor irgend etwas Angst.

»Tatsächlich?« murmelte Moiraine. »Laßt trotzdem alle Vorsicht walten, ob ihr nun glaubt, eine der Verlorenen befinde sich in der Nähe, oder nicht. Rand braucht Euch beide in den kommenden Tagen. Ihr werdet gut mit seinen Zornesausbrüchen fertig – wenn ich auch sagen darf, daß Eure Methoden etwas ungewöhnlich sind. Er wird Menschen brauchen, die durch seinen Zorn nicht vertrieben oder eingeschüchtert werden können und die ihm sagen, was er hören *muß*, und nicht nur das, was er ihrer Meinung nach hören will.«

»Das tut Ihr doch bereits, Moiraine«, erwiderte Egwene.

»Sicher. Und doch wird er Euch brauchen. Ruht Euch gut aus. Morgen wird ein ... schwerer Tag für uns alle.« Damit glitt sie den Korridor entlang, durch Dämmerlicht, durch den schwachen Schein einer Lampe, dann wieder ins Dämmerlicht hinein. In diesen düsteren Räumen brach bereits der Abend an und das Öl war knapp.

»Bleibst du noch eine Weile bei mir, Aviendha?« bat Egwene. »Mir ist mehr nach Unterhaltung zumute als nach Essen.«

»Ich muß Amys noch mitteilen, was ich morgen zu tun versprochen habe. Und ich muß in Rand al'Thors Schlafgemach sein, wenn er sich dorthin begibt.«

»Elayne kann sich wirklich nicht beklagen, daß du Rand nicht sorgfältig genug für sie gehütet hättest. Hast du wirklich Lady Berewin am Haar durch den Flur geschleift?«

Aviendhas Wangen röteten sich leicht. »Glaubst du, diese Aes Sedai in – Salidar? – werden ihn unterstützen?«

»Sei vorsichtig mit diesem Namen, Aviendha. Wir können Rand nicht gestatten, unvorbereitet auf sie zu stoßen.« So, wie er sich im Augenblick verhielt, war es wahrscheinlicher, daß sie ihn einer Dämpfung unterzogen oder ihm zumindest dreizehn eigene Schwestern auf den Hals schickten, anstatt ihm zu helfen. Sie würde sich in *Tel'aran'rhiod* zwischen die Gruppen stellen müssen, sie und Nynaeve und Elayne, und darauf hoffen, daß diese Aes Sedai sich bereits zu sehr für Rand eingesetzt hatten, um noch einen Rückzieher machen zu können, wenn sie entdeckten, wie nahe am Rande des Wahnsinns er sich befand.

»Ich werde vorsichtig sein. Schlaf gut. Und iß heute abend noch kräftig. Am Morgen dagegen solltest du nichts mehr essen. Es ist nicht gut, den Tanz der Speere mit vollem Magen zu beginnen.«

Egwene blickte ihr hinterher, wie sie davonschritt, und dann drückte sie mit beiden Händen ihre Magengegend. Sie hatte nicht das Gefühl, als würde sie heute abend oder morgen früh noch etwas essen können. Rahvin. Und möglicherweise Lanfear oder eine der anderen. Nynaeve hatte sich Moghedien gestellt und sie bezwungen. Aber Nynaeve war stärker als sie oder Aviendha, falls sie gerade die Macht benutzen konnte. Vielleicht war ja doch niemand sonst dabei. Rand hatte gesagt, die Verlorenen trauten einander keineswegs. Sie wünschte fast, er habe diesmal nicht recht oder er sei sich wenigstens nicht so sicher. Es ängstigte sie, wenn sie glaubte, einen anderen Mann aus seinen Augen blicken zu sehen und die Worte eines anderen aus seinem Mund zu hören. Es sollte sie nicht so erschrecken; schließlich wurde jedermann wiedergeboren, wenn sich das Rad weiterdrehte. Aber jedermann war eben nicht der Wiedergeborene Drache. Moiraine wollte nicht darüber sprechen. Was würde Rand tun, falls sich Lanfear dort befand? Lanfear hatte Lews Therin Telamon geliebt, doch was hatte der Drache für sie empfunden? Wieviel an Rand war überhaupt noch Rand?

»Auf diese Weise wirst du dich nur immer mehr in

Ängste hineinsteigern«, sagte sie sich energisch. »Du bist doch kein Kind mehr. Benimm dich wie eine Frau!«

Als eine Dienerin ihr das Abendessen brachte – Brechbohnen und Kartoffeln und dazu frisch gebackenes Brot –, zwang sie sich zum Essen. Es schmeckte wie Asche.

Mat schritt durch die schlecht beleuchteten Gänge des Palastes und riß schließlich die Tür zu den Gemächern auf, die man dem jungen Helden der Schlacht gegen die Shaido zugedacht hatte. Nicht, daß er hier viel Zeit verbracht hätte. Er kam nur selten her. Die Diener hatten zwei der Lampen auf den hohen Ständern angezündet. Held! Er war kein Held! Was bekam denn ein Held? Eine Aes Sedai tätschelte einem den Kopf und schickte ihn dann wie einen treuen Hund wieder auf die Jagd. Eine adlige Dame ließ sich dazu herab, ihn mit einem Kuß zu belohnen. Sie würde aber auch Blumen auf sein Grab legen. Er tigerte in seinem Vorzimmer auf und ab. Ausnahmsweise einmal widmete er dem kostbaren Illianer Teppich mit dem Blumenmuster oder den vergoldeten oder mit Elfenbein eingelegten Stühlen und Kommoden und Tischen keinen Gedanken.

Die stürmische Besprechung mit Rand hatte sich bis zum Sonnenuntergang hingezogen, wobei er auswich, sich weigerte, doch Rand blieb stur und hartnäckig wie Falkenflügel nach dem mißlungenen Angriff am Cole-Paß. Was sollte er denn tun? Wenn er wieder ausritt, würden ihm Talmanes und Nalesean unter Garantie mit so vielen Männern folgen, wie sie in den Sattel bekamen. Sie erwarteten von ihm, daß er einen neuen Kampf aufspürte, in dem sie eingesetzt würden. Und genau das würde wahrscheinlich auch passieren. Dieses Wissen jagte ihm einen Schauder den Rücken hinab. So sehr er es haßte, so etwas zugeben zu müssen, aber die Aes Sedai hatte recht. Er wurde von Kämpfen angezogen oder sie von ihm. Niemand hätte sich mehr als er bemühen können, auf der anderen Seite des Alguenya jede Auseinandersetzung zu vermeiden. Selbst Talmanes war das aufgefallen. Doch als sie sich zum zweitenmal vorsichtig vor einer Truppe Andoraner zurückgezogen hatten, um nicht bemerkt zu werden, liefen sie prompt einer anderen in die Arme und hatten keine andere Wahl mehr, als zu kämpfen. Und jedesmal spürte er, wie in seinem Kopf die Würfel rollten. Mittlerweile konnte das beinahe schon als Warnung dienen, daß hinter dem nächsten Hügel ein neuer Kampf auf ihn wartete.

Unten im Hafen neben den Getreidekähnen fand sich fast immer ein Schiff. Es wäre doch wohl mehr als unwahrscheinlich, auf einem Schiff in der Mitte eines Flusses noch kämpfen zu müssen. Allerdings hatten die Andoraner das eine Ufer des Alguenya bis weit jenseits der Stadt besetzt. So, wie sich sein Glück in letzter Zeit entwickelt hatte, würde das Schiff vermutlich am westlichen Ufer direkt vor der Nase des halben andoranischen Heeres auf Grund laufen.

So blieb nur übrig, das zu tun, was Rand wollte. Das wurde ihm immer klarer.

»Guten Morgen, Hochlord Weiramon und all ihr anderen Hochlords und Ladies. Ich bin ein Spieler, ein Bauernjunge, und ich bin hier, um das Kommando Eures verdammten Heeres zu übernehmen! Der verfluchte Wiedergeborene Drache wird zu uns kommen, sobald er sich um eine idiotische kleine Angelegenheit gekümmert hat!«

Er schnappte sich den Speer mit dem schwarzen Schaft aus einer Ecke und schleuderte ihn der Länge nach durch den Raum. Er durchschlug einen Wandbehang mit einer Jagdszene und krachte wuchtig und dumpf gegen die Steinwand dahinter. Dann fiel er zu Boden. Die Jäger auf dem Gobelin hatte er ganz sauber entzweigeschnitten. Fluchend eilte er hin, um ihn wieder aufzuheben. Die zwei Fuß lange Schwertklinge war weder gesprungen, noch wies sie auch nur eine Scharte auf. Natürlich nicht. Sie war ja ein Werk von Aes Sedai.

Er tastete nach den Raben auf der Klinge. »Werde ich jemals ganz von allen Werken der Aes Sedai befreit sein?«

»Wie war das?« fragte Melindhra von der Tür her.

Er musterte sie, während er den Speer an die Wand lehnte, und zur Abwechslung einmal war es weder ihr wie gesponnenes Gold wirkendes Haar, noch die klaren, blauen Augen oder der feste Körper, an die er dabei dachte. Wie es schien, wanderte jeder Aiel früher oder später zum Fluß hinunter und blickte schweigend auf diese große Wasserfläche. Doch Melindhra ging so ungefähr jeden Tag hin. »Hat Kadere bereits Schiffe aufgetrieben?« Kadere würde wohl kaum auf Getreidekähnen nach Tar Valon fahren.

»Die Wagen des Händlers stehen noch immer da. Ich weiß nichts von … Schiffen.« Sie sprach dieses für sie fremdartige Wort ungeschickt aus. »Warum willst du das wissen?«

»Ich gehe eine Zeitlang fort. Im Auftrag Rands«, fügte er hastig hinzu. Ihr Gesicht wirkte allzu unbewegt. »Ich würde dich mitnehmen, wenn es ginge, aber du verläßt ja wohl die Töchter des Speers nicht.« Ein Schiff, oder sein eigenes Pferd? Und wohin? Das war die Frage. Er konnte Tear auf einem schnellen Flußschiff eher erreichen als auf Pips. Falls er wirklich ein solcher Narr war und sich dafür entschied. Falls er überhaupt eine Wahl hatte.

Melindhras Mundpartie spannte sich kurz an. Zu seiner Überraschung allerdings nicht, weil er weggehen würde. »Also schlüpfst du zurück in den Schatten Rand al'Thors. Du hast soviel Ehre für dich selbst gewonnen, sowohl unter den Aiel wie unter den Feuchtländern. Deine Ehre, und nicht die des *Car'a'carn,* die auf dich zurückfiele.«

»Er kann seine Ehre behalten und nach Caemlyn oder auch zum Krater des Verderbens mitschleppen, was mich betrifft. Mach dir nur keine Sorgen. Ich werde eine ganze Menge Ehre gewinnen. Ich werde dir schreiben und berichten. Von Tear aus.« Tear? Wenn er sich dafür entschied, würde er Rand oder den Aes Sedai niemals entkommen.

»Er geht nach Caemlyn?«

Mat unterdrückte ein Stöhnen. Er hätte doch darüber absolut nichts sagen dürfen. Wie er sich auch ansonsten entschied, wenigstens das konnte er zurechtbiegen. »Nur einfach der erste Name, der mir einfiel. Wegen dieser Andoraner im Süden, schätze ich. Ich habe keine Ahnung, wohin er ...«

Es kam ohne Vorwarnung. Im einen Augenblick stand sie einfach da, und im nächsten traf ihr Fuß ihn in die Magengrube. Er schnappte nach Luft und krümmte sich vor Schmerz. Mit herausquellenden Augen quälte er sich ab, versuchte, auf den Beinen zu bleiben, sich aufzurichten, klar zu denken. Warum? Sie wirbelte nach rückwärts wie eine Tänzerin und knallte ihm aus der Bewegung heraus den anderen Fuß an die Seite seines Kopfes, so daß er zurücktaumelte. Ohne innezuhalten sprang sie fast senkrecht empor und trat aus. Die weiche Sohle ihres Stiefels traf ihn voll ins Gesicht.

Als seine Augen wieder funktionierten, lag er den halben Raum von ihr entfernt auf dem Rücken am Fußboden. Er spürte, wie Blut über sein Gesicht rann. Sein Kopf schien mit Wolle ausgestopft, und der Raum schien zu schwanken. In dem Moment sah er, wie sie ein Messer aus ihrer Gürteltasche zog, eine schmale Klinge, nicht viel länger als ihre Hand, die im Schein der Lampen glänzte. Mit einer schnellen Bewegung wickelte sie die Schufa um ihren Kopf und hakte den schwarzen Schleier vor ihrem Gesicht ein.

Halb betäubt bewegte er sich rein instinktiv und ohne zu denken. Die Klinge rutschte aus seinem Ärmel und verließ seine Hand, als schwimme sie durch dicken Brei. Erst dann wurde ihm bewußt, was er getan hatte, und er streckte die Hand verzweifelt aus, um sie abzufangen.

Der Griff ragte zwischen ihren Brüsten hervor. Sie sackte auf die Knie nieder und kippte dann nach hinten um.

Mat schob sich mühsam hoch und kniete mit aufgestützten Händen im Raum. Er hätte nicht aufstehen können, und hinge auch sein Leben davon ab, aber er kroch zu ihr hinüber und murmelte verstört: »Warum? Warum?«

Er riß ihren Schleier weg, und diese klaren blauen Augen richteten sich auf ihn. Sie lächelte sogar. Er sah den Messergriff nicht an. Den Griff seines Messers. Er wußte genau, wo sich in diesem Körper das Herz befand. »Warum, Melindhra?«

»Mir haben deine hübschen Augen immer so gefallen«, hauchte sie so schwach, daß er sich anstrengen mußte, um sie zu verstehen.

»Warum?«

»Manche Eide sind eben wichtiger als andere, Mat Cauthon.« Das Messer mit der schmalen Klinge schoß nach oben. Sie hatte alle Kraft, die sie noch besaß, in den Stoß gelegt. Die Messerspitze schlug den metallenen Fuchskopf hart gegen seine Brust. Eigentlich hätte das silberne Medaillon keine Klinge aufzuhalten vermocht, doch der Stoßwinkel stimmte nicht ganz, und irgendein verborgener Schwachpunkt im Stahl ließ die Klinge gerade in dem Augenblick abbrechen, als er ihr Handgelenk zu fassen bekam. »Du hast wirklich das Glück des Großen Herrn der Dunkelheit.«

»Warum?« schrie er sie an. »Verdammt noch mal, warum?« Er wußte, er würde keine Antwort erhalten.

Ihr Mund blieb offen stehen, als wolle sie noch etwas sagen, doch ihre Augen wurden bereits glasig.

Er wollte schon den Schleier wieder hochziehen und ihr Gesicht mit den starrenden Augen bedecken, doch dann ließ er die Hand sinken. Er hatte Männer getötet und Trollocs, aber noch nie eine Frau. Niemals zuvor eine Frau, bis jetzt. Frauen waren froh, wenn er in ihr Leben trat. Das war keine Angeberei. Die Frauen lächelten ihn an; sogar wenn er sie verließ, lächelten sie, als wollten sie ihn gern wieder willkommen heißen. Das war alles, was er sich von einer Frau wünschte: ein Lächeln, einen Tanz, einen Kuß, und warme, liebevolle Erinnerungen.

Ihm wurde bewußt, daß in seinen Gedanken ein wildes Durcheinander herrschte. Er zog den Messergriff mit dem Stumpf der Klinge aus Melindhras Hand – Jade auf Gold, mit kleinen goldenen Bienen eingelegt – und schleuderte ihn in den großen Marmorkamin, in der Hoffnung, er möge zerspringen. Er hätte am liebsten geweint, geheult. *Ich bringe doch keine Frauen um! Ich küsse sie, aber ich …!* Er mußte klar denken. Warum? Sicher nicht, weil er wegging. Darauf hatte sie kaum reagiert. Außerdem glaubte sie, er sei auf Ruhm und Ehre aus, und das hatte sie immer gutgeheißen. Etwas, das sie gesagt hatte, nagte an seinem Verstand. Dann kam die Erinnerung mit einem Schaudern. Das Glück des Großen Herrn der Dunkelheit. Er hatte das so oft anders vernommen: das Glück des Dunklen Königs. Hatte sie zu den Schattenfreunden gehört? War das eine offene Frage oder bereits Gewißheit? Er wünschte, dieser Gedanke würde es ihm leichter machen, das Geschehene zu verkraften. Er würde ihr Gesicht mit in sein Grab nehmen.

Tear. Er hatte ihr ja praktisch ins Gesicht gesagt, er gehe nach Tear. Der Dolch. Goldene Bienen in Jade. Er hätte, ohne hinzublicken, wetten können, daß es neun waren. Neun goldene Bienen auf grünem Feld. Das

Wappen Illians. Wo Sammael herrschte. Konnte es sein, daß Sammael sich vor ihm fürchtete? Wie konnte Sammael überhaupt von ihm wissen? Es war erst ein paar Stunden her, daß Rand ihn gebeten hatte – ihm befohlen hatte –, sich dorthin zu begeben, und er war sich ja noch nicht einmal sicher, was er machen sollte. Vielleicht wollte Sammael das Risiko nicht eingehen? Richtig. Einer der Verlorenen fürchtete sich vor einem Spieler, wieviel militärisches Wissen anderer Männer man ihm auch in den Kopf gepackt haben mochte? Das war doch lächerlich.

Es lief alles auf dasselbe hinaus. Er konnte glauben, Melindhra habe nicht zu den Schattenfreunden gehört, daß sie sich aus einer Laune heraus entschlossen hatte, ihn zu töten, daß keine Verbindung bestand zwischen einem Jadegriff mit eingelegten goldenen Bienen und seiner möglichen Reise nach Tear, um ein Heer gegen Illian zu führen. Er konnte das glauben, falls er ein kompletter Idiot war. Besser, die Vorsicht ein wenig zu übertreiben, hatte er sich immer gesagt. Er war einem der Verlorenen aufgefallen. Nun stand er sicher nicht mehr in Rands Schatten.

Er rutschte auf den Knien über den Fußboden und saß schließlich an die Tür gelehnt mit dem Kinn auf den Knien da, starrte hinüber zu Melindhras Gesicht und versuchte zu entscheiden, was zu tun sei. Als eine Dienerin anklopfte und ihm das Abendessen servieren wollte, schrie er hinaus, sie solle sich trollen. Essen war das letzte, was er jetzt brauchen konnte. Was sollte er nur tun? Er verwünschte die Würfel, die durch seinen Verstand wirbelten.

KAPITEL 12

Entscheidungen

Rand legte sein Rasiermesser beiseite, wischte sich die letzten Schaumfetzen vom Gesicht und begann, sein Hemd zuzubinden. Frühmorgendlicher Sonnenschein drang durch die rechteckigen Fensteröffnungen zum Schlafzimmerbalkon. Man hatte wohl die schweren Wintervorhänge aufgehängt, sie aber zurückgebunden, um einen frischen Lufthauch hereinzulassen. Er wollte einen ordentlichen Eindruck machen, wenn er Rahvin tötete. Dieser Gedanke löste eine Zornblase in seinem Inneren. Sie schwebte aus seinem Bauch heraus nach oben. Er unterdrückte sie wieder. Er würde gepflegt und ruhig wirken. Kalt. Keine Fehler.

Als er sich von dem Spiegel mit dem Goldrand abwandte, setzte sich Aviendha auf ihrer vor der Wand aufgerollten Bettunterlage auf. Über ihr hing ein Gobelin, auf dem unglaublich hohe, goldene Türme aufragten. Er hatte ihr angeboten, ein weiteres Bett im Zimmer aufstellen zu lassen, doch sie behauptete, Matratzen seinen zu weich, um darauf zu schlafen. Sie beobachtete ihn eindringlich. Ihr Hemd hielt sie geistesabwesend in der Hand. Er hatte extra darauf geachtet, sich beim Rasieren nicht zu ihr umzudrehen, um ihr Zeit zum Anziehen zu geben, doch von ihren weißen Strümpfen abgesehen, trug sie keinen Fetzen am Körper.

»Ich würde dich nie vor anderen Menschen beschämen«, sagte sie mit einemmal.

»Mich beschämen? Was meinst du damit?«

Sie stand mit einer geschmeidigen Bewegung auf,

überraschend bleich, wo die Sonne ihren Körper nicht berührt hatte, schlank und doch mit harten Muskeln, aber auch wieder an den richtigen Stellen rund und weiblich sanft. Das machte ihm sogar noch im Traum zu schaffen. Dies war jetzt das erste Mal, daß er sich erlaubte, sie ganz offen zu mustern, wenn sie sich so zur Schau stellte, doch sie schien sich dessen gar nicht bewußt zu sein. Diese großen, blaugrünen Augen blickten geradewegs in die seinen. »Ich habe damals, an diesem ersten Tag, Sulin nicht darum gebeten, Enaila oder Somara oder Lamelle mitzunehmen. Genausowenig habe ich sie darum gebeten, auf dich achtzugeben oder etwas zu unternehmen, solltest du ins Straucheln kommen. Das geschah nur aus ihrer eigenen Sorge um dich heraus.«

»Du hast mich lediglich im Glauben gelassen, sie würden versuchen, mich wie ein Kind wegzutragen, falls ich einmal wankte. Ein feiner Unterschied.«

Sein Sarkasmus kam bei ihr nicht an. »Das hat dich dazu gebracht, vorsichtig zu handeln, als es notwendig war.«

»Tatsächlich«, stellte er trocken fest. »Nun, auf jeden Fall danke ich dir für das Versprechen, mich nicht zu beschämen.«

Sie lächelte. »Das habe ich nicht gesagt, Rand al'Thor. Ich sagte: nicht vor anderen Menschen. Falls es zu deinem Besten notwendig sein sollte …« Ihr Lächeln wurde breiter.

»Willst du so mitkommen?« Er deutete gereizt auf sie, wobei er sie von Kopf bis Fuß musterte.

Sie hatte noch nie auch nur die geringste Verlegenheit an den Tag gelegt, wenn sie nackt vor ihm stand – ganz gewiß nicht –, doch nun blickte sie an sich hinunter, dann sah sie ihn an, wie er dastand und sie musterte, und nun lief ihr Gesicht rot an. Plötzlich stand sie inmitten eines Wirbelsturms aus dunkelbrauner Wolle und weißer Algode und steckte so schnell in ihren Kleidern, daß er versucht war, zu glauben, sie hätte sie mit Hilfe der Macht angelegt. »Hast du alles vorbereitet?« fragte sie mittendrin. »Hast du mit den Weisen Frauen gesprochen? Du warst gestern abend weg. Wer kommt sonst noch mit uns? Wie viele kannst du überhaupt mitnehmen? Keine Feuchtländer, hoffe ich. Denen kannst du nicht trauen. Besonders den Baummördern nicht. Kannst du uns wirklich in einer Stunde nach Caemlyn bringen? Ist das so wie das, was ich damals in jener Nacht…? Ich will damit sagen, also, wie stellst du das an? Es gefällt mir nicht, mich Dingen anzuvertrauen, die ich nicht kenne und nicht verstehe.«

»Alles ist vorbereitet, Aviendha.« Warum plapperte sie so drauflos? Und mied jeden Blick in seine Augen? Er hatte sich mit Rhuarc und den anderen Häuptlingen getroffen, soweit sie sich noch in der Nähe der Stadt aufhielten. Sein Plan hatte ihnen nicht unbedingt gefallen, aber sie sahen es vom Standpunkt des *Ji'e'toh* aus, und keiner von ihnen glaubte, er habe eine andere Wahl. Sie besprachen schnell alles, einigten sich, und dann wandte sich das Gespräch anderen Themen zu. Nichts, was mit Verlorenen oder Illian oder irgendwelchen Kämpfen zu tun gehabt hätte. Frauen, die Jagd, ob man den Branntwein aus Cairhien mit ihrem eigenen Oosquai vergleichen könne oder den Tabak der Feuchtländer mit dem, den sie in der Wüste anpflanzten. Eine Stunde lang hatte er fast vergessen gehabt, was ihm bevorstand. Er hoffte so sehr, daß sich die Prophezeiung von Rhuidean als falsch herausstellen würde, daß er diese Menschen nicht vernichten werde, wie es geschrieben stand. Dann kamen die Weisen Frauen zu ihm, eine Delegation von mehr als fünfzig Mitgliedern, die Aviendha aufgescheucht hatte, angeführt von Amys und Melaine und Bair, vielleicht aber auch von Sorilea. Bei den Weisen Frauen war es immer schwer, festzustellen, wer gerade die Führungsrolle innehatte. Sie waren nicht gekommen, um ihm etwas auszureden – *Ji'e'toh* wiederum –, sondern um ihm klarzumachen, daß seine Verpflichtung Elayne gegenüber nicht schwerer wog als die den Aiel gegenüber, und sie hatten ihn im Besprechungszimmer festgenagelt, bis sie zufriedengestellt waren. Wenn nicht, hätte er sie schon einzeln hochheben und aus dem Weg schleppen müssen, um bis zur Tür zu kommen. Wenn sie wollten, beherrschten es diese Frauen genausogut wie Egwene, nichts zu beachten, nicht einmal sein wütendes Brüllen. »Wir werden schon sehen, wie viele ich mitnehmen kann, wenn ich es versuche. Nur Aiel.« Mit etwas Glück würden Meilan und Maringil und die anderen überhaupt nichts bemerken, bis er längst weg war. Wenn die Burg schon ihre Spione in Cairhien sitzen hatte, dann möglicherweise auch die Verlorenen, und wie konnte er Menschen Geheimnisse anvertrauen, die nicht einmal die Sonne aufgehen sehen konnten, ohne diese Tatsache für *Daes Dae'mar* auszunutzen?

Als er sich endlich in einen roten, mit Gold bestickten Kurzmantel gezwängt hatte, dessen feine Qualität auch in einen Königspalast gepaßt hätte, sowohl in Caemlyn wie in Cairhien – dieser Gedanke bereitete ihm eine Art von morbidem Vergnügen –, als er also fertig angezogen war, war auch Aviendha fast fertig. Er staunte nur so darüber, wie sie sich so schnell hatte anziehen können, ohne irgend etwas zu verwechseln. »Gestern abend, während du abwesend warst, kam eine Frau.«

Licht! Er hatte Colavaere vollkommen vergessen. »Was hast du getan?«

Sie hielt im Zubinden ihrer Bluse inne und bemühte sich, mit Blicken ein Loch in seinen Kopf zu bohren, doch sie sprach im Plauderton weiter: »Ich habe sie in ihre eigenen Gemächer zurückbegleitet, wo wir uns eine Weile lang unterhielten. Künftig werden dir keine

weiteren Baummörderflittchen mehr die Schlafzimmertür einrennen, Rand al'Thor.«

»Genau das, was ich erreichen wollte, Aviendha! Licht! Hast du sie schlimm zugerichtet? Du kannst nicht herumlaufen und so einfach Ladies verprügeln. Diese Leute machen mir schon genug Schwierigkeiten, ohne daß du sie noch mehr gegen mich aufbringst.«

Sie schnaubte vernehmlich und wandte sich wieder den Bändern an ihrer Bluse zu. »Ladies! Eine Frau ist eine Frau, Rand al'Thor. Außer, sie wäre eine Weise Frau«, fügte sie noch einschränkend hinzu. »Diese hier wird heute morgen Schwierigkeiten mit dem Sitzen haben, doch ihre Schwellungen kann sie gut verbergen, und wenn sie sich einen Tag lang ausruht, wird sie ihre Gemächer auch wieder verlassen können. Und sie weiß jetzt, wie sie dran ist. Ich sagte ihr, wenn sie dir noch einmal Unannehmlichkeiten bereite – gleich welche –, würde ich kommen und erneut mit ihr sprechen. Ein viel längeres Gespräch. Sie wird tun, was du sagst und wann immer du willst. Andere werden ihrem Beispiel folgen. Die Baummörder verstehen nichts anderes.«

Rand seufzte. Das war keine Methode, wie er sie vorgezogen hätte, aber sie könnte wirklich funktionieren. Oder aber Colavaere und die anderen würden von nun an noch heimlicher und hinterhältiger intrigieren. Aviendha machte sich vielleicht keine Sorgen in bezug auf Rachemaßnahmen ihr selbst gegenüber; er wäre überrascht gewesen, hätte sie diese Möglichkeit überhaupt in Betracht gezogen. Doch eine Frau, die den Hochsitz eines mächtigen Adelshauses repräsentierte, war nicht das gleiche wie eine junge Adlige von niederem Rang. Wie sich ihre Handlungsweise auch auf ihn auswirken mochte: Aviendha könnte sehr wohl erleben, daß sie in einem düsteren Flur überfallen würde und man ihr zehnfach heimzahlte, was sie Colavaere getan hatte, wenn nicht noch Schlimmeres. »Laß mich das nächstemal die Dinge auf meine Art erledigen. Ich bin der *Car'a'carn*, hast du das vergessen?«

»Du hast Rasierschaum auf dem Ohr, Rand al'Thor.«

Er knurrte in sich hinein, schnappte sich das gestreifte Handtuch und schrie: »Herein!«, da es an die Tür geklopft hatte.

Asmodean trat ein, weiße Spitzen am Hals und an den Manschetten seines schwarzen Rocks, den Harfenkoffer auf dem Rücken und ein Schwert an der Seite. Der Kühle seines Gesichtsausdrucks nach mochte Winter herrschen, doch seine dunklen Augen blickten mißtrauisch drein.

»Was wollt Ihr, Natael?« fragte Rand gereizt. »Ich habe Euch gestern abend Eure Anweisungen gegeben.«

Asmodean befeuchtete seine Lippen und warf Aviendha einen kurzen Blick zu. Sie hatte die Stirn gerunzelt. »Weise Befehle, ja. Ich glaube auch, ich könnte etwas zu Eurem Vorteil in Erfahrung bringen, wenn ich hierbliebe, um alles zu beobachten, aber heute morgen dreht sich das Tagesgespräch um die Schreie, die man letzte Nacht aus den Gemächern Lady Colavaeres hörte. Man sagt, sie habe Euch erzürnt, aber niemand weiß, wie und warum. Diese Unsicherheit bringt alle dazu, heute einen Bogen um Euch zu machen. Ich glaube fast, in den nächsten Tagen wird es keiner mehr wagen, auch nur laut zu atmen, aus Angst, was Ihr davon halten könntet.« Aviendhas Miene war ein Urbild unverschämter Selbstzufriedenheit.

»Also wollt Ihr mitkommen?« fragte Rand leise. »Ihr wollt hinter mir stehen, wenn ich Rahvin gegenübertrete?«

»Welcher Ort wäre besser für den Barden des Lord Drachen geeignet? Aber vielleicht sollte ich mich da aufhalten, wo Ihr mich immer im Auge habt? Wo ich meine Loyalität unter Beweis stellen kann. Ich bin nicht stark.« Asmodeans traurige Grimasse schien natürlich für einen Mann, der so etwas zugab, doch einen Moment lang fühlte Rand, wie der Mann von *Saidin* durchströmt wurde, fühlte den Makel, und der war es, der Asmodean sein Gesicht so hatte verziehen lassen. Es war nur ein Augenblick gewesen, doch der reichte ihm, um es zu beurteilen. Sollte Asmodean alle Macht an sich gezogen haben, die er in seinem Zustand beherrschen konnte, würde er nur unter größten Schwierigkeiten einer der Weisen Frauen widerstehen können, die mit der Macht umgehen konnten. »Nicht stark, aber vielleicht kann auch eine Kleinigkeit helfen.«

Rand wünschte, er könne die Abschirmung sehen, die Lanfear gewoben hatte. Sie hatte behauptet, sie werde sich mit der Zeit auflösen, aber Asmodean schien jetzt keineswegs besser in der Lage, die Macht zu lenken, als am ersten Tag, den er sich in Rands Hand befunden hatte. Vielleicht hatte sie gelogen, um Asmodean trügerische Hoffnung zu bereiten, und um Rand glauben zu lassen, der Mann werde stark genug und könne ihn mehr lehren, als er tatsächlich konnte. *Das würde ihr ähnlich sehen.* Er wußte nicht genau, ob dieser Gedanke von ihm oder von Lews Therin stammte, doch er war sich sicher, daß es stimmte.

Die lange Pause machte Asmodean so nervös, daß er sich wieder die Lippen lecken mußte. »Ein oder zwei Tage hier spielen keine Rolle. Dann seid Ihr sowieso entweder zurück oder tot. Laßt mich meine Loyalität beweisen. Vielleicht kann ich etwas tun. Ein Hauch mehr Gewicht auf Eurer Seite könnte den Ausschlag für Euch geben.« Noch einmal floß *Saidin* in ihn, wenn auch wieder nur einen Moment lang. Rand spürte, wie er sich anstrengte, doch es blieb bei einem dünnen Rinnsal. »Ihr wißt ja, welche Wahl ich habe. Ich hänge an jenem Grasbüschel am Rande des Abgrunds und bete darum, daß es noch einen Herzschlag länger halten möge. Scheitert Ihr, bin ich schlimmer dran als nur einfach tot. Ich muß dafür sorgen, daß Ihr gewinnt und überlebt.« Plötzlich fiel ihm Aviendha wieder auf, und ihm schien bewußt zu werden, daß er möglicherweise zuviel gesagt hatte. Sein Lachen klang ziemlich hohl. »Wie könnte ich sonst Lieder zum Ruhm des Lord Drachen komponieren? Ein Barde braucht Material, das er verarbeiten kann.« Äußerlich machte sich die Hitze bei Asmodean nie bemerkbar. Er behauptete, das liege an seiner geistigen Einstellung und nicht am Gebrauch der Macht. Jetzt rannen ihm jedoch Schweißtropfen über die Stirn.

Unter seinen Augen oder lieber zurücklassen? Vielleicht würde er sich irgendein Versteck suchen, wenn er sich zu fragen begann, was in Caemlyn geschehen sei? Asmodean würde immer derselbe Mann bleiben, bis er starb und wiedergeboren wurde, und vielleicht sogar noch danach. »Unter meinen Augen«, sagte Rand leise. »Und falls ich auch nur vermute, jener Hauch könne die Wagschale zur falschen Seite hin neigen …«

»Ich setze mein ganzes Vertrauen in die Gnade des Lord Drachen«, murmelte Asmodean, wobei er sich verbeugte. »Mit Erlaubnis des Lord Drachen werde ich draußen warten.«

Rand sah sich im Zimmer um, während der Mann rückwärts und unter weiteren Verbeugungen hinausging. Sein Schwert lag auf der goldbeschlagenen Truhe am Fuß des Bettes. Der Schwertgürtel mit der Drachenschnalle war gleichzeitig um die Scheide und den Seanchan-Kurzspeer gewickelt. Heute würde nicht durch Stahl getötet werden, jedenfalls nicht, was ihn betraf. Er berührte seine Manteltasche und spürte den harten Umriß der Skulptur des fetten, kleinen Mannes mit dem Schwert. Das war das einzige Schwert, das er heute benötigen würde. Einen Augenblick lang überlegte er, ob er ein Tor nach Tear öffnen und benutzen sollte, um *Callandor* zu holen, oder ob er vielleicht sogar nach Rhuidean gehen sollte um das mitzunehmen, was dort verborgen lag. Mit beidem könnte er Rahvin vernichten, bevor der Mann überhaupt etwas von seiner Anwesenheit ahnte. Er konnte sogar Caemlyn mit jedem der zwei Dinge zerstören. Doch konnte er sich selbst vertrauen? Soviel Macht. Soviel der Einen Macht. *Saidin* hing dort draußen, gerade außerhalb seiner Sicht. Das Verderben *Saidins* schien bereits ein Teil seiner selbst zu sein. Der Zorn wütete direkt unter der Oberfläche, Zorn auf Rahvin, Zorn auf sich selbst. Falls er ihm freien Lauf ließ und auch nur *Callandor* in Händen hielt... Was würde er tun? Er wäre unbesiegbar. Mit Hilfe des anderen könnte er sogar direkt zum Shayol Ghul gehen und allem ein Ende bereiten, so oder so. So oder so. Nein. Er befand sich ja nicht allein in dieser Lage. Er konnte sich nichts anderes als einen Sieg leisten.

»Die Welt ruht auf meinen Schultern«, murmelte er. Plötzlich jaulte er kurz und klatschte mit der Hand auf seine linke Pobacke. Er hatte das Gefühl, von einer Nadel gestochen worden zu sein, aber er mußte nicht einmal die Gänsehaut an seinen Armen sehen, um zu wissen, was geschehen war. »Wofür war das?« grollte er Aviendha an.

»Ich wollte nur sehen, ob der *Lord Drache* immer noch aus Fleisch und Blut besteht wie wir anderen Sterblichen.«

»Allerdings«, sagte er undeutlich und griff nach *Saidin* – all diese Süße, all dieser Schmutz –, und zwar gerade lange genug, um die Macht kurz einzusetzen.

Sie riß die Augen auf, zuckte aber nicht zusammen. Sie sah ihn nur an, als sei gar nichts geschehen. Trotzdem – als sie durch den Vorraum schritten, rieb sie sich heimlich den Po, weil sie glaubte, er blicke weg. Also bestand auch sie aus gewöhnlichem Fleisch und Blut. *Seng mich; ich glaubte doch, ich hätte ihr Manieren beigebracht.*

Er zog die Tür auf, trat hinaus und stand staunend da. Mat stützte sich auf seinen eigenartigen Speer. Die breite Krempe seines Huts hatte er weit herabgezogen. Unweit von ihm stand Asmodean. Doch das war es nicht, was Rand so verblüffte. Es waren keine Töchter des Speers zu sehen. Er hätte ja wissen müssen, daß etwas nicht stimmte, als Asmodean unangekündigt hereingekommen war. Aviendha blickte sich erstaunt um, als glaube sie, die anderen hätten sich hinter den Wandbehängen versteckt.

»Melindhra hat letzte Nacht versucht, mich umzubringen«, sagte Mat, und Rand hörte auf, sich über die abwesenden Töchter Gedanken zu machen. »Eine Minute zuvor unterhielten wir uns noch, und in der nächsten tat sie ihr Bestes, mir den Kopf abzutreten.«

Mat berichtete in kurzen, präzisen Sätzen. Von dem Dolch mit den goldenen Bienen. Seine Folgerungen daraus. Er schloß die Augen, als er erzählte, wie alles ausgegangen sei – ein knappes, nüchternes: »Ich habe sie getötet« –, und dann öffnete er sie schnell wieder, als habe er hinter den Augenlidern Dinge gesehen, die er nicht sehen wollte.

»Es tut mir so leid, daß du das tun mußtest«, sagte Rand leise, worauf Mat niedergeschlagen die Achseln zuckte.

»Besser sie als ich, schätze ich. Sie gehörte zu den Schattenfreunden.« Es klang bei ihm nicht, als sei das ein großer Unterschied.

»Ich werde Sammael zur Strecke bringen. Sobald ich darauf vorbereitet bin.«

»Und wie viele sind dann noch übrig?«

»Die Verlorenen befinden sich nicht hier«, fauchte Aviendha. »Genausowenig wie die Töchter des Speers. Wo sind sie? Was hast du getan, Rand al'Thor?«

»Ich? Als ich gestern abend ins Bett ging, standen zwanzig von ihnen vor meiner Tür. Seither habe ich keine mehr gesehen.«

»Vielleicht liegt es an dem, was Mat ...«, begann Asmodean, aber er schwieg, als ihn Mat anblickte, soviel Anspannung und Schmerz und Aggressivität lagen in diesem Blick.

»Seid keine Narren«, sagte Aviendha mit fester Stimme. »Die *Far Dareis Mai* würden daraus keinesfalls ein *Toh* gegen Mat Cauthon machen. Sie versuchte, ihn zu töten, und er tötete sie. Selbst Nächstschwestern würden in diesem Falle nichts unternehmen, falls sie welche gehabt hätte. Und niemand würde ein *Toh* gegen Rand al'Thor in Anspruch nehmen für das, was ein anderer getan hat, es sei denn, er hätte es befohlen. *Du* hast aber etwas getan, Rand al'Thor, etwas Großes und Schlimmes, sonst wären sie jetzt hier.«

»Ich habe überhaupt nichts getan«, erwiderte er in scharfem Ton. »Und ich habe auch nicht vor, hier stehenzubleiben und zu diskutieren. Bist du für den Ritt nach Süden fertig angezogen, Mat?«

Mat steckte eine Hand in seine Rocktasche und tastete nach etwas. Für gewöhnlich bewahrte er seine Würfel und den Würfelbecher dort auf. »Caemlyn. Ich habe es satt, immer wieder hinterrücks überfallen zu werden. Zur Abwechslung möchte ich mich einmal an jemanden anders von hinten anschleichen. Ich hoffe nur, ich ernte ein Lob dafür und keine verdammten Blumen«, fügte er noch hinzu und verzog das Gesicht.

Rand fragte nicht, was er damit meine. Ein anderer *Ta'veren*. Zwei gemeinsam könnten vielleicht sogar den Zufall beeinflussen. Keine Ahnung, auf welche Weise und ob überhaupt, aber ... »Also scheint es, daß wir noch ein wenig länger zusammenbleiben.« Mat sah aus, als habe er sich in sein Schicksal ergeben.

Kaum hatten sie sich in dem mit Wandbehängen geschmückten Korridor in Bewegung gesetzt, tauchten auch schon Moiraine und Egwene auf, die nebeneinander herschritten, als stehe ihnen an diesem Tag höchstens ein Spaziergang in einem der Gärten bevor.

Egwene, mit kühlem Blick, gelassen, den goldenen Ring mit der Großen Schlange am Finger, hätte wirklich eine Aes Sedai sein können, trotz ihrer Aielkleidung, des Schals und des zusammengerollten Tuchs um ihre Stirn, Moiraine jedoch... Goldfäden glitzerten im Lampenschein, eingewebt in die blauschimmernde Seide von Moiraines langem Kleid. Der kleine blaue Edelstein auf ihrer Stirn, dessen Goldkettchen in ihren schwarzen Locken befestigt war, glitzerte genauso strahlend wie die großen, mit Gold eingefaßten Saphire, die sie um den Hals trug. Kaum die richtige Kleidung für das, was sie vorhatten, aber Rand in seinem prunkvollen roten Mantel konnte sich wohl auch nicht darüber beklagen.

Vielleicht lag es daran, daß sie sich hier aufhielt, wo das Haus Damodred einst den Sonnenthron innegehabt hatte, jedenfalls wirkte Moiraines elegante Haltung noch edler, als er sie je erlebt hatte. Nicht einmal die überraschende Anwesenheit ›Jasin Nataels‹ störte diese königliche Würde im geringsten, aber es überraschte dann doch, als sie Mat ein warmes Lächeln schenkte. »Also kommt Ihr auch mit, Mat. Lernt, dem Muster zu vertrauen. Vergeudet Eure Leben nicht, indem Ihr versucht, zu ändern, was nicht zu ändern ist.« An Mats Gesicht konnte man ablesen, daß er mittlerweile bereute, überhaupt hierzusein, aber die Aes Sedai wandte sich ungerührt von ihm ab. »Die sind für Euch, Rand.«

»Weitere Briefe?« fragte er. Auf dem einen stand sein Name in einer eleganten Handschrift, die er augenblicklich erkannte. »Von Euch, Moiraine?« Auf dem anderen stand Thom Merrilins Name. Beide hatte sie mit blauem Wachs versiegelt, offensichtlich mit ihrem Großen Schlangenring, denn aufgeprägt war das Bild einer Schlange, die in den eigenen Schwanz biß. »Warum schreibt Ihr mir einen Brief? Und noch dazu versiegelt? Ihr seid doch nie davor zurückgeschreckt, mir ins Gesicht zu sagen, was immer Ihr mir sagen wolltet. Und falls ich das je vergesse, hat mich Aviendha daran erinnert, daß auch ich nur aus Fleisch und Blut bestehe.«

»Ihr habt Euch sehr verändert, seit ich Euch zum erstenmal als Junge vor der Weinquellenschenke sah.« Ihre Stimme klang wie das leise Klingeln kleiner Silberglöckchen. »Ihr seid kaum noch der selbe. Ich hoffe nur, Ihr habt Euch in genügendem Maße verändert.«

Egwene murmelte leise etwas vor sich hin. Rand glaubte zu verstehen: »Ich hoffe, du hast dich nicht zu stark verändert.« Sie blickte mit gerunzelter Stirn die Briefe an, als frage auch sie sich, was darin stehen mochte. Genau wie Aviendha.

Moiraine fuhr etwas gelöster, wenn auch knapp, fort: »Siegel bewahren die Privatsphäre. In diesem hier stehen Dinge, von denen ich mir wünsche, daß Ihr über sie nachdenkt. Nicht jetzt gleich, sondern wann immer Euch Zeit zum Nachdenken bleibt. Was den Brief an Thom betrifft, wüßte ich keine besseren Hände als Eure, in die ich ihn legen könnte. Gebt ihn ihm, wenn Ihr ihn wiederseht. So, und nun gibt es etwas im Hafen, das Ihr sehen müßt.«

»Im Hafen?« fragte Rand nach. »Moiraine, ausgerechnet an diesem einen Morgen habe ich keine Zeit, um…«

Doch sie schritt bereits den Korridor entlang, als sei sie ganz sicher, daß er ihr folgen werde. »Ich habe Pferde bereitstellen lassen. Auch eins für Euch, Mat, für den Fall der Fälle.« Egwene zögerte nur einen Moment, und dann folgte sie ihr.

Rand öffnete den Mund, um Moiraine zurückzurufen. Sie hatte geschworen, ihm zu gehorchen. Was sie ihm auch zeigen wollte, es konnte doch wohl warten.

»Was kann eine Stunde schon ausmachen?« murrte Mat. Vielleicht überlegte er es sich doch noch?

»Es wäre nicht schlecht, wenn man Euch heute morgen in der Stadt sieht«, warf Asmodean ein. »Es könnte sein, daß Rahvin Bescheid weiß, sobald Ihr etwas unternehmt. Falls er einen Verdacht hegt – er könnte ja Spione haben, die an Schlüssellöchern lauschen –, würde sie das für heute beruhigen.«

Rand sah Aviendha an. »Bist du der gleichen Meinung?«

»Ich bin der Meinung, du solltest auf Moiraine Sedai hören. Nur Narren mißachten das Wort einer Aes Sedai.«

»Was kann denn im Hafen sein, das wichtiger als Rahvin wäre?« grollte er und schüttelte den Kopf. Es gab eine Redensart an den Zwei Flüssen, die allerdings kein Mann in Gegenwart von Frauen gebrauchen würde: ›Der Schöpfer schuf die Frau, um dem Auge zu gefallen und den Verstand zu trüben.‹ In gewisser Hinsicht unterschieden sich die Aes Sedai auch nicht von anderen Frauen. »Eine Stunde.«

Die Sonne stand noch nicht hoch genug am Himmel, und so lag der lange Schatten der Stadtmauer über dem gepflasterten Kai, auf dem die Kolonne von Kaderes Wagen stand. Trotzdem wischte er sich bereits mit einem großen Taschentuch das Gesicht ab. Es lag nur teilweise an der Hitze, daß er so schwitzte. Hohe graue Flankenmauern schoben sich zu beiden Seiten der Hafenanlagen in den Fluß hinaus und machten den Kai zum Inneren einer düsteren Schachtel. Er war mittendrin gefangen. Hier hatten ausschließlich breite, am Bug abgerundete Getreidekähne angelegt, und weitere warteten am Fluß vor Anker darauf, daß sie an die Reihe kämen und ihre Ladung löschen konnten. Er hatte schon überlegt, ob er sich auf einen davon schleichen solle, wenn er ablegte, aber das hätte bedeutet, das meiste von dem zurückzulassen, was er noch besaß. Wenn er allerdings glaubte, am Ende der langsamen Fahrt flußabwärts erwarte ihn etwas anderes als sein Tod, wäre er das Risiko eingegangen. Lanfear war ihm nicht wieder im Traum erschienen, aber er hatte ja die Brandnarben auf der Brust, die ihn an ihre Befehle erinnerten. Nur der bloße Gedanke daran, einer der Verlorenen den Gehorsam zu verweigern, ließ ihn schaudern, obwohl ihm der Schweiß über das Gesicht lief.

Wenn er nur wüßte, wem er vertrauen konnte, soweit es überhaupt möglich war, einem der anderen Schattenfreunde zu vertrauen. Der letzte seiner Fahrer, der ebenfalls die Eide abgelegt hatte, war vor zwei Tagen verschwunden, vermutlich mit einem der Getreidekähne. Er wußte immer noch nicht, welche Aielfrau ihm diesen Zettel unter der Tür durchgeschoben hatte: ›Ihr seid nicht allein unter Fremden. Ein Weg wurde auserwählt.‹ Er hatte allerdings mehrere mögliche Kandidaten. Auf den Kais traf man beinahe genausoviele Aiel wie Schauerleute. Sie kamen, um den Fluß zu betrachten. Ein paar dieser Gesichter hatte er häufiger erblickt, als ihm unter den Umständen normal erschien, und ein paar hatten ihn abschätzend gemustert. Auch ein paar der Leute aus Cairhien und sogar ein tairenischer Lord. Das hatte natürlich nicht unbedingt etwas zu bedeuten, aber falls er ein paar Männer auftrieb, mit denen er zusammenarbeiten konnte …

Eine Gruppe Berittener tauchte unter einem der Tore auf. Moiraine und Rand al'Thor führten sie zusammen mit dem Behüter der Aes Sedai an, als sie sich den Weg zwischen den Karren hindurch suchten, mit denen man die Getreidesäcke in die Lagerhäuser schaffte. Eine Welle des Jubels begleitete sie.

»Aller Ruhm dem Lord Drachen!« schrien sie, und »Heil dem Lord Drachen!«, und hin und wieder hörte man auch ein »Ehre dem Lord Matrim! Hoch lebe die Rote Hand!«

Ausnahmsweise wandte sich diesmal die Aes Sedai dem Ende der Wagenreihe zu, ohne Kadere auch nur eines Blickes zu würdigen. Das war ihm gerade recht. Selbst wenn sie keine Aes Sedai gewesen wäre, selbst wenn sie ihn nicht so durchdringend anblickte, als kenne sie jede dunkle Regung seines Verstands, war es ihm lieber, wenn er einige der Gegenstände nicht näher betrachten mußte, mit denen sie seine Wagen beladen hatte. Gestern abend hatte sie ihn die Plane von diesem seltsam verdrehten Sandstein-Türrahmen entfernen lassen, der im Wagen gleich hinter seinem eigenen stand. Sie schien ein perverses Vergnügen dabei zu empfinden, wenn sie gerade ihn beauftragte, ihr zu helfen, damit sie irgend etwas genauer untersuchen konnte. Er hätte das Ding ja wieder zugedeckt, konnte aber einfach nicht ertragen, noch mal in seine Nähe zu kommen. Er brachte auch keinen der Fahrer dazu, die Plane wieder darüberzuziehen. Keiner von denen, die sich nun bei ihm befanden, hatte gesehen, wie Herid in Rhuidean zur Hälfte hineingefallen war und wie diese Körperhälfte einfach verschwand. Herid war auch der erste gewesen, der geflohen war, sobald sie den Jangai überquert hatten. Seit der Behüter ihn zurückgerissen hatte, war er nicht mehr ganz richtig im Kopf gewesen. Jedenfalls sahen eben auch die Fahrer, wie die Kanten dieses verfluchten Dinges nicht aneinanderpaßten und daß man der Linie des Rahmens nicht mit dem Blick folgen konnte, ohne daß einem die Augen tränten und man schwindlig wurde.

Kadere ignorierte die ersten drei Reiter, so, wie ihn die Aes Sedai ignoriert hatte, und Mat Cauthon schenkte er fast ebensowenig Beachtung. Der Mann trug *seinen* Hut. Er hatte keinen Ersatz dafür auftreiben können. Das Aielweib, diese Aviendha, ritt hinter dem Sattel der jungen Aes Sedai mit. Beide hatten die Röcke hochgeschoben, um ihre Beine vorzuführen. Hätte er noch eine Bestätigung gebraucht, daß die Aielfrau mit al'Thor ins Bett ging, dann mußte er nur darauf achten, wie sie ihn anblickte. Eine Frau, die mit einem Mann ins Bett gegangen war, sah ihn danach immer mit einem gewissen Besitzerstolz im Blick an. Noch wichtiger: Natael befand sich bei ihnen. Es war das erste Mal seit der Überquerung des Rückgrats der Welt, daß Kadere ihm so nahe war. Natael, der einen hohen Rang bei den Schattenfreunden bekleidete. Wenn er an den Töchtern des Speers vorbeikommen könnte, um mit Natael zu …

Plötzlich riß Kadere die Augen auf. Wo blieben denn die Töchter? Al'Thor hatte doch immer eine Eskorte von speerbewaffneten Frauen dabei. Mit gerunzelter Stirn nahm er zur Kenntnis, daß sich unter den Aiel auf dem Kai oder im Hafen keine einzige Tochter des Speers befand.

»Willst du eine alte Freundin nicht anschauen, Hadnan?«

Der Klang dieser melodiösen Stimme ließ Kadere herumfahren. Er gaffte eine Hakennase an und dunkle Augen, die beinahe unter Fettwülsten verschwanden. »Keille?« Das war unmöglich. Keiner außer den Aiel überlebte allein in der Wüste. Sie *mußte* doch tot sein. Aber da stand sie vor ihm. Wie immer spannte sich das weiße Seidenkleid um ihren massigen Körper, und in ihren dunklen Locken steckten hohe Elfenbeinkämme.

Mit einem leichten Lächeln um die Lippen und einer Grazie der Bewegung, die ihn an einer so grobschlächtigen Frau immer wieder überraschte, wandte sie sich um und schritt leichtfüßig die Treppe zu seinem Wohnwagen hinauf.

Er zögerte einen Augenblick und eilte ihr dann hinterher. Es wäre ihm wohl genauso lieb gewesen, wäre Keille Shaogi wirklich in der Wüste ums Leben gekommen, denn die Frau war herrschsüchtig und übelgelaunt – sie sollte ja nicht glauben, er werde ihr auch nur einen Pfennig von dem wenigen abgeben, was er herübergerettet hatte –, aber sie war vom gleichen hohen Rang wie Jasin Natael. Vielleicht würde sie ihm ein paar Fragen beantworten? Zumindest hätte er jemanden, mit dem er zusammenarbeiten konnte. Schlimmstenfalls konnte er ihr die Schuld an seinen Fehlschlägen in die Schuhe schieben. Wenn man hoch im Rang stand, bekam man auch viel Macht, aber man mußte für die Fehler der eigenen Untergebenen nicht selten den Kopf hinhalten. Mehr als einmal hatte er einen Vorgesetzten seinen Ranghöheren zum Fraß vorgeworfen, um die eigenen Fehler zu vertuschen.

Er schloß die Tür vorsichtigerweise, wandte sich um – und hätte am liebsten geschrien, wenn ihm die Angst nicht die Kehle zugeschnürt hätte.

Die Frau, die dort stand, trug durchaus ein weißes Seidenkleid, doch sie war gewiß nicht fett. Es war die schönste Frau, die er je gesehen hatte. Ihre Augen waren wie dunkle, unergründliche Bergseen, um ihre schlanke Taille lag ein Gürtel aus verwobenen Silberfäden, und in ihrem schwarzglänzenden Haar glitzerten silberne Halbmonde. Kadere erkannte dieses Gesicht aus seinen Träumen.

Als seine Knie auf dem Boden aufschlugen, fand er seine Sprache wieder. »Große Herrin«, brachte er heiser heraus, »wie kann ich Euch dienen?«

Lanfear hätte ihrem Blick nach genauso ein Insekt ansehen können, das sie vielleicht mit ihrem Pantoffel zertreten würde, vielleicht auch nicht. »Indem Ihr euren Gehorsam mir gegenüber beweist. Ich war zu beschäftigt, um selbst Rand al'Thor zu überwachen. Sagt mir, was er inzwischen getan hat, abgesehen von der Eroberung Cairhiens, und was er zu unternehmen gedenkt.«

»Das ist schwierig, Große Herrin. Einer wie ich kommt kaum an einen wie ihn heran.« Ein Insekt, sagten ihm diese kühlen Augen, das so lange überleben wird, wie es nützlich ist. Kadere zermarterte sein Hirn, damit ihm alles einfiel, was er gesehen, gehört oder sich vorgestellt hatte. »Er schickt die Aiel in großer Anzahl nach Süden, Große Herrin, aber ich weiß nicht, aus welchem Grund. Die Tairener und die Leute aus Cairhien scheinen das gar nicht zu bemerken, aber ich glaube, sie können sowieso einen Aiel nicht vom anderen unterscheiden.« Er konnte es auch nicht. Er wagte nicht, sie zu belügen, aber wenn sie ihn für nützlicher hielt, als er tatsächlich war… »Er hat irgendeine Art von Schule gegründet in einem städtischen Herrenhaus, von dessen Besitzerfamilie niemand überlebt hat…« Zuerst konnte er ihr nicht anmerken, ob ihr gefiel, was er zu berichten hatte, aber je länger er redete, desto düsterer wurde ihre Miene.

»Was wolltet Ihr mir denn nun zeigen, Moiraine?« fragte Rand ungeduldig, während er Jeade'ens Zügel an einem Rad des letzten Wagens in der Reihe festband.

Sie stellte sich auf die Zehenspitzen, um über den Rand des Wagens spähen zu können. Oben standen zwei Fässer, die ihm bekannt vorkamen. Wenn er sich nicht irrte, enthielten sie zwei Cuendillar-Siegel, zum Schutz in Wolle verpackt, da sie nun nicht mehr unzerbrechlich waren. Hier spürte er die Verderbnis des Dunklen Königs besonders deutlich. Wie der Gestank nach etwas, das im Verborgenen verfaulte, so schien es von den Fässern herüberzuwehen.

»Hier wird es in Sicherheit sein«, murmelte Moiraine. Sie hob graziös ihren Rock an und begann, die Reihe der Wagen entlangzuschreiten. Lan folgte ihr auf den Fersen wie ein halb gezähmter Wolf. Der Umhang auf seinem Rücken zeigte ein verwirrendes Spiel von Farben und – Nichts, Leere.

Rand starrte ihr aufgebracht hinterher. »Hat sie dir gesagt, worum es geht, Egwene?«

»Nur, daß du etwas sehen müßtest. Und daß du ohnehin hierherkommen würdest.«

»Du solltest einer Aes Sedai vertrauen«, sagte

Aviendha, doch in ihre ansonsten ruhige Stimme schlich sich eine Andeutung von Zweifel ein. Mat schnaubte.

»Na, dann werde ich das jetzt herausfinden. Natael, geht und richtet Bael aus, ich werde in einer …«

Am anderen Ende der Reihe explodierte die Seitenwand von Kaderes Wohnwagen; umherfliegende Trümmerteile mähten Aiel wie Stadtbewohner nieder. Rand wußte Bescheid; die Gänsehaut benötigte er nicht mehr, um Klarheit zu gewinnen. Er rannte hinter Moiraine und Lan her, hin zum Wohnwagen. Der Ablauf der Zeit schien sich zu verlangsamen. Alles geschah zur gleichen Zeit, als sei die Luft ein zäher Brei, der jeden Augenblick festzuhalten versuchte.

Lanfear trat hinaus in die betäubte Stille, die selbst das Stöhnen und die Schreie der Verwundeten zu ersticken schien. In ihrer Hand hielt sie etwas Schlaffes, Bleiches, rot verschmiertes, das sie hinter sich her und unsichtbare Stufen hinabschleifte. Ihr Gesicht war wie eine aus Eis gehauene Maske. »Er hat es mir erzählt, Lews Therin!« Sie schrie diese Worte fast und schleuderte das bleiche Ding in die Luft. Ein Windhauch erfaßte es und blies es einen Moment lang zu einer blutigen, durchscheinenden Skulptur Hadnan Kaderes auf: seine Haut, in einem Stück abgezogen. Die Gestalt fiel in sich zusammen und klatschte auf den Boden. Lanfears Stimme wurde schriller, und sie kreischte: »Du hast dich von einer anderen Frau berühren lassen! Nicht zum erstenmal!«

Die Augenblicke klebten aneinander, und alles geschah gleichzeitig.

Bevor Lanfear noch auf den Pflastersteinen des Kais stand, raffte Moiraine den Rock und begann, geradewegs auf sie zuzulaufen. So schnell sie aber war, Lan war noch schneller. Er achtete nicht auf ihren Ruf: »Nein, Lan!« Sein Schwert fuhr aus der Scheide, mit langen Schritten schob er sich vor sie, und der farbverändernde Umhang flatterte hinter ihm, als er angriff. Plötzlich schien er gegen eine unsichtbare Mauer zu rennen, prallte zurück und versuchte taumelnd, wieder anzugreifen. Ein Schritt, und dann war es, als wische ihn eine riesige Hand beiseite. Er flog zehn Schritt weit durch die Luft und krachte auf die Pflastersteine.

Noch während er durch die Luft flog, schob sich Moiraine ruckartig, die Füße über den Boden schleifend, trotz der unsichtbaren Barriere voran, bis sie schließlich Auge in Auge vor Lanfear stand. Doch nur für einen kurzen Moment. Die Verlorene blickte sie erstaunt an, als frage sie sich, was ihr da in den Weg gekommen sei, und dann wurde Moiraine so hart zur Seite geschleudert, daß sie sich mehrmals überschlug und unter einem der Wagen verschwand.

Der ganze Kai war in Aufruhr. Es waren erst wenige Augenblicke vergangen, seit Kaderes Wohnwagen explodiert war, doch nur ein Blinder hätte nicht bemerkt, daß die Frau in Weiß mit Hilfe der Einen Macht angriff. Überall im Hafen blitzten die Schneiden der Äxte auf, Taue wurden durchschlagen, um die Lastkähne loszumachen. Ihre Besatzungen stocherten verzweifelt mit langen Stangen nach den Mauern, um ihre Schiffe abzustoßen und auf das offene Wasser hinauszuschieben, damit sie fliehen konnten. Schauerleute mit nackten Oberkörpern und dunkelgekleidete Geschäftsleute aus der Stadt versuchten, schnell noch an Bord zu springen. In der anderen Richtung drängten sich Männer wie Frauen schreiend vor der Mauer und kämpften darum, sich durch die Tore in die Stadt zwängen zu können. Und mitten drin verschleierten sich in den *Cadin'sor* gekleidete Gestalten, um sich dann mit Speeren oder Messern oder bloßen Händen auf Lanfear zu stürzen. Niemand zweifelte daran, daß der Angriff von ihr ausgegangen war und daß sie die Macht dazu eingesetzt hatte. Trotzdem rannten sie, um den Tanz der Speere zu tanzen.

Feuerwellen überrollten sie. Feuerpfeile durchbohrten jene, die trotz brennender Kleidung weiterliefen. Es war nicht so, daß Lanfear bewußt gegen sie kämpfte oder sie auch nur beachtete. Sie hätte genausogut Stechmücken oder Beißmichs verscheuchen können. Menschen brannten, Fliehende genauso wie diejenigen, die noch zu kämpfen versuchten. Sie ging auf Rand zu, als existiere nichts anderes auf der Welt.

Nur Herzschläge.

Sie hatte drei Schritte getan, als Rand nach der männlichen Hälfte der Wahren Quelle griff, schmelzender Stahl und stahlzerreißendes Eis, süßer Honig und Jauche zugleich. Tief drinnen im Nichts erschien dieser Kampf ums eigene Überleben fern und der Kampf direkt vor seiner Nase nicht weniger. Als Moiraine unter dem Wagen verschwand, verwob er die ersten Stränge der Macht, entzog Lanfears Feuern die Hitze und lenkte sie in den Fluß. Flammen, die noch Augenblicke zuvor menschliche Gestalten eingeschlossen hatten, waren plötzlich verschwunden. Im gleichen Moment verwob er die Stränge wieder, und eine milchig wirkende graue Kuppel entstand, ein langgestrecktes Oval, das sich über ihn und Lanfear und die meisten der Wagen legte, eine fast durchsichtige Mauer, die alles ausschloß, was sich nicht schon zuvor darinnen befunden hatte. Selbst in dem Augenblick, da er die Stränge abnabelte, war er sich nicht sicher, was es eigentlich war und woher es kam – vielleicht aus Lews Therins Gedächtnis. Doch Lanfears Feuerströme prallten davon ab und verloschen. Draußen konnte er verschwommen Menschen wahrnehmen. Zu viele lagen zuckend und um sich schlagend am Boden. Er hatte wohl die Flammen besiegt, doch das verbrannte Fleisch blieb; der Gestank hing noch immer in der Luft. Aber wenigstens würden nicht noch mehr Menschen dem Feuer zum Opfer fallen. Auch innerhalb der Mauer lagen Körper wie kleine Haufen verbrannter

Kleidung. Ein paar rührten sich noch schwach, stöhnten. Ihr war das gleich; ihre Flammen erloschen. Die Mücken waren erschlagen, und sie würdigte sie keines Blickes mehr.

Herzschläge. Ihn fror selbst in der Leere des Nichts, und das Gefühl der Trauer um die Toten und Sterbenden und die Verbrannten war so fern, daß es kaum zu existieren schien. Er war die Kälte selbst. Die Leere selbst. Nur der tobende Zorn *Saidins* erfüllte ihn.

Bewegungen zu beiden Seiten. Aviendha und Egwene, die Blicke konzentriert auf Lanfear gerichtet. Er hatte sie aus all dem heraushalten wollen. Sie mußten gleich hinter ihm hergerannt sein. Mat und Asmodean befanden sich draußen; die Kuppel schloß die letzten Wagen der Reihe nicht mit ein. In eisiger Ruhe verwob er Stränge aus Luft, um Lanfear abzulenken. Wenn ihm das gelang, konnten Egwene und Aviendha sie vielleicht abschirmen.

Etwas zerschnitt seine Stränge. Sie peitschten so hart auf ihn zurück, daß er stöhnte.

»Eine von ihnen?« fauchte Lanfear. »Welche ist Aviendha?« Egwene warf den Kopf in den Nacken und heulte auf. Ihre Augen quollen heraus, und aller Schmerz der Welt entfloh ihrem Mund. »Welche?« Aviendha wurde auf die Zehenspitzen hochgerissen, schauderte, und ihre Schreie jagten die Egwenes, immer höher und schriller.

Der Gedanke stand plötzlich mitten in der Leere. *Den Geist auf diese Art mit Feuer und Erde verweben. Da.* Rand spürte, wie etwas abgeschnitten wurde, das er nicht sehen konnte, und Egwene brach bewegungslos zusammen. Aviendha sackte auf Hände und Knie nieder, den Kopf gesenkt und hin und her schwankend.

Lanfear taumelte. Ihr Blick wandte sich von den Frauen ab und ihm zu; dunkle Seen aus schwarzem Feuer. »Du bist mein, Lews Therin! Mein!«

»Nein.« Rands Stimme schien seine eigenen Ohren

aus einem meilenlangen Tunnel zu erreichen. *Lenke sie von den Mädchen ab.* Er bewegte sich weiter vorwärts und blickte nicht zurück. »Ich war niemals dein, Mierin. Ich werde immer zu Ilyena gehören.« Das Nichts bebte vor Kummer und Schmerz. Und vor Verzweiflung, als er gegen noch etwas anderes als nur den brennenden Strom *Saidins* anzukämpfen hatte. Einen Augenblick lang hielt sich alles die Waage. *Ich bin Rand al'Thor.* Und: *Ilyena, für immer und ewig in meinem Herzen.* Ein Balanceakt auf der Schneide eines Rasiermessers. *Ich bin Rand al'Thor!* Andere Gedanken quollen herauf, eine ganze Fontäne, an Ilyena, an Mierin, an das, womit er sie besiegen könnte. Er unterdrückte alle, selbst diesen letzten. Falls er auf der falschen Seite herauskam ... *Ich bin Rand al'Thor!* »Dein Name ist Lanfear und ich werde sterben, bevor ich eine der Verlorenen liebe.«

Etwas wie Schmerz zog wie ein Schatten über ihr Gesicht, doch dann war es wieder nur mehr eine marmorne Maske. »Wenn du nicht mein bist«, sagte sie kalt, »dann bist du tot.«

Ein entsetzlicher Schmerz in seiner Brust, als müsse sein Herz bersten, und in seinem Kopf, wo sich weißglühende Nadeln in sein Hirn bohrten, so starke Schmerzen, daß er selbst im Nichts geborgen schreien wollte. Der Tod stand neben ihm, und er wußte es. Verzweifelt – selbst im Nichts noch verzweifelt; die Leere flimmerte und schwand – verwob er Geist und Feuer und Erde und schlug damit wild um sich. Sein Herz schlug nicht mehr. Eine Faust aus dunkelstem Schmerz zerquetschte das Nichts. Ein grauer Schleier überzog seine Augen. Er spürte, wie sein Gewebe brutal das ihre durchschnitt. Der Atem brannte in seiner leeren Lunge und das Herz begann mit einem Ruck wieder, Blut durch seinen Körper zu pumpen. Er konnte wieder sehen. Silberne und schwarze Flecken tanzten zwischen ihm und einer Lanfear, die mit steinerner Miene ihr Gleichgewicht wiederzufinden suchte, nachdem ihre eigenen Stränge auf sie zurückgeschnellt waren. Der Schmerz war wie eine offene Wunde in seinem Kopf und in der Brust, doch das Nichts festigte sich wieder, und dann war dieser körperliche Schmerz verschwunden.

Und das war auch gut so, denn er hatte keine Zeit, sich zu erholen. Er zwang sich zur Vorwärtsbewegung und schlug mit einem Strang aus Luft auf sie ein, einem Knüppel, um sie bewußtlos zu schlagen. Sie zerschnitt das Gewebe, doch er schlug wieder zu, immer wieder, sobald sie sein letztes Gewebe durchtrennt hatte. Ein wütender Hagel von Schlägen prasselte auf sie nieder, den sie jedesmal kommen sah und abwehrte, doch er kam näher und näher. Wenn er sie nur noch ein paar Augenblicke beschäftigen könnte, wenn einer dieser unsichtbaren Knüppel ihren Kopf träfe, dann könnte er sich ihr weit genug nähern, um mit der Faust zuzuschlagen... Bewußtlos wäre sie genauso hilflos wie jeder andere.

Mit einemmal schien sie zu begreifen, was er vorhatte. Sie fing immer noch jeden seiner Schläge so leicht ab, als könne sie ihn kommen sehen, tänzelte dabei aber rückwärts, bis sie an einen Wagen stieß. Und sie lächelte wie das Herz des Winters. »Du wirst langsam sterben, und bevor du stirbst, wirst du mich anbetteln, mich lieben zu dürfen«, sagte sie.

Diesmal schlug sie nicht direkt nach ihm, sondern nach seiner Verbindung zu *Saidin*.

Die Panik schlug gegen das Nichts, daß es bei der ersten messerscharfen Berührung wie ein Gong dröhnte. Der Strom der Macht in ihm wurde dünner, als dieses Messer tiefer zwischen ihn und die Quelle drang. Mit Geist und Feuer und Erde schlug er auf die Messerklinge ein. Er wußte genau, wo er sie finden konnte, er wußte, wo sich seine Verbindung befand, und er spürte diesen ersten Schnitt. Die Abschirmung, die sie über ihn zu werfen suchte, verschwand, tauchte erneut auf, tauchte immer wieder auf, so schnell er auch ihre Stränge durchtrennte, und immer floß *Saidin* einen kurzen Moment von ihm weg, blieb fast ganz weg, und er konnte mit seinem Gegenschlag gerade noch ihrem Angriff begegnen. Zwei Stränge auf einmal zu weben sollte ihm leicht genug fallen, denn er konnte eigentlich zehn oder noch mehr gleichzeitig halten, aber eben nicht, wenn der eine Strang nur eine verzweifelte Abwehr gegen etwas darstellte, das er nicht sah, bis es fast zu spät war. Und auch nicht, wenn immer wieder die Gedanken eines anderen Mannes im Nichts emporquollen und ihm sagen wollten, wie er sie besiegen könne. Falls er darauf hörte, würde vielleicht Lews Therin Telamon davonkommen, und Rand al'Thor wäre nur noch eine Stimme, die manchmal in seinem Kopf etwas flüsterte, wenn überhaupt.

»Ich werde dafür sorgen, daß diese beiden Huren zuschauen, wenn du bettelst«, sagte Lanfear. »Aber soll ich sie zuerst dabei zusehen lassen, wie du stirbst, oder umgekehrt?« Wann war sie eigentlich auf den Wagen geklettert? Er mußte sie beobachten, mußte Ausschau halten nach der ersten Andeutung von Ermüdung bei ihr, sobald ihre Konzentration nachließ. Es war eine vergebliche Hoffnung. Sie stand neben dem verdrehten Türrahmen des *Ter'Angreal* und blickte auf ihn herab wie eine Königin, die gleich ihr Urteil fällen würde. Und dennoch nahm sie sich die Zeit, kalt auf einen altersdunklen Elfenbein-Armreif herabzulächeln, den sie unablässig in der Hand drehte. »Was wird dir mehr weh tun, Lews Therin? Ich will, daß du Schmerz empfindest. Ich will, daß du Schmerzen kennenlernst, wie noch kein Mann sie empfunden hat!«

Je stärker ihm der Strom der Macht von der Quelle zufloß, desto schwerer wäre er zu durchtrennen. Seine Hand verkrampfte sich um die Manteltasche, um den fetten kleinen Mann mit dem Schwert, das sich durch den Stoff hindurch in seine Handfläche bohrte, wo sich der eingebrannte Reiher befand. Er sog soviel *Saidin* auf, wie er nur konnte, bis das Verderben wie ein Regenschleier neben ihm durch die Leere schwebte.

»Schmerz, Lews Therin.«

Und dann war da ein Schmerz wie eine in Agonie versunkene Welt. Diesmal traf er nicht Herz oder Kopf, sondern war überall, in jedem Teil seines Körpers. Heiße Nadeln stachen in die Blase des Nichts. Er bildete sich fast ein, bei jedem Stich ein Zischen wie beim Ausströmen von Luft zu hören, und jeder Stoß ließ die Nadeln tiefer eindringen als zuvor. Ihre Versuche, ihn abzuschirmen, wurden keineswegs schwächer, im Gegenteil, sie wurden schneller und stärker. Er konnte kaum glauben, daß sie so stark war. Er klammerte sich an das Nichts, an das sengende, eiskalte *Saidin,* und er verteidigte sich wild. Er konnte ja alles beenden und sie töten. Er könnte Blitze herabrufen oder sie in das gleiche Feuer einhüllen, das sie selbst zum Töten verwandt hatte.

Bilder tauchten inmitten des Schmerzes auf. Eine Frau im dunklen Kleid einer Händlerin, die vom Pferd stürzte. Das feuerrote Schwert, das leicht in seiner Hand lag. Sie war zusammen mit einer Handvoll von Schattenfreunden gekommen, um ihn zu töten. Mats schmerzerfüllter Blick. *Ich habe sie getötet.* Eine Frau mit goldenen Haaren, die in einem zerstörten Korridor lag, dessen Wände geschmolzen und zerflossen waren. *Ilyena, vergib mir!* In dem Schrei lag pure Verzweiflung.

Er könnte es beenden. Nur brachte er das nicht fertig. Er würde sterben, vielleicht würde sogar die ganze Welt sterben, doch er konnte sich nicht dazu überwinden, noch einmal eine Frau zu töten. Irgendwie erschien ihm das der beste Witz, den die Welt je gehört hatte.

Moiraine wischte sich Blut vom Mund und kroch unter dem hinteren Ende des Wagens hervor. Sie erhob sich unsicher, das Gelächter eines Mannes im Ohr. Unwillkürlich huschte ihr Blick hinüber und suchte nach Lan. Sie fand ihn, wo er beinahe an der milchigen grauen Wand der Kuppel lag, die sich über ihnen wölbte. Er zuckte, vielleicht bei dem Versuch, die Kräfte zum Aufstehen zu sammeln, vielleicht auch im Todeskampf. Sie verdrängte ihn aus ihrem Verstand. Er hatte ihr Leben so oft gerettet, daß es längst ihm gehören sollte, aber sie hatte schon lange alle Maßnahmen getroffen, um dafür zu sorgen, daß er seinen einsamen Krieg gegen den Schatten überlebte. Nun mußte er ohne sie weiterleben oder sterben.

Es war Rand, der so lachte. Er lag auf den Knien auf den Pflastersteinen des Kais. Er lachte, und dabei strömten ihm die Tränen über ein Gesicht, das verzerrt war, als habe man ihn gefoltert. Moiraine lief es kalt den Rücken hinab. Falls der Wahnsinn ihn gepackt hatte, konnte sie ihm nicht mehr helfen. Sie konnte nur das vollbringen, was in ihrer Macht lag. Was sie tun mußte.

Der Anblick Lanfears traf sie wie ein Schlag. Es war nicht die Überraschung, sondern der lähmende Schock, das wirklich vor sich zu sehen, was sie seit Rhuidean so oft im Traum gesehen hatte. Lanfear, wie sie auf dem Wagen stand, vom sonnenhellen Strahlen *Saidars* erfüllt, so stand sie vor dem verdrehten Sandstein… *Ter'Angreal* und blickte auf Rand hinab, ein erbarmungsloses Lächeln um die Lippen. Sie spielte mit einem Armreif, den sie in der Hand hielt. Ein *Angreal*. Sollte Rand seinen eigenen *Angreal* nicht dabeihaben, dürfte sie mit Hilfe dieses Armreifs in der Lage sein, ihn zu zerquetschen. Entweder hatte er seinen dabei, oder Lanfear spielte mit ihm. Es spielte keine Rolle. Moiraine gefiel dieser altersdunkle, aus Elfenbein geschnitzte Reif überhaupt nicht. Auf den ersten Blick schien er einen Akrobaten darzustellen, der sich rückwärts beugte und seine eigenen Fußknöchel umfaßte. Nur ein genauerer Blick enthüllte, daß seine Arme und Beine aneinander gefesselt waren. Er gefiel ihr nicht, aber sie hatte ihn aus Rhuidean mitgebracht. Gestern erst hatte sie den Armreif aus einem Sack mit vielen anderen Kleinigkeiten geholt und ihn dann am Fuß des Türrahmens liegen lassen.

Moiraine war eine zierliche, kleine Frau. Ihr Gewicht ließ den Wagen überhaupt nicht schwanken, als sie sich emporzog. Sie verzog das Gesicht, als ihr Kleid an einem Splitter hängenblieb und der Stoff riß, aber Lanfear blickte sich nicht um. Die Frau war mit jeder Bedrohung bis auf Rand fertiggeworden; er war im Augenblick das einzige auf der Welt, was sie wahrnahm.

Sie unterdrückte einen kleinen Hoffnungsfunken, denn einen solchen Luxus konnte sie sich nicht leisten, und balancierte einen Moment lang aufrecht auf dem hinteren Wagenende, und dann griff sie nach der Wahren Quelle und warf sich Lanfear entgegen. Die Verlorene merkte im letzten Moment etwas und wirbelte herum, doch da prallte Moiraine auch schon gegen sie und entriß ihr den Armreif. Auge in Auge stürzten sie durch den Türrahmen des *Ter'Angreal*. Weißes, gleißendes Licht verschlang alles.

KAPITEL 13

Verblassende Worte

In den Tiefen des schrumpfenden Nichts sah Rand, wie Moiraine urplötzlich erschien und sich auf Lanfear warf und mit ihr rang. Der Angriff auf ihn hörte schlagartig auf, als die beiden Frauen in einem nicht enden wollenden grellweißen Lichtschein durch den Türrahmen des *Ter'Angreal* stürzten. Das Licht ließ das seltsam verdrehte Sandsteinrechteck hell erstrahlen. Es war, als wolle es hindurchfluten und werde nur von einer unsichtbaren Wand zurückgehalten. Silberne und blaue Blitze sprühten immer wilder um den *Ter'Angreal,* knisterten und prasselten ohrenbetäubend.

Rand taumelte hoch. Der Schmerz war noch nicht verflogen, aber der Druck war weg, und damit würde auch der Schmerz nicht mehr lange andauern. Er konnte den Blick nicht von dem *Ter'Angreal* wenden. *Moiraine.* Ihr Name erfüllte seinen Verstand und glitt in großen Lettern über die Blase des Nichts.

Lan schlurfte an ihm vorbei, den Blick stur auf den Wagen gerichtet. Er beugte sich vor, daß es aussah, als müsse er sich weiterbewegen, weil er sonst nach vorne wegkippen würde.

Mehr als dieses Aufstehen konnte Rand im Augenblick auch nicht bewältigen. Er verwob einen Strang aus Luft und fing damit den Behüter auf. »Ihr… Ihr könnt nichts tun, Lan. Ihr könnt ihr nicht folgen.«

»Ich weiß«, sagte Lan mit Hoffnungslosigkeit in der Stimme. Er wurde von dem Strang aus Luft im Schritt mit einem erhobenen Fuß festgehalten, kämpfte aber nicht dagegen an, sondern starrte nur auf diesen

Ter'Angreal, der Moiraine verschlungen hatte. »Das Licht gebe mir Frieden, ich weiß es.«

Der Wagen selbst hatte mittlerweile Feuer gefangen. Rand versuchte, die Flammen zu ersticken, doch sobald er einem Brandherd die Hitze entzogen und sie abgeleitet hatte, entzündete ein Blitz einen neuen. Der Türrahmen selbst begann bereits zu qualmen, obwohl er ja aus Stein bestand. Der weiße, beißende Rauch stieg auf und ballte sich unter der grauen Kuppel zusammen. Nur ein kurzer Hauch ließ Rands Nase brennen und zwang ihn zum Husten. Seine Haut prickelte, und es stach, wo der Qualm sie berührte. Schnell löste er das Gewebe der Kuppel auf und wartete nicht erst darauf, daß sie von allein verschwand, sondern trieb ihre Reste auseinander. Dann webte er einen hohen Schornstein aus Luft über dem Wagen. Die Luftsäule schimmerte wie Glas. So konnte der Qualm nur noch nach oben entweichen. Erst dann ließ er Lan los. Bei diesem Mann hatte er es durchaus für möglich gehalten, daß er Moiraine trotz allem gefolgt wäre, hätte er nur den Wagen erreichen können. Der aber stand nun in hellen Flammen. Der steinerne Türrahmen schmolz wie Wachs, doch vielleicht hätte selbst das einen Behüter nicht abhalten können.

»Sie ist weg. Ich kann ihre Gegenwart nicht mehr spüren.« Es klang, als reiße sich Lan jedes Wort aus der Brust. Er wandte sich um und begann, ohne einen Blick zurück die Reihe der Wagen entlangzugehen.

Rand folgte dem Behüter mit den Augen, doch dann fiel ihm Aviendha auf, die immer noch auf den Knien lag und Egwene in den Armen hielt. Er ließ *Saidin* los und rannte den Kai entlang. Die körperlichen Schmerzen, die das Nichts auf Distanz gehalten hatte, brachen jetzt mit voller Wucht über ihn herein, doch er rannte, wenn auch mühsam, zu den Frauen hin. Auch Asmodean befand sich bereits dort und blickte sich ängstlich um, als erwarte er, daß Lanfear plötzlich hinter einem Planwagen oder einem umgestürzten Gemüsekarren hervortreten werde. Und Mat hockte daneben, den Speer an die Schulter gelehnt, und fächelte Egwene mit seinem Hut Luft zu.

Rand schlidderte zum Stand. »Ist sie …?«

»Ich weiß nicht«, sagte Mat kleinlaut.

»Sie atmet noch.« Das klang bei Aviendha, als wisse sie nicht, wie lange noch, doch als Amys und Bair sich mit Melaine und Sorilea im Schlepptau gewaltsam an Rand vorbeidrängten, schlug Egwene gerade die Augen auf. Die Weisen Frauen knieten sich neben die jungen Frauen nieder und sprachen leise miteinander, während sie Egwene untersuchten.

»Ich fühle mich …«, begann Egwene mit schwacher Stimme und hielt inne, um zu schlucken. Ihr Gesicht war blutleer und bleich. »Es … tut weh.« Eine Träne quoll ihr aus dem Auge.

»Selbstverständlich«, sagte Sorilea kurz angebunden. »So etwas passiert eben, wenn man sich in die Angelegenheiten eines Mannes verwickeln läßt.«

»Sie kann nicht mit Euch gehen, Rand al'Thor.« Melaine mit dem sonnenfarbenen Haar war ganz offensichtlich wütend, blickte ihn aber nicht direkt an. Ihr Zorn mochte gegen ihn gerichtet sein, vielleicht aber auch allgemein gegen das, was nun einmal geschehen war.

»Ich … bin bald wieder munter wie ein Fisch im Wasser … wenn ich … ein bißchen ausgeruht habe«, flüsterte Egwene.

Bair befeuchtete ein Tuch an einem Wasserschlauch und legte es auf Egwenes Stirn. »Es wird Euch wieder gut gehen, wenn Ihr lange genug geruht habt. Ich fürchte, heute abend werdet Ihr Euch nicht mit Nynaeve und Elayne treffen. Ihr werdet ein paar Tage lang von *Tel'aran'rhiod* fernbleiben, bis Ihr wieder stärker seid. Seht mich nicht so widerspenstig an, Kind.

Falls notwendig, werden wir Eure Träume überwachen, und wenn Ihr auch nur daran denkt, ungehorsam zu sein, werden wir Euch Sorilea zur Pflege übergeben.«

»Mir werdet Ihr höchstens einmal zuwiderhandeln, Aes Sedai oder nicht«, versprach Sorilea, aber das Mitgefühl in ihrer Stimme widersprach dem grimmigen Ausdruck auf ihrem wettergegerbten Gesicht. Egwenes Miene sprach von abgrundtiefer Niedergeschlagenheit.

»Ich wenigstens fühle mich gut genug, um zu unternehmen, was vollbracht werden muß«, sagte Aviendha. In Wirklichkeit sah sie nicht viel besser aus als Egwene, aber sie brachte einen trotzigen Blick in Rands Richtung zustande, von dem sie offensichtlich Widerspruch erwartete. Ihr Trotz verflog ein wenig, als ihr bewußt wurde, daß alle vier Weisen Frauen sie anblickten. »Es stimmt aber«, knurrte sie.

»Natürlich«, murmelte Rand mit flauem Gefühl im Magen.

»Wirklich«, beharrte sie darauf. Sie sprach mit ihm und mied ängstlich jeden Blick in die Augen der Weisen Frauen. »Lanfear hatte mich etwas kürzer in den Klauen als Egwene. Das macht einen entscheidenden Unterschied. Ich habe ein *Toh* dir gegenüber, Rand al'Thor. Ich glaube nicht, daß wir auch nur einige Augenblicke länger überlebt hätten. Sie war sehr stark.« Ihr Blick huschte zu dem brennenden Wagen hinüber. Das wilde Flammenmeer hatte ihn bereits zu einem formlosen, verkohlten Haufen innerhalb des gläsern wirkenden Schornsteins zusammensinken lassen. Von dem steinernen *Ter'Angreal* war nichts mehr zu sehen. »Ich habe nicht mehr beobachten können, was noch geschah.«

»Sie sind...« Rand mußte sich räuspern. »Sie sind beide weg. Lanfear ist tot und Moiraine auch.« Egwene begann zu weinen. Trotz Aviendhas festem Griff schüttelte das Schluchzen ihren ganzen Körper durch. Aviendha ihrerseits senkte den Kopf bis auf die Schulter der anderen, als wolle auch sie gleich in Tränen ausbrechen.

»Ihr seid ein Narr, Rand al'Thor«, sagte Amys und stand auf. Dieses so überraschend jugendliche Gesicht unter dem Kopftuch, das ihr weißes Haar bedeckte, wirkte steinhart. »In dieser Hinsicht und auch in bezug auf viele andere Dinge seid Ihr ein Narr.«

Er wandte sich vor der Anklage in ihrem Blick ab. Moiraine war tot. Tot, weil er sich nicht hatte dazu überwinden können, eine der Verlorenen zu töten. Er konnte sich nicht zwischen Lachen und Weinen entscheiden. Falls er eines von beiden tat, würde er nicht mehr aufzuhören in der Lage sein.

Die Hafenstraßen, die sich schlagartig geleert hatten, als er die Kuppel schuf, füllten sich nun wieder, obwohl die meisten der Menschen sich nicht näher herantrauten als bis dorthin, wo die milchig-graue Kuppelwand sich befunden hatte. Weise Frauen gingen umher und kümmerten sich um die Menschen, die Brandwunden davongetragen hatten, und sie sprachen den Sterbenden Trost zu. Weißgekleidete *Gai'schain* und Männer im *Cadin'sor* waren ihnen behilflich. Das Stöhnen und Schreien traf ihn immer noch bis ins Mark. Er war nicht schnell genug gewesen. Moiraine tot, und so konnte niemand die am schlimmsten Verletzten mit Hilfe der Macht heilen. Weil er ... *Ich konnte nicht. Licht, hilf mir, ich habe es nicht fertiggebracht!*

Andere Aielmänner standen da und beobachteten ihn. Manche legten den Schleier jetzt wieder ab. Er entdeckte immer noch keine einzige Tochter des Speers. Und nicht nur Aiel standen dort. Dobraine, der mit bloßem Haupt auf einem schwarzen Wallach saß, wandte den Blick nicht von Rand, und in der Nähe saßen Talmanes, Nalesean und Daerig auf ihren Pferden und sahen ebenfalls herüber. Sie allerdings beobachteten Mat fast genauso eindringlich wie Rand. Auf dem Wehrgang der großen Stadtmauer drängten sich die Menschen, von der aufgehenden Sonne von hinten angestrahlt, so daß ihre Gesichter im Dunkel lagen, und weitere standen auf den Flankenmauern. Zwei dieser schattenhaften Gestalten wandten sich ab, als er emporblickte, erkannten sich auf nicht einmal zwanzig Schritt Entfernung und schienen voreinander zurückzuschrecken. Er hätte wetten können, daß es sich um Meilan und Maringil handelte.

Lan stand wieder hinten bei den Pferden am letzten Wagen in der Reihe und streichelte Aldiebs weiße Nase. Moiraines Stute.

Rand ging zu ihm hin. »Es tut mir so leid, Lan. Wäre ich schneller gewesen, hätte ich…« Er atmete schwer aus. *Ich konnte die eine nicht töten, also tötete ich die andere. Licht, seng mich doch, bis ich blind bin!* In diesem Moment wäre es ihm gleichgültig gewesen, hätte ihm das Licht wirklich die Augen ausgebrannt.

»Das Rad webt.« Lan ging hinüber zu Mandarb und überprüfte den Sattelgurt des schwarzen Hengstes – wohl nur, damit er etwas zu tun hatte. »Sie war eine Soldatin, auf ihre eigene Art ein Krieger, genau wie ich. Dasselbe hätte in den vergangenen zwanzig Jahren zweihundert Mal geschehen können. Ihr war das immer bewußt, genau wie mir. Es war ein guter Tag zum Sterben.« Seine Stimme klang so hart wie immer, doch diese kalten, blauen Augen wiesen rote Ränder auf.

»Es tut mir trotzdem leid. Ich hätte eben…« Man konnte den Mann nicht mit ›hätte‹ oder ›sollte‹ trösten, und diese Worte rissen an Rands Seele. »Ich hoffe, Ihr könnt trotzdem noch mein Freund sein, Lan, nachdem… Ich schätze Euren Rat sehr – und Eure Übungsstunden mit dem Schwert – ich werde beides in den kommenden Tagen benötigen.«

»Ich bin Euer Freund, Rand. Aber ich kann nicht bleiben.« Lan schwang sich in seinen Sattel. »Moiraine hat etwas mit mir gemacht, was schon seit Jahrhunderten nicht mehr durchgeführt wurde, jedenfalls nicht mehr seit jener Zeit, als die Aes Sedai sich noch gelegentlich einen Mann gegen seinen Willen als Behüter zuschwören ließen. Sie hat meine Verbindung zu ihr so abgeändert, daß ich bei ihrem Tod zu einer anderen gehören würde. Nun muß ich diese andere finden und einer ihrer Behüter werden. Ich bin es bereits. Ich kann sie ganz schwach spüren, irgendwo, weit im Westen, und sie kann auch mich fühlen. Ich muß gehen, Rand. Es ist ein Teil dessen, was Moiraine tat. Sie sagte, sie werde nicht zulassen, daß ich sterbe, nur weil ich sie rächen will.« Er hielt die Zügel gepackt, als wolle er Mandarb zurückhalten, als halte er sich selbst davon ab, ihn die Sporen spüren zu lassen. »Falls Ihr jemals Nynaeve wiederseht, sagt ihr ...« Einen Moment lang verzog sich dieses ansonsten steinerne Gesicht vor Schmerz und Qual, doch nur diesen einen Moment lang; dann bestand es wieder aus Granit. Er murmelte leise etwas, das Rand aber doch verstehen konnte: »Eine saubere Wunde heilt am schnellsten und verkürzt den Schmerz.« Laut sagte er: »Sagt ihr, ich hätte jemanden anders gefunden. Grüne Schwestern stehen manchmal ihren Behütern so nahe wie andere Frauen ihren Ehemännern. In allem. Sagt ihr, ich wäre weg, um der Geliebte und das Schwert einer Grünen Schwester zu werden. So etwas passiert. Es ist ja schließlich schon lange her, daß ich sie das letzte Mal sah.«

»Ich werde ihr ausrichten, was Ihr mir auftragt, Lan, aber ich weiß nicht, ob sie mir glauben wird.«

Lan beugte sich aus dem Sattel herunter und packte mit hartem Griff Rands Schulter. Rand dachte daran, wie er den Mann mit einem halb gezähmten Wolf verglichen hatte, aber diese Augen ließen einen Wolf gegen ihn wie ein Schoßhündchen erscheinen. »Wir sind uns in vielen Dingen ähnlich, Ihr und ich. In uns schlummert eine Dunkelheit. Dunkelheit, Schmerz, Tod. Wir strömen diese Dinge aus. Wenn Ihr je eine Frau liebt, Rand, dann verlaßt sie und laßt sie einen anderen finden. Das wird das größte Geschenk, daß Ihr dieser Frau geben könnt.« Er richtete sich auf und erhob eine Hand. »Der Friede sei Eurem Schwert gnädig. *Tai'schar* Manetheren.« Der uralte Gruß. ›Das wahre Blut von Manetheren‹.

Rand hob seine Hand zum Gruß. »*Tai'schar Malkier.*«

Lan ließ Mandarb die Fersen in den Flanken spüren, und der Hengst sprang vorwärts. Aiel und alle anderen brachten sich schnell in Sicherheit. Es war, als wolle er den letzten der Malkieri im Galopp bis an sein Ziel tragen, wo immer das auch lag.

»Die letzte Umarmung der Mutter soll Euch zu Hause willkommen heißen, Lan«, murmelte Rand, und dann überlief ihn ein Schaudern. Das war ein Teil der Beerdigungszeremonie in Schienar und überall in den Grenzlanden.

Sie beobachteten ihn noch immer, die Aiel, die Menschen auf der Stadtmauer. Die Burg würde von den heutigen Ereignissen erfahren, oder jedenfalls eine Darstellung davon erhalten, so schnell es eine Taube nur nach Tar Valon schaffen konnte. Falls Rahvin eine Möglichkeit besaß, ihn ebenfalls zu überwachen, und dazu benötigte er ja eigentlich nur einen Raben in der Stadt oder eine Ratte am Flußufer, würde er heute gewiß keinen Angriff von ihm erwarten. Elaida würde ihn für geschwächt halten und glauben, er sei vielleicht leichter zu beeinflussen, und Rahvin …

Ihm wurde bewußt, was er da tat, und er zuckte leicht zusammen. *Hör auf! Eine Minute wenigstens kannst du aufhören und trauern!* Er wollte nicht, daß ihn alle so beobachteten. Die Aiel wichen ihm beinahe genauso bereitwillig aus wie vorher Mandarb.

Die schiefergedeckte Hütte des Hafenmeisters besaß innen nur einen einzigen fensterlosen Raum mit Wänden voller Regale, auf denen Bücher, Schriftrollen und Papiere lagerten. Beleuchtet wurde er durch zwei Lampen auf einem groben, unlackierten Tisch, auf dem ansonsten vor allem Steuersiegel und Zollstempel herumlagen. Rand knallte die Tür hinter sich zu, um den vielen Augen zu entgehen.

Moiraine tot, Egwene verletzt und Lan fort. Ein hoher Preis für den Tod Lanfears.

»Traure gefälligst, verdammt noch mal!« grollte er. »Das hat sie nun wirklich verdient! Hast du denn überhaupt kein Gefühl mehr?« Doch vor allem fühlte er sich wie betäubt. Sein Körper schmerzte, aber von den Schmerzen abgesehen war er wie tot.

Er zog die Schultern ein, steckte die Hände in die Taschen, und dort fanden seine Finger Moiraines Briefe. Langsam zog er sie heraus. Ein paar Dinge, über die er nachdenken sollte, hatte sie gesagt. Den an Thom steckte er zurück und brach dann das Siegel des anderen. Die Seiten waren dicht in Moiraines eleganter Handschrift beschrieben.

> Diese Worte werden innerhalb von wenigen Augenblicken, nachdem Ihr dies aus der Hand legt, verblassen – ein auf Euch abgestimmtes Gewebe –, also geht vorsichtig damit um. Die Tatsache, daß Ihr dies lest, bedeutet, daß sich die Ereignisse im Hafen so entwickelt haben, wie ich hoffte …

Er unterbrach sich, blickte ins Leere, und dann las er doch schnell weiter.

> Seit dem ersten Tag, da ich Rhuidean erreichte, wußte ich – es muß Euch nicht kümmern, wie ich das erfuhr; manche Geheimnisse gebühren anderen, und ich werde sie nicht verraten –, daß der Tag kommen würde, da in Cairhien Nachrichten von Morgase einträfen. Ich wußte freilich nicht, wie sie lauteten. Falls das stimmt, was wir hörten, mag das Licht ihrer Seele gnädig sein. Sie war eigenwillig und halsstarrig, hatte zuweilen die Launen einer Löwin, und doch war sie eine wahrheitsliebende, gute und gnädige Königin.

Doch jedesmal führten uns diese Nachrichten am darauffolgenden Tag zum Hafen. Es gab drei Verzweigungen vom Hafen aus, aber wenn Ihr dies lest, bin ich fort, genauso wie Lanfear …

Rands Hände verkrampften sich um die Blätter. Sie hatte es gewußt. Bescheid gewußt, und dennoch hatte sie ihn hierhergebracht. Hastig glättete er die zerknitterten Blätter.

Die anderen beiden Verzweigungen waren viel schlimmer. In der einen tötete Lanfear Euch. Und in der anderen schleppte sie Euch weg, und als wir Euch das nächste Mal sahen, nanntet Ihr euch Lews Therin Telamon und wart ihr hingebungsvoller Liebhaber.

Ich hoffe, Egwene und Aviendha haben unversehrt überlebt. Wie Ihr seht, weiß ich nicht, was hinterher in der Welt geschieht, abgesehen vielleicht von einer Kleinigkeit, die Euch nicht betrifft.

Ich konnte es Euch nicht vorher sagen, aus dem gleichen Grund, wie ich es Lan nicht sagen konnte. Auch wenn ich Euch vor die Wahl gestellt hätte, hätte ich nicht sicher sein können, welche Möglichkeit Ihr erwählt. Die Menschen von den Zwei Flüssen tragen in sich, wie es scheint, viele Züge des legendären Manetheren, Charakterzüge, die sie mit den Menschen der Grenzlande teilen. Man sagt, ein Grenzländer empfange lieber selbst eine Wunde durch einen Dolchstoß, als einer Frau ein Leid zufügen zu lassen, und er betrachte das als einen fairen Handel. Ich wagte nicht, das Risiko einzugehen, Ihr könntet mein Leben über das Eure stellen und Euch einbilden, Ihr könntet irgendwie das Schicksal umgehen. Kein Risiko, fürchte ich, sondern eine närrische Einbildung, wie der heutige Tag Euch sicher bewiesen hat …

»Meine eigene Entscheidung, Moiraine«, stammelte er. »Es war meine eigene Entscheidung.«

Noch ein paar Dinge zum Schluß.

Falls Lan noch nicht weg sein sollte, sagt ihm bitte, daß das, was ich ihm antat, zu seinem eigenen Besten war. Eines Tages wird er es verstehen, und ich hoffe, er wird mir dafür danken.

Vertraut keiner Frau in vollem Maße, die jetzt zu den Aes Sedai gehört. Ich spreche hier nicht nur einfach von den Schwarzen Ajah, obwohl Ihr immer nach ihnen Ausschau halten müßt. Hütet Euch vor Verin genauso wie vor Alviarin. Wir haben die Welt dreitausend Jahre lang nach unserer Pfeife tanzen lassen. Es ist schwierig, mit einer solchen Gewohnheit zu brechen, wie ich erkennen mußte, als ich nach Eurer Pfeife tanzte. Ihr müßt Euch frei bewegen, und selbst die wohlmeinendste meiner Schwestern könnte versuchen, Euch so zu führen, wie ich es einst tat.

Bitte übergebt Thom Merrilin den Brief, wenn Ihr ihn wiederseht. Es gibt da eine Kleinigkeit, von der ich ihm einst erzählte, die ich aufklären muß, damit seine Seele Ruhe findet.

Noch eines: Hütet Euch vor Meister Jasin Natael. Ich kann Euch nicht in vollem Maße zustimmen, aber ich verstehe Euch. Vielleicht ist es die einzige Möglichkeit. Und doch müßt Ihr Euch vor ihm in acht nehmen. Er ist der gleiche Mann, der er immer war. Denkt stets daran.

Möge das Licht Euch erleuchten und beschützen. Ihr werdet es gut machen.

Es war schlicht mit ›Moiraine‹ unterzeichnet. Sie hatte ihren Adelsnamen fast nie benützt.

Den vorletzten Abschnitt las er noch einmal ganz genau durch. Irgendwie hatte sie also Asmodean erkannt. Etwas anderes konnte das nicht bedeuten. Sie hatte gewußt, daß sich einer der Verlorenen unmittelbar vor ihrer Nase befand, und dennoch nicht mit der Wimper gezuckt. Und auch den Grund hatte sie wohl erkannt, falls er das richtig verstand. Er hätte ja eigentlich annehmen können, daß sie sich in einem Brief, der verschwand, sobald er ihn weglegte, klarer ausdrücken würde und geradeheraus sagen, was sie meinte. Nicht nur, was Asmodean betraf. Wie sie das alles über die Aes Sedai in Rhuidean erfahren hatte beispielsweise. Es mußte wohl etwas mit den Weisen Frauen zu tun haben, wenn er richtig vermutete, und aus diesem Brief würde er genausowenig weiteres erfahren wie von ihnen. Gab es einen Grund, daß sie gerade Verin erwähnt hatte? Und wieso Alviarin anstatt Elaida? Und was war denn nun mit Thom und Lan? Aus irgendeinem Grund glaubte er nicht, sie habe auch einen Brief für Lan hinterlassen; der Behüter war nicht der einzige, der saubere Wunden für das Beste hielt. Beinahe hätte er den Brief an Thom aus der Tasche geholt und gelesen, aber möglicherweise hatte sie ihn genauso präpariert wie jenen an ihn. Als typische Einwohnerin Cairhiens und noch dazu als Aes Sedai hatte sie sich bis zum bitteren Ende in Geheimnisse und Intrigen gehüllt. Bis zum bitteren Ende.

Das war es, was er wie die Pest zu vermeiden suchte, indem er lieber über ihre Geheimniskrämerei schimpfte. Sie hatte gewußt, was geschehen würde, und hatte es genauso tapfer und mutig hingenommen wie ein Aiel. Sie ging in vollem Bewußtsein, was sie erwartete, in den Tod. Sie war gestorben, weil er sich nicht dazu überwinden konnte, Lanfear selbst zu töten. Er hatte eine Frau nicht töten können, und dafür mußte eine andere sterben. Sein Blick fiel wieder auf ihre letzten Worte.

... Ihr werdet es gut machen.

Das schnitt tief in ihn wie ein kaltes Rasiermesser.

»Warum weint Ihr hier allein und verlassen, Rand al'Thor? Ich habe gehört, einige Feuchtländer schämten sich, wenn man sie weinen sieht.«

Er funkelte Sulin an, die im Eingang stand. Sie war kampfmäßig ausgerüstet, den Bogen in seinem Futteral

auf dem Rücken, den Köcher am Gürtel, den runden Lederschild und drei Speere in der Hand. »Ich wei ...« Seine Wangen waren irgendwie feucht geworden. Er wischte sie schnell ab. »Es ist so heiß hier drinnen. Ich schwitze wie ein ... Was wollt Ihr? Ich glaubte, Ihr hättet Euch alle entschlossen, mich zu verlassen und ins Dreifache Land zurückzukehren.«

»Es sind nicht wir, die Euch verlassen hätten, Rand al'Thor.« Sie schloß die Tür hinter sich, setzte sich auf den Boden und legte zwei der Speere und den Schild neben sich. »*Ihr* habt *uns* verlassen!« Mit schnellen Bewegungen stemmte sie zuerst einen Fuß gegen den dritten Speer, den sie mit beiden Händen festhielt, drückte und zerbrach ihn in zwei Teile.

»Was macht Ihr da?« Sie warf die Teile zur Seite und hob einen weiteren Speer auf. »Ich sagte, was macht Ihr da?« Der Gesichtsausdruck der weißhaarigen Tochter des Speers hätte wohl selbst Lan zum Innehalten gebracht, aber Rand bückte sich und packte den Speer, den sie nun in den Händen hielt. Ihre weiche Stiefelsohle drückte auf sein Handgelenk. Und das nicht gerade sanft.

»Wollt Ihr uns in Röcke stecken, uns verheiraten, damit wir uns künftig um Heim und Herd kümmern? Oder sollen wir uns an Euer Feuer legen und Euch die Hand lecken, wenn Ihr uns einen Brocken Fleisch gebt?« Ihre Muskeln spannten sich, und der Speer zerbrach. Ein paar Splitter trafen seine Handfläche.

Er riß mit einem Fluch die Hand zurück und schüttelte einige Blutstropfen ab. »Ich habe nichts von alledem vor. Ich dachte, Ihr würdet es verstehen.« Sie nahm den letzten Speer in die Hand, stemmte den Fuß dagegen, und er lenkte schnell einen Strang aus Luft, um sie an Ort und Stelle unbeweglich festzuhalten. Sie blickte ihn lediglich wortlos an. »Seng mich, Ihr habt schließlich nichts dagegen gesagt! Ja, ich habe die Töchter aus dem Kampf gegen Couladin herausgehalten. An dem Tag hat eben nicht jeder gekämpft. Und Ihr habt kein Wort dagegen geäußert.«

Sulin riß die Augen ungläubig auf. »*Ihr* habt *uns* vom Tanz der Speere abgehalten? *Wir* haben *Euch* da herausgehalten! Ihr wart wie ein Mädchen, das erst ganz frisch mit dem Speer verheiratet wurde, bereit, hinauszustürmen und Couladin zu töten, ohne an den Speer zu denken, der Euch von hinten treffen könnte. Ihr seid der *Car'a'carn*. Ihr habt kein Recht, Euer Leben unnötig aufs Spiel zu setzen.« Ihre Stimme klang nun wieder tonlos und vorwurfsvoll zugleich: »Jetzt geht Ihr weg, um gegen die Verlorenen zu kämpfen. Das Geheimnis ist wohlbehütet, aber ich habe genug aus dem herauslesen können, was die sagten, die andere Kriegergemeinschaften führen.«

»Und auch von diesem Kampf wollt Ihr mich fernhalten?« fragte er ruhig.

»Seid kein Narr, Rand al'Thor. Jeder hätte den Tanz der Speere mit Couladin tanzen können. Ihr habt wie ein Kind gedacht, als Ihr dieses Risiko eingehen wolltet. Doch keiner von uns kann den Schattenseelen entgegentreten. Das könnt nur Ihr.«

»Warum dann ber …?« Er schwieg, denn er ahnte die Antwort bereits. Nach jenem blutgetränkten Tag des Kampfes gegen Couladin hatte er sich eingeredet, sie hätten nichts dagegen gehabt. Er hatte das jedenfalls glauben wollen.

»Es wurden die auserwählt, die mit Euch gehen sollen.« Jedes Wort war wie ein geworfener Stein. »Männer aus jeder Kriegergemeinschaft. Männer. Aber keine Töchter des Speers, Rand al'Thor. Die *Far Dareis Mai* tragen *Eure* Ehre, doch Ihr nehmt uns die unsere.«

Er atmete tief durch und suchte nach den richtigen Worten: »Ich … kann keine Frau sterben sehen. Ich hasse das, Sulin. Es dreht sich mir alles im Innern um. Ich könnte keine Frau töten, und wenn auch mein Leben davon abhinge.« Die Blätter von Moiraines Brief knisterten in seiner Hand. Tot, weil er nicht in der Lage gewesen war, Lanfear zu töten. Nicht nur sein Leben hing manchmal daran. »Sulin, ich würde lieber ganz allein gegen Rahvin kämpfen, als auch nur eine von Euch sterben zu sehen.«

»Das ist doch närrisch! Jede braucht eine andere, um ihr den Rücken zu decken. Also ist es Rahvin. Selbst Riodan von den Donnergängern und Turol von den Steinhunden rückten damit nicht heraus.« Sie sah ihren erhobenen Fuß an, der von dem gleichen Strang am Speer festgehalten wurde, der auch ihre Arme fesselte. »Befreit mich, und wir sprechen darüber.«

Nach einem Augenblick des Zögerns löste er den Strang. Er verkrampfte sich sprungbereit, um sie notfalls sofort wieder zu fesseln, doch sie schlug die Beine übereinander, saß ruhig da und ließ den Speer auf ihren Handflächen auf und ab tanzen. »Manchmal vergesse ich, daß Ihr außerhalb unseres Bluts erzogen wurdet, Rand al'Thor. Hört mich an. Ich bin, was ich bin. *Das* ist es, was ich bin.« Sie hob den Speer.

»Sulin …«

»Hört mir zu, Rand al'Thor. Ich *bin* der Speer. Als ein Liebhaber zwischen mich und den Speer trat, habe ich den Speer gewählt. Manche wählen den Mann. Andere entscheiden, daß sie lange genug mit den Speeren gerannt sind und nun einen Mann und ein Kind haben wollen. Ich selbst wollte nie etwas anderes. Jeder Häuptling würde mich, ohne zu zögern, dorthin schicken, wo der Tanz am heißesten ist. Sollte ich dort sterben, würden meine Erstschwestern um mich trauern, aber keinen Deut mehr als zu der Zeit, da mein Erstbruder fiel. Ein Baummörder, der mir im Schlaf seinen Dolch ins Herz stößt, würde mir damit mehr Ehre zuteil werden lassen als Ihr. Versteht Ihr mich jetzt?«

»Ich verstehe, aber …« Er verstand sie wirklich. Sie wollte nicht, daß er etwas anderes aus ihr machte, als sie eben war. Alles, was man von ihm erwartete, war die Bereitschaft, sie sterben zu sehen. »Was geschieht, wenn Ihr den letzten Speer brecht?«

»Dann besitze ich in diesem Leben keine Ehre mehr. Vielleicht in einem anderen.« Sie sagte das so, als sei es lediglich eine nüchterne Erklärung. Er brauchte einen Augenblick, um ihre Worte richtig zu begreifen. Man forderte von ihm nur die Bereitschaft, sie sterben zu sehen.

»Ihr laßt mir wohl keine andere Wahl, oder?« Moiraine hatte auch keine andere gehabt.

»Man hat immer die Wahl, Rand al'Thor. Ihr habt die Wahl, wie Ihr euch entscheiden wollt, und ich habe eine. *Ji'e'toh* läßt uns keine weiteren.«

Er hätte sie am liebsten angefaucht wie ein Tier und *Ji'e'toh* und alle, die dieser Lehre folgten, verflucht. »So wählt denn Eure Töchter aus, Sulin. Ich weiß nicht, wie viele ich mitnehmen kann, aber es werden genauso viele *Far Dareis Mai* sein, wie aus den anderen Kriegergemeinschaften.«

Er stolzierte an ihr und ihrem plötzlichen Lächeln vorbei. Keine Erleichterung. Freude. Freude, weil sie eine Chance zum Sterben bekam. Er hätte sie durch *Saidin* gefesselt zurücklassen und sich dann mit ihr befassen sollen, wenn er aus Caemlyn zurück war. Er riß die Tür auf, schritt hinaus auf den Kai – und blieb unvermittelt stehen.

Enaila stand an der Spitze einer Reihe von Töchtern des Speers, alle mit je drei Speeren in der Hand, die sich von der Tür des Hafenmeisters den Kai entlang zog und schließlich hinter dem nächsten Tor zur Stadt verschwand. Einige der Aiel am Hafen spähten neugierig zu ihnen herüber, aber es war offensichtlich eine Sache zwischen den *Far Darei Mai* und dem *Car'a'carn* und ging die anderen Kriegergemeinschaften nichts an. Amys und drei oder vier andere Weise Frauen, die selbst einst Töchter des Speers gewesen waren, beobachteten die Szenerie allerdings etwas genauer. Die meisten der Stadtbewohner und Schauerleute waren weg, bis auf ein paar Mann, die sich damit abplagten, umgestürzte Getreidekarren wieder aufzurichten. Sie bemühten sich betont, jeden Blick zu den Töchtern hin zu meiden. Enaila trat auf Rand zu, blieb dann aber stehen und lächelte, als sie Sulin herauskommen sah. Keine Erleichterung in diesem Lächeln. Freude. Ein Lächeln purer Freude wanderte die lange Reihe der Töchter entlang. Auch die Weisen Frauen lächelten, und Amys nickte ihm kurz anerkennend zu, als habe er sein idiotisches Verhalten eingesehen und geändert.

»Ich glaubte schon, sie müßten vielleicht eine nach der anderen hineingehen, um dich aus deiner trüben Stimmung herauszuküssen«, sagte Mat.

Rand blickte ihn düster an, wie er dastand, auf seinen Speer gestützt, grinsend, den breitkrempigen Hut weit nach hinten geschoben. »Wie kannst du nur so guter Dinge sein?« Der Gestank nach verbranntem Fleisch hing noch immer in der Luft, und das Stöhnen der Männer und Frauen, die Verbrennungen erlitten hatten und nun von den Weisen Frauen versorgt wurden, hatte nicht nachgelassen.

»Weil ich noch lebe«, knurrte Mat. »Was willst du von mir? Soll ich heulen?« Er zuckte unangenehm berührt die Achseln. »Amys sagt, Egwene wird in ein paar Tagen wieder in Ordnung sein.« Dann sah er sich um, aber so, als wolle er eigentlich nicht sehen, was vor seinen Augen lag. »Seng mich, wenn wir diese Sache erledigen wollen, dann laß uns aufbrechen. *Dovie'andi se tovya sagain.*«

»Was?«

»Ich sagte, es sei Zeit, die Würfel rollen zu lassen. Hat Sulin dir die Ohren verstopft?«

»Zeit, daß die Würfel rollen«, bestätigte Rand. Die Flammen in dem glasartigen Schornstein aus Luft waren erloschen, doch der weiße Qualm stieg noch immer darin auf, als brenne der *Ter'Angreal* unablässig weiter. *Moiraine*. Er hätte… Was vorbei war, war vorbei. Die Töchter versammelten sich um Sulin, so viele, wie überhaupt nur auf dem Kai Platz fanden. Vorbei war vorbei, und damit mußte er nun leben. Der Tod wäre eine Erlösung von all diesen Dingen, mit denen er leben mußte. »Also packen wir's an.«

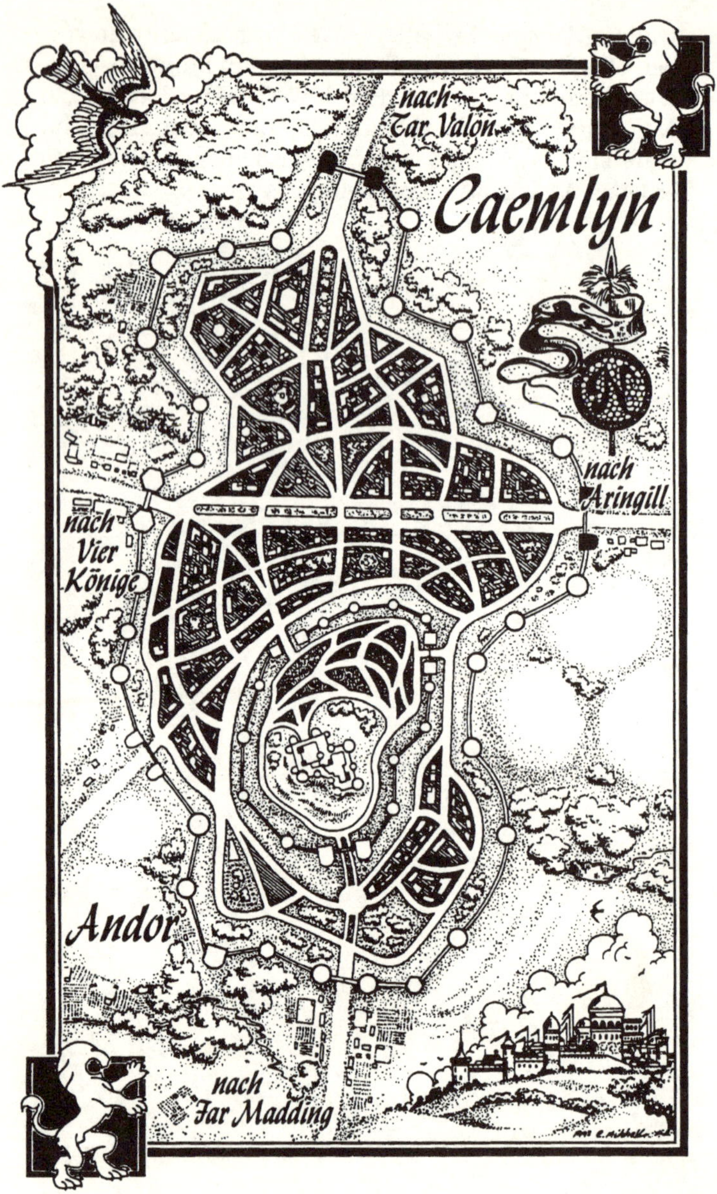

Caemlyn
nach Tar Valon
nach Aringill
nach Vier Könige
Andor
nach Far Madding

KAPITEL 14

Nach Caemlyn

Fünfhundert Töchter des Speers mit Sulin an der Spitze geleiteten Rand zurück zum Königspalast, wo Bael in dem großen Vorhof gleich hinter dem Eingangstor mit Donnergängern, Schwarzaugen, Wassersuchern und Männern aus all den anderen Kriegergemeinschaften wartete. Es waren so viele, daß der ganze Hof voll war und sie sich hinten durch alle Türen, selbst den Dienstboteneingang, noch in den Palast selbst hineindrängten. Einige sahen von den unteren Fenstern aus zu und warteten darauf, daß sie an die Reihe kämen und hinaustreten durften. Die erhöhten Terrassen rund um den Hof waren allerdings leer. Im gesamten Palasthof befand sich nur ein Mann, der kein Aiel war. Die Tairener und die Menschen aus Cairhien – letztere ganz besonders – machten einen großen Bogen um jede Versammlung von Aiel. Die eine Ausnahme stand gleich hinter Bael auf den breiten, grauen Stufen, die zum Eingang des Palastes hinaufführten: Pevin. Er hielt die rote Flagge mit beiden Händen, die jetzt allerdings schlaff an ihrem Stock hing. Er zeigte sich von den Anwesenheit so vieler Aiel genauso unbeeindruckt wie immer.

Aviendha saß hinter Rands Sattel auf Jeade'en und klammerte sich fest an ihn, die Brüste an seinen Rücken gepreßt, bis er schließlich abstieg. Es hatte noch im Hafen eine Unterhaltung zwischen ihr und einigen der Weisen Frauen stattgefunden, die bestimmt nicht für seine Ohren bestimmt gewesen war, aber er hatte sie eben doch belauscht.

»Geht mit dem Licht«, hatte Amys gesagt und Aviendhas Gesicht mit der Hand berührt. »Und behütet Ihn wie Euren Augapfel. Ihr wißt, wieviel von ihm abhängt.«

»Sehr viel hängt von Euch beiden ab«, hatte Bair zu Aviendha gesagt, während Melaine fast im gleichen Moment gereizt einwarf: »Es wäre einfacher, hättet Ihr mittlerweile Euer Ziel erreicht.«

Sorilea schnaubte. »Zu meiner Zeit konnten selbst Töchter des Speers besser mit Männern umgehen.«

»Sie war erfolgreicher, als ihr wißt«, sagte Amys daraufhin. Aviendha schüttelte den Kopf. Das Elfenbeinarmband mit den Rosen und Dornen rutschte an ihrem Unterarm entlang, als sie die Hand erhob, um der anderen Frau zuvorzukommen, doch Amys überging ihren schwachen Protest und fuhr fort: »Ich habe darauf gewartet, daß sie es uns von selbst berichtet, aber da sie nichts sagt …« Da erblickte sie ihn, wie er keine zehn Fuß entfernt mit Jeade'ens Zügel in der Hand dastand, und sie brach mitten im Satz abrupt ab. Aviendha drehte sich um, weil sie sehen wollte, was Amys da anstarrte. Als sie ihn dort stehen sah, lief ihr Gesicht hochrot an, und dann verflog das Rot wieder so plötzlich, daß ihr ansonsten sonnengebräuntes Gesicht blaß wirkte. Die vier Weisen Frauen fixierten ihn mit ausdruckslosen Blicken, mit denen er nichts anfangen konnte.

Asmodean und Mat näherten sich von hinten, die eigenen Pferde am Zügel. »Lernen die Frauen eigentlich schon in der Wiege, so dreinzublicken?« knurrte Mat. »Bringen ihre Mütter ihnen das bei? Ich würde sagen, daß der mächtige Car'a'carn *ganz schön sein Fett abbekommen wird, wenn er noch viel länger hierbleibt.«*

Rand schüttelte den Kopf, als ihm das durch den Kopf ging. Er griff hinauf, weil Aviendha ein Bein herübergeschwungen hatte, um heruntergleiten zu können, und dann hob er sie vom Rücken seines Apfelschimmels. Einen Augenblick lang hielt er sie mit beiden Händen an der Taille und blickte in ihre klaren blaugrünen Augen. Sie sah nicht weg, und ihr Gesichtsausdruck änderte sich nicht, doch der Griff ihrer Hände an seinen Unterarmen wurde langsam fester. Welches Ziel hatte sie denn erreichen wollen? Er hatte geglaubt, die Weisen Frauen hätten sie als Spionin zu ihm geschickt, aber wenn sie jemals eine Frage in bezug auf Dinge stellte, die er vor den Weisen Frauen geheimhielt, dann in offenem Zorn über eben diese Geheimniskrämerei. Niemals hintenherum, und nie versuchte sie, etwas aus ihm herauszulocken. Herausprügeln vielleicht, aber nie auf die heimliche Tour. Er hatte sich überlegt, ob sie auf die gleiche Art auf ihn angesetzt worden war wie Colavaeres junge Frauen, aber das war nur ein momentaner Gedanke gewesen, den er sofort wieder verworfen hatte. Aviendha würde sich niemals auf diese Art benützen lassen. Außerdem hätte sie in diesem Fall sicherlich die falsche Methode angewandt: sich ihm erst einmal hingeben, und ihm hinterher sogar einen harmlosen Kuß zu verweigern, ganz abgesehen davon, daß er um die halbe Welt hinter ihr herjagen mußte – nein, so stellte man das gewiß nicht an. Und wenn sie auch keine Hemmungen hatte, nackt vor ihm herumzulaufen, lag das eben an den Sitten der Aiel. Und seine Probleme damit schienen sie ja sehr zu befriedigen, wahrscheinlich, weil sie es für einen herrlichen Streich hielt, den sie ihm immer wieder spielen konnte. Also, welches Ziel hatte sie denn sonst erreichen wollen? Überall um ihn herum Intrigen. War denn jeder nur noch berechnend? Er konnte sein Gesicht in ihren Augen sehen. Wer hatte ihr diese silberne Halskette gegeben?

»Ich schmuse ja genauso gern wie jeder andere«, sagte Mat, »aber glaubst du nicht, daß ein bißchen zu viele Leute zusehen?«

Rand ließ Aviendhas Taille los und trat zurück, aber nicht schneller als sie. Sie senkte den Kopf, zupfte an ihrem Rock herum, murmelte etwas, wie der Ritt alles verknittert habe, aber vorher beobachtete er, wie sich ihre Wangen röteten. Nun, er hatte sie eigentlich nicht verlegen machen wollen.

Er sah sich mit düsterer Miene im Palasthof um und sagte: »Ich sagte Euch doch, ich weiß nicht, wie viele ich mitnehmen kann, Bael.« Da nun auch die Töchter des Speers durch das Haupttor bis auf die Rampe hinaufliefen, hatte man im Hof kaum noch Platz, um sich zu rühren. Fünfhundert aus jeder Kriegergemeinschaft bedeuteten zusammen sechstausend Aiel. Die Flure drinnen mußten restlos überfüllt sein.

Der hochgewachsene Aielhäuptling zuckte die Achseln. Wie jeder andere anwesende Aiel hatte er die Schufa um seinen Kopf gewickelt und der Schleier hing bereit. Kein rotes Stirnband, doch wie es schien trug mindestens die Hälfte der anderen die schwarzweiße Scheibe auf der Stirn. »Jeder Speer, der Euch folgen kann, wird mitkommen. Werden die beiden Aes Sedai bald dasein?«

»Nein.« Es war gut, daß Aviendha ihr Versprechen gehalten hatte, sich nicht wieder von ihm berühren zu lassen. Lanfear hatte versucht, sie und Egwene zu töten, weil sie nicht wußte, welche von beiden Aviendha war. Wie hatte Kadere das wissen und ihr erzählen können? Es spielte keine Rolle. Lan hatte recht. Frauen ernteten nur Schmerz – oder Tod –, wenn sie ihm zu nahe kamen. »Sie werden nicht mitkommen.«

»Man erzählt sich von … einer Auseinandersetzung … unten am Fluß.«

»Ein großer Sieg, Bael«, sagte Rand mit resignierendem Unterton in der Stimme. »Und viel Ehre gewonnen.« *Aber nicht durch mich.* Pevin kam herunter, ging an Bael vorbei und stellte sich mit der Fahne hinter Rand. Sein schmales, vernarbtes Gesicht zeigte keinerlei Ausdruck. »Weiß es denn schon der ganze Palast?« fragte Rand.

»Ich habe es gehört«, sagte Pevin. Sein Kinn bewegte sich, als suche er nach weiteren Worten. Rand hatte ihm etwas Besseres als die alte, geflickte Bauernjoppe herausgesucht, einen Rock aus guter roter Wolle, und der Mann hatte sich Drachen aufsticken lassen, auf jeder Seite des Brustteils einen, der emporzuklettern schien. »Daß Ihr gehen würdet. Irgendwohin.« Damit schien sein Wortschatz erschöpft.

Rand nickte. Im Palast wucherten Gerüchte so schnell wie Pilze im Schatten. Aber solange Rahvin nichts davon ahnte ... Er suchte die Ziegeldächer und Turmspitzen ab. Keine Raben. Er hatte schon seit einiger Zeit keine Raben mehr gesehen, allerdings gehört, daß andere Männer welche getötet hatten. Vielleicht mieden sie ihn jetzt. »Haltet Euch bereit.« Er griff nach *Saidin* und schwebte in der Leere. Gefühllos.

Das Tor erschien am Fuß der Treppe. Zuerst war es ein heller Strich in der Luft, der sich zu drehen schien und sich zu einem vier Schritt weiten quadratischen Loch in die Schwärze öffnete. Von den Aiel war kein Laut zu hören. Die dahinter standen, würden ihn wie durch eine Rauchglasscheibe sehen, die bräunlich-trüb mitten in der Luft hing, aber sie hätten genausogut versuchen können, durch eine der Palastmauern zu gehen. Von der Seite her war das Tor unsichtbar. Höchstens ein paar, die ganz in der Nähe standen, würden etwas wie ein langes, dünnes, straff gespanntes Haar erkennen.

Vier Schritt Durchmesser war das größte, was Rand fertigbrachte. Es gebe Grenzen bei dem, was ein einzelner Mann schaffen konnte, behauptete Asmodean. Wie es schien, gab es überall und immer Grenzen. Die Menge an *Saidin,* die man in sich aufnahm, spielte dabei keine Rolle. Die Eine Macht hatte mit den Toren wirklich nicht viel zu tun und wurde nur beim Öffnen gebraucht. Was jenseits lag, war eine ganz andere Sache. Den Traum eines Traums hatte Asmodean es genannt.

Er trat hindurch auf etwas, das wie ein Pflasterstein

aus dem Palasthof aussah, doch hier hing die graue Steinplatte mitten in vollkommener Dunkelheit. Man hatte das Gefühl, daß sich, gleich in welcher Richtung, absolut nichts befand. Eine Ewigkeit des Nichts. Es war nicht wie die Nacht. Er konnte sich selbst und die Steinplatte ganz klar sehen. Aber alles andere um ihn herum bestand nur aus Schwärze.

Nun war es an der Zeit, auszuprobieren, in welcher Größe er eine Plattform erschaffen könne. Schon bei diesem Gedanken erschienen sofort weitere Steinplatten, und es entstand eine genaue Nachbildung des Bodens im Palasthof. Er stellte es sich noch größer vor. Augenblicklich erstreckte sich der graue Steinboden, soweit er nur blicken konnte. Er fuhr zusammen, als er bemerkte, daß seine Stiefel begannen, in den Stein unter seinen Füßen einzusinken. Er sah nicht anders aus als vorher, gab aber langsam nach wie zäher Schlamm, der um seine Stiefel herum aufquoll. Hastig ließ er alles wieder auf die Größe des Hofs draußen zusammenschrumpfen, denn da war alles fest geblieben, und fügte dann langsam eine Reihe Steinplatten nach der anderen hinzu. Er brauchte nicht lang, um festzustellen, daß er die Plattform nicht viel größer machen konnte als bei seinem ersten Versuch. Die Steine sahen wohl aus, als sei alles in Ordnung, sanken auch nicht unter seinem Gewicht ein, aber die zweite Reihe bereits vermittelte ein Gefühl des Immateriellen, wie eine dünne Schale, die beim ersten falschen Schritt brechen würde. Lag es daran, daß dieses Ding gerade so groß wie eben möglich war? Oder weil er es sich zu Beginn nicht größer vorgestellt hatte? *Wir alle setzen uns eigene Grenzen.* Der Gedanke kam überraschend von irgendwoher in ihm hoch. *Und wir verlegen sie weiter hinaus, als uns eigentlich zusteht.*

Rand spürte, wie ihn schauderte. Im Nichts war das, als spüre er das Schaudern eines anderen. Es war gut, daran erinnert zu werden, daß sich Lews Therin immer noch in seinem Inneren befand. Er mußte aufpassen, daß er nicht ausgerechnet mitten im Kampf gegen Rahvin um die Vorherrschaft im eigenen Verstand kämpfen mußte. Wenn das nicht wäre, hätte er vielleicht ... Nein. Was am Kai geschehen war, war vorüber. Er wollte es nicht wieder und wieder aufwärmen.

Er verkleinerte die Plattform um den Außenring an Steinplatten und wandte sich um. Bael wartete jenseits einer, wie es schien, riesigen quadratischen Türöffnung in den Sonnenschein. Die Treppe lag genau davor. Pevin an seiner Seite wirkte ob dieses Anblicks auch nicht verstörter als der Aielhäuptling, was heißen wollte, überhaupt nicht. Pevin würde diese Fahne ohne mit der Wimper zu zucken tragen, wo immer Rand sich hinbegab, wenn es sein mußte, sogar zum Krater des Verderbens. Mat schob seinen Hut nach hinten und kratzte sich am Kopf. Dann zog er aber die Krempe wieder vor und über die Augen, wobei er etwas von Würfeln in seinem Kopf murmelte.

»Beeindruckend«, sagte Asmodean leise. »Wirklich beeindruckend.«

»Schmeichelt ihm ein andermal, Harfner«, sagte Aviendha.

Sie war die erste, die hindurchtrat, wobei sie Rand im Auge behielt und nicht darauf achtete, wohin sie trat. Sie ging ganz nahe zu ihm hin, ohne irgend etwas anderes anzublicken als sein Gesicht. Als sie ihn erreichte, wandte sie sich allerdings abrupt von ihm ab, wickelte sich den Schal um die Ellbogen und sah sich genau in der Dunkelheit um. Manchmal waren Frauen wirklich eigenartiger als alles, was der Schöpfer je erschaffen haben mochte.

Bael und Pevin folgten ihr und dann Asmodean, der mit einer Hand den Tragriemen seines Harfenbehälters gepackt hatte, während die andere mit vor Anstrengung weißen Knöcheln am Schwertgriff lag. Mat trat großspurig ein, wenn auch ein klein wenig zögerlich. Er knurrte dabei in sich hinein, als sei er mit sich selbst uneins. In der Alten Sprache. Sulin beanspruchte die Ehre für sich, von allen anderen die erste zu sein, doch bald folgte ihr ein breiter Strom von Menschen, nicht nur Töchter des Speers, sondern eben auch *Tain Shari,* Blutabkömmlinge, und *Far Aldazar Din,* Brüder des Adlers, Rote Schilde und Läufer der Dämmerung, Steinhunde und Messerhände, Vertreter aller Kriegergemeinschaften. Alle drängten sich nun hinein.

Als die Anzahl immer größer wurde, ging Rand selbst weiter bis zu der dem Tor gegenüberliegenden Kante der Plattform. Eigentlich war es völlig überflüssig, in die Richtung blicken zu wollen, in der er sich bewegte, aber er wollte das einfach so. In Wirklichkeit hätte er auch an der anderen Seite bleiben oder an jeden beliebigen Punkt der Plattform gehen können. Die Richtung spielte keinerlei Rolle. Jede beliebige Richtung nämlich würde ihn nach Caemlyn bringen, wenn er richtig vorging. Wenn er einen Fehler beging, landeten sie in der endlosen Schwärze des Nirgendwo.

Abgesehen von Bael und Sulin und natürlich von Aviendha ließen die Aiel ein wenig Platz um ihn, Mat, Asmodean und Pevin. »Bleibt von der Kante weg«, sagte Rand. Die Aiel in seiner Nähe traten tatsächlich etwa einen Fuß weit zurück! Er konnte nicht über den Wald von in Schufas gehüllten Köpfen hinwegblicken. »Ist es voll?« rief er. Das Ding mochte gerade Platz für die Hälfte aller haben, die mitkommen wollten, aber viel mehr bestimmt nicht. »Alles voll?«

»Ja« rief schließlich zögernd eine Frauenstimme. Er glaubte, Lamelle zu erkennen. Doch am Tor herrschte immer noch ein Gedränge, da die draußen stehenden Aiel wohl der Meinung waren, es müsse innen sicher noch Platz für einen mehr sein.

»Genug!« schrie Rand. »Keiner mehr! Macht das Tor frei! Alles weit genug zurücktreten!« Er wollte nicht, daß mit lebendigem Fleisch dasselbe geschah wie mit dem Seanchan-Speer.

Eine Pause, und dann: »Alles bereit!« Es *war* Lamelle. Er hätte seinen letzten Kupferpfennig darauf verwettet, daß sich auch Enaila und Somara irgendwo dort hinten befanden.

Das Tor schien sich zur Seite wegzudrehen und wurde zu einem immer dünneren Strich, bis es schließlich mit einem Lichtblitz ganz verschwand.

»Blut und Asche!« knurrte Mat und stützte sich angewidert auf seinen Speer. »Das ist ja noch schlimmer als die verdammten Kurzen Wege!« Das brachte ihm einen überraschten Blick Asmodeans ein und einen nachdenklichen von Bael. Mat bemerkte es nicht; er war zu sehr damit beschäftigt, wütend in die Schwärze zu starren.

Es gab überhaupt kein Gefühl der Bewegung und auch keinen Lufthauch, der die Fahne zum Flattern gebracht hätte, die Pevin hielt. Sie hätten genausogut stillstehen können, ohne es zu merken. Aber Rand wußte es besser. Er spürte fast, wie sich der Ort näherte, den er ansteuerte.

»Wenn Ihr zu nahe bei ihm ankommt, wird er es spüren.« Asmodean leckte seine Lippen und vermied es, irgend jemanden direkt anzublicken. »Das habe ich zumindest gehört.«

»Ich weiß schon, wohin in gehe«, sagte Rand. Nicht zu nahe. Aber auch nicht zu weit weg. Er erinnerte sich gut an den Ort.

Keine Bewegung. Endlose Schwärze, und sie hingen mittendrin. Bewegungslos. Vielleicht eine halbe Stunde vorüber.

Eine leichte Unruhe machte sich unter den Aiel bemerkbar.

»Was ist los?« fragte Rand.

Das Gemurmel kam vom Rand der Plattform her. Schließlich sagte ein kräftiger Mann in seiner Nähe:

»Jemand ist runtergefallen.« Rand erkannte ihn. Meciar. Er gehörte zu den *Cor Darei,* den Nachtspeeren. Er trug das rote Stirnband.

»Keine der ...«, fing Rand an, doch dann bemerkte er Sulins warnenden Blick und schwieg.

Er wandte sich um und blickte in die Dunkelheit hinaus. Sein Zorn war wie ein Fleck, der auf dem gefühllosen Nichts klebte. Also durfte es für ihn auch keine Rolle spielen, ob gerade eine der Töchter heruntergefallen war, oder? Und doch berührte es ihn. Für immer durch die endlose Schwärze fallen. Würde der Verstand aussetzen, bevor der Tod durch Verhungern oder Verdursten oder Angst eintrat? Bei diesem Fall mußte selbst ein Aiel den Punkt erreichen, an dem ihm vor Angst das Herz aussetzte. Er hoffte es fast, denn das mußte noch gnädiger sein als die andere Möglichkeit.

Seng mich, was ist mit all dieser Härte, auf die ich so stolz war? Eine Tochter oder ein Steinhund – Speer ist doch Speer. Nur, der Gedanke half nicht viel. Ich werde *hart* bleiben! Er würde die Töchter den Tanz der Speere tanzen lassen, wo immer sie wollten. So sollte es sein. Und ihm war klar, daß er die Namen aller, die starben, in Erfahrung bringen würde, und jeder dieser Namen würde wie eine Messerwunde seine Seele belasten. *Ich werde hart sein. Licht, hilf mir, daß ich es kann. Licht, hilf mir doch!*

Scheinbar bewegungslos hingen sie in der Schwärze.

Die Plattform hielt an. Es war schwer zu sagen, woran er zuerst merkte, daß sie sich bewegte; er wußte es eben.

Er lenkte einen Strang der Macht, und ein Tor öffnete sich auf die gleiche Art wie zuvor im Palasthof in Cairhien. Der Einfallswinkel des Sonnenscheins hatte sich kaum geändert, doch hier beschien die frühe Morgensonne eine gepflasterte Straße. Vor ihnen zog sich ein Hang empor, dessen Gras und Blumen in der

Dürre abgestorben waren und nur noch braune Flecken bildeten. Oben am Hang befand sich eine zwei Spannen hohe oder noch etwas höhere Mauer. Die Steine waren grob behauen und wirkten so wie Natursteine. Über der Mauer waren die goldenen Kuppeln des Königlichen Palastes von Andor zu erkennen, und dazu ein paar dieser beigen, überschlanken Türmchen, von denen die Flagge mit dem Weißen Löwen in der leichten Morgenbrise flatterte. Jenseits der Mauer befand sich der Garten, in dem er Elayne zum erstenmal gesehen hatte.

Blaue Augen schwebten mit vorwurfsvollem Blick außerhalb des Nichts, eine flüchtige Erinnerung an heimliche Küsse in Tear, die Erinnerung an einen Brief, in dem sie ihm Herz und Seele zu Füßen gelegt hatte, und an Liebesbeteuerungen, die ihm Egwene überbracht hatte. Was würde sie sagen, wenn sie von Aviendha wüßte und von jener gemeinsamen Nacht in der Schneehütte? Erinnerungen an einen anderen Brief, in dem sie ihn zurückstieß wie eine Königin, die einen Schweinehirten ewiger Dunkelheit überantwortete. Es spielte keine Rolle. Lan hatte recht. Und doch wollte er … Was? Wen? Blaue Augen und grüne und dunkelbraune. Elayne, die ihn möglicherweise liebte und möglicherweise auch unentschlossen geblieben war? Aviendha, die ihn damit quälte, daß sie sich nicht berühren ließ? Min, die ihn auslachte und ihn für einen wollköpfigen Narren hielt? All das glitt in diesen Sekunden über die Außenhaut des Nichts. Er bemühte sich, alles zu ignorieren, genau wie die qualvollen Erinnerungen an eine weitere blauäugige Frau, die vor so langer Zeit tot im Flur eines anderen Palastes gelegen hatte.

Er mußte stehenbleiben, während die Aiel hinter Bael hervorhuschten, sich verschleierten und nach rechts und links ausschwärmten. Nur seine Gegenwart hielt die Plattform aufrecht. Sie würde verschwinden, sobald er selbst durch das Tor trat. Aviendha wartete beinah genauso gelassen wie Pevin, wenn sie auch gelegentlich den Kopf hinaussteckte, um stirnrunzelnd die Straße in der einen oder anderen Richtung zu beobachten. Asmodean strich über sein Schwert und atmete zu schnell. Rand fragte sich, ob der Mann überhaupt damit umgehen konnte. Nicht, daß er das mußte. Mat blickte auf die Mauer, als erinnere er sich an etwas Schlimmes. Er hatte einst den Palast auf eben diesem Weg betreten.

Die letzten verschleierten Aiel gingen vorbei, und Rand bedeutete den anderen, hinauszugehen. Dann folgte er selbst. Das Tor verschwand augenblicklich, als habe es nie existiert, und er stand in einem weiten Kreis wachsamer Töchter des Speers. Aiel liefen die sich windende Straße hinunter – sie paßte sich der Krümmung des Hügels an, so wie alle Straßen der Innenstadt an die Landschaft angepaßt waren –, und verschwanden um die nächsten Biegungen, um jeden, der sie vielleicht entdeckt hatte und Alarm schlagen würde, gefangenzusetzen. Andere kletterten den Hang empor, und einige waren bereits dabei, die Mauer zu erklimmen, indem sie kleine Vorsprünge und Unebenheiten benützten, um Halt für ihre Finger und Zehen zu finden.

Mit einemmal riß Rand die Augen auf. Zu seiner Linken verlief die Straße abwärts und verlor sich nach einer Kurve aus seiner Sicht. Der Abhang eröffnete den Blick vorbei an ziegelgedeckten Türmen, die in hundert sich ständig ändernden Farben in der Morgensonne glänzten, über Hausdächer hinweg bis hin zu den zahlreichen Parks der Inneren Stadt. Wenn man sie aus diesem Winkel betrachtete, bildeten die weißen Parkwege und Denkmäler insgesamt die Form eines Löwen. Zur Rechten verlief die Straße ein Stück nach oben, bevor sie hinter dem Hügel verschwand. Weitere von Spitzen oder Kuppeln in verschiedensten Formen gekrönte Türme erglänzten über den Dächern. Aiel füllten diese Straße und schwärmten in die Seitenstraßen aus, die sich in Spiralen vom Palast entfernten. Aiel, aber ansonsten keine Menschenseele zu sehen. Die Sonne stand hoch genug, und um diese Zeit sollten viele Menschen draußen sein und ihren Geschäften nachgehen, selbst hier in der Nähe des Palastes.

Wie in einem Alptraum neigten sich an einem halben Dutzend Stellen Teile der Mauer nach außen und stürzten herab. Aiel und Steine gleichermaßen wurden auf die Hinaufkletternden geschmettert. Bevor diese hüpfenden und schlitternden Brocken Mauerwerks auch nur die Straßen erreichten, erschienen Trollocs in den Lücken, ließen die baumstarken Rammen fallen, die sie benützt hatten, um die Mauer zu durchbrechen, und zogen ihre sichelähnlichen Schwerter. Mehr und mehr von ihnen, mit Dornenäxten und Speeren voller Widerhaken ausgerüstet, riesige menschenähnliche Gestalten in schwarzen Rüstungen mit Dornen an Schultern und Ellbogen, die breiten Menschengesichter durch Schnauzen und Schnäbel, Hörner und Federn verunstaltet, stürzten hangabwärts, augenlose Myrddraal wie Mitternachtsschlangen in ihrer Mitte. Die ganze Straße entlang ergossen sich kreischende und heulende Trollocs und lautlose Myrddraal aus den Haustüren oder sprangen aus Fenstern. Blitze zuckten aus einem wolkenlosen Himmel herab.

Rand verwob Feuer und Luft, um Feuer und Luft zu begegnen, wob einen sich langsam ausbreitenden Schild, um die Blitze abzufangen. Zu langsam. Ein Blitz traf den Schild direkt über seinem Kopf, explodierte in einem blendenden Feuerball, während andere im Boden einschlugen. Sein Haar stand zu Berge, als die Luft selbst ihn zu Boden schmettern wollte. Beinahe hätte er das Gewebe verloren und sogar das Nichts selbst entgleiten lassen, doch er verwob, was er nicht sehen konnte, weil seine Augen immer noch von dem gleißenden Blitz geblendet waren, verbreiterte den Schild und fing all jene Armbrustbolzen des Himmels ab, die er jetzt auf den Schild hämmern spürte. Sie krachten dagegen und suchten ihn. Doch das konnte sich ändern. Er sog *Saidin* durch den *Angreal* in seiner Tasche auf, vergrößerte den Schild, bis er sicher war, daß er die Hälfte der Inneren Stadt bedeckte, und dann nabelte er das Gewebe ab. Als er sich hochrappelte, begann auch seine Sicht zurückzukehren, wenn auch zuerst durch einen wäßrigen Schleier vor den schmerzenden Augen. Er mußte schnell zuschlagen. Rahvin wußte, daß er sich hier befand. Er mußte ...

Offensichtlich war überraschend wenig Zeit vergangen. Rahvin war es wohl gleichgültig gewesen, wie viele Leben der eigenen Seite er dahinraffte. Halb betäubte Trollocs und Myrddraal am Abhang fielen unter den Speeren der Töchter, von denen manche noch recht unsicher auf den Beinen waren. Einige der Töchter, vor allem die um Rand herum, rappelten sich erst jetzt halbwegs auf, wo immer sie gerade hingeschleudert worden waren. Pevin stand breitbeinig da und hielt sich mit Hilfe der Fahnenstange aufrecht. Sein vernarbtes Gesicht war so ausdruckslos wie eine leere Schiefertafel. Weitere Trollocs quollen aus den Lücken in der Mauer, und Kampfeslärm erfüllte die Straßen in allen Richtungen, doch was Rand betraf, hätte sich das auch in einem anderen Land abspielen können.

Es waren ja viel mehr als nur ein Blitz mit dieser ersten Salve herabgezuckt, und nicht alle davon waren auf ihn gerichtet gewesen. Mats qualmende Stiefel befanden sich ein Dutzend Schritt weit von dem Fleck entfernt, an dem er selbst auf dem Rücken ausgestreckt lag. Auch von dem schwarzen Schaft seines Speers stiegen Rauchfäden auf, genau wie von seinem Rock, und selbst der silberne Fuchskopf, der ihm aus dem Hemd hing, qualmte. Er hatte ihn vor dem Gebrauch der Macht durch einen *Mann* nicht schützen können. Asmodean lag als verzerrter, verkohlter Umriß da, nur erkennbar an dem Harfenbehälter, den er sich auf den Rücken gehängt hatte. Und Aviendha… Ohne ein äußeres Anzeichen von Verletzungen sah es aus, als habe sie sich zur Ruhe gelegt – doch ihre Augen starrten ohne Wimpernschlag direkt in die Sonne.

Rand beugte sich hinunter und berührte sie an der Wange. Sie wurde bereits kalt. Es fühlte sich… nicht wie Haut an.

»RAAAHVIIIIN!«

Es verunsicherte ihn ein wenig, als dieser Laut seiner Kehle entwich. Er schien irgendwo tief in seinem Hinterkopf zu sitzen und das ihn umgebende Nichts war ausgedehnter und leerer als je zuvor. *Saidin* durchtobte ihn. Es war ihm gleich, ob er von dem geballten Energiestrom weggerissen wurde. Der Makel von *Saidin* durchdrang alles, beschmutzte alles. Es war ihm egal.

Drei Trollocs durchbrachen die Reihe der Töchter. Mit großen Dornenäxten und seltsam mit Widerhaken bewehrten Speeren in den haarigen Pranken, die nur zu menschlichen Augen auf ihn gerichtet, näherten sie sich ihm, der anscheinend unbewaffnet vor ihnen stand. Derjenige mit der Keilerschnauze und den mächtigen Hauern fiel, als Enailas Speer sein Rückgrat durchschlug. Adlerschnabel und Bärenschnauze rannten auf ihn zu, der eine auf gestiefelten Füßen, der andere auf großen Tatzen.

Rand ertappte sich bei einem Lächeln.

Feuer barst aus den beiden Trollocs, aus jeder Pore ihrer Körper eine Stichflamme, barst auch durch ihre schwarzen Rüstungen und sprengte sie. In dem Moment, als sie ihre Mäuler zu einem lauten Brüllen aufreißen wollten, öffnete sich genau in ihrem Weg ein Tor. Die bluttriefenden Hälften der glatt durchgeschnittenen Trollocs fielen zu Boden, aber Rand blickte bereits angespannt durch die Öffnung. Nicht in

Schwärze hinein, sondern in einen mächtigen, von Säulen umgebenen Saal, in dessen Steinfliesen Löwen gehauen waren, wo ein hochgewachsener Mann mit weißen Strähnen im dunklen Haar überrascht von seinem vergoldeten Thron aufblickte. Ein Dutzend Männer, einige wie Lords gekleidet, andere im Brustharnisch, wandten sich um, weil sie sehen wollten, was ihr Herr anblickte.

Rand bemerkte sie kaum. »Rahvin«, sagte er. Oder irgend jemand sagte es. Er war sich nicht sicher, wer.

Er schickte Blitze und Feuer vor sich her, trat hindurch und schloß das Tor hinter sich. Er war der Tod.

Nynaeve bereitete es keine Mühe, sich die schlechte Laune zu erhalten, damit sie einen Strang von Geist durch die im Bernstein schlafende Frau in ihrer Tasche leiten konnte. Heute morgen konnte nicht einmal das Gefühl, von unsichtbaren Augen beobachtet zu werden, sie in ihrem Zorn berühren. Siuan stand vor ihr auf einer Straße im Salidar *Tel'aran'rhiods,* einer bis auf sie menschenleeren Straße, über der nur ein paar Fliegen zu sehen waren und ein Fuchs, der aufblickte und sie neugierig ansah, bevor er weitertrabte.

»Ihr müßt Euch konzentrieren«, fuhr Nynaeve die andere an. »Ihr habt beim erstenmal Eure Umgebung besser kontrolliert als jetzt. Konzentriert Euch gefälligst!«

»Ich konzentriere mich ja, Ihr närrisches Weib!« Siuans einfaches blaues Wollkleid bestand plötzlich aus Seide. Um ihren Hals hing die Stola mit den sieben Streifen, das Zeichen der Amyrlin, und an ihrem Finger biß eine goldene Schlange in ihren eigenen Schwanz. Sie blickte Nynaeve finster an und war sich der Veränderung wohl gar nicht bewußt, obwohl sie dasselbe Kleid heute schon fünfmal getragen hatte. »Wenn es Schwierigkeiten gibt, dann liegt das an diesem schrecklichen Gebräu, das Ihr mir eingeflößt habt.

Pfaaah! Ich habe den Geschmack immer noch auf der Zunge. Wie Flundergalle!« Stola und Ring verschwanden und der Stehkragen des Seidenkleids machte einem Ausschnitt Platz, der tief genug war, um den verdrehten Steinring sichtbar werden zu lassen, der an einem dünnen Goldkettchen zwischen ihren Brüsten baumelte.

»Hättet Ihr nicht darauf bestanden, daß ich Euch unterrichte, obwohl Ihr Hilfe zum Einschlafen brauchtet, dann wäre das nicht notwendig gewesen.« Also hatte sie ein wenig Schafszungenwurzel und ein paar andere Zutaten beigemischt, die nicht unbedingt nötig gewesen waren. Diese Frau hatte es wahrlich verdient, sich von solchem Gebräu den Geschmack verderben zu lassen.

»Ihr könnt mich ja kaum zur selben Zeit unterrichten, da Ihr Sheriam und die anderen unterweist.« Die Seide verblaßte, das Kleid war wieder hochgeschlossen, mit einem weißen Spitzenbesatz am Kragen, und eine mit Perlen bestickte Kappe umschloß Siuans Haar. »Oder wäre es Euch lieber, wenn ich gleich danach drankäme? Ihr behauptet doch, Ihr hättet ein wenig ungestörten Schlafs nötig.«

Nynaeve bebte vor Wut, die Fäuste an den Seiten geballt. Es waren nicht Sheriam und die anderen, die ihren Zorn am meisten schürten. Sie und Elayne wechselten sich dabei ab, immer zwei auf einmal nach *Tel'aran'rhiod* mitzunehmen, manchmal auch alle sechs innerhalb nur einer Nacht, und obwohl sie in diesem Fall die Lehrerin war, ließen die anderen nie einen Zweifel daran aufkommen, daß sie Aes Sedai waren und Nynaeve nur eine Aufgenommene. Ein einziges scharfes Wort, wenn sie einen dummen Fehler begingen… Elayne hatten sie nur einmal zum Töpfeschrubben verdonnert, aber Nynaeves Hände waren vom heißen Seifenwasser verschrumpelt, jedenfalls da, wo ihr schlafender Körper lag. Und doch waren sie nicht das Schlimmste. Auch die Tatsache, daß sie kaum einen freien Moment hatte, um zu untersuchen, was man, wenn überhaupt, gegen die Wirkung einer Dämpfung unternehmen konnte, ärgerte sie nicht allzusehr. Logain war da auf jeden Fall entgegenkommender als Siuan und Leane, oder jedenfalls eifriger bei der Sache. Dem Licht sei Dank, daß er das Geheimnis zu hüten wußte. Jedenfalls hatte er das vor; wahrscheinlich glaubte er, sie würde ihn eines Tages heilen. Nein, schlimmer war, daß man Faolain überprüft und erhoben hatte... nicht zur Aes Sedai, das ging nicht ohne die Eidesrute, und die befand sich nun einmal in der Burg, aber jedenfalls zu etwas Höherem als einer Aufgenommenen. Faolain kleidete sich nun ganz nach ihren eigenen Wünschen, und wenn sie auch die Stola noch nicht anlegen oder eine Ajah auswählen durfte, hatte man ihr doch anderweitig Autorität verliehen. Nynaeve hatte wohl in den letzten vier Tagen mehr Becher Wasser, mehr Bücher – garantiert mit Absicht zurückgelassen! – und mehr Nadeln und Tintenfässer und andere nutzlose Gegenstände hin und her getragen als während ihres gesamten Aufenthalts in der Burg. Und doch war selbst Faolain nicht das Schlimmste hier. Daran wollte sie sich lieber gar nicht erst erinnern. Mit ihrer Wut hätte man ein ganzes Haus den Winter hindurch heizen können.

»Was hat Euch denn heute einen Haken zwischen die Kiemen gesteckt, Mädchen?« Siuan trug nun ein Kleid ähnlich dem Leanes, nur noch durchscheinender, als es selbst Leane in der Öffentlichkeit getragen hätte. Es war so hauchdünn, daß man kaum feststellen konnte, welche Farbe es eigentlich hatte. Es war auch nicht das erste Mal heute, daß sie dieses Kleid trug. Was spielte sich in dem Hinterkopf dieser Frau ab? In der Welt der Träume verrieten Dinge wie solch plötzliche Kleiderwechsel einiges über die geheimsten Gedanken, die einem manchmal selbst nicht bewußt waren. »Bis heute wart ihr eine beinahe verträgliche Gesellschafterin«, fuhr Siuan leicht gereizt fort und legte dann eine kurze Pause ein. »Bis heute. Ich begreife jetzt. Gestern nachmittag hat Sheriam Theodrin damit beauftragt, Euch dabei zu helfen, diesen Block, den ihr gegen den Gebrauch der Macht aufgebaut hattet, langsam abzubauen. Ist es diese Laus, die Euch über die Leber gelaufen ist? Es gefällt Euch nicht, daß Euch Theodrin Befehle erteilt? Sie ist auch eine Wilde gewesen, Mädchen. Wenn Euch irgend jemand helfen kann, den Gebrauch der Macht zu erlernen, ohne erst vor Wut in die Luft gehen zu müssen, dann...«

»Und was macht Euch so nervös, daß Ihr euer Kleid nicht festhalten könnt?« Theodrin – die Sache tat ihr wirklich weh. Der Fehlschlag. »Vielleicht hängt es mit etwas zusammen, das ich gestern abend hörte?« Theodrin war niemals launisch, war freundlich und geduldig. Sie sagte, man könne so etwas nicht in einer einzigen Sitzung vollbringen. Bei ihrem eigenen Block hatte es Monate gedauert, bis er zerstört war, und das, obwohl sie, lange bevor sie zur Burg ging, bereits erkannt hatte, daß sie die Macht benützte. Trotzdem tat der Fehlschlag weh, und es wäre furchtbar, falls irgend jemand erfuhr, daß sie sich wie ein Kind in Theodrins tröstenden Armen ausgeweint hatte, als ihr klar wurde, daß sie es nicht schaffte... »Ich hörte, Ihr habt Gareth Bryne seine Stiefel an den Kopf geworfen, als er Euch befahl, Euch hinzusetzen und sie endlich richtig zu putzen. Er weiß wohl immer noch nicht, daß Min sie putzt, oder? Also hat er Euch übers Knie gelegt und...«

Die Ohrfeige, in die Siuan all ihre Kraft gelegt hatte, ließ Nynaeves Ohren klingeln. Einen Moment lang stand sie nur verdattert da, riß die Augen weit auf und starrte die andere an. Dann versuchte sie unter einem wilden Aufschrei, Siuan eins aufs Auge zu verpassen. Versuchte, weil es Siuan irgendwie fertiggebracht hatte, mit einer Hand Nynaeves Haar zu packen. Einen Augenblick später lagen sie im Straßenstaub, rollten kreischend hin und her und prügelten wild aufeinander ein.

Nynaeve ächzte laut, glaubte aber doch, insgesamt das bessere Ende für sich zu haben, obwohl sie die meiste Zeit über nicht wußte, ob sie gerade oben oder unten lag. Siuan bemühte sich, mit einer Hand ihren Zopf mitsamt den Haarwurzeln auszureißen, während sie ihr die andere Faust in die Rippen rammte oder auf jeden Körperteil lostrommelte, den sie nur erwischen konnte, doch sie zahlte es ihr mit gleicher Münze zurück. Siuans Reißen und ihre Schläge wurden eindeutig schwächer. Sie würde diese Frau in einer Minute bewußtlos schlagen und ihr sämtliche Haare ausreißen; sollte sie doch mit einer Glatze herumlaufen. Nynaeve jaulte auf, als ein Fuß hart gegen ihr Schienbein krachte. Die Frau trat ja zu! Nynaeve versuchte, sie mit dem Knie festzunageln, aber das war schwierig, wenn man einen Rock trug. Treten war einfach unfair!

Plötzlich wurde Nynaeve bewußt, daß Siuans ganzer Körper bebte. Zuerst dachte sie, die Frau weine. Dann erkannte sie aber, daß sie in Wirklichkeit schallend lachte. Sie setzte sich auf und wischte sich Haarsträhnen vom Gesicht, denn ihr Zopf hatte sich so ziemlich aufgelöst. Dann blickte sie wütend auf die andere hinab. »Worüber lacht Ihr? Über mich? Wenn Ihr glaubt …!«

»Nicht über Euch. Über uns!« Siuan bebte noch immer vor Lachen und schob Nynaeve von sich weg. Ihr Haar sah genauso wild aus, und das einfache Wollkleid, das sie jetzt anhatte, war voller Staub, abgewetzt und an einigen Stellen eingerissen. Und sie war auch barfuß wie Nynaeve. »Zwei erwachsene Frauen, die im Dreck herumbalgen wie … Das habe ich nicht mehr gemacht, seit ich … zwölf war, glaube ich. Ich mußte gerade daran denken, daß jetzt nur noch die fette Cian fehlte, die mich am Ohr hochzog und mir beibrachte, daß sich Mädchen nicht prügeln. Ich hörte, daß sie einmal sogar einen betrunkenen Drucker zu Boden schlug. Warum, weiß ich nicht.« Einen Moment lang schien sie zu kichern, doch dann beruhigte sie sich, stand auf und klopfte sich den Staub vom Kleid. »Wenn wir eine Meinungsverschiedenheit haben, können wir sie wie erwachsene Frauen austragen.« Und etwas vorsichtiger bemerkte sich noch: »Trotzdem könnte es vorteilhaft sein, nicht über Gareth Bryne zu sprechen.« Sie fuhr zusammen, als aus dem zerrissenen Kleid mit einemmal ein rotes Abendkleid mit schwarzer und goldener Stickerei am Saum und tiefem Ausschnitt wurde.

Nynaeve saß immer noch da und blickte sie mit großen Augen an. Was hätte sie als Seherin gemacht, wenn sie auf zwei Frauen gestoßen wäre, die sich auf diese Art im Staub balgten? Falls überhaupt, dämpfte die Antwort ihren Zorn ein wenig. Siuan schien es immer noch nicht klarzusein, daß es in *Tel'aran'rhiod* nicht notwendig war, sich den Staub von den Kleidern zu klopfen. Sie zog schnell ihre Finger zurück, mit denen sie begonnen hatte, ihren Zopf wieder zu richten, und stand rasch auf. Bevor sie wieder auf den Beinen war, hing ihr Zopf säuberlich geflochten über die Schulter, und ihr gutes Wollkleid im Stil der Zwei Flüsse sah aus, als sei es gerade eben gewaschen und gebügelt worden.

»Einverstanden«, sagte sie. Hätte sie zwei Frauen in der gleichen Situation erwischt, hätten die ihre eigene Geburt verflucht, noch bevor sie mit ihnen vor der Versammlung der Frauen angekommen wäre. Was war nur in sie gefahren, daß sie wie irgendein idiotischer Mann mit den Fäusten zugeschlagen hatte? Erst das mit Cerandin – sie wollte über diese Episode lieber nicht nachdenken, konnte aber nicht umhin, sie vor sich selbst zuzugeben –, dann Latelle und nun dies.

Würde sie ihren Block damit beseitigen können, daß sie die ganze Zeit über wütend herumlief? Unglücklicherweise – oder vielleicht auch glücklicherweise – verbesserte dieser Gedanke ihre Laune keineswegs. »Wenn wir Unstimmigkeiten haben, können wir ja darüber … diskutieren.«

»Was, wie ich meine, heißen soll, daß wir uns anschreien«, stellte Siuan trocken fest. »Na ja, immer noch besser als die andere Methode.«

»Wir müßten uns nicht anschreien, wenn Ihr …« Nynaeve atmete tief durch und riß ihren Blick von der anderen los. Es hatte keinen Zweck, von neuem zu beginnen. Doch dann stockte ihr der Atem, und sie dachte so schnell zu Siuan um, daß es schien, sie habe lediglich den Kopf geschüttelt. Sie hoffte jedenfalls, es habe so gewirkt. Nur einen kurzen Moment lang hatte sie in einem Fenster auf der anderen Seite der Straße ein Gesicht gesehen. In ihrem Magen flatterte es. Furcht stieg in ihr auf und Zorn, weil sie sich fürchtete. »Ich denke, wir sollten jetzt zurückkehren«, sagte sie leise.

»Zurück? Ihr sagtet doch, diese schreckliche Brühe würde mich für mindestens zwei Stunden in tiefen Schlaf versenken, und wir haben noch nicht einmal die Hälfte dieser Zeit hier verbracht!«

»Die Zeit verläuft hier anders.« War das Moghedien gewesen? Das Gesicht war so schnell verschwunden, daß es auch jemand gewesen sein konnte, der sich einen Augenblick lang hierher geträumt hatte. Falls es Moghedien gewesen war, durfte die nicht – auf keinen Fall – merken, daß sie sie bemerkt hatte. Sie mußten weg. Furcht und brennender Zorn deswegen. »Ich habe Euch das doch schon erklärt. Ein Tag in *Tel'aran'rhiod* kann eine Stunde in der wachenden Welt bedeuten, oder gerade andersherum. Wir …«

»Es braucht schon etwas mehr, um mich hinters Licht zu führen, Mädchen. Ihr müßt nicht glauben, daß

Ihr mich so übers Ohr hauen könnt. Ihr werdet mir alles beibringen, was Ihr die anderen lehrt, so wie abgemacht. Wir können gehen, wenn ich erwache.«

Sie hatten dafür keine Zeit. Falls es Moghedien gewesen war. Siuans Kleid war jetzt aus grüner Seide, die Stola der Amyrlin und ihr Großer Schlangenring waren wieder da, doch zur Abwechslung war der Ausschnitt diesmal beinahe so tief wie bei bestimmten Kleidern, die sie hier schon einmal getragen hatte. Der ringförmige *Ter'Angreal* hing über ihren Brüsten und war jetzt auf irgendeine Art Teil einer Halskette aus geschliffenen Smaragden geworden.

Nynaeve handelte, ohne nachzudenken. Ihre Hand fuhr heraus und packte die Halskette so hart, daß sie sich von Siuans Hals löste. Siuan riß die Augen auf, doch sobald der Verschluß zerbrach, verschwand sie, und Halskette sowie Ring schmolzen in Nynaeves Hand dahin. Einen Wimpernschlag lang blickte sie auf ihre leere Hand hinab. Was geschah mit jemanden, den man auf diese Art aus *Tel'aran'rhiod* hinausbeförderte? Hatte sie Siuan in ihren schlafenden Körper zurückgeschickt? Oder wohin sonst? Ins Nichts vielleicht?

Sie wurde von Panik erfaßt. Sie stand einfach nur da und unternahm nichts. In Gedankenschnelle floh sie, und die Welt der Träume schien sich um sie herum völlig zu verändern.

Sie stand auf einer Lehmstraße inmitten eines kleines Dorfes von Holzhütten, von denen keine mehr als ein Stockwerk besaß. Der Weiße Löwe von Andor wehte an einem hohen Mast, und ein einzelner gemauerter Anlegesteg ragte in einen breiten Fluß hinein, über dem eine Gruppe von großen Vögeln mit langen Schnäbeln in geringer Höhe nach Süden flog. Es kam ihr alles ein wenig bekannt vor, aber sie brauchte doch einen Moment, bis ihr klar wurde, wo sie sich befand: Jurene. In Cairhien. Und dieser Fluß war der Erinin. Hier war es gewesen, wo sie, Egwene und Elayne sich auf der *Pelikan* eingeschifft hatten, einem Schiff, dessen Name genauso fehl am Platz gewesen war wie bei der *Wasserschlange,* und ihre Reise nach Tear fortgesetzt hatten. Das lag alles so fern, als habe sie es vor langer Zeit in einem Buch gelesen.

Warum war sie nach Jurene geflohen? Das war einfach, und sie beantwortete sich diese Frage selbst, kaum daß sie sie in Gedanken ausgesprochen hatte. Jurene war der einzige Ort in *Tel'aran'rhiod,* den sie gut genug kannte, bei dem sie aber auch sicher sein konnte, daß ihn Moghedien nicht kannte. Sie hatten sich hier eine Stunde lang aufgehalten, noch ehe Moghedien etwas von ihrer Existenz geahnt hatte, und sie war sicher, daß weder sie selbst noch Elayne ihn jemals wieder erwähnt hatten, weder in *Tel'aran'rhiod* noch im wachen Zustand.

Doch das führte zu einer anderen Frage. Auf gewisse Weise war es sogar die selbe. Warum ausgerechnet nach Jurene? Warum nicht aus dem Traum heraustreten und im eigenen Bett aufwachen, wenn denn das Geschirrspülen und Bödenschrubben sie nicht derart ausgelaugt hatte, daß sie einfach weiterschlief? *Ich kann immer noch hinaustreten.* Moghedien hatte sie in Salidar gesehen, falls es Moghedien gewesen war. Also wußte Moghedien nun von Salidar. *Ich kann es Sheriam sagen.* Wie? Zugeben, daß sie Siuan unterrichtete? Man erwartete von ihr, daß sie diese *Ter'Angreal* nur beim Unterricht für Sheriam und die anderen Aes Sedai benutzte. Nynaeve hatte keine Ahnung, wie Siuan an sie herankommen konnte, wenn sie unterrichtet werden wollte. Nein, sie fürchtete sich keineswegs vor weiteren Stunden, die sie bis zu den Ellbogen im heißen Wasser verbringen mußte. Sie hatte Angst vor Moghedien. Der Zorn brannte so heiß in ihrem Magen, daß sie wünschte, sie hätte ein wenig Gansminze aus ihrer Kräutertasche dabei. *Ich habe es so… so verdammt satt, ständig Angst auszustehen!*

Vor einem der Häuser stand eine Bank. Von ihr aus konnte sie den Anlegesteg und den Fluß überblicken. Also setzte sie sich und betrachtete ihre Lage noch einmal von allen Seiten. Es war lächerlich. Die Wahre Quelle war hier recht blaß geworden. Sie wob sich eine kleine Flamme, die über ihrer Hand flackerte. Sie selbst mochte ja fest und stofflich wirken – jedenfalls in ihren eigenen Augen –, doch durch dieses Feuerchen hindurch konnte sie deutlich den Fluß sehen. Sie band den Strang ab, und die Flamme verblaßte wie feiner Dunst, sobald sie den Knoten fertig hatte. Wie konnte sie Moghedien gegenübertreten, wenn ihr noch die schwächste Novizin in Salidar an Stärke gleichkam oder sogar überlegen war? Deshalb war sie hierher geflohen, statt *Tel'aran'rhiod* zu verlassen. Furcht, und Zorn dieser Furcht wegen, zu wütend, um klar zu denken und sich über die eigene Schwäche klarzuwerden.

Sie würde aus dem Traum heraustreten. Was Siuan auch vorgehabt hatte, hatte sich nun erledigt; sie würde von nun an das gleiche Risiko tragen müssen wie Nynaeve. Der Gedanke an weitere Stunden des Bodenschrubbens ließ ihre Hand sich um den Zopf verkrampfen. Wahrscheinlich nicht nur Stunden, sondern Tage, und nebenbei noch Sheriams Rute spüren. Vielleicht würden sie ihr verbieten, die *Ter'Angreal* wieder zu verwenden, mit deren Hilfe man die Welt der Träume betreten konnte, oder vielleicht überhaupt jeden *Ter'Angreal*. Sie würden sie in Faolains Obhut geben anstatt weiter in die Theodrins. Keine weiteren Untersuchungen mehr an Siuan und Leane, geschweige denn an Logain; vielleicht sogar das Ende ihres Studiums der Heilkunst.

Wütend lenkte sie die Macht und brachte wieder eine kleine Flamme zuwege. Falls sie diesmal etwas größer war, konnte sie das jedenfalls nicht sehen. Das wars ja wohl mit dem Einfall, ihren Zorn zu steigern, in der Hoffnung, es werde helfen. »Ich kann ja wohl nichts anderes mehr tun, als ihnen zu erzählen, daß ich Moghedien getroffen habe«, knurrte sie und riß so hart an ihrem Zopf, daß es schmerzte. »Licht, sie werden mich Faolain übergeben. Da würde ich doch beinahe lieber sterben!«

»Aber es scheint Euch Spaß zu machen, kleine Botengänge für sie zu verrichten.«

Die spöttische Stimme riß Nynaeve von der Bank hoch, als habe sie unvermittelt eine Hand auf ihrer Schulter verspürt. Moghedien stand mitten auf der Straße, ganz in Schwarz gekleidet, und schüttelte bei diesem Anblick den Kopf. Mit aller Kraft wob Nynaeve eine Abschirmung aus dem Element Geist und schleuderte sie zwischen die andere und *Saidar*. Besser: Sie versuchte die Abschirmung dorthin zu schleudern, doch es war, als wolle sie einen Baum mit einer Papieraxt fällen. Moghedien lächelte doch tatsächlich, bevor sie sich dazu herabließ, Nynaeves Gewebe zu durchtrennen, und das so beiläufig, als wische sie sich ein Beißmich aus dem Gesicht. Nynaeve blickte sie wie vom Schlag getroffen an. Nach alledem nun dies. Die Eine Macht – nutzlos. All der Zorn, der in ihr kochte – nutzlos. All ihre Pläne, ihre Hoffnungen – nutzlos. Moghedien machte sich gar nicht erst die Mühe, zurückzuschlagen. Sie wob noch nicht einmal eine eigene Abschirmung. Sie schien nur Verachtung für Nynaeves Fähigkeiten zu empfinden.

»Ich fürchtete schon, daß Ihr mich gesehen habt. Ich war unvorsichtig, als ich zusah, wie Ihr und Siuan begannt, Euch gegenseitig umzubringen. Mit bloßen Händen.« Moghedien lachte ein wenig herablassend. Sie webte etwas, und das völlig ungerührt, denn sie hatte keinen Grund zur Eile. Nynaeve wußte nicht, was sie webte, doch sie hätte am liebsten losgeschrien. Der Zorn kochte in ihr, doch die Furcht lähmte ihren Verstand und ließ ihre Füße am Boden kleben. »Manchmal glaube ich, ihr alle seid einfach viel zu unwissend, um überhaupt ausgebildet zu werden, Ihr und die frühere *Amyrlin* und der ganze Rest. Aber ich kann nicht zulassen, daß Ihr mich verratet.« Dieses Gewebe griff nun nach ihr. »Es ist an der Zeit, Euch endlich meiner Sammlung hinzuzufügen, wie mir scheint.«

»Halt, Moghedien!« schrie Birgitte.

Nynaeves Mund stand offen. Es war tatsächlich Birgitte, wie sie früher aussah, in ihrem kurzen weißen Mantel und den gelben Pumphosen, den kunstvoll geflochtenen goldenen Zopf nach vorn über eine Schulter gelegt und einen silbernen Pfeil auf den silbernen Bogen aufgelegt. Das war doch unmöglich! Birgitte war kein Teil *Tel'aran'rhiods* mehr. Sie war in Salidar und bewachte die trotz der bereits aufgegangenen Sonne schlafenden Körper Nynaeves und Siuans, damit sie niemand entdeckte und unbequeme Fragen stellte.

Moghedien war so überrascht, daß ihre soeben gewebten Stränge verschwanden. Ihre Überraschung hielt jedoch nur einen Augenblick lang an. Der schimmernde Pfeil verließ Birgittes Bogen – und verdampfte. Der Bogen selbst verdampfte. Etwas schien die Schützin zu packen, riß ihre Arme senkrecht nach oben und hob sie in die Luft. Mit einem Ruck wurde sie zusammengeschnürt und hing nun an Hand- und Fußgelenken einen Fuß über dem Boden.

»Ich hätte an die Möglichkeit Eures Auftauchens denken sollen.« Moghedien wandte Nynaeve den Rücken zu, um näher an Birgitte heranzutreten. »Gefällt es Euch, wieder Fleisch zu sein? Ohne Gaidal Cain?«

Nynaeve dachte daran, die Macht zu gebrauchen. Aber was sollte sie damit anstellen? Einen Dolch weben, der womöglich noch nicht einmal die Haut dieser Frau zu ritzen vermochte? Feuer weben, das selbst ihren Rock nicht versengen würde? Moghedien wußte, wie sinnlos das alles wäre. Sie behielt sie nicht einmal im Auge. Wenn sie den Strom aus Geist zu der im Bernstein schlafenden Frau unterbrach, würde sie in Salidar erwachen und könnte alle warnen. Ihr Gesicht verzog sich, und sie war den Tränen nah, als sie zu Birgitte hinübersah. Die Frau mit dem goldenen Haar hing in der Luft und blickte Moghedien trotzig an. Moghedien dagegen musterte sie wie eine Schnitzerin einen Holzblock.

Alles hängt jetzt an mir, dachte Nynaeve. *Und ich bin so hilflos, als könnte ich überhaupt nicht mit der Macht umgehen. Alles hängt an mir.*

Auch nur einen Fuß anzuheben war, als zöge man ihn aus knietiefem Schlamm. Der zweite taumelnde Schritt fiel ihr nicht leichter. In Richtung Moghedien. »Tut mir nichts«, rief Nynaeve weinerlich. »Bitte! Tut mir nichts!« Es überlief sie eiskalt. Birgitte war verschwunden. An ihrer Stelle stand ein Kind von vielleicht drei oder vier Jahren, mit einem kurzen weißen Mantel und gelben Pumphosen bekleidet, und spielte mit einem silbernen Spielzeugbogen. Das Kind warf mit einer kurzen Bewegung seinen goldenen Zopf nach hinten, zielte mit dem Bogen spielerisch auf Nynaeve und kicherte. Dann steckte es einen Finger in den Mund, als sei es nicht sicher, ob es etwas falsch gemacht hatte. Nynaeve fiel auf die Knie. Es war Schwerstarbeit, in ihren Röcken voranzukriechen, aber sie wäre wohl kaum in der Lage gewesen, sich auf den Beinen zu halten. Irgendwie brachte sie es jedenfalls fertig, streckte dann bittend eine Hand nach Moghedien aus und wimmerte: »Bitte. Tut mir nichts. Bitte. Fügt mir keine Schmerzen zu.« Immer und immer wieder, während sie sich zu der Verlorenen hinschleppte wie ein sterbender Käfer, der durch den Staub krabbelt.

Moghedien sah ihr schweigend zu, bis sie schließlich sagte: »Ich hatte ursprünglich geglaubt, Ihr wäret um einiges stärker. Jetzt bemerke ich, wie sehr mir Euer Anblick gefällt, wenn Ihr so auf den Knien liegt. Das ist jetzt nahe genug, Mädchen. Nicht, daß ich glaubte, Ihr hättet genug Mut, um zu versuchen, *mir* die Haare auszureißen …« Der Einfall schien sie zu erheitern.

Nynaeves Hand befand sich nur eine Spanne von Moghedien entfernt. Das mußte einfach nahe genug sein. Alles hing nur an ihr. Und an *Tel'aran'rhiod*. Das Bild formte sich in ihrem Kopf, und da war es: ein silbriges Armband an ihrem ausgestreckten Unterarm, mit einer silbrigen Leine, die bis zu dem ebenso silbrigen Halsband an Moghediens Hals reichte. Sie hielt das Bild in ihrem Kopf fest, nicht nur den *A'dam*, sondern Moghedien, die ihn trug, Moghedien und den *A'dam* als Teil *Tel'aran'rhiods*, den sie ganz nach ihren Wünschen gestaltete. Sie wußte in ungefähr, was sie zu erwarten hatte. Sie hatte einst in Falme selbst das Armband eines *A'dam* getragen. Auf diese seltsame Weise war sie sich Moghediens ebenso bewußt wie ihres eigenen Körpers, ihrer eigenen Gefühle. Zwei Menschen, jeder für sich, und doch befanden sich beide in ihrem Kopf. Etwas anderes hatte sie sich bestenfalls erhofft, weil Elayne fest behauptet hatte, es treffe zu: Das Ding war tatsächlich eine Verbindung, verknüpfte sie beide. Sie konnte die Wahre Quelle *durch* die andere hindurch wahrnehmen.

Moghediens Hand fuhr an das Halsband, und vor Schreck weiteten sich ihre Augen. Wut und Schreck. Zuerst mehr Wut als Angst. Nynaeve fühlte das, als seien es ihre eigenen Gefühle. Moghedien wußte mit Sicherheit, was Leine und Halsband zu bedeuten hatten, aber trotzdem versuchte sie, die Macht zu lenken. Gleichzeitig spürte Nynaeve eine leichte Veränderung in ihrem Innern, im *A'dam*, während die andere sich bemühte, *Tel'aran'rhiod* dem eigenen Willen zu unterwerfen. Moghediens Versuch zu unterbinden war einfach. Der *A'dam* stellte eine Verbindung her, und sie hatte die Kontrolle in der Hand. Dieses Bewußtsein machte es ihr leicht. Nynaeve wollte nicht, daß diese Stränge gelenkt wurden, also wurden sie nicht gelenkt. Moghedien hätte genausogut versuchen können, einen Berg mit bloßen Händen aufzuheben. Die Angst überwältigte den Zorn.

Nynaeve stand auf und formte das entsprechende Bild in ihrem Geist. Sie stellte sich nicht nur Moghedien mit dem Halsband des *A'dam* vor, nein, sie *wußte*, daß Moghedien an der Leine hing, wußte es genauso eindeutig, wie sie ihren eigenen Namen kannte. Dieses Gefühl der Veränderung, das ihr so auf der Haut kribbelte, verging trotzdem nicht. »Hört auf damit«, befahl sie in scharfem Ton. Der *A'dam* bewegte sich nicht, schien aber kaum wahrnehmbar zu zittern. Sie stellte sich Nesseln vor, die von den Schultern bis zu den Knien über den Körper der anderen strichen. Moghedien schauderte und atmete krampfhaft aus. »Hört auf damit, sage ich, oder Ihr werdet Schlimmeres verspüren.« Die Veränderung hörte auf. Moghedien beobachtete sie wachsam. Sie hielt immer noch das silbrige Halsband mit einer Hand und machte den Eindruck, als stünde sie auf Zehenspitzen bereit, davonzulaufen.

Birgitte – das Kind, das Birgitte war oder gewesen war – stand da und musterte sie beide neugierig. Nynaeve stellte sie sich als erwachsene Frau vor und konzentrierte sich. Das kleine Mädchen steckte den Finger wieder in den Mund und begann, den Spielzeugbogen zu betrachten. Nynaeve atmete zornig und schnell. Es war schwierig, etwas abzuändern, was jemand anders bereits festhielt. Und obendrein hatte Moghedien auch noch behauptet, sie könne solche Veränderungen endgültig machen. Aber was sie getan hatte, konnte sie selbst auch wieder aufheben. »Stellt ihren vorherigen Zustand wieder her.«

»Wenn Ihr mich freilaßt, werde ich …«

Nynaeve dachte wieder an die Nesseln, und diesmal

berührten sie die Haut der anderen nicht nur leicht. Moghedien zog die Luft durch zusammengebissene Zähne ein und bebte wie ein Laken im Sturm.

»Das«, stellte Birgitte fest, »war das Beängstigendste, was mir jemals passiert ist.« Sie war wieder sie selbst, wie zuvor mit Kurzmantel und Pumphosen, doch Bogen und Köcher fehlten. »Ich war wirklich ein Kind, aber zur gleichen Zeit befand ich mich – mein eigentliches Ich – wie eine imaginäre Gestalt irgendwo im Hinterkopf dieses kleinen Mädchens. Und mir war das bewußt. Ich wußte, ich würde einfach nur zuschauen, was geschah, und spielen…« Sie warf mit einem Ruck den goldenen Zopf nach hinten und blickte Moghedien bitter an.

»Wie bist du hierhergekommen?« fragte Nynaeve. »Ich bin dir dankbar dafür, aber… wie konnte das sein?«

Birgitte warf Moghedien einen weiteren harten Blick zu, öffnete dann den Mantel und faßte am Hals unter ihre Bluse. Sie zog den verdrehten Steinring an seiner Lederschnur hervor. »Siuan ist aufgewacht. Nur einen Augenblick lang, und sicher war sie nicht ganz klar. Aber eben lang genug, um sich zu beklagen, daß du ihr dieses Ding abgenommen hättest. Als du dann nicht gleich nach ihr aufgewacht bist, wußte ich, daß etwas nicht stimmte. Also habe ich den Ring genommen und den Rest deines Gebräus für Siuan getrunken.«

»Es war doch kaum etwas übrig. Nur der Satz wahrscheinlich.«

»Genug jedenfalls, um einschlafen zu können. Übrigens, es schmeckt scheußlich! Danach war alles so leicht wie die Suche nach Federtänzern in Shiota. Es war eigentlich so, als wäre ich noch…« Birgitte schwieg und warf Moghedien noch einmal einen bitterbösen Blick zu. Der silberne Bogen erschien in ihrer Hand und ein Köcher voll silberner Pfeile an ihrer

Hüfte, doch nach einem Augenblick verschwand beides wieder. »Vorbei ist vorbei, und die Zukunft liegt vor mir«, sagte sie entschlossen. »Es überraschte mich kein bißchen, festzustellen, daß sich gleich zwei hier befanden, die beide genau wußten, daß sie in *Tel'aran'rhiod* waren. Es war mir klar, wer die andere sein mußte, und als ich ankam und euch beide erblickte … Es schien so, als habe sie dich bereits in ihrer Gewalt, aber ich hoffte, daß dir etwas einfallen würde, wenn ich sie nur lange genug ablenkte.«

Nynaeve schämte sich im Innersten. Sie hatte daran gedacht, Birgitte hier im Stich zu lassen. Bevor sie auf die andere Lösung gekommen war, hatte sie sich das wirklich überlegt. Nur ganz kurz freilich, und sie hatte den Gedanken auch sofort wieder verworfen, aber ableugnen konnte sie ihn nicht. Was für ein Feigling sie doch war. Bestimmt kannte Birgitte solche Momente überhaupt nicht, wo die Angst sie so beherrschte … »Ich …« Ein schwacher Geschmack nach gekochtem Katzenfarn und zerstoßenem Mavinsblatt. »Ich wäre beinahe geflohen«, sagte sie mit schwacher Stimme. »Ich hatte solche Angst, daß mir die Zunge am Gaumen klebte. Beinahe wäre ich geflohen und hätte dich im Stich gelassen.«

»Ach?« Nynaeve wand sich innerlich vor Scham, als Birgitte sie nachdenklich ansah. »Aber du hast es nicht getan, ja? Ich hätte schießen sollen, bevor ich schrie, aber ich habe es niemals fertiggebracht, jemanden einfach hinterrücks zu töten. Selbst bei ihr nicht. Aber es ist ja alles noch einmal gutgegangen. Was wollen wir jetzt mit ihr machen?«

Moghedien schien mittlerweile ihre Angst überwunden zu haben. Sie ignorierte das silbrige Halsband und beobachtete Nynaeve und Birgitte, als wären *sie* die Gefangenen und nicht sie selbst, und als überlege sie, was mit ihnen geschehen solle. Abgesehen von einem gelegentlichen Zucken ihrer Hände, als wolle sie sich kratzen, wo ihre Haut sich an die Nesseln erinnerte, schien sie ganz die schwarzgekleidete Gelassenheit selbst. Nur durch den *A'dam* spürte Nynaeve, daß die Frau Angst hatte, innerlich fast wimmerte, aber sie unterdrückte das, und Nynaeve empfing das Gefühl nur ganz schwach. Sie wünschte sich, das Ding könnte ihr nicht nur die Gefühle, sondern auch die Gedanken Moghediens vermitteln. Andererseits war sie ausgesprochen froh darüber, daß sie nicht in dem Verstand hinter diesen kalten, dunklen Augen steckte.

»Bevor Ihr über… drastische Maßnahmen nachdenkt«, sagte Moghedien, »möchte ich Euch zu bedenken geben, daß ich viel weiß, was Euch nützlich wäre. Ich habe die anderen Auserwählten beobachtet und kenne ihre Pläne. Ist das nichts wert?«

»Berichtet mir davon, und ich werde entscheiden, was es wert ist, falls überhaupt«, sagte Nynaeve. Was konnte sie nur mit der Frau anfangen?

»Lanfear, Graendal, Rahvin und Sammael haben sich zusammengeschlossen und gehen gemeinsam vor.«

Nynaeve zog kurz an der Leine, so daß die andere ins Taumeln kam. »Das weiß ich. Erzählt mir etwas Neues.« Sie war hier wohl ihre Gefangene, aber dieser *A'dam* existierte nur in *Tel'aran'rhiod.*

»Wißt Ihr, daß sie Rand al'Thor dazu verleiten, Sammael anzugreifen? Aber wenn er das tut, wird er auch die anderen dort vorfinden, denn sie versuchen, ihn gemeinsam in die Falle zu locken. Zumindest Graendal und Rahvin werden dortsein. Ich glaube, daß Lanfear ihr eigenes Spiel spielt, von dem die anderen nichts ahnen.«

Nynaeve tauschte einen besorgten Blick mit Birgitte. Rand mußte davon erfahren. Und das würde er auch, sobald Elayne und sie heute abend mit Egwene gesprochen hatten. Falls sie es fertigbrachten, den *Ter'Angreal* lange genug in die Finger zu bekommen. »Vorausgesetzt natürlich«, murmelte Moghedien, »daß er lange genug überlebt, um sie dort vorzufinden.«

Nynaeve packte die Leine dort, wo sie am Halsband festgemacht war, und zog das Gesicht der Verlorenen ganz nahe an das ihre heran. Die dunklen Augen begegneten ihrem Blick ohne Ausdruck, doch durch den *A'dam* konnte sie Zorn fühlen und die Angst, die in dieser Frau emporstieg und wieder verflog. »Jetzt hört Ihr mir mal gut zu. Glaubt Ihr, ich wüßte nicht, warum Ihr vorgebt, so bereitwillig mit mir zusammenarbeiten zu wollen? Ihr glaubt, wenn Ihr nur lange genug auf mich einredet, werde ich irgendeinen Fehler begehen und Ihr könnt entkommen. Und Ihr glaubt, je länger wir miteinander sprechen, desto schwerer wird es mir fallen, Euch zu töten.« Soviel stimmte auf jeden Fall. Jemanden kaltblütig zu töten, selbst eine der Verlorenen, wäre schwierig, und sie würde das möglicherweise nicht fertigbringen. Was sollte sie bloß mit ihr anfangen? »Aber Ihr sollt folgendes wissen. Ich werde nicht zulassen, daß Ihr Dinge nur andeutet. Falls Ihr versucht, etwas vor mir zurückzuhalten, werde ich all das mit Euch machen, was Ihr mir zugedacht hattet.« Grauen kroch durch die Leine zu ihr herüber, als schrie Moghediens Verstand markerschütternd. Vielleicht wußte sie doch nicht soviel über diese *A'dam,* wie Nynaeve geglaubt hatte. Möglich, daß sie sogar annahm, Nynaeve könne ihre Gedanken lesen, wenn sie sich Mühe gab. »Also, wenn Ihr etwas von einer Bedrohung für Rand wißt, die noch vor Sammael und den anderen zum Tragen kommt, dann sagt es mir. Jetzt sofort!«

Nun brach ein wahrer Redeschwall aus Moghedien hervor, und zwischendurch stieß immer wieder ihre Zunge heraus, um die Lippen zu befeuchten. »Al'Thor hat vor, Rahvin anzugreifen. Heute. Heute morgen. Weil er glaubt, Rahvin habe Morgase getötet. Ich weiß nicht, ob das stimmt, aber al'Thor glaubt es jedenfalls.

Aber Rahvin hat Lanfear noch nie vertraut. Er hat überhaupt noch nie einem der anderen getraut. Warum sollte er auch? Er glaubte, all das könne auch eine Falle sein, die man ihm stellen wolle, und so hat er eine eigene Falle aufgebaut. Er hat in ganz Caemlyn Warngewebe ausgelegt, die ihm sofort sagen, wenn ein Mann auch nur einen Funken der Macht benützt. Al'Thor wird blind in diese Falle hineinlaufen. Bestimmt ist das jetzt schon geschehen. Ich glaube, er hatte vor, gleich bei Sonnenaufgang Cairhien zu verlassen. Ich hatte nichts damit zu tun. Das ist nicht mein Werk. Ich ...«

Nynaeve wollte, daß sie aufhörte. Der Angstschweiß, der das Gesicht der Frau glänzen ließ, machte sie krank, und dann noch dieser um Gnade bettelnden Stimme lauschen zu müssen ... Sie wollte schon anfangen, einen Strang der Macht zu weben, um Moghediens Zunge zu fesseln, doch dann lächelte sie. Sie war ja direkt mit Moghedien verknüpft und konnte die andere beherrschen. Moghedien quollen fast die Augen heraus, als sie selbst die Stränge wob, die ihren eigenen Mund verschlossen, und sie diese dann abnabelte. Nynaeve fügte auch noch etwas hinzu, um ihr die Ohren zu verschließen, und dann wandte sie sich an Birgitte. »Was denkst du?«

»Elayne wird das Herz brechen. Sie liebt ihre Mutter.«

»Das weiß ich!« Nynaeve atmete erst einmal tief durch. »Ich werde mit ihr weinen, und jede Träne wird ernst gemeint sein, aber jetzt muß ich mir über Rand Gedanken machen. Ich denke, sie hat die Wahrheit gesagt. Ich konnte es beinahe spüren.« Sie packte die silbrige Leine unterhalb ihres Armbands und schüttelte sie. »Vielleicht ist es so, und vielleicht war es nur Einbildung. Was glaubst du?«

»Daß sie die Wahrheit gesagt hat. Sie war noch nie besonders tapfer, wenn sie nicht eindeutig die Überlegene war oder glaubte, sich entsprechende Vorteile verschaffen zu können. Und du hast ihr auf jeden Fall Angst eingejagt!«

Nynaeve verzog das Gesicht. Jedes Wort Birgittes brachte eine weitere Zornblase in ihrem Bauch hervor. Sie war noch nie besonders tapfer, wenn sie nicht eindeutig die Überlegene war. Das konnte auch auf sie zutreffen. Sie hatte Moghedien mächtig Angst eingejagt. Das war richtig, und sie hatte jedes Wort ernst gemeint, das sie gesagt hatte. Aber jemanden zu verprügeln, wenn es sein mußte, war eben doch nicht das gleiche, wie jemandem mit Folter zu drohen, zu spüren, wie man jemanden liebend gern gefoltert hätte. Das war selbst im Falle Moghediens eine ganz andere Sache. Und nun stand sie da und versuchte, etwas zu umgehen, von dem sie wußte, daß sie es tun mußte. Nicht sehr tapfer, es sei denn, sie war so eindeutig überlegen, daß sie nichts zu fürchten hatte. Diesmal brachte sie selbst die Zornblase hervor. »Wir müssen nach Caemlyn. Ich jedenfalls. Mit ihr. In meinem Zustand bin ich wahrscheinlich nicht einmal stark genug, um mit Hilfe der Macht ein Blatt Papier zu zerreißen, aber durch den *A'dam* kann ich mir ihre Kraft zunutze machen.«

»Du wirst aber nicht in der Lage sein, von *Tel'aran'rhiod* aus etwas in der wachenden Welt zu beeinflussen«, sagte Birgitte ruhig.

»Das weiß ich! Ich weiß, aber ich muß doch etwas unternehmen.«

Birgitte legte den Kopf in den Nacken und lachte schallend. »O Nynaeve, es beschämt mich ja so, mit einem Feigling wie dir etwas zu tun zu haben.« Mit einemmal riß sie überrascht die Augen auf. »Es war wirklich nicht mehr viel von deinem Schlaftrunk übrig. Ich glaube, ich wa ...« Mitten im Wort war sie plötzlich verschwunden.

Nynaeve atmete tief ein und löste die Stränge um Moghedien. Oder besser, sie ließ Moghedien das tun.

Beim Benützen des *A'dams* war das wirklich schwer zu unterscheiden. Sie wünschte, Birgitte wäre noch da. Ein zweites Paar Augen. Eine, die *Tel'aran'rhiod* wahrscheinlich besser kannte, als sie es jemals kennen würde. Eine, die tapfer und mutig war. »Wir machen einen kleinen Ausflug, Moghedien, und Ihr werdet mir mit aller Euch zur Verfügung stehenden Kraft helfen. Falls ich durch irgend etwas überrascht werde... Es genügt wohl, Euch zu sagen, daß alles, was derjenigen zustößt, die dieses Armband trägt, auch der mit dem Halsband zustoßen wird. Nur etwa zehnmal so stark.« Moghediens kreidebleiches Gesicht zeigte deutlich, daß sie ihr glaubte. Und das war auch gut so, denn sie hatte ihr die Wahrheit gesagt.

Noch ein tiefer Atemzug, und Nynaeve begann im Geist das Bild des einzigen Orts in Caemlyn aufzubauen, den sie gut genug kannte, um sich daran zu erinnern: den Königspalast, in den Elayne sie mitgenommen hatte. Dort mußte sich Rahvin befinden.

Aber in der wachenden Welt, nicht in der Welt der Träume. Trotzdem mußte sie etwas unternehmen. Ihre Umgebung in *Tel'aran'rhiod* veränderte sich.

KAPITEL 15

Verbrannte Fäden

Rand blieb stehen. Ein langer Rußfleck an der Wand des Korridors bezeichnete die Fläche, an der ein halbes Dutzend wertvoller Wandbehänge zu Asche verbrannt waren. An einem weiteren züngelten schon die Flammen empor. Von einer Anzahl kostbar eingelegter Truhen und Tische waren nur noch qualmende Reste zu sehen. Er hatte das nicht verursacht. Dreißig Schritt weiter lagen Männer in roten Uniformjacken mit Brustharnischen und Gitterhelmen vom Todeskampf verkrümmt auf den weißen Fußbodenfliesen, die nutzlosen Schwerter noch in den Händen. Ebenfalls nicht sein Werk. Rahvin hatte rücksichtslos das Leben seiner eigenen Leute geopfert, um Rand zu erreichen. Seine Angriffsaktionen waren klug und durchdacht gewesen, genau wie seine Rückzugsmanöver, aber von dem Augenblick an, da er aus dem Thronsaal geflohen war, hatte er sich Rand bestenfalls einen Augenblick lang selbst zum Kampf gestellt, so lange, wie er brauchte, um zuzuschlagen und wieder zu fliehen. Rahvin war stark, vielleicht sogar genauso stark wie Rand, und darüber hinaus viel erfahrener, doch Rand hatte den *Angreal*, den fetten kleinen Mann, in der Tasche, und Rahvin besaß keinen.

Der Korridor war ihm in zweifacher Hinsicht vertraut; zum einen, weil er ihn schon früher einmal gesehen hatte, zum anderen, weil ihn die Erinnerung an einen sehr ähnlichen quälte.

Ich bin an dem Tag mit Elayne und Gawyn hier durchgekommen, als ich Morgase kennenlernte. Der Gedanke schlitterte schmerzhaft über die Oberfläche des Nichts. Im Innern war er vollkommen kalt und gefühllos. *Saidin* tobte und brannte, doch er war eiskalt und gelassen.

Und ein weiterer Gedanke kam hoch wie ein Dolchstoß. *Sie hat auf dem Boden eines Korridors wie diesem gelegen, das goldene Haar ausgebreitet, als schliefe sie. Ilyena Sonnenhaar. Meine Ilyena.*

Auch Elaida war an jenem Tag anwesend gewesen. *Sie hat den Schmerz, den ich mit mir bringe, vorhergesagt. Sie erkannte die Dunkelheit in mir. Jedenfalls einiges davon. Genügend.*

Ilyena, ich wußte nicht, was ich tat. Ich war wahnsinnig! Ich bin wahnsinnig. O Ilyena!

Elaida wußte es – zumindest einiges –, aber nicht einmal das hat sie vollständig erzählt. Sie hätte es besser tun sollen.

O Licht, gibt es denn keine Vergebung? Was ich tat, richtete ich im Wahn an. Gibt es für mich keine Gnade?

Hätte Gareth Bryne alles erfahren, er hätte mich getötet. Morgase hätte meine Hinrichtung angeordnet. Morgase wäre noch am Leben. Mat. Moiraine. Wie viele könnten noch leben, wäre ich gestorben?

Ich habe all diese Qual verdient. Ich verdiene es, endgültig zu sterben. O Ilyena, ich verdiene den Tod. Ich verdiene den Tod.

Stiefelschritte hinter ihm. Er wirbelte herum.

Sie kamen keine zwanzig Schritt von ihm entfernt aus einem breiten Korridor heraus, der den kreuzte, in dem er sich befand, zwei Dutzend Männer in Harnisch und Helm und mit den roten Uniformröcken und weißen Krägen der Garde der Königin. Allerdings besaß Andor jetzt keine Königin mehr, und diese Männer hatten ihr zu ihren Lebzeiten auch nicht gedient. Ein Myrddraal führte sie an. Sein blasses, augenloses Gesicht wirkte ekelhaft, wie etwas, das man unter einem Felsblock findet, und die sich überlappenden schwarzen Metallschuppen seiner Rüstung erhöhten noch den Eindruck des Schlangenhaften, genau wie die geschmeidigen Bewegungen. Der schwarze Umhang hing reglos herunter, wie er sich auch bewegte. Der Blick der Augenlosen brachte Angst mit sich, doch Angst war ein sehr entferntes Gefühl im Nichts. Sie zögerten, als sie ihn erblickten. Dann hob der Halbmensch sein Schwert mit der schwarzen Klinge. Die Männer, die noch nicht blankgezogen hatten, legten nun die Hände auf die Hefte ihrer Schwerter.

Rand – er glaubte jedenfalls, das sei sein Name – gebrauchte die Macht auf eine Weise, wie er sie noch nie gebraucht hatte, soweit er sich erinnern konnte.

Männer und Myrddraal erstarrten, wie sie dastanden. Weißer Rauhreif bildete sich in einer dicken Schicht auf ihnen, und er dampfte ähnlich wie Mats Stiefel. Der erhobene Arm des Myrddraal brach mit einem lauten Knacken ab. Als er auf die Bodenfliesen aufschlug, zersplitterten Arm und Schwert.

Rand spürte die Kälte – ja, so hieß er wirklich: Rand –, die wie ein Messer zubiß, als er an ihnen vorbei und in den Korridor hineinschritt, aus dem sie gekommen waren. Kalt, aber wärmer als *Saidin*.

Ein Mann und eine Frau kauerten verängstigt an einer Wand, Diener in rot-weißer Livree, beide fast schon mittleren Alters. Sie klammerten sich schutzsuchend aneinander. Als sie Rand erblickten – da gehörte noch etwas zum Namen, nicht nur Rand –, wollte sich der Mann erheben, der sich noch eben vor der von dem Myrddraal geführten Bande ängstlich versteckt hatte, aber die Frau hielt ihn am Ärmel zurück.

»Geht in Frieden«, sagte Rand und streckte seine Hand aus. Al'Thor. Ja, Rand al'Thor. »Ich werde Euch nichts antun, aber Ihr könntet verletzt werden, wenn Ihr hierbleibt.«

Die braunen Augen der Frau weiteten sich, und sie wäre zusammengebrochen, hätte der Mann sie nicht aufgefangen. Sein schmaler Mund bewegte sich unablässig, als bete er, könne die Worte aber nicht herausbringen.

Rand blickte hinunter, um zu sehen, was den Mann so erschreckte. Seine Hand war weit genug aus dem Ärmel gerutscht, um den Drachenkopf mit der goldenen Mähne freizulegen, der ein Teil seiner Haut war. »Ich werde Euch nichts tun«, sagte er noch einmal, ging weiter und ließ sie dort zurück. Er mußte sich um Rahvin kümmern, mußte Rahvin töten. Und dann?

Kein Geräusch außer dem Knarren seiner Stiefelsohlen auf den Fliesen. Und tief in seinem Kopf murmelte ein schwaches Stimmchen traurig etwas von Ilyena und Vergebung. Er strengte alle Sinne an, um festzustellen, ob Rahvin die Macht benutzte, ob sich der Mann mit Energie aus der Wahren Quelle vollsog. Nichts. *Saidin* versengte seine Knochen, ließ sein Fleisch erfrieren, brannte in seine Seele hinein, aber von außen her war es schwierig, so etwas festzustellen, bis man nahe genug war. Ein Löwe im hohen Gras, so hatte Asmodean es einst beschrieben. Ein räudiger Löwe. Sollte er Asmodean der Liste jener hinzufügen, die nicht hätten sterben sollen? Oder Lanfear? Nein. Nicht…

Er hatte nur den Bruchteil einer Sekunde der Vorwarnung, um sich platt auf den Boden zu werfen; eine hauchdünne Scheibe Zeit zwischen dem urplötzlichen Wissen, daß Stränge der Macht verwoben wurden, und einem armdicken Strahl weißen Lichts, flüssigen Feuers, der die Wand durchschnitt und wie eine Schwertklinge hindurch schoß, wo sich sein Brustkorb befunden hatte. Wo dieser Strahl im Korridor auftraf, hörten Wände und Stuckfriese, Türen und Wandbehänge einfach auf zu existieren. Durchtrennte Wandteppiche, Steinbrocken und Gips regneten auf den Fußboden herab.

Also keine Spur von der Furcht der Verlorenen vor dem Gebrauch des Baalsfeuers. Wer hatte ihm das gesagt? Moiraine. Sie hätte es sicherlich verdient gehabt, weiterzuleben.

Baalsfeuer erstrahlte aus seinen Händen. Ein gleißend-weißer Lichtbalken, der in die Richtung wies, aus der jener andere Strahl kam. Dieser erlosch, als der seine die Wand durchdrang und purpurne Lichtreflexe in seinen Augen hinterließ. Er ließ seinen Strahl wieder verlöschen. Hatte er es endlich geschafft?

Also stand er etwas mühsam auf und lenkte einen Strang aus Luft, der die kaputten Türen mit solcher Gewalt aufbrach, daß ihre Reste aus den Scharnieren gefetzt wurden. Der Raum dahinter war leer. Es war eine Art von Wohnzimmer, in dem man einige Stühle vor einem mächtigen Marmorkamin aufgestellt hatte. Sein Baalsfeuer hatte einen Teil eines Torbogens herausgeschnitten, der in einen kleinen Innenhof mit einem Springbrunnen führte, und auch noch einen Teil der Säulen aus den Arkaden jenseits des Brunnens. Rahvin war allerdings nicht auf diesem Weg geflohen, noch war er in diesem Baalsfeuerstrahl ums Leben gekommen. Ein Rückstand lag noch in der Luft, ein verblassender Überrest verwobener Stränge aus *Saidin*. Rand erkannte das wohl. Es unterschied sich von dem Tor, das er benützt hatte, um nach Caemlyn zu kommen, oder von dem Kurzen Weg, durch den er in den Thronsaal gekommen war. Es war ihm mittlerweile klar, was er da gewoben hatte. Doch in Tear hatte er bereits einmal einen solchen Weg erlebt, wie ihn Rahvin gewählt hatte, und er hatte ihn dort selbst schon einmal benützt.

Jetzt wob er die gleiche Art von Strängen. Ein Tor, oder zumindest eine Öffnung, ein Loch in der Wirklichkeit. Auf der anderen Seite gab es diesmal keine Schwärze. Es war sogar so, daß er den Übergang überhaupt nicht bemerkt hätte, wäre da nicht sein Wissen um diesen Weg gewesen und hätte er nicht das Gewebe wahrnehmen können. Vor ihm lagen die gleichen

Torbögen, die auf den gleichen Innenhof mit dem gleichen Springbrunnen führten, und dahinter die gleichen Arkaden. Die durch sein Baalsfeuer sauber herausgeschnittenen Teile tauchten einen Moment lang wieder auf, füllten die Lücken, und verschwanden dann wieder. Wo immer dieses Tor hinführte, es war auf jeden Fall ein anderer Ort, eine Art Spiegelbild des Königlichen Palastes, so wie es damals ein Spiegelbild des Steins von Tear gewesen war. Er bedauerte ein wenig, nie mit Asmodean darüber gesprochen zu haben, als er noch die Möglichkeit dazu hatte, aber er hatte es nicht fertiggebracht, mit irgend jemanden über jenen Tag zu sprechen. Es war auch nicht so wichtig. An jenem Tag hatte er *Callandor* in der Hand getragen, aber der kleine *Angreal* in seiner Tasche hatte sich heute als ausreichend erwiesen, um Rahvin mehrfach in die Flucht zu schlagen.

Er trat schnell hindurch, löste das Gewebe auf und eilte über den Hof, während sich das Tor auflöste. Rahvin hätte diesen Eingang spüren können, wäre er nahe und aufmerksam genug. Der fette kleine Steinmann bedeutete noch nicht, daß er stehenbleiben und auf einen Angriff warten konnte.

Kein Lebenszeichen, wenn er von seiner eigenen Anwesenheit und der einer Fliege absah. So war es auch in Tear gewesen. Die Lampen auf den hohen Ständern in den Fluren waren nicht angezündet und ihre weißen Dochte hatten überhaupt noch nie eine Flamme getragen. Trotzdem herrschte überall, in jedem auch noch so dunklen Flur, eine gewisse Helligkeit, ein Lichtschein, der von überall und nirgends zu kommen schien. Manchmal verschoben sich diese Lampen, wie auch andere Gegenstände. Im Zeitraum zwischen einem Blick und dem nächsten auf die gleiche Stelle konnte sich eine Lampe auf ihrem hohen Ständer um einen Fuß verschoben haben und eine Vase in ihrer Nische um einen Fingerbreit. Kleinigkeiten nur, als habe jemand diese Dinge bewegt, während er in eine andere Richtung blickte. Wo immer er sich hier befinden mochte, es war auf jeden Fall ein seltsamer Ort.

Als er unter weiteren Arkaden hindurchschritt und nach Spuren von Rahvins Geweben suchte, fiel ihm mit einemmal auf, daß er die Stimme in seinem Kopf, die um Ilyena weinte, nicht mehr vernommen hatte, seit er das Baalsfeuer hervorgebracht hatte. Vielleicht hatte er auf irgendeine Art Lews Therin aus seinem Kopf verjagt?

Gut. Er blieb am Rande eines der Gärten stehen. Die Rosen und die Weißdornhecken sahen genauso dürregeschädigt aus wie in der Wirklichkeit. Auf einigen der weißen Türmchen, die über den Dächern zu sehen waren, wehte die Flagge mit dem Weißen Löwen, aber auf welchen, das konnte sich innerhalb eines Wimpernschlags ändern. *Gut, wenn ich meinen Kopf nicht mehr teilen muß mit …*

Er hatte plötzlich ein ganz eigenartiges Gefühl. Unwirklich. Er hob einen Arm und riß die Augen auf. Er konnte durch Ärmel und Arm hindurch den Garten sehen, als bestünde sein Körper nur aus feinem Dunst. Und selbst dieser Dunst verflog immer mehr. Als er nach unten blickte, sah er die Pflastersteine des Gartenwegs durch seinen Körper hindurch.

Nein! Es war nicht sein eigener Gedanke. Ein Bild begann sich langsam aus dem Dunst herauszuschälen: ein hochgewachsener Mann mit dunklen Augen, einem von Sorgenfalten gezeichneten Gesicht und mehr Weiß als Braun im Haar. *Ich bin Lews Ther …*

Ich bin Rand al'Thor, unterbrach Rand diesen Gedanken. Er wußte nicht, wie ihm geschah, aber der schwach sichtbare Drache auf seinem verschwommenen Arm, den er sich vors Gesicht hielt, begann zu verblassen. Der Arm sah nun bereits etwas dunkler aus, und die Finger schienen länger als vorher. *Ich bin ich.* Das warf ein Echo im Nichts. *Ich bin Rand al'Thor.*

Er mühte sich ab, im Geist sich selbst vorzustellen, kämpfte sich an das Bild des Mannes heran, den er täglich beim Rasieren im Spiegel sah oder im großen Standspiegel beim Ankleiden. Es war ein verzweifelter Kampf. Er hatte sich nie wirklich aufmerksam betrachtet. Die beiden Bilder wurden abwechselnd einmal klarer und dann wieder schwächer: der ältere Mann mit den dunklen Augen und der jüngere mit blaugrauen Augen. Langsam festigte sich schließlich das Bild des jüngeren, und der ältere verblaßte. Sein Arm wirkte wieder solide. Sein eigener Arm mit dem sich herumwindenden Drachen und dem in die Handfläche eingebrannten Reiher. Es hatte Zeiten gegeben, da haßte er diese Male, doch nun lächelte er sogar im Nichts eingeschlossen beinahe vor Freude, sie zu sehen.

Warum hatte Lews Therin versucht, ihn zu übernehmen? Um aus ihm Lews Therin zu machen? Er war sich sicher, wer dieser Mann mit den dunklen Augen und dem leidenden Gesichtsausdruck gewesen war. Doch warum gerade jetzt? Weil er das an diesem Ort tatsächlich schaffen konnte, wo immer auch er sich befinden mochte? *Halt.* Es war doch gerade Lews Therin gewesen, der so unnachgiebig ›nein‹ gerufen hatte. Also kein Angriff durch Lews Therin. Es mußte Rahvin gewesen sein, und er hatte keineswegs die Macht dazu benützt. Wäre der Mann aber schon in Caemlyn – im wirklichen Caemlyn – dazu in der Lage gewesen, dann hätte er es auch getan. Es mußte eine Fähigkeit sein, die er nur hier besaß. Und wenn Rahvin diese Fähigkeit gewonnen hatte, dann vielleicht auch er selbst? Nur dieses Abbild seiner selbst hatte ihn festgehalten und wieder zurückgebracht.

Er konzentrierte sich auf den nächsten Rosenstrauch, der etwa eine Spanne hoch war, und stellte sich vor, er würde immer dünner und durchscheinend. Gehorsam verschwamm der Strauch und verschwand ganz. Als er sich jedoch im Geist an dieser Stelle nichts vorstellte, war der Rosenstrauch plötzlich wieder da, genau wie vorher.

Rand nickte kalt. Es hatte also alles seine Grenzen. Es gab immer Grenzen und Regeln, und die hier kannte er nicht. Doch er kannte die Macht, soweit Asmodean ihn unterrichtet hatte und er sich selbst, und *Saidin* war immer noch in ihm, all die Süße des Lebens, all die Verwesung nach dem Tod. Rahvin mußte in der Lage gewesen sein, ihn zu sehen, denn sonst hätte er nicht angreifen können. Wollte man die Macht verwenden, mußte man entweder sehen, was man beeinflussen wollte, oder man mußte haargenau wissen, wo es sich im Verhältnis zur eigenen Person gerade befand. Möglicherweise traf das hier nicht zu, aber das glaubte er eigentlich nicht. Er wünschte sich beinahe, daß Lews Therin nicht wieder geschwiegen hätte. Der Mann kannte diesen Ort und die hier herrschenden Bedingungen wahrscheinlich.

Von Balkonen und Fenstern aus konnte er den Garten überblicken. Der Palast war hier an manchen Stellen vier Stockwerke hoch. Rahvin hatte versucht, ihn zu … seine Existenz hier einfach … zu verhindern. Er sog durch den *Angreal* tief aus dem tobenden Strom *Saidins*. Blitze zuckten vom Himmel, hundert sich spaltende silberne Bolzen, noch mehr, hieben auf jedes Fenster, jeden Balkon ein. Donner erfüllte den Garten, und abgebrochene Steinbrocken hagelten herab. Die Luft knisterte, und die Haare an seinen Armen und auf seiner Brust standen trotz des Hemdes zu Berge. Selbst die Haare auf seinem Kopf begannen, sich zu strecken. Er ließ die Blitze ersterben. Hier und da brach noch ein Steinbrocken aus einem zerschmetterten Fensterrahmen oder von einem Balkon ab. Das Krachen, wenn sie herunterfielen, wurde durch das Echo des Donners gedämpft, das noch immer in seinen Ohren nachhallte. Klaffende Löcher befanden sich nun dort, wo Fenster gewesen waren. Sie wirkten wie die Augenhöhlen eines riesigen Schädels und die Reste der Balkone wie ein Dutzend Mäuler mit zersplitterten Zähnen. Falls sich Rahvin irgendwo dort befunden hatte, war er sicher tot. Rand würde das aber erst glauben, wenn er die Leiche sah. Er wollte den toten Rahvin sehen.

Er hatte sein Gesicht auf eine wilde Art verzogen, die er selbst nicht bemerkte. So schlich er lauernd in den Palast zurück. Er wollte sehen, wie Rahvin starb.

Nynaeve warf sich auf den Boden und kroch über den Boden des Korridors, als *etwas* die am nächsten befindliche Wand durchschnitt. Moghedien rutschte genauso schnell hinterher, denn andernfalls hätte sie sie an der Leine des *A'dam* mitgeschleift. War das Rand gewesen oder Rahvin? Sie hatte Strahlen aus grellweißem Feuer gesehen, flüssigem Licht, ähnlich wie in Tanchico, und sie hatte kein Bedürfnis, einem davon noch einmal nahe zu kommen. Sie wußte nicht, was das war, und sie wollte es auch gar nicht wissen. *Ich will das Heilen erlernen! Seng doch diese beiden idiotischen Männer, heilen, aber nicht eine neue, ausgefallene Art zu töten!*

Sie richtete sich ein wenig auf und spähte in die Richtung zurück, aus der sie gekommen waren. Nichts. Ein leerer Flur mitten im Palast. Da war eben nur ein zehn Fuß langer Schnitt in beiden Wänden zu sehen, wie ihn auch der beste Steinmetz nicht sauberer hätte machen können, und auf dem Boden lagen verkohlte Reste von Wandbehängen. Kein Anzeichen der Anwesenheit eines der beiden Männer. Bisher hatte sie auch keinen einzigen Blick auf einen davon erhaschen können. Nur auf das, was sie zerstört hatten. Mehrmals hätte sie beinahe mit dazugehört. Es war gut, daß sie von Moghediens Zorn zehren, ihn aus der panischen Angst herausfiltern, die immer wieder aufzuwallen drohte, und in sich einsickern lassen konnte. Ihr eigener Zorn war dagegen ein bemitleidenswert dürftiges Gefühl, das kaum ausgereicht hätte, um sie die

Wahre Quelle wahrnehmen zu lassen, geschweige denn den Strang Geist zu erhalten, der ihr Verbleiben in *Tel'aran'rhiod* sicherte.

Moghedien lag zusammengekrümmt auf den Knien und würgte, ohne sich richtig übergeben zu können. Nynaeve verzog den Mund. Die Frau hatte wieder versucht, den *A'dam* zu entfernen. Ihre Bereitwilligkeit zur Mitarbeit war schnell geschwunden, als sie entdeckten, daß sich Rand und Rahvin tatsächlich in *Tel'aran'rhiod* aufhielten. Nun, man bestrafte sich eben selbst, wenn man versuchte, das Band zu entfernen, das man um den eigenen Hals trug. Wenigstens hatte Moghedien diesmal nichts mehr im Magen gehabt.

»Bitte.« Moghedien zupfte Nynaeve am Kleid. »Ich sage Euch, wir müssen hier weg.« Panische Angst ließ ihre Stimme schmerzverzerrt klingen und zeigte sich auch deutlich auf ihren Gesichtszügen. »Sie befinden sich körperlich hier! Im eigenen Körper!«

»Seid ruhig«, sagte Nynaeve geistesabwesend. »Wenn Ihr mich nicht angelogen habt, ist das ein Vorteil. Für mich.« Die andere hatte behauptet, wenn man sich körperlich in der Welt der Träume aufhielt, beschränke das die Kontrolle über den Traum in erheblichem Maße. Oder besser, sie hatte das zugegeben, nachdem ihr etwas von ihren Kenntnissen in bezug auf diese Welt entschlüpft war. Sie hatte ebenfalls zugegeben, daß Rahvin *Tel'aran'rhiod* nicht so gut kannte wie sie. Nynaeve hoffte, das bedeute auch, er kenne es nicht so gut wie *sie*. Aber sie zweifelte nicht daran, daß er mehr darüber wußte als Rand. Dieser wollköpfige Kerl! Welchen Grund er auch hatte, hinter Rahvin herzusein, er hätte sich auf keinen Fall von ihm hierherlocken lassen dürfen, wo er die Spielregeln nicht kannte, wo bloße Gedanken töten konnten.

»Warum wollt Ihr nicht begreifen, was ich Euch sage? Selbst wenn sie sich nur hergeträumt hätten, wäre jeder von ihnen noch stärker als wir. Und im eigenen Körper könnten sie uns vernichten, ohne mit der Wimper zu zucken. Körperlich anwesend können sie viel mehr an *Saidin* in sich aufnehmen als wir *Saidar,* wenn wir träumen!«

»Wir sind verknüpft.« Nynaeve hörte immer noch nicht richtig hin, sondern riß statt dessen wieder einmal an ihrem Zopf. Keine Möglichkeit, festzustellen, wohin sie gegangen waren. Und keinerlei Vorwarnung, bis sie vor ihr standen. Irgendwie schien es ihr schon unfair, daß sie die Macht benützen konnten, und *sie* nicht in der Lage war, die Stränge zu sehen oder wenigstens zu fühlen. Ein Lampenständer, der in zwei Teile zerschnitten worden war, war mit einemmal wieder ganz, und dann genauso schnell wieder halbiert. Dieses weiße Feuer mußte unglaubliche Energie besitzen. *Tel'aran'rhiod* vervollständigte sich normalerweise ganz schnell wieder, gleich, was man in dieser Welt anstellte.

»Ihr hirnlose Närrin«, schluchzte Moghedien und riß mit beiden Händen an Nynaeves Rock, als wolle sie am liebsten Nynaeve selbst durchschütteln. »Es spielt keine Rolle, wie mutig Ihr seid. Wir sind verknüpft, aber in Eurem Zustand tragt ihr überhaupt nichts bei. Kein bißchen. Es ist meine Kraft und Euer Wahnsinn. Sie sind körperlich hier, nicht nur im Traum! Sie benützen Gewebe, wie Ihr sie Euch noch nicht einmal erträumt habt! Sie werden uns vernichten, wenn wir hierbleiben!«

»Sprecht gefälligst leiser!« fuhr Nynaeve sie an. »Wollt Ihr einen von ihnen auf uns aufmerksam machen?« Sie sah sich schnell nach beiden Richtungen um, doch der Flur war noch immer menschenleer. Waren das Schritte gewesen, Stiefeltritte? Rand oder Rahvin? Dem einen mußte man sich genauso vorsichtig nähern wie dem anderen. Ein Mann, der um das blanke Leben kämpfte, würde zuschlagen, bevor er erkannte, daß sie Freunde waren. Nun, sie zumindest.

»Wir müssen weg«, beharrte Moghedien, doch sie sprach jetzt leiser. Sie stand auf, einen mürrisch-trotzigen Ausdruck um den Mund. In ihr wanden sich Furcht und Zorn. Erst war das eine stärker, dann das andere. »Warum sollte ich Euch überhaupt noch helfen? Das ist doch Wahnsinn!«

»Würdet ihr gern die Nesseln wieder spüren?«

Moghedien zuckte zusammen, doch ihre dunklen Augen blickten aufsässig drein. »Glaubt Ihr, ich lasse mich lieber von denen umbringen, als durch Euch neue Schmerzen zu erleiden? Ihr seid wirklich verrückt. Ich werde mich nicht von diesem Fleck rühren, bevor Ihr nicht bereit seid, uns von hier wegzubringen.«

Nynaeve riß wieder an ihrem Zopf. Falls Moghedien sich weigerte, zu gehen, würde sie sie mitschleifen müssen. Keine sehr schnelle Art, wenn man jemanden suchte und, wie es schien, meilenlange Korridore vor sich hatte. Sie hätte härter reagieren sollen, als diese Frau zum erstenmal versucht hatte, sich zu sträuben. An Nynaeves Statt hätte Moghedien ohne Zögern getötet, oder sie hätte, wenn sie die andere für nützlich hielt, Stränge gewoben, um ihr den Willen zu rauben, um sie dazu zu bringen, daß sie sie anbetete. Nynaeve hatte einen Vorgeschmack davon bekommen, in Tanchico, aber selbst wenn sie gewußt hätte, wie man das machte, hätte sie das wahrscheinlich keiner anderen antun können. Sie verachtete diese Frau und haßte sie von ganzem Herzen. Und doch – hätte sie Moghedien nicht gebraucht: sie einfach umbringen, wie sie so dastand, nein, das hätte sie nicht fertiggebracht. Sie fürchtete nur, daß Moghedien das mittlerweile ebenfalls klargeworden war.

Trotzdem. Eine Seherin leitete die Versammlung der Frauen, auch wenn die manchmal ihren Entscheidungen nicht zustimmte, und die Versammlung bestrafte Frauen, die ein Gesetz übertreten oder zu sehr gegen die guten Sitten verstoßen hatten, und manchmal auch Männer für irgendwelche Übertretungen. Sie teilte wohl keineswegs Moghediens Hemmungslosigkeit, zu töten oder den Verstand eines Menschen zu zerstören, doch ...

Moghedien öffnete den Mund, und Nynaeve füllte ihn mit einem Knebel aus Luft. Genauer gesagt, sie ließ das Moghedien selbst erledigen. Durch den sie verbindenden *A'dam* erschien das, als lenke sie selbst die Stränge, aber Moghedien war sich sehr wohl bewußt, daß Nynaeve ihre Fähigkeiten wie ein Werkzeug benutzte. Die dunklen Augen glitzerten empört, als Moghediens eigene Stränge die Arme an ihren Körper fesselten und ihr den Rock fest um die Füße zusammenzogen. Das Übrige erledigte Nynaeve mit Hilfe des *A'dam,* genau wie bei den Nesseln, und schuf Gefühle, die sie die andere empfinden lassen wollte. Nicht die Wirklichkeit, nur ein Gefühl, es sei alles real.

Moghedien versteifte sich in ihren Fesseln, als ihr ein unsichtbarer Lederriemen das Hinterteil versohlte. So mußte es sich jedenfalls für sie anfühlen. Empörung und Demütigung quollen durch die Leine zu ihr herüber. Und Verachtung. Verglichen mit ihrer hochentwickelten Kunst, Menschen Schmerzen zuzufügen, schien das eher für ein Kind als Bestrafung geeignet.

»Wenn Ihr wieder bereit seid, mir zu helfen«, sagte Nynaeve, »dann nickt einfach.«

Sie durfte sich nicht viel Zeit dafür nehmen. Sie konnte ja nicht einfach dastehen, während Rand und Rahvin versuchten, sich gegenseitig umzubringen. Falls der Falsche starb, weil sie der Gefahr aus dem Weg ging und sich von Moghedien aufhalten ließ ...

Nynaeve erinnerte sich an einen Tag, als sie noch sechzehn war. Erst kurz zuvor hatte man sie für reif befunden, sich das Haar zum Zopf zu flechten. Sie hatte Corin Ayellin einen Rosinenpudding gestohlen, weil Nela Thane sie sonst für feige gehalten hätte, und als sie aus der Küchentür trat, lief sie genau Frau Ayellin in die Hände. Nun packte sie die daraufhin eingetretenen Folgen obenauf und schickte alles zusammen durch die Leine zu Moghedien hinüber, der prompt die Augen aus dem Kopf zu fallen schienen.

Mit grimmiger Miene wiederholte Nynaeve die Prozedur. *Sie wird mich nicht aufhalten!* Noch einmal. *Ich werde Rand helfen, ganz gleich, was sie davon hält.* Noch einmal. *Und wenn ich uns damit umbringe!* Noch einmal. *O Licht, sie könnte recht behalten; Rand tötet uns vielleicht, bevor er erkennt, daß ich es bin.* Noch einmal. *Licht, wie ich diese Angst hasse!* Noch einmal. *Ich hasse sie!* Noch einmal. *Ich hasse sie!* Noch einmal.

Mit einemmal wurde ihr bewußt, daß sich Moghedien verzweifelt in ihren Fesseln aufbäumte und mit ihrem Kopf, der etwas Bewegungsfreiheit hatte, so heftig nickte, daß man fürchten mußte, er könnte herunterfallen. Einen Augenblick lang gaffte Nynaeve das tränenüberströmte Gesicht der anderen an, und dann hörte sie mit ihrer Strafaktion auf und löste hastig die Stränge aus Luft. Licht, was hatte sie getan? Sie war doch nicht Moghedien. »Ich verstehe doch recht, daß Ihr mir keine weiteren Schwierigkeiten bereiten wollt?«

»Sie werden uns töten«, brachte die andere mit schwacher Stimme und durch ihr Schluchzen kaum verständlich heraus, aber gleichzeitig nickte sie in hastiger Zustimmung.

Mit voller Absicht verhärtete Nynaeve ihre Seele. Moghedien verdiente wahrlich alles, was sie abbekommen hatte, und noch mehr, viel mehr. In der Burg hätte man eine der Verlorenen sofort einer Dämpfung unterzogen und sie hingerichtet, so schnell man sie nur aburteilen konnte, und außer ihrer Identität wären nicht viele Beweise notwendig gewesen. »Gut. Jetzt werden wir…«

Donner ließ den gesamten Palast erzittern, oder jedenfalls etwas einem Donnern sehr Ähnliches. Die Wände bebten und Staub wurde vom Boden aufgewirbelt. Nynaeve wäre fast auf Moghedien gefallen, und sie tänzelten, um sich überhaupt auf den Beinen halten zu können. Bevor dieses Aufbäumen noch ganz vorüber war, wurde es durch ein Dröhnen ersetzt, als rase ein Feuersturm einen Schornstein empor, der in etwa die Höhe eines Berges hatte. Das dauerte jedoch nur einen Augenblick. Die Stille danach erschien ihr noch tiefer als zuvor. Nein. Da waren Stiefelschritte. Ein rennender Mann. Die Schritte warfen ihr Echo durch den Flur. Vom Norden her.

Nynaeve schob die andere Frau von sich weg. »Kommt.«

Moghedien wimmerte, sträubte sich aber nicht dagegen, durch den Flur gezerrt zu werden. Aber sie hatte die Augen weit aufgerissen und atmete zu schnell. Nynaeve dachte daran, wie gut es doch war, Moghedien dabeizuhaben, und das nicht nur, weil sie durch sie die Eine Macht benutzen konnte. Nach all den Jahren, die sie sich in den Schatten verborgen hatte, war die Spinne zu einem solchen Feigling geworden, daß sich Nynaeve im Vergleich dazu beinahe mutig vorkam. Beinahe. Nur der Zorn über ihre eigene Angst befähigte sie noch dazu, diesen einen Strang aus Geist aufrechtzuerhalten, der sie in *Tel'aran'rhiod* verbleiben ließ. Moghedien war von Kopf bis Fuß ein Bild nackter Angst.

Nynaeve zerrte Moghedien an der schimmernden Leine hinter sich her und beschleunigte ihren Schritt. Sie folgte dem leiser werdenden Geräusch dieser anderen Schritte.

Rand trat vorsichtig auf den runden Hof hinaus. Die Hälfte des weißgepflasterten Kreises schnitt in das Gebäude hinein, das sich drei Stockwerke hoch hinter ihm erhob, und die andere Hälfte war von einer Einfassung umgeben, einem steinernen Halbkreis, der auf fünf Schritt hohen Säulen ruhte, die wiederum aus einem darunterliegenden Garten emporragten, in dem er schattige Kieselsteinpfade unter niedrigen, weit ausladenden Bäumen erblickte. Marmorbänke umstanden einen Teich, auf dem die breiten Blätter von Wasserlilien schwammen. Und Fische schwammen darin, goldene und weiße und rote.

Plötzlich verschoben sich die Bänke, zerrannen, bildeten gesichtslose Menschengestalten, aber immer noch so weiß und hart wirkend wie der Stein, aus dem sie erschaffen waren. Er hatte bereits festgestellt, wie schwierig es war, etwas abzuändern, was schon Rahvin umgestaltet hatte. Blitze zuckten aus seinen Fingerspitzen und zerschmetterten die steinernen Männer.

Die Luft verwandelte sich in Wasser.

Keuchend versuchte Rand, zu den Säulen hinzuschwimmen. Den Garten dahinter konnte er erkennen. Es mußte doch eine Art von Wand geben, um all das Wasser am Ausströmen zu hindern. Bevor er die Macht überhaupt benutzen konnte, schossen goldene und rote und weiße Schatten auf ihn zu, größer als die Fische im Teich gewesen waren. Und mit Zähnen bewehrt. Sie rissen an ihm, und Blut vermischte sich mit Wasser zu einem roten Schleier. Instinktiv schlug er mit den Händen nach den Fischen, doch der tief im Nichts geborgene kaltblütige Teil seiner selbst verwob bereits Stränge der Macht. Baalsfeuer flammte auf, zielte auf die Wand, falls es eine gab, zielte auf jeden Fleck, an dem sich Rahvin aufhalten könnte, um den Hof zu überblicken und die Auswirkung seines Angriffs zu beobachten. Das Wasser kochte auf und schleuderte ihn wild umher, als es in die leeren, vom Baalsfeuer ausgebrannten Räume schoß. Goldene, rote und weiße Schemen huschten heran und fügten dem Wasser neue rote Schlieren hinzu. So durchgeschüttelt, konnte er mit seinen Strahlen nicht zielen und ließ die wilden Lichtbolzen in alle Richtungen los. Keine Luft mehr. Er bemühte sich, an Luft zu denken, oder daran, daß aus dem Wasser wieder Luft würde.

Plötzlich war es geschafft. Er stürzte hart auf die Pflastersteine mitten zwischen nach Luft schnappende kleine Fische, überschlug sich und rappelte sich hoch. Alles Wasser war wieder zu Luft geworden, und sogar seine Kleidung war trocken. Die Steinumfassung flackerte: einmal war sie ganz und dann wieder zerstört und die Hälfte der Säulen ebenfalls. Einige Bäume lagen ineinander verkeilt auf ihren abgebrochenen Stümpfen, dann wieder standen sie unversehrt da, um im nächsten Augenblick sturmzerfetzt umzustürzen. In den weißen Wänden des Palastes hinter ihm klafften große Löcher, sauber eingebrannt, und sogar in einer hohen, goldenen Kuppel ganz oben war eines zu sehen. Auch die Fenster, von denen einige schöne, kunstvoll durchbrochene Steingitter aufwiesen, zeigten Risse und Brüche. All diese Schäden verschwammen, verschwanden und waren dann plötzlich wieder da. Es waren nicht diese langsamen, gelegentlichen Veränderungen wie zuvor, sondern ganz regelmäßige und blitzartige. Zerstörung, keine Spur davon, dann wieder einige Schäden, dann keine mehr, plötzlich wieder alles zerstört.

Stöhnend preßte er eine Hand in seine Seite, wo sich die alte, halbverheilte Wunde befand. Sie brannte, als hätten seine Anstrengungen sie fast wieder aufgerissen. Sein ganzer Körper brannte. Ein Dutzend oder mehr Bißwunden plagten ihn. Das hatte sich nicht geändert. Auch die blutverschmierten Risse in Mantel und Hose waren nicht verschwunden. Hatte er es fertiggebracht, das Wasser wieder zu Luft werden zu lassen? Oder hatte einer seiner verzweifelt gestreuten Strahlen von Baalsfeuer Rahvin vertrieben oder gar getötet? Es spielte keine Rolle, außer im letzten Fall.

Er wischte sich Blut aus den Augen und musterte

die Fenster und Balkone, von denen aus man den Garten überblicken konnte, und die Arkaden hoch droben auf der gegenüberliegenden Seite. Genauer: Er begann damit, aber dann wurde er auf etwas aufmerksam. Unter der Arkade entdeckte er gerade so eben die verblassenden Reste eines Gewebes. Von seinem Standpunkt aus konnte er es als Tor identifizieren, aber um zu sehen, welcher Art es war und wohin es führte, mußte er näher heran. Er sprang über einen Trümmerhaufen aus bearbeiteten Steinen, der verschwand, während er sich noch über ihm befand, huschte durch den Garten und duckte sich hinter umgestürzte Bäume. Die Überreste des Gewebes waren fast verflogen. Er mußte sich weit genug nähern, bevor sie ganz verschwanden.

Plötzlich stürzte er. Kies schürfte ihm die Handflächen auf, als er sich abfing. Er konnte beim besten Willen nichts entdecken, was ihn zu Fall gebracht haben könnte. Er hatte ein verschwommenes Gefühl im Kopf, gerade so, als habe er einen kräftigen Schlag abbekommen. Mit größter Mühe versuchte er, auf die Beine zu kommen und diesen schwachen Überrest zu erreichen. Und ihm wurde bewußt, daß sein Körper sich wand. Lange Haare bedeckten seine Hände. Seine Finger schienen zu schrumpfen und sich in seine Hände zurückzuziehen. Es waren schon eher Tatzen. Eine Falle. Rahvin war nicht geflohen. Das Tor war eine Falle gewesen, und er war blindlings hineingerannt.

Verzweiflung klebte am Nichts, als er darum kämpfte, er selbst zu bleiben. Seine Hände. Es waren Hände. Fast Hände. Er wuchtete sich hoch. Seine Beine schienen an den falschen Stellen einzuknicken. Die Wahre Quelle zog sich vor ihm zurück; das Nichts schrumpfte. Panik flammte jenseits der gefühllosen Leere auf. In welches Wesen ihn Rahvin auch verwandeln wollte, die Macht konnte es jedenfalls nicht lenken. *Saidin* begann, ihm zu entschlüpfen, würde dünner, selbst als er es durch den *Angreal* einsog. Die Balkone und die Arkade starrten leer und höhnisch auf ihn herab. Rahvin mußte sich an einem dieser Fenster mit ihren Steingittern befinden, doch an welchem? Diesmal besaß er nicht mehr die Kraft, hundert Blitze auszusenden. Ein einziger Strahl. Das konnte er noch schaffen. Wenn er schnell war. Welches Fenster? Er kämpfte, um er selbst zu bleiben, kämpfte, *Saidin* in sich aufnehmen zu können, und hieß sogar jeden Anflug von Verderbnis willkommen, weil er ihm zeigte, daß er immer noch an der Macht festhielt. Er taumelte in einem verzerrten Kreis herum, suchte vergeblich die Fenster ab und schrie Rahvins Namen. Es klang wie das Gebrüll eines Bären.

Nynaeve zog Moghedien hinter sich her und bog um eine Ecke. Vor ihr verschwand gerade ein Mann um die nächste Biegung. Das Geräusch seiner Stiefelschritte warf ein Echo in den leeren Gang. Sie wußte nicht, wie lange sie bereits diesen Stiefeln folgten. Manchmal waren die Schritte für eine Weile verklungen und sie hatte warten müssen, bis sie wieder erklangen, um zu entscheiden, in welche Richtung sie weitergehen mußten. Manchmal geschahen irgendwelche Dinge, wenn die Schritte verstummten. Sie hatte wohl nichts beobachtet, aber einmal hatte der ganze Palast wie eine Glocke gedröhnt, und ein andermal hatten sich ihr die Haare auf dem Kopf gesträubt, und die Luft schien zu knistern, und dann wieder … Es war nicht wichtig. Jetzt hatte sie zum erstenmal einen Blick auf den Mann erhascht, zu dem diese Stiefel gehörten. Sie glaubte nicht, daß es sich bei dem Mann im schwarzen Mantel um Rand handelte. Die Größe stimmte, aber er war zu stämmig, besonders, was den Oberkörper betraf.

Sie rannte los, bevor ihr das überhaupt bewußt

wurde. Aus ihren festen Schuhen waren längst Samtpantoffeln geworden, damit man ihre Schritte nicht hörte. Wenn sie ihn schon hörte, hätte er ja auch sie hören können. Moghediens panisches Keuchen war lauter als ihre Schritte.

Nynaeve erreichte die Biegung und blieb stehen. Vorsichtig spähte sie um die Ecke. Sie hielt *Saidar* – durch Moghedien zwar, aber es war ihre Macht – bereit, um augenblicklich zuschlagen zu können. Es war nicht notwendig. Der Gang war leer. Ganz hinten war eine Tür in einer Seitenwand zu sehen, die ansonsten eine Reihe von Fenstern mit kunstvoll durchbrochenen Steingittern aufwies. Sie glaubte nicht, daß er die Tür schon erreicht haben konnte. Etwas näher entdeckte sie eine Kreuzung, an der ein anderer Korridor nach rechts abzweigte. Dorthin eilte sie und spähte vorsichtig hinein. Leer. Doch nur ein kurzes Stück von der Abzweigung entfernt führte eine Wendeltreppe nach oben.

Einen Moment zögerte sie. Er war irgendwohin verschwunden. Dieser Korridor führte in die Richtung zurück, aus der sie gekommen waren. Wäre er so gerannt, nur um zurückzukommen? Dann eben aufwärts.

Sie zerrte Moghedien weiter und erklomm langsam die Wendeltreppe. Sie strengte sich an, um jedes Geräusch hören zu können – über das fast hysterische Atmen der Verlorenen und das Pochen des Bluts in ihren Ohren hinweg. Falls sie ihm plötzlich von Angesicht zu Angesicht gegenüberstand … Sie wußte ja, daß er sich vor ihr befand. Das Überraschungsmoment mußte ganz auf ihrer Seite liegen.

Am ersten Absatz blieb sie stehen. Die Gänge von hier aus verliefen genau wie die unteren. Und sie waren auch genauso leer und still. War er weiter hinaufgestiegen?

Die Treppe zitterte leicht unter ihren Füßen, als sei der Palast von einer Ramme getroffen worden; dann noch einmal. Wieder dasselbe, während ein Strahl weißen Feuers durch den oberen Teil eines der durchbrochenen Fenstergitter fegte, dann schräg nach oben flackerte und wieder erlosch, als er gerade in die Decke hineinzuschneiden begann.

Nynaeve schluckte und blinzelte einige Male mit den Augen, um den violetten Schleier loszuwerden, der wie eine Erinnerung an den grellen Strahl ihre Sicht behinderte.

Das mußte Rand gewesen sein, der versucht hatte, Rahvin zu treffen. Falls sie ihm zu nahe kam, würde Rand sie vielleicht durch puren Zufall treffen. Wenn er so um sich schlug – und so wirkte es auf sie –, konnte er sie jederzeit erwischen, ohne etwas davon zu ahnen.

Das Beben hatte aufgehört. In Moghediens Augen stand wieder die blanke Angst. Nach dem, was Nynaeve durch den *A'dam* hindurch spürte, war es ein Wunder, daß die Frau sich nicht auf dem Boden krümmte, schrie und Schaum vor dem Mund hatte. Nynaeve war ja auch ein wenig nach Schreien zumute. Sie zwang sich, den Fuß auf die nächste Stufe zu stellen. Aufwärts war so gut wie abwärts. Der zweite Schritt war fast genauso schwer. Ganz langsam. Nicht nötig, zu plötzlich auf ihn zu stoßen. Er mußte derjenige sein, der überrascht wurde. Moghedien schlich zitternd wie ein geprügelter Hund hinter ihr her.

Beim Erklimmen der Treppe saugte Nynaeve soviel von *Saidar* in sich hinein, wie sie nur konnte, soviel Moghedien bewältigte, bis hin zu dem Punkt, an dem die Süße der Macht schon fast schmerzte. Das war ihr eine Warnung. Noch mehr, dann würde sie sich dem Punkt nähern, wo es mehr wurde, als sie bewältigen konnte, dem Punkt, an dem sie sich selbst einer Dämpfung ausliefern und ihre Fähigkeit zum Gebrauch der Macht ausbrennen würde. Oder, die augenblicklichen Umstände eingerechnet, Moghediens Fähigkeiten. Oder bei beiden zugleich. Wie auch immer, es käme jetzt einer Katastrophe gleich. Sie bewegte sich ständig an der Grenze, und dieses ... *Leben* ... füllte sie wie eine Nadel, die kurz davorstand, die Haut zu durchstoßen. Es war soviel, wie sie selbst hätte aufnehmen können, allein und ohne Hilfe. Sie und Moghedien waren, was den Gebrauch der Macht betraf, etwa gleich stark. Das hatte sich auch in Tanchico erwiesen. Reichte das jetzt? Moghedien bestand darauf, daß diese Männer stärker seien. Rahvin zumindest – denn den kannte Moghedien –, und es schien ihr unwahrscheinlich, daß Rand so lange überlebt hätte, wäre er nicht ebenfalls so stark. Es war nicht fair, daß die Männer nicht nur die kräftigeren Muskeln besaßen, sondern auch mehr Kraft in bezug auf die Macht. Die Aes Sedai in der Burg hatten immer behauptet, sie seien in etwa gleich. Es war einfach nicht ...

Sie versuchte nur, sich selbst abzulenken. Also holte sie tief Luft und zog Moghedien hinter sich her von der Treppe weg. Höher hinauf führte sie nicht.

Dieser Flur war auch leer. Sie ging zur Abzweigung und spähte um die Ecke. Und da war er. Ein hochgewachsener, ganz in Schwarz gekleideter Mann mit weißen Strähnen im dunklen Haar, der durch die gewundenen Lücken im Fenstergitter auf etwas hinabblickte. Auf seinem Gesicht stand Schweiß, und die Anstrengung war ihm anzusehen, doch er schien zu lächeln. Es war ein gutaussehendes Gesicht, so wie das Galads, aber in diesem Fall verspürte sie keinen beschleunigten Puls.

Was er da auch anstarrte – Rand vielleicht? – nahm seine volle Aufmerksamkeit in Anspruch, doch Nynaeve gab ihm so oder so keine Chance, sie zu entdecken. Es konnte ja wirklich Rand dort unten sein. Sie wußte nicht, ob Rahvin die Macht lenkte oder nicht. Sie füllte den Korridor um ihn herum von einer Wand zur anderen mit Feuer, vom Boden bis zur Decke, warf alle Energie *Saidars* hinein, die sie aufgenommen hatte.

Das Feuer brannte so heiß, daß sogar der Stein zu qualmen begann. Sie zuckte vor dieser Hitze zurück.

Rahvin schrie inmitten der Flammen auf – es war eine einzige Flamme – und taumelte davon, dorthin, wo der Flur in eine von Säulen gestützte Arkade überging. Ein Herzschlag, noch weniger, während sie noch zuckte, und dann stand er von klarer Luft umgeben mitten im Feuer. Jedes bißchen *Saidar,* das sie beherrschen konnte, floß in dieses Inferno, und doch widerstand er ihm. Sie konnte ihn durch die Flamme hindurch sehen. Das Feuer warf einen roten Lichtschein über alles, aber sehen konnte sie trotzdem. Rauch erhob sich von seinem angesengten Rock. Sein Gesicht war eine verbrannte Schreckensmaske. Eines seiner Augen war milchig weiß. Und doch blickten beide Augen bösartig auf sie, als er sich zu ihr umdrehte.

Aus der Leine des *A'dam* erreichte sie überhaupt kein Gefühl mehr, nur bleierne Müdigkeit. Nynaeves Magen flatterte. Moghedien hatte aufgegeben. Aufgegeben, weil der Tod auf sie beide wartete.

Feuer schob heiße Zungen durch die Fenstergitter über Rand hinweg, füllte jede Öffnung und tanzte auf die Arkade zu. Als das geschah, war mit einemmal der Kampf in seinem Innern wie weggeblasen. Er war so plötzlich ganz er selbst, daß es ihn wie ein Schock traf. Er hatte verzweifelt an *Saidin* festgehalten und sich bemüht, soviel wie eben möglich in sich aufzunehmen. Nun strömte es mit Gewalt in ihn hinein, eine Lawine von Feuer und Eis, die seine Knie erzittern ließ, und das Nichts bebte unter Schmerzen, die wie ein Rasiermesser an seiner Außenhaut schabten.

Und Rahvin stolperte rückwärts unter der Arkade hervor, das Gesicht in den Palast hinein gewandt. Rahvin wand sich im Feuer und stand doch da, als berühre es ihn nicht. Und doch mußte das zuvor anders gewesen sein. Nur die Größe dieser Gestalt und die Unmöglichkeit, daß es jemand anders sein könnte, sagte Rand, daß es sich wirklich um ihn handelte. An dem Verlorenen sah man nur Ruß und aufgesprungenes, rotes Fleisch, wo die Haut weggebrannt war, so daß jede Heilerin Schwierigkeiten gehabt hätte, ihn noch zu retten. Er mußte unvorstellbare Qualen erlitten haben. Allerdings befand sich auch Rahvin innerhalb seines eigenen Nichts, in Leere gehüllt, wo die Schmerzen diesem verbrannten Überrest seines Körpers fern lagen und *Saidin* nahe war.

Saidin wütete auch in Rand, und er warf nun alles in den Kampf. Nicht, um zu heilen.

»Rahvin!« schrie er, und Baalsfeuer entfloh seinen Händen, ein mehr als mannsdicker Strahl geschmolzenen Lichts, von aller Macht vorwärtsgetrieben, über die er verfügte.

Es traf den Verlorenen, und Rahvin hörte auf, zu existieren. Die Schattenhunde in Rhuidean waren zu einem Schleier von Lichtpunkten zerfallen, bevor sie verschwanden, bevor dieses eigenartige Leben, das an ihnen festhielt, verlosch oder das Muster sie freigab, das versucht hatte, sie zu erhalten. Damit verglichen … verlosch … Rahvins Existenz einfach; es … gab ihn nicht mehr, war, als habe es ihn nie gegeben.

Rand ließ das Baalsfeuer erlöschen und schob *Saidin* ein Stückchen von sich weg. Er bemühte sich, den purpurnen Schleier vor seinen Augen wegzublinzeln, blickte zu dem breiten Loch in der Marmorbalustrade empor, über der der Rest einer Säule wie ein einzelner Zahnstummel aufragte, und sah das dazu passende Loch im Dach des Palastes. Sie verschwammen auch nicht, um gleich wieder aufzutauchen, sondern wirkten endgültig, als sei das, was er getan hatte, selbst an diesem Ort zu stark gewesen, um den alten Zustand wiederherzustellen. Nach alldem zuvor schien dies beinahe zu leicht gewesen zu sein. Vielleicht gab es dort oben etwas, das ihn überzeugte, daß Rahvin wirklich tot sei. Er lief zur nächsten Tür.

Verzweifelt verwandte Nynaeve alle ihr verbliebene Energie dazu, die Flamme noch einmal um Rahvin zu schließen. Ihr kam der Gedanke, sie hätte Blitze benutzen sollen. Nun würde sie sterben. Diese erschreckenden Augen waren auf Moghedien gerichtet, nicht auf sie, doch auch sie selbst würde sterben.

Flüssiges Feuer schnitt schräg von unten her in die Arkade hinein, so heiß, daß ihr Feuer dagegen fast kühl wirkte. Der Schreck ließ sie ihr Gewebe aufgeben, und ihre Hand zuckte vor ihr Gesicht, um es zu schützen. Doch bevor sie nur halb ihre Augen bedeckt hatte, war das flüssige Feuer erloschen. Und Rahvin ebenfalls. Sie glaubte nicht, daß er entkommen war. Da war ein kurzer Augenblick gewesen, so kurz, daß sie ihn sich auch eingebildet haben mochte, als er von diesem Strahl berührt wurde und … zu einem feinen Dunst zerstob. Nur ein Moment. Sie mochte sich das auch einbilden. Aber das glaubte sie nicht. Sie atmete zitternd ein.

Moghedien hatte das Gesicht in den Händen verborgen, bebte am ganzen Körper und weinte. Das eine einzige Gefühl, das Nynaeve durch den *A'dam* empfing, war eine so ungeheure Erleichterung, daß davon alles andere erstickt wurde.

Schnelle Stiefelschritte erklangen die Treppe herauf.

Nynaeve wirbelte herum und tat einen Schritt in Richtung der Wendeltreppe. Sie war selbst überrascht, als sie sich dabei ertappte, tief an *Saidar* zu saugen und sich vorsichtshalber kampfbereit zu halten.

Diese Überraschung verflog, als Rand erschien. Er war nicht so, wie sie ihn in Erinnerung hatte. Seine Gesichtszüge waren die selben, doch der Ausdruck darauf war hart. Seine Augen bestanden aus blauem Eis. Die blutigen Risse in Mantel und Hose, die Blutspritzer auf seinen Wangen – all das unterstrich diesen Eindruck.

So, wie er aussah, würde es sie nicht überraschen, wenn er Moghedien auf der Stelle tötete, sobald er nur erfuhr, wer sie war. Doch sie würde Nynaeve noch nützlich sein. Einen *A'dam* erkannte er auf jeden Fall. Mit ihrem nächsten Gedanken änderte sie ihn ab, ließ die Leine verschwinden, so daß nur noch das silbrige Armband an ihrem Handgelenk und das Halsband Moghediens übrig blieben. Einen Augenblick lang – als ihr klar wurde, was sie getan hatte –, packte sie die Angst, doch dann seufzte sie erleichtert auf, denn sie spürte die andere immer noch. Es war genauso, wie Elayne es vorausgesagt hatte. Vielleicht hatte er es gar nicht bemerkt. Sie stand zwischen ihm und Moghedien und die Leine war hinter ihrem Rücken verborgen gewesen.

Er würdigte Moghedien kaum eines Blickes. »Ich dachte mir bei diesen Flammen, die von hier oben kamen… Ich glaubte, du könntest das gewesen sein, oder… Wo sind wir hier? Triffst du hier immer Egwene?«

Nynaeve blickte zu ihm auf und bemühte sich, nicht schuldbewußt zu schlucken. So kalt, dieses Gesicht. »Rand, die Weisen Frauen sagen, was du getan hast und was du tust sei gefährlich, vielleicht sogar böse. Sie meinen, wenn du körperlich hierherkommst, verlierst du etwas von dir selbst, etwas von dem, was dich menschlich sein läßt.«

»Wissen die Weisen Frauen eigentlich alles?« Er ging an ihr vorbei und blickte das an, was von der Arkade noch übrig war. »Ich glaubte einmal, die Aes Sedai wüßten alles. Es spielt keine Rolle. Ich weiß nicht, wieviel Menschlichkeit sich der Wiedergeborene Drache erlauben kann.«

»Rand, ich…« Sie wußte nicht, was sie sagen sollte. »Komm, laß mich dich wenigstens heilen.«

Er hielt still, so daß sie sein Gesicht in ihre Hände nehmen konnte. Diesmal mußte *sie* ein Zusammenzucken unterdrücken. Seine offenen Wunden waren nicht ernsthafter Natur. Es waren eben nur viele. Was hatte ihn nur so gebissen? Sie war sicher, daß es sich um Bißwunden handelte. Aber die alte Wunde, diese halbverheilte, niemals heilende Wunde an seiner Seite war wie eine Öffnung in die Dunkelheit, wie ein Brunnen, der mit etwas gefüllt war, was sie für den Makel, die Verderbnis *Saidins* hielt. Sie webte ihre komplizierten Stränge aus Luft und Wasser, Geist und sogar Feuer und Erde, wenn auch nur in geringem Ausmaß, um ihn zu heilen. Er schrie nicht und schlug nicht um sich. Er zuckte nicht einmal mit der Wimper. Er schauderte lediglich kurz. Das war alles. Dann packte er sanft ihre Handgelenke und zog ihre Hände von seinem Gesicht weg. Sie sträubte sich nicht. Seine neuen Verletzungen waren verschwunden, jeder Biß, jede Abschürfung oder Schwellung, doch die alte Wunde nicht. Nichts hatte sich daran geändert. Alles bis auf den Tod sollte doch heilbar sein, selbst das. Alles!

»Ist er tot?« fragte er leise. »Hast du ihn sterben sehen?«

»Er ist tot, Rand. Ich habe es gesehen.«

Er nickte. »Aber es gibt noch andere, oder? Andere … Auserwählte.«

Nynaeve spürte, wie die Angst Moghedien wie ein Dolch durchfuhr, aber sie wandte ihren Blick nicht um. »Rand, du mußt gehen. Rahvin ist tot, und dieser Ort ist gefährlich für dich in diesem körperlichen Zustand. Du mußt gehen und darfst körperlich nie wieder herkommen.«

»Ich gehe schon.«

Er machte nichts, was sie hätte sehen oder spüren können – natürlich, das ging ja auch nicht –, aber einen Augenblick lang war ihr, als habe sich der Gang hinter ihm … irgendwie gedreht. Er sah aber nicht anders aus als zuvor. Außer… Halt. Sie blinzelte erstaunt. In der Arkade hinter ihm war keine einzige halb zerstörte Säule mehr zu sehen, und auch die Steinbrüstung wies kein Loch mehr auf.

Er fuhr fort, als sei nichts geschehen: »Sag Elayne… Bitte sie, mich nicht zu hassen. Bitte sie…« Der Schmerz verzerrte sein Gesicht. Einen Augenblick lang sah sie den Jungen von einst, der wirkte, als entreiße man ihm etwas sehr Kostbares. Sie streckte die Hand aus, um ihn zu trösten, doch er trat mit steinernem Gesicht und düsterer Miene vor ihr zurück. »Lan hatte recht. Sag Elayne, sie soll mich vergessen, Nynaeve. Sag ihr, ich habe eine andere Liebe gefunden und für sie sei kein Platz mehr. Er wollte, daß ich dir das selbe ausrichte. Auch Lan hat jemanden anders gefunden. Er läßt dir ausrichten, du solltest ihn vergessen. Es ist besser, nie geboren zu werden, als einen von uns zu lieben.« Er trat drei weitere lange Schritte zurück; der Flur, oder jedenfalls ein Teil davon, schien sich mit ihm in der Mitte auf schwindelerregende Weise zu drehen, und dann war er weg.

Nynaeve starrte den Fleck an, an dem er sich befunden hatte, und beachtete das verschwommene Wiederaufflackern der Zerstörungen in ihrer Nähe gar nicht. Lan hatte ihn *das* ausrichten lassen?

»Ein… bemerkenswerter Mann«, sagte Moghedien leise. »Ein sehr, sehr gefährlicher Mann.«

Nynaeve blickte sie an. Etwas Neues kam durch das Armband zu ihr herüber. Die Angst war immer noch vorhanden, doch gedämpft durch… mit erwartungsvoll konnte man das wohl am ehesten umschreiben.

»Ich habe doch gut mitgeholfen, nicht wahr?« sagte Moghedien. »Rahvin tot und Rand al'Thor gerettet. Nichts davon wäre ohne mich möglich gewesen.«

Nynaeve verstand sie jetzt. Es war mehr Hoffnung gewesen als Erwartung. Früher oder später mußte

Nynaeve ja aufwachen. Dann würde der *A'dam* verschwinden. Moghedien bemühte sich, sie an ihre Hilfe zu erinnern – als habe sie ihr nicht alles mühsam entreißen müssen –, für den Fall, daß Nynaeve sich darauf vorbereitete, sie vorher noch zu töten. »Es wird auch für mich Zeit, zu gehen«, sagte Nynaeve. Moghediens Gesichtsausdruck änderte sich nicht, wohl aber wurde ihre Angst wieder stärker – und auch ihre Hoffnung verstärkte sich. Ein großer Silberbecher erschien in Nynaeves Händen. Er war anscheinend mit Tee gefüllt. »Trinkt das.«

Moghedien zuckte zurück. »Was …?«

»Kein Gift. Ich könnte Euch auch so leicht töten, falls das in meiner Absicht läge. Doch schließlich ist das, was hier mit Euch geschieht, auch in der wachenden Welt Wirklichkeit.« Die Hoffnung kam nun viel stärker als die Angst herüber. »Ich werde Euch in Schlaf versetzen. In einen tiefen, tiefen Schlaf; zu tief, um *Tel'aran'rhiod* zu berühren. Man nennt dies Spaltwurzeltee.«

Moghedien nahm langsam den Becher entgegen. »Damit ich Euch nicht folgen kann? Ich kann nichts dagegen sagen.« Sie legte den Kopf in den Nacken und trank, bis der Becher leer war.

Nynaeve beobachtete sie. Dies sollte sie augenblicklich zum Einschlafen bringen. Und doch besaß auch sie eine grausame Ader, und die ließ sie weitersprechen. Sie wußte sogar, daß sie jetzt gemein war, aber das war ihr gleich. Moghedien sollte auch im Schlaf keine Ruhe finden. »Ihr wußtet, daß Birgitte nicht tot war.« Moghedien zog leicht die Augen zusammen. »Ihr wußtet, wer Faolain ist.« Die andere wollte jetzt die Augen aufreißen, doch sie schaffte es nicht mehr ganz, weil sie schon so schläfrig war. Nynaeve spürte durch den *A'dam,* wie sich die Wirkung der Spaltwurzel in Moghediens Körper ausbreitete. Sie konzentrierte sich auf eine Moghedien, die in *Tel'aran'rhiod* festgehalten wurde. Keine Ruhe für den Schlaf der Verlorenen. »Und Ihr wußtet, wer Siuan ist und daß sie einst die Amyrlin war. Ich habe das in *Tel'aran'rhiod* kein einziges Mal erwähnt. Nie. Wir werden uns sehr bald wieder sprechen. In Salidar.«

Moghediens Pupillen kippten. Nynaeve war nicht klar, ob das auf die Spaltwurzel zurückzuführen war oder auf eine Ohnmacht, aber das spielte keine Rolle. Sie ließ die andere Frau los und Moghedien verschwand. Das silbrige Halsband fiel mit einem hellen Klang auf die Fliesen. Elayne würde das gefallen – wenigstens dies eine.

Nynaeve trat aus dem Traum heraus.

Rand schlich durch die Korridore des Palastes. Es schien weniger Schäden zu geben, als er in Erinnerung hatte, aber das nahm er nur am Rande wahr. Er schritt hinaus auf den großen Vorhof des Palastes. Windstöße, durch die Macht gewebt, rissen die großen Torflügel fast aus den Angeln. Dahinter lag ein riesiger, ovaler Platz und das, was er gesucht hatte. Trollocs und Myrddraal. Rahvin war tot, und die anderen Verlorenen befanden sich sonstwo, aber es gab in Caemlyn trotzdem noch Trollocs und Myrddraal, die man töten mußte.

Dort wurde gekämpft. Es war eine quirlende Menge von Hunderten, vielleicht sogar Tausenden; was ihre schwarz gepanzerten mächtigen Körper, jeder so groß wie ein Myrddraal mitsamt Pferd, verbargen, war nicht auszumachen. Gerade so eben konnte er mittendrin seine rote Flagge erkennen. Einige wandten sich dem Palast zu, als die Torflügel so gewaltsam aufgerissen wurden.

Und doch blieb Rand wie angewurzelt stehen. Feuerkugeln zogen ihre Bahn durch die dichtgedrängte schwarze Masse, und überall lagen brennende Trollocs. Das konnte doch nicht sein.

Er wagte kaum, zu hoffen oder überhaupt an etwas Bestimmtes zu denken, und so benutzte er erneut die Macht. Strahlen aus Baalsfeuer verließen seine Hände, so schnell er sie nur weben konnte, dünner als sein kleiner Finger, präzise, und sie brachen ab, sobald sie ihr Ziel getroffen hatten. Sie waren viel schwächer als diejenigen, die er am Ende gegen Rahvin eingesetzt hatte, schwächer als alle, die er bei diesem Kampf benutzt hatte, aber er konnte nicht riskieren, daß einer bis zu jenen durchdrang, die von dieser Trolloc-Horde eingeschlossen waren. Es schien aber ihrer Wirkung kaum Abbruch zu tun. Der erste getroffene Myrddraal wechselte die Farbe, wurde zu einer weißgekleideten Gestalt und dann waren da nur noch durch die Luft fliegende Staubteilchen, die vom Luftzug des wild fliehenden Pferdes davongewirbelt wurden. Dasselbe geschah mit allen Trollocs oder Myrddraal, die sich ihm zuwandten. Dann begann er in die Rücken jener hineinzufeuern, die noch immer kämpften. Ein nicht enden wollender Schleier funkelnder Staubkörnchen schien die Luft zu erfüllen und erhielt ständig Nachschub, noch während er sich verflüchtigte.

Dem konnten sie nicht widerstehen. Aus bestialischen Wutschreien wurde angsterfülltes Heulen, und sie flohen in alle Richtungen. Er beobachtete, wie ein Myrddraal versuchte, sie zum Umkehren zu bringen, doch er wurde mitsamt seinem Pferd niedergetrampelt. Die anderen Mydrdraal gaben ihren Pferden die Sporen und galoppierten davon.

Rand ließ sie ziehen. Er war damit beschäftigt, die verschleierten Aiel zu mustern, die mit Speeren und langen Messern bewaffnet aus dem Ring ihrer Belagerer ausbrachen. Einer von ihnen trug die Fahne. Normalerweise hatten die Aiel nichts mit Fahnen im Sinn, aber dieser, bei dem unter der Schufa ein Stückchen des roten Stirnbands hervorlugte, trug sie trotzdem. Auch in den Straßen, die von diesem Platz wegführten, gab es einige Kämpfe. Aiel gegen Trollocs. Stadtbewohner gegen Trollocs. Sogar Gerüstete in der Uniform der Königlichen Garde gegen Trollocs. Offensichtlich konnten einige von denen, die durchaus gewillt waren, eine Königin zu töten, Trollocs denn doch nicht ertragen. Rand bemerkte auch dies alles aber nur am Rande. Er suchte die Reihen der ausbrechenden Aiel ab.

Da. Eine Frau in einer weißen Bluse, die mit einer Hand ihren bauschigen Rock raffte und mit der anderen, in der sie ein kurzes Messer trug, nach einem fliehenden Trolloc stach. Einen Moment später hüllten Flammen die mächtige Gestalt mit der Bärenschnauze ein.

»Aviendha!« Rand wurde erst bewußt, daß er auf sie zustürzte, als er ihren Namen schrie. »Aviendha!«

Und da war auch Mat mit zerrissenem Mantel und Blut an der Schwertklinge seines Speers. Er stützte sich auf den schwarzen Schaft und blickte den fliehenden Trollocs nach, offensichtlich zufrieden, nun, da es möglich war, wieder anderen das Kämpfen zu überlassen. Und Asmodean, der ungeschickt sein Schwert hielt und versuchte, nach allen Seiten zugleich Ausschau zu halten, ob es irgendeinem Trolloc einfiel, noch einmal zurückzukommen. Rand spürte *Saidin* in ihm, wenn auch nur schwach, und er glaubte nicht, daß Asmodean viel mit diesem Schwert ausgerichtet habe.

Baalsfeuer. Baalsfeuer, das einen Faden mitten aus dem Muster herausbrennen konnte. Je stärker das Baalsfeuer war, desto weiter zurück verbrannte der Faden. Und was immer die betreffende Person getan hatte, *war dann nicht mehr geschehen.* Es war ihm gleich, ob sein Angriff auf Rahvin das halbe Muster zerstört hatte. Hauptsache, dies war das Ergebnis.

Ihm wurde bewußt, daß Tränen über seine Wangen rannen. Er ließ *Saidin* und das Nichts fahren. Das wollte er voll auskosten. »Aviendha!« Er schloß sie in seine Arme und wirbelte sie herum. Sie blickte mit großen Augen auf ihn herab, als sei er verrückt geworden. Am liebsten hätte er sie gar nicht mehr losgelassen, tat es dann aber doch. Damit er Mat umarmen konnte. Es wenigstens versuchen konnte.

Mat wehrte ihn ab. »Was ist denn mit dir los? Man könnte denken, du hättest uns für tot gehalten. Na ja, waren wir beinahe auch. Ein Generalsposten sollte eigentlich ein wenig sicherer sein!«

»Du lebst ja«, lachte Rand. Er strich Aviendhas Haar zurück. Sie hatte das Kopftuch verloren, und das Haar hing ihr zerzaust im Nacken. »Ich bin so froh darüber, daß ihr am Leben seid. Das ist alles.«

Er nahm den Zustand des großen Platzes nun wieder wahr, und seine Freude verflog. Nichts konnte ihm diese Freude ganz nehmen, aber die Leichenhaufen, dort, wo die Aiel sich zum letzten Gefecht gesammelt hatten, minderten sie doch erheblich. Zu viele davon waren zu klein und zierlich, um Männerleichen zu sein. Da lag Lamelle. Ihr Schleier fehlte, genau wie ihr halber Kehlkopf. Sie würde ihm niemals mehr Suppe kochen. Pevin hatte im Tod noch beide Hände um den armdicken Trolloc-Speer geklammert, der in seiner Brust steckte, und zum erstenmal, seit Rand ihn kannte, trug sein Gesicht einen erkennbaren Ausdruck: Überraschung. Das Baalsfeuer hatte dem Tod seine Freunde entrissen, andere aber nicht. Zu viele. Zu viele Töchter.

Nimm, was du bekommen kannst. Freue dich an dem, was du retten kannst, und traure deinen Verlusten nicht zu lange nach. Es war nicht sein eigener Gedanke, aber er akzeptierte ihn. Es schien eine gute Methode, ihn vor dem Wahnsinn zu bewahren, bis der Makel *Saidins* ihn doch dazu verdammte.

»Wo warst du eigentlich?« wollte Aviendha wissen. Nicht zornig. Sie schien sogar eher erleichtert. »In einer Sekunde warst du noch hier, und in der nächsten weg.«

»Ich mußte doch Rahvin töten«, sagte er leise. Sie öffnete den Mund, doch er legte einen Finger darauf, damit sie nichts sagte, und schob sie sanft von sich. »Laß es damit gut sein. Er ist tot.«

Bael humpelte herbei, die Schufa noch um den Kopf gewickelt, wenn auch der Schleier auf seiner Brust hing. An seinem Oberschenkel klebte Blut und genauso an der Spitze seines einzigen verbliebenen Speers. »Die Nachtläufer und Schattenverzerrten laufen weg, *Car'a'carn*. Einige der Feuchtländer haben sich dem Kampf gegen sie angeschlossen. Sogar ein paar der Gerüsteten, obwohl sie zu Beginn noch gegen uns kämpften.« Sulin kam hinter ihm heran, unverschleiert und mit einer böse aussehenden Schnittwunde auf der Wange.

»Jagt sie und bringt sie zur Strecke, gleich, wie lange es dauert«, sagte Rand. Er begann, weiterzugehen, obwohl er gar nicht wußte, wohin. Hauptsache, es führte ihn weg von Aviendha. »Ich will nicht, daß sie das Land unsicher machen. Gebt gut auf die Wache acht. Ich werde später herausbekommen, welche von ihnen Rahvins Männer waren, und welche …« Er ging weiter, redete und blickte nicht zurück. Nimm, was du bekommen kannst.

KAPITEL 16

Die Glut schwelt

Die hohe Fensteröffnung ließ Rand mehr als genügend Platz, um aufrecht darin stehen zu können; sie schwang sich hoch über seinen Kopf, und zu beiden Seiten blieben jeweils gut zwei Fuß bis zur Einfassung. Er hatte die Ärmel hochgekrempelt und blickte hinunter in einen der Gärten des Königspalastes. Aviendha hatte eine Hand im mit Sandstein eingefaßten Brunnenbecken, um das Wasser zwischen ihren Fingern zu spüren. Sie wunderte sich immer noch, daß man soviel Wasser verschwendete, nur um es anschauen zu können und ein paar Zierfische am Leben zu halten. Zuerst war sie ziemlich wütend gewesen, weil er ihr verboten hatte, auf die Straße zu gehen und Trollocs zu jagen. Er war sich auch jetzt nicht sicher, ob sie sich nicht vielleicht doch dort unten befinden würde, wären nicht ein paar unauffällige Töchter des Speers als Bewachung dagewesen, von denen Sulin wohl glaubte, er habe sie überhaupt nicht entdeckt. Er hätte wohl auch nicht hören sollen, wie die weißhaarige Tochter ihr in Erinnerung rief, daß sie keine *Far Dareis Mai* mehr sei, aber auch noch keine Weise Frau. Mat hatte sich ohne die Jacke, aber mit dem Hut als Sonnenschutz auf den Brunnenrand gesetzt und unterhielt sich mit ihr. Zweifellos wollte er sie aushorchen, ob sie etwas davon wisse, daß die Aiel die Menschen am Weggehen hinderten. Sollte Mat jemals sein Schicksal als gegeben hinnehmen, war es trotzdem unwahrscheinlich, daß er je aufhören würde, sich darüber zu beklagen. Asmodean saß auf einer Bank im Schatten eines roten Lorbeerbaums und spielte auf der Harfe. Rand fragte sich, ob der Mann eine Ahnung habe, was wirklich geschehen war, oder ob er es zumindest vermutete. Er sollte keine Erinnerung an das Geschehene haben, denn für ihn war es ja nie geschehen, aber wer wußte schon, was einer der Verlorenen wissen oder sich zusammenreimen konnte?

Ein höfliches Hüsteln ließ ihn sich vom Anblick des Gartens abwenden.

Das Fenster, an dem er stand, befand sich an der Westseite des Thronsaals, des sogenannten Großen Saals, wo die Königinnen von Andor seit fast tausend Jahren ausländische Abgesandte empfingen und Recht sprachen. Es war der einzige Ort, von dem aus er seiner Meinung nach Mat und Aviendha ungesehen und ungestört beobachten konnte. Zu beiden Seiten des Saals wurde die Decke von einer Reihe zwanzig Schritt hoher weißer Säulen gestützt. Der durch die hohen Fenster einfallende Sonnenschein vermischte sich mit dem bunten Licht von den großen Fensterscheiben in der gewölbten Decke. Auf diesen bunten Glasscheiben waren abwechselnd der Weiße Löwe und Porträts einiger früher Königinnen des Reiches von Andor zu sehen, und daneben noch ein paar Szenen von großen Siegen des andoranischen Heers. Enaila und Somara schienen davon nicht beeindruckt.

Rand stieß sich mit den Fingerspitzen leicht ab und stieg vom Sims herunter. »Gibt es neues von Bael?«

Enaila zuckte die Achseln. »Die Jagd nach den Trollocs geht weiter.« Ihrem Tonfall nach wäre die kleine Frau nur zu gern dabeigewesen. Somaras Größe ließ Enaila daneben noch kleiner erscheinen. »Einige der Stadtbewohner helfen dabei. Die meisten verstecken sich aber. Die Stadttore sind besetzt. Keiner der Schattenverzerrten wird entkommen, glaube ich, aber ich fürchte, einige der Nachtläufer werden fliehen.« Die Myrddraal waren schwer umzubringen und genauso schwer einzufangen. Manchmal fiel es leicht, den alten Märchen Glauben zu schenken, sie könnten auf Schatten reiten und verschwinden, wenn sie sich zur Seite drehten.

»Wir haben Euch Suppe mitgebracht«, sagte Somara und nickte mit ihrem flachsblonden Schopf in Richtung eines mit einem gestreiften Tuch bedeckten Silbertabletts auf dem Podest mit dem Löwenthron. Den Thron selbst, einen massiv wirkenden, großen Lehnstuhl, erreichte man über einen roten Teppich und vier weiße Marmorstufen. Er war aus dunklem Holz geschnitzt und vergoldet, die Beine in der Form mächtiger Löwenpranken. In die Rückenlehne war der Löwe von Andor mit Mondperlen auf einem Feld von Rubinen eingearbeitet. Wenn Morgase auf dem Thron saß, mußte er sich genau über ihrem Kopf befunden haben. »Aviendha sagt, Ihr hättet heute noch nichts gegessen. Das hier ist die Suppe, die Euch Lamelle immer gekocht hat.«

»Ich schätze, von den Dienern ist noch keiner zurückgekehrt?« seufzte Rand. »Vielleicht eine der Köchinnen? Wenigstens eine Küchenhilfe?« Enaila schüttelte verachtungsvoll den Kopf. Sie würde ihren Dienst als *Gai'schain* durchaus wohlmeinend ableisten, falls es je dazu kam, aber allein der Gedanke, jemand könne das ganze Leben damit verbringen, andere zu bedienen, widerte sie an.

Er schritt die Stufen hinauf, kauerte sich nieder und schlug das Tuch zur Seite. Er rümpfte die Nase. Dem Geruch nach zu schließen, war diejenige, die das gekocht hatte, auch keine bessere Köchin als Lamelle. Das Geräusch der festen Stiefelschritte eines Mannes, der sich durch den Saal näherte, bot ihm eine Entschuldigung dafür, dem Tablett den Rücken zuzuwenden. Mit etwas Glück mußte er die Suppe doch nicht essen.

Der Mann, der über die roten und weißen Fliesen

auf ihn zukam, war bestimmt kein Andoraner. Er trug einen kurzen, grauen Rock und bauschige Hosen, die er in die am Knie umgeschlagenen Stulpen seiner Stiefel gesteckt hatte. Er war schlank und nur einen Kopf größer als Enaila, hatte eine mächtige Hakennase und dunkle, leicht schräg stehende Augen. In seinem schwarzen Haar zeigten sich graue Strähnen, und sein dichter Schnurrbart lief an beiden Enden in nach unten gekrümmte Spitzen aus. Er blieb stehen und deutete einen Kratzfuß an, wobei er das Krummschwert an seiner Hüfte mit einer geschmeidigen Bewegung zur Seite schob und das Kunststück fertigbrachte, gleichzeitig in einer Hand zwei silberne Pokale und in der anderen einen geschlossenen Keramikkrug zu tragen.

»Entschuldigt mein Eindringen«, sagte er, »aber es war niemand da, um mein Kommen anzukündigen.« Seine Kleidung war wohl einfach und sogar ein wenig abgenutzt, aber er hatte etwas, das aussah wie ein Elfenbeinstab mit einem goldenen Wolfskopf, in seinen Schwertgurt gesteckt. »Ich bin Davram Bashere, Generalfeldmarschall von Saldaea. Ich bin hier, um mit dem Lord Drache zu sprechen, von dem Gerüchte in der Stadt behaupten, er halte sich hier im Königlichen Palast auf. Ich nehme an, ich spreche bereits mit ihm?« Einen Moment lang klebte sein Blick an den glitzernden Drachen, die sich rot und golden um Rands Unterarme wanden.

»Ich bin Rand al'Thor, Lord Bashere. Der Wiedergeborene Drache.« Enaila und Somara waren zwischen Rand und den Mann getreten, jede mit einer Hand am Griff ihres langen Messers und bereit, sich augenblicklich zu verschleiern. »Es überrascht mich, einen Lord aus Saldaea in Caemlyn anzutreffen, vor allem aber, seinen Wunsch zu hören, mit mir zu sprechen.«

»Um die Wahrheit zu sagen, ritt ich nach Caemlyn, um mit Morgase zu sprechen, wurde aber von Lord Gaebrils Speichelleckern abgewiesen – König Gaebrils, sollte ich wohl sagen? Oder ist er noch am Leben?« Basheres Tonfall war zu entnehmen, daß er das nicht annahm und daß es ihm außerdem gleichgültig war. Und er fuhr fort: »Viele in der Stadt behaupten, auch Morgase sei tot.«

»Sie sind beide tot«, sagte Rand mit bleierner Stimme. Er ließ sich auf dem Thron nieder und lehnte seinen Kopf gegen den mondperlenbesetzten Löwen von Andor. Es war eben doch der Thron einer Frau. »Ich habe Gaebril getötet, aber leider erst, nachdem er Morgase töten ließ.«

Bashere zog eine Augenbraue hoch. »Sollte ich dann König Rand von Andor meinen Antrittsbesuch abstatten?«

Rand beugte sich zornig vor. »Andor hat immer eine Königin gehabt, und das trifft auch jetzt zu. Elayne war die Tochter-Erbin. Da ihre Mutter tot ist, ist sie nun die Königin. Vielleicht muß sie zuerst gekrönt werden – ich kenne die Gesetze hier nicht –, aber soweit es mich betrifft, ist sie die Königin. Ich bin der Wiedergeborene Drache. Das ist bereits alles, was ich will, und noch mehr. Was wollt Ihr nun von mir, Lord Bashere?«

Falls sein Zorn Bashere irgendwie beunruhigte, zeigte der Mann äußerlich nichts davon. Die schrägstehenden Augen beobachteten Rand genau, aber ohne Nervosität. »Die Weiße Burg gestattete Mazrim Taim die Flucht. Dem falschen Drachen.« Er schwieg einen Moment, und als Rand nichts dazu sagte, fuhr er fort: »Königin Tenobia wollte nicht, daß es in Saldaea wieder zu Unruhen kommt, also schickte sie mich aus, um ihn wieder zu fangen und der Bedrohung ein Ende zu bereiten. Ich bin ihm viele Wochen lang nach Süden gefolgt. Ihr braucht aber nicht zu fürchten, daß ich ein fremdes Heer nach Andor gebracht habe. Bis auf eine Eskorte von zehn Mann habe ich alle im Brähmwald zurückgelassen, ein gutes Stück nördlich jeglicher

Grenze, die Andor in den letzten zweihundert Jahren beansprucht hat. Aber Taim befindet sich in Andor. Da bin ich ganz sicher.«

Rand lehnte sich zögernd zurück. »Ihr könnt ihn nicht haben, Lord Bashere.«

»Dürfte ich fragen, warum nicht, mein Lord Drache? Falls Ihr Aiel einsetzen wollt, ihn zu jagen, so habe ich nichts dagegen. Meine Männer bleiben im Brähmwald, bis ich zurück bin.«

Er hatte diesen Teil seines Planes eigentlich nicht so bald enthüllen wollen. Jede Verzögerung mußte möglicherweise teuer bezahlt werden, aber sein Plan war es gewesen, zuerst einmal die Länder sicher in seiner Hand zu einen. Und doch konnte er genausogut schon jetzt beginnen. »Ich werde eine Amnestie verkünden. Ich kann die Macht lenken, Lord Bashere. Warum sollte man einen anderen Mann wie ein Tier jagen und töten oder einer Dämpfung unterziehen, weil er ebenfalls kann, was ich kann? Ich werde verkünden, daß jeder Mann, der in der Lage ist, die Wahre Quelle zu berühren, jeder Mann, der das erlernen möchte, zu mir kommen kann und unter meinem Schutz steht. Die Letzte Schlacht rückt näher, Lord Bashere. Es mag gar keine Zeit mehr sein, daß einer von uns vorher noch dem Wahnsinn verfällt, und ich würde nur dieses Risikos wegen auch das Leben keines einzigen Mannes aufs Spiel setzen. Als die Trollocs während der Trolloc-Kriege aus der Fäule heraus angriffen, wurden sie von Schattenlords angeführt, Männern und Frauen, die im Dienst des Schattens die Macht einsetzten. In Tarmon Gai'don werden wir ihnen erneut gegenüberstehen. Ich weiß nicht, wie viele Aes Sedai an meiner Seite sein werden, aber ich werde bestimmt keinen Mann abweisen, der mit der Macht umgehen kann und sich mir anschließen will. Mazrim Taim gehört mir, Lord Bashere, und nicht Euch.«

»Aha.« Er sagte es ganz ausdruckslos. »Ihr habt

Caemlyn erobert. Wie ich hörte, gehört Euch auch Tear und Cairhien wird Euch bald gehören, wenn Ihr es nicht schon habt. Habt Ihr vor, die ganze Welt mit Hilfe Eurer Aiel und der Männer zu erobern, die mit der Macht umgehen können?«

»Wenn ich muß.« Das klang bei Rand genauso ausdruckslos. »Jeden Herrscher, der mit mir zusammenarbeiten will, werde ich gern als Verbündeten willkommen heißen, aber was ich bisher gesehen habe, war nur ein einziges Intrigenspiel um Macht oder offene Feindseligkeit. Lord Bashere, in Tarabon und Arad Doman herrscht Anarchie, und in Cairhien war es nicht mehr weit dahin. Amadicia liebäugelt mit Altara. Die Seanchan – vielleicht habt Ihr in Saldaea Gerüchte über sie vernommen, und die schlimmsten dürften wohl der Wahrheit entsprechen –, die Seanchan auf der anderen Seite der Welt liebäugeln damit, all unsere Länder hier zu erobern. Die Menschen tragen ihre eigenen kleinkarierten Kämpfe aus, obwohl Tarmon Gai'don vor der Tür steht. Wir brauchen Frieden. Zeit, bevor die Trollocs kommen, bevor der Dunkle König ausbricht, Zeit, um uns vorzubereiten. Falls der einzige Weg, den ich finde, um der Welt die nötige Zeit und den nötigen Frieden zu schenken, der ist, daß ich sie dazu zwinge, dann werde ich das tun. Ich will das nicht, aber ich bin fest dazu entschlossen.«

»Ich habe den *Karaethon-Zyklus* gelesen«, sagte Bashere. Er klemmte sich die Pokale einen Moment lang unter den Arm, erbrach das wächserne Siegel auf dem Krug und schenkte dann den Wein ein. »Was noch wichtiger ist: Königin Tenobia hat die Prophezeiungen ebenfalls gelesen. Ich kann nicht für Kandor, Arafel oder Schienar sprechen, wenn ich auch glaube, daß sie sich Euch anschließen werden, denn es gibt in den Grenzlanden wohl kaum ein Kind, das nicht weiß, daß in der Fäule der Schatten darauf wartet, sich auf uns niederzusenken, aber für sie kann ich mich nicht verbürgen.« Enaila betrachtete den Pokal, den er ihr übergab, mißtrauisch, aber sie schritt doch die Treppe hinauf und gab ihn an Rand weiter. »Um die Wahrheit zu sagen«, fuhr Bashere fort, »kann ich nicht einmal für Saldaea sprechen. Tenobia herrscht, und ich bin nur ihr General. Doch ich glaube, wenn ich einen schnellen Reiter mit einer Botschaft zu ihr schicke, wird die Antwort zurückkommen, daß Saldaea gemeinsam mit dem Wiedergeborenen Drachen in den Kampf zieht. In der Zwischenzeit biete ich Euch meine Dienste an und die von neuntausend berittenen Soldaten aus Saldaea.«

Rand drehte den Pokal in seiner Hand und blickte auf den dunkelroten Wein. Sammael in Illian und andere Verlorene irgendwo, das Licht allein mochte wissen, wo. Die Seanchan warteten jenseits des Aryth-Meeres, und hier waren Männer bereit, alles zu ihrem eigenen Vorteil und Profit zu unternehmen, ohne Rücksicht darauf, was es die Welt kosten würde. »Der Friede ist noch weit entfernt«, sagte er leise. »Noch einige Zeit lang wird es Blutvergießen und Tod geben.«

»Das ist doch immer so«, erwiderte Bashere ruhig, und Rand wußte nicht, welche der beiden Aussagen er damit bestätigen wollte. Vielleicht beide.

Asmodean klemmte sich die Harfe unter den Arm und entfernte sich langsam von Mat und Aviendha. Er spielte gern, aber nicht für Leute, die ihm gar nicht zuhörten und seine Musik nicht einmal annähernd zu schätzen wußten. Er war nicht sicher, was eigentlich an diesem Morgen vorgefallen war, und er war nicht sicher, ob er es wirklich wissen wollte. Zu viele Aiel hatten ihrer Überraschung Ausdruck gegeben, daß er noch am Leben sei, und sie behaupteten, ihn tot am Boden liegen gesehen zu haben. Er wollte lieber keine Einzelheiten hören. In der Wand vor ihm war ein langer Riß, fast ein Schnitt, zu sehen. Ihm war klar, was eine solch scharfe Kante verursachte, eine solch glatte

Oberfläche, daß sie wie Eis wirkte, glatter als das, was eine Hand in hundert Jahren des Polierens erreichen könnte.

Ganz nebenbei – obwohl ihn dabei schauderte – fragte er sich, ob eine Wiedergeburt auf diese Weise einen neuen Menschen aus ihm gemacht habe. Er glaubte allerdings nicht daran. Die Unsterblichkeit war verloren. Das war ein Geschenk des Großen Herrn gewesen. Diese Bezeichnung benützte er in Gedanken, gleich, was al'Thor ansonsten von ihm verlangte. Das war Beweis genug, daß er noch er selbst war. Die Unsterblichkeit verloren… Er wußte, daß es wohl reine Einbildung war, wenn er manchmal das Gefühl hatte, die Zeit zerre ihn auf ein Grab zu, von dem er sich auf ewig sicher geglaubt hatte. Und wenn er das wenige an *Saidin* in sich aufnahm, was ihm noch blieb, war es, als trinke er Jauche. Es tat ihm wohl kaum leid, daß Lanfear tot war. Dasselbe galt für Rahvin, doch für Lanfear ganz besonders, nach allem, was sie ihm angetan hatte. Auch der Tod der anderen würde ihm bestenfalls ein Lachen entlocken, vor allem dann, wenn der letzte an der Reihe war. Er war ganz und gar nicht als neuer Mensch wiedergeboren worden, soviel war ihm klar, und deshalb würde er sich an dieses Grasbüschel am Rande der Klippe klammern, solange er nur konnte. Irgendwann würden die Wurzeln nachgeben, und der lange Absturz stünde ihm bevor; bis dahin aber lebte er noch.

Er öffnete eine kleine Seitentür und wollte die Speisekammer suchen. Dort sollte es doch genießbaren Wein geben. Ein Schritt, und er blieb stehen. Alles Blut wich aus seinem Gesicht. »Ihr? Nein!« Das Wort hing noch in der Luft, als der Tod nach ihm griff.

Morgase tupfte sich den Schweiß vom Gesicht, steckte dann das Taschentuch in ihren Ärmel zurück und rückte den etwas zerzausten Strohhut zurecht. Wenigstens war es ihr gelungen, sich ein anständiges Reitkleid zu verschaffen, obwohl selbst diese dünne, graue Wolle bei der Hitze noch unbequem war. Genauer gesagt, hatte Tallanvor ihr das Kleid besorgt. Sie ließ ihr Pferd im Schritt gehen und musterte den hochgewachsenen jungen Mann, der vor ihnen zwischen den Bäumen einherritt. Basel Gills rundliche Figur betonte noch, wie groß und sportlich Tallanvor wirkte. Er hatte ihr das Kleid mit dem Kommentar überreicht, es stehe ihr besser als dieses kratzige Ding, in dem sie aus dem Palast geflohen war, wobei er auf sie herabblickte, nicht mit der Wimper zuckte und kein Wort des Respekts für sie übrig hatte. Natürlich war es ihre eigene Entscheidung gewesen, daß niemand wissen dürfe, wer sie sei, besonders, nachdem sie feststellten, daß Gareth Bryne Korequellen verlassen hatte. Wieso ritt der Mann davon, um Brandstifter zu verfolgen, jetzt, wo sie ihn benötigte? Nicht schlimm; sie würde auch ohne ihn auskommen. Aber es lag etwas Beunruhigendes in Tallanvors Blick, wenn er sie einfach Morgase nannte.

Seufzend blickte sie sich um. Der ungeschlachte Lamgwin beobachtete aufmerksam den Wald, während Breane an seiner Seite mehr auf ihn achtete als auf alles andere. Seit Caemlyn hatte sich niemand mehr ihrem Heer angeschlossen. Zu viele hatten die Geschichten vernommen, daß man Adlige ohne jeden Grund verbannt hatte und welch ungerechte Gesetze nun das Leben in der Hauptstadt erschwerten, und so hatten sie für jede noch so vorsichtige Andeutung, man könne ja eine Hand zur Unterstützung ihrer rechtmäßigen Herrscherin rühren, nur Sport und Hohn übrig. Sie zweifelte daran, daß es einen Unterschied gemacht hätte, hätten sie gewußt, wer da zu ihnen sprach. Also ritt sie jetzt durch Altara, wobei sie sich so weit wie möglich im Wald aufhielten, da sich hier überall Gruppen bewaffneter Männer herumzutreiben schienen, ritt durch den Wald in Begleitung eines

Straßenschlägers mit Narben im Gesicht, einer liebeskranken Adligen, die aus Cairhien geflohen war, eines fetten Wirts, der schon niederkniete, kaum, daß sie ihn anblickte, und eines jungen Soldaten, der sie manchmal ansah, als trüge sie eines jener Kleider, die sie für Gaebril angezogen hatte. Und Linis natürlich. Lini konnte man nicht übergehen.

Als habe sie gespürt, daß Morgase an sie dachte, trieb die alte Kinderschwester ihr Pferd näher an das Morgases heran. »Blickt lieber nach vorn«, sagte sie leise. »›Ein junger Löwe greift am schnellsten an und dort, wo Ihr es am wenigsten erwartet.‹«

»Hältst du Tallanvor für gefährlich?« sagte Morgase in scharfem Ton, und Lini warf ihr von der Seite her einen abschätzenden Blick zu.

»Nur auf die Art, die jeden Mann gefährlich macht. Er macht doch eine gute Figur, glaubt Ihr nicht auch? Mehr als groß genug. Starke Hände, denke ich. ›Es hat keinen Zweck, Honig zu lange altern zu lassen, bevor du ihn ißt.‹«

»Lini!« sagte Morgase strafend. Die alte Frau hatte sich in letzter Zeit zu oft über dieses Thema ausgelassen. Tallanvor war schon ein gutaussehender Mann, seine Hände wirkten stark, und seine Beine waren bestimmt nicht übel, aber er war jung, und sie war eine Königin. Das letzte, was sie brauchen konnte, war, daß sie ihn plötzlich als Mann betrachtete und weniger als Untertan und Soldat. Sie wollte das Lini auch gerade zu verstehen geben, und außerdem, daß sie wohl den Verstand verloren habe, wenn sie glaubte, sie – Morgase – werde sich mit einem zehn Jahre jüngeren Mann abgeben, denn das mußte er bestimmt sein, da wandten sich Tallanvor und Gill um und ritten auf sie zu. »Du hältst den Mund, Lini. Wenn du diesem jungen Mann Flausen in den Kopf setzt, werde ich dich irgendwo zurücklassen.« Linis Schnauben hätte jeden andoranischen Adligen für eine Weile in eine Zelle gebracht, um Zeit zum Nachdenken zu erhalten. Jedenfalls, wenn sie noch auf dem Thron säße.

»Seid Ihr sicher, daß Ihr das tun wollt, Mädchen? ›Es ist zu spät, es sich noch einmal anders zu überlegen, wenn man bereits von der Klippe gesprungen ist.‹«

»Ich hole mir meine Verbündeten, wo ich sie nur finden kann«, antwortete Morgase leicht eingeschnappt.

Tallanvor lenkte sein Pferd neben das ihre. Er saß hoch aufgerichtet im Sattel. Schweiß rann ihm über das Gesicht, doch er schien die Hitze einfach nicht zu beachten. Meister Gill dagegen zupfte am Kragen seines mit Metallscheiben bewehrten Wamses herum, als hätte er es am liebsten ausgezogen.

»Der Wald hört bald auf, und danach folgt Ackerland«, sagte Tallanvor, »doch es ist unwahrscheinlich, daß Euch hier jemand erkennt.« Morgase sah ihm gefaßt in die Augen. Tag für Tag wurde es schwieriger, wegzusehen, wenn er sie anblickte. »Noch zehn Meilen, dann dürften wir Cormaed erreicht haben. Falls dieser Bursche in Sehar nicht gelogen hat, gibt es dort eine Fähre, und wir könnten noch vor Einbruch der Dunkelheit am Ufer in Amadicia sein. Seid Ihr euch gewiß darüber im klaren, daß Ihr das wollt, Morgase?«

Wie er ihren Namen aussprach… Nein. Sie ließ sich schon von Linis lächerlichen Einbildungen beeinflussen. Es lag an dieser verdammten Hitze. »Ich habe mich nun einmal entschlossen, junger Tallanvor«, sagte sie kühl, »und ich erwarte von Euch, daß Ihr meine Entscheidungen nicht in Frage stellt.«

Sie hieb ihrem Pferd mit Gewalt die Fersen in die Seiten, so daß es vorwärtssprang und ihr Blickkontakt abriß, als sie an ihm vorbeijagte. Er konnte sie ja wieder einholen. Sie würde sich ihre Verbündeten suchen, wo immer sie welche fand. Sie würde ihren Thron zurückgewinnen, und wehe Gaebril oder irgendeinem Mann, der glaubte, er könne sich an ihrer Statt daraufsetzen.

Und der Ruhm des Lichts leuchtete ihm.
Und den Frieden des Lichts brachte er den Menschen.
Legte Länder in Bande. Machte eins aus vielen.
Doch die Scherben der Herzen rissen ihre Wunden.
Und was einst war, kehrte wieder
– mit Feuer und Sturm
Und riß alles entzwei.
Denn sein Friede …
– denn sein Friede …
… war der Friede …
… war der Friede …
… des Schwerts.
Und der Ruhm des Lichts leuchtete ihm.

aus ›*Ruhm des Drachen*‹
komponiert von MEANE SOL AHELLE,
im Vierten Zeitalter

GLOSSAR

VORBEMERKUNG ZUR DATIERUNG

Der Tomanische Kalender (von Toma dur Ahmid entworfen) wurde ungefähr zwei Jahrhunderte nach dem Tod des letzten männlichen Aes Sedai eingeführt. Er zählte die Jahre Nach der Zerstörung der Welt (NZ). Da aber die Jahre der Zerstörung und die darauf folgenden Jahre über fast totales Chaos herrschte und dieser Kalender erst gut hundert Jahre nach dem Ende der Zerstörung eingeführt wurde, hat man seinen Beginn völlig willkürlich gewählt. Am Ende der Trolloc-Kriege waren so viele Aufzeichnungen vernichtet worden, daß man sich stritt, in welchem Jahr der alten Zeitrechnung man sich überhaupt befand. Tiam von Gazar schlug die Einführung eines neuen Kalenders vor, der am Ende dieser Kriege einsetzte und die (scheinbare) Erlösung der Welt von der Bedrohung durch Trollocs feierte. In diesem zweiten Kalender erschien jedes Jahr als sogenanntes Freies Jahr (FJ). Innerhalb der zwanzig auf das Kriegsende folgenden Jahre fand der Gazarenische Kalender weitgehend Anerkennung. Artur Falkenflügel bemühte sich, einen neuen Kalender durchzusetzen, der auf seiner Reichsgründung basierte (VG = Von der Gründung an), aber dieser Versuch ist heute nur noch den Historikern bekannt. Nach weitreichender Zerstörung, Tod und Aufruhr während des Hundertjährigen Krieges entstand ein vierter Kalender durch Uren din Jubai Fliegende Möwe, einen Gelehrten der Meerleute, und wurde von dem Panarchen Farede von Tarabon weiterverbreitet. Dieser Farede-Kalender zählt die Jahre der Neuen Ära (NÄ) von dem willkürlich angenommenen Ende des Hundertjährigen Kriegs an und ist während der geschilderten Ereignisse in Gebrauch.

A'dam (aidam): Ein Gerät der Seanchan, mit dessen Hilfe man Frauen kontrollieren kann, die die Macht lenken. Er besteht aus einem Halsband und einem Armreif, die durch eine Leine miteinander verbunden sind. Alles besteht aus einem silbrigen Metall. Auf eine Frau, die mit der Einen Macht nichts anfangen kann, hat er keinen Einfluß (*siehe auch: Damane*, Seanchan, *Sul'dam*).

Aes Sedai (Aies Sehdai): Träger der Einen Macht. Seit der Zeit des Wahnsinns sind alle überlebenden Aes Sedai Frauen. Man mißtraut ihnen und fürchtet, ja haßt sie. Viele geben ihnen die Schuld an der Zerstörung der Welt, und allgemein glaubt man, sie mischten sich in die Angelegenheiten ganzer Staaten ein. Gleichzeitig aber findet man nur wenige Herrscher ohne Aes Sedai-Berater, selbst in Ländern, wo schon die Existenz einer solchen Verbindung geheimgehalten werden muß. Nach einigen Jahren, in denen sie die Macht gebrauchen, beginnen die Aes Sedai, alterslos zu wirken, so daß auch eine Aes Sedai, die bereits Großmutter sein könnte, keine Alterserscheinungen zeigt, außer vielleicht ein paar grauen Haaren (*siehe auch:* Ajah; Amyrlin-Sitz).

Aiel (Aiiehl): die Bewohner der Aiel-Wüste. Gelten als wild und zäh. Man nennt sie auch Aielmänner. Vor dem Töten verschleiern sie ihre Gesichter. Sie nehmen kein Schwert in die Hand, sind aber tödliche Krieger, ob mit Waffen oder nur mit bloßen Händen. Während sie in die Schlacht ziehen, spielen ihre Spielleute Tanzmelodien auf. Die Aielmänner benützen für die Schlacht das Wort ›der Tanz‹ und ›der Tanz der Speere‹. Sie sind in zwölf Clans zersplittert: die Chareen, die Codarra, die Daryne, die Goshien, die Miagoma, die Nakai, die Reyn, die Shaarad, die Shaido, die Shiande, die Taardad und die Tomanelle. Manchmal sprechen sie auch von einem dreizehnten Clan, dem Clan, Den Es Nicht Gibt, den Jenn, die einst Rhuidean erbauten (*siehe auch:* Aiel-Kriegergemeinschaften; Aiel-Wüste; *Gai'schain; Ji'e'toh;* Rhuidean).

Aiel, Verwandtschaftsgrade: Aiel-Blutsverwandtschaften werden auf sehr komplizierte Weise ausgedrückt. Außenstehende finden das meistens umständlich, doch die Aiel halten es für äußerst präzise. Einige wenige Beispiele dafür müssen an dieser Stelle ausreichen, denn eine vollständige Erklärung würde den Umfang eines Buches beanspruchen. Erstbruder und Erstschwester haben die gleiche Mutter. Zweitbruder und Zweitschwester beziehen sich auf die Kinder der Erstschwester oder des Erstbruders der Mutter. Schwestermutter und Schwestervater sind Erstschwester und Erstbruder der Mutter. Großvater oder Großmutter bedeuten Vater oder Mutter der eigenen Mutter, während die Eltern des eigenen Vaters Zweitgroßvater und Zweitgroßmutter sind. Man ist immer ein näherer Blutsverwandter der Mutter als des Vaters. Darüber hinaus wird es immer komplizierter, im besonderen, weil u. a. Freunden bzw. Freundinnen gestattet ist, den oder die andere als Erstbruder oder Erstschwester zu adoptieren. Wenn man außerdem noch bedenkt, daß Aielfrauen, die enge Freundinnen sind, manchmal den gleichen Mann heiraten und damit Schwesterfrauen werden, die sowohl miteinander, wie auch mit ihrem gemeinsamen Mann verheiratet sind, ist wohl klar, wie außerordentlich verwickelt diese Beziehungen sind.

Aielkrieg (976–78 NÄ): Als König Laman von Cairhien den *Avendoraldera* fällte, überquerten mehrere Clans der Aiel das Rückgrat der Welt. Sie eroberten und brandschatzten die Hauptstadt Cairhien und viele andere kleine und große Städte im Land. Der Konflikt weitete sich schnell nach Andor und Tear aus. Im allgemeinen glaubt man, die Aiel seien in der

Schlacht an der Leuchtenden Mauer vor Tar Valon endgültig besiegt worden, aber in Wirklichkeit fiel König Laman in dieser Schlacht, und die Aiel, die damit ihr Ziel erreicht hatten, kehrten über das Rückgrat der Welt in ihre Heimat zurück (*siehe auch: Avendoraldera*, Cairhien).

Aiel-Kriegergemeinschaften: Alle Aiel-Krieger sind Mitglieder einer von zwölf Kriegergemeinschaften. Es sind die Schwarzaugen (*Seia Doon*), die Brüder des Adlers (*Far Aldazar Din*), die Läufer der Dämmerung (*Rahien Sorei*), die Messerhände (*Sovin Nai*), Töchter des Speers (*Far Dareis Mai*), die Bergtänzer (*Hama N'dore*), die Nachtspeere (*Cor Darei*), die Roten Schilde (*Aethan Dor*), die Steinhunde (*Shae'en M'taal*), die Donnergänger (*Sha'mad Conde*), die Blutabkömmlinge (*Tain Shari*) und die Wassersucher (*Duahde Mahdi'in*). Jede Gemeinschaft hat eigene Gebräuche und manchmal auch ganz bestimmte Pflichten. Zum Beispiel fungieren die Roten Schilde als Polizei. Steinsoldaten werden häufig als Nachhut bei Rückzugsgefechten eingesetzt und schwören oftmals, sich nicht zurückzuziehen, wenn einmal eine Schlacht begonnen hat. Um diesen Eid zu erfüllen, sterben sie, wenn nötig, bis auf den letzten Mann. Die Töchter des Speers sind besonders gute Kundschafterinnen. Die Clans der Aiel bekämpfen sich auch gelegentlich untereinander, aber Mitglieder der gleichen Gemeinschaft kämpfen nicht gegeneinander, selbst wenn ihre Clans im Krieg miteinander liegen. So gibt es jederzeit, sogar während einer offenen kriegerischen Auseinandersetzung, Kontakt zwischen den Clans (*siehe auch:* Aiel-Wüste, *Far Dareis Mai*).

Aiel-Wüste: das rauhe, zerrissene und fast wasserlose Gebiet östlich des Rückgrats der Welt, von den Aiel auch das Dreifache Land genannt. Nur wenige Außenseiter wagen sich dorthin, nicht nur, weil es für jemanden, der nicht dort geboren wurde, fast unmöglich ist, Wasser zu finden, sondern auch, weil die Aiel sich im ständigen Kriegszustand mit allen anderen Völkern befinden und keine Fremden mögen. Nur fahrende Händler, Gaukler und die Tuatha'an dürfen sich in die Wüste begeben, und sogar ihnen gegenüber sind die Kontakte eingeschränkt. Es sind keine Landkarten der Wüste bekannt.

Ajah: Gesellschaftsgruppen unter den Aes Sedai. Jede Aes Sedai außer der Amyrlin gehört einer solchen Gruppe an. Sie unterscheiden sich durch ihre Farben: Blaue Ajah, Rote Ajah, Weiße Ajah, Grüne Ajah, Braune Ajah, Gelbe Ajah und Graue Ajah. Jede Gruppe folgt ihrer eigenen Auslegung in bezug auf die Anwendung der Einen Macht und die Existenz der Aes Sedai. Zum Beispiel setzen die Roten Ajah all ihre Kraft dazu ein, Männer zu finden und zu beeinflussen, die versuchen, die Macht auszuüben. Eine Braune Ajah andererseits leugnet alle Verbindung zur Außenwelt und verschreibt sich ganz der Suche nach Wissen. Die Weißen Ajah meiden soweit wie möglich die Welt und das weltliche Wissen und widmen sich Fragen der Philosophie und Wahrheitsfindung. Die Grünen Ajah (die man während der Trolloc-Kriege auch Kampf-Ajah nannte) stehen bereit, jeden neuen Schattenlord zu bekämpfen, wenn Tarmon Gai'don naht. Die Gelben Ajah konzentrieren sich auf alle Arten der Heilkunst. Die Blauen beschäftigen sich vor allem mit der Rechtsprechung. Die Grauen sind die Mittler, die sich um Harmonie und Übereinstimmung bemühen. Es gibt Gerüchte über eine Schwarze Ajah, die dem Dunklen König dient.

al'Meara, Nynaeve (Almehra, Nainiev): eine Frau aus Emondsfeld im Distrikt der Zwei Flüsse in Andor. Sie gehört jetzt zu den Aufgenommenen.

Alte Sprache, die: die vorherrschende Sprache während des Zeitalters der Legenden. Man erwartet im allgemeinen von Adligen und anderen gebildeten Menschen, daß sie diese Sprache erlernt haben. Die meisten aber kennen nur ein paar Worte. Eine Übersetzung stößt oft auf Schwierigkeiten, da sehr häufig Wörter oder Ausdrucksweisen mit vielschichtigen, subtilen Bedeutungen vorkommen.

al'Thor, Rand: ein junger Mann aus Emondsfeld im Gebiet der Zwei Flüsse in Andor, ein Ta'veren, der einst Schäfer war und nun zum Wiedergeborenen Drachen ausgerufen wurde. Für die Aiel ist er Der Mit Der Morgendämmerung Kommt, von dem geweissagt wurde, daß er die Aiel einen und vernichten werde. Es scheint ebenfalls wahrscheinlich, daß er der Coramoor oder Der Auserwählte ist, den das Meervolk sucht (*siehe auch:* Aiel, Wiedergeborener Drache).

al'Vere, Egwene (Alwier, Egwain): eine junge Frau aus Emondsfeld im Gebiet der Zwei Flüsse in Andor. Sie ist eine Aufgenommene und wird gerade bei den Aiel zur Traumgängerin ausgebildet, da sie möglicherweise ein echter Träumer ist (*siehe auch:* Traumgänger; Talente).

Alviarin Freidhen: eine Aes Sedai der Weißen Ajah, die nun zur Behüterin der Chronik erhoben wurde und damit nur noch dem Amyrlin-Sitz untersteht. Eine Frau voll kalter Logik und noch kälterer Berechnung.

Amadicia: ein Staat südlich der Verschleierten Berge zwischen Tarabon und Altara. Die Hauptstadt ist Amador, das Zentrum der Kinder des Lichts, deren Lordhauptmann tatsächlich und schon beinahe offiziell mehr Macht besitzt als der König. Jeder, der die Fähigkeit besitzt, mit der Einen Macht umzugehen, ist in Amadicia geächtet. Das Gesetz verlangt, daß sie ins Gefängnis müssen oder ins Ausland verbannt werden, doch in Wirklichkeit werden sie häufig getötet, weil sie ›sich einer Verhaftung widersetzt‹ hatten. Die Flagge von Amadicia zeigt einen silbernen Stern mit sechs Spitzen über einer roten Distel auf blauem Feld (*siehe auch:* Kinder des Lichts).

Amyrlin-Sitz, der: (1.) Titel der Führerin der Aes Sedai. Auf Lebenszeit vom Turmrat, dem höchsten Gremium des Aes Sedai, gewählt; dieser besteht aus je drei Abgeordneten (Sitzende genannt, wie z. B. in »Sitzende der Grünen« ...) der sieben Ajah. Der Amyrlin-Sitz hat, jedenfalls theoretisch, unter den Aes Sedai beinahe uneingeschränkte Macht. Er hat in etwa den Rang einer Königin. Etwas weniger formell ist die Bezeichnung: die Amyrlin. (2.) Thron der Führerin der Aes Sedai.

Amys: die Weise Frau der Kaltfelsenfestung. Sie ist eine Traumgängerin, eine Aiel der Neun-Täler-Septime der Taardad Aiel. Verheiratet mit Rhuarc, Schwesterfrau der Lian, der Dachherrin der Kaltfelsenfestung, und Schwestermutter der Aviendha.

Andor: ein reiches Land, das sich von den Verschleierten Bergen bis zum Erinin erstreckt, zumindest auf der Landkarte, doch die Königin hat seit mehreren Generationen lediglich das Land bis zum Manetherendrelle beherrscht (*siehe auch:* Tochter-Erbin).

Angreal: ein Überbleibsel aus dem Zeitalter der Legenden. Es erlaubt einer Person, die die Eine Macht lenken kann, einen stärkeren Energiefluß zu meistern, als das sonst ohne Hilfe und ohne Lebensgefahr möglich ist. Einige wurden zur Benützung durch Frauen hergestellt, andere für Männer. Gerüchte über *Angreal,* die von beiden Geschlechtern benützt werden können, wurden nie bestätigt. Es ist heute nicht mehr bekannt, wie sie angefertigt wurden. Es existieren nur noch sehr wenige (*siehe auch: Sa'Angreal, Ter'Angreal*).

Arad Doman: Land und Nation am Aryth-Meer. Im

Augenblick durch einen Bürgerkrieg und gleichzeitig ausgetragene Kriege gegen die Anhänger des Wiedergeborenen Drachen und gegen Tarabon zerrissen. Die meisten Kaufleute der Domani sind Frauen. Es gibt eine Redensart: ›Laß einen Mann mit einer Domani feilschen.‹ Sie steht für eine äußerst törichte Handlungsweise. Domani-Frauen sind berühmt und berüchtigt für ihre Schönheit, Verführungskunst und für ihre skandalös-offenherzige Kleidung.

Aufgenommene: junge Frauen in der Ausbildung zur Aes Sedai, die eine bestimmte Stufe erreicht und einige Prüfungen bestanden haben. Normalerweise braucht man ca. fünf bis zehn Jahre, um von der Novizin zur Aufgenommenen erhoben zu werden. Die Aufgenommenen sind in ihrer Bewegungsfreiheit weniger eingeschränkt als die Novizinnen, und es ist ihnen innerhalb bestimmter Grenzen sogar erlaubt, eigene Studiengebiete zu wählen. Eine Aufgenommene hat das Recht, einen Großen Schlangenring zu tragen, aber nur am dritten Finger ihrer linken Hand. Wenn eine Aufgenommene zur Aes Sedai erhoben wird, wählt sie ihre Ajah, erhält das Recht, deren Stola zu tragen, und darf den Ring an jedem Finger oder auch gar nicht tragen, je nachdem, was die Umstände von ihr verlangen.

Avendesora: in der alten Sprache der Baum des Lebens. Wird in vielen Geschichten und Legenden erwähnt, die ihn an ganz unterschiedlichen Orten ansiedeln. Wo er wirklich steht, ist nur wenigen bekannt.

Avendoraldera: ein in Cairhien aus einem *Avendesora*-Keim gezogener Baum. Der Keimling war ein Geschenk der Aiel im Jahre 566 NÄ. Es gibt aber keinen zuverlässigen Bericht über eine Verbindung zwischen den Aiel und *Avendesora* (*siehe auch:* Aielkrieg).

Aviendha (Awi-enda): eine Frau aus der Bitteres-Wasser-Septime der Taardad Aiel. Sie ist in der Ausbildung zur Weisen Frau. Sie fürchtet nichts außer ihrem Schicksal.

Bair: Weise Frau der Haido-Septime der Shaarad Aiel; eine Traumgängerin.

Behüter: ein Krieger, der einer Aes Sedai zugeschworen ist. Das geschieht mit Hilfe der Einen Macht, und er gewinnt dadurch Fähigkeiten wie schnelles Heilen von Wunden, er kann lange Zeiträume ohne Wasser, Nahrung und Schlaf auskommen und den Einfluß des Dunklen Königs auf größere Entfernung spüren. So lange er am Leben ist, weiß die mit ihm verbundene Aes Sedai, daß er lebt, auch wenn er noch so weit entfernt ist, und sollte er sterben, dann weiß sie den genauen Zeitpunkt und auch den Grund seines Todes. Allerdings weiß sie nicht, wie weit von ihr entfernt er sich befindet oder in welcher Richtung. Die meisten Aja gestatten einer Aes Sedai den Bund mit nur einem Behüter. Die Roten Ajah allerdings lehnen die Behüter für sich selbst ganz ab, während die Grünen Ajah eine Verbindung mit so vielen Behütern gestatten, wie die Aes Sedai es wünscht. An sich muß der Behüter der Verbindung freiwillig zur Verfügung stehen, es gab jedoch auch Fälle, in denen der Krieger dazu gezwungen wurde. Welche Vorteile die Aes Sedai aus der Verbindung ziehen, wird von ihnen als streng behütetes Geheimnis behandelt (*siehe auch:* Aes Sedai).

Berelain sur Paendrag: die Erste von Mayene, Gesegnete des Lichts, Verteidiger der Wogen, Hochsitz des Hauses Paeron. Eine schöne und willensstarke junge Frau und eine geschickte Herrscherin (*siehe auch:* Mayene).

Birgitte: legendäre Heldin, sowohl ihrer Schönheit wegen, wie auch ihres Mutes und ihres Geschicks als Bogenschütze halber berühmt. Sie trug einen silbernen Bogen, und ihre silbernen Pfeile verfehlten nie ihr Ziel. Eine aus der Gruppe von Helden, die herbeigerufen werden, wenn das Horn von Valere geblasen wird. Sie wird immer in Verbindung mit dem heldenhaften Schwertkämpfer Gaidal Cain genannt. Außer, was ihre Schönheit und ihr Geschick als Bogenschützin betrifft, ähnelt sie den Beschreibungen der Legenden allerdings kaum (*siehe auch:* Cain, Gaidal; Horn von Valere).

Breane Taborwin: Früher eine Lady von hohem Rang in Cairhien, ist sie nun ein mittelloser Flüchtling. Sie hat ihr Glück bei einem Mann gefunden, den sie früher von ihren Dienern aus dem Haus hätte prügeln lassen.

Cadin'sor: Uniform der Aielsoldaten: Mantel und Hose in Braun und Grau, so daß sie sich kaum von Felsen oder Schatten abheben. Dazu gehören weiche, bis zum Knie hoch geschnürte Stiefel. In der Alten Sprache ›Arbeitskleidung‹.

Caemlyn: die Hauptstadt von Andor.

Cain, Gaidal: legendärer heldenhafter Schwertkämpfer, immer in Verbindung mit Birgitte erwähnt. Er soll genauso gut ausgesehen haben, wie sie schön war. Man sagte ihm nach, er sei unbesiegbar, solange seine Füße auf Heimaterde stehen. Einer der durch das Horn von Valere zurückgerufenen Helden (*siehe auch:* Birgitte; Horn von Valere).

Cairhien: sowohl eine Nation am Rückgrat der Welt wie auch die Hauptstadt dieser Nation. Die Stadt wurde im Aielkrieg (976–978 NÄ) wie so viele andere Städte und Dörfer niedergebrannt und geplündert. Als Folge wurde sehr viel Agrarland in der Nähe des Rückgrats der Welt aufgegeben, so daß seither große Mengen Getreide importiert werden müssen. Auf den Mord an König Galldrian (998 NÄ) folgten ein Bürgerkrieg unter den Adelshäusern um die Nachfolge auf dem Sonnenthron, die Unterbrechung der Lebensmittellieferungen und eine Hungersnot. Im Wappen führt Cairhien eine goldene Sonne mit vielen Strahlen, die sich vom unteren Rand eines himmelblauen Feldes erhebt.

Callandor: ›Das Schwert, das kein Schwert ist‹ oder ›Das unberührbare Schwert‹. Ein Kristallschwert, das im Stein von Tear aufbewahrt wurde in einem Raum, der den Namen ›Herz des Steins‹ trägt. Es ist ein äußerst mächtiger *Sa'Angreal,* der von einem Mann benützt werden muß. Keine Hand kann es berühren, außer der des Wiedergeborenen Drachen. Den Prophezeiungen des Drachen nach war eines der wichtigsten Zeichen für die erfolgte Wiedergeburt des Drachen und das Nahen von Tarmon Gai'don, daß der Drache den Stein von Tear einnahm und *Callandor* in seinen Besitz brachte. Es wurde von Rand al'Thor wieder ins Herz des Steins zurückgebracht und in den Steinboden gerammt (*siehe auch:* Wiedergeborener Drache; *Sa'Angreal;* Stein von Tear).

Cauthon, Matrim (Mat): ein junger Mann aus Emondsfeld im Bezirk der Zwei Flüsse in Andor. Er ist *ta'veren* und hat außergewöhnliches Glück in all seinen Aktivitäten.

Colavaere (Ko-la-vier) **aus dem Hause Saighan:** eine hochangesehene Lady aus Cairhien, die gern und erfolgreich Intrigen schmiedet, was aber für den Adel Cairhiens allgemein zutrifft. Diese Adligen haben soviel Macht, daß sie manchmal vergessen, einer noch höheren Macht zu unterstehen.

Couladin: ein ehrgeiziger Mann aus der Domai-Septime der Shaido Aiel. Seine Kriegergemeinschaft heißt *Seia Doon,* die Schwarzen Augen.

Cuendillar: eine unzerstörbare Substanz, die im Zeitalter der Legenden erschaffen wurde. Jede Energie, die darauf angewandt wird, sie zu zerstören, wird absorbiert und macht sie nur noch stärker. Auch als Herzstein bekannt.

dämpfen (einer Dämpfung unterziehen): Wenn ein Mensch die Anlage zeigt, die Eine Macht zu beherrschen, müssen die Aes Sedai ihre Kräfte ›dämpfen‹, also komplett unterdrücken, da er sonst wahnsinnig wird, vom Verderben des *Saidin* bzw. *Saidar* getroffen, und möglicherweise schreckliches Unheil mit seinen Kräften anrichten wird. Ein Mensch, der einer Dämpfung unterzogen wurde, kann die Eine Macht immer noch spüren, sie aber nicht mehr benützen. Wenn vor der Dämpfung eines Mannes der beginnende Wahnsinn eingesetzt hat, kann er durch den Akt der Dämpfung aufgehalten, jedoch nicht geheilt werden. Hat die Dämpfung früh genug stattgefunden, kann das Leben der Person gerettet werden. Dämpfungen bei Frauen sind so selten gewesen, daß man von den Novizinnen der Weißen Burg verlangt, die Namen und Verbrechen aller auswendig zu lernen, die jemals diesem Akt unterzogen wurden. Die Aes Sedai dürfen eine Frau nur dann einer Dämpfung unterziehen, wenn diese in einem Gerichtsverfahren eines Verbrechens überführt wurde. Eine unbeabsichtigte oder durch einen Unfall herbeigeführte Dämpfung wird auch als ›Ausbrennen‹ bezeichnet.

Damane: in der Alten Sprache: ›die Gefesselten‹. Frauen, die die Eine Macht lenken können, werden mit Hilfe eines *A'dam* unter Kontrolle gehalten und von den Seanchan zu verschiedenen Zwecken benutzt, vor allem als Wunderwaffen im Krieg. Im ganzen Reich von Seanchan werden jedes Jahr junge Frauen geprüft, bis hin zu dem Alter, in dem sich die Gabe, die Macht gebrauchen zu können, in jedem Fall bereits gezeigt hätte. Genauso wie junge Männer mit diesem Talent (die hingerichtet werden), werden die *Damane* aus den Familienbüchern und allen Bürgerlisten des Reichs gestrichen. Sie hören auf, als eigenständige Menschen zu existieren. Frauen, die dieses Talent besitzen, aber noch nicht zu *Damane* gemacht wurden, nennt man *Marath'Damane*, ›die gefesselt werden müssen‹ (*siehe auch: A'dam;* Seanchan; *Sul'dam*).

Dobraine (Dobrein) **aus dem Hause Taborwin:** ein hochrangiger Lord aus Cairhien, der sich buchstabengetreu an seine Eide hält.

Drache, der: Ehrenbezeichnung für Lews Therin Telamon während des Schattenkriegs. Als der Wahnsinn alle männlichen Aes Sedai befiel, tötete Lews Therin alle Personen, die etwas von seinem Blut in sich trugen und jede Person, die er liebte. So bezeichnete man ihn anschließend als Brudermörder (*siehe auch:* Hundert Gefährten; Wiedergeborener Drache, Prophezeiungen des Drachen).

Drache, falscher: Manchmal behaupten Männer, der Wiedergeborene Drache zu sein, und manch einer davon gewinnt so viele Anhänger, daß eine Armee notwendig ist, um ihn zu besiegen. Einige davon haben schon Kriege begonnen, in die viele Nationen verwickelt wurden. In den letzten Jahrhunderten waren die meisten falschen Drachen nicht in der Lage, die Eine Macht richtig anzuwenden, aber es gab doch ein paar, die das konnten. Alle jedoch verschwanden entweder, oder wurden gefangen oder getötet, ohne eine der Prophezeiungen erfüllen zu können, die sich um die Wiedergeburt des Drachen ranken. Diese Männer nennt man falsche Drachen. Unter jenen, die die Eine Macht lenken konnten, waren Raolin Dunkelbann (335–36 NZ), Yurian Steinbogen (ca. 1300–1308 NZ), Davian (FJ 351), Guaire Amalasan (FJ 939–43) und Logain (997 NÄ) (*siehe auch:* Wiedergeborener Drache; Krieg des Zweiten Drachen).

Drachenmauer: *siehe* Rückgrat der Welt

Dunkler König: gebräuchlichste Bezeichnung, in allen Ländern verwendet, für Shai'tan: die Quelle des Bösen, Antithese des Schöpfers. Im Augenblick der

Schöpfung wurde er vom Schöpfer in ein Verließ am Shayol Ghul gesperrt. Ein Versuch, ihn aus diesem Kerker zu befreien, führte zum Schattenkrieg, dem Verderben des Saidin, der Zerstörung der Welt und dem Ende des Zeitalters der Legenden.

Dunklen König nennen, den: Wenn man den wirklichen Namen des Dunklen Königs erwähnt (Shai'tan), zieht man seine Aufmerksamkeit auf sich, was unweigerlich dazu führt, daß man Pech hat oder schlimmstenfalls eine Katastrophe erlebt. Aus diesem Grund werden viele Euphemismen verwendet, wie z. B. der Dunkle König, der Vater der Lügen, der Sichtblender, der Herr der Gräber, der Schäfer der Nacht, Herzensbann, Herzfang, Grasbrenner und Blattverderber. Jemand, der das Pech anzuziehen scheint, ›nennt den Dunklen König‹.

Eide, Drei: die Eide, die eine Aufgenommene ablegen muß, um zur Aes Sedai erhoben zu werden. Sie werden gesprochen, während die Aufgenommene eine Eidesrute in der Hand hält. Das ist ein *Ter'Angreal,* der sie an die Eide bindet. Sie muß schwören, daß sie (1) kein unwahres Wort ausspricht, (2) keine Waffe herstellt, mit der Menschen andere Menschen töten können, und (3) daß sie niemals die Eine Macht als Waffe verwendet, außer gegen Abkömmlinge des Schattens oder, um ihr Leben oder das ihres Behüters oder einer anderen Aes Sedai in höchster Not zu verteidigen. Diese Eide waren früher nicht zwingend vorgeschrieben, doch nach verschiedenen Geschehnissen vor und nach der Zerstörung hielt man sie für notwendig. Der zweite Eid war ursprünglich der erste und kam als Reaktion auf den Krieg um die Macht. Der erste Eid wird wörtlich eingehalten, aber oft geschickt umgangen, indem man eben nur einen Teil der Wahrheit ausspricht. Man glaubt allgemein, daß der zweite und dritte nicht zu umgehen sind.

Eine Macht, die: die Kraft aus der Wahren Quelle. Die große Mehrheit der Menschen ist absolut unfähig, zu lernen, wie man die Eine Macht anwendet. Eine sehr geringe Anzahl von Menschen kann die Anwendung erlernen, und noch weniger besitzen diese Fähigkeit von Geburt an. Diese wenigen müssen ihren Gebrauch nicht lernen, denn sie werden die Wahre Quelle berühren und die Eine Macht benützen, ob sie wollen oder nicht, vielleicht sogar, ohne zu bemerken, was sie da tun. Diese angeborene Fähigkeit taucht meist zuerst während der Pubertät auf. Wenn man dann nicht die Kontrolle darüber erlernt – durch Lehrer oder auch ganz allein (äußerst schwierig, die Erfolgsquote liegt bei eins zu vier) –, ist die Folge der sichere Tod. Seit der Zeit des Wahns hat kein Mann gelernt, die Eine Macht kontrolliert anzuwenden, ohne dabei auf die Dauer auf schreckliche Art dem Wahnsinn zu verfallen. Selbst wenn er in gewissem Maß die Kontrolle erlangt hat, stirbt er an einer Verfallskrankheit, bei der er lebendigen Leibs verfault. Auch diese Krankheit wird, genau wie der Wahnsinn, von dem Verderben hervorgerufen, das der Dunkle König über *Saidin* brachte. Bei Frauen ist der Tod mangels Kontrolle der Einen Macht etwas erträglicher, aber sterben müssen auch sie. Die Aes Sedai suchen nach Mädchen mit diesen angeborenen Fähigkeiten, zum einen, um ihre Leben zu retten und zum anderen, um die Anzahl der Aes Sedai zu vergrößern. Sie suchen nach Männern mit dieser Fähigkeit, um zu verhindern, daß sie schreckliches damit anrichten, wenn sie dem Wahn verfallen (*siehe auch:* Zeit des Wahns, die Wahre Quelle).

Elaida do Avriny a'Roihan: eine Aes Sedai, die einst zu den Roten Ajah gehörte, vormals Ratgeberin der Königin Morgase von Andor. Sie kann manchmal die Zukunft vorhersagen. Mittlerweile zum Amyrlin-Sitz erhoben.

Elayne aus dem Hause Trakand: Königin Morgases Tochter, die Tochter-Erbin des Throns von Andor. Sie befindet sich in der Ausbildung zur Aes Sedai und gehört mittlerweile zu den Aufgenommenen. Sie führt im Wappen eine goldene Lilie.

Enaila: eine Tochter des Speers aus der Jarra-Septime der Chareen Aiel. Sie ist ihrer Körpergröße wegen sehr empfindlich und hat eine eigenartige Haltung zu Rand al'Thor entwickelt, bedenkt man, daß sie kaum mehr als ein Jahr älter ist.

Fäule, die: *siehe* Große Fäule.

Faile (Faiehl): in der Alten Sprache: ›Falke‹. Der Name wurde von Zarine Baschere angenommen, einer jungen Frau aus Saldaea.

Falkenflügel, Artur: ein legendärer König (Artur Paendrag Tanreall, 943–994 FJ), der alle Länder westlich des Rückgrats der Welt und einige von jenseits der Aiel-Wüste einte. Er sandte sogar eine Armee über das Aryth-Meer, doch verlor man bei seinem Tod, der den Hundertjährigen Krieg auslöste, jeden Kontakt mit diesen Soldaten. Er führte einen fliegenden goldenen Falken im Wappen (*siehe auch:* Hundertjähriger Krieg).

Far Dareis Mai: wörtlich ›Töchter des Speers‹. Eine von mehreren Kriegergemeinschaften der Aiel. Anders als bei den übrigen werden ausschließlich Frauen aufgenommen. Sollte sie heiraten, darf eine Frau nicht Mitglied bleiben. Während einer Schwangerschaft darf ein Mitglied nicht kämpfen. Jedes Kind eines Mitglieds wird von einer anderen Frau aufgezogen, so daß niemand mehr weiß, wer die wirkliche Mutter war. (»Du darfst keinem Manne angehören und kein Mann oder Kind darf dir angehören. Der Speer ist dein Liebhaber, dein Kind und dein Leben.«) Diese Kinder sind hochangesehen, denn es wurde prophezeit, daß ein Kind einer Tochter des Speers die Clans vereinen und zu der

Bedeutung zurückführen wird, die sie im Zeitalter der Legenden besaßen (*siehe auch:* Aiel-Kriegergemeinschaften).

Flamme von Tar Valon: das Symbol für Tar Valon, den Amyrlin-Sitz und die Aes Sedai. Die stilisierte Darstellung einer Flamme: eine weiße, nach oben gerichtete Träne.

Fünf Mächte, die: Das sind die Stränge der Einen Macht, und jede Person, die die Eine Macht anwenden kann, wird einige dieser Stränge besser als die anderen handhaben können. Diese Stränge nennt man nach den Dingen, die man durch ihre Anwendung beeinflussen kann: Erde, Luft, Feuer, Wasser, Geist – die Fünf Mächte. Wer die Eine Macht anwenden kann, beherrscht gewöhnlich einen oder zwei dieser Stränge besonders gut und hat Schwächen in der Anwendung der übrigen. Einige wenige beherrschen auch drei davon, aber seit dem Zeitalter der Legenden gab es niemanden mehr, der alle fünf in gleichem Maße beherrschte. Und auch dann war das eine große Seltenheit. Das Maß, in dem diese Stränge beherrscht werden und Anwendung finden, ist individuell ganz verschieden; einzelne dieser Personen sind sehr viel stärker als die anderen. Wenn man bestimmte Handlungen mit Hilfe der Einen Macht vollbringen will, muß man einen oder mehrere bestimmte Stränge beherrschen. Wenn man beispielsweise ein Feuer entzünden oder beeinflussen will, braucht man den Feuer-Strang; will man das Wetter ändern, muß man die Bereiche Luft und Wasser beherrschen, während man für Heilungen Wasser und Geist benutzen muß. Während Männer und Frauen in gleichem Maße den Geist beherrschten, war das Talent in bezug auf Erde und/oder Feuer besonders oft bei Männern ausgeprägt und das für Wasser und/oder Luft bei Frauen. Es gab Ausnahmen, aber trotzdem betrachtete man Erde und Feuer als die männlichen Mächte, Luft und Wasser als die weiblichen.

Gaidin: in der Alten Sprache ›Bruder der Schlacht‹. Ein Titel, den die Aes Sedai den Behütern verleihen (*siehe auch:* Behüter).

Gai'schain: in der Alten Sprache ›dem Frieden im Kampfe verschworen‹. Von einem Aiel, der oder die während eines Überfalls oder einer bewaffneten Auseinandersetzung von einem anderen Aiel gefangengenommen wird, verlangt das *Ji'e'toh,* daß er oder sie dem neuen Herrn gehorsam ein Jahr und einen Tag lang dient und dabei keine Waffe anrührt und niemals Gewalt anwendet. Eine Weise Frau, ein Schmied oder eine Frau mit einem Kind unter zehn Jahren können nicht zu Gai'schain gemacht werden (*siehe auch: Ji'e'toh*).

Galad; Lord Galadedrid Damodred: Halbbruder von Elayne und Gawyn. Sie haben alle den gleichen Vater: Taringail Damodred. Im Wappen führt er ein geflügeltes silbernes Schwert, dessen Spitze nach unten zeigt.

Gareth Bryne (Ga-ret Brein): einst Generalhauptmann der Königlichen Garde von Andor. Von Königin Morgase ins Exil verbannt. Er wird als einer der größten lebenden Militärstrategen betrachtet. Das Siegel des Hauses Bryne zeigt einen wilden Stier, um dessen Hals die Rosenkrone von Andor hängt. Gareth Brynes persönliches Abzeichen sind drei goldene Sterne mit jeweils fünf Zacken.

Gaukler: fahrende Märchenerzähler, Musikanten, Jongleure, Akrobaten und Alleinunterhalter. Ihr Abzeichen ist die aus bunten Flicken zusammengesetzte Kleidung. Sie besuchen vor allem Dörfer und Kleinstädte, da in den größeren Städten schon zuviel andere Unterhaltung geboten wird.

Gawyn aus dem Hause Trakand: Sohn der Königin Morgase, Bruder von Elayne, der bei Elaynes Thronbesteigung Erster Prinz des Schwertes wird. Er führt einen weißen Keiler im Wappen.

Gewichtseinheiten: 10 Unzen = 1 Pfund; 10 Pfund = 1 Stein; 10 Steine = 1 Zentner; 10 Zentner = 1 Tonne.

Grenzlande: die an die Große Fäule angrenzenden Nationen: Saldaea, Arafel, Kandor und Schienar. Sie haben eine Geschichte unendlich vieler Überfälle und Kriegszüge gegen Trollocs und Myrddraal (*siehe auch:* Große Fäule).

Große Fäule: eine Region im hohen Norden, die durch den Dunklen König vollständig verdorben wurde. Sie stellt eine Zuflucht für Trollocs, Myrddraal und andere Kreaturen des Dunklen Königs dar.

Großer Herr der Dunkelheit: Diese Bezeichnung verwenden die Schattenfreunde für den Dunklen König. Sie behaupten, es sei Blasphemie, seinen wirklichen Namen zu benützen.

Große Schlange: ein Symbol für die Zeit und die Ewigkeit, das schon uralt war, bevor das Zeitalter der Legenden begann. Es zeigt eine Schlange, die ihren eigenen Schwanz verschlingt. Man verleiht einen Ring in der Form der Großen Schlange an Frauen, die unter den Aes Sedai zu Aufgenommenen erhoben werden.

Hochlords von Tear: Die Hochlords von Tear regieren als Rat diesen Staat, der weder König noch Königin aufweist. Ihre Anzahl steht nicht fest. Im Laufe der Jahre hat es Zeiten gegeben, wo nur sechs Hochlords regierten, aber auch zwanzig kamen bereits vor. Man darf sie nicht mit den Landherren verwechseln, niedrigeren Adligen in den ländlichen Bezirken Tears.

Horn von Valere: das legendäre Ziel der Großen Jagd nach dem Horn. Man nimmt an, das Horn könne tote Helden zum Leben erwecken, damit sie gegen den Schatten kämpfen. Eine neue Jagd nach dem Horn wurde ausgerufen, und die Jäger haben in Illian ihren Jägereid abgelegt.

Hundertjähriger Krieg: eine Reihe sich überschneidender Kriege, geprägt von sich ständig verändernden Bündnissen, ausgelöst durch den Tod von Artur Falkenflügel und die darauf folgenden Auseinandersetzungen um seine Nachfolge. Er dauerte von 994 FJ bis 1117 FJ. Der Krieg entvölkerte weite Landstriche zwischen dem Aryth-Meer und der Aiel-Wüste, zwischen dem Meer der Stürme und der Großen Fäule. Die Zerstörungen waren so schwerwiegend, daß über diese Zeit nur noch fragmentarische Berichte vorliegen. Das Reich Artur Falkenflügels zerfiel und die heutigen Staaten bildeten sich heraus (*siehe auch:* Falkenflügel, Artur).

Illian: ein großer Hafen am Meer der Stürme, Hauptstadt der gleichnamigen Nation. Im Wappen von Illian findet man neun goldene Bienen auf dunkelgrünem Feld.

Isendre: eine schöne und habsüchtige Frau, die den Zorn der falschen Frau erregte und ausnahmsweise einmal die Wahrheit sagte, als sie abstritt, gestohlen zu haben.

Ji'e'toh: in der Alten Sprache: ›Ehre und Verpflichtung‹ oder einfach ›Ehre und Pflicht‹. Der komplizierte Ehrenkodex der Aiel. Um ihn vollständig darzustellen, müßte man eine ganze Reihe von Büchern füllen. Ein typisches Beispiel sind die vielen Möglichkeiten, im Kampf Ehre zu gewinnen. Die wenigste Ehre gewinnt man durch Töten. Töten kann jeder. Die meiste Ehre gewinnt man, wenn man einen lebenden, bewaffneten Feind berührt, ohne ihm Schaden zuzufügen. Irgendwo in der Mitte liegt der Akt, einen Gegner zum *Gai'schain* zu machen. Auch die Schande ist sehr vielschichtig im *Ji'e'toh* enthalten, und sie gilt als schlimmer denn jeder Schmerz, jede Verwundung und sogar der Tod. Zum dritten gibt es auch viele Abstufungen des *Toh,* der Verpflichtung, doch selbst die geringste muß voll und ganz erfüllt werden. *Toh* wiegt schwerer als alles andere. Ein Aiel nimmt oftmals, wenn notwendig, eine Schande in Kauf, um eine Pflicht zu erfüllen, die einem Fremden als etwas sehr Geringes vorkommen mag (*siehe auch: Gai'schain*).

Juilin Sandar: ein Diebfänger aus Tear.

Kadere, Hadnan: angeblich ein fahrender Händler, der es bereut, jemals die Aiel-Wüste betreten zu haben.

Kinder des Lichts: eine Gemeinschaft von Asketen, die sich den Sieg über den Dunklen König und die Vernichtung aller Schattenfreunde zum Ziel gesetzt hat. Die Gemeinschaft wurde während des Hundertjährigen Kriegs von Lothair Mantelar gegründet, um gegen die ansteigende Zahl der Schattenfreunde als Prediger anzugehen. Während des Kriegs entwickelte sich daraus eine vollständige militärische Organisation, extrem streng ideologisch ausgerichtet und fest im Glauben, nur sie dienten der absoluten Wahrheit und dem Recht. Sie hassen die Aes Sedai und halten sie, sowie alle, die sie unterstützen oder sich mit ihnen befreunden, für Schattenfreunde. Sie werden geringschätzig Weißmäntel genannt. Im Wappen führen sie eine goldene Sonne mit Strahlen auf weißem Feld.

Krieg um die Macht: *siehe* Schattenkrieg.

Längenmaße: 10 Finger = 3 Hände = 1 Fuß; 3 Fuß = 1 Schritt; 2 Schritte = 1 Spanne; 1000 Spannen = 1 Meile.

Lamgwin Dorn: ein Straßenschläger, der sich seiner Königin gegenüber loyal verhält.

Lan, al'Lan Mandragoran: ein Behüter, der Moiraine zugeschworen wurde. Ungekrönter König von Malkier, Dai Shan, und der letzte Überlebende Lord von Malkier (*siehe auch:* Behüter, Moiraine, Malkier, Dai Shan).

Lanfear: in der Alten Sprache ›Tochter der Nacht‹. Eine der Verlorenen, vielleicht sogar die mächtigste neben

Ishamael. Im Gegensatz zu den anderen Verlorenen wählte sie ihren Namen selbst. Man sagt von ihr, sie habe Lews Therin Telamon geliebt und seine Frau Ilyena gehaßt (*siehe auch:* Verlorene; Drache).

Leane Sharif: einst eine Aes Sedai der Blauen Ajah und Behüterin der Chronik. Mittlerweile entmachtet und einer Dämpfung unterzogen. Sie bemüht sich, wiederzuentdecken, wer sie eigentlich ist oder sein könnte (*siehe auch:* Ajah).

Lews Therin Telamon; Lews Therin Brudermörder: *siehe* Drache.

Liandrin: eine Aes Sedai der Roten Ajah aus Tarabon. Mittlerweile wurde bekannt, daß sie in Wirklichkeit eine Schwarze Ajah ist.

Lini: Kindermädchen der Lady Elayne in ihrer Kindheit. Davor war sie bereits Erzieherin ihrer Mutter Morgase und von deren Mutter. Eine Frau von enormer innerer Kraft, einigem Scharfsinn und sehr wortgewaltig in bezug auf Redensarten.

Logain: ein Mann, der einst behauptete, der Wiedergeborene Drache zu sein, und der später einer Dämpfung unterzogen wurde (*siehe auch:* Drache, falscher).

Lugard: eigentlich die Hauptstadt von Murandy. Doch dieses Land ist ein Durcheinander von verwickelten Abhängigkeiten, verschiedenen Städten und einzelnen Lords und Ladies gegenüber. Der jeweils amtierende König beherrscht meist nicht einmal die Hauptstadt selbst. Lugard ist ein wichtiges Handelszentrum, aber auch der Inbegriff für Diebstahl, Laster und einen schlechten Ruf.

Macura, Ronde: eine Schneiderin in Amadicia, die versuchte, zu vielen Herren und Herrinnen zu dienen, ohne wirklich zu wissen, wer sie waren.

Maighande: eine der größten Schlachten der Trolloc-Kriege. Die Sieg der Menschen in dieser Schlacht stand am Beginn der Gegenoffensive, die schließlich dazu führte, daß die Trollocs in die Fäule zurückgetrieben wurden (*siehe auch:* Große Fäule, Trolloc-Kriege).

Malkier: eine Nation, einst eins der Grenzlande, mittlerweile Teil der Großen Fäule. Im Wappen führte Malkier einen fliegenden goldenen Kranich.

Manetheren: eine der Zehn Nationen, die den Zweiten Pakt schlossen; Hauptstadt des gleichnamigen Staates. Sowohl die Stadt wie auch die Nation wurden in den Trolloc-Kriegen vollständig zerstört (*siehe auch:* Trolloc-Kriege).

Mayene (Mai-jehn): Stadtstaat am Meer der Stürme, der seinen Reichtum und seine Unabhängigkeit der Kenntnis verdankt, die Ölfischschwärme aufspüren zu können. Ihre wirtschaftliche Bedeutung kommt der der Olivenplantagen von Tear, Illian und Tarabon gleich. Ölfisch und Oliven liefern nahezu alles Öl für Lampen. Die augenblickliche Herrscherin von Mayene ist Berelain. Ihr Titel lautet: die Erste von Mayene. Die Herrscher von Mayene führen ihre Abstammung auf Artur Falkenflügel zurück. Das Wappen von Mayene zeigt einen fliegenden goldenen Falken. Mayene wurde traditionell von Tear wirtschaftlich und politisch erpreßt und unterdrückt.

Mazrim Taim: ein falscher Drache, der in Saldaea viel Unheil anrichtete, bevor er geschlagen und gefangen wurde. Er ist nicht nur in der Lage, die Eine Macht zu benützen, sondern angeblich besitzt er außerordentliche Kräfte (*siehe auch:* Drache, falscher).

Meilan aus dem Hause Mendiana: ein Hochlord von Tear. Als General durchaus fähig, übertreibt er jedoch Ehrgeiz und Haß (*siehe auch:* Hochlords von Tear).

Meile: *siehe* Längenmaße.

Melaine (Mehlein): Weise Frau der Jhirad-Septime der Goshien Aiel. Eine Traumgängerin.

Melindhra: eine Tochter des Speers aus der Jumai-Septime der Shaido-Aiel. Eine Frau, deren Loyalität gespalten ist (*siehe auch:* Aiel-Kriegergemeinschaften).

Merrilin, Thom: ein ziemlich vielschichtiger Gaukler, einst Geliebter von Königin Morgase.

Min: eine junge Frau mit der Fähigkeit, die Aura der sie umgebenden Menschen erkennen und auf ihre Zukunft schließen zu können.

Moiraine (Moarän): eine Aes Sedai der Blauen Ajah. Sie stammt aus dem Hause Damodred, aber nicht aus der direkten Linie der Thronfolger. Sie wuchs im Königlichen Palast von Cairhien auf. Sie benützt nur selten ihren Familiennamen und hält ihre Beziehung zu dem Hause Damodred meist geheim.

Morgase (Morgeis): Von der Gnade des Lichts, Königin von Andor, Verteidigerin des Lichts, Beschützerin des Volkes, Hochsitz des Hauses Trakand. Im Wappen führt sie drei goldene Schlüssel. Das Wappen des Hauses Trakand zeigt einen silbernen Grundpfeiler.

Muster eines Zeitalters: Das Rad der Zeit verwebt die Stränge menschlichen Lebens zum Muster eines Zeitalters, das die Substanz der Realität dieser Zeit bildet; auch als Zeitengewebe bekannt (*siehe auch: Ta'veren*).

Myrddraal: Kreaturen des Dunklen Königs, Kommandanten der Trolloc-Heere. Nachkommen von Trollocs, bei denen das Erbe der menschlichen Vorfahren wieder stärker hervortritt, die man benutzt hat, um die Trollocs zu erschaffen. Trotzdem deutlich vom Bösen dieser Rasse gezeichnet. Sie sehen äußerlich wie Menschen aus, haben aber keine Augen. Sie können jedoch im Hellen wie im Dunklen wie Adler sehen. Sie haben gewisse, vom Dunklen König stammende Kräfte, darunter die Fähigkeit, mit einem Blick ihr Opfer vor Angst zu lähmen. Wo Schatten sind, können sie hineinschlüpfen und sind nahezu unsichtbar. Eine ihrer wenigen bekannten

Schwächen besteht darin, daß sie Schwierigkeiten haben, fließendes Wasser zu überqueren. Man kennt sie unter vielen Namen in den verschiedenen Ländern, z. B. als Halbmenschen, die Augenlosen, Schattenmänner, Lurk und die Blassen. Wenig bekannt ist die Tatsache, daß die Myrddraal in einem Spiegel nur ein verschwommenes Bild erzeugen.

Natael, Jasin: ein von Asmodean benützter Name. Asmodean ist einer der Verlorenen.

Niall, Pedron: Lordhauptmann und Kommandeur der Kinder des Lichts (*siehe auch:* Kinder des Lichts).

Ogier: (1.) Eine nichtmenschliche Rasse. Typisch für Ogier sind ihre Größe (männliche Ogier werden im Durchschnitt zehn Fuß groß), ihre breiten, rüsselartigen Nasen und die langen, mit Haarbüscheln bewachsenen Ohren. Sie wohnen in Gebieten, die sie *Stedding* nennen. Nach der Zerstörung der Welt (von den Ogiern das Exil genannt) waren sie aus diesen *Stedding* vertrieben, und das führte zu einer als ›das Sehnen‹ bezeichneten Erscheinung: Ein Ogier, der sich zu lange außerhalb seines *Stedding* aufhält, erkrankt und stirbt schließlich. Sie sind weithin bekannt als extrem gute Steinbaumeister, die fast alle großen Städte der Menschen nach der Zerstörung erbauten. Sie selbst betrachten diese Kunst allerdings nur als etwas, das sie während des Exils erlernten und das nicht so wichtig ist, wie das Pflegen der Bäume in einem *Stedding*, besonders der hochaufragenden Großen Bäume. Außer zu ihrer Arbeit als Steinbaumeister verlassen sie ihr *Stedding* nur selten und wollen wenig mit der Menschheit zu tun haben. Man weiß unter den Menschen nur sehr wenig über sie, und viele halten die Ogier sogar für bloße Legenden. Obwohl sie als Pazifisten gelten und nur sehr schwer aufzuregen sind, heißt es in einigen alten Berichten, sie hätten während der Trolloc-Kriege Seite an Seite mit den Menschen gekämpft.

Dort werden sie als mörderische Feinde bezeichnet. Im großen und ganzen sind sie ungemein wissensdurstig, und ihre Bücher und Berichte enthalten oftmals Informationen, die bei den Menschen längst verlorengegangen sind. Die normale Lebenserwartung eines Ogiers ist etwa drei- oder viermal so hoch wie bei Menschen. (2.) Jedes Individuum dieser nichtmenschlichen Rasse (*siehe auch:* Zerstörung der Welt; *Stedding;* Baumsänger).

Prophezeiungen des Drachen: ein nur unter den ausgesprochen Gebildeten bekannter Zyklus von Weissagungen, der auch selten erwähnt wird. Man findet ihn im größeren *Karaethon*-Zyklus. Es wird dort vorausgesagt, daß der Dunkle König wieder befreit werde, und daß Lews Therin Telamon, der Drache, wiedergeboren werde, um Tarmon Gai'don, die Letzte Schlacht gegen den Schatten zu schlagen. Es wird prophezeit, daß er die Welt erneut retten und erneut zerstören wird (*siehe auch:* Drache).

Rad der Zeit: Die Zeit stellt man sich als ein Rad mit sieben Speichen vor – jede Speiche steht für ein Zeitalter. Wie sich das Rad dreht, so folgt Zeitalter auf Zeitalter. Jedes hinterläßt Erinnerungen, die zu Legenden verblassen, zu bloßen Mythen werden und schließlich vergessen sind, wenn dieses Zeitalter wiederkehrt. Das Muster eines Zeitalters wird bei jeder Wiederkehr leicht verändert, doch auch wenn die Änderungen einschneidender Natur sein sollten, bleibt es das gleiche Zeitalter. Bei jeder Wiederkehr sind allerdings die Veränderungen gravierender.

Rhuarc: ein Aiel, der Häuptling des Taardad-Clans.

Rhuidean: eine Große Stadt, die einzige in der Aiel-Wüste und der Außenwelt völlig unbekannt. Sie lag fast dreitausend Jahre lang verlassen in einem Wüstental. Einst wurde den Aielmännern nur gestattet, einmal in ihrem Leben Rhuidean zum Zweck einer Prüfung zu betreten. Die Prüfung fand innerhalb eines großen *Ter'Angreal* statt. Wer bestand, besaß die Fähigkeit zum Clanhäuptling, doch nur einer von dreien überlebte. Frauen durften Rhuidean zweimal betreten. Sie wurden im selben *Ter'Angreal* geprüft, und wenn sie überlebten, wurden sie zu Weisen Frauen. Bei ihnen war die Überlebensrate erheblich höher als bei den Männern. Mittlerweile ist die Stadt wieder von den Aiel bewohnt, und ein Ende des Tals von Rhuidean ist von einem großen See ausgefüllt, der aus einem riesigen unterirdischen Reservoir gespeist wird und aus dem wiederum der einzige Fluß der Wüste entspringt.

Rückgrat der Welt: eine hohe Bergkette, über die nur wenige Pässe führen. Sie trennt die Aiel-Wüste von den westlichen Ländern. Wird auch Drachenmauer genannt.

Sa'Angreal: ein extrem seltenes Objekt, das es einem Menschen erlaubt, die Eine Macht in viel stärkerem Maße als sonst möglich zu benützen. Ein *Sa'Angreal* ist ähnlich, doch ungleich stärker als ein *Angreal.* Die Menge an Energie, die mit Hilfe eines *Sa'Angreal* eingesetzt werden kann, verhält sich zu der eines *Angreal* wie die mit dessen Hilfe einsetzbare Energie zu der, die man ganz ohne irgendwelche Hilfe beherrschen kann. Relikte des Zeitalters der Legenden. Es ist nicht mehr bekannt, wie sie angefertigt wurden. Es gibt nur noch eine Handvoll davon, weit weniger sogar als *Angreal.*

Sanche, Siuan (Santschei, Swahn): Tochter eines Fischers aus Tear. Dem tairenischen Gesetz entsprechend wurde sie auf ein Schiff nach Tar Valon verfrachtet, bevor noch die Sonne ein zweites Mal nach dem Tag untergegangen war, an dem ihre Fähigkeit, die Macht zu benützen, entdeckt worden war. Einst war sie eine Aes Sedai der Blauen Ajah und später der Amyrlin-Sitz. Aus diesem Rang wurde sie verdrängt und dann einer Dämpfung unterzogen. Nun bemüht sie sich, dem Schicksal zu entgehen, das sie so fürchtet.

Saidar, Saidin: *siehe* Wahre Quelle.

Schattenfreunde: die Anhänger des Dunklen Königs. Sie glauben, große Macht und andere Belohnungen zu empfangen, wenn er aus seinem Kerker befreit wird.

Schattenkrieg: auch als der Krieg um die Macht bekannt; mit ihm endet das Zeitalter der Legenden. Er begann kurz nach dem Versuch, den Dunklen König zu befreien und erfaßte bald schon die ganze Welt. In einer Welt, die selbst die Erinnerung an den Krieg vergessen hatte, wurde nun der Krieg in all seinen Formen wiederentdeckt. Er war besonders schrecklich, wo die Macht des Dunklen Königs die Welt berührte, und auch die Eine Macht wurde als Waffe verwendet. Der Krieg wurde beendet, als der Dunkle König wieder in seinen Kerker verbannt werden konnte. Diese Unternehmung führte Lews Therin Telamon, der Drache, zusammen mit hundert männlichen Aes Sedai durch, die man auch die Hundert Gefährten nannte. Der Gegenschlag des Dunklen Königs verdarb *Saidin* und trieb Lews Therin und die Hundert Gefährten in den Wahnsinn. So begann die Zeit des Wahns (*siehe auch:* Hundert Gefährten, Drache).

Schattenlords: diejenigen Männer und Frauen, die der Einen Macht dienten, aber während der Trolloc-Kriege zum Schatten überliefen und dann die Trolloc-Heere kommandierten. Weniger Gebildete verwechseln sie mit den Verlorenen.

Seanchan (Schantschan): (1.) Nachkommen der Armeemitglieder, die Artur Falkenflügel über das Aryth-Meer sandte und die die dort gelegenen Länder eroberten. Sie glauben, daß man aus Sicherheitsgründen jede Frau, die mit der Macht umgehen kann, durch einen *A'dam* beherrschen muß. Aus dem gleichen Grund werden solche Männer getötet. (2.) Das Land, aus dem die Seanchan kommen.

Seherin: eine Frau, die in die Versammlung der Frauen ihres Dorfs berufen wird, weil sie die Fähigkeit des Heilens besitzt, das Wetter vorhersagen kann und auch sonst als kluge Frau anerkannt wird. Ihre Position fordert großes Verantwortungsbewußtsein und verleiht ihr viel Autorität. Allgemein wird sie dem Bürgermeister gleichgestellt, in manchen Dörfern steht sie sogar über ihm. Im Gegensatz zum Bürgermeister wird sie auf Lebenszeit erwählt. Es ist äußerst selten, daß eine Seherin vor ihrem Tod aus ihrem Amt entfernt wird. Ihre Auseinandersetzungen mit dem Bürgermeister sind auch zur Tradition geworden. Je nach dem Land wird sie auch als Führerin, Heilerin, Weise Frau, Sucherin oder einfach als Weise bezeichnet.

Shayol Ghul: ein Berg im Versengten Land; dort befindet sich der Kerker, in dem der Dunkle König gefangengehalten wird.

Spanne: *siehe* Längenmaße.

Spiel der Häuser: bezeichnet das Intrigenspiel der Adelshäuser untereinander, mit dem sie sich Vorteile verschaffen wollen. Großer Wert wird darauf gelegt, subtil vorzugehen, auf eine Sache abzuzielen, während man ein ganz anderes Ziel vortäuscht, und sein Ziel schließlich mit geringstmöglichem Aufwand zu erreichen. Es ist auch als das ›Große Spiel‹ bekannt und gelegentlich unter seiner Bezeichnung in der Alten Sprache: *Daes Dae'mar.*

Stein von Tear: eine große Festung in der Stadt Tear, von der berichtet wird, sie sei bald nach der Zerstörung der Welt mit Hilfe der Einen Macht erbaut worden. Sie wurde unzählige Male angegriffen und belagert, doch nie erobert. Erst unter dem Angriff des Wiedergeborenen Drachen mit wenigen hundert Aielkriegern fiel die Festung innerhalb einer einzigen Nacht. Damit wurden zwei Voraussagen aus den Prophezeiungen des Drachen erfüllt (*siehe auch:* Drache, Prophezeiungen des Drachen).

Sul'dam: wörtlich: ›Trägerin der Leine‹. Bezeichnung der Seanchan für eine Frau mit der Fähigkeit, *Damane,* Frauen, die die Eine Macht benützen können, zu beherrschen und mit Hilfe eines *A'dam* unter Kontrolle zu halten. Junge Frauen werden von den Seanchan im gleichen Alter und zur gleichen Zeit auf diese Fähigkeit hin überprüft, wie die *Damane* selbst. Eine relativ ehrenvolle Position in der Seanchan-Gesellschaft. Was nur wenigen bekannt ist, ist die Tatsache, daß *Sul'dam* Frauen sind, die den Gebrauch der Macht selbst erlernen können (*siehe auch: A'dam, Damane,* Seanchan).

Talente: Fähigkeiten, die Eine Macht auf ganz spezifische Weise zu gebrauchen. Das naturgemäß populärste Talent ist das des Heilens. Manche sind verlorengegangen, wie z. B. das Reisen, eine Fähigkeit, sich von einem Ort zu einem anderen zu bewegen, ohne den Zwischenraum durchqueren zu müssen. Andere wie z. B. das Vorhersagen (die Fähigkeit, zukünftige Ereignisse zumindest auf allgemeinere Art und Weise vorhersehen zu können) sind mittlerweile selten oder beinahe verschwunden. Ein weiteres Talent, das man seit langem für verloren hielt, ist das Träumen. Unter anderem lassen sich hier die Träume des Träumers so deuten, daß sie eine genauere Vorhersage der Zukunft erlauben. Manche Träumer hatten die Fähigkeit, *Tel'aran'rhiod,* die Welt der Träume, zu erreichen und sogar in die Träume anderer Menschen einzudringen. Die letzte bekannte Träumerin war Corianin Nedeal, die im Jahre 526 NÄ starb, doch nur wenige wissen, daß es jetzt eine neue gibt.

Tallanvor, Martyn: Leutnant der Königlichen Garde in Andor, der seine Königin mehr liebt als Ehre oder Leben.

Ta'maral'ailen: in der Alten Sprache: ›Schicksalsgewebe‹. Eine einschneidende Änderung im Muster eines Zeitalters, die von einer oder mehreren Personen ausgeht, die *ta'veren* sind (*siehe auch:* Muster eines Zeitalters, *Ta'veren*).

Tanchico: Hauptstadt von Tarabon (*siehe auch:* Tarabon).

Tarabon: Land und Nation am Aryth-Meer. Hauptstadt: Tanchico. Einst eine große Handelsmacht und Quelle von Teppichen, Farbstoffen und Feuerwerkskörpern, die von der Gilde der Feuerwerker hergestellt werden. Jetzt von einem Bürgerkrieg und gleichzeitigen kriegerischen Auseinandersetzungen mit Arad Doman und den Anhängern des Wiedergeborenen Drachen zerrissen.

Tarmon Gai'don: die Letzte Schlacht (*siehe auch:* Drachen, Prophezeiungen des; Horn von Valere).

Ta'veren: eine Person im Zentrum des Gewebes von Lebenssträngen aus ihrer Umgebung, möglicherweise sogar aller Lebensstränge, die vom Rad der Zeit zu einem Schicksalsgewebe zusammengefügt wurden (*siehe auch:* Muster eines Zeitalters).

Tear: ein großer Hafen und ein Staat am Meer der Stürme. Das Wappen von Tear zeigt drei weiße Halbmonde auf rot- und goldgemustertem Feld (*siehe auch:* Stein von Tear).

Telamon, Lews Therin: *siehe* Drache.

Tel'aran'rhiod: In der Alten Sprache: ›die unsichtbare Welt‹, oder ›die Welt der Träume‹. Eine Welt, die man in Träumen manchmal sehen kann. Nach den Angaben der Alten durchdringt und umgibt sie alle möglichen Welten. Im Gegensatz zu anderen Träumen ist das in ihr real, was dort mit lebendigen Dingen geschieht. Wenn man also dort eine Wunde empfängt, ist diese beim Erwachen immer noch vorhanden, und einer, der dort stirbt, erwacht nie mehr. Viele Menschen können *Tel'aran'rhiod* kurze Augenblicke lang in ihren Träumen berühren, aber nur wenige haben je die Fähigkeit besessen, aus freien Stücken dort einzudringen, wenn auch letztlich einige *Ter'Angreal* entdeckt wurden, die eine solche Fähigkeit unterstützen (*siehe auch: Ter'Angreal*).

Ter'Angreal: jedes einer Anzahl von Überbleibseln aus dem Zeitalter der Legenden, die die Eine Macht verwenden. Im Gegensatz zu *Angreal* und *Sa'Angreal* wurde jeder *Ter'Angreal* zu einem ganz bestimmten Zweck hergestellt. Z. B. macht einer jeden Eid, der in ihm geschworen wird, zu etwas endgültig Bindendem. Einige werden von den Aes Sedai benützt, aber über ihre ursprüngliche Anwendung ist kaum etwas bekannt. Einige töten sogar oder zerstören die Fähigkeit einer Frau, die sie benützt, die Eine Macht zu lenken. Wie bei den *Angreal* und *Sa'Angreal* ist auch bei ihnen nicht mehr bekannt, wie man sie herstellt. Dieses Geheimnis ging seit der Zerstörung der Welt verloren (*siehe auch: Angreal, Sa'Angreal*).

Tochter-Erbin: Titel der Erbin des Löwenthrons von Andor. Ohne eine überlebende Tochter fällt der Thron an die nächste weibliche Verwandte der Königin. Unstimmigkeiten darüber, wer die nächste in der Erbfolge sei, haben mehrmals bereits zu Machtkämpfen geführt. Der letzte davon wird in Andor einfach ›die Thronfolge‹ genannt und außerhalb des Landes ›der Dritte Andoranische Erbfolgekrieg‹. Durch ihn kam Morgase aus dem Hause Trakand auf den Thron.

Tochter der Nacht: *siehe* Lanfear.

Träumer: *siehe* Talente.

Traumgänger: Bezeichnung der Aiel für eine Frau, die *Tel'aran'rhiod* aus eigenem Willen erreichen kann.

Trolloc-Kriege: eine Reihe von Kriegen, die etwa gegen 1000 NZ begannen und sich über mehr als 300 Jahre hinzogen. Trolloc-Heere verwüsteten die Welt. Schließlich aber wurden die Trollocs entweder getötet oder in die Große Fäule zurückgetrieben. Mehrere Staaten wurden im Rahmen dieser Kriege ausgelöscht oder entvölkert. Alle Aufzeichnungen aus dieser Zeit sind fragmentarisch.

Trollocs: Kreaturen des Dunklen Königs, die er während des Schattenkriegs erschuf. Sie sind körperlich sehr groß und extrem bösartig. Sie stellen eine hybride Kreuzung zwischen Tier und Mensch dar und töten aus purer Mordlust. Nur diejenigen, die selbst von den Trollocs gefürchtet werden, können diesen trauen. Trollocs sind schlau, hinterhältig und verräterisch. Sie essen alles, auch jede Art von Fleisch, das von Menschen und anderen Trollocs eingeschlossen. Da sie zum Teil von Menschen abstammen, sind sie zum Geschlechtsverkehr mit Menschen imstande, doch die meisten einer solchen Verbindung entspringenden Kinder werden entweder tot geboren oder sind kaum lebensfähig. Die Trollocs leben in stammesähnlichen Horden. Die wichtigsten davon heißen: Ahf'frait, Al'ghol, Bhan'sheen, Dha'vol, Dhai'mon, Dhjin'nen, Ghar'ghael, Ghob'hlin, Gho'hlem, Ghraem'lan, Ko'bal und Kno'mon.

Verin Mathwin: eine Aes Sedai der Braunen Ajah. Ihr letzter bekannter Aufenthaltsort war das Gebiet der Zwei Flüsse, wo sie angeblich nach Mädchen suchte, denen man den Umgang mit der Macht beibringen kann (*siehe auch:* Ajah).

Verlorene: Name für die dreizehn der mächtigsten Aes Sedai, die es jemals gab, die während des Schattenkriegs zum Dunklen König überliefen, weil er ihnen dafür die Unsterblichkeit versprach. Sowohl Legenden wie auch fragmentarische Berichte stimmen darin überein, daß sie zusammen mit dem Dunklen König eingekerkert wurden, als dessen Gefängnis wiederversiegelt wurde. Ihre Namen werden heute noch benützt, um Kinder zu erschrecken. Es waren:

Aginor, Asmodean, Balthamel, Be'lal, Demandred, Graendal, Ishamael, Lanfear, Mesaana, Moghedien, Rahvin, Sammael und Semirhage. Sie benützen übrigens für sich selbst die Bezeichnung ›die Auserwählten‹.

Wahre Quelle: die treibende Kraft des Universums, die das Rad der Zeit antreibt. Sie teilt sich in eine männliche (*Saidin*) und eine weibliche Hälfte (*Saidar*), die gleichzeitig miteinander und gegeneinander arbeiten. Nur ein Mann kann von *Saidin* Energie beziehen und nur eine Frau von *Saidar*. Seit dem Beginn der Zeit des Wahns ist *Saidin* von der Hand des Dunklen Königs gezeichnet (*siehe auch:* Eine Macht).

Wahrheitssucher: eine Polizei- und Spionageorganisation des Kaiserlichen Throns der Seanchan. Obwohl die meisten ihrer Angehörigen der kaiserlichen Familie gehören, besitzen sie weitreichende Machtbefugnisse. Selbst einer vom Blute (ein Seanchan-Adliger) kann verhaftet werden, wenn er die Fragen eines Wahrheitssuchers nicht beantwortet oder eine Zusammenarbeit verweigert. Ob das der Fall ist, bestimmen die Wahrheitssucher selbst. Nur die Kaiserin hat das Recht, ihre Entscheidungen in Frage zu stellen.

Weißmäntel: *siehe* Kinder des Lichts.

Weise Frau: Unter den Aiel werden Frauen von den Weisen Frauen zu dieser Berufung ausgewählt und angelernt. Sie erlernen die Heilkunst, Kräuterkunde und anderes, ähnlich wie die Seherinnen. Gewöhnlich gibt es in jeder Septimenfestung oder bei jedem Clan eine Weise Frau. Manchen von ihnen sagt man wundersame Heilkräfte nach und sie vollbringen auch andere Dinge, die als Wunder angesehen werden. Sie besitzen große Autorität und Verantwortung, sowie großen Einfluß auf die Septimen und die Clanhäuptlinge, obwohl diese Männer sie oft beschuldigen, daß sie sich ständig einmischten. Die

Weisen Frauen stehen über allen Fehden und kriegerischen Auseinandersetzungen, und *Ji'e'toh* entsprechend dürfen sie nicht belästigt oder irgendwie behindert werden. Einige Weise Frauen besitzen die Fähigkeit, die Eine Macht benützen zu können, aber sie sprechen nicht darüber. Drei im Moment lebende Weise Frauen sind Traumgängerinnen, können also *Tel'aran'rhiod* betreten und sich im Traum u. a. mit anderen Menschen verständigen (*siehe auch:* Traumgänger, *Ji'e'toh, Tel'aran'rhiod*).

Wiedergeborener Drache: Nach der Prophezeiung und der Legende wird der Drache dann wiedergeboren werden, wenn die Menschheit in größter Not ist und er die Welt retten muß. Das ist nichts, worauf sich die Menschen freuen, denn die Prophezeiung sagt, daß die Wiedergeburt des Drachen zu einer neuen Zerstörung der Welt führen wird, und außerdem erschrecken die Menschen beim Gedanken an Lews Therin Brudermörder, den Drachen, auch wenn er schon mehr als dreitausend Jahre tot ist (*siehe auch:* Drache, Drache, falscher).

Wilde: eine Frau, die allein gelernt hat, die Eine Macht zu lenken, und die ihre Krise überlebte, was nur etwa einer von vieren gelingt. Solche Frauen wehren sich gewöhnlich gegen die Erkenntnis, daß sie die Macht tatsächlich benützen, doch durchbricht man diese Sperre, dann gehören die Wilden später oft zu den mächtigsten Aes Sedai. Die Bezeichnung ›Wilde‹ wird häufig abwertend verwendet.

Zeit des Wahns: die Jahre, nachdem der Gegenschlag des Dunklen Königs die männliche Hälfte der Wahren Quelle verdarb und die männlichen Aes Sedai dem Wahnsinn verfielen und die Welt zerstörten. Die genaue Dauer dieser Periode ist unbekannt, aber es wird angenommen, sie habe beinahe hundert Jahre gedauert. Sie war erst vollständig beendet, als der letzte männliche Aes Sedai starb (*siehe auch:*

Hundert Gefährten; Wahre Quelle; Eine Macht; Zerstörung der Welt).

Zeitalter der Legenden: das Zeitalter, welches von dem Krieg des Schattens und der Zerstörung der Welt beendet wurde. Eine Zeit, in der die Aes Sedai Wunder vollbringen konnten, von denen man heute nur träumen kann (*siehe auch:* Rad der Zeit, Zerstörung der Welt; Schattenkrieg).

Zerstörung der Welt: Als Lews Therin Telamon und die Hundert Gefährten das Gefängnis des Dunklen Königs wieder versiegelten, fiel durch den Gegenangriff ein Schatten auf *Saidin*. Schließlich verfiel jeder männliche Aes Sedai auf schreckliche Art dem Wahnsinn. In ihrem Wahn veränderten diese Männer, die die Eine Macht in einem heute unvorstellbaren Maße beherrschten, die Oberfläche der Erde. Sie riefen furchtbare Erdbeben hervor, Gebirgszüge wurden eingeebnet, neue Berge erhoben sich, wo sich Meere befunden hatten, entstand Festland, und an anderen Stellen drang der Ozean in bewohnte Länder ein. Viele Teile der Welt wurden vollständig entvölkert und die Überlebenden wie Staub vom Wind verstreut. Diese Zerstörung wird in Geschichten, Legenden und Geschichtsbüchern als die Zerstörung der Welt bezeichnet (*siehe auch:* Zeit des Wahns; Hundert Gefährten).

Robert Jordan

Der neue Frühling

Das Rad der Zeit 29. Aus dem Amerikanischen von Andreas Decker. 429 Seiten. Serie Piper

Was geschah vor der Rückkehr Rand al'Thors, des legendären Wiedergeborenen Drachen? Welche Ereignisse führten zu Rands Flucht aus seiner Heimat? Das langerwartete Prequel über die Vorgeschichte und die Hintergründe zum Welterfolg »Das Rad der Zeit« ist eine faszinierende Reise in die Vergangenheit, eine Zeit voll düsterer Schlachten und mystischer Magie. Endlich lüftet Robert Jordan eines der bestgehüteten Geheimnisse seiner Welt – unverzichtbar für Robert Jordan-Fans und alle, die es werden wollen!

»Jeder Roman dieses Zyklus ist wie der Satz einer Sinfonie!«
Interzone

05/1784/01/L

Markus Heitz

Schatten über Ulldart

Ulldart – Die Dunkle Zeit 1. 399 Seiten. Serie Piper

Kurz vor seinem Tod prophezeit ein Mönch, dass die Dunkle Zeit den Kontinent Ulldart erneut mit Leid und Zerstörung überrollen werde. Der verwöhnte Prinz Lodrik wird unterdessen in die Provinz gesandt, um die Stelle des neuen Statthalters einzunehmen. Noch ahnt Lodrik nicht, dass er das Schicksal seiner Welt entscheiden wird – denn die Dunkle Zeit droht zurückzukehren, und er wird der Retter oder Zerstörer Ulldarts sein …

Der Auftakt zum sensationellen Epos »Ulldart – Die Dunkle Zeit« – ausgezeichnet mit dem Deutschen Phantastik Preis

05/1755/03/R

Markus Heitz

Der Orden der Schwerter

Ulldart – Die Dunkle Zeit 2.
495 Seiten. Serie Piper

Lodrik wird neuer Herrscher des Reiches Tarpol. Doch seine Reformen rufen Neider, Intriganten und falsche Freunde auf den Plan. Bald weiß Lodrik nicht mehr, wem er trauen kann, und ist auf die Hilfe finsterer Gestalten angewiesen, um seine Macht zu verteidigen. Und über allem schwebt die verhängnisvolle Prophezeiung, dass die Dunkle Zeit wiederkehren und die Welt in Leid und Zerstörung versinken wird …

Die spektakuläre Fortsetzung der großen Fantasy-Saga »Ulldart – Die Dunkle Zeit«

05/1756/03/L

Markus Heitz

Das Zeichen des dunklen Gottes

Ulldart – Die Dunkle Zeit 3.
525 Seiten. Serie Piper

Das Böse droht, die Überhand auf dem Kontinent Ulldart zu gewinnen. Die eigene Machtstellung wird dem jungen Herrscher Lodrik zum Verhängnis: Unter dem Einfluss verräterischer Freunde und intriganter Berater hat er sich in einen unberechenbaren Kriegstreiber verwandelt. Seine wahren Gefährten werden verfolgt und geraten in Lebensgefahr. Doch sie geben nicht auf: In der Ebene von Telmaran stellen sie sich Lodriks Herr, und eine vernichtende Schlacht beginnt …

»Markus Heitz hat eine große Zukunft vor sich.«
Saarländischer Rundfunk

05/1757/03/R

SERIE PIPER